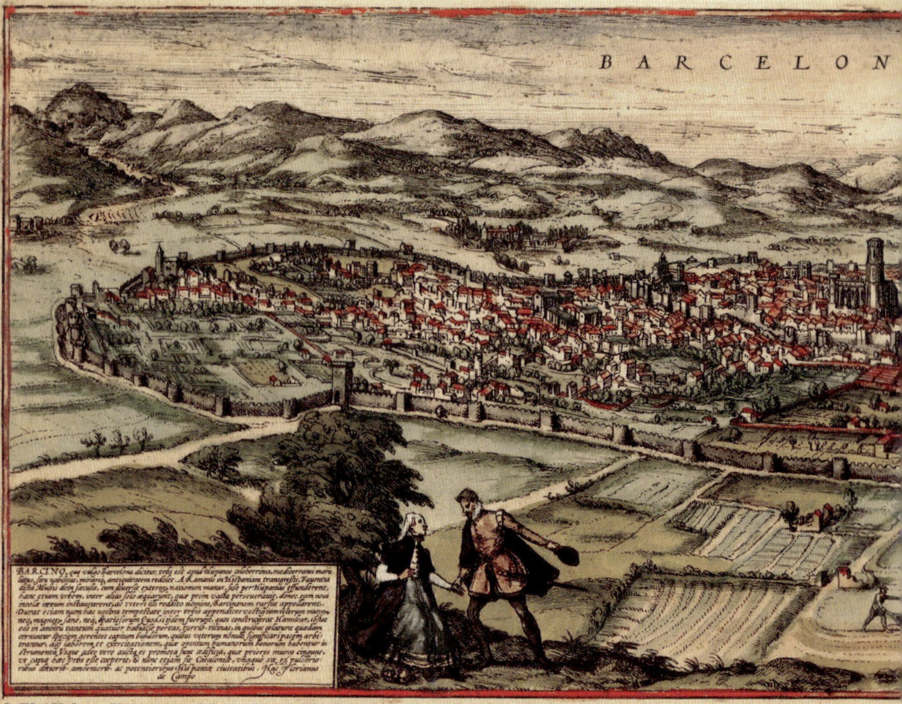
BARCELON

Cum Priuilegio.

Prométeme que serás libre

Jorge Molist

Prométeme que serás libre

temas'de hoy.

El papel utilizado para la impresión de este libro es cien por cien libre de cloro y está calificado como **papel ecológico**.

Ediciones Temas de Hoy es un sello editorial de Ediciones Planeta Madrid, S. A.
Paseo de Recoletos, 4. 28001 Madrid (España)
www.temasdehoy.es
www.planetadelibros.com

Ilustración de la cubierta: Album / akg-images / Nimatallah
Primera edición en Colección Booket: julio de 2012

Depósito legal: M. 19.431-2012
ISBN: 978-84-9998-118-5
Impresión y encuadernación: Rotocayfo, S. L.
Printed in Spain - Impreso en España

Biografía

«Con eso vas a pasar mucha hambre», le dijo su padre cuando le comunicó que quería ser escritor, y a los catorce años le puso a trabajar en una imprenta. «Para que aprendas lo que es el mundo de los libros desde abajo y porque esta familia no se puede permitir estudiantes que no trabajen y suspendan.» La experiencia fue una gran lección que le hizo continuar sus estudios simultaneándolos con los trabajos más variopintos: peón de obra, vendedor de libros, reparador de radios, cobrador de recibos, extra de cine o técnico en una central nuclear. Jorge Molist se graduó como ingeniero industrial e hizo un máster en dirección de empresas. Trabajó en grandes corporaciones, donde progresó hasta ocupar puestos de responsabilidad ejecutiva en Estados Unidos y varios países de Europa. En 2000 publicó *Los muros de Jericó* y en 2003, *Presagio* con excelentes críticas. *El anillo* en 2004 y *La reina oculta* en 2007, Premio de Novela Histórica Alfonso X el Sabio, alcanzaron gran éxito de público. Sus obras se han editado en más de veinte idiomas. En el año 2008, superando el temor a pasar hambre, abandonó su actividad profesional en grandes multinacionales para dedicarse exclusivamente a la escritura.

Más información en: www.jorgemolist.com

ÍNDICE

A Paloma

Muchos de los personajes y hechos de esta novela son estrictamente históricos y el relato se ajusta rigurosamente a las crónicas existentes de aquel tiempo. El lector interesado encontrará al final del libro información al respecto.

BRITANNIA
OCEANUS AQUI:
:TANICUS.
OCEANUS CANTABRICUS.
AQVITANIA
Sinus
Gallicus
Llafranc
Barcelona
Sitges
Balearides Insulæ
Minorica
MARIS
AFRICÆ

MAPA DEL MEDITERRÁNEO
Génova
La Spezia
Roma
Nápoles
Isquia
Otranto
Alguer
Cagliari
Palermo
Isla de Toro
MARE ADRIATICVM
MARE HETRVSCVM
MARE IONIVM
CORSICA
DACIA
RIPENSIS
D I T E R
R A N E I
P A R S.
A R S

PRIMERA PARTE

I

Llafranc, finales de verano, 1484

Joan estaba tumbado sobre la hierba de la ladera del monte contemplando un amanecer brillante. Ignoraba que aquel sería el último día de su infancia.

—Fíjate —le dijo su padre, al tiempo que señalaba algo en dirección al mar.

Y el chiquillo miró a los pájaros blancos que, graznando, se elevaban por encima de las rocas, con las alas extendidas, sin apenas moverlas.

—¿Las gaviotas?

—No, pon atención.

Joan no comprendía y observó a su padre. Estudió su expresión, su nariz recta y poderosa, sus pobladas cejas, su barba y pelo castaños, y después sus ojos felinos color miel clara perdidos en la lejanía. Le recordaba a un león, era el hombre más inteligente, el más fuerte de la aldea. Trataba de adivinar qué miraba y al no lograrlo aguzó sus sentidos.

Las olas murmuraban al pie del acantilado y los pinos que los cobijaban desprendían aroma a resina. Contempló la línea del horizonte, las nubecillas por encima del mar y la espuma de las olas que la brisa levantaba. No vio nada extraordinario y se giró interrogante hacia su padre.

—Mira las nubes —le dijo.

El niño contempló aquellos volúmenes, con aspecto de lana sin hilar, que, pese a esconder algún tono gris en sus vientres, mostraban un blanco deslumbrante.

—Fíjate bien, Joan —insistió Ramón.

Y él miraba a los cuerpos redondeados que cambiaban con perezosa lentitud, en el cielo, sin saber a qué se refería.

—¿No los ves?

—¿A quiénes?

—A los seres del cielo.

Joan no quiso preguntar más y se mantuvo en silencio.

—Fíjate. ¿No los ves?

—No.

—¿No ves ese caballo que levanta las patas para saltar? —Y apuntó con el dedo.

El chico miró aquellas formas de luz, buscando al animal.

—Observa —insistió el padre.

Y de pronto vio la crin, las orejas, el hocico y la boca entreabierta de un fantástico ser hecho de nubes, que alzaba sus patas. Se movía lentamente, tensados los músculos.

—¡Lo veo! —gritó Joan, a la vez que señalaba—. ¡Es cierto, es un caballo!

—¿Y un gran pez a su lado? —inquirió el hombre.

—¡Sí que lo veo! —repuso. Se mantuvo silencioso unos momentos contemplando aquel escenario increíble para exclamar después—: ¡Y más allá un gigante, y allí un perro!

Las nubes se desplazaban lentas pero incansables, mientras sus contornos variaban tomando nuevas formas.

Ramón Serra miró a su hijo sonriente, era un niño de doce años, vivaz, que había heredado de él la nariz recta, el mentón fuerte y el pelo castaño, y de su madre los grandes ojos oscuros de mirada observadora. Descubría el mundo con entusiasmo agradecido y él gozaba mostrándoselo. Joan apuntaba a las nubes con el dedo, absorto, describiéndole aquellas fascinantes criaturas, y el hombre le acarició la cabeza con amor, satisfecho.

Mientras le escuchaba, sus ojos recorrían el paisaje. Abajo, al pie del monte, empequeñecida por la distancia, estaba su aldea, con poco más de una docena de casas blancas aún dormidas que se agrupaban como queriendo protegerse entre ellas. Era domingo. Al frente se abría la playa y después la amplia cala de Llafranc, donde el azul de las aguas transparentes se combinaba con el color crema de la arena, el blanco de la espuma, el gris de las rocas y el verde de los pinos. Varadas en la playa se encontraban las cuatro barcas del caserío, todas de dos remos, menos la suya, la *Gaviota*, con ocho. La nave tenía grabada en una tabla de proa una escena donde Ramón alzaba su arpón para pescar una ballena. Era obra del pequeño Joan, que sorprendía a todos con su habilidad tallando la madera. Se sentía orgulloso de su hijo y de la barca.

De repente alzó la vista hacia la vasta extensión del mar y vio una nave que se acercaba desde el sur. Se levantó frunciendo el ceño e hizo visera con la mano izquierda en un esfuerzo por distinguirla bien.

—¡Una galera! —exclamó, y el grito alertó al niño—. Vamos corriendo a la aldea, Joan, hay que avisarlos.

—¿Son malos?

Ramón le miró con ternura y poniendo una mano en su hombro le dijo:

—Cuando en el bosque veas venir una fiera, no esperes a saber si es perro o lobo. Prepárate para correr o luchar. ¡Vamos!

Se lanzó camino abajo por el escarpado sendero con Joan detrás siguiéndole como podía, pero antes de llegar a la aldea oyeron un campaneo insistente.

—¡El ermitaño también la ha visto! —gritó el padre.

En la cumbre del monte, con una extraordinaria panorámica sobre el mar, se alzaba una torre vigía, que a la vez era de defensa y a cuyo pie estaba la capilla del santo patrón de la aldea, san Sebastián. Allí vivía un ermitaño que, además de oficiar servicios religiosos, oteaba el horizonte para alertar a los aldeanos de amenazas piratas.

Nunca antes había oído el niño la campana tocando a rebato y por primera vez aquel día sintió miedo.

Los aldeanos estaban en la calle en una confusión de llantos de niños y voces de los mayores que trataban de cargar sus bienes más preciados. Sobreponiéndose al jadeo, Ramón alzó los brazos:

—¡Es una galera! —Todos callaron para escucharle—. Viene del sur, navega a favor del viento, pero en lugar de ir solo a vela, hace remar a los galeotes a boga viva.

—¡Va de caza! —exclamó Tomás, el segundo de a bordo de la *Gaviota*.

—Sí, y no hay otra nave a la vista —continuó el padre de Joan.

—¡Viene a por nosotros! —exclamó Daniel, otro de los pescadores.

—Es muy posible —concluyó Ramón—. Escuchad, haremos según lo hablado. Hay que poner a salvo a las mujeres y a los niños, arriba en la torre de San Sebastián. ¡Olvidaos de cargar bultos! ¡Tomad las armas!

Joan contemplaba a su padre admirado; no solo le obedecían los de su barca, sino todos en la aldea. Era alto, no tanto como su amigo Tomás, pero más fornido y sabía qué hacer en cualquier circunstancia. El chico vio a su madre, Eulalia, con expresión angustiada en la puerta de su casa, abrazando contra sus pechos abundantes por la lactancia a Isabel, de pocos meses, que lloraba desconsolada. A su lado estaba María, su hermana, dos años mayor que él, y Gabriel, su hermano de diez. Ambos heredaron los ojos color miel clara del padre, que ahora abrían asustados.

Ramón se acercó a ellos para acariciar la cabeza del más pequeño y después besó la mejilla de su esposa.

—No te preocupes, todo irá bien —le dijo mirándola a los ojos con una sonrisa.

Eulalia suspiró aliviada y trató de sonreír mientras él la abrazaba junto al bebé.

—Pero hay que darse prisa —insistió Ramón antes de entrar en la casa.

—¡Vamos, rápido! —gritó la madre—. ¡Joan, cuida de Gabriel!

Y seguida de María emprendió, junto al resto de las mujeres, niños y un par de abuelos armados de arcos y flechas, el camino a la torre de defensa cuya campana continuaba tañendo con una insistencia perentoria. Joan comprendió que realmente la galera venía a por ellos y cogió a Gabriel de la mano, pero a los pocos pasos le dijo:

—Ve con mamá y María, ahora te alcanzo.

Cuando llegó a su casa vio a su padre, que salía armado con cota de malla y casco de hierro; llevaba la ballesta colgada a la espalda, junto a los dardos, y en su cinto una espada. Joan admiró su porte y el poderoso brazo con que sujetaba la azcona, su lanza corta arrojadiza. Les darían su merecido a los piratas y se dijo que él no iría con las mujeres, sino con su padre al combate, aunque fuera para verle de lejos.

—¡Joan, ve con tu madre y Gabriel! —le gritó.

—¡Ahora voy, papá! —Y se precipitó al interior de la casa en busca de su lanza, una versión a tamaño reducido de la pesada azcona.

Al salir vio que los hombres se dirigían al monte, capitaneados por su padre, protegiendo la retaguardia del grupo.

«Del mar nos viene la vida, del mar nos llega la muerte», había oído decir muchas veces a Ramón. Y ese día el mar se mostraba llano y manso, con aquellas nubes aún en el cielo, mientras el sol, elevándose por encima del monte, iluminaba a intervalos las rocas de la parte suroeste de la cala. Pero Joan no reparó en aquella belleza, sino en la gran nave, amenazante, erizada de remos, que surgía tras las rocas precisamente de aquel lugar. Y de pronto, a pesar de la distancia, la brisa le trajo su tufo repugnante, mezcla de sudores, orines y excrementos. Corrió para alcanzar a los hombres sintiendo asco y temor.

—¡Es una galera de las grandes, con tres cañones! —gritó Tomás—. Y luce gallardetes verdes. ¡Son piratas sarracenos!

—Nos haremos fuertes en las rocas que hay a la derecha del camino, pasado el gran pinar —les recordó Ramón—. Si nos parapetamos bien, los detendremos con las flechas y las lanzas. Hay que darles tiempo a las mujeres para que lleguen a la cima del monte.

—Ojalá se contenten con saquear el pueblo y nos dejen en paz —dijo uno.

—No se detendrán a menos que los paremos —repuso Ramón—. No les bastará la comida que guardamos para el invierno y los enseres de las casas. Quieren esclavas para vender y galeotes para que remen, ese es el botín.

Joan alcanzaba ya a los demás cuando vio cómo la nauseabunda galera viraba para entrar en la pequeña bahía, con sus remos golpeando con fuerza, los cañones amenazantes, y a los piratas amontonándose en proa, sedientos de sangre, gritando y blandiendo sus armas. Los tenían encima. La seguridad que le daba su pequeña lanza se esfumó al instante y corrió para alcanzar a su hermano Gabriel, era su responsabilidad. En seguida rebasó a los más rezagados: aquellos que intentaban cargar con sus bienes en fardos improvisados, o tiraban de animales —un cerdo, un cabrito, un asno— dificultando el paso. Pensaban que un invierno de hambre era peor que los piratas.

Al llegar junto a su madre, que con el bebé en brazos y sus dos hermanos avanzaba jadeante por la cuesta, tomó a Gabriel de la mano. Fue entonces cuando oyó el griterío del desembarco pirata.

Habían rebasado el primer gran pinar y llegaban a las rocas donde Ramón dijo que se harían fuertes cuando de pronto apareció un grupo de hombres cortándoles el paso. Los amenazaban con ballestas y lanzas.

—¡Los sarracenos! —chilló una mujer. Los aldeanos se detuvieron y algunos empezaron a retroceder empujando a los demás.

—¡Abrid paso! —Ramón avanzaba apartando a la gente seguido de los hombres armados—. ¡Es una emboscada! ¡Nos esperaban!

Joan comprendió que la situación era desesperada. Aquellos piratas les impedían subir a San Sebastián y los que corrían por la playa pronto caerían sobre ellos. Miró a su madre, que jadeante y angustiada sostenía contra su pecho a su hermanita Isabel, desconsolada en llanto, y a su hermana María, que sollozaba agarrada a su falda. Gabriel, encogido de miedo, se aferraba a su mano. Luego observó a su padre con la esperanza de que él encontrara la forma de protegerlos. Le vio dudar, y cómo su mirada iba a su esposa e hijas para detenerse después en los grandes ojos de Gabriel, que le miraba asustado. Tuvo el tiempo justo para sonreírles y acariciar la cabeza a Joan, que estaba a su lado. Fue solo un instante, pero eterno para el niño. Sintió su amor al tiempo que comprendía que su padre había tomado una decisión.

—Hay que entretenerlos —les dijo a los hombres. Y mirando a su esposa gritó—: ¡Continúa hasta San Sebastián, salvaos!

Después, blandiendo su azcona y seguido por los aldeanos, Ramón se lanzó contra los sarracenos, mientras las mujeres y los ancianos arrastraban a los niños monte arriba, hacia la torre de defensa.

2

Joan, con su pequeña lanza en la mano, se quedó paralizado detrás de los hombres que corrían hacia los sarracenos. Era la primera vez que veía a moros; no eran negros como había imaginado, alguno llevaba turbante y estaban tan cerca que podía distinguir perfectamente sus caras.

—¡Joan, Gabriel! —oyó gritar a su madre.

—¡Ve con ella! —le dijo a su hermano empujándole hacia los que huían.

Ramón sabía que la situación era desesperada. El enemigo estaba preparado mientras que los suyos no tenían tiempo para montar sus ballestas y arcos; su única opción era cargar sobre ellos para desbaratarlos y aquello fue lo que hizo mientras gritaba con todas sus fuerzas.

Detuvo la carrera al llegar a la distancia adecuada y su poderoso brazo lanzó la azcona. Alguien entre los sarracenos chilló y sonaron los resortes de las ballestas soltando sus dardos. Sin detenerse y mientras su azcona se hundía en el hombro de uno de los moros, que cayó con un gemido, Ramón desenfundó su espada y se abalanzó sobre otro de los piratas. Uno de los dardos le rozó, dos de los hombres que le seguían cayeron bajo las flechas y cuando los sarracenos esquivaron las azconas de los aldeanos, estos se lanzaron espada en mano sobre ellos.

La audaz y gallarda actitud de Ramón enardeció a Joan; los valientes pescadores harían huir a los malvados. Pero observó que uno de los piratas no desenvainaba su espada y, sujetando un artefacto extraño, ponía una rodilla en el suelo. Jamás olvidaría el rostro de aquel individuo, afilado y con una cicatriz en el hueco donde debiera tener el ojo izquierdo. Un relámpago de luz salió de entre sus manos y un trueno horrendo hizo estremecer a Joan. La extraña arma del sarraceno humeaba.

Ramón soltó un gemido, se detuvo, la espada le cayó de la mano y de inmediato se desplomó. Joan no podía creer que su padre se derrumbara y miró con mezcla de asombro y pánico al moro. Al ver una sonrisa en su faz, temió que su padre no se levantara jamás. Los pescadores no habían oído nunca antes un estruendo semejante, se quedaron inmóviles, y cuando los piratas cargaron sobre ellos gritando a todo pulmón, huyeron aterrorizados. Presa del pánico, Joan vio venir a aquellos asesinos y aunque ansiaba acudir en ayuda de su padre, se vio superado por un terrible pavor. Sus vecinos corrían para salvar sus vidas, nadie se quedó a resistir y él, soltando su lanza de juguete, los siguió en una desesperada carrera hacia lo alto del monte.

Pronto se vio mezclado en la confusión de perseguidores y perseguidos, y alcanzó a su madre y a sus hermanos casi al tiempo que lo hacían los sarracenos. Los asaltantes los adelantaron para situarse en lo alto del sendero y cortarles el paso, mientras los fugitivos se sumían en un desconcierto de jadeos y gemidos ahogados. Algunos aldeanos lograron escapar camino arriba, pero los demás tuvieron que volverse, amenazados por aquellos hombres, y entonces llegaron, en gran algarabía, los piratas recién desembarcados.

—¡Joan! —gritó la madre sujetando al bebé, que lloraba contra su pecho—. ¡Ven con Gabriel, corre, aprisa!

El chico observó las facciones de aquella mujer a la que tanto amaba y su expresión de angustia quedaría grabada en su memoria. La siguió tratando de escapar juntos y los cuatro corrieron, cuesta abajo, fuera del camino, por la escarpada pendiente cubierta de grandes piedras y matas espinosas. Cuando los moros se lanzaron en su persecución, Eulalia perdió el equilibrio y cayó junto al bebé con un lamento.

Joan gritó a sus hermanos que no se detuvieran y continuó saltando entre las piedras tras los pasos de otros que huían. Oyó chillar a María a su lado y, cuando sus miradas se encontraron, vio la expresión aterrorizada de su rostro: le tendía la mano en una súplica muda, mientras intentaba zafarse de la presa del sarraceno, que la sujetaba del otro brazo.

—¡María! —exclamó tratando de llegar a ella, pero notó que Gabriel tiraba de su otra mano. El chico sabía tan bien como ella que no podía hacer nada y, después de vacilar un instante, siguió cuesta abajo, con su hermano, apartándose de los piratas.

Joan miró entonces atrás y allí estaba el moro tuerto. Vio a su madre en el suelo, luchando contra él. El pirata le tiraba del pelo, al tiempo que la pateaba. Él pretendía levantarla y ella resistía sin soltar a su bebé a pesar de los golpes. Sus quejidos de dolor le partían el corazón. El chico se detuvo, ansiaba ayudarla pero estaba muerto de miedo: una multitud de piratas venían hacia él y sabía que sus pocas fuerzas harían inútil cualquier intento. Debía salvar a Gabriel y, con una angustia infinita, reemprendió su desesperada huida junto a su hermano.

Joan vio de repente el abismo a sus pies. A pesar de conocer la montaña, en su alocada huida habían estado a punto de despeñarse por el borde del acantilado, que caía vertical sobre un rompiente donde el mar golpeaba las rocas. Solo en el último instante logró asir a Gabriel. Jadeantes, vieron cómo las piedras rodaban y saltaban hasta estrellarse en los roqueros. Permanecieron abrazados unos momentos. Era un terreno peligroso, pero Joan comprendió que gracias a ello estaban a salvo: el enemigo se ocupaba en apresar a cuantos más mejor y ellos se hallaban en un lugar difícil y lejano.

—¿Qué le ha pasado a mamá? —inquirió Gabriel, resoplando, cuando pudo hablar—. ¿Dónde está papá?

—No lo sé.

El niño se puso a llorar, Joan no pudo contenerse y las lágrimas resbalaron en silencio por sus mejillas. De nuevo abrazó a su hermano y le dijo:

—Vayámonos de aquí, hay que esconderse.

—¡Yo quiero ir con papá y mamá! —sollozó el pequeño—. Y con María, y con la bebé.

—Yo también, Gabriel, yo también, pero ahora debemos alejarnos de esa gente mala. Cuando se marchen los buscaremos. Ven, vayamos a un sitio seguro.

El pequeño le miró con ojos acuosos y asintió. Cogidos de la mano subieron hacia la torre de defensa, agarrándose a las matas y las raíces de los pinos, medio escondidos entre la maleza, con el mar y el acantilado a sus espaldas.

El tañido de la campana, que ahora sonaba intermitente, indicaba que los aldeanos resistían y continuaron hacia arriba, sobreponiéndose al cansancio y sin dejar de vigilar la aparición de sarracenos. Joan estaba muy angustiado por su madre y sus hermanas, y cada vez que pensaba en su padre le daba un vuelco el corazón; temía lo peor, pero se esforzaba en ocultarlo al pequeño.

—¡Son Joan y Gabriel, los hijos de Ramón! —oyeron gritar cuando casi llegaban a la cima, y reconocieron a un par de vecinos que con sus ballestas cargadas vigilaban el lado del mar.

—Subid aquí —los animaron—. Corred.

No podían más, pero hicieron un último esfuerzo para llegar.

Los hombres se habían hecho fuertes, parapetados tras las rocas, en un círculo alrededor de la torre, aunque listos para protegerse en ella si era necesario. Los hermanos fueron atendidos de inmediato por el barbudo ermitaño y las aldeanas. Joan no supo lo sediento que estaba hasta que probó el agua.

3

Joan vio que allí en la cima, bajo la protección de la torre, faltaban muchos de los aldeanos, y más mujeres que hombres. Ellos vigilaban tensos la posible aparición de sarracenos, con sus ballestas y arcos preparados, y ellas atendían a los heridos y a los niños. Los más pequeños lloraban, alguno preguntaba por sus padres y Gabriel se unió al desconsuelo. También los mayores tenían lágrimas en los ojos.

Desde la cima se divisaba parte de la playa de Llafranc y en ella la galera. Con sus múltiples remos parecía un horrible ciempiés que devorara las casas, situadas poco más allá de donde la nave clavaba su quilla en la arena.

Joan no podía permanecer quieto, su ansiedad le vencía: necesitaba saber qué pasaba, dónde estaban los suyos, y cuando Tomás y Daniel dijeron que bajarían hacia la aldea por si podían ayudar a alguien, quiso acompañarlos.

—Pero ¿adónde vas? —protestó Clara, la mujer de Daniel, tomándole del brazo—. ¡Si eres un crío! ¡Vas a hacer que te maten!

Joan forcejeó diciéndole que le soltara, que quería encontrar a los suyos.

—Si han de volver, volverán por ellos mismos —repuso ella—. No hay nada que tú puedas hacer.

—Déjalo, mujer —intervino Tomás—. Que venga con nosotros. Se le acabó la inocencia. Hoy tendrá que ser un hombre.

Joan le dijo a Gabriel que se quedara junto a Clara, que él iba en busca de mamá y los demás.

A pesar de las palabras de Tomás, el chico calculó que los mayores le superaban en altura al menos un par de palmos y se dijo que aún le faltaba para ser hombre. Pero siguió a los otros dos, que, armados con sus ballestas, avanzaban con precaución; todos habían perdido a alguien y había angustia en sus rostros.

Se acercaron hasta donde el camino descendía hacia el pueblo y desde allí trataron de ver, a través de los árboles, qué ocurría abajo.

—No se entretendrán mucho —dijo Tomás.

—¡Desde el mirador de abajo los veremos! —gritó Joan.

—No grites —gruñó Daniel—. De acuerdo, bajemos, pero despacio.

Joan descendió por el camino mientras los hombres lo hacían bordeándolo para evitar emboscadas. Llegaron al mirador que mostraba la aldea y desde allí los vieron; eran muchos, Tomás dijo que había más de cien piratas. Parecían hormigas: entraban a las casas, salían, amontonaban cosas y se movían por la playa cargando en la galera lo que saqueaban. El mar estaba tranquilo, muy azul, y Joan vio sobre la arena un grupo de gente inmóvil.

—¡Mirad! —chilló—. ¡Los tienen allí, en la playa, prisioneros!

—¡No grites! —le advirtió Daniel.

—No puedo distinguirlos bien —dijo Tomás.

—¡Yo sí! ¡Son ellos, son ellos! —insistió Joan.

—Bajemos más, pero con cuidado —propuso Tomás.

Era el mismo camino en que sufrieron la emboscada, solo había que seguirlo y llegarían al lugar donde cayó su padre. Joan se puso a correr.

—¿Adónde vas? —susurró casi en un grito Daniel.

—¡Quiero ver a mi padre!

—¡Maldito crío!

—¡Voy con él! —dijo Tomás.

—¡Haréis que nos maten también a nosotros! —se lamentó Daniel.

Aquellas palabras hicieron estremecer al chico, que empezó a rezar mientras bajaba a toda velocidad, jadeando. «¡Dios mío, que no esté muerto! ¡Por favor, Señor, que se pueda curar!»

Al divisar los cuerpos que yacían en el suelo, Joan apenas podía respirar, no tanto por la carrera, sino por la angustia que le oprimía el pecho. Le vio en el mismo lugar donde aquel terrible trueno le derribó. Estaba boca arriba, sobre un lecho de agujas de pino manchado de sangre. Tenía los ojos cerrados y tapaba con sus manos una gran herida entre la parte baja de las costillas y la tripa. De nada le sirvió la cota de malla que Joan creía mágica y que Ramón cuidaba con esmero.

—¡Papá! —musitó.

No hubo respuesta y el chico se acercó para acariciarle la mejilla. Sus ojos se abrieron con esfuerzo y le miró.

—Joan —dijo, débil—. Joan.

—¡Estás vivo! —exclamó, para gritar después a los demás que ya llegaban—. ¡Mi padre está vivo!

Le tomó la mano, la tenía muy fría.

Tomás corrió hacia ellos. Tenía los ojos enrojecidos y al ver a su amigo se le llenaron de lágrimas. El alivio que Joan sintió al encontrar a su padre con vida se disipaba por momentos. Debía de estar muy mal.

—¡Le tenemos que curar! —dijo. Nadie respondió.

—Agua —pidió Ramón—. Dadme agua.

—¡Agua! —gritó el chico.

Y de un salto se apoderó del pellejo que llevaba Daniel. Puso un poco de agua en su boca, pero le hizo toser. Después Ramón suspiró y cerró los ojos.

—Papá, papá. Te vas a curar.

—¿Dónde están mamá y los niños?

—Arriba, a salvo en la torre —mintió Tomás sin dejar responder al chico.

Joan recordaba a su padre fuerte y lleno de energía, le había creído invulnerable. La pena le ahogaba mientras se esforzaba por entender lo incomprensible.

Los sarracenos se habían llevado las ballestas, pero dejaron tirada la lanza de su padre, esa que el chico creía tan poderosa.

—Joan —musitó, girando la cabeza para mirar a su hijo a los ojos.

—Sí, papá.

—Eres un chico valiente, estoy orgulloso de ti. —Y respiró hondo—. Dile a tu madre y a tus hermanos que os quiero mucho.

Tosió y de su boca salió sangre.

—¡No te mueras! Te llevaremos a la torre.

Jadeante, Ramón miraba al cielo.

—Las gaviotas —dijo buscándolas con la mirada—. Ellas son libres desde que nacen, pero nosotros tenemos que luchar.

Ramón respiraba trabajosamente y Joan sollozó.

—Prométeme que serás libre.

—Lo prometo. Pero no te mueras, papá. No te mueras, por favor.

—Cuídalos —susurró el hombre.

—Sí, papá.

El padre cerró los ojos con una leve sonrisa y se mantuvo en silencio mientras Joan acariciaba angustiado su fría mano. Después habló haciendo un gran esfuerzo.

—Sé que lo harás.

Ramón tomó aire de nuevo y lo dejó escapar con fuerza. Fue como si se cerrara una puerta, como si soltara un peso con el que no podía. Ya no volvió a mirarle. Joan tardó en comprender que había muerto. Una pena horrible le desgarraba.

4

Se quedó arrodillado frente a su padre, acunando su azcona en los brazos. No podía creer que estuviera muerto. Quiso rezar, pero le vino a la memoria la conversación, justo una semana antes en el mismo lugar donde aquella mañana le mostró las nubes.

—Fíjate en los pinos y las rocas —le dijo entonces Ramón.

El mar se movía inquieto y el agua azul rompía al chocar contra las piedras en mantos de espuma blanca. Los pinos crecían en cualquier lugar entre las peñas, alguno surgía de grietas imposibles, abriéndose paso con una fuerza sorprendente, a veces en extraños equilibrios sobre el mar.

—Los veo, papá.

—Mira, hijo. El pino es fuerte, pero no se puede mover. No es libre. Las rocas son aún más fuertes, pero están muertas y no hay libertad en lo inerte.

Joan le escuchaba atento; por la entonación de su padre, supo que aquello era importante.

—Fíjate ahora en las gaviotas.

Las vio elevarse, planear inmóviles en el aire y de pronto caer para remontar de inmediato. Iban, venían, subían y bajaban trenzando una danza alegre y secreta.

—Sí, las veo.

—Son libres. Van donde quieren. No son ni duras como la roca, ni fuertes como el pino, pero vuelan y nadie las puede detener ni domesticar.

Ramón calló pensativo mientras Joan le miraba pendiente de sus palabras. Al rato, señalando al horizonte lleno de colinas del oeste, continuó:

—Allí viven unos hombres, quizá tan fuertes como esos pinos, pero como ellos tienen raíces que les impiden moverse.

El chico quiso imaginar una raza tan asombrosa, contempló los grandes árboles que los rodeaban y recordando los cuentos oídos junto al fuego del hogar inquirió:

—¿Son gigantes a los que les ataron los pies?

Ramón rio.

—No, Joan, no son gigantes. Son como nosotros.

—¿Como nosotros?

—Como nosotros en apariencia, pero muy distintos.

—¿En qué son distintos?

—Ellos son siervos de la gleba. Remensas.

—¿Y qué son los remensas?

—Son campesinos sometidos a un señor para el que trabajan. Las tierras son del amo y ellos también, no pueden irse, están atados a la tierra como si tuvieran raíces en ella.

—¿No huyen?

—Pocos lo intentan porque el castigo es muy severo.

—Tienen miedo —reflexionó el chico.

—Sí, Joan, lo has comprendido. Es el miedo lo que hace que les crezcan raíces que son cadenas. No dejes nunca que el miedo te haga esclavo.

Joan afirmó con la cabeza. Conocía bien la historia de su antepasado que escapó de la servidumbre alistándose con los almogávares, las tropas mercenarias que más de un siglo antes alcanzaron gloria y riquezas en Grecia. Aquel tatarabuelo regresó con el botín suficiente para comprar una barca y ser libre en Llafranc. El arma favorita almogávar era la azcona, una lanza arrojadiza corta y pesada, cuyo astil era igual al del arpón. La azcona era símbolo de libertad para la familia Serra.

El chico quedó pensativo viendo a las gaviotas volar libres y alegres sobre el mar. Se oían sus graznidos, el rumor de las olas y el murmullo de la brisa que acariciaba los árboles.

—Escúchame bien, Joan —habló Ramón al rato—. Nosotros somos como las gaviotas: solo necesitamos unas rocas y un pedazo de tierra para nuestro nido. Somos seres del ancho mar, de los vientos cambiantes, somos libres como ellas.

El chico se fijó en las ruidosas aves blancas y admiró de nuevo su vuelo.

—Ellas son libres desde que aprenden a volar —continuó—. Pero el hombre no. Nazcas libre o siervo, nadie te regala tu libertad: la debes conquistar tú cada día, con tu valor y con la fuerza de tu brazo. Un hombre es responsable de su libertad y la de su familia. Recuérdalo bien, hijo.

Joan inspiró, como absorbiendo las palabras de su padre, creía haberle entendido y le pidió con determinación:

—Quiero aprender a lanzar la azcona como tú.

—Sin duda lo harás —repuso Ramón sonriendo—. Incluso mejor que yo.

Recordaba que entonces dudó de que algún día lo lograra y ahora sostenía la azcona de su padre entre las manos. Y él estaba muerto.

«Prométeme que serás libre» y «Cuídalos», le pidió antes de morir. Joan se dobló sobre la azcona hasta tocar con su frente al suelo. El dolor que notaba en el corazón se extendía por todo el cuerpo. Se sentía incapaz de cumplir sus promesas.

—Él ya no nos necesita —le dijo Tomás levantándole para abrazarle—. Tenemos que ocuparnos de los vivos. Lo siento mucho, Joan, pero no podemos perder tiempo.

El chico estaba aturdido, estupefacto, con los ojos llenos de lágrimas; no podía asimilar la muerte de su padre, pero reaccionó al pensar en su madre y hermanas. Uno de los que hallaron tendidos tenía una saeta clavada en el hombro y se había fingido muerto. Los sarracenos, ocupados en su propio herido y en capturar prisioneros, no se entretuvieron rematando a los caídos. El otro era cadáver. No había más cuerpos en el suelo. Los demás, sanos o heridos, huyeron o fueron apresados.

Mientras Joan estuvo arrodillado frente a su padre tratando de rezar, Tomás y Daniel curaron al superviviente extrayéndole la saeta para vendarle después la herida como buenamente pudieron. Dijeron que volverían a recogerle, le dejaron el agua y continuaron el descenso con precaución hasta un lugar desde donde se divisaba la cala al completo.

—¿No te parece extraño que no los remataran? —le preguntó Tomás a Daniel.

—Sí que es extraño. Y más habiéndole clavado Ramón su azcona a aquel moro.

Los sarracenos agruparon en la playa a los prisioneros. Había doce mujeres de distintas edades y un par de chicos un poco mayores que Joan. Los tenían atados y varios piratas los vigilaban, mientras otros cargaban en los barcos fardos, animales, todo lo que iban robando de las casas.

—¿A quiénes ves? —preguntó Tomás.

A ellos les costaba distinguir, pero Joan tenía ojos jóvenes. Allí sentada en la arena estaba su madre: trataba de amamantar a Isabel, que lloraba. El chico se estremeció al ver la soga con la que la amarraban por el cuello. A su lado, llorosa, se encontraba su hermana María y junto a ellas, Elisenda y Marta, la hija y la esposa de Tomás, que observaban a aquellos hombres con temor. También estaba la hermana de Daniel, y Joan fue nombrando a todos los cautivos.

—¡Dios mío! —exclamó Tomás consternado al oír que su esposa e hija habían sido apresadas—. Esperaba que estuvieran escondidas en algún lugar.

—¡Tenemos que hacer algo! —dijo Joan—. ¡Hay que liberarlas!

—Están esperando a la marea alta para hacerse a la mar —advirtió Daniel—. Falta poco y quieren ahorrar esfuerzos. No atacarán la torre, ya tienen el botín que querían y se reagruparán para proteger lo robado de cualquier asalto desde tierra.

—¡Pero hay que salvarlos! —insistió Joan.

—No podemos hacer nada contra ellos, ni nosotros, ni los de arriba —dijo Daniel—. Nos matarían al instante.

—Nuestra única posibilidad es que llegue la ayuda de Palafrugell —repuso Tomás.

Daniel se encogió de hombros, parecía dudarlo.

—¡Vamos a buscarlos! —gritó Joan.

—Hay menos de tres millas —apuntó Daniel—. Si hubieran querido, ya estarían aquí. Hace un buen rato que la campana de nuestra torre suena a rebato; ellos la han oído, porque las campanas del pueblo de Palafrugell también llaman al arma. Quizá no quieran arriesgarse. Temerán caer en una emboscada.

—El chico tiene razón —dijo Tomás—. Si salimos a su encuentro y les explicamos la situación, se sentirán más seguros.

—No nos ayudarán —repuso Daniel.

—¡Deben hacerlo! —gritó exasperado Tomás—. El abad de Santa Anna dice ser nuestro señor y nos cobra impuestos, su obligación es defendernos.

—¡Vamos a buscarlos! —insistió Joan.

—Id vosotros. Yo me quedo vigilando —dijo Daniel.

5

Mientras corrían monte abajo en dirección a Palafrugell, Joan iba rezando para que los del pueblo salvaran a su familia. Al poco se encontraron con un par de jinetes: era la avanzadilla del somatén, los voluntarios que acudían a la llamada a las armas. El chico sintió un alivio indecible. Les informaron de lo ocurrido, de dónde estaban los piratas, de que había que actuar con rapidez.

—Hay que contárselo al regidor, él decidirá —dijo el que parecía mandar, y subió a Joan a la grupa de su caballo, mientras Tomás los seguía a la carrera.

Se toparon casi de inmediato con la tropa que esperaba a menos de una milla. El regidor de Palafrugell era un eclesiástico panzudo llamado fray Dionís, que administraba el señorío en nombre del convento de Santa Anna de Barcelona. Joan le vio vestido para el combate, con un casco que le cubría su cabeza medio calva medio tonsurada, con la parte superior de una armadura que no disimulaba su barriga, y espada al cinto. Le acompañaban algunos soldados, pero la mayoría eran somatenes, voluntarios del pueblo, armados con lanzas, ballestas, arcos y espadas.

—¡Han capturado a muchas mujeres y a niños! —le gritó Joan, excitado—. ¡Hay que rescatarlos de inmediato, están a punto de llevárselos!

El regidor le dijo que se tranquilizara y que le contara todo. Joan lo hizo a toda prisa e insistió en la urgencia.

—Un arcabuz —dijo—. A tu padre le han disparado con un arcabuz. Es como un cañón, pero pequeño.

—Nunca habíamos visto algo semejante —repuso Tomás—. Nos aterrorizó.

El eclesiástico continuó preguntándoles sobre mil detalles inútiles en opinión del chico, como el aspecto de la galera y cómo iban vestidos y armados los sarracenos.

—¡Por favor, que se los llevan! —suplicó Joan, cansado.

—Soy el responsable de estos hombres. Iremos con cuidado, no quiero caer en una emboscada y tener más muertos.

Al fin fray Dionís dio instrucciones y la tropa empezó a andar sin apresurarse. Él iba al frente del grupo, a caballo junto con una decena de jinetes pertenecientes a la pequeña nobleza y burguesía rica, mientras que los demás, pueblo llano y campesinos, seguían a pie. Joan se moría de impaciencia y continuaba rezando. Al poco el fraile ordenó que se detuvieran para esperar noticias de los exploradores.

—¡Se irán con nuestras familias! —le increpó Tomás.

—Tú no sabes nada de guerra —repuso el clérigo—. ¡Cállate!

Tomás se le acercó amenazante y Joan pensó que le golpearía, pero un par de soldados se interpusieron empujándole hacia atrás.

—¡Cobarde! —le gritó Tomás—. No os paráis a esperar a nadie cuando venís a nuestra aldea a cobrar impuestos, ¿verdad?

Los soldados le empujaron de nuevo y le obligaron a callar entre amenazas. Miró a Joan con sus ojos azules llenos de lágrimas y apretando las mandíbulas con rabia, le dijo:

—Vamos tú y yo.

Y echó a correr seguido por Joan. La campana de la torre de San Sebastián sonó de nuevo, perentoria, urgente, pidiendo ayuda. El chico lo sintió como un presagio funesto. Cuando llegaron jadeando donde los aguardaba Daniel, vio que los piratas obligaban a sus cautivos a subir a las naves. Les hacían entrar en el mar para trepar a la galera por escalas de cuerda.

En aquel momento Eulalia, que se resistía a abandonar a su niña de pecho, empujó a uno de los moros y María, Elisenda y un par más de muchachas aprovecharon para librarse de las sogas que las sujetaban por el cuello y escapar.

—Tenemos que hacer algo —dijo Joan, desesperado.

—¡Vamos, Daniel! —gritó Tomás.

—No podemos hacer nada.

—¡Se llevan a mi mujer y a mi hija!

—También a mi hermana, pero no haré que me maten. El resto de mi familia me necesita.

Tomás no contestó, se limitó a salir del refugio entre los árboles y coger su ballesta para dirigirse a la playa.

—¡No vayas, Tomás!

Cuando Daniel quiso detenerle, Tomás se soltó de un manotazo y echó a correr hacia los piratas. Joan le seguía, pero Daniel le agarró y a pesar de su forcejeo, el hombre pudo con el niño.

El chico vio cómo dos piratas golpeaban a su madre con saña mientras otro la arrastraba estrangulándola con la soga. Tuvo que soltar a Isabel. Y a tirones de la cuerda la obligaron a entrar en el mar y subir por la escala. Joan gritó desesperado, luchando para seguir a Tomás, impotente ante la fuerza con que le sujetaba su vecino. Sentía en su cuerpo los golpes que le propinaban a su madre y en su interior un puño invisible le estrujaba el corazón.

Mientras, los sarracenos volvieron a capturar a las muchachas, entre jolgorio y risotadas, otra vez les pusieron las sogas al cuello y, tirando de ellas, las llevaron a la nave. La brisa trajo de nuevo el tufo intenso de podredumbre, excrementos y miseria humana que despedía la galera y a Joan se le removió el estómago. Se dijo que aquel debía de ser el olor del infierno.

—Mira, el somatén está allí. —Señaló Daniel con el dedo—.

Vieron a las muchachas cuando trataban de huir pero no hicieron nada.

La tropa se encontraba al otro lado de la aldea, observando.

—¿Qué esperan? ¡Dios mío, que los salven! —murmuró el chico.

Entonces una nube apareció en la proa de la galera seguida de un trueno. Una columna de polvo y cascotes se levantó muy a la izquierda de la milicia comandada por el fraile y esta se dispersó en retirada. Y aquello fue todo. Los somatenes contemplaron a distancia cómo los piratas se llevaban a los seres queridos de los aldeanos, cómo les arrancaban a pedazos sus vidas. Sin hacer nada.

Cuando Tomás pisó jadeante la arena de la playa, los sarracenos cargaban ya a los últimos cautivos y a Joan le pareció oír un grito desde la nave. Quizá fuera Marta, su esposa.

—¡Vete, Tomás!

Pero él no desistió y con un trotecillo fatigado se puso a correr sobre la arena hacia el barco, con su arma cargada aunque sin apuntar. Estaba a menos de un tiro de ballesta de la galera cuando sonó uno de aquellos truenos y la arena saltó a sus pies. Tomás se detuvo y Joan creyó que le habían herido como a su padre. Permaneció inmóvil, como esculpido en piedra, y los musulmanes no volvieron a disparar. Todos los cautivos habían embarcado ya y los últimos sarracenos en la playa empujaban la *Gaviota* al mar, se la llevaban.

Tomás salió de su inmovilidad y despacio, con paso vacilante, como sonámbulo, dejó caer su ballesta al suelo y anduvo hacia la nave mientras los sarracenos levaban anclas.

—¡Marta! ¡Elisenda! —gritó desgarrado.

Alguien respondió, pero la voz se perdió entre el griterío de órdenes, los golpes y los crujidos. La marea elevaba la nave, sonó una corneta, y de pronto ciento cincuenta remos se levantaron para hundirse en el agua, todos a la vez, con un chapoteo siniestro, y el gran navío retrocedió hacia el mar, imponente.

—¡Marta! ¡Elisenda! —aulló Tomás como loco.

Joan vio cómo corría hacia la galera saltando y salpicando entre las olas y cuando el agua le obligó a nadar, lo hizo con desesperación. El hombre era algo insignificante, minúsculo, en comparación con la nave.

La galera viró y enfiló su proa a alta mar. Un mar demasiado azul y hermoso para una tragedia tan grande. Joan sintió que los sarracenos se llevaban la vida de la aldea. Le habían arrancado el corazón, nunca se recuperaría, jamás sería igual. Nadie lo sería.

También se llevaron las provisiones para el invierno y a la *Gaviota*, la hermosa barca del padre de Joan. Detrás dejaron llanto, desesperación y hambre.

Entonces Daniel le soltó y Joan, impotente, roto, con las lágrimas corriéndole por las mejillas, vio cómo la nave se adentraba en el mar hasta desaparecer. Sobre la arena habían abandonado el cuerpecillo de Isabel, ensangrentado, que intentaba gatear. Berreaba y su llanto rompía el silencio de muerte de la aldea.

Joan corrió tambaleante hacia ella, la tomó en brazos y luego, agotado, se dejó caer con la pequeña sobre la arena. Acunaba a Isabel mirando al cielo, donde ya no había nubes, solo un azul inclemente, y se deshizo en lágrimas.

Estaba exhausto y sentía su corazón desgarrado. Jamás hubiera podido imaginar tanta pena. Su padre, su madre y su hermana. Veía sus caras y la angustia confundía sus pensamientos, que se amontonaban atropellados. Pero una ansiedad pronto superó a todas las demás: pensaba en qué decirle al pequeño Gabriel cuando le preguntara por sus padres.

6

Los supervivientes, junto a amigos y familiares llegados de Palafrugell, velaron los cuerpos de los fallecidos en sus casas. Los rezos se interrumpían con llantos y lamentos, la gente no entendía el porqué de tanta desgracia. Joan sentía, frente al cadáver de su padre, una pena terrible. Aunque pronto comprendió que el duelo por los cautivos era mayor que por los difuntos.

—Este ya ha dejado de sufrir —susurraba una comadre que escapó por vieja.

El oído de Joan, más joven y fino, recogía los cuchicheos que se producían hasta en los últimos rincones de su casa, que solo era una gran habitación sin divisiones interiores, en el centro de la cual se instaló el camastro con el cuerpo de su padre.

—Para pobres las que se han llevado, esas sí que van a penar —continuaba la mujer.

Joan no quería imaginar qué sería tanto sufrir, pero los rostros de su hermana, su madre y Elisenda, hija de Tomás y su compañera de juegos, le venían una y otra vez a la mente. Temía olvidarlas, pensaba que si lo hacía, ellas también morirían. Después las imaginaba sufriendo, como dijo la vieja, y aun sin conocer los motivos, veía sus semblantes llenos de dolor.

—Se llevaron a las mujeres más hermosas de la aldea —murmuraba un hombre de cara atezada y llena de arrugas a otro que afirmaba en silencio con la cabeza.

Joan quiso pasar la noche velando el cuerpo extrañamente inmóvil de su padre, despidiéndose de él, pero el agotamiento del día y la monotonía de los rezos vencieron sus fuerzas y se quedó dormido, de rodillas, apoyado en la pared. Al fin, Tomás lo cogió en brazos y lo puso en el camastro en el que descansaba su hermano.

Le despertó el tañido fúnebre de la pequeña campana de la ermita de San Sebastián y los murmullos de los que se preparaban para llevarse a su padre. Mantuvo los ojos cerrados, quería continuar en aquel sueño donde él aún vivía y su madre preparaba el desayuno. Los recuerdos del asalto pirata eran solo una pesadilla y de un momento a otro despertaría a una realidad en la que toda la familia estaría otra vez junta. Como siempre, como todos y cada uno de los días vividos hasta entonces. Pero no fue así.

—Joan, Gabriel. —Tomás los sacudió con ternura—. Despertad, chicos.

Las ventanas estaban abiertas y ya entraba la claridad del día. Un par de mujeres murmuraban aún rezos sentadas en la bancada del lado de la chimenea. La vela se había consumido sobre la mesa.

—Despedíos de vuestro padre, lo van a amortajar.

Joan sintió aquellas palabras como un golpe en el pecho. Vio que preparaban unas sábanas, comprendió que ya no le vería más y se levantó a mirarle con una angustia desesperada. Sus facciones eran las mismas y tenía una expresión relajada; una sábana le cubría el cuerpo desde el pecho hasta los pies, y a no ser porque estaba tendido en el centro de la habitación, hubiera podido pensar que dormía. Le besó la mejilla y su piel fría le hizo estremecer. Palpó ese brazo fuerte con el que lanzaba el arpón y la azcona, y su rigidez sin calor le hizo entender al fin lo incomprensible. Aquel ser, invulnerable en sus ilusiones de niño, aquel hombre que le amaba y protegía, había sido vencido y en unos momentos desaparecería para siempre.

Gabriel no quiso tocarle.

—Papá —sollozó.

Joan le vio desamparado, sabía que debía consolarle, pero se dijo que no sería capaz, que no era fuerte como lo había sido su padre, y a su angustia se unió la pena por Gabriel. Le abrazó para que llorara contra su pecho, y ambos se unieron en un llanto desconsolado. Y con la última imagen de su padre, mientras las mujeres cosían las sábanas que le cubrirían para siempre, los recuerdos le asaltaron:

Era primavera y las ballenas surcaban el mar en paralelo a la costa, hacia el norte, aunque los de Llafranc no las pescaban; eran demasiado grandes y fuertes. Ramón propuso a su tripulación que lo intentaran, con la nueva barca podían conseguirlo. La mayoría votó a favor y Joan fue con ellos.

Estuvieron en alta mar un día entero y su noche antes de divisarlas y cuando al fin las vieron, al chico se le encogió el corazón: lanzaban grandes chorros de agua y eran enormes, dos veces su barca. Se acercaron con cuidado al remo y cuando estuvieron lo suficientemente cerca de uno de aquellos gigantes, Ramón se puso de pie en la proa. Maniobraron varias veces para lograr la distancia adecuada y el chico vio cómo se tensaban los músculos del brazo derecho de su padre cuando al fin levantó el arpón para lanzarlo con toda su fuerza y clavarlo en la piel oscura y brillante del cetáceo. El agua azul y transparente se llenó de sangre y los marinos gritaron de alegría. Entonces el monstruo se puso a tirar de la barca con una fuerza enorme, mientras Ramón le arponeaba de nuevo para amarrarlo bien. Los arrastró mucho tiempo y a gran velocidad. No remaban, solo rezaban para que no los echara a pique, y cuando se fue calmando desplegaron la vela para frenarlo y dejar que se cansara. Al fin, el animal se agotó y empezaron a arrastrarlo hacia Llafranc ayudados de remo y vela.

Joan solo pudo comprender lo grande que era cuando toda la aldea tuvo que unir sus fuerzas para arrastrar su cuerpo a tierra. Fue una gran fiesta.

Orgulloso de su padre, Joan quiso recordar la hazaña esculpiendo en bajorrelieve, en la proa de la *Gaviota*, a Ramón arponeando al cetáceo. Le llevó mucho tiempo pero merecía la pena.

Al regresar de su dulce recuerdo y ver el cuerpo de su padre ya amortajado, sacudió su cabeza en amargo desconcierto. «No puede ser», se repetía una y otra vez.

—Lo siento mucho —les dijo el ermitaño de San Sebastián a los reunidos en el pequeño cementerio—. No os pude avisar antes. Vi esa galera que venía hacia la cala después de rezar las oraciones del amanecer. No tengo idea de cuándo ni por dónde desembarcaron los que os esperaban escondidos en la ladera. Lo siento, perdonadme.

Un murmullo de disculpa se alzó entre los congregados, la emboscada les había sorprendido a todos. El regidor de Palafrugell no acudió al entierro y fue el ermitaño quien dirigió los rezos. Al murmullo de las oraciones se le sumaba un tristísimo y espaciado toque de difuntos de la campana de la ermita, y a este se unía, como un eco lejano y más grave, el de la iglesia de Palafrugell. El día era desapacible, ventoso, con nubes altas, y las gaviotas sobrevolaban el camposanto graznando. Joan contempló cómo la tierra caía sobre la mortaja blanca de Ramón, allí abajo en aquel agujero. Y pensó que su padre hubiera preferido ahogarse en el mar, en alguna tormenta y que su cuerpo llegara a la orilla, mecido por las olas entre rocas inaccesibles, como los de las gaviotas muertas. Quiso ser libre como ellas, y murió libre y, mientras estuvo vivo, su familia también lo fue. Joan debía ocupar su lugar. Pero ¿cómo hacerlo si apenas era capaz de lanzar la azcona a unos pasos de distancia?

Al terminar la ceremonia, Tomás se acercó a los chicos.

—Vuestro padre era como un hermano para mí. —Tenía los ojos llenos de lágrimas—. Y sé que tú, Joan, amabas a mi hija. Yo ya no tengo hija, ni mujer. Vosotros no tenéis ni padre, ni madre. Dejadme ser vuestro tío, ya que nunca podría sustituir a Ramón. Venid conmigo, yo os cuidaré.

—Gracias, Tomás —repuso Joan una vez fue capaz de comprender lo que les decía.

Él los abrazó; no se parecía a su padre, pensó Joan. Era más alto y nervudo, y donde Joan notaba la dureza mullida del músculo de Ramón, en Tomás encontraba hueso y nervio. Su ofrecimiento le aliviaba pero no le gustaron sus palabras sin esperanza.

—Ellas volverán. Nosotros aún tenemos madre y hermana, y tú tienes a Elisenda y a Marta —le dijo cuando se separaron—. Iremos a buscarlas, ¿verdad, Tomás?

Él negó con la cabeza.

—¡Volverán! —dijo Joan casi en un grito.

El hombre le miró con sus ojos azules, tragó saliva y no dijo nada.

Después se dirigieron al pueblo, donde fray Dionís oficiaba una misa funeral en la que se rogaría también por los cautivos y los heridos.

—Ha sido la voluntad de Dios —predicaba en su sermón desde el púlpito a una iglesia abarrotada—. Cumplamos bien los mandamientos de la Santa Madre Iglesia, para que no se repitan esos males.

Declamaba apasionado, gesticulando con energía. Joan, que estaba junto a Tomás, notó cómo este se crispaba al oírlo.

—Esas desgracias son fruto de nuestros pecados. Y la esclavitud, el hambre y la muerte son las penas que el Señor nos impone. Cumplamos Su ley y Él nos mantendrá a salvo.

—¿A salvo? —gritó Tomás.

El regidor enmudeció de sorpresa, nadie interrumpía un sermón. El silencio era total, Joan ni respiraba.

—¿Que el asalto de los piratas es un castigo del Señor por nuestros pecados? ¡Aquí os librasteis gracias a las murallas y a los soldados! No por vuestra virtud.

Joan pensó que tenía razón.

—¿Qué pecado cometió mi hija para merecer la esclavitud? ¿Cuál mi mujer? —Se acercó a increparle desde el pie del púlpito—. Si ahora son esclavas, es por vuestra cobardía, no por sus pecados. ¿Por qué no dejasteis que el somatén atacara a los piratas? ¡Cobarde! —Y se lanzó escaleras arriba.

—¡No me toques! —aulló el eclesiástico—. ¡Arderás para siempre en el infierno!

Las mujeres chillaron y Joan pensó que lo arrojaría por encima de la barandilla. Y lo hubiera hecho de no ser por los soldados que siempre acompañaban al regidor y que corrieron desde la entrada del templo. Cuando le sujetaron agarraba por el cuello al clérigo, que ya tenía la cara púrpura. Se repartieron muchos golpes y el fraile recibió varios.

—¡Echadle de la iglesia! —gritó el regidor sofocado cuando ya se llevaban a Tomás—. ¡Y no vuelvas, quedas excomulgado!

7

No fue hasta el día siguiente cuando Joan empezó a comprender el tamaño de la desgracia que los abrumaba. Tomás fue a vivir con los chicos, trasladando alguno de sus enseres. Decía que su casa estaba llena de recuerdos y vacíos insoportables. La de Joan también guardaba felicidades truncadas en tristezas, cada objeto le recordaba un pasado feliz y no podía dejar de pensar en sus padres, en su hermana y en Elisenda. En cuanto a Isabel, la habían llevado al pueblo de Palafrugell: en la aldea no había mujer que le pudiera dar el pecho. Vivía en casa de una nodriza que la amamantaba a cambio de unos dineros que pagaba el regidor, pero apenas comía; no se recuperaba de los golpes recibidos en el asalto.

Vagaban los tres de la casa a la playa y de la playa a la casa. Ya no tenían la *Gaviota*, no había nada que hacer, estaban abrumados, apáticos y Gabriel ni siquiera quiso jugar cuando Joan se lo propuso. No eran los únicos en la aldea. Los sarracenos dejaron atrás las tres barcas pequeñas, pero entre todas no pescaban ni una cuarta parte de lo que pescaba la barca de Ramón. Joan se decía que si al menos les hubieran dejado la *Gaviota*, la cuadrilla volvería a trabajar y las nueve familias que vivían de ella tendrían un futuro. El chico recordaba con nostalgia la nave.

La *Gaviota* se construyó en la misma playa de Llafranc dos años antes. Habían tenido una buena temporada de pesca, y el padre de

Joan decidió, con los ahorros y la venta del coral rojo guardado durante varios años, hacer una barca mayor, de ocho remos y con una buena vela latina. Ramón era patrón y propietario, por lo que cuando había buena pesca y sobraba, esta se dividía en once partes, a él le tocaban tres y al resto de los pescadores una. Pero si la pesca era escasa, entonces se dividía solo entre nueve y Ramón se llevaba una parte como los demás.

Contrató a un reputado carpintero de ribera de Palamós y la llegada del maestro una mañana de finales de invierno fue un acontecimiento. Toda la aldea ayudó a desembarcar las herramientas y unas piezas de madera llamadas plantillas, que después supieron que eran los modelos de lo que sería la quilla y las cuadernas.

La nueva barca empezó siendo solo unas marcas en el suelo que el maestro carpintero trazó en un lugar no muy lejano de la orilla del mar, pero lo suficiente para que las olas no pudieran alcanzarla ni aun en los días de peor tormenta. Todo el mundo colaboraba y los carpinteros del pueblo de Palafrugell participaron con su trabajo y suministrando la madera de roble, para las cuadernas y quilla, y de pino para el chapado. Fue entonces cuando Joan, imitando a los carpinteros, empezó a tallar con los trozos de madera sobrante primero pequeñas naves que hacía flotar en el mar y después animales. El chico veía crecer admirado la barca. Al principio le recordaba el esqueleto de una ballena varada en la arena donde las cuadernas eran las costillas y la quilla la espina dorsal. Poco a poco la nave tomó su forma definitiva.

Una mañana Tomás le dijo a Joan, en nombre de la tripulación, que ya tenía edad de empezar en el oficio, pero para ser admitido tendría que traerles un gato. Una barca de pesca precisaba de un minino para mantenerla limpia de restos de pescado y de bichos, roedores en particular. Aun así, los marinos no aceptaban a un felino cualquiera: para que les trajera suerte debía ser robado. Era una costumbre inexcusable. Joan no hubiera sabido cómo cometer tal delito, pero Elisenda, la hija de Tomás, le ayudó. Ambos lograron cazar a un pequeño felino leonado que pocas semanas antes parió la gata del zapatero de Palafrugell. Elisenda tenía su misma edad y los ojos azules de su padre, pero era más alta que él, corría más y parecía saber de todo, nada se le escapaba. Los padres de ambos niños eran como hermanos, y todos pensaban que cuando llegara el momento Elisenda y Joan se casarían. Habían crecido juntos, eran algo más que compañeros de juegos y sus familias no se inquietaban si se retrasaban entre las rocas de la playa.

Poco después tuvo lugar la fiesta de botadura y a partir de entonces, cuando el mar estaba tranquilo, Joan salía a faenar en la barca. Al finalizar su primer día, a la hora del reparto, Tomás ofició una ceremonia cargada de reverencias y aplausos, y le entregó al niño una sardinita plateada. Le dijo que era el sueldo del primer día de un pescador, y con otra reverencia le dio al gatito una sardina igual. Todos rieron, pero Joan corrió a su casa orgulloso para que su madre la cocinara. Era su primer salario. Tenía diez años.

Habían transcurrido solo dos veranos desde aquel día, pero todo había cambiado de forma trágica.

La inactividad era lo peor. La gente se reunía en corros para compartir su angustia por la suerte de los heridos y de los cautivos, los miedos por un futuro sombrío y su añoranza por un pasado que antes les parecía duro, a veces, pero que ahora recordaban como el paraíso.

—¿De qué viviremos cuando llegue el invierno? —preguntaba una mujer—. Esas barcas traen muy poco, y si se les da mal, ni sus dueños podrán comer.

—¡Y los moros se han llevado todo lo que guardábamos! —se lamentaba otra.

—Fray Dionís nos tiene que ayudar —intervino uno de los de la cuadrilla del padre de Joan—. Bien que nos cobraba impuestos sobre la pesca.

—Tampoco tienen mucho en el pueblo —dijo Daniel—. Las cosechas no han sido buenas y hay hambre atrasada desde la guerra civil.

—¿El regidor? —preguntó Tomás despectivo para escupir a continuación al suelo—. ¿Qué ayuda podemos esperar de ese cobarde que dejó que se llevaran a los nuestros?

—A ti sí que no te auxiliará —le dijo una de las mujeres—. Después de lo que hiciste en la iglesia, no te dará nada.

—Volvería a hacerlo —repuso él con rabia—. Y si pudiera, le rebanaba el cuello. Antes me muero de hambre que aceptar algo de ese miserable. Para ocultar su cobardía hace que las víctimas seamos los malos y él se erige como el juez que interpreta la voluntad de Dios.

—No te falta razón —concedió Daniel, y la mayoría de los hombres asintió—. Pero piensa en esos chicos que ahora tienes a tu cargo. Al estar excomulgado ya no perteneces a la Iglesia y sabes que nos prohíben hablar contigo. Nadie te puede ayudar.

—Pídele perdón —intervino otro—. Aunque solo sea por los chicos. Si están contigo, no recibirán nada del regidor.

—¡No, no lo haré! —gritó colérico Tomás—. No me importa lo que me pase, y me apartaría de los chicos antes de hacerles daño. Pero fray Dionís es un indigno. ¡Hagámosle saber al abad de Santa Anna cómo se comportó ese cobarde! ¡Que lo sustituya!

Los demás callaron y se miraron entre ellos, furtivos, para terminar desviando la vista hacia el mar.

—¿Qué decís? ¿Me ayudáis?

—Lo siento, no es el momento de enfrentarnos al regidor —dijo al fin uno de ellos—. Le necesitaremos para sobrevivir este invierno.

Aquello fue como la señal para que el grupo se dispersara. Tomás se quedó solo, mirando el lugar por donde se fue la galera con su mujer y su hija a bordo.

En los días siguientes, Tomás y los chicos se concentraron en conseguir comida. Comer era importante, pero mantenerse ocupados y dejar de pensar lo era incluso más. Recorrían el monte cercano a la aldea en busca de setas y piñas; también se desplazaban más al interior donde había castaños y encinas, aunque las bellotas aún estaban verdes. No obstante, cogían algunas para molerlas y hacer tortas con su harina. Sabían amargo. Lanzaban sus cañas desde los roqueros y las horas transcurrían esperando a que algún pez picara. Después exploraban los rompientes: almejas, algún que otro cangrejo, erizos de mar... Nada que fuera comestible se les escapaba. Sin embargo, la mayoría de los supervivientes hacía lo mismo y lo encontrado no saciaba a nadie.

Todos esperaban a las tres barquichuelas por si habían tenido suerte y sobraba algo de pesca. Del pueblo llegaba pan, siempre insuficiente, a lomos de una mula y custodiada por cuatro soldados del regidor.

—A Tomás no le podemos dar nada, y mientras los chicos estén con él, tampoco a ellos —dijeron el primer día.

A partir de entonces ni Tomás ni los chicos se acercaron más a la mula. Desde lejos veían a los vecinos repartiéndose las hogazas y solo después, al alejarse los soldados, las vecinas les daban pan a escondidas a los pequeños.

El dolor parecía crecer conforme pasaban los días y la noticia de la muerte de la pequeña Isabel empeoró aún más las cosas.

Joan recordaba su cuerpecillo cálido y ensangrentado cuando la recogió de la arena para acunarla. Quería que dejara de llorar pero fue él quien terminó acompañándola con su llanto. Y la recordó antes, tan graciosa, cuando reía desdentada en brazos de su madre. Y cómo esta la miraba a ella y después le sonreía a él.

La noticia llegó con los soldados que traían el pan y corrió en cuchicheos entre los vecinos. Al final fue Clara quien encontró el valor para decírselo. Gabriel no paraba de llorar y Joan trataba de ser fuerte y animar a su hermano, pero no conseguía ni lo uno ni lo otro. Solo quedaban ellos de su familia.

Tomás era incapaz de consolar a los chicos, que con frecuencia le sorprendían llorando también a él y cuando no lo hacía, le veían apretar las mandíbulas con rabia.

—Volverán —repetía Joan para animarle—. Un día iremos a buscarlas y las traeremos de vuelta.

—No. No volverán —respondía Tomás, terco—. No las veremos más.

—Que sí, que cuando yo sea mayor me haré soldado, seré muy fuerte, e iré a buscarlas. Te lo prometo.

El hombre le miraba con un asomo de sonrisa, parecía creerle por unos momentos, pero después negaba con la cabeza, en silencio.

El pescador odiaba más cada día: a los malditos sarracenos y al clérigo ruin que no hizo nada para ayudar a los cautivos. Su rabia era contagiosa, y Joan comprobó que el odio mitigaba la pena y el dolor, y aprendió a apretar las mandíbulas como Tomás, a odiar y a maldecir.

8

—El coral rojo es nuestro oro —le dijo un día Tomás a Joan—. Tengo algo guardado, ven.

Le condujo hasta un rincón de su antigua cabaña y le señaló el lugar en el suelo de tierra pisada donde estaba enterrado.

—Si algún día lo necesitas y yo no estoy, cógelo, es para ti y para tu hermano. No hay mucho, pero algunas de las ramitas se pagarán bien.

Joan sabía que su padre también guardaba su coral bajo el suelo de su propia casa. Lo pescaban en los roqueros y escollos usando la cruz de San Andrés, un artilugio con aspas que arrastraban por las rocas para arrancarlo. Una redecilla recogía aquel oro rojo. El trabajo era delicado y requería el mar en calma para evitar que la barca se estrellara contra las rocas.

El chico recordó aquellos dos veranos con la *Gaviota*, que era una buena barca y les permitía navegar lejos. Iban al norte, a las islas Medas, propiedad también del convento de Santa Anna de Barcelona. En las islas el mar era aún más bello que en Llafranc, tenían aguas claras y transparentes y en los lugares poco profundos el fondo se distinguía a la perfección. Abundaba el coral rojo hasta el punto de que en ocasiones se podía pescar buceando. Allí Tomás y Ramón le enseñaron a llenar los pulmones de aire con una respiración intensa, para poder nadar más tiempo bajo el agua. Joan disfrutaba de aquellas inmersiones, del sol y del mar diáfano y tranquilo. Apenas regresaron de las islas unas semanas antes. ¡Pero qué lejanos estaban aquellos días felices!

Veía a Tomás cada día más delgado, y su figura larguirucha y nervuda empezó a tomar un aspecto esquelético. Casi todo lo comestible que encontraban era para los chicos y, a pesar de ello, la noche sorprendía a los pequeños siempre hambrientos.

—Estar conmigo os hace mal —empezó a decir—. El regidor os dará comida si me voy.

Pero Joan respondía que con nadie estarían mejor que con él. Poco a poco, Tomás iba dirigiendo el odio que les tenía a los sarracenos y al regidor hacia sí mismo.

—Me hubiera gustado morir como lo hizo vuestro padre —repetía—, defendiendo a mi familia. Pero me asusté al oír aquel trueno... Era nuevo para mí y hui al verle caer. Se llevaron a Elisenda y a Marta mientras yo corría como un cobarde.

—Que murieras no hubiera servido para nada —le consolaba Joan—. Solo un ataque rápido del somatén las hubiera salvado.

—¿Y para qué valgo ahora? No tengo barca, no tengo con qué daros de comer y por mi culpa el miserable del regidor os priva del poco pan que reparte en la aldea.

—Todo se arreglará —le animaba Joan—. En pocos años Gabriel y yo seremos mayores y podremos alistarnos los tres en las galeras del rey. Rescataremos a las cautivas y nos traeremos un tesoro moro de vuelta, igual que nuestro antepasado almogávar.

Eso le hacía sonreír, sus ojos azules brillaban y su cara escuálida se llenaba de luz.

Aquella cena tenía que ser especial. Joan había pescado con su caña un pez de buenas dimensiones y lo preparaba a la parrilla. Tenían algo de pan, unas hierbas bastante duras pero que hervidas eran comestibles, y varias castañas. Era todo un festín y el chico imaginó durante la tarde una nueva historia sobre cómo los tres rescatarían a las mujeres cuando Gabriel y él fueran mayores. Quería que Tomás y su hermano se alegraran, quería ver su sonrisa. Pero cayó la noche sin que Tomás hubiera llegado. Joan mandó a Gabriel a buscarlo, por si se había demorado en la casa de algún vecino, pero regresó ya de noche sin encontrarlo.

—¿Dónde estará? —preguntaba Gabriel, inquieto.

—Se habrá entretenido, no te preocupes. Hay luna y sabrá volver, cenemos.

Después de cenar se acostaron en el jergón, pero Joan estaba muy inquieto y de golpe algo le vino a la mente como un destello. Quiso asegurarse de que Gabriel durmiera antes de moverse, luego se vistió y salió a la noche. Una luna fina, cuarto creciente, presidía un cielo cuajado de estrellas. Una ráfaga helada le hizo estremecer, vacilaba, no se atrevía a entrar a la casa de Tomás, aunque allí no le habían buscado y tenía un presentimiento. Dio unos cuantos pasos rápidos y empujó la puerta, que se abrió con un chirrido. Afuera quedaba la luz tenue del firmamento pero en el interior solo había oscuridad.

—Tomás —dijo a media voz.

No hubo respuesta y le llamó de nuevo, esta vez en voz alta. Pensó que no estaba. Deseaba irse, y aun así se dijo que si la inquietud le hizo salir del cálido lecho para enfrentarse al frío de una noche otoñal, no era para hablarle a una casa vacía y resignarse a no obtener respuesta.

Anduvo unos pasos a tientas hasta tropezar con la mesa y palpó los taburetes. La puerta continuaba abierta y una claridad muy tenue penetraba por ella. No le permitía ver dentro de la casa, que constaba solo de una gran estancia, pero sí orientarse. Se dirigió al otro extremo de la puerta, donde estaban los camastros. Quizá Tomás estuviera dormido allí. La punta de su pie tocó el jergón mientras su cuerpo topaba con algo que se movía. Joan sintió el corazón en la garganta y dejó ir un grito. Aquello volvió a él. Era un contacto frío, rígido y basculante. Le recordaba el tacto del cuerpo de su padre antes de despedirle en la tumba. Y supo que era Tomás. Horrorizado, Joan salió corriendo para despertar a Daniel.

A la luz de un candil vieron cómo de una viga, encima del jergón donde acostumbraba a dormir con su mujer, colgaba el cuerpo larguirucho de Tomás. Aún se balanceaba, suave, por el encontronazo con el chico.

Daniel y su esposa fueron incapaces de consolar a Joan, que se pasó la noche velando el cadáver rígido de su amigo tendido en un jergón. Rezaba, lloraba y a ratos se adormecía desfallecido. Cuando su hermano despertó a la mañana siguiente, fue la esposa de Daniel quien se lo dijo. Él no tuvo el valor.

Fray Dionís prohibió que se le enterrara en el pequeño cementerio de la aldea. Era un excomulgado y un suicida: su alma estaba condenada al infierno para la eternidad y el destino de su cuerpo era pudrirse en algún rincón inaccesible donde las alimañas lo descarnaran. Joan subió a San Sebastián a suplicarle al ermitaño.

—Tomás era un buen hombre. Nunca hizo daño a nadie, ayudaba a quien podía, nos acogió a mi hermano y a mí cuando perdimos a nuestros padres. —Las lágrimas le venían a los ojos—. Por favor, enterradle en la tierra santa de la ermita.

—Lo sé, hijo —repuso el hombre acariciando su barba blanca—. Lo sé. Pero hay una ley para los suicidas; la misma que para los excomulgados. Es la ley de la Iglesia y yo, como todos, debo cumplirla.

—Su único pecado fue querer, y amó tanto a su familia que no pudo soportar perderlos —insistió el chico—. Dios bondadoso debe perdonarle, porque no hizo nada en su vida para merecer ese castigo.

—Lo sé, sé que era un buen hombre —murmuró el ermitaño—. Acudía a todos los oficios sagrados, su mujer siempre me traía comida, nunca supe nada malo de él.

—Entonces, enterradle en tierra de la ermita sin que fray Dionís lo sepa.

El ermitaño empezó a pasear, meditabundo, entre los pinos que rodeaban la cima coronada con el torreón, a cuyo pie estaba la capilla. Joan le seguía en silencio, le oía murmurar, la soledad debía de haberle acostumbrado a pensar en voz alta. Era una tarde espléndida y desde la cima se divisaba un mar azul inmenso y unas rocas soleadas, llenas de árboles. Y arriba las gaviotas. A Joan le traían muchos recuerdos y sintió un aguijón amargo, las lágrimas corrían ya por sus mejillas.

—Por favor —le exhortó entre sollozos, tirándole de la manga de su hábito raído—. Era como mi padre. Dios le habrá perdonado, no puede ser pecado amar tanto.

—¡Diablo de chiquillo! —estalló el hombre—. ¡Para de llorar ya, que me vienen a mí las lágrimas! ¿Cómo puedes ser, con tan pocos años, tan persuasivo?

—¡Por favor!

—¡Va en contra de la costumbre, de las normas! ¡Fray Dionís me echará de aquí como se entere!

—¡Por favor!

—¡Vale! —concedió al rato, irritado—. ¡Al fin y al cabo, si vivo aquí solo, es para no tener que seguir reglas absurdas!

Entre Daniel y tres más de la cuadrilla lo subieron arriba. Fue tan en secreto como secreto puede ser algo en una aldea pequeña, pero todos querían a Tomás y nadie iba a delatar al ermitaño. Pesaba poco y Joan pensó que él y su hermano tenían las carnes que le faltaban. En un rincón bajo un montón de piedras le recibió, como vientre materno, la tierra que querían negarle, y el ermitaño recitó las mismas oraciones que para Ramón. No hubo toque de difuntos aquel día, no se quería llamar la atención. Solo al día siguiente la ermita hizo sonar su campana, solemne, lenta, triste, durante mucho tiempo. El ermitaño supo hacerla llorar por Tomás y los aldeanos, entre lágrimas, le rezaron abajo, junto al mar.

—¡Ese es el destino que le aguarda al desdichado que no respete a la Iglesia y a sus ministros! —clamaba desde el púlpito fray Dionís—. Y el suicidio es uno de los pecados más horribles. El alma de ese hombre arde en el infierno y su cuerpo se pudre insepulto.

Los de la aldea, mezclados con los del pueblo, buscaron la mirada de sus vecinos; disfrutaban de la ignorancia del regidor. En cuanto a Joan, nada de lo referente a ese hombre podía divertirle, y apretaba los puños con rabia. Tomás le había enseñado a odiar a aquel cobarde culpable del cautiverio de sus seres queridos, y ahora también culpable de la muerte de su amigo.

—Aprended a respetar la voluntad del Señor, aceptando resignados las pruebas a las que Él os somete. ¡Son vuestros pecados los que traen las desdichas! Ved el caso de Tomás, y cómo por su desacato a la Iglesia y su estúpida tozudez ha merecido el castigo de Dios.

Joan no pudo contenerse y se adelantó hacia el púlpito gritando las mismas acusaciones que un día gritó Tomás:

—¡Esta desgracia no es por nuestros pecados! ¡Es culpa de los sarracenos y culpa vuestra por no defendernos! —Le apuntaba amenazador con su índice, estaba furioso—. ¡Vuestra cobardía impidió salvar a los cautivos!

El fraile tardó en reaccionar, no esperaba que un niño le increpara. Se produjo un silencio absoluto, nadie quería perderse una palabra. Solo se movió Daniel, que estaba junto a Joan y cogiéndole del brazo le pidió que se callara, pero el chico se soltó con la fuerza que da la rabia.

—¡Tomás era un buen hombre y decía la verdad! ¡Nada tiene que ver Dios con eso! ¡Mentira!

Los soldados cayeron sobre el chico y en volandas le sacaron de la iglesia.

—¡Miente! —Mientras se lo llevaban, aún alcanzó a gritar las palabras oídas mil veces a su amigo—. ¡Utiliza a Dios para someternos!

Fray Dionís reaccionó clamando:

—¿Veis como la manzana podrida corrompe a la sana? Ahora ese chico tiene el mismo mal.

—¿Le zurramos? —preguntó uno de los soldados al oficial.

—No. Déjamelo. —Agarró a Joan del brazo y apartándolo de los demás le gritó—: ¡Como trates de volver a la iglesia, te parto la cabeza! ¡Eres tan testarudo como lo era ese idiota de Tomás! —Le pegó otro tirón y después señaló con el dedo a la puerta del templo—. ¡Mira! —dijo.

El chico miró hacia allí creyendo que salía alguien y el impacto de un bofetón le tumbó en el suelo. El oficial le recogió y cuando Joan se encogía a la espera del siguiente golpe, este le dijo bajo, sin que los demás le oyeran:

—Pero eres listo y valiente como tu padre. Y tienes razón, ¡maldita sea! Tienes toda la razón, aunque sé prudente. Te deseo suerte, hijo. Te la mereces.

Joan notaba en la boca el sabor de su propia sangre.

9

El regidor decidió su futuro poco después de terminar el servicio religioso de aquel domingo. Los soldados condujeron a Joan a su presencia y el enfado del fraile pareció remitir al ver el labio del chico hinchado y con sangre.

—No puedo dejaros a ti y a tu hermano en la aldea —dijo con calma fingida—. Este invierno habrá hambre y no os queda familia. Además, debéis ser educados en el respeto a la Iglesia y a la autoridad. Si tuvieras unos años más, te daría una lección que no ibas a olvidar: eres una manzana podrida; si no cambias, tu alma arderá en el infierno y no quiero que contamines a tus vecinos, que son buenos vasallos.

—No son vasallos, son libres como las gaviotas —repuso el chico.

—Los pescadores son vasallos del abad de Santa Anna de Barcelona.

—Son libres, y si el abad tuvo algún derecho, lo perdió, puesto que vos no nos ayudasteis contra los piratas, como era vuestra obligación.

El oficial dio a Joan un cogotazo que le hizo perder por un momento de vista al regidor.

—¡Cállate! —le reprendió—. Y escucha, estúpido.

Joan estaba convencido de que el fraile mentía. Su padre le enseñó que los poderosos trataban de dominar a los humildes; y Tomás, que aquel hombre quería someter a los pescadores. Pero se dijo que el oficial le partió el labio para evitarle males mayores y que tenía razón, le convenía callar.

—¡Continúas igual de descarado! —saltó el regidor—. No voy a perder el tiempo discutiendo con un chiquillo que habla como un viejo hereje. Ni voy a esperar. Hay un mercader de confianza que está a punto de salir para Barcelona y le pagaré para que os lleve. Dejarás de ser mi responsabilidad y pasarás a ser la del abad de Santa Anna.

«¡Barcelona!», se sorprendió Joan. ¡Había oído hablar tanto de la gran ciudad!

Preparar los hatillos fue fácil, tenían poco. Un gran pañuelo en el que depositaron una cuchara de madera, el cazo de barro cocido, que usarían para beber y comer, y la poca ropa que llevaba: unas camisas, un sayo y un par de pañuelos recuerdo de su madre. Una vez anudados los cuatro extremos, Joan los sujetó a la punta de la azcona de su padre para así poder transportar el hatillo apoyando el asta en el hombro. Gabriel usaría el arpón de Tomás para llevar su fardo. Antes de salir, Joan recogió las preciosas ramitas de coral rojo y las escondió entre las ropas de su hatillo.

Los vecinos los despidieron con abrazos y cariño, y les dieron algo de pan, unas bellotas, uvas y castañas para el viaje. Era poco, pero mucho para ellos.

—Cuidaos, hijos míos —decía llorosa Clara, la mujer de Daniel, besándolos de nuevo—. ¿Qué será de vosotros?

—Cuando seamos mayores, nos haremos soldados y partiremos al reino de los sarracenos a rescatar a nuestras familias —insistía Joan—. ¿Verdad, Gabriel?

Su hermano sacaba pecho y afirmaba con la cabeza.

—Sí, y volveremos con un tesoro moro —explicaba el pequeño con una gran sonrisa.

—¡Pobrecitos niños! —exclamó otra de las mujeres.

—Ya son hombres —les recordó Daniel, intentando convencerlas.

—¡Volveremos! —dijo Joan a modo de despedida, pero las caras de los de la aldea decían lo contrario.

Todos se juntaron en la playa en el mismo lugar donde varaban a la *Gaviota*, símbolo perdido de su libertad. El día era nuboso, el mar estaba algo rizado y soplaba un garbí suave, ideal para navegar hacia el sur. Los vecinos se quedaron en la playa saludando y deseándoles fortuna hasta que dejaron de verlos. Entonces, Gabriel se puso a llorar y al poco también lo hacía Joan.

—Me alegro de que seáis pescadores —les dijo el patrón a los chicos como bienvenida a su barca—. Así no me ensuciaréis la cubierta con vómitos.

La barca era del tipo laúd, lo suficientemente grande para seis y la mercancía que transportaba. La capitaneaba un viejo patrón enjuto y malhumorado llamado Ferrán, que hablaba poco y cuando lo hacía era para increpar al marino que tenía a su mando con palabrotas y expresiones que hubieran ruborizado, de oírlo, al regidor de Palafrugell. Pero se notaba que conocía su oficio. Cuando vio llorar a los hermanos comentó:

—Mejor. Cuanto más lloren, menos mearán.

Por el contrario, mosén Bartomeu Sastre, el comerciante al que el regidor los había encomendado, era un hombre de unos treinta años, alto, bien parecido, de ojos oscuros, nariz aguileña, mirada observadora de ave rapaz y sonrisa fácil. Tenía el pelo cortado en media melena y la cara afeitada. Joan le observó con curiosidad; ningún hombre se afeitaba en la aldea y en el pueblo solo lo hacían el regidor y un par más. Y aquel pelo no era ni corto como el de un hombre, ni largo como el de una mujer. Además, hablaba de una forma rara, apenas lograban entenderle. Sin embargo, era amable y les dijo dónde podían colocar sus hatillos y dónde sentarse en la nave. Esperó a que los chicos se situaran para hablarles y una vez le cogieron confianza, consiguió que le contaran su historia. Joan notó que aquel hombre, a pesar de querer disimularlo, se emocionaba en algunos momentos de su relato.

—¿Que los sarracenos han vuelto? —inquirió extrañado el patrón cuando Bartomeu se lo comentó.

—Sí, saquearon el pueblo de estos chicos, mataron a su padre y se llevaron a muchos cautivos.

—¿Los sarracenos? —preguntó de nuevo el marino.

—Sí —confirmó Joan.

—Qué extraño —dijo el viejo—. Hace mucho que no sabíamos de ellos. De genoveses y franceses, sí, pero de moros no. ¿Estás seguro de que eran moros?

—Sí, sí lo eran.

El hombre calló y se fue a sujetar una de las cuerdas de la vela murmurando algo entre dientes.

—¿Cómo sabes que lo eran? —volvió a interrogar el patrón al rato.

—Llevaban turbantes y fray Dionís, el regidor, dijo que eran sarracenos.

—¿El regidor? ¡Puaj! —El patrón escupió despectivo por encima de la borda.

10

El aspecto de Bartomeu, la forma de moverse, extraña aunque viril, su vestimenta, el corte de pelo y su cara afeitada sorprendía a los chicos. Gabriel en particular lo observaba con una sonrisa que no se preocupaba en disimular.

—¿Te has dado cuenta? —le dijo riendo a su hermano—. ¡Lleva guantes! ¿Has visto a alguien que lleve guantes en una barca? ¡Menuda tontería! Y encima ni hace frío.

Gabriel era, antes de la tragedia, un niño alegre de risa fácil. Era la primera vez desde entonces que volvía a reír y Joan se sintió feliz.

—¡Menudo bicho raro! —le dijo acompañándole en su risa.

—¡Vaya finolis! —continuó Gabriel.

Fue a colocarse a la espalda del comerciante y empezó a ridiculizar sus gestos, sin que este lo advirtiera, y Joan reía al verle. El viejo se encontraba al timón de la barca, detrás del niño, y acercándose sin decir palabra le soltó un manotazo que le hizo sentarse. Joan se levantó de un salto para defender a su hermano, pero Ferrán había vuelto ya al timón.

—¿Qué pasa? —preguntó Bartomeu. No había visto nada de lo ocurrido a sus espaldas.

Al oír su entonación y su acento extraño, Gabriel no pudo evitar estallar en carcajadas. Joan sonrió, el patrón no debía de haberle hecho mucho daño.

Aquella tarde, cuando Bartomeu bajó a tierra, el patrón les increpó ceñudo.

—Aunque el mercader os parezca raro, no lo es.

—¿No? —se asombraron los chicos.

—No. Solo que es uno de esos señoritos elegantes de Barcelona y visten así. Y habla como hablan en la ciudad.

—¿Hablan de esa forma? —Los hermanos se miraron entre ellos atónitos.

—Sí —repuso el viejo—. Y más os vale que le respetéis. Se distinguió por su valor en la caballería ligera durante la guerra civil y casi lo matan. Luchó a favor del rey y del pueblo contra los señorones que esclavizan a los campesinos.

Los hermanos volvieron a mirarse con asombro.

A la primera ocasión, Gabriel le preguntó, lleno de curiosidad:

—Mosén Bartomeu, ¿por qué os ponéis guantes en la barca? Nadie hace eso.

—¿A que os parece extraño? —El comerciante reía. Y los hermanos afirmaron con la cabeza—. Por el sol.

—¿El sol?

—A mis clientes no les gustan las manos morenas.

—¿Vendéis manos? —inquirió Gabriel.

Esta vez fue Bartomeu quien estalló en carcajadas. Incluso el viejo llegó a sonreír.

El laúd navegaba siempre cerca de la costa pero suficientemente alejado para evitar los escollos, y el patrón oteaba con frecuencia el horizonte por temor a los piratas. Gruñó satisfecho cuando supo que los chicos sabían remar; aunque tuvieran poca fuerza, si había que huir hacia la playa, sus brazos serían de ayuda.

La navegación se iniciaba a la salida del sol y al mediodía o primeras horas de la tarde varaban en la playa del siguiente pueblo, donde Bartomeu aprovechaba para comerciar. El mercader recorría aquel trayecto periódicamente transportando los productos que Santa Anna de Barcelona enviaba a Palafrugell y viceversa mientras hacía sus propios negocios.

El artículo principal con que comerciaba aquel hombre era algo que sorprendió a Joan: libros. No conocía a nadie que tuviera uno a excepción del ermitaño o del regidor. Los había visto con libros en las celebraciones religiosas, pero no se le había ocurrido pensar que aquello se comprara y vendiera. No comprendía que la gente deseara tener un objeto semejante y menos que se gastara dinero en ello.

—¿Para qué sirven los libros? —le preguntó a Bartomeu cuando se sintió con suficiente confianza.

—Explican cosas que la gente quiere saber y cuentan historias muy interesantes —repuso el mercader con una sonrisa.

—Cuando yo quería saber algo se lo preguntaba a mis padres, a Tomás, o al ermitaño —explicó Joan, extrañado—. Y ellos también nos contaban historias. Además, los libros no hablan.

Bartomeu rio y Joan frunció el ceño.

—Hay cosas que los padres o los amigos no saben explicar —repuso el mercader—. Y ya verás, llegará el día en que los libros también te hablen.

—No tienen voz —insistió Joan.

—Sí la tienen, hijo —dijo Bartomeu acariciándole la cabeza—. Solo que no la podrás oír hasta que aprendas a leer.

—¿Leer? —inquirió Joan, extrañado.

Miró primero a Bartomeu, que afirmó con la cabeza, y después a Gabriel, que presenciaba la conversación sin entenderla. El hermano pequeño se encogió de hombros extrañado. Joan no preguntó más, no quería parecer tonto, pero aquello le dio que pensar. Los libros encerraban un misterio.

Unos días después, Bartomeu retomó el tema del asalto cuando el patrón no los oía.

—¿Cómo era la galera?

—No sé a qué os referís —repuso Joan.

—¿Grande? ¿Pequeña?

—No lo sé.

—¿Cuántas piezas de artillería llevaba en proa?

—Tres.

Bartomeu hizo un gesto extraño.

—Entonces era de las grandes —dijo pensativo.

—¿Qué ocurre? —quiso saber Joan.

—Los sarracenos no acostumbran a tener galeras tan grandes a no ser que sean cristianas capturadas. Ellos las prefieren más pequeñas pero ágiles.

El día en que se detuvieron en Tossa, los chicos disfrutaron curioseando en el interior de aquel pueblo amurallado de aspecto próspero y vital, pero siguiendo las instrucciones del patrón se recogieron en la barca bastante antes de la puesta del sol. Bartomeu no apareció hasta el amanecer, aunque envió a un muchacho con comida y algunos bultos. El viejo gruñón no paraba de murmurar contra el mercader: mencionaba a una viuda al tiempo que usaba la palabra «adulterio». Joan desconocía qué quería decir, pero el patrón no le quiso aclarar su significado.

Con las primeras luces del día, Bartomeu apareció en la amplia playa de Tossa cuando la barca estaba lista para partir y, chapoteando entre las olas, subió a bordo de un salto.

—Un día terminaréis en la mazmorra de uno de esos pueblos —le advirtió el viejo.

El mercader rio alegre al tiempo que le palmeaba la espalda, y le dijo que si no dejaba de preocuparse, terminaría arrugado como una pasa.

Existían días establecidos de mercado, pero Bartomeu llegaba cuando la población coincidía en su ruta sin importar qué día fuera. Un tipo locuaz e inteligente como él había sabido hacerse amigos y socios, comerciaba a pesar de todo y no dudaba en protegerse con pequeños sobornos a los oficiales del lugar. Eso inquietaba al marino, que temía verse involucrado o perder el lucrativo transporte de Santa Anna. Sin embargo, el mercader les compensaba por el riesgo.

La pesca que los chicos obtenían con la caña era escasa y él adquiría con sus trueques lo que a Joan le parecían manjares. Al caer la tarde preparaban una buena olla, y a veces Bartomeu conseguía unos conejos o gallinas que él mismo asaba llenando la playa de apetitosos olores. Era un buen cocinero y usaba algo nuevo y sorprendente para los chicos que él llamaba especias y que le confería a la comida sabores insospechados. En la aldea solo probaban la carne en Navidad, y aquellos eran festines increíbles. A continuación, Bartomeu les contaba historias, con gran énfasis y gesticulación, que mantenían a los niños boquiabiertos hasta que el fuego moría, y se acomodaban después en la barca o en la arena para dormir. Entonces los chicos olvidaban su tragedia y Joan se dormía con la ilusión de que todos en la barca eran una familia.

II

La noche anterior a su llegada a Barcelona fue fría y lluviosa y mal durmieron en la barca varada en la playa de Badalona, intentando protegerse del agua con la vela de repuesto. Joan sentía el cuerpo tibio de su hermano, que se apretaba contra el suyo en busca de calor y no podía conciliar el sueño. No era solo la lluvia o los movimientos de Gabriel, sino la emoción de saber que el día siguiente vería la gran ciudad. También sentía temor. ¿Qué sería de ellos?

El día se levantó cubierto de nubes plomizas y a pesar de que el mar estaba algo picado, zarparon poco después del amanecer y al cabo de un tiempo el comerciante señaló hacia el horizonte de tierra, al frente y dijo:

—Aquello que veis allí es Barcelona.

La playa a la derecha mostraba unas construcciones lejanas, que pronto se concretaron en torres y muros.

—La ciudad está rodeada de murallas y ese es el bastión de Levante. La torre más alta que podemos ver desde aquí lleva el nombre de tu patrón, Sant Joan, y la siguiente en altura, la más próxima al mar, la de Sant Nicolau.

Y conforme se acercaban iba añadiendo detalles, mostrándoles los lejanos campanarios que se asomaban por encima de las fortificaciones, como el de Santa María del Mar. Ya frente a la ciudad tuvieron que bordear la arenosa isla de Mayans, que, unida a tierra firme por el muelle de la Santa Creu, ofrecía una somera protección contra el oleaje del norte a los barcos fondeados en la parte sur.

Continuaba lloviznando y la luz gris del día mostró al fin la realidad: la muralla del mar estaba derruida en amplios tramos y una ancha playa jalonada por bloques de piedra, que en algún momento formaron parte del muro, penetraba hasta los primeros edificios de la ciudad amenazando con engullirlos. Joan esperaba asombrarse a la vista de las grandes edificaciones, que en efecto estaban allí, pero hasta un chico de aldea podía percibir una sensación rancia de decadencia, de podredumbre.

—No siempre ha sido así —dijo Bartomeu en tono de disculpa como si hubiera adivinado los pensamientos del chico—. Hace veinte años, antes de la guerra civil y de las pestes, en los tiempos de Alfonso V, esta ciudad era otra, rica, poderosa... y ahora ni siquiera es capaz de reconstruir sus muros después de una gran tormenta.

Una vez desembarcados, Bartomeu contrató a unos mozos de cuerda llamados *bastaixos*, que transportarían las mercancías a sus espaldas hasta el convento de Santa Anna, en la parte opuesta de la ciudad. Ante la inquietud de Joan, Bartomeu le explicó que entregar la mercancía a aquellos mozos era dejarla en seguro. La defenderían con su vida y jamás cobrarían un sueldo por encima de las tarifas que fijaba la cofradía, una de las más respetadas de Barcelona.

Al final de la arena de la playa se encontraba un edificio, que impresionó a los chicos por su tamaño, y al que las olas debían lamer los días de temporal. Bartomeu dijo que era la Lonja. Unos pasos más allá vieron una gran plaza, también cubierta de arena y matojos. El mercader señaló los edificios que, aparte de la Lonja, la limitaban; la casa del General, el Consulado del Mar y la Aduana. Allí se dirigió Bartomeu con los porteadores para negociar las tasas de la mercancía, que serían mucho menores al pertenecer a la Iglesia.

Los chicos se quedaron mirando con aprehensión y repugnancia la horca plantada en el centro de la plaza, de donde colgaba un cuerpo medio comido por las aves.

—A ese sitio lo llaman la plaza de les Falsies, o también la plaza de los Traidores —les informó el patrón del laúd, después de lanzar un escupitajo en dirección al cadáver—. Eso de Falsies es porque aquí nos juntamos los marinos, y los burgueses dicen que exageramos y mentimos. Y lo segundo, porque aquí se ahorca tanto a traidores como a delincuentes. Eso que cuelga es la bienvenida y el aviso que nos da la ciudad a los que llegamos por mar.

Joan se estremeció ante el espectáculo de los muchachos que lanzaban piedras a los pájaros carroñeros, y que acertaban al cadáver en lugar de a las aves. A la vista del aspecto escuálido de los chicos comprendió que también había hambre en la ciudad. Notó la mano de Gabriel aferrada a la suya; miraba al muerto con una fascinada repugnancia.

El día gris, el ahorcado y su siniestro entorno produjeron una gran aprensión en Joan, pensó que era un mal presagio y tuvo miedo. ¿Qué les depararía aquella ciudad? Él era responsable de su hermano y le apretó la mano para infundirle ánimos. Se preguntaba si sería capaz de protegerle tal como prometió a sus padres.

Bartomeu regresó satisfecho de su regateo con los oficiales de la ciudad; había camuflado su propia mercancía junto a la de Santa Anna, ahorrándose así una buena suma en impuestos.

—Por allí —les dijo señalando a los mozos, que ya se habían adelantado.

Estos tomaron la calle de los Cambis Vells y allí Bartomeu detuvo la comitiva para cambiar el dinero recogido en el viaje por moneda de Barcelona. Al emprender la marcha, les explicó lo importantes que eran los cambistas, ya que con tantas monedas locales y extranjeras circulando era muy difícil aclararse. Los cambistas tenían sus mesas, que llamaban bancas, en Cambis Vells y Cambis Nous, y su honradez debía ser a toda prueba. En sus bancas lucían cizallas, unas grandes tijeras con una hoja fija, y tenían orden de destruir con ellas cualquier moneda falsa que identificaran. Si se probaba que alguno de los cambistas engañaba en sus transacciones, los oficiales de la ciudad rompían su mesa, a eso se le llamaba quedar en bancarrota pública. Si alguna vez el cambista conseguía el perdón, ya nunca podría instalarse en Cambis Vells, pero sí en Cambis Nous, y así la gente estaría advertida de sus dudosos antecedentes.

Poco después de rebasar el cruce con Cambis Nous, los chicos admiraron la impresionante fachada de Santa María del Mar con su puerta de arcos y su rosetón, y recordaron los campanarios lejanos que habían visto desde la barca. Los mozos se santiguaron, pues era su patrona, pero sin detenerse como hubiera deseado Joan. Continuaron por la calle Argentería, que era donde los joyeros tenían sus talleres y exponían su trabajo en mesas.

—Hubierais tenido que ver esto hace veinte años, antes de la guerra civil —les dijo Bartomeu—. La calle estaba llena de mesas; ahora solo quedan unas pocas y sin piezas de gran valor. La mayor parte de los joyeros, al igual que los cambistas, eran judíos que se convirtieron a raíz de las matanzas de hace un siglo; a estos cristianos recientes se les llama conversos.

Joan se fijó en unos colgantes de plata y oro que engarzaban coral rojo y se detuvo un momento a observarlos: nunca había visto nada parecido y se sorprendió por el hermoso trabajo de aquellas joyas. Su atención fue a la calidad del coral y pensó satisfecho que las piezas que escondía en su hatillo eran mejores. Entonces vio a una chiquilla, quizá algo menor que él, que vigilaba la mercancía mientras el que debía de ser su padre trabajaba en una mesa cercana cincelando plata. Era muy guapa. Le hubiera gustado conocer el precio de las joyas, para tener referencia de cuánto podría valer su coral, pero no se atrevió; aquel era un mundo desconocido y se sentía inseguro. Se dijo que ya tendría mejor ocasión. Ella percibió su interés y sus miradas se cruzaron, para apartarse de inmediato. Joan volvió a contemplar los trabajos de joyería, solo que ya no pensaba en el valor del coral, sino en ella. Entonces Bartomeu, que se había adelantado con los porteadores, les gritó:

—¡Vamos, no os entretengáis, que os vais a perder!

La miró de nuevo. Vestía una elegante gonela que le marcaba una cintura estrecha, tenía la piel blanca y su cabello negro hacía resaltar unos ojos verdes luminosos. Ella le sonrió manteniéndole la mirada y unos graciosos hoyuelos aparecieron en sus mejillas. Joan se dijo que nunca había visto a alguien tan hermoso ni con tanta gracia y sintió que de repente aquella ciudad de aspecto hosco le daba la bienvenida. El chico le devolvió la sonrisa al tiempo que se sonrojaba, y tras agarrar a su hermano de la mano se fue corriendo hacia el grupo, que ya se perdía calle arriba entre la gente.

Mientras se alejaba, se sentía culpable por el placer que le produjo aquella sonrisa. Elisenda era su novia y estaba cautiva en poder de los moros junto a su madre y hermana; a ellas debía dirigir sus pensamientos. Sin embargo, no pudo evitar volver la cabeza para atrapar una última imagen de la chiquilla y así guardarla en su memoria.

Anna ayudaba a sus padres en la tienda y con algunos trabajos que no hacía la criada, como ir a por agua a la fuente. Aquella mañana, viendo cómo aquel chico le lanzaba una última mirada antes de perderse entre el gentío, quedó pensativa. Con doce años recién cumplidos ya era consciente del poder de sus ojos verdes y de su sonrisa. Por ello, y aconsejada por su madre, solo sonreía a las mujeres y a hombres de cierta edad que acudían a la tienda. Los muchachos mayores ya rondaban la calle pavoneándose frente a ella y aunque había un par que le llamaban la atención, en contadas ocasiones los premiaba con una mirada más atenta y una sonrisa. Sus padres le decían que tenía el encanto para casarse con un burgués rico o incluso con un noble y que debía esperar al candidato adecuado. Aquel chico delgaducho, de nariz recta y fuerte, ojos oscuros y pelo castaño revuelto, que el sol había aclarado, era precisamente todo lo contrario. La piel bronceada de su cara y sus manos indicaba que pertenecía a la clase baja, uno de aquellos que trabajaban a la intemperie. Vestía sobre la camisa un sayo de lana cruda que ceñía con una tira de cuero, andaba sobre unas rudas alpargatas y el hatillo, que cargaba al extremo de algo parecido a una lanza corta, le identificaba como un pueblerino recién llegado a la ciudad. Iba cogido de la mano de un niño de aspecto parecido pero de grandes ojos color miel clara.

Se suponía que Anna debería mirar a través de aquel par como si fueran transparentes, como si no estuvieran allí. Pero no lo hizo. Había algo especial en los ojos del mayor: era una mezcla de tristeza, determinación y fuerza, al tiempo que vulnerabilidad. Y sin querer le sonrió y supo de inmediato el efecto causado en él, porque sus mejillas se sonrojaron. El chico le mantuvo la mirada, le mostró una hermosa sonrisa, hizo un ligero gesto de despedida con la cabeza y se apresuró junto a su hermano calle arriba. Ella se preguntó por qué había sonreído coqueta a alguien que para sus padres sería un aldeano inadecuado.

12

Al final de la calle Argentería, Joan se sorprendió al encontrar unos poderosos muros, que parecían muy viejos, con ventanas y arcos en la parte superior. Bartomeu dijo que pertenecían a las murallas más antiguas que rodeaban la colina sobre la que se alzaba el centro de la ciudad. Sin detenerse, cruzaron una plaza pequeña llamada del Blat, para atravesar un arco que se abría en la muralla y entrar en la ciudad vieja. Subieron por la calle Especiers, repleta de tenderetes cubiertos de coloridos toldos, que se abrían desde los portales de las casas. Mostraban distintas jarras, saquitos y cajas con hierbas, especias y condimentos que llenaban el aire de extraños aromas.

—Las especias son muy importantes en Barcelona —les explicó Bartomeu con el entusiasmo de un experto cocinero—. Nos gusta comer bien, incluso en un año de malas cosechas como este, o de miseria como la que arrastramos desde la guerra civil. Usar bien las especias es una ciencia y si hay poca comida o no está en buenas condiciones, hacerla suculenta resulta todo un arte.

Aquellos olores, la mayoría desconocidos, extasiaban a Joan, que trataba de seguir la conversación del mercader mientras se preguntaba qué contendrían aquellos recipientes, algunos con letras grabadas en sus cerámicas o con pequeños trozos de pergamino escrito. Recordando lo que Bartomeu le dijo sobre los libros, Joan pensó que si supiera leer conocería el contenido de cada tarro.

Los tenderetes y la gente dificultaban el movimiento y los mozos de cuerda empezaron a pedir paso a gritos apartando a los transeúntes sin demasiados miramientos. Joan observó sorprendido que en aquella calle tan céntrica había casas derruidas, y le preguntó a Bartomeu.

—Sus propios dueños las demolieron.

—¿Por qué? —inquirió extrañado.

—Pues porque entre los muertos por la peste y los que se fueron al campo huyendo del hambre de la ciudad, tenemos cada vez menos gente y sobran casas. Los propietarios deben pagar impuestos y el alquiler del terreno, que en general pertenece a eclesiásticos. Así que prefieren arrasarlas y olvidarse de pagos.

Aquella explicación admiró a los chicos, pero estaban preparados para dejarse asombrar por todas la cosas nuevas que Barcelona ofrecía. Empezaba a lloviznar y los comerciantes introducían los géneros en el interior de sus locales, cuando la mirada de Joan quedó atrapada en un gran libro abierto, protegido por un toldo rojo y colocado en un atril, que mostraba una Anunciación. Era una pintura espléndida, a todo color y llena de dorados; representaba un bello ángel dando la buena nueva a una primorosa Virgen María vestida de azul, que le escuchaba atentamente. La otra página contenía hileras de letras, elegantes y armoniosas, que ocultaban significados prohibidos para Joan. Así que aquello era con lo que mercadeaba Bartomeu, se dijo. No había visto antes nada tan hermoso y decidió aprender a leer.

—¡Vamos! No os entretengáis —los azuzó el mercader.

Al final de la vía encontraron una plaza, pero los mozos siguieron por la calle de la Diputación, a su derecha, que lindaba con el palacio del mismo nombre. Joan quiso detenerse ante su puerta, sobre la que, entre pináculos, gárgolas y bordados de piedra, destacaba un gran medallón con la imagen de san Jorge matando al dragón. Uno de los soldados que custodiaban la entrada miró al otro e hizo un movimiento de cabeza hacia los hermanos; después ambos sonrieron ante la expresión embobada de pueblerinos recién llegados de los chicos. Joan nunca pensó que se pudiera hacer algo semejante con la piedra. Era muy hermoso, no tenía ni comparación con las pobres figuritas que él tallaba en madera.

—¿A que es bonito? —inquirió Gabriel. Joan afirmó con la cabeza.

—¡Vamos! —dijo Bartomeu, pero Joan no le obedecía, estaba extasiado—. ¡Vamos, que perdemos a los porteadores! —insistió el mercader tirando de él y de Gabriel, que se agarraba con fuerza de la mano de Joan—. Ya vendréis otro día a verlo.

Continuaron por la misma calle a paso más rápido. A la derecha estaba la catedral y Joan solo vislumbró un bello claustro a través de una puerta.

—Aquí se celebraron incluso torneos en las grandes fiestas, y está llena de palacios de nobles —les explicó Bartomeu al llegar a la plaza de Santa Anna—. Fíjate, en esa esquina está la mansión de los Castellvell, y más allá la de los Besora.

Al llegar a la altura del convento de Montsió, el mercader les dijo que allí vivían monjas dominicas, pero que antes era de unos frailes agustinos mendicantes a los que la gente llamaba frailes del saco, por lo burdo de su hábito. Solo tenían uno y no podían ni lavarlo ni zurcirlo hasta que se les cayera a pedazos.

—¿Y sabéis cómo se llama la calle de atrás? —preguntó riendo.

Los chicos se encogieron de hombros.

—¡Espolsasacs!,* porque cada mañana al levantarse los frailes

* «Sacude sacos.»

sacudían el polvo de sus sacos por las ventanas traseras del convento antes de ponérselos.

Les guiñó un ojo a los chicos y ellos le acompañaron con sus risas imaginando a los frailes en cueros.

La zona era un lodazal y se notaba que llevaba días así. Los pies se hundían en el barro y Joan lamentó haberse puesto sus alpargatas para ofrecer un mejor aspecto. Estaba acostumbrado a andar descalzo y de no ser porque ya las tenía enfangadas, se las habría quitado en aquel mismo momento.

—Ese es el palacio de la familia Mur, donde se hospedó el rey Fernando II cuando vino a jurar los fueros y privilegios como conde de Barcelona... Ese es de los Sos... Y aquel pertenece al obispo de Urgell.

Joan recordó el suelo de piedrecillas y arena del exterior de su casa en Llafranc, que se mantenía siempre limpio aunque lloviera.

—Serán muy nobles, pero al salir de su palacio se hunden en el barro —dijo.

Al final de la plaza, una calle llevaba al portal del Ángel. Esa puerta atravesaba las murallas en dirección noroeste y era la primera que se abría en la mañana y la última en cerrar por la noche. Habían cruzado la ciudad. A la izquierda se hallaba la calle de Santa Anna y entraron en ella.

—Aquí vivo yo, al final de la calle, cerca de la Porta dels Bergants, que desemboca a la Rambla a través de la segunda muralla de Barcelona —les informó Bartomeu—. Antes está el convento de Santa Anna, oculto detrás de la hilera de casas de la derecha.

La calle era tan recta que desde su inicio se podía ver su final y el aspecto de las primeras casas hizo pensar a los hermanos que allí no habría grandes palacios.

—¿Es muy grande vuestra casa? —inquirió Gabriel tomando la mano del mercader al tiempo que le frenaba en su andar.

Bartomeu se detuvo para mirarle.

—Es algo mayor que las que ves aquí —repuso amable.

—¿Y tenéis hijos? —quiso saber el niño.

Joan supo que su hermano compartía sus sentimientos con respecto al mercader y contuvo su aliento a la espera de su respuesta.

—No, no hemos podido tenerlos.

—¡Ah! —repuso Gabriel tratando de disimular su satisfacción. Pero no dijo nada más y, soltándole la mano, reanudó la marcha con expresión feliz.

La lluvia había vaciado la calle, que tenía un aspecto desolado, oscuro. Hacía fresco y solo vieron un par de casas con la puerta entornada, la mayoría estaban cerradas.

De pronto los mozos con los bultos desaparecieron de su vista.

—Es aquí —dijo al poco Bartomeu.

Y señaló un ancho portalón con ventanas en su parte superior que se abría entre las casas. Era lo suficientemente grande para permitir el paso de un carruaje y parecía la entrada de una gran casona.

Joan lo miró con aprehensión. La puerta tenía solo una de sus hojas abierta, su interior era oscuro y lo imaginó como una gran boca hambrienta que los iba a tragar. «Este es nuestro destino», pensó, y se detuvo atemorizado. Tenía hambre y frío, y su entusiasmo por la gran ciudad se había esfumado. Añoraba su aldea frente al mar. Recordó su hogar y a su familia, las lágrimas acudieron a sus ojos y estrechó la mano de su hermano, que debía de sentirse como él.

—¡Vamos! —los animó Bartomeu—. ¡Que nos mojamos!

Gabriel le miró interrogante, Joan se dijo que no había otra opción, y siguió al mercader encomendándose a san Sebastián, el patrono de su ermita, protector contra invasiones y pestes.

Entraron y en pocos pasos recorrieron el tramo cubierto que terminaba en un arco que se apoyaba en dos columnas, coronadas por unos pequeños capiteles, pegadas a la pared. Bartomeu se detuvo allí, a salvo de la lluvia, y les dijo:

—Este es el monasterio de Santa Anna.

Se encontraban en una plazoleta interior situada detrás de la línea de las casas que cruzaron a través del portalón. Al frente había una iglesia con una sencilla pero armoniosa puerta con multitud de arcos superpuestos y una virgen presidiéndola. A su izquierda se erguía una espadaña de dos ojos que hacía de campanario y más allá había una pared con una gran ventana de arco apuntado. El día estaba muy oscuro y la lluvia iba arreciando.

—¡Seguidme! —les gritó el comerciante.

Y se puso a correr chapoteando en el agua. Los chicos obedecieron y el mercader los condujo por una callejuela a la izquierda y después a la derecha, hasta llegar a una pared construida con piedra de calidad. En ella se abría una puerta sobre la que había un escudo con la cruz de cuatro brazos, la del patriarca de Jerusalén.

Al entrar comprobaron que estaban de nuevo bajo techo. A pesar de lo tenebroso del día y de sus aprehensiones anteriores, Joan no pudo evitar admirarse por lo armonioso de la construcción. Era el claustro y una serie de esbeltas columnillas con capiteles esculpidos sostenían unos ligeros arcos góticos que rodeaban un jardín cuadrado. En el centro había un pozo, palmeras y naranjos. Aquello era hermoso incluso bajo la lluvia. El claustro tenía un piso superior, pero se hallaba en obras.

—Esa es la obsesión del abad Gualbes —comentó su guía, como si hubiera leído el pensamiento a Joan—. Incluso en estos tiempos de miseria está empeñado en terminar toda esta obra. Los nobles son así, cuanto más imponente es el palacio, más importantes se creen ellos.

—¿Es noble?

—¡Claro que lo es! Lo es de nacimiento y al ser abad de Santa Anna, ostenta los títulos de barón de Palafrugell, con todos sus derechos feudales incluida la horca, y el de señor de Miralles.

Y se fue al otro extremo del claustro, donde los porteadores habían descargado la mercancía que ahora supervisaba un fraile barrigón de hábito negro cuya tonsura formaba un amplio círculo en su cabeza.

Bartomeu habló unos momentos con el eclesiástico y después de pagar a los mozos llamó a los chicos que aguardaban a una distancia prudente.

—Estos son Joan y Gabriel, de Llafranc, en Palafrugell —le dijo al monje como presentación—. Se quedaron sin familia y os los manda fray Dionís con un mensaje para el prior Gualbes. —Y dirigiéndose a los hermanos—: Este es fray Jaume, que aparte de rezar supervisa la cocina y los suministros.

Los chicos permanecieron en silencio y Joan observó al eclesiástico; este les sonreía y tenía un aspecto agradable. Después bajó la mirada al suelo como su hermano.

—¡Vamos, muchachos, besadle la mano! —les ordenó Bartomeu.

Obedecieron y el fraile, al tiempo que les tendía el dorso de su mano para recibir el beso de respeto, les revolvió el pelo a modo de caricia.

—¡Estáis mojados! Pasad adentro —dijo señalando una puerta—. Aquí está la cocina.

Se encontraron en una gran estancia iluminada en un extremo por un buen fuego y en el otro por un ventanal.

—¡Cambiaos las ropas mojadas! —insistió fray Jaume—. ¿Cómo es que solo lleváis una camisa y un sayo? ¿Es que no tenéis una capa?

La ropa del hatillo estaba también húmeda y el fraile les buscó unas viejas sotanas secas y les hizo sentar en un banco frente al fuego. Eran demasiado grandes pero no importaba.

—Habéis llegado pasada la hora sexta —continuó Jaume—. Los frailes ya han comido y duermen la siesta, pero aún queda algo para vosotros.

De una marmita que mantenía al lado del fuego les sirvió unos platos de garbanzos con tocino y les dio una cuchara de madera y un trozo de pan. Después, en un tazón, les puso un poco de vino que mezcló con agua. Le dieron gracias al Señor y los chicos se lanzaron ansiosos a la comida. Cuando Joan intercambió una mirada con su hermano, le vio sonreír, le devolvió la sonrisa y se sintió algo reconfortado. Quizá estuvieran bien allí, quizá fueran felices.

Fray Jaume les permitió repetir y al poco se acomodaron sobre unos sacos vacíos cerca del fuego. Gabriel se quedó dormido de inmediato acurrucado junto a Joan. Este también lo hizo, pero antes pudo oír una conversación distante entre Bartomeu y fray Jaume.

—El prior Cristòfol de Gualbes está de viaje —susurraba el monje—. Y al suprior esto no le va a gustar nada. Se enojará.

13

—¡No nos podemos permitir mantener dos bocas más!

Los gritos despertaron a los chicos y Gabriel miró alarmado a Joan.

—¡Os los lleváis ahora mismo!

—Pero fray Antoni —oyeron argumentar a Bartomeu—. Fray Dionís, el regidor de Palafrugell, me encargó que se los trajera al prior.

—Lo que tiene que hacer el prior es proveer la despensa como debe, pero lo único que le preocupa es el boato y terminar sus obras. Llevaos a los chicos, lo que hay en esta cocina es de los frailes y no podemos alimentar a nadie más.

Gabriel sollozó asustado, sin apenas ruido, y Joan se incorporó para ver. Frente a Bartomeu y fray Jaume se alzaba un monje, también con túnica negra, alto, delgado, de cejas gruesas y pelo ralo. Su expresión era dura y su cara estaba enrojecida por el coraje.

—No me los puedo llevar, los traigo de muy lejos y no tienen familia —repuso Bartomeu—. Además, es un encargo del representante del priorato en Palafrugell, no creo que vos tengáis autoridad para rechazarlos.

—¡Claro que puedo! —repuso—. Soy el suprior y represento a la comunidad de frailes. Nosotros mantenemos la cocina y el prior no puede imponer más comensales a no ser que nos compense por ello. Y él paga tarde y mal. Además, ese Dionís siempre ha sido un protegido del prior y a mí no me incumbe lo que él decida.

—¡Por el amor de Dios, fray Antoni! —exclamó Bartomeu—. Pero si son unos niños desamparados.

—Pues os los lleváis a vuestra casa. Aquí ya damos socorro a unos cuantos pobres.

—No puedo hacer eso. Además, yo obedezco órdenes.

A Joan se le encogió el corazón. Nadie los quería y recordó con temor la tarde gris y lluviosa, y las calles embarradas. ¿Dónde irían si aquel fraile los echaba? Gabriel lloraba y le abrazó para darle consuelo.

Se hizo un silencio incómodo mientras el fraile y Bartomeu se medían con la mirada.

—Hermano —intervino al fin fray Jaume con humildad—, son chicos y comen poco. Les podemos dar empleo aquí en la cocina ayudando al cocinero y en el huerto mientras no llegue el prior y nos dé garantías para su sustento. Además, si los echáis, el prior lo usará contra vos frente a sus superiores del Santo Sepulcro en Italia. Ya sabéis las influencias que tiene.

El monje soltó un gruñido y se quedó mirando pensativo a Jaume, que a su vez lo contemplaba con las manos juntas sobre su panza y aspecto implorante.

—No creo que el prior nos aporte por el valor de lo que esos chicos puedan comer —dijo al fin con más calma—. Los acepto, de momento, con dos condiciones.

—¿Cuáles? —inquirió fray Jaume.

—Que mosén Bartomeu le busque al mayor un trabajo fuera del convento que pague por sus gastos, y que el pequeño ayude en la cocina y el huerto. Espero que el prior solucione el asunto en cuanto llegue.

—De acuerdo —dijo Bartomeu.

—¡Amén! —concedió fray Jaume—. ¡Chicos, besad la mano al suprior!

Joan y Gabriel se levantaron tímidamente.

—¡Vamos!

Cuando Joan besó la mano a aquel hombre, sintió la misma repulsión que si lo hubiera hecho a una serpiente. Estaba fría.

Un poco antes del rezo de vísperas, Bartomeu se cubrió con su capa y caperuzón para salir. La lluvia continuaba cayendo. La menguante luz de la tarde hacía el día aún más triste, más gris y una sensación de desamparo invadió a los pequeños.

—Bartomeu, no os vayáis, no nos dejéis aquí —le suplicó Gabriel, agarrándole del brazo.

Joan compartía los temores de su hermano, pero no dijo nada. Era lo suficientemente mayor para saber que la súplica sería inútil, no cambiaría su destino.

—No temas —respondió el hombre, apenado—. Os gustará el convento.

—¡Por favor, Bartomeu, llevadnos a vuestra casa! —dijo el pequeño rompiendo en lágrimas.

—No puedo, Gabriel. Mi mujer no os aceptaría y la casa es suya. Pero no te preocupes, vivo cerca y os vendré a ver.

El niño no respondió aunque se le agarraba con fuerza, llorando. Joan comprendió el cariño que en pocos días le habían cogido a Bartomeu. Por las historias que contaba, por su sonrisa fácil, por el cuidado que tenía con ellos, por la seguridad que daba estar a su lado; era lo más cercano a una familia de lo que disponían. Y ahora, cuando Bartomeu se iba dejándolos en aquel lugar tenebroso, él se sentía tan abandonado como su hermano.

—Vamos, vamos, Gabriel —dijo fray Jaume con su vozarrón profundo—. Bartomeu debe irse. Le esperan en su casa. Mira, después del rezo os presentaré al novicio; es un poco mayor que vosotros pero os haréis amigos.

Bartomeu le acarició la cabeza a Gabriel mientras fray Jaume los separaba con ternura. Después, el mercader le dio un cachete cariñoso a Joan en la mejilla.

—Nos veremos pronto. Quedad con Dios —dijo emocionado al despedirse.

Gabriel buscó la mano de su hermano mayor y vieron cómo Bartomeu se calaba la capucha para lanzarse a los charcos del empedrado. En pocas zancadas cruzó el patio bajo la lluvia y desapareció de su vista.

Joan sintió a Gabriel aferrándose a su mano y vio que las lágrimas corrían por sus mejillas.

—No te preocupes, yo cuidaré de ti —dijo abrazándole.

—No os podría llevar a su casa aunque quisiera —les comentó fray Jaume cuando el mercader se hubo alejado—. No insistáis. Su padre le desheredó, mas es listo y bien parecido y se casó con una mujer guapa y rica. Es muy celosa y manda en la casa; todo lo que hay en ella es suyo.

—¡Pero no tienen hijos! —se lamentó Gabriel.

—Ese es el problema —repuso el fraile—. No tienen hijos y cuando él quiso adoptar, ella se negó en redondo.

—¿Y cómo sabéis vos todo eso? —inquirió Joan.

El fraile rio.

—Aquí conocemos a todos los vecinos y sus vidas. Vienen a misa y se confiesan.

—¿Y por qué le desheredó el padre? —quiso saber Gabriel.

—Es muy complicado —repuso el fraile bufando—. No lo vais a entender.

Los chicos le miraban interrogantes y el hombre, parlanchín por naturaleza, no pudo callarse.

—A Barcelona la hizo grande y poderosa una raza de mercaderes audaces que establecieron consulados comerciales en todo el Mediterráneo e incluso en el mar del Norte. Bartomeu Sastre procede de una familia con esa tradición. Pero en las últimas generaciones muchos de ellos prefirieron comprar un título de nobleza y tierras con remensas, vivir de rentas y no preocuparse por si el barco con las mercancías naufragaba o era asaltado por piratas. Eso fue lo que hizo el padre de Bartomeu, pero él, que es el hijo menor, quiso continuar con la tradición comercial. Después llegó la guerra civil y mientras su familia estaba con los señores terratenientes, Bartomeu luchó a favor del rey, al que también apoyaban los remensas. El rey ganó la guerra, aunque a él le desheredaron. Le va bien con su comercio, pero está lejos de la fortuna de su padre y de su mujer.

Dando por terminada la explicación, el monje les hizo un gesto para que se apresuraran.

—¡Vamos! Que llegaremos tarde a misa.

Las paredes de la iglesia eran altas y los ventanales dejaban entrar una luz grisácea que no conseguía disipar las penumbras del interior. Encontraron a los frailes de espaldas a ellos, vestidos con sus hábitos negros, algunos encapuchados, en silencio y mirando hacia el altar mayor, al fondo, donde quemaban dos velas. Un monje, con la cabeza cubierta, se situó junto al altar y empezó a dirigir las oraciones. Por su porte larguirucho, Joan se dijo que sería el suprior.

Los rezos se prolongaron durante media hora y el chico tuvo la sensación de encontrarse en un lugar irreal, tétrico. ¡Cuánto añoraba el mar azul, los pinos encaramados en rocas y rompientes, el cielo luminoso y las nubecillas que contenían aquellos seres etéreos y hermosos! ¡Cuánto añoraba a su padre, y aquel tiempo en que le creía invencible cuando levantaba su arpón en la proa de la barca! Y se preguntó qué sería de su querida madre, de su hermana María y de Elisenda.

Deseaba que él y Gabriel crecieran pronto para abandonar aquel convento horrible, hacerse soldados, combatir al moro y rescatarlas. En su oración le preguntaba al Señor por qué permitió tanta desgracia. Sentía que su odio contra los sarracenos regresaba y rezó pidiendo poder matar a muchos, a cientos, y que ellos y sus familias sufrieran. Y que el miserable de mosén Dionís fuera castigado. Su interior estaba mucho más oscuro que la iglesia. Sentía un vacío en el pecho y un puño que le atenazaba las tripas. La rabia dolía y también sus mandíbulas apretadas.

Al terminar los rezos, fray Jaume les presentó a los monjes conforme iban saliendo de la iglesia. Fray Llorenç, Nicolau, Miquel, Francesc, Melchor y otro Jaume. Los chicos les besaron la mano a todos y algunos les respondieron con una frase de bienvenida, otros con una bendición. Al suprior ya le conocían y cruzó hacia el claustro sin saludar.

También había tres criados y un muchacho larguirucho; vestía este una túnica oscura que no llegaba a ser hábito y usaba una cuerda por cinturón. Era el novicio y fray Jaume se lo presentó como Pere. El chico debía de ser un par de años mayor que Joan, tenía ojos azules diluidos y aspecto ausente.

—De momento dormiréis en su celda —les dijo el fraile.

Las celdas de los frailes se comunicaban con el claustro, pero la del novicio estaba en el patio, así que tuvieron que cargar los jergones de paja y sus hatillos bajo la lluvia que arreciaba. Fray Jaume les dio unas capas con capuchas, muy grandes para ellos, pero que los protegieron del agua.

La celda era pequeña y tenía solo una puerta y un ventanuco que daban al patio. No había muebles aparte de un taburete y unos estantes hechos de mampostería con un cántaro y un cuenco. Una vez pusieron sus jergones en la pared opuesta de donde el novicio tenía el suyo y sus hatillos en un rincón, quedaba muy poco espacio para moverse. El cubículo atufaba a húmedo, a ropa mojada.

Fray Jaume les dio unas escudillas y unas cucharas de madera advirtiéndoles que debían cuidarlas, puesto que sin ellas no se comía. Después hizo sonar una campanilla para llamar a la cena. Los frailes, silenciosos, se pusieron en fila para subir la escalera de caracol que llevaba a la planta superior y los chicos formaron detrás del novicio. Se encontraron con una gran sala, más ancha y tan larga como el cuerpo principal de la iglesia. La sostenían tres enormes arcos góticos y los cuatro grandes ventanales terminados en ojivas iluminaban la sala con la luz moribunda de un atardecer lluvioso.

En el centro estaba la mesa principal, con pedazos de pan distribuidos a tramos junto con unos vasos de madera y unas fuentes con manzanas e higos. En una mesa pequeña y cercana a la escalera, el cocinero y los criados colocaron un gran perol. Después los frailes desfilaron con sus escudillas y el cocinero las llenó de un potaje de nabos, verduras, garbazos y tocino. Cuando los chicos recibieron su ración, se sentaron aparte con los criados. Todos se levantaron para la bendición de la mesa y un fraile, ayudado por la luz de un candil, leyó algo que los chicos supusieron sagrado. Comieron en un silencio en el que solo se oía el murmullo de escudillas, cucharas y jarras de vino y agua. Al terminar la lectura el fraile se apresuró a sentarse a la mesa y tomar su potaje antes de que se enfriara y la sala se llenó de murmullos de conversación.

Comieron con el cocinero, el hortelano, y otro criado del que Joan no supo cuál era su cometido.

—Esos frailes solo rezan —comentó el hortelano—. Los de otras órdenes sí que trabajan, pero estos solo saben rezar y pedir.

Terminada la cena, los monjes lavaron sus escudillas y cucharas en un barril para guardarlas en los amplios bolsillos de sus hábitos. Luego se pusieron en fila y, encapuchados y con sus candiles encendidos, desfilaron hacia la iglesia cantando una salmodia. Allí rezaron las completas para acostarse después.

A pesar del cansancio y de las emociones del día, aquella fue una noche intranquila para Joan. Unas voces le despertaron en la oscuridad. Tardó en comprender que el novicio hablaba en sueños, gemía, suplicaba. Quiso librarlo de su pesadilla sacudiéndole con suavidad. Pero entonces empezó a gritar. Gabriel se despertó sobresaltado y Joan, encogido también por el temor, se abrazó a él para consolarlo. No paró ni un rato, aun durmiendo. Eran gritos de miedo, de terror, que producían escalofríos. Al día siguiente, Pere dijo no recordar nada y se mostró ofendido y molesto cuando Joan insistió.

14

Un campanilleo insistente llegaba desde fuera.

—¡Los laudes! —gritó el novicio, levantándose de un salto.

Joan, adormilado, no se movió hasta oír el siguiente grito. No había amanecido y todo era oscuridad. No entendía cómo Pere se despertaba con un ruido tan pequeño cuando él no pudo sacarle de su pesadilla durante la noche. El novicio buscó a tientas su hábito, advirtiéndoles:

—No se puede faltar al rezo de los laudes. Daos prisa.

Gabriel no se había movido y Joan le preguntó si estaba despierto.

—Sí —repuso angustiado—. Tenemos que darnos prisa.

Buscaron a tientas las sotanas que les prestaron el día anterior y se las pusieron intentando cuadrar la apertura mayor del cuello con la parte anterior. El novicio abrió la puerta y una tenue claridad nocturna marcó el hueco de esta. Salieron corriendo mientras levantaban los largos faldones para no tropezar; ya no llovía pero chapotearon por el empedrado, notando los cantos en las plantas de sus pies descalzos. Siguieron al novicio, que se dirigió con rapidez hacia el claustro, desde donde se podían ver luces.

El fraile de la campanilla acudía con un candil a la puerta de cada uno de sus hermanos para que estos pudieran encender sus lámparas. Formaron una hilera y en procesión y cantando, con las capuchas caladas, dieron una vuelta al claustro y entraron a la iglesia. El novicio se puso al final y los chicos le siguieron.

Los rezos duraron media hora y al salir Joan le preguntó al novicio:

—¿Cuándo desayunamos?

—Pasados los rezos de la hora prima, una vez amanezca.

Joan supo que se aprovechaba al máximo la luz del día para ahorrar aceite y que los cirios y las velas solo se usaban en los altares en las solemnidades. Cuanta más cera se quemaba, más importante era la ceremonia. También que por la noche se rezaron los maitines, de los que se libraban al no haber proferido aún los votos. El cielo estaba cubierto de estrellas y se vislumbraban las primeras luces del alba, pero como no había otra cosa que hacer, regresaron a su cálido jergón de paja. Gabriel se durmió de inmediato y Joan, incómodo por picores en el cuerpo, se quedó pensativo preguntándose qué les depararía el futuro.

Las campanas despertaron a Joan del duermevela en el que había caído, alarmado por la extraordinaria reacción en su hermano.

—¡Las campanas! —gritó este.

Y de un salto, sin ni siquiera ponerse su sotana, salió corriendo al patio solo con la camisa, descalzo sobre las piedras y los charcos. Se detuvo en un lugar donde podía ver el final de la espadaña en la que las campanas volteaban. Pero se llevó un chasco. Después de un primer repique, la campana dio un solo toque. La más pequeña ni se movió.

—¿Una sola vez? —inquirió desilusionado—. Ayer tocaron muchas veces, pero no las pude ver porque estaba oscuro y llovía. Y ahora que las puedo ver, solo quieren tocar una. ¡Y no he llegado a tiempo!

—¡Porque es la hora prima, tonto! —le dijo el novicio riendo—.

Y *prima* quiere decir «primera», y si es primera, es que va sola y por lo tanto es un único toque.

—La campana de Palafrugell hacía lo mismo —puntualizó Joan en defensa de su hermano—. Pero él no lo recuerda porque el pueblo estaba lejos de la aldea y casi no se oía.

—¡Vaya par de aldeanos! —rio otra vez el novicio—. ¡Ignorantes!

La rabia de Joan despertó y levantando los dedos del pie derecho para no lastimarlos, pues iba descalzo, le soltó una patada a la rodilla con la base de su dedo gordo. Pere dejó ir un ¡ay! de sorpresa y dolor, y se dobló hacia delante. Joan se disponía a descargarle un puñetazo en la cara cuando Gabriel le sujetó el brazo. Se contuvo, pero se sentía culpable a la vez que furioso.

—¿Por qué me has pegado? —se lamentaba el novicio, caído en el suelo mientras se sujetaba la rodilla—. Se lo diré a fray Antoni y os va a echar de aquí.

Joan se alarmó. No estaba en su aldea, ese no era uno de sus amigos y las cosas en el convento podían ser muy distintas a las de la playa.

—Pero si no te hice nada —Joan quiso sonreír, amigable—. A ver, muéstrame si tienes un moratón o una herida.

El otro se levantó el hábito para ver sus rodillas, con lo que descubrió por un instante sus vergüenzas, tentando, sin querer, a que Joan le propinara una patada precisamente en ellas. Aún le quedaba rabia y empezaba a despreciar a aquel chico llorica.

Tenía la rodilla un poco enrojecida y el novicio comprendió que no le valía para quejarse.

—¿Ves como no tienes nada? —insistió Joan—. Además, no le dirás a fray Antoni que nos has insultado y que te dejas pegar por un chico más pequeño, ¿verdad?

El otro consideró la situación y Joan, que le observaba atentamente, supo que el suprior le atemorizaba.

—Vale —concedió al final—. Pero no lo vuelvas a hacer.

—¿Amigos? —Joan le tendió la mano.

—De acuerdo —dijo el chico cogiéndola para incorporarse.

A Joan aún le desagradaba el muchacho, pero pensó que le convenía tenerle de su lado.

Sintió de nuevo un picor en los tobillos y al frotarlos descubrió un círculo enrojecido alrededor de un punto. Y otro en la pierna, y otro más allá.

—¿Qué es eso? —preguntó alarmado.

El novicio le miró riéndose.

—¡Son picaduras de pulga! ¿Es que tampoco sabéis qué son las pulgas?

Joan recordaba que un perro vagabundo las trajo a la aldea y que las mujeres las hicieron desaparecer antes de que se convirtieran en plaga.

—Saltan y te chupan la sangre —informó el muchacho.

—Ya lo sé —repuso Joan, que empezaba de nuevo a molestarse—. Dime qué hay que hacer para terminar con ellas.

—Nada —dijo encogiéndose de hombros—. No se puede hacer nada, solo matarlas cuando coges una.

Y de repente se palmeó la frente.

—¡Los rezos de la hora prima! ¡Se me han olvidado! ¡Corred, vestíos, que nos quedamos sin desayuno!

Terminado el desayuno, fray Jaume les advirtió muy serio que no volvieran a retrasarse a la hora de los rezos, pero después les preguntó con una cálida sonrisa si querían que les mostrara el convento. Los chicos respondieron que sí, alborozados. La lluvia del día anterior había dejado paso a una mañana radiante, los miedos se disiparon y todo parecía hermoso.

El monasterio formaba un rectángulo mal trazado cuya base era la línea de casas que daban a la calle Santa Anna. El convento se ocultaba tras ellas y su única entrada era aquel portalón que atravesaba los edificios. Sus propietarios pagaban alquiler al prior, pues el suelo pertenecía a la comunidad. Los otros lados eran muros que separaban el recinto de una calleja de ronda paralela a las murallas exteriores, un lienzo de la segunda muralla de la ciudad que separaba el convento de la Rambla y unas tapias que limitaban con un callejón que iba de la plaza de Santa Anna a la calleja de ronda.

El fraile los condujo al claustro. Su jardín se mostraba hermoso, con sus naranjos brillantes y altas palmeras. Joan admiró otra vez aquellos arcos airosos sostenidos por finas columnillas, deteniéndose embelesado en las esculturas de cada capitel.

—Fijaos, el claustro es el centro del convento, por aquí se puede mover un hermano e ir a donde precise sin mojarse si llueve —les decía fray Jaume.

Y era cierto, por sus distintas puertas se accedía a la plazoleta de entrada, a las celdas de los frailes, al gran edificio que contenía enfermería, cocina y comedor, a la iglesia, a la sala capitular, e incluso tenía puerta de acceso a los lavaderos y al huerto.

—Con eso ya conocéis los edificios importantes —dijo el fraile—. El resto son almacenes y corrales.

Entonces sonaron las campanas y a Gabriel se le iluminó la cara con una sonrisa. No dijo nada y salió corriendo hacia la placeta desde donde veía el campanario.

—La hora tercia —dijo el fraile—. Hora de misa. Estamos llamando a los vecinos.

De camino a la iglesia, las campanas repicaban alegres. El sonido parecía llenarlo todo, el gran salón del comedor, las escaleras, la cocina e inundaba el claustro entrando por el gran cuadrado abierto del patio central donde las palmeras se dejaban acariciar por el sol. Los frailes formaron como de costumbre y al oír los tres graves toques horarios empezaron a cantar, entrando majestuosos en fila a la iglesia, donde unos cincuenta feligreses esperaban.

Gabriel se unió a su hermano y ambos siguieron al novicio hacia el interior del templo.

—¿A que es bonito cuando la campana chica acompaña a la mayor? ¿A que suenan más alegres? —le preguntó, feliz, a su hermano.

Joan le dijo que sí, que era cierto. Le sorprendía la pasión de Gabriel por las campanas.

15

Al terminar la misa, fray Jaume dejó que el novicio les mostrara las dependencias menores del convento.

—Pere os acompañará —les dijo—. Tengo que supervisar la cocina y acudir a capítulo. Podéis pasear por donde queráis, y aprovechad, que en la tarde empezaréis a trabajar.

Recorrieron el huerto, era muy grande. Los monjes se hallaban reunidos en la sala capitular y el hortelano trabajaba en un rincón. Los surcos de las hortalizas estaban bien alineados y los árboles frutales eran abundantes: manzanos, almendros, perales, pero solo las higueras y las vides tenían fruta entre sus hojas. Los colores verdes, algunos con tonos ya amarillos, brillaban al sol y el lugar daba paz. Cuando el novicio fue a hacer sus necesidades, Gabriel le preguntó a Joan de improviso:

—¿Por qué le pegaste?

—Porque se reía de ti por lo de las campanas.

—A mí no me importó.

Joan miró con asombro a su hermano pequeño. Era la primera vez que inquiría sobre sus actos, había un tímido reproche en sus palabras.

—Y porque me cae mal —añadió Joan—. Además, no le hice daño.

Gabriel le miró de forma extraña y no dijo nada. No, no era esa la explicación, pensó Joan. La verdad era que sintió rabia, mucha rabia, quizá porque después del asalto pirata, esta le llenaba el pecho y no sabía cómo sacarla.

Reemprendieron el paseo y Pere les mostró un pozo con una noria y un borriquillo que la hacía girar. El sistema llenaba una gran alberca que almacenaba el agua que servía tanto para regar como para el consumo humano y animal. En el huerto correteaban las gallinas, capones y algún gallo; aquella era la principal fuente de carne para los monjes.

Después del almuerzo los frailes se recogieron en sus celdas para la siesta, y el novicio, Joan y Gabriel se fueron juntos, riendo, a la celda de este.

—¿Dónde vais? —les increpó una voz colérica cuando iban a entrar.

—A dormir la siesta —respondió el novicio tímidamente.

—¿Quién ha dicho que esos pueden dormir en tu celda? —era el suprior.

—Fray Jaume —su voz se hacía más débil.

—Pues ya pueden recoger sus cosas. —El monje increpaba al novicio, como si le recriminara una falta, sin importarle la presencia de los hermanos—. Los monjes dormimos solos y tú también.

—Pero fray Jaume... —balbució Pere.

—¡Que obedezcan! —le cortó en seco—. De fray Jaume me ocupo yo.

Y desapareció hacia el claustro.

Pere se quedó mirando al suelo, abatido, y al rato dijo:

—Lo siento, me agradaba tener compañía en la noche.

—No te preocupes —respondió Gabriel cogiéndolo de la mano—. Nos veremos en el día.

Al poco llegó fray Jaume murmurando entre dientes y les dijo:

—Ya habéis oído, hay cambio; sacad vuestros hatillos y los jergones.

—¡Están llenos de pulgas! —se quejó Joan.

—¡Vaya con el señorito! —bufó el fraile poniéndose en jarras.

—Pere dice que no se puede hacer nada, pero mi madre sabía cómo librarse de ellas.

—¿Cómo?

Joan se encogió de hombros.

—¡Yo sí sé cómo! —bramó el fraile. Estaba muy enfadado.

Los tres chicos tuvieron que cargar los jergones y sus ropas hasta el lavadero que se encontraba detrás de la sala capitular y del templo, en el extremo norte. Allí les hizo sacar la paja de los jergones, amontonarla en una esquina y quemarla. Después tuvieron que sumergir sus ropas en el agua; debían dejarlas allí toda la noche y darse un baño restregándose con estropajo de esparto. Fray Jaume les dio ropas limpias y les dijo:

—Mañana frotaréis las ropas con jabón, no solo las vuestras, sino también los hábitos de los monjes, y las secaréis al sol. El cocinero os enseñará cómo. Y ahora venid, que os mostraré dónde vais a dormir.

Era un pequeño almacén cercano a los establos. Hasta allí llegaba el olor y el bufido de las caballerías pero a los hermanos no les importaba.

Cuando el fraile dejó a los tres solos, el novicio les dijo:

—No va a poder con las pulgas. —Sonreía.

—¿Cómo lo sabes? —inquirió Joan.

—Mira. —Y se palmeó con fuerza en una pierna.

Después, frotando con cuidado en el mismo lugar con una mano y ayudándose con la segunda, capturó algo que les mostró entre los dedos. Era un bichejo brillante y con patas, muy pequeño.

—Esta es casi negra —les dijo—. Las hay también rubias. Y la única manera de acabar con ellas es esta.

La cogió hábilmente de forma que quedara entre las uñas de sus dedos pulgares y presionó. Sonó un chasquido, una pequeña gota de sangre le manchó las uñas y después de enseñarla triunfante, se limpió los restos en el hábito. Aquello les produjo una gran satisfacción a los hermanos, que se miraron sonrientes. Joan pensó que el novicio empezaba a caerle bien.

16

—Así que mosén Dionís os envía aquí porque sois unos deslenguados y no sabéis obedecer.

El prior los miró severo y los niños agacharon aún más la cabeza. Estaban en la sala capitular, y el suprior junto a fray Jaume, también de pie, los flanqueaban. El prior se sentaba frente a una mesa en la que se extendía la carta del regidor de Palafrugell. A Joan le hubiera gustado responder, pero temía que ese hombre los echara del monasterio.

El prior Cristòfol de Gualbes estaba cercano a los cincuenta años y vestía un elegante hábito negro con la cruz roja de Jerusalén, la de doble travesaño, bordada en el pecho y se ceñía con un cinturón de seda roja y un hermoso broche. De su cuello colgaba un crucifijo de plata y cuando los niños le besaron la mano, al ser presentados, Joan vio que lucía un grueso anillo de oro. ¡Qué diferencia con la tela basta de los hábitos de sus monjes, con las cuerdas con las que estos se los ceñían y la ausencia absoluta de joyas! Entendía por qué decían que era un noble.

—Demasiado jóvenes para la horca —murmuró como hablando para sí mismo, pero de forma que todos le oyeran—. Aunque lo más probable es que allí terminen.

A Joan se le hizo un nudo en la garganta y con un movimiento discreto le cogió la mano a Gabriel; el pequeño temblaba.

—¡Pues bien! —dijo el eclesiástico elevando la voz y dirigiéndose a los chicos—. Aquí aprenderéis a obedecer y no os daré cobijo más allá de los catorce años.

—Pues vais a tener que proveer por ellos —interrumpió el suprior.

Fray Jaume miró al techo como implorando al cielo, sabía lo que se avecinaba.

—Son niños, no adultos —respondió el prior—. Tendréis una ración más de la parte que pago yo, ya sabéis: el aceite, los ajos y lo demás.

—Son dos raciones y deberéis proveer también la parte que pone la comunidad —repuso fray Antoni elevando la voz.

—La parte de la comunidad la pagaréis con lo que recibís de las limosnas, de las penitencias de aniversarios de difuntos y otros.

—Vos sabéis que las limosnas van menguando y que no podemos alimentar a más bocas.

—Pues prescindid del cocinero, del hortelano y del otro criado y que los frailes hagan esos trabajos —repuso el prior con una sonrisa—. Además, hay partes del huerto que apenas se cultivan; sois ocho para ocuparos y con el novicio nueve. Así tendréis menos bocas que alimentar y más comida.

Fray Antoni le lanzó una mirada torva antes de responder. Y lo hizo con lentitud, recalcando las palabras.

—Vos sabéis que ni somos soldados ni trabajadores manuales. Nuestra misión es rezar al Señor para que Él se apiade de nuestras gentes y las proteja. No le pediríais a un caballero que trabaje en el huerto, ¿verdad?

—Pues no debéis cumplir bien con vuestros rezos si cada vez hay menos limosnas.

Fray Jaume se santiguó y sin dejar de mirar al techo empezó a mover los labios rezando en silencio. Joan comprendió que ellos ya no importaban en la disputa, ni siquiera los miraban, y observó con curiosidad a los contendientes. Apretó la mano a su hermano para darle ánimos, el chiquillo estaba a punto de llorar.

—¡Cómo podéis decir eso! —bramó el suprior—. Ya sabéis la miseria que sufre la ciudad después de la guerra civil y de las pestes, y que los frailes predicadores, los franciscanos y dominicos, se llevan mucho de lo que antes nos daban a nosotros.

—A mí me ocurre lo mismo —repuso el prior Gualbes encogiéndose de hombros—. He perdido muchas rentas por las casas deshabitadas; además, los ingresos son fijos y los precios de la comida subieron de forma escandalosa durante la guerra. Trabajad el huerto.

—¡Nuestra obligación es el rezo, no el trabajo físico! Si queréis que trabajemos con nuestras manos, dadnos ejemplo como prior. Tengo una azada para vos.

Gualbes se puso rígido y la media sonrisa que bailaba en sus labios se evaporó. Apretó los dientes con rabia, parecía muy ofendido.

—¿Cómo os atrevéis?

—¿Cómo os atrevéis vos? —repuso fray Antoni, ahora más controlado, satisfecho al comprobar que su golpe le dolió al prior—. Los fieles que hicieron rico al monasterio de Santa Anna y al Santo Sepulcro, donando tierras y dominios, querían que rezáramos para el perdón de sus pecados y así tener un lugar en el cielo y bendiciones en la tierra. Esas propiedades que se han acumulado durante siglos son de la comunidad, no del prior. Vos y vuestros antecesores os apropiasteis de ellas, lo administráis a vuestro antojo y nos regateáis la comida.

—Es mi deber y privilegio administrar esas posesiones para el bien del monasterio. Lo hago con rigor y en beneficio de los frailes —contestó el prior en tono de dignidad ofendida—. Y bien sabéis que se vendieron muchas de esas propiedades precisamente para mantener a los monjes, y lo que queda renta poco.

—Pues si tan pobre estáis, ¿por qué os empeñáis en terminar las obras del piso superior del claustro? ¿Por qué no vendéis vuestro palacio y os venís a vivir con nosotros aquí, en una celda?

—La dignidad del monasterio y la mía como representante de la Orden requieren cierto boato —repuso el prior a la defensiva.

—¿El monasterio? ¿La comunidad? ¡Ja! Poco os importamos. Queréis ser un gran señor, eso es lo que os importa. Se dice que incluso mantenéis a una mujer.

—¡Hermanos! —intervino de repente fray Jaume con un grito.

Ambos le miraron sorprendidos. Se habían olvidado de que estaba en la sala.

—Hermanos, por amor de Dios, por caridad —suplicó fray Jaume juntando las manos y bajando la voz, humilde—. Tenemos a dos niños que la Providencia nos ha confiado, hay que protegerlos. De lo contrario el Señor nos castigará.

El tono del fraile y su invocación al Ser Supremo parecieron calmar unos ánimos próximos a la agresión física. Los contendientes habían ido demasiado lejos y la llamada a la responsabilidad surtió efecto. Desinflados, miraron a aquel monje de aspecto bonachón con la esperanza de encontrar salida a la maraña de reproches en la que con tanta frecuencia se enzarzaban.

—Fray Antoni, aceptad como acordamos a los chicos con la condición de que trabajen en el huerto. Bartomeu dijo que encontraría trabajo para el mayor, que así pagará su sustento. Y vos, prior Gualbes, dadnos dos raciones más de vuestra parte. Cumpliréis con Dios y con los hombres. ¿Qué dirían los fieles si abandonamos a dos huérfanos que nos envía vuestro señorío de Palafrugell? ¿Y si se enteran vuestros superiores del Santo Sepulcro en Perusa? ¿Qué diría nuestro rey don Fernando de saberlo?

—De acuerdo —se apresuró a responder el prior—. Aunque solo hasta los catorce años.

—Que así sea —dijo fray Antoni—. Pero que Gualbes no se retrase en las entregas como acostumbra a hacer.

—Chicos, besad la mano al prior —dijo fray Jaume, con prisas. Quería salir cuanto antes de aquel lugar.

—Aprended a obedecer, por vuestro bien —les advirtió Gualbes, malhumorado, a modo de despedida.

—Esos dos siempre están como el perro y el gato —bufó fray Jaume mientras salían—. Esa discusión no era por vosotros, hijos míos, era algo suyo.

Los llevó al huerto y los hizo sentar en el margen de la balsa de riego, desde donde podían ver el borriquillo haciendo girar la noria y la arboleda.

—Ahora contadme qué pasó en Palafrugell —les pidió—. No me interesa lo que pone en la carta de fray Dionís. Ya le conozco. Quiero saberlo de vuestra boca.

Lentamente, apenado, Joan fue desgranando su vida anterior al asalto, la desgracia y lo que después ocurrió. Gabriel intervenía a veces para aclarar algún detalle, ambos confiaban en aquel fraile barrigón aficionado a la cocina. Este iba asintiendo, poniendo caras y soltaba alguna exclamación de solidaridad de cuando en cuando.

—Gracias. Ahora ya lo sé todo —les dijo al final—. Aquí estaréis bien un tiempo, pero ya sabéis que hay que obedecer y seguir las reglas. Oísteis la discusión, la economía no es buena y proveer la despensa es tarea ardua. Hace dos años el conflicto entre la comunidad y el prior fue tan grave que este y el suprior llegaron a las manos. Tuvieron que intervenir los consejeros de la ciudad y los superiores de la Orden del Santo Sepulcro que están en Perusa, Italia. Al final firmamos un documento de concordia haciendo las paces.

Joan sacudió la cabeza, incrédulo. Incluso en su ignorancia sabía aquello de que algunos, tras una vida agitada, se retiraban a la paz de un convento. Y en aquel lugar había de todo menos paz.

—Pues necesitaréis pronto firmar otro, ¿verdad? —inquirió mordaz.

El fraile estalló en risas. Después hizo una pausa mirando a Joan con suspicacia.

—¿Sabes? —dijo—, eres demasiado listo para tu edad y eso te va a traer problemas.

17

Bartomeu acudió aquella tarde a rendir cuentas al prior Gualbes y después fue a ver a los chicos. Los encontró trabajando en el huerto bajo la tutela del campesino del monasterio.

—Buenas tardes, mis marinos favoritos —los saludó con sorna.

—¡Bartomeu! —exclamaron felices al verle.

Dejaron en el suelo el capazo que cargaban y fueron corriendo a su encuentro.

—¡Un momento, un momento! —los detuvo con una sonrisa—. No voy a permitir que, por muy santa que sea esta tierra, manchéis con ella mi jubón nuevo.

Bartomeu vestía de verde oscuro sobre calzas granates y se ceñía con un cinto de cuero con broche de plata. El jubón se abría en el cuello para mostrar una camisa blanca y una cadena de oro de la que pendía una ramita de coral rojo de buen tamaño. Del cinto colgaban daga y espada y una bolsa, que a juzgar por su aspecto andaba bien provista. Unos zapatos de cuero, un gorro verde a juego con el jubón y guantes granates completaban su atuendo.

Fuera de Gualbes, los hermanos no habían visto nunca a nadie tan bien vestido y Joan lo relacionó de inmediato con la entrevista con el prior. Sin duda Bartomeu sabía cómo tratar al eclesiástico.

El mercader revolvió el pelo a Gabriel y le dio unas palmaditas a

Joan a modo de saludo, interesándose por su vida en su nueva casa. Después le dijo al mayor:

—Aséate y ponte tus ropas de domingo, que te he encontrado trabajo.

Joan corrió alborozado a vestirse, deseaba salir del encierro que representaba el convento. Poca ropa tenía para elegir. Cambió las albarcas de cuero que le prestaron para el huerto por sus alpargatas de cáñamo, con las que aún le disgustaba andar, pues prefería ir descalzo. Después se puso su camisa limpia y encima la saya oscura, que se ciñó con un cordón.

Cuando salió al bullicio de la calle, Joan se dijo que a pesar de que el convento estaba en la ciudad, eran mundos distintos. La gente iba y venía, había tiendas, se cruzaban con carruajes. Aunque Bartomeu siempre decía que Barcelona vivió tiempos mejores, para Joan todo era nuevo, mantenía sus ojos abiertos y cualquier cosa era motivo de asombro y aprendizaje.

—Pronto cumplirás los trece, pero hasta los catorce no puedes ser aprendiz —le dijo Bartomeu—. Además, ser aceptado como aprendiz de un oficio requiere que gente conocida responda por ti.

—Entonces, ¿qué voy a hacer?

—Vas a ser mozo de la librería de Antoni Ramón Corró.

—¡Una librería!

—No creas que encontrar ocupación para un chiquillo resulta fácil en los tiempos que corren. Pero Antoni Ramón es mi socio en la venta de libros.

—¿Y qué es ser socio?

—Ya sabes que soy comerciante y además administro los intereses del convento de Santa Anna. Y aunque vendió mucho de lo que tenía, aún conserva posesiones desde las islas Medas hasta Valencia, pasando por Palafrugell, Tortosa y Garraf. Así que viajo por la costa a cuenta del priorato y aprovecho para comprar y vender mercaderías, pero mi especialidad son los libros. Cuando vendo libros de Corró me quedo un porcentaje y es así como somos socios.

—Pero ¿no debería el prior administrar el convento personalmente?

Bartomeu soltó una risita divertida y repuso:

—Cristòfol de Gualbes es noble y me encarga a mí, un bachiller titulado por la Universidad de Lleida, la administración y el comercio.

—El otro día discutieron el suprior y el prior por dinero. Gualbes decía que los frailes debían cultivar el huerto, el suprior se ofendió y dijo que lo cultivara él y el prior se enfadó aún más. Así que al final a quienes mandaron a trabajar al huerto fue a mi hermano y a mí.

Bartomeu rio de nuevo.

—Lo mismo pasa con la administración: el prior no la considera digna, pero a mí me gusta.

—El suprior dice que hay tres tipos de gentes. Los militares y nobles, cuyo trabajo es defender al pueblo con las armas, y que no pueden cultivar la tierra; los eclesiásticos, cuya misión es rezar a Dios y que tampoco pueden; y los demás, que sí que pueden. No lo entiendo. Entonces, ¿qué hacéis vos?

—Bueno, bueno. Están anticuados, eso era antes, cuando las cosas eran muy simples. Guerreros para luchar, eclesiásticos para rezar y campesinos para dar de comer a los demás. Ahora es más complicado, hasta los campesinos ricos le compran títulos de nobleza al rey y hacen que otros se deslomen trabajando las tierras. Mientras, los pobres payeses de remensa están en guerra por su libertad, y no solo contra los nobles, sino contra los payeses ricos aspirantes a nobles que los someten. Los artesanos y los comerciantes somos clases distintas, hemos existido siempre, pero hoy somos mucho más importantes y llegará un día en que les podamos a los nobles.

»Tú pórtate bien, cumple en todo y en menos de dos años serás aprendiz, después oficial, y cuando seas maestro fabricarás libros hermosos. Y si alguna vez llegas a tener tu propia librería, entonces no solo serás artesano, también serás comerciante.

—Y mi padre, que pescaba, ¿qué era?

—Era un hombre libre, tenía su propia barca y requería de conocimientos y técnicas. Eso es un oficio.

—¿Y aprenderé a leer? —preguntó Joan ilusionado.

Bartomeu guardó silencio y se detuvo. Miró al chico de frente y le dijo:

—No, no podrás. Al menos de momento.

—Pero ¿cómo puedo ser librero sin saber leer?

—El negocio principal del librero Corró y de los demás del oficio es atar los pliegos de papel o pergamino en blanco y ponerles unas tapas, que a veces son muy lujosas. Las ventas de libros en blanco, las plumas, tinta y demás materiales para escribir se han mantenido bien a pesar de pestes y guerras. Los sacerdotes los necesitan para inscribir fallecimientos, bodas y bautizos; se precisan para testamentos, para pleitos, para llevar las cuentas de los negocios o las actas de la ciudad. Para encuadernar libros en blanco no necesitas saber leer.

—Pero para ser un librero de verdad sí —insistió Joan tozudo—. Yo quiero aprender.

—Mira, para tratar con libros escritos no solo debes saber leer, sino también latín hablado y escrito, y conocer algo de los clásicos. No creo que eso esté nunca a tu alcance.

Joan le miró decepcionado. Recordó el magnífico libro expuesto en la librería de la calle Especiers y las hermosas letras que para él eran misteriosos signos incomprensibles. Quería conocer los mundos ocultos que los libros escondían entre sus páginas.

—¡Yo quiero!

—¡No! —repuso muy serio Bartomeu—. ¡Ni vuelvas a mencionarlo! No vas a aprender a leer. ¿Me oyes?

Le puso una mano en el hombro y le sacudió.

—¿Me has oído?

El muchacho nunca había visto a Bartomeu con aquella expresión enojada y autoritaria. Asociaba al comerciante con una sonrisa, con bromas que le hacían reír; estaba sorprendido por el cambio y le dolía la mirada fiera del que antes creía su amigo.

—¿Me has oído? —repitió Bartomeu.

—Sí, pero no entiendo...

—¡Obedece, Joan! Debes aprender a obedecer y si no lo entiendes, te devuelvo ahora mismo al huerto del convento. ¿Vas a obedecer?

El chico apartó la vista de los ojos de Bartomeu, que se clavaban en los suyos, y bajó la cabeza. Le dolía su tono, que le amenazara, pero sobre todo temía que dejara de quererle, que los abandonara a él y a Gabriel, que no les volviera a sonreír nunca más. No podría soportarlo.

—Sí, obedeceré —respondió con lágrimas en los ojos.

—Buen chico —repuso el mercader, cogiéndole ahora del hombro con cariño y continuando el camino—. Si no cumples con lo que te ordene, el librero Corró te echará de inmediato de su casa. Que te quede claro. Sé que tuviste problemas con el regidor de Palafrugell y no quiero que se repitan aquí. Quizá no tengas otra oportunidad en tu vida de llegar a ser un artesano.

Anduvieron un tiempo en silencio y de repente Bartomeu le dijo:

—Si cumples bien los primeros días, quizá te enseñen a escribir.

—¿Escribir? —exclamó Joan con sorpresa—. ¿Cómo se puede escribir sin saber leer?

Bartomeu se detuvo y de nuevo se encaró al chico mirándole inquisitivamente.

—Esa es la razón por la que pude encontrarte un trabajo.

Joan calló a la espera de que se explicase. Estaba demasiado sorprendido para coordinar ni siquiera las preguntas.

—Antoni Ramón Corró no necesita un mozo, pero le hablé de tu habilidad artística y le mostré algunas de las figuras de madera que tallas. Creemos que con un poco de práctica serás capaz de aprender caligrafía, ya sea gótica o italiana. Y si confirmas tu habilidad, el librero Corró te hará copiar algunos libros, le iría bien un buen copista.

—Pero sería mejor copista si supiera leer.

—¡De eso ya hemos hablado! —Volvió el tono duro—. Y no es así. Las letras son dibujos y tú solo tienes que copiar esos dibujos. ¿No entiendes que precisamente le pude convencer porque serías un copista que no sabe leer?

Era extraño, se dijo Joan; aquel era un mundo desconocido para él. Pero su futuro dependía de obedecer y decidió guardar sus preguntas para otro momento. Temía que Bartomeu se enfadase de nuevo.

18

Joan anduvo al principio disgustado por el incidente con Bartomeu, pero la ciudad le fascinaba y pronto su atención se dispersó hacia todo lo que su vista, oído y olfato le traían. Le asombraba ver tanta gente, tan distinta, y que él no conociera a nadie. En la aldea y en el pueblo de Palafrugell se conocían todos y ese anonimato de la gran ciudad se le antojaba extraño. Además, le sorprendía que todos los hombres bien vestidos llevaran la cara afeitada como los eclesiásticos.

Al cruzar frente a la puerta que daba al claustro de la catedral vio a dos ciegos que cantaban pidiendo limosna, acompañándose de una guitarra y unas sonajas. Los soldados de la entrada del palacio de la Generalitat no eran los mismos del día anterior y volvió a maravillarse con el lienzo de pared esculpido dominado por el medallón de San Jorge. Al final llegaron a la plaza de Sant Jaume, y Bartomeu le guió hacia la calle de Especiers. Casi tocando a la plaza estaba su destino: la librería de Ramón Corró. Era la misma que atrajo su mirada el primer día y el mismo libro iluminado, con el espléndido dibujo que le cautivó, presidía aún la entrada. Estaba montado en un atril móvil, situado en ese momento en la calle, protegido del sol por un pequeño toldo rojo. Joan pensó que debía de ser muy valioso y que era todo un reclamo para la vista de los transeúntes. Una banca colocada por delante del libro hacía de mostrador y en ella se exponían otros libros, algunos con hermosas cubiertas de piel, otros abiertos enseñando sus páginas en blanco. Los más, amontonados, eran simples pliegues de hojas cosidas con tapas acartonadas, sin duda mucho más económicos. También había una buena selección de blancas plumas de oca con el corte preciso para escribir, alguna de faisán e incluso varias plumillas metálicas montadas en mangos de madera. Detrás del mostrador, cerca del hermoso libro, había una mujer de mediana edad de labios finos y ojos oscuros que vestía una gonela de buen tejido y cubría su cabeza con una toca. Su semblante se iluminó al ver a Bartomeu.

—Buenas tardes, mosén Bartomeu —dijo sonriendo a la vez que inclinaba la cabeza a modo de saludo.

—Buenas tardes, señora Joana —respondió Bartomeu, cortés—. Este es Joan y venimos a ver a vuestro marido.

Ella sonrió al chico y les dijo que le encontrarían en el interior de la tienda.

—Es la esposa del amo —informó Bartomeu en voz baja mientras entraban—. Tienen una hija casada y un chico estudiando en la Universidad de Lleida.

Las paredes de la tienda estaban llenas de alacenas que contenían libros, rollos de pergamino, tinteros, raspadores, tijeras y todo tipo de materiales relacionados con la escritura y la lectura.

Ramón Corró se encontraba sentado detrás de un mueble escritorio elevado dos escalones por encima del suelo y desde su posición controlaba lo que ocurría tanto en la amplia librería como en la calle. Era un hombre fornido, de frente ancha, nariz pequeña y ojos grises, que a pesar de cubrirse la cabeza con un bonete rojo, no podía ocultar su calvicie.

—Buenas tardes, Bartomeu —saludó mientras depositaba la pluma en un tintero encastrado en la mesa—. ¿Es ese el mozo del que me hablasteis?

—Buenas tardes —repuso el mercader—. En efecto, este es Joan Serra de Llafranc. Joan, saluda a mosén Corró.

Joan, instruido por Bartomeu, se acercó al librero, que había descendido de su tarima, y le besó la mano.

—Bien, Joan —le dijo—, tendrás que probar las habilidades que mosén Bartomeu dice que tienes para poder quedarte en mi casa. Ven aquí.

Y le hizo seña para que subiera los escalones de su escritorio. Joan le siguió y allí le mostró un papel con una frase escrita.

—¿Qué pone aquí?

Joan miró aquel grupo de trazos negros de distintos tonos dependiendo de la cantidad de tinta y susurró en voz baja:

—No lo sé, mosén Corró, no sé leer.

—Y esta letra —dijo mojando la pluma en el tintero para escribir en el papel unos trazos góticos—, ¿cuál es?

—No sé leer, señor —repuso Joan convencido de que no sería aceptado.

—¿Y esta? —insistió el librero ahora con letra al estilo italiano.

—Lo siento, señor, no lo sé —musitó Joan aún más bajo.

—¿Así que tampoco conoces las letras? —inquirió severo mosén Corró.

—No, señor.

—A ver, toma la pluma y pinta, en este papel, la primera letra que yo escribí.

—No sé escribir, señor.

—Es igual, inténtalo.

Joan miró a Bartomeu, que afirmó con la cabeza. Con el pulso tembloroso mojó la pluma en el tintero, tal como hizo el hombre, y la apoyó en el papel tratando de copiar la letra. La tinta se escurrió de la cánula formando una mancha.

—Lo siento, señor —musitó el chico—. Es la primera vez que uso una pluma.

—Se nota; la pluma no se coge así —repuso el librero aplicando sobre la mancha un papel que absorbió la tinta—. Pero es igual, prueba otra vez.

Joan, intentando contener sus manos temblorosas, dibujó sobre el papel una lamentable imitación de la letra gótica que escribió el hombre.

—Ahora copia la otra letra.

—Pero la primera no me ha salido bien —dijo Joan.

—Es igual, copia la otra.

Lo hizo con un resultado tan desastroso como antes. El librero observó el trabajo del chico con atención.

—Bien —gruñó al final, mirando a Bartomeu—. Quizá tengáis razón y podamos hacer de él algún día un buen copista. Voy a admitirlo en mi casa, porque vos lo recomendáis.

Bartomeu no dijo nada, pero hizo un gesto afirmativo con la cabeza.

—Chico, te voy a tomar como mozo —le dijo ahora a Joan—. Y si eres obediente, trabajador y honrado, cuando cumplas catorce años te haré aprendiz, y después, si continúas progresando, podrás llegar a oficial y a maestro. Estas son las condiciones: un aprendiz cobra al año noventa sueldos, más comida y cama en mi casa. Trabaja desde el amanecer al ocaso, descansando para la comida, pero como tú aún eres pequeño, solo trabajarás por la mañana, no cenarás ni dormirás aquí, lo harás en el convento, por eso te daré sesenta sueldos al año, cinco al mes. Le daré tu paga al suprior, para cubrir tus gastos en Santa Anna. Él decidirá si te da algo a ti.

—¿Podríais entregarla a Bartomeu y que él acuerde la parte justa con el suprior?

El librero le miró sorprendido y después sonrió al mercader. Sus ojos grises se iluminaron y múltiples arrugas brotaron a los lados de estos. Parecía gustarle la sugerencia y Bartomeu le devolvió la sonrisa.

—De acuerdo. Creo que es una buena idea. Pero antes de aceptarte tienes que prometer que no aprenderás a leer sin tener antes mi permiso.

Joan intercambió una mirada con Bartomeu, aquello le disgustaba, pero ya lo habían hablado, y afirmó con la cabeza.

—¿Lo prometes? —insistió el librero.

—Sí, lo prometo.

—Bien, pues a partir de este momento perteneces a mi casa. Ven mañana al amanecer.

—Sí, mosén Corró.

—Debes decir «sí, amo» —le corrigió Bartomeu.

—Yo no tengo amo, no soy un payés de remensa —le increpó Joan a Bartomeu cuando se alejaron lo suficiente de la librería para no ser vistos discutiendo—. Mi padre dijo que tendría que luchar por mi libertad.

Bartomeu lo miró primero con sorpresa, después pensativo y al final repuso sonriéndole:

—Tu padre tenía razón, Joan. Pero los hombres libres también tenemos servidumbres, las tenemos con Dios, con el rey, con las leyes y con las promesas que hacemos. Y tú acabas de cerrar un trato. Tú servirás a mosén Corró y a su familia y a cambio, él te dará una paga y si te aplicas y cumples bien, podrás aprender un oficio. Eres libre de aceptar el trato; aún estás a tiempo de decirle que no lo quieres y que prefieres trabajar en el huerto del convento. ¿Quieres eso? ¿Trabajar en el huerto bajo las órdenes del suprior?

—No, no quiero eso. Pero tampoco quiero llamar «amo» a nadie.

—Mira, tú eres un chiquillo que no sabe aún nada de la vida —repuso ahora serio el mercader—. En algo tenía razón el regidor de Palafrugell. Eres rebelde e insolente cuando aún ni siquiera tienes la edad para serlo. Pero también has demostrado ser muy listo, me caes bien y por eso te ayudo. Aprende, porque si no, terminarás cargado de grilletes remando en una galera. ¿Me entiendes?

Joan le mantuvo la mirada sin responder mientras trataba de asimilar sus palabras. Le tenía cariño a aquel hombre y sabía que quería su bien, pero odiaba cualquier cosa que sonara a servidumbre. Su padre le dijo que un hombre debía luchar por su libertad y la de su familia. Llamarle «amo» a alguien iba en contra de sus enseñanzas. Bartomeu interrumpió sus pensamientos.

—Mira, Joan, a ver si lo entiendes de una vez —le dijo tajante—. Mosén Corró es el amo de su casa. Y por eso se le llama así, no porque sea tu amo y tú su siervo. Y por tanto le llamarás «amo» mientras pertenezcas a su casa, mientras trabajes para él. No solo le debes obediencia, sino respeto y fidelidad. ¿Entiendes lo que es la fidelidad?

El chico continuó callado y Bartomeu le propinó un golpecito en el pecho.

—¿Entiendes qué es fidelidad? —El mercader elevaba la voz.

Joan se encogió de hombros.

—Pues te lo diré. Fidelidad a alguien es no engañarle y cumplir tus compromisos con esa persona hasta el final. Y si tú eres fiel a los Corró, ellos lo serán contigo. ¿Lo entiendes ahora?

Joan afirmó con la cabeza, pero eso no fue suficiente para el mercader.

—¡Dime que lo entiendes o te devuelvo al huerto del suprior!

—Sí, lo entiendo —musitó a regañadientes Joan.

—Pues bien, mosén Corró es tu amo, su esposa es tu ama y su hijo Joan Ramón cuando regrese de Lleida será el hijo del amo. Y les serás fiel. ¡Repítelo!

El chico, muy a su pesar, lo repitió.

19

Joan durmió mal aquella noche, inquieto, anticipando su primer día en la librería. Acudió a los rezos de la hora prima junto a Gabriel y el novicio, desayunó aprisa y con un abrazo a su hermano y la bendición de fray Jaume salió corriendo por el portalón, recién abierto, hacia la tienda. Hacía poco que había amanecido, el sol apenas iluminaba los campanarios de la catedral y la mañana era fría en la calle.

Un chico algo más alto, delgado y nervudo, barría el suelo frente a la librería, mojándolo antes para no levantar polvo. Joan le preguntó por el amo, él le pidió su nombre y se lo dio añadiendo que era el nuevo mozo. El muchacho le miró de pies a cabeza y al terminar su examen le sonrió.

—Me llamo Lluís, yo era el mozo hasta ahora. Con tu llegada me hacen aprendiz —le dijo hinchando el pecho orgulloso—. Espera aquí, en la tienda, y le aviso.

Regresó al poco y le dijo que aguardara, que mosén Corró estaba desayunando y después, al tiempo que le señalaba la escoba, añadió satisfecho:

—A partir de ahora, esto será tuyo.

Joan esperó mientras observaba cómo Lluís se aplicaba en su tarea. Allí estaba el hermoso libro y los bancos que hacían de mostrador, aguardando a que los sacaran a la calle. Se acercó para contemplar las armoniosas letras góticas, los dorados y el dibujo multicolor que ocupaba por completo la página derecha. De nuevo lamentó no saber leer y aún más la promesa que se lo impedía.

Oía risotadas que llegaban desde la trastienda; el aprendiz le dijo que los amos desayunaban en el piso de arriba, pero que los trabajadores lo hacían en el taller de la planta baja. El chico se preguntaba inquieto cómo le recibirían.

—Buenos días, Joan —le saludó mosén Corró—. Ven a ver el taller.

Cruzaron un vestíbulo que separaba la librería de la trastienda y del que partía una amplia escalera hacia el piso superior. La pieza, al igual que la tienda, estaba llena de alacenas donde se ordenaban libros y distintos materiales, que también se apilaban en el suelo. Después entraron en el taller. Era amplio y se comunicaba por el otro extremo con un patio a través de tres grandes arcos que dejaban entrar la luz del día. En aquel momento una muchacha recogía los cacharros del desayuno mientras los operarios sacaban al patio distintos utensilios.

—El día parece que será bueno y cuanta más luz haya, mejor se encuaderna —explicó el librero.

Le presentó a Guillem, el maestro encuadernador, que tendría unos treinta años, y a Pau, su oficial, de poco más de veinte. Corró le dijo que siguiera las instrucciones del maestro una vez terminara con los encargos de su esposa. Después, levantando la voz, señaló a los aprendices: el mayor, Felip, de unos dieciocho años, que destacaba por su corpulencia y su cabello rojizo, y los dos menores, Jaume y Lluís, al que ya conocía. De vuelta a la tienda se encontraron con el ama, a la que Joan saludó con un beso en el dorso de la mano. Ella le sonrió cariñosa y le encargó que vaciara el agua de los cántaros del taller y de la librería y que los llenara con agua fresca de la fuente. De los cántaros de la cocina se encargaban las criadas.

Joan cumplió la tarea con diligencia y al terminar, el ama le envió a por cola a uno de los comerciantes de su misma calle, la de los Especiers, pues la actividad del gremio de especieros incluía productos químicos en general. Joan pensó que, mientras no se retrasara demasiado, aquellos recados serían una estupenda oportunidad para recorrer las calles de aquella ciudad fascinante y observar las tiendas y sus gentes.

Terminados esos encargos, ayudó al oficial en el taller hasta la hora de la comida. Joan observaba el proceso maravillado; los pliegos de papel se igualaban al tamaño adecuado con unas enormes cizallas y se apilaban de forma regular. Después, mediante unas prensas que llamaban «de reatar», formadas por tablas de madera y torniquetes, se sujetaban con fuerza los pliegos de papel para coserlos por un extremo. A continuación se ataban unos con otros hasta formar el libro, dejando las bandas de unión en la parte exterior del lomo, que se encolaban y finalmente se protegía el libro con las cubiertas. Las más comunes eran de pergamino, pero también se fabricaban con el cartón resultante de encolar varios papeles, o con una combinación de cartón y pergamino. La gran mayoría de los libros que se ataban tenían sus páginas en blanco, para que los clientes escribieran en ellas, y en general no requerían un gran lujo. Pero en el taller de los Corró también se encuadernaban pliegos que venían impresos e incluso manuscritos. En esos casos, para la cubierta generalmente se usaba cuero, en el que se estampaba la imagen grabada en una plancha metálica. A veces se utilizaba la técnica de la rueda; esta tenía un ornamento grabado y al hacerlo girar sobre el cuero húmedo repetía el diseño de forma constante. Los relieves se doraban o tintaban con color. Y para libros valiosos como el de la entrada de la librería, se fabricaban tapas de madera recubiertas de piel fina repujada. Pero toda aquella encuadernación sofisticada era algo inalcanzable para Joan y su labor se limitaba a ayudar al cosido de los pliegos.

Por el momento debía dedicar toda su atención a entender las instrucciones que le daba el oficial. Le pedía herramientas cuyos nombres no había oído en su vida, usaban palabras que él no comprendía y muchas veces dudaba qué hacer frente a una orden. Se sentía torpe e inútil.

—¡Espabila, chico! —le increpaba el hombre con expresión seria.

Cuando llegó la hora de la comida, Joan respiró aliviado. Y no era por el hambre que sentía, sino porque deseaba regresar a Santa Anna. El convento no era un lugar muy hospitalario, pero allí tenía a su hermano, al novicio y a fray Jaume, y era lo más parecido a un hogar. Demasiadas novedades para un solo día, se sentía inseguro, necesitaba asentar todo aquello en su cabeza. Pero de algo estaba convencido: los libros le fascinaban, y por supuesto los escritos. ¿Qué misterios contendrían? La prohibición de aprender a leer despertaba en él un enorme deseo de hacerlo.

Los aprendices despejaron las mesas de trabajo y cada uno sacó su escudilla; había varias de sobra y le dijeron a Joan que tomara una. Al poco apareció una criada con un perol que contenía un potaje de lentejas, verduras y carne, y llenó las escudillas. Mientras, otra criada dejaba en la mesa unas hogazas de pan ya partidas, jarras con agua, vino y unas manzanas.

El maestro y el oficial se sentaron en un extremo de la mesa y a continuación los aprendices según antigüedad, Joan lo hizo al frente de Lluís. Entonces apareció un extraño personaje. Vestía una saya que le llegaba hasta los pies con mangas largas y que dejaba caer suelta, sin cinturón. Se tocaba con una tela a modo de turbante y lucía una barba donde lo cano dominaba.

—Buen provecho —los saludó con un acento raro.

Los oficiales le devolvieron el saludo pero los aprendices no respondieron. Por un momento, las miradas de Joan y aquella persona se encontraron. Tenía la cara arrugada y sus ojos de un azul profundo resaltaban sobre su tez ligeramente oscura. El viejo se sentó en una mesa aparte con movimientos pausados y la criada le sirvió.

—Es un sarraceno blanco —le aclaró Lluís.

¡Un sarraceno blanco! Joan lo había intuido, pero al confirmarlo sintió que las tripas se le encogían. Aquel tipo era de la misma calaña que los que asaltaron su aldea matando a su padre y apresando a las mujeres.

—¿Y qué hace aquí? —quiso saber Joan.

—Es un esclavo, pero el amo le tiene en gran consideración. No come cerdo ni bebe vino y se le tolera. Si quisiera bautizarse, le darían la libertad. Pero no quiere ser cristiano.

—Es un sucio infiel —intervino Felip, el mayor de los aprendices—. Y el amo le permite demasiado. Ya le daría yo. Si le tuviera un mes sin comer, después no le haría ascos a nada.

—Tienes razón —convino Joan.

Y empezó a pensar de qué forma podría hacerle pagar al viejo algo del daño que los sarracenos le causaron a su familia.

—¿Y qué es lo que hace? —preguntó al rato.

—Conoce muchos idiomas: árabe, latín, francés, castellano y alguno más. Traduce libros y también copia para encargos especiales —respondió Lluís.

—¿Y tú, Joan? —Felip cortó la conversación elevando la voz—. Tú también tienes un aspecto raro. ¿No serás un sarraceno camuflado, un espía?

Aquello hizo reír a la mesa.

—¿Yo? —repuso Joan sorprendido. Notaba que enrojecía.

—Miradlo cómo viste —continuó Felip—. Lleva una saya como la del sarraceno, solo que barata, y una tira de cuero por cinto.

—Así vestimos en mi aldea —se quiso defender Joan entre las risas de los demás.

—Sí, claro. Así visten los moros —insistió Felip—. Y además, ¿os dais cuenta de lo moreno que está y lo raro que habla?

Joan ya había observado que en la ciudad, aparte de los eclesiásticos y los niños pequeños, la gente no vestía como él. En Barcelona los hombres lucían jubones, que les llegaban al muslo, y cubrían sus piernas con calzones. Pensaba comprar ropa adecuada tan pronto tuviera dinero, pero no anticipó que se burlaran de él por ese motivo. Sabía que la forma de hablar de la costa norte era distinta a la de Barcelona e intentaba adaptarse para pasar desapercibido. No contaba con que le atacaran y estaba desconcertado. Todo el mundo le miraba sonriente a la espera de su respuesta.

—No me llames moro —dijo al fin, con fiereza.

Los demás rieron discretamente, notaban la rabia en las palabras del chico.

—Pues a mí me lo pareces —repuso el grandullón—. Eres blanco por fuera pero negro por dentro, como ese. Un sarraceno.

Y señaló al hombre que comía solo y que observaba la discusión en silencio. Felip se sentaba al otro lado de la mesa y le miraba sonriente y malévolo.

—¡Yo soy un buen cristiano! —gritó Joan indignado levantándose de la mesa de un salto—. Y no te atrevas a insultarme.

El pelirrojo rio a carcajadas y los demás lo hicieron de forma moderada. De pie, el chico era apenas un poco más alto que el fornido aprendiz sentado.

—¡Pero si el alfeñique es un valiente! —comentó irónico Felip—. Muy bien, hombretón, si eres cristiano y tan fiero, entonces serás un remensa.

—¡Tampoco soy un remensa! Mi padre era un pescador libre, con barca propia, no tenía señor, ni yo tampoco.

—Pues si eres cristiano y hablas así de zafio, no puedes ser otra cosa. Te llamaremos así.

—Ya basta, dejad el asunto —intervino Guillem, el maestro—. Aprovechad el descanso para echar una siesta.

—¡Yo no soy un remensa! —insistió Joan.

El chico había oído que los remensas del norte de Cataluña, liderados por un tal Pere Joan Sala, asaltaban propiedades de señores que en muchos casos vivían en Barcelona. La rebelión inquietaba a la ciudad y «remensa» había pasado a ser un insulto.

—¡Basta de discusiones! —interrumpió el maestro—. Tú, Joan, has terminado el trabajo por hoy, así que vete al convento.

El chico obedeció cabizbajo, pero cuando ya salía le empujaron al tiempo que le decían:

—Hasta mañana, remensa. —Era Felip, que se reía.

Cuando Joan llegó al convento se encontró a su hermano y al novicio esperándole para que les contara cómo era el trabajo en la librería. Él les relató lo vivido, sin mencionar la desagradable experiencia con Felip. Ellos le escuchaban envidiosos: Gabriel trabajó toda la mañana en el huerto y Pere estuvo ocupado en los servicios religiosos y en sus estudios de teología y latín con fray Melchor. A su vez, Joan envidiaba a Pere. ¡Sabía leer! ¡Y pronto dominaría el latín! Le confió su disgusto con el librero porque no le dejaba aprender a leer.

—¡Claro! —le explicó el novicio—. La caligrafía para libros, el dibujo preciso de cada letra, requiere mucha concentración. Se entiende que si vas a copiar libros, no quieran que te distraigas leyendo.

20

Al llegar a la librería el día siguiente, Joan se encontró la puerta entornada y la escoba allí esperándole. Oyó a los operarios desayunando y a Felip, que elevaba su voz por encima de los demás; no quiso entrar, temía que la tomara con él de nuevo. Terminó de abrir las puertas y se puso a barrer su parte de la calle como lo hizo Lluís el día previo.

Al rato apareció el amo y le saludó con una sonrisa satisfecha al verle tan diligente. Poco después la señora Joana bajó a preparar el mostrador de la calle.

—¿Has desayunado, hijo? —inquirió la mujer.

—Sí, señora. En el convento.

—¿Y por qué no desayunas aquí?

—El acuerdo con el señor Corró es que solo almuerzo en su casa, el resto de las comidas las hago en el convento.

—Bueno, me da igual eso —repuso la matrona, enérgica—. Estás en edad de crecer y tienes que alimentarte bien. No me fío de lo que te puedan dar los frailes. Sube ahora mismo al primer piso y que las criadas te den pan, leche y queso.

—Pero...

—No sirven los peros, obedéceme.

Joan dio las gracias y subió corriendo, siempre tenía un rincón hambriento en su estómago. Le encantaba aquella mujer. Era más gruesa que su madre, pero sus ojos oscuros y su forma cariñosa de hablar se la recordaban.

Su siguiente tarea fue barrer el resto de la tienda, almacén y taller. Allí tuvo que soportar de nuevo que Felip le llamara «remensa» y que tirara al suelo a propósito restos del papel cortado para que él los recogiera. Joan no dijo nada al principio pero se fue enfadando y cuando se disponía a enfrentarse con el grandullón, Lluís le hizo una seña para que se acercara.

—Debes soportar las novatadas antes de ser aceptado en el taller —le dijo—. Cuanto más altivo te muestres, peor te irá.

—Felip es un abusón.

—Es verdad, pero es el último con quien enfrentarse. Hasta los maestros le tienen miedo, es el jefe de la pandilla de aprendices de esta calle. Y los hay muy violentos.

—¿Eres tú de la panda?

—Pues claro. No te dejan vivir tranquilo si no estás con ellos.

Sintió un gran alivio cuando dejó el taller para ir a por agua a la fuente. De camino vio un tumulto en la plaza del Rey, frente al palacio. Una multitud gritaba indignada mientras los soldados los observaban impasibles.

—¡Fuera los inquisidores castellanos! —vociferaban.

—¡Queremos la Inquisición antigua! —chillaban otros—. ¡Que el rey respete nuestros fueros!

Joan no entendía nada de aquello y fue a preguntar a un hombre de aspecto amable.

—El rey Fernando nos quiere imponer la Inquisición al estilo castellano —le explicó—. Y eso va contra los fueros que él juró respetar. Queremos la antigua, la de la Corona de Aragón, que es tolerante, que admite la defensa de los acusados y que solo actúa en causas muy claras. La suya no, no te puedes defender y a veces no sabes ni siquiera de qué te acusan. Encierran a la gente, la torturan, la queman y se quedan con sus bienes. La nueva Inquisición actúa ya en Valencia y tenemos la ciudad llena de conversos valencianos que escapan del terror. Los de aquí tienen miedo y huirán a Francia, y como son gente de dinero y buenos oficios, su fuga traerá más ruina a Barcelona. Como si no tuviéramos suficiente miseria.

—¿Y no se puede convencer al rey?

—Los consejeros de la ciudad llevan meses enviándole cartas y embajadores, pero se niega a todo y les ordena que obedezcan. La nueva Inquisición aún no ha actuado por las trabas que le ponemos. Pero Juan Franco, el inquisidor nombrado por Torquemada, amenaza a la ciudad con el ejército del rey.

Joan se rascó la cabeza, aquello parecía muy serio. En aquel momento la turba se puso en movimiento hacia la plaza de Sant Jaume, gritando, y Joan decidió no meterse en líos y seguir su camino. Le dio las gracias al hombre y fue a por agua.

De regreso al taller, terminados los encargos de la señora Corró y la limpieza de la que era responsable, Joan estuvo ayudando en las tareas fáciles de encuadernación de libros. Al rato el maestro Guillem le dijo:

—Pídele a Pau, el oficial, que te dé la aguja cuadrada de tres puntas que cose el pergamino transparente.

Pau le indicó que la tenía Felip. Este le dio un coscorrón y le dijo:

—Creo que la tiene Lluís, remensa.

El chico aguantó el insulto y acudió donde Lluís, que dijo que la tendría Jaume y este que se la había llevado el moro Abdalá. Cuando, cansado de dar vueltas, Joan regresó con la noticia al maestro, este puso cara de disgusto y exclamó:

—¡Maldito moro! ¡Otra vez nos la ha quitado sin que nos demos cuenta! Tendrás que subir a buscarla, pero sin que lo sepan los amos. Si se enteran de que se la ha llevado, se van a disgustar mucho con nosotros. Y aunque te diga que no la tiene, no bajes sin ella, porque el moro es un mentiroso y te querrá engañar.

La tarea era delicada, porque el musulmán trabajaba en el segundo piso, el último de la casa, y Joan debía ir y volver sin ser visto para que los Corró no se enfadaran. Y era urgente porque sin esa aguja no se podía acometer el trabajo más delicado.

Joan subió con cautela, intentando que nadie le viera, con el alma en vilo, temeroso de la catástrofe que se originaría de ser descubierto. Las sirvientas estaban ocupadas en la cocina y los amos en la librería, así que superó los dos primeros tramos con éxito. El último trecho de la escalera terminaba en una trampilla que chirrió al abrirla.

La habitación era luminosa pero estaba fría. El otoño mudaba a invierno y a pesar de que las ventanas tenían cristales se notaba un airecillo fresco. Había varias mesas de trabajo, pero el moro se encontraba detrás de un escritorio que comprendía mesa, silla y un gran panel trasero que cubría parte de los laterales con una alacena, cuya misión era protegerle de las corrientes de aire. El escritorio también servía para colgar y disponer de forma ordenada distintos utensilios de escritura y tenía un brasero a sus pies.

El viejo levantó sorprendido su mirada de los papeles, se quitó un extraño utensilio con cristales que tenía sobre la nariz y después de observarle unos momentos, le dijo:

—Así que tú eres el nuevo mozo, ¿verdad?

Joan afirmó con la cabeza, la trampilla estaba abierta y él tenía medio cuerpo en las escaleras y medio en la habitación. Contemplaba aquel mundo desconocido sin terminar de atreverse a entrar.

—Me preguntaba cuánto tardarías en venir —añadió el hombre.

Joan subió los peldaños que faltaban.

—Cierra la trampilla, por favor, que pasa aire.

El chico lo hizo y se quedó mirando fijamente al moro. Ese era de la estirpe de los que mataron a su padre y esclavizaron a los suyos, algún día encontraría a los individuos que de verdad lo hicieron, pero de momento solo podía tomar venganza en alguien como él. Quería hacerle daño, aunque no sabía cómo. Tampoco deseaba arriesgarse a que el amo, que parecía tener mucho aprecio al musulmán, se enterara de ello. Era preciso actuar con cautela.

—Dame la aguja cuadrada de tres puntas —le dijo—. La que te llevaste del taller.

—¡Ah! Así que es la aguja cuadrada de tres puntas. Esa que cose el pergamino invisible, ¿verdad?

Había un tono burlón en el acento extraño de aquel hombre que irritó a Joan.

—Dámela. La necesita el maestro para un trabajo y te la llevaste sin permiso.

—¿Servirá de algo si te digo que no la tengo?

—Ya me avisaron de que eras mentiroso. No lo voy a creer.

—Pues búscala tú mismo.

Joan se quedó desconcertado. Nadie le había explicado cómo era la aguja, ni su tamaño. Parecía algo obvio, que todos conocían, y no se le ocurrió pedir que se la describieran.

—¡Ah! ¡Pero si no te han dicho cómo es! —El hombre fingía sorpresa y Joan notaba que se burlaba de él.

—No, yo no lo sé. Pero tú sí. Dámela.

—Pero ¿cómo sabrás entonces que no te doy otra cosa?

Joan se encogió de hombros, confuso. Había sido muy torpe y ahora estaba en manos de aquel hombre.

—Bueno, como eres nuevo, voy a darte la aguja cuadrada de tres puntas, esa que cose el pergamino que no se ve. Pero para la próxima vez entérate bien de lo que buscas.

Y de un estante bajo la mesa sacó un instrumento metálico y se lo dio al chico.

—¡Pero si solo tiene dos puntas!

—No cuentas la superior.

—Pero lo de arriba no pincha como una aguja, y no es cuadrada.

—No todas las puntas pinchan; además, lo cuadrado es el papel que va con la aguja.

Y después de sacar un trozo de papel y mojar su pluma en el tintero, escribió en él. Una vez la tinta estuvo seca, lo usó de envoltorio para el instrumento metálico.

—Anda, llévale esto al maestro Guillem. Y si no le sirve, dile que hable conmigo en la comida.

No le quedaba más remedio que obedecer y se fue, sin dar las gracias, con las mismas cautelas que a la subida. Todos le rodearon cuando le entregó el paquete al maestro Guillem.

Una enorme carcajada sonó al ver el contenido.

—¡Eso es un compás, tonto! ¡El moro te ha tomado el pelo!

Joan no sabía qué era ni para qué servía un compás y se sintió engañado, rabioso. Felip y los aprendices empezaron a darle coscorrones al grito de

—¡Novato! ¡Bobo!

El maestro Guillem leyó lo que ponía en el papel, no dijo nada, y lo arrugó para después tirarlo a un rincón.

—¡Ya basta, muchachos! —Su expresión era seria—. ¡Volved todos al trabajo! —Y dirigiéndose a Joan le dijo—: Era una novatada. No existe ni aguja cuadrada de tres puntas ni pergamino transparente. Aprende, chico.

El grupo rio de nuevo y volvió al trabajo, no sin que antes Felip le diera otro golpe, que podría pasar por amistoso, pero que dolía.

—Tonto remensa —le dijo.

Mientras barría el taller, Joan recogió el papel; tenía escritas unas frases en letra gótica que le eran imposibles de entender, aun así lo guardó.

Las miradas del chico y el musulmán se cruzaron en la comida, pero ninguno hizo gesto de hablar. Joan se encontró un escarabajo en su escudilla y todos volvieron a reír: supo que era otra de las gracias de Felip. Aguantó estoicamente aquella broma y las pullas del grandullón que le siguieron, pero los ojos se le llenaban de lágrimas, era demasiada la humillación. Deseaba volver al convento.

Cuando llegó a Santa Anna, fue a la celda que compartía con su hermano para coger la azcona de su padre. Después se dirigió al huerto donde había colgado en un árbol una madera que hacía de blanco y, a pesar de su peso, empezó a lanzarla con rabia contra la diana. Imaginaba que el madero era Felip, luego pasó a ser el moro que mató a su padre y después cualquier otro musulmán. Al rato estaba exhausto y cuando se acordó de la aguja cuadrada de tres puntas, fue a la búsqueda del novicio y le pidió que le leyera en secreto lo que ponía en el papel del moro.

—«Para encontrar lo que buscas, debes saber qué es. Que no te engañe el nombre de las cosas, averigua cómo son de verdad» —leyó Pere.

Joan quedó pensativo. Entendía la relación de aquello con su experiencia de la mañana, pero sospechaba que había algo más que se le escapaba.

—¿Quién ha escrito esto? —inquirió Pere, curioso.

—¡Bah! Un infiel —repuso el chico.

Pero decidió guardar el escrito en lugar seguro.

21

Aquella tarde Bartomeu fue al convento a tratar con el prior Gualbes un viaje por la costa sur en el que gestionaría distintos intereses de Santa Anna. Tenían posesiones en el Garraf, a un día de Barcelona, y Tortosa era muy importante económicamente. Bartomeu llegaba hasta Valencia, cuyas propiedades se vendieron años antes, pero aún quedaban pagos aplazados, y lo hacía encantado, puesto que la capital del Turia vivía tiempos de esplendor y su producción de libros impresos era importante. Bartomeu comerciaba con todo tipo de libros pero su especialidad eran los manuscritos que, dado su carácter exclusivo, eran más variados, escogidos y caros. De hecho, muchos de ellos se copiaban por encargo. Al igual que hacía en la ruta norte, se detendría en todas las ciudades y pueblos relevantes de la costa, donde tenía contactos comerciales desde hacía años.

Los chicos le recibieron alborozados, para ellos era el vínculo con el exterior y le veían como un hombre de mundo. Le admiraban y era su referente social, hasta el punto de que Joan trataba de imitarle en sus maneras y acento. Bartomeu se interesó por cómo les iba, en particular a Joan en el taller de los Corró.

—Lo que hago me gusta, los amos son buena gente y ella me trata con cariño —le contaba Joan—. Pero ese Felip me hace la vida imposible y lo paso mal.

—Le conozco —respondió el mercader—. Fuimos camaradas con mosén Corró y el padre de Felip, que murió en la guerra. El hijo ha salido difícil. El mundo está lleno de matones. Hay que evitarlos en lo posible, pero nunca debemos renunciar a nuestra dignidad. No huyas, mantente firme y verás como dejará de tomarla contigo. Para empezar vamos a comprar ropa nueva y así evitarás que se te distinga por tu vestimenta. Y no te preocupes por tu acento, eres un chico listo y en poco tiempo hablarás como nosotros.

Bartomeu quería prestarle dinero para la ropa, pero Joan se negó: tenía guardado coral, aunque desconocía su valor y cuánto necesitaba.

—No te preocupes —le dijo Bartomeu—. Tengo un joyero amigo y te dará el precio justo.

Se encaminaron a la calle Argentería y Bartomeu los llevó precisamente a la tienda donde Joan se detuvo el primer día. Al muchacho le dio un vuelco el corazón al reconocer el lugar. En uno de los encargos de la librería fue allí ex profeso solo para observar a distancia sin ser visto. Y lo hizo con una mezcla de excitación y culpabilidad. Elisenda, su amiga de la aldea, estaba cautiva de los moros y él no debiera interesarse por otra mujer, pero no podía evitar pensar en la niña de la joyería.

En el mostrador tenían distintos objetos de plata, copas, bandejas, cubiertos y pequeñas joyas de oro. Algunos colgantes engarzaban trozos de coral rojo; otros, piedras de distintos colores y brillo. Una mujer bien vestida atendía con ojo vigilante la mercancía de la que solo una pequeña parte se encontraba al alcance del público. El marido trabajaba a su lado en otra mesa, pulía un broche con intención de engastar en él unas perlas. No se veía a la chica y Joan respiró con alivio, no quería que le viera de nuevo con sus ropas rústicas.

Bartomeu saludó a ambos, que correspondieron afectuosos, y presentó a los chicos como sus amigos de Llafranc que querían vender buen coral a un precio honrado. Antes de salir del convento seleccionaron un par de piezas y el joyero las observó, atento, con un vidrio montado en un aro de metal que a Joan le recordaba aquellos cristales que el moro se ponía encima de la nariz para leer. Gabriel estaba fascinado con todo aquel brillo y alargando la mano cogió del mostrador una cadena de oro para observarla de cerca. Sobresaltado, Joan le dijo que la devolviera de inmediato, no quería que aquella mujer, hasta entonces amable, les llamara la atención.

—Por el trozo mayor os doy una libra y dos sueldos, y por el pequeño, doce sueldos —dijo el hombre al finalizar su estudio—. Total, una libra y catorce.

—Que sean dos libras —repuso Bartomeu—. Y ayudáis a dos huérfanos.

El joyero movió la cabeza en negación amable.

—Lo siento mucho, pero perdería dinero. Como sois amigos, que sea libra y quince.

Joan se quedó petrificado al verla salir de la casa; la chica les deseó buenas tardes con una pequeña reverencia y amplió la sonrisa que ya bailaba en su boca cuando sus ojos verdes se posaron en él. Sin duda le recordaba. Joan farfulló un saludo mientras se sentía enrojecer. ¡Le veía otra vez vestido como un patán! Pensó que ella era consciente de la confusión que le causaba y que se divertía con ello.

Recuperó algo de su serenidad cuando Bartomeu se despedía después de haber conseguido una libra, dieciséis sueldos y seis dineros de vellón. Y ella le dedicó un leve gesto de despedida con la cabeza que a él le pareció el colmo de la gracia.

—Hay más que suficiente para vestiros a los dos y comprar muda de repuesto —les dijo satisfecho el mercader.

Cruzaron la segunda muralla y entraron en la Rambla por el Portal de la Bocharia. Atravesaron el mercado de la carne entre los gritos de los vendedores y regateos de los que compraban. Predominaba la carne de cabra, que despedía un fuerte olor; el nombre del mercado procedía de *boch*, «macho cabrío». Había una zona donde el olor era más penetrante y el aspecto de la mercancía peor.

—Aquí venden la carne de segunda boca —les explicó Bartomeu.

—¿Carne de segunda boca? —interrogó Joan, asombrado.

—Sí. Procede de animales que no han sido sacrificados por el hombre. Se supone que son presas muertas por perros o lobos. Aunque ve tú a saber.

Joan notó que Gabriel le apretaba la mano mientras el pequeño exclamaba:

—¡Puaj! ¡Qué asco!

—Pero ¿quién puede comprar eso? —se extrañó Joan.

—Recordad que en esta ciudad se pasa hambre. Ya quisieran comer la mayoría de los ciudadanos del puchero de un convento como vosotros.

Joan sabía lo que era acostarse con hambre y continuó el camino en silencio mientras rezaba dando gracias.

Ya en el Raval, anduvieron hasta las cercanías de la Porta de Sant Antoni, que cruzaba la tercera muralla; allí se encontraba el mercado de ropa usada. Numerosos vestidos colgaban de perchas y las mesas estaban llenas de todo tipo de ropa.

—¿De dónde sale todo esto? —inquirió Gabriel.

—No quieras saberlo —repuso Bartomeu con una carcajada—. La de tu tamaño y la de tu hermano es posible que sea de chicos que han crecido. Pero la de mayores, en su mayoría pertenecieron a gente que ya no puede usarla.

—¿Muertos? —se alarmó Joan.

—Pues sí. Cuando lleguéis al convento, lavadla.

Al ver la expresión de los chicos, Bartomeu quiso suavizar sus palabras y añadió:

—Es lo normal. Solo los ricos estrenan ropa, y aun así, incluso los nobles aprovechan las telas caras de capas y vestidos en buen estado de sus familiares muertos para que les cosan prendas de otro tamaño.

—Mi madre usaba ropa de mi padre para hacerme vestidos a mí, y mi ropa para Gabriel —añadió Joan, para tranquilizar a su hermano.

—Encontraremos buen género a precios estupendos —continuó Bartomeu creyendo que el asunto había dejado de preocupar a los chicos—. Hay mucho material. Con las guerras, el hambre y las pestes, en los últimos veinte años esta ciudad ha visto más entierros que nacimientos. Y con la miseria que soportamos, la ropa no se tira.

Y se fue hacia un tenderete donde colgaba un hermoso jubón que podía servir a Joan. Este miró a Gabriel, que ponía cara de entre susto y asco. Le dio una palmadita en el hombro:

—Ya verás qué ropa tan estupenda vamos a encontrar. Estarás muy guapo. —Y después añadió—: No te preocupes, la lavaremos bien mientras rezamos un padrenuestro por el alma del que la llevaba antes.

Cuando abandonaron el mercado estaban satisfechos de sus compras: un par de jubones y calzas para cada uno, cintos, zapatos, ropa interior de abrigo y unas capas con capuchas para el invierno, que ya estaba a la vuelta de la esquina. Uno de los jubones y un par de calzas no precisaban retoques y parecían limpios, así que Joan decidió ponérselos de inmediato y sentirse ciudadano. Andaba muy ufano con su ropa casi nueva y pensó que ya la lavaría cuando le tocara mudarse. Joan recordaba que Bartomeu le había hablado de conversos y le describió los sucesos de la mañana protagonizados por la turba que clamaba contra la nueva Inquisición. Bartomeu confirmó la versión del hombre, parecía estar de acuerdo en todo con él.

—¿Y por qué el rey no respeta nuestros fueros y derechos? —inquirió Joan—. Se supone que tiene que ser justo, ¿verdad?

—Porque Fernando es señor de Aragón, Valencia, Cataluña, Mallorca, Cerdeña y Sicilia —repuso el mercader, inflamado—. Y cada territorio tiene distintos fueros y derechos que defiende ferozmente. Por eso quiere imponer una Inquisición, que él maneja a su antojo, pues con la excusa de que Dios está por encima de todo se permite burlar los fueros. Además, los inquisidores requisan todos los bienes de los desgraciados conversos a los que acusan de «relapsos», que quiere decir reincidentes. Y más de la mitad de sus fortunas va al tesoro real. El resto se lo apropian los inquisidores para sus gastos. ¡Buen negocio!

Joan, impresionado por su vehemencia e indignación, no se atrevió a preguntar más. Sin embargo, al dejarlos en la puerta del convento, el mercader les dijo con firmeza:

—Pero, por muy rey que sea, no logrará que aceptemos a sus inquisidores. —Y después añadió, en tono más reflexivo—: A no ser que consiga una orden del Papa.

22

Joan se presentó el día siguiente en la librería luciendo su ropa casi nueva. La señora Corró le comentó lo guapo y apuesto que se veía con ella, antes de enviarle a que repitiera el desayuno en el primer piso. Allí, mientras tomaba su tazón de leche con pan y queso, disfrutó de los elogios de las criadas a su nueva indumentaria y se sintió muy feliz. Ya era como los demás.

Cuando entró a barrer al taller fue recibido con exclamaciones de fingida admiración y Felip dijo:

—Mira al remensa, se quiere parecer a nosotros.

Joan hizo como si no le oyera y continuó con su trabajo, no esperaba otra cosa de aquel grandullón y esta vez no dejó que su comentario le disgustara.

Al primer encargo que el ama le hizo fuera de la tienda, Joan recorrió la calle Argentería, aunque quedaba fuera de su ruta. Deseaba que le viera la hija de los joyeros, pero para su desencanto en el mostrador solo estaba la madre y la saludó. Le costó dos viajes más hasta que pudo ver a la chica, sin embargo, ella hizo como si no le viera.

Regresó mohíno a la librería y su desilusión se hizo remordimiento por el camino. Él lucía ropa elegante, cuando su madre, su hermana y Elisenda sufrían las penalidades de los esclavos. Sabía que hasta que no creciera no había nada que él pudiera hacer, pero el lujo con que vestía le hacía sentir culpable. El recuerdo amargo de su familia y la constatación de su impotencia le torturaban. ¡No merecían ese castigo! ¡Malditos sarracenos!

Ayudó en el taller hasta la hora del almuerzo rumiando su rencor. Y entonces vio al viejo Abdalá, que como de costumbre bajaba a comer con los operarios, aunque apartado de ellos. Calculando el tiempo preciso, Joan se sentó en la mesa, para levantarse a coger el cántaro de agua y desplazar, como por accidente, el taburete del moro justo cuando este empezaba a sentarse. Con un quejido sordo, Abdalá cayó de espaldas golpeándose en la cabeza y dando con sus huesos en el suelo. En un inútil intento de sujetarse a la mesa arrastró con estrépito la jarra del agua y su escudilla.

Felip celebró el suceso con carcajadas y aplaudiendo.

—¡Muy bien! —decía—. ¡Bien por el remensa!

Todos se levantaron para ver al viejo y los aprendices rieron discretamente secundando al pelirrojo. El oficial esbozó una sonrisa, pero Guillem, el maestro, con ademán serio, corrió a recoger al hombre.

Abdalá estaba aturdido en el suelo, había perdido el turbante y tenía un golpe en la cabeza, de escaso pelo blanco, que sangraba. Guillem pidió a los aprendices unos paños limpios y agua para curarle, mientras le incorporaba. Felip no se movió, e hizo un comentario jocoso, pero Lluís y Jaume obedecieron.

Joan se quedó de pie, inmóvil, no se sentía tan bien como esperaba, pero pensó que al menos había hecho un poco de justicia. Guillem pudo cubrir la herida, logró que dejara de sangrar y ayudó al viejo a acomodarse en una silla.

—Gracias, maestro Guillem —musitó el sarraceno con su curioso acento—. Ya me encuentro mejor.

Pero no tenía aspecto de estar bien.

—¿A qué esperamos? —gritó Felip—. ¡Vamos a comer!

Y todos con excepción de Guillem se sentaron a la mesa y empezaron a comer como si no hubiera ocurrido nada; los aprendices e incluso el oficial parecían hacer siempre todo lo que proponía Felip. El maestro, sin embargo, estuvo un tiempo observando al anciano, le acomodó en su mesa y llamó a gritos a las criadas para que le trajeran una escudilla nueva y agua.

—Tomad algo, Abdalá —le instaba cuando todo estuvo en su lugar—. Os sentiréis mejor.

—¡Demasiado respeto para un moro! —murmuró el matón en la mesa.

El musulmán probó un poco de comida para satisfacer al maestro y solo entonces este se sentó a comer con los demás. Felip se mostraba locuaz como siempre, pero había suavizado su tono contra Joan. Incluso le envió un guiño cómplice.

—¿A que el remensa se parece más a un cristiano desde que se viste como nosotros? —decía.

Al levantarse de la mesa, terminada la comida, el maestro cogió a Joan de un brazo y lo llevó a un rincón.

—Eso ha sido intencionado —le dijo muy serio—. Pídele disculpas al viejo. El amo le aprecia mucho y como le cuente lo ocurrido, mosén Corró te echará de su casa.

De una sacudida Joan se libró sin responder de la mano que le atenazaba. No tenía intención alguna de pedir disculpas. El maestro le advirtió:

—Y si vuelve a ocurrir, seré yo quien se lo cuente.

El pelirrojo los observaba a distancia y al alejarse el maestro, se interpuso en su camino con una sonrisa.

—Bien hecho —le felicitó—. No le hagas caso al maestro Guillem, le gustan los moros. Pero tú puedes llegar a ser uno de los nuestros.

A Joan le alivió el comentario, al fin Felip parecía aceptarle.

Joan llegó al trabajo temeroso el día siguiente. ¿Y si Abdalá se había quejado al amo? Quizá Corró le echara de su casa. Estaba muy inquieto, le gustaba aquella familia y su trabajo. Pero el amo le saludó como si nada ocurriera y el día transcurrió de forma normal. A la hora de la comida, Abdalá bajó al patio como de costumbre; su turbante dejaba al descubierto parte del vendaje y a Joan le pareció que se movía más lento. El maestro Guillem se interesó por él y el musulmán se lo agradeció con una sonrisa y una inclinación de cabeza.

—Bien, muchas gracias —musitó—. Que el Señor os bendiga.

Terminado el almuerzo, Felip le dijo al chico:

—Hoy regresarás más tarde al convento, remensa. Te vienes con nosotros.

Aprovechando el descanso de mediodía, los aprendices, Joan entre ellos, salieron a la calle, donde se juntaron con otros muchachos para dirigirse a la iglesia de Sant Just.

Allí Joan vio a tres frailes vestidos con el hábito blanco y negro de los dominicos. Se encontraban en la puerta del templo, que se elevaba cuatro escalones por encima de la plaza donde se congregaba un grupo de gente dispuesta a escucharlos.

Uno de los religiosos los bendijo dirigiéndoles unas frases en latín.

—Ese es fray Juan Franco, el nuevo inquisidor.

—¿Va a predicar en latín? —inquirió Joan—. No lo entiendo.

—No, su compañero le traduce. Franco no habla aún catalán.

Los frailes contaron la historia de unos judíos que torturaron a un niño cristiano para hacerle renunciar a su fe y cómo este murió mártir sin que ellos consiguieran su propósito. La multitud, conmocionada por los sufrimientos del pequeño, se indignaba ante la maldad de los hebreos, y Felip gritó:

—¡Mueran los judíos!

Todos le corearon.

En aquel momento apareció la tropa y el alguacil les dijo que se dispersaran, que Franco no podía predicar en la ciudad. Barcelona tenía su propio inquisidor.

—No es cierto —repuso el dominico que traducía—. Fray Tomás de Torquemada, el inquisidor general, depuso al anterior para nombrar a fray Juan Franco aquí presente. Tiene todos los derechos.

Franco alzaba un pergamino con sellos de lacre, confirmando esas palabras.

—¡La ciudad no reconoce a fray Torquemada! —gritó el alguacil—. Así que ¡fuera de aquí!

—Rendiréis cuentas al rey Fernando —clamaron los dominicos.

Y entonces se organizó el tumulto. Felip y los suyos increpaban a los soldados, y estos bajaron las lanzas amenazantes. Uno de los muchachos cogió una piedra y cuando iba a lanzarla, el pelirrojo le detuvo.

—Hoy no —le dijo—. Y no contra esos.

Joan comprendió el significado de esas palabras el día siguiente cuando después de la comida Felip le dijo:

—Hoy nos vamos a divertir. Vamos a cazar judíos y tú te vienes con nosotros.

—Id con cuidado —les advirtió el oficial—. La ciudad los protege.

—¿Por qué vamos contra los judíos? —quiso saber Joan.

—¡Qué ignorante patán eres, remensa! —le increpó el grandullón—. Los judíos son peores aún que los moros.

Y entonces le habló sobre la maldad de los hebreos y le puso como ejemplo lo oído el día anterior a los predicadores. Cien años antes, la gente les dio una lección asaltando la judería y matando a unos cuantos, pero Barcelona hizo ejecutar a los jefes de la revuelta. Los del Concell de Cent, el órgano de gobierno de la ciudad, estaban comprados por aquellas ratas y los protegían. Por eso las buenas gentes tenían que tomarse la justicia por su mano.

Joan sabía que casi no quedaban judíos en Barcelona, pues unos escaparon y otros se convirtieron al cristianismo. El pelirrojo escupió al suelo al oír eso y dijo que la mayoría de los conversos eran falsos cristianos y que también a esos les llegaría su hora.

Le explicó que los judíos estaban obligados a llevar un círculo de tela cosido en el pecho de sus vestidos mitad rojo, mitad amarillo y en tiempo frío unas capas especiales, que los hacía reconocibles. La mayoría de los que se veían en Barcelona estaban de visita de negocios, su estancia se limitaba a quince días y debían hospedarse en el hostal público y no en casas particulares. Felip dio por terminada su argumentación con un

—¡Vamos, que se hace tarde!

En la calle se les unieron más aprendices hasta superar la veintena. Algunos disimulaban palos bajo sus capas, otros llevaban piedras y Joan se armó con una estaca corta. Viéndolos, la gente se apartaba temerosa y Joan sintió la placentera sensación de pertenecer a un grupo poderoso. El grandullón dio instrucciones y un muchacho se adelantó para regresar diciendo que frente al hostal había un grupo de judíos conversando. Se acercaron hasta la esquina de la calle, Felip se asomó manteniendo a los demás ocultos y les dijo en voz baja:

—Están ahí, los reconoceréis por las barbas, los círculos y sus capas. Cuando diga ya, vamos a por ellos corriendo. No gritéis hasta que les caigamos encima y entonces dadles fuerte. Solo una vez y volved a toda prisa a vuestros trabajos como si nada ocurriera, los soldados no andarán lejos y si pillan a alguno, se lo harán pasar mal. ¿Entendido?

Todos afirmaron. Felip dio la orden y se puso a correr seguido de los demás. Joan vio dos grupos de hombres charlando al sol y su expresión alarmada al comprender que se abalanzaban sobre ellos. Varios lanzaron a la vez un grito de alerta e iniciaron la huida hacia el interior del hostal. Joan blandió su estaca y fue contra uno que escapaba. Se repetía que crucificaron a Jesús y que eran como los moros que mataron a su padre, que se lo merecían. Entonces alguien empezó a chillar y los demás también lo hicieron; hubo gritos de rabia, de dolor, de odio y angustia acompañados por los golpes. Alcanzó a su víctima cuando esta ya llegaba a la puerta del hostal intentando abrirse paso entre los demás que trataban de huir. Llevaba la capucha caída y mostraba pelo gris, era mucho más alto que Joan, pero el chico podía alcanzarle con la cachiporra en la cabeza sin problemas, aunque en el último instante descargó el golpe, procurando que no fuera muy fuerte, en el hombro. Le faltó el coraje para golpearle en el cráneo. Oyó un quejido y sin parar de correr hizo un quiebro para salir de allí lo antes posible. El corazón le latía rápido, pero trató de serenarse y andar tranquilo hasta el convento. Debía actuar con normalidad.

Al llegar a la plaza de Santa Anna había recuperado el ritmo de la respiración, pero su mente continuaba nublada con una especie de embriaguez resultado de aquellos momentos intensos. Se decía que era capaz de actuar como los mayores, que había probado que era tan valiente como el que más. Que se habría ganado el respeto de Felip. Pero tenía grabada en sus retinas la imagen de la sangre brotando de la cabeza de uno de los tendidos en la calle. Su conciencia le decía que aquellos hombres no le habían hecho nada ni a él ni a su familia. «Pero se lo hicieron a Cristo», se dijo para aplacar su remordimiento.

El día siguiente Felip le palmeó la espalda, quizá con demasiado fuerza aunque sonriendo.

—Bien hecho, remensa —le dijo—. Pero la próxima vez le das más fuerte y en la cabeza.

Comprendió que el pelirrojo le había vigilado a pesar de lo rápido del ataque. Y se sintió orgulloso de tener su aprobación.

23

Aquellas navidades fueron muy tristes para los chicos. ¿Cómo podían estar ellos alegres sin padres ni hermanas? No hacía ni cuatro meses que vivían todos juntos en Llafranc y entonces creían que siempre serían felices, que ningún daño les podía acontecer, resguardados del mar en su casa, lejos de las olas y protegidos del resto de los peligros por el fuerte brazo de su padre, que tan bien manejaba la azcona. Gabriel lloraba con frecuencia.

—¡Quiero a papá y mamá! —decía sabiendo que era un imposible—. Los echo mucho de menos, y también a María y a Isabel.

Joan trataba de consolarle lo mejor que podía, pero sus ojos también se llenaban de lágrimas. Compartía su pena, aunque la ocultaba y se escondía para que el pequeño no le viera llorar. Gabriel había perdido incluso su fascinación por las campanas y algunos de los monjes, al verle tan triste, procuraban animarle, en particular Jaume, que siempre le guardaba algún dulce.

Recordaban la Navidad anterior en su casa. Y el pequeño altarcito con una imagen del niño Jesús en un rincón, cerca del hogar, y aquel tronco maravilloso al que llamaban Tió que les traía golosinas en Nochebuena mientras cantaban canciones navideñas y lo golpeaban con un palo. Cuando Gabriel supo que no habría Tió, se sintió aún más decepcionado.

—Diles a los frailes que pongan el Tió, le daremos de palos, cantaremos y así nos traerá dulces —le insistía a Joan tirándole de la manga de la saya—. Fíjate la de troncos grandes que tienen al lado del fuego. Son más grandes que los de casa. Díselo, que no lo saben.

Joan sospechaba que los frailes no eran tan tontos y si se trataba de milagros, ellos sabrían del asunto más que nadie. Pero se resistía a renunciar a la magia de la Navidad y, con cautela, al encontrarse a solas con el novicio, se lo preguntó. Pere se puso a reír, pero al verle la cara a Joan se contuvo; estaba a punto de recibir otra patada.

—En los conventos, el Tió no trae golosinas —le explicó Joan a Gabriel—. Deja limosnas en el cepillo de la iglesia para que los frailes den comida a los pobres.

—¡Ah, los pobres! —repuso Gabriel, pensativo—. ¿Y si no tenemos hambre, ya no somos pobres?

—No, no tenemos hambre y ya no somos pobres. Hay que rezar y darle gracias al Señor.

Gabriel afirmaba con la cabeza, pero Joan leía la decepción en su rostro.

Siempre que Joan pasaba por la calle Argentería se mantenía atento por si la pequeña joyera estaba en la tienda. Cuando la veía se demoraba por los alrededores lanzándole miradas que buscaban un reconocimiento, un intercambio de sonrisas como en su primer encuentro. Ya vestía elegante y quería que le viera. Pero ella ni le miraba. Pronto comprendió que no se trataba de que no le viera, sino de que no quería verle. Desilusionado, empezó a evitar la calle. Su menosprecio le dolía mucho más de lo que hubiera podido imaginar.

Los frailes decoraron el altar mayor con una figura del niño Jesús, ramas de pino y cuatro cirios; dos para santa Anna, la patrona, y dos para el recién nacido. Pusieron dos velones más en el altar de santa Eulalia y dos en el de san Agustín. Las velas ardían día y noche; aquello era todo un dispendio, pero la celebración lo merecía. La categoría de la fiesta se medía por la cantidad de cera quemada y Navidad era de las más importantes.

La hora nona se celebró en la mesa; aquel día el prior Gualbes presidía la comida y el ambiente era relajado. Las disputas económicas y de derechos entre el prior y su comunidad parecían olvidadas y hasta hubo intercambio de sonrisas con el suprior.

Un fuego excepcionalmente abundante templaba el refectorio, siempre frío en invierno. El calorcito, la comida y la bebida ayudaban a caldear los espíritus y los sentimientos de amor navideños. Había sopa y después gallina rellena a la cazuela horneada con potaje y salsa de pavo real. Le seguía la carne y las verduras del cocido y se terminaba con queso tostado y unos barquillos llamados neulas. Para ayudar a bajar todo aquello se bebía en abundancia la clarea, un preparado de vino, miel y especias. La comida se prolongó entre risas mucho más de lo habitual y los chicos y el novicio recibieron permiso para retirarse a sus celdas. Con el calor acumulado en el refectorio, la comida excesiva y la clarea, se dormían en la mesa.

Joan se despertó al rato, Gabriel se lamentaba en sueños y eso le recordó la noche que compartieron celda con el novicio y la angustia de este. Tenía un extraño presentimiento: la tristeza de su hermano no venía solo del recuerdo de la familia perdida, había algo más que le angustiaba, había algo que le había borrado la sonrisa, que incluso le hacía olvidar la emoción del sonido de las campanas. Cuando se lo preguntó, Gabriel no quiso hablar, pero Joan juró que lo averiguaría. Costara lo que costara y aunque fuera lo último que hiciera. El pequeño era lo único que le quedaba de su familia, le amaba con todo su corazón, y prometió a sus padres que cuidaría de él.

Felip continuaba llamándole remensa, aunque desde su participación en el ataque a los judíos le trataba con más deferencia. No era respeto, pero viniendo de él ya era mucho.

—El grandullón necesita tener siempre a alguien a quien incordiar —decía Lluís—. Y es mejor que no te toque a ti.

Un día Felip le dijo que a pesar de que aún era un crío le dejaría participar en una de las batallas con su pandilla. Cada grupo de calles pertenecía a una banda que se enfrentaba con otras bandas vecinas. La de Felip controlaba los alrededores de la calle Especiers, desde la catedral hasta la iglesia de Sant Just, y estaba en guerra con la de la calle Argentería y la de la calle Regomir. Durante la semana se enviaban mensajes de desafío, retándose también de palabra, para caldear los ánimos a la espera del domingo.

El campo de batalla se encontraba fuera de las murallas que cerraban la ciudad por el noroeste, no lejos del mar y cerca de la zona del Canyet. Allí había unos descampados donde los muchachos jugaban a la guerra.

Cada banda lucía un pendón con sus colores; el de los Especiers era azul. Los muchachos iban armados con un escudo de madera pintado del mismo color y un palo en el cinto a modo de espada. Pero el arma principal eran las piedras y la táctica, bastante simple; se trataba de dar con ellas a los enemigos y evitar ser alcanzado. Joan estaba nervioso, todos los chicos eran mayores que él y se decía que Felip debía apreciarle mucho, ya que le aceptaba en su grupo a pesar de su menor tamaño. O que quizá estuviera falto de efectivos. Salieron de la ciudad por el Portal Nou, evitando así cruzar por territorio enemigo. Marchaban como un pequeño ejército, con su pendón al frente y luciendo sus escudos. Joan sintió de nuevo aquella dulce sensación de poder experimentada unas semanas antes.

Al llegar a la zona de encuentro clavaron su pendón en el suelo a la espera de que se presentaran los enemigos y al poco llegaron los de la calle Argentería, que se situaron a la distancia convenida. Una vez dispuestos para el combate, voltearon su pendón, que era amarillo.

—¿Estáis listos, borricos? —les gritó Felip.

—Tenemos que recoger piedras.

Y se dieron un tiempo para que cada combatiente juntara un montón de las desperdigadas por el lugar. Cuando estuvieron satisfechos, el jefe de Argentería chilló:

—Estamos listos para machacaros, cerdos de mierda.

—¡Pues ya! —ordenó el pelirrojo.

Joan lanzó la piedra que tenía en la mano, vio cómo un enjambre de piedras enemigas se les venían encima, y tuvo el tiempo justo para cubrirse, antes de notar los impactos en su escudo. Cuando cogió el siguiente pedrusco, sintió miedo; un golpe como aquellos en la cabeza podía matar. Aun así quería demostrarle a Felip que era valiente y se descubrió un instante para ver y lanzar su piedra. Aquella vez fue más preciso y al mirar por encima de su escudo vio que había alcanzado su objetivo. Pero el otro se cubrió a tiempo.

—Separaos —dijo Felip—. Así les ponemos más difícil el blanco.

Joan corrió a un extremo, allí no tendría que preocuparse de tantas piedras a la vez y pronto la lucha se convirtió en un duelo individual. La práctica de lanzar cada tarde la azcona de su padre contra el blanco colgado del árbol le proporcionaba un brazo fuerte y buena puntería. Pronto lo comprobó con su contrincante. Casi todos los lanzamientos de Joan daban en el escudo o en las piernas de su oponente, que no atinaba demasiado. El chico era mucho mayor en tamaño y lanzaba piedras grandes que llegaban muy potentes, pero Joan no se preocupaba ni de cubrirse, pues la mayoría caían lejos. Pronto comprendió la ventaja que eso le proporcionaba. Podía tirar una piedra al mismo tiempo que llegaba la otra, preocupándose solo de esquivarla, mientras su enemigo tenía que escudarse cuando la suya le impactaba. Pronto Joan lanzaba dos piedras por cada una de su enemigo, este se puso nervioso, terminó descuidando su guardia y recibió una pedrada en el hombro.

A pesar del griterío, Joan oyó un gemido angustioso y vio cómo su contrincante se encogía detrás del escudo. Eso hizo que continuara lanzándole piedras a más velocidad y que el otro se retirara andando de espaldas, tras su escudo, sin atreverse a mirar. Pronto le alcanzó con una pedrada en la rodilla y el herido abandonó el combate cojeando. Eso le dio libertad para atacar al siguiente enemigo, que se batía con Lluís. Entre ambos lograron que se retirara con una herida en la cabeza y al rato los azules superaban en número a los amarillos que aún peleaban.

—¡A la carga! —gritó Felip cuando vio a sus contrincantes lo bastante mermados.

Y blandiendo su porra se lanzó contra los otros seguido por la pandilla que aullaba a todo pulmón. Los amarillos, viéndose en inferioridad, no los esperaron y huyeron a todo correr.

—A por el pendón —ordenó Felip.

Y todos fueron a la caza del que llevaba la enseña, que al sentirse como conejo perseguido por galgos la abandonó. Al poco Felip la alzaba entre vítores de los suyos. El recuento dio una cabeza sangrando y varias contusiones en distintas partes del cuerpo, pero nada serio. Había sido un éxito y todos estaban felices.

—Tienes buena puntería, remensa —le dijo a Joan.

Joan vigilaba a su hermano observando sus reacciones y pronto descubrió miradas temerosas hacia fray Nicolau, el encargado del huerto. El hombre era redondeado y calvo, pasaba de los cincuenta y cinco años, tenía una mirada desvaída de ojos claros y una sonrisa untuosa. Eso le inquietó, él podía vigilar a Gabriel tarde y noche, pero no en la mañana cuando el pequeño trabajaba para el hortelano que precisamente estaba bajo las órdenes de fray Nicolau.

—¿Te ocurre algo? —le preguntaba al pequeño Gabriel—. Dime si alguien te hace algo que te moleste.

—No, no me pasa nada —respondía él negando con demasiada energía.

—Dímelo, Gabriel, soy tu hermano, te quiero y te ayudaré.

El pequeño le miraba muy serio y después negaba con la cabeza.

Joan buscó al novicio y le interrogó sin rodeos:

—¿Qué ocurre con fray Nicolau? ¿Qué os hace?

Al principio no quiso responder, pero ante la insistencia de Joan, le hizo jurar que no se lo diría a nadie. Fray Nicolau le había amenazado con que el suprior le expulsaría del convento si hablaba. El fraile le tocaba y guiaba su mano para que le tocara a él, aunque no iba más allá.

—¿Y le hace lo mismo a mi hermano?

Se encogió de hombros y dijo desconocerlo, pero que era posible.

—¿Y el suprior? ¿Qué te hace el suprior?

—Nada —respondió Pere—. ¡Déjame ya!

Y no quiso hablar más. La inquietud de Joan aumentó para hacerse angustia. Empezó a vigilar a escondidas y una tarde vio al fraile palparle las nalgas al pobre Gabriel, que dio un salto y salió corriendo.

Se quedó helado. A pesar de sus sospechas no había anticipado cómo reaccionar en una situación semejante. Estuvo a punto de correr hacia él para golpearle, pero no lo hizo porque Gabriel ya se había ido. El fraile también se fue y él se quedó furioso y confundido, sin saber qué hacer, culpándose de no proteger a su hermano.

Joan estuvo pensando cómo actuar. ¿Denunciar al fraile? No se atrevía, más aún porque el novicio insinuó que el suprior estaba en ello o lo consentía. Ellos lo negarían todo, le llamarían mentiroso y sería su palabra contra la de frailes respetados. Y él y su hermano dependían del convento de Santa Anna. Además, Gabriel estaba tan avergonzado y temeroso que ni siquiera se atrevía a contárselo a él y no podía esperar que acusara a nadie. Trató de que le confiara su angustia, pero el mutismo del pequeño era absoluto.

Todo el resentimiento de Joan hacia los sarracenos y hacia el regidor de Palafrugell convergía ahora contra aquel fraile que amargaba la vida al hermano que tanto quería.

Sentía una rabia feroz. Por un momento pensó en acudir a Bartomeu, pero al negarse Gabriel a hablar pensó que sería difícil que el mercader le creyera.

Se prometió que, costara lo que costara, él libraría a Gabriel de aquel individuo.

24

Un hecho vino a empeorar la vida de Joan aquellos días. El 4 de enero de 1485 los remensas de Pere Joan Sala derrotaron a las tropas reales de Barcelona y decenas de caballeros y peones murieron en el combate. Las posiciones de los sublevados se hicieron más sólidas y la rebelión se extendió con nuevos remensas negándose a pagar las rentas a los propietarios. Los ciudadanos de Barcelona conocían demasiado bien el hambre y la peste que la seguía, y temían un bloqueo de los suministros del campo.

El trato del pelirrojo a Joan empeoró. Era el remensa y de nada le valía alegar que era una invención del propio Felip, que su familia era de pescadores y que siempre fueron libres. El matón usaba un tono despectivo hacia Joan y retomó las bromas pesadas.

—Cada uno es lo que es —decía—. Ellos nacieron siervos y deben cumplir con las obligaciones de sus padres.

Joan discrepaba. Su padre le dijo que había que luchar para ganar la libertad y eso hacían los remensas. Aprovechó la primera ocasión para hablarlo con Bartomeu, él estaba muy cercano al Consell de Cent y sabía de aquellas cosas.

—Los remensas llevan muchos años luchando contra los privilegios abusivos de los señores —le explicó el mercader—. Pelearon junto al rey en la guerra civil contra la Generalitat que representaba entonces los derechos y privilegios señoriales. Pero con la victoria, el rey se olvidó de los campesinos que le ayudaron. De aquello hace ya doce años y la situación de los remensas no ha mejorado.

—Es injusto —dijo Joan, indignado.

—Sí, pero el rey prefiere ser poderoso antes que justo. Y ahora los remensas no solo rechazan los «malos usos», sino que tampoco pagan los diezmos a los propietarios de sus terrenos. Los recaudadores no se atreven a acercarse a las áreas que controlan y si lo hacen se van sin cobrar. A alguno le está bien empleado.

—Me gustaría que Pere Joan Sala y los suyos ganaran —concluyó Joan—. Luchan por su libertad.

Bartomeu sonrió.

—Por su libertad y por algo más, me temo —repuso—. Te aconsejo que no digas eso en voz alta en Barcelona.

Joan afirmó con la cabeza. Lo sabía.

Durante un tiempo el turbante de Abdalá dejaba ver la venda y Joan temía que el amo se enterara de su mala acción, aunque nunca se la reprochó. No quiso hacerle tanto daño al musulmán y le continuaba odiando, pero estaba demasiado ocupado para planear otra venganza contra él. Sus pensamientos se centraban en cómo esquivar el continuo acoso al que Felip le sometía y en lograr que fray Nicolau dejara de molestar a su hermano.

A pesar de sus preocupaciones, Joan no olvidaba a su madre ni a su hermana, aunque con trece años recién cumplidos no tenía medios ni fuerzas para plantearse su rescate. Rezaba por ellas varias veces al día, algunas junto a Gabriel, y mantenía la esperanza de liberarlas cuando fuera mayor.

Bartomeu les habló de los frailes de la Merced, que se dedicaban a rescatar a cristianos cautivos de los musulmanes, y los chicos le suplicaron que pidiera una audiencia para indagar sobre el paradero de las cautivas. Al cabo de un tiempo el mercader llegó con la gran noticia: el general mercedario aceptaba verlos.

Antoni Morell tenía unos cincuenta años, vestía el hábito blanco de su orden y quiso charlar con ellos paseando por la playa. La tarde era soleada, había tres naves fondeadas en el puerto y varias barcas varadas en la arena. Las olas llegaban mansas y aun así parecían querer mojarles los pies. Hacía días que Joan no veía el mar, y cada vez que lo hacía notaba una punzada de nostalgia en su corazón al recordar los tiempos felices con su familia en la aldea.

Al ver al fraile, los chicos le besaron la mano y se arrodillaron suplicándole su ayuda.

—¿Por qué crees que los piratas que asaltaron tu aldea eran musulmanes? —preguntó el general mercedario a Joan.

El chico se encogió de hombros.

—Bueno —respondió—, todos decían que eran sarracenos. Las galeras llevaban gallardetes verdes y el regidor, que los vio, dijo que eran moros.

—Es extraño —dijo el mercedario, pensativo—. Hace tiempo que los sarracenos no atacaban nuestras costas. ¿Cuándo dices que fue el asalto?

—A finales de septiembre.

—Esa es la época en que las galeras dejan de navegar, no están preparadas para las tormentas de otoño e invierno —continuó el religioso—. Y tu pueblo está muy lejos de sus bases. Además, estáis en zona de tramontana y le temen mucho a ese viento. Es extraño.

—Me contaste que estuviste muy cerca de los piratas —intervino Bartomeu—. ¿Les oíste hablar?

Joan se quedó pensativo. ¿Habían hablado?

—Si hablaron no fue en nuestra lengua, no recuerdo haber entendido nada —repuso.

—Es más probable que fueran corsarios provenzales o genoveses antes que moros —sentenció el mercedario—. Hace tres años los provenzales arrasaron la zona de cabo de Creus y hace un par, cuando se inició la guerra con Génova, el genovés Batista asaltó las poblaciones del litoral de Barcelona, capturando incluso una galera que el almirante Bernat de Vilamarí envió para detenerles. Pero aquello fue en julio y estamos hablando de finales de septiembre, no es tiempo de galeras; además, tu aldea estará a más de una semana de navegación de Génova. Yo apostaría por los provenzales, y si han sido ellos, los mercedarios no podemos hacer nada.

—¿Por qué? —se extrañó Joan.

—Porque nuestra misión es salvar antes a las almas que a los cuerpos. Rescatamos a cautivos cristianos con dinero o cambiándolos por prisioneros sarracenos; procuramos traer primero a los más débiles para que no caigan en la tentación de renegar de Nuestro Señor. Salvamos sus almas.

—¿Y no haríais nada si los piratas son de Marsella?

—No, no podemos. Es algo entre cristianos y no hay peligro de que los cautivos renuncien a la fe. Aun así, un cristiano no puede esclavizar a otro a no ser que sea un ortodoxo, como son los griegos.

—Entonces, si los provenzales son cristianos como nosotros, no podrían esclavizar a los de mi aldea, ¿verdad?

—No pueden, pero tampoco pueden robar —repuso el fraile—. Y roban. Esclavizar es quitarle a alguien su posesión más valiosa después del alma: la libertad.

—Entonces, ¿por qué el regidor de Palafrugell dijo que eran sarracenos? —inquirió Bartomeu—. Él sí que es capaz de distinguir entre un moro y un provenzal.

—Pudo haberse equivocado.

—Aun así, os rogamos, fray Antoni, por caridad, que averigüéis si la familia de estos chicos está en el norte de África —dijo Bartomeu.

—No os voy a negar la caridad, pero pienso que la gestión es inútil —repuso el fraile—. Hay otras cosas extrañas en este asunto.

Por ejemplo, si eran sarracenos, ¿por qué no nos pidió el regidor de Palafrugell que buscáramos a sus cautivos?

Joan se encogió de hombros. Demasiados porqués.

Era una mañana lluviosa y con neblina de principios de febrero cuando las campanas de la catedral empezaron a sonar fuera de su hora. Era el lúgubre toque de difuntos. Al poco tiempo se les unieron las de la iglesia del Pi, después las de Sant Just. Se trataba de un campaneo grave que pesaba triste en el alma, que angustiaba. Joan identificó también las de Santa Anna, y pronto los campanarios de toda la ciudad se unieron para anunciar la tragedia.

Todos en casa de los Corró salieron a la calle para saber qué ocurría y, bajo la fina lluvia, vecinos y artesanos se interrogaban unos a otros hasta que llegó la noticia.

—¡Los remensas de Pere Joan Sala han asaltado Granollers! ¡Han tomado el pueblo!

A Joan le sorprendió el revuelo. La derrota de las tropas reales un mes antes no había causado tanto sobresalto. Pronto entendió la razón. Granollers no pertenecía a ningún señor: era un pueblo amparado por los derechos y privilegios de Barcelona. En realidad se consideraba como una calle más de esta. ¡Pere Joan Sala se atrevió a atacar a la ciudad! La guerra ya no era solo de señores contra campesinos, el líder remensa cometió un error fatal. Barcelona lo destruiría.

Al poco las campanas de la catedral dejaron de sonar tristes y solemnes, para cambiar a insistentes, perentorias. Todas las demás la siguieron.

—¡Es el *via fora*!

El toque era furioso, estaba lleno de rabia, parecía como si las campanas fueran la voz de la ciudad clamando venganza. El *via fora* era la llamada a los ciudadanos a empuñar las armas en defensa de

Barcelona. Vio cómo el rostro de la gente en la calle cambiaba de pesadumbre a determinación y de tristeza a rabia. Pronto aparecieron ballestas, arcos, lanzas y espadas, y mosén Corró, con casco, coraza y lanza, hizo que le trajeran su caballo y agrupó a sus hombres frente a la tienda.

—Lluís y Joan os quedáis aquí, sois demasiado jóvenes —ordenó—. Los demás, venid conmigo.

Las campanas continuaban repicando perentorias, urgentes y cuando alguien gritaba *¡via fora!*, un clamor exaltado le respondía. Lluís y Joan decidieron seguir a los mayores para observar, no podían perderse aquello.

Los gremios tenían una función clave en la defensa de la ciudad, en caso de ataque a cada uno se le encomendaba la custodia de una parte de la muralla; era una cuestión de honor. La cobardía o heroicidad de un miembro del gremio humillaba o enaltecía a todos sus colegas.

Los libreros no tenían aún gremio oficial y funcionaban según unas ordenanzas ciudadanas para libreros y encuadernadores del año 1446, pero se agrupaban en una cofradía que veneraba a san Jerónimo, con capilla en la iglesia de la Trinitat situada en la plaza del mismo nombre, y allí se encaminó la pequeña tropa de los Corró. Por el camino se cruzaban con otros grupos armados que se dirigían a las iglesias donde sus patrones tenían capilla, y pronto coincidieron con más libreros. Se saludaban con un *¡via fora!* levantando las armas. Joan vio a lo lejos a Bartomeu, que iba a caballo y armado como mosén Corró.

Una vez en la plaza, el librero se presentó al hermano mayor de la cofradía, que inscribió a sus gentes y las armas que portaban en el libro de combatientes. Después, el hermano mayor fue al Concell de Cent y al poco regresó diciendo que la tropa ya podía dispersarse. Esta vez el propio Destorrens, consejero en jefe de la ciudad, dirigiría un ejército ciudadano que se uniría a las tropas reales.

La campaña podía ser larga, era invierno y los gremios debían reunir provisiones para sus hombres. En una semana, cuando todo estuviera listo, las tropas saldrían a enfrentarse con las del remensa Pere Joan Sala.

Joan vigilaba a fray Nicolau. Sus continuas miradas hicieron que el religioso se las devolviera con una sonrisa demasiado cariñosa. El chico no deseaba que el monje se percatara del asco que le daba y a veces le devolvía media sonrisa. Un día, al cruzarse en las escaleras de acceso al comedor, Joan notó las manos del fraile en sus nalgas. Fue un contacto breve, pero le produjo una sensación muy desagradable y una repugnancia inmensa. Recordó el sobresalto de Gabriel cuando fue víctima de lo mismo y tuvo que contener su rabia para no abalanzarse sobre aquel individuo y hacerle rodar escaleras abajo. Tenía otros planes. Iba a proteger a su hermano a toda costa y solo veía una solución.

Una tarde salió del taller escondiendo en su capa una de las herramientas que usaban para cortar papel y cuero. Era un hierro plano alargado con una pequeña curvatura; un extremo servía de asa y el otro tenía un borde apuntado y afiladísimo. Había decidido degollar al monje cuando durmiera y después escondería el arma en el muro que separaba el convento del pasaje de ronda de la muralla, para recuperarlo al día siguiente desde la calle y devolverlo a la librería. Sabía el riesgo que aquello entrañaba, pero estaba dispuesto a cualquier cosa antes de ver sufrir a su hermano.

25

Una vez terminada la cena, los monjes se recogieron para el periodo de sueño antes de los maitines y los chicos hicieron lo mismo. Joan esperó a que su hermano durmiera y sigilosamente, cubierto con su capa, salió al patio provisto de un candil cuya llama ardía tenue. El cielo tenía más nubes que claros y un viento frío hacía desapacible aquella noche invernal. Joan se arrebujó en su capa al tiempo que escondía el candil y su arma y se puso a temblar. No sabía si era de miedo o de frío, pero los temblores no le iban a detener y entró en el claustro guiado por la escasa luz de las pocas estrellas que titilaban entre las nubes. Allí todo era más oscuro, el chico mantenía la llama del candil oculta, pero sabía bien dónde estaba la puerta de la celda de fray Nicolau. Esperaba encontrarle durmiendo y que la luz de su candil le guiara hasta la vena del cuello, donde sabía que los cortes eran mortales. Se arriesgaba a que estuviera despierto y en ese caso fingiría que iba a visitarle y con toda seguridad sería bienvenido. Costaría más, pero igualmente encontraría esa vena.

Las celdas de los monjes no tenían pestillos y Joan empujó con suavidad la de fray Nicolau sujetando su candil con la mano izquierda y el arma con la derecha. Rezaba para que no chirriara. Pero la puerta no se movió. El chico se mordió los labios, tenía que hacer más fuerza, los goznes estarían oxidados y rechinaría. Al probar de nuevo logró abrirla un par de dedos, sobresaltándose con el ruido. Aun así fue menor que el esperado y el sonido del viento lo amortiguó.

Joan se mantuvo completamente inmóvil mientras escuchaba. ¡Había movimiento en la celda, el monje estaba despierto! Era una voz y un sonido que se oía a intervalos. ¿Estaría acompañado? Pensó que si el fraile estaba ocupado podría abrir un poco más la puerta sin ser descubierto. Y lo hizo muy poco a poco hasta ver parte del interior.

—¡Dios mío! ¡Señor! —clamaba el monje a media voz—. ¡Libradme de la tentación!

Joan oyó el chasquido de un látigo de múltiples puntas, de los llamados escobas, y vio al hombre arrodillado frente a un pequeño crucifijo con su redondeada espalda cubierta de sangre. Un candil iluminaba el castigo que se infligía.

—¡Apartadme de los niños, Señor!

Y Joan se estremeció con el sonido amortiguado de las puntas metálicas que desgarraban la piel de la espalda. La celda era pequeña y el chico se apartó de la puerta temiendo que la sangre le salpicara. Cuando volvió a mirar, el hombre había dejado caer el látigo y se apoyaba en el suelo con rodillas y codos, tambaleante. Estaba completamente desnudo y su cuerpo temblaba en un equilibrio precario.

—¿Por qué me hicisteis así? —clamaba entre sollozos—. ¡Libradme, por caridad, de esa pena!

Joan no podía creer que aquel fuera el mismo hombre que le sonreía con lascivia; estaba estupefacto, desconcertado. De pronto, con furia, como usando sus últimas fuerzas, el fraile tomó con su mano derecha el flagelo y se golpeó en los genitales. De inmediato se derrumbó con un gemido y quedó como desmayado. Joan sintió aquel golpe casi como si le hubiera alcanzado a él y se le erizó el vello. Estaba horrorizado, pero apretó con fuerza el frío hierro y se dijo que aquel era el momento de degollarle. Se inclinaba ya sobre el cuerpo inerte empuñando su arma cuando se detuvo.

No podía y supo que sería incapaz de matarle aunque se quedara allí toda la noche. Había dejado de odiar al hombre. Regresó a toda prisa a su celda lamentando que Dios hubiera hecho un mundo tan injusto. Tardó en dormirse y le costaba rezar. No comprendía por qué el Señor permitió la muerte de su padre. Ni por qué consintió la destrucción de su familia. Ni por qué hizo a fray Nicolau de aquella forma. Su rabia se dirigía al cielo.

El ejército se congregó en la parte norte de la Rambla, en la llamada plaza dels Bergants. Las campanas no dejaban de sonar y todo eran idas y venidas de infantes y caballeros que se acompañaban de amigos y familia. Joan se apretujó junto con Lluís para abrirse paso entre la multitud y ver a los combatientes. El hermano mayor de la cofradía decidió que mosén Corró, dada su edad, se quedara en Barcelona, y que su casa fuera representada por maestro Guillem, que comandaría el grupo, el oficial y los dos aprendices mayores. Aun así Joan pensaba que Felip tomaría el mando y comprendió que acariciaba la esperanza, tímida y con remordimientos, de que los remensas le mataran. Las palabras de su padre sobre la libertad y el acoso de Felip le hicieron identificarse con la causa de los campesinos rebeldes y deseaba que al menos pudieran escapar para mantener su lucha.

Al fin vio a Bartomeu. Estaba entre los caballeros y montaba un hermoso corcel, se protegía con media armadura y casco, llevaba espada al cinto y una lanza cuyo gallardete lucía los colores de la ciudad. El maestro Guillem le contó que Bartomeu, con apenas dieciocho años, sirvió en la guerra civil, precisamente a las órdenes de mosén Corró, en la caballería ligera junto al padre de Felip. El padre de Felip murió en una encarnizada batalla, y el propio mercader cayó gravemente herido. El librero le salvó arriesgando su vida y desde entonces Bartomeu sentía hacia él el mismo afecto que hubiera sentido por su padre y hermano mayor, con los que no se hablaba. Ahora el mercader ocupaba el puesto de Corró como oficial de caballería ligera.

Joan se lanzó entre los caballos, que resoplaban inquietos para desearle suerte a su amigo. Él y su hermano rezarían mucho por el mercader.

Las campanas cesaron en su insistente tañido cuando el obispo dijo misa. Terminado el oficio, repicaron de nuevo y la multitud gritaba el *¡via fora!*, mientras las tropas desfilaban frente a la tarima desde la que el obispo y varios eclesiásticos las rociaban con agua bendita. Salieron por la Porta de Sant Sever y el ejército siguió el camino que atravesaba los huertos de la Reina hacia la Trinitat para continuar dirección Granollers en busca de los agresores. Al rato desapareció entre la polvareda.

La actividad en las calles se redujo, se notaba la ausencia de gran número de artesanos y el chico tuvo sensación de vacío. Al llegar a la tienda, el amo le dijo:

—Con el maestro y el oficial en el ejército no habrá trabajo en el taller y lo poco que surja lo hará Lluís. Tú sube al piso superior. Trabajarás con Abdalá, él te dirá lo que tienes que hacer.

El chico frunció el ceño. Sabía que, aunque el amo le puso a prueba en el taller, el trabajo que le tenía destinado era el de copista y que el único de ese oficio en la casa era el musulmán, pero no se le ocurrió que este fuera a darle instrucciones. ¡Un esclavo! Además, aquel hombre le producía sentimientos encontrados. Apreciaba que no le denunciara a mosén Corró, pero continuaba siendo un moro, uno de la raza que tanto daño hizo a su familia. Después de pensarlo se dijo que cuanto más cerca lo tuviera, más posibilidades de venganza hallaría y con ese consuelo se encaminó hacia el *scriptorium*, como el amo llamaba al piso superior.

Al llegar, abrió la trampilla y se plantó desafiante frente al viejo, que le observaba por encima de los cristales de sus gafas.

—El amo me envía para que me enseñes a escribir —le dijo con energía, alzando la voz, para que supiera que no se dejaría mandar.

El viejo le observó unos momentos y después reanudó su tarea ignorándolo; aquello desconcertó al chico, que se fue enfureciendo; el moro no le respetaba como debía.

—Te he dicho que el amo quiere que me enseñes a escribir —le repitió dando ahora un par de pasos amenazantes hacia el anciano.

El otro no se inmutó y continuó escribiendo.

—¿Me oyes? —gritó el chico, exasperado.

Abdalá siguió ignorándole mientras Joan ponderaba si lanzarle a la cabeza el tintero de la mesa que tenía al lado. Se contuvo pensando que aquello no le gustaría al amo, pero se dijo que tendría que hacer algo para que aquel hombre le considerara.

En ese momento el viejo alzó la vista de sus papeles y, mirándole, se dirigió a él en un tono tan suave que parecía un murmullo:

—Te oigo, pero tus gritos no me dejan entenderte.

—¿No me entiendes? —repuso Joan ahora con voz comedida—. Pero si tú hablas mi idioma.

—Hablo y entiendo muchos idiomas, hijo. —Le sonreía—. Pero no el del grito.

—Bueno, he dicho que el amo quiere que me enseñes a escribir —repitió Joan con la misma suavidad que usaba el viejo.

—¡Ah! Eso es lo que quiere el amo. ¿Y tú qué quieres?

Joan pensó en ello. Claro que deseaba escribir, pero antes le gustaría saber leer.

—Quiero aprender a leer y a escribir.

—Pues solo puedo ayudarte en la mitad. Mosén Corró me pidió que no te enseñara a leer y creo que tú ya sabes eso.

El chico arrugó el ceño enfurruñado, el moro sabía más de lo que él pensaba.

—Aunque no te preocupes, una vez sepas escribir, leer es muy fácil —continuó el hombre—. Pero recuerda que cuando se promete algo, hay que cumplirlo.

Joan se dijo que aquel hombre sabía demasiado.

—Bien, me pides que te enseñe... —Abdalá dejó sus palabras en suspenso por unos momentos—. Y es eso lo que tú deseas. ¿Cierto?

El chico afirmó con la cabeza.

—Pues si quieres que te enseñe, tendrás que cumplir dos condiciones.

—No tengo que cumplir ninguna condición. Son órdenes del amo y tú eres un esclavo.

El viejo sonrió antes de responder.

—Las órdenes de mosén Corró eran para ti. No para mí. Y si no cumples mis condiciones, ya puedes bajar a la tienda y decirle que no te enseño.

Joan no alcanzaba a comprender cómo un esclavo podía mostrar tal osadía, pero se dijo que explicarle al amo que Abdalá no quería enseñarle sería lo último que hiciera. Todo el mundo sabía el respeto que profesaba por el musulmán.

—¿Cuáles son las condiciones?

—La primera es que me llamarás «maestro» y me tratarás de vos.

Joan no esperaba aquello. ¿Tendría que llamar «maestro» a un esclavo musulmán? ¿Qué diría Felip? Todos se reirían de él.

—No puedo hacer eso.

—Lo lamento. Ya puedes bajar a la tienda.

—¡Espera un momento! No lo puedo hacer porque Felip y los otros se reirán de mí. Posiblemente la emprenderían a golpes conmigo.

—Bien. Entiendo. Pues llámame «maestro» cuando estés aquí solo conmigo. Abajo en el taller me puedes llamar Abdalá.

El chico respiró aliviado.

—¿Cuál es la otra condición? —quiso saber.

—Te he observado. Tú no me odias en la forma en que lo hace Felip, hay algo más. Quiero saber de dónde viene tu rencor hacia mí cuando nunca te hice nada malo.

Joan miró al hombre apretando las mandíbulas y recordó su dolor. El odio le rebosó el corazón como el agua en un cacharro cuando se deja en la fuente. No se lo quería contar. No a un moro, ellos eran la causa de la desgracia de su familia. No se lo contaría y se dijo que antes bajaba a explicarle al amo que aquel hombre no quería enseñarle.

—Mírame a los ojos —dijo suavemente el viejo.

Joan obedeció aun sin querer. El moro tenía unos ojos azules, algo descoloridos por los años, pero todavía bellos y apacibles.

—Siéntate en esa banqueta y cuéntamelo —insistió.

Al sentarse, notó que algo en su interior se rompía y de repente las palabras surgieron a borbotones, al tiempo que lo hacían las lágrimas. Las nubes y el mar azul, la campana de la ermita sonando, la mirada de su padre, la huida, el trueno del disparo, la muerte, la pérdida de la madre, de las hermanas, de Elisenda... Joan lo revivía en imágenes de dolor. El hombre esperó mientras el chico se cubría la cara con las manos al terminar el relato, las tenía húmedas del llanto y los sollozos le hacían hipar. Se sentía avergonzado, nunca había contado lo ocurrido con tanto sentimiento, sufriendo tanto.

—Lo siento mucho, Joan —le dijo el hombre—. Lo siento mucho.

El chico reparó en que el viejo le hablaba muy de cerca y notó su mano en el hombro. Era cálida incluso con el frío que hacía en aquella habitación; le reconfortaba.

—Pero créeme. No fueron musulmanes los que atacaron tu aldea. Alá me castigue si me equivoco.

—¿Qué? —Joan se incorporó de un salto. Aquello coincidía con lo dicho por el fraile mercedario—. ¿Cómo lo sabéis?

—Es fácil. Los míos nunca usarían arcabuces en un ataque por tierra. Mi gente prefiere las flechas y son rapidísimos lanzándolas, mucho más que ningún cristiano. De haber sido musulmanes, no hubieran llevado ni siquiera ballestas, solo arcos. La pólvora y las ballestas las reservan para disparar de barco a barco, o a distancia, no cargan con ello en tierra, prefieren moverse rápido. Igual que con la caballería. Preferimos la movilidad, la rapidez, atacar, retroceder y volver a atacar. Nos gusta poco la caballería pesada. Lo mismo ocurre con las galeras. Las queremos rápidas. La que tú describes era grande, con demasiada artillería para ser nuestra.

Joan le miró sorprendido; había descartado antes las insinuaciones de que quizá los piratas no fueran sarracenos, ni siquiera el general mercedario le convenció; pero, por alguna razón que se le escapaba, creía ahora al moro. Todo el odio acumulado contra los musulmanes durante aquellos meses aún se escondía en su interior, solo que ahora no sabía dónde descargarlo. Se sentía desconcertado.

—¿Cuándo quieres empezar a aprender? —La voz del hombre le rescató de sus pensamientos.

—Cuando vos digáis, maestro Abdalá —repuso el chico.

26

Un mundo fascinante se abrió a los ojos del muchacho, libros, muchos libros y los curiosos instrumentos con que se escribían. Antes de trazar la primera letra tenía que familiarizarse con todos los objetos del *scriptorium*. Las plumas eran fundamentales para la buena escritura y debían estar bien cortadas. Las más usadas por su calidad y precio eran las de ganso, pero solo las cinco plumas más largas del ala izquierda valían, ya que se curvaban de la forma adecuada para un copista diestro, se arrancaban del ave viva en primavera y se dejaban secar después por un tiempo. Las de cisne eran las más apreciadas, pero escasas y caras. Para dibujos finos se utilizaban plumas de cuervo, aunque también las había de águila, búho o halcón. Las cuchillas debían mantenerse bien afiladas para obtener el corte perfecto de la cánula cuando esta se desgastaba. Una buena pluma no duraba más de una semana.

El objetivo era conseguir una escritura armoniosa y bella, y la tinta era el segundo elemento clave. Había que vigilar que su densidad fuera la correcta, añadiendo agua si se secaba. También era importante la calidad del papel o pergamino. Existían otros soportes como el papiro, pero eran caros, menos duraderos que el papel y en casa de los Corró no se trabajaban.

Antes de escribir debía pautarse el papel para evitar que las letras estuvieran desniveladas. Con ese fin se trazaban, con reglas, líneas horizontales finísimas para soportar la escritura. Si la página contenía iniciales vistosas de mayor tamaño, se proveía de espacio para ellas del mismo modo que si llevaba algún tipo de dibujo.

El *scriptorium* tenía, aparte de la mesa que usaba el maestro, tres más con inclinación para apoyar el libro en el que se escribía y el original. Joan, al ver tantas mesas desocupadas, tuvo la impresión de que la actividad de copiar había decaído en los últimos tiempos.

Se trabajaba sobre libros ya encuadernados y había que ser muy cuidadoso con la tinta para no mancharlos. Los tinteros estaban fijos, encastrados en la mesa, para evitar que por accidente la tinta se derramara sobre los preciosos libros y bajo las mesas había braseros cuyo objeto no era tanto calentar al escriba en tiempo frío, sino el secado rápido de la tinta.

Abdalá le enseñó a coger bien la pluma y a mojar su punta de forma que la cánula recogiera la cantidad de tinta correcta sin excederse para evitar el riesgo de producir un borrón. Y finalmente le mostró el uso del cuchillo. Era un instrumento metálico plano, afilado de un lado y que debía sostener siempre con la mano izquierda mientras escribía con la derecha.

—La escritura es tarea de dos manos —le dijo Abdalá—. De la misma forma que precisas de tus dos pies para andar.

Joan contemplaba maravillado la habilidad del viejo tanto con la pluma en su diestra como con el cuchillo en la zurda. Este se usaba para sostener el papel en su lugar, sin mancharlo con la grasa de la mano, pero acudía presto si caía un exceso de tinta o se cometía un error. En el primer caso recogía hábilmente el sobrante y en el segundo se raspaba el papel con suavidad antes de que la tinta se secara para después limpiar con talco y reescribir la letra correcta.

Aquello fascinaba a Joan. Miró a su alrededor intentando apreciar todos los detalles del *scriptorium* y recordó la impresión que el libro abierto en la tienda de los Corró le causó a su llegada a Barcelona. ¡Qué hermoso era! Ahora él tenía la oportunidad de aprender y quizá pudiera algún día crear algo tan bello como aquel libro. Hinchó su pecho esperanzado y sonrió feliz.

El trabajo de pautar el papel antes de escribirlo era lento y tedioso, y más aún si se hacía en un libro ya encuadernado. Y esa era la tarea principal encomendada a Joan, ya que no precisaba la habilidad caligráfica y el maestro no debía desperdiciar su tiempo en ello. Abdalá exigía que las líneas estuvieran bien trazadas según las distancias requeridas en cada libro y era severo en el momento de revisar el trabajo.

Aun así, al chico le compensaba porque le enseñaba a dibujar las letras. Lo hacía en trozos de papel o pergamino desechado donde previamente el maestro le había hecho trazar líneas perfectas. Y era inevitable que en el proceso de escribir Joan supiera el nombre de cada letra, y su intuición le decía que ese era el primer paso para aprender a leer.

—Maestro Abdalá, ¿por qué el amo no quiere que aprenda a leer? —le preguntó un día.

—Tiene sus razones y harás un favor a todos si cumples lo prometido.

—Pero ¿de qué me sirve saber encuadernar pliegos y hacer un libro de hermosas cubiertas y después ser capaz de copiar en él lo escrito en otro libro, e incluso aprender a dibujar bellas imágenes coloreadas, si no entiendo lo que dice?

—Eres muy joven, tiempo habrá para que leas. Ahora debes gozar de la belleza de la caligrafía, de su armonía, del olor de la tinta y el tacto del papel. Concéntrate en ello. Eso es lo que te está permitido. Tanto la apariencia como el contenido de un libro tienen su propio valor, y hay que saber apreciar ambos. Los libros son como las personas, tienen cuerpo y alma. Uno y otro son importantes. He leído muchos libros y a muchos los he gozado más por su aspecto, aroma y textura que por lo que contaban.

—Pero yo quiero ser librero y un verdadero librero debe conocer el contenido de sus libros y encontrar la persona a la que se dirigen. Como hace mosén Bartomeu.

El viejo sonrió y se acarició la barba.

—Sí, el libro y el lector —murmuró—. El placer de la lectura es la armonía entre ambos. Y quien es capaz de encontrar el lector para el libro y el libro para el lector es más que librero, es un mago. Es un alquimista que crea el crisol que funde dos cosas en una sola. Y la cosa resultante es distinta a las anteriores porque el libro adecuado produce cambios definitivos en el lector...

—No entiendo —dijo Joan.

El maestro advirtió que no hablaba para el chico, que había caído en su propia ensoñación.

—No te preocupes —concluyó—. De momento haz lo que se te pide. Tiempo tendrás para casar libros y personas.

Aquellas razones no convencieron a Joan, pero puso todo su empeño en dominar la caligrafía tal como el maestro le pedía. Se esforzaba en dibujar con su pluma aquellas letras de las que solo conocía el nombre, y que formaban palabras que él ignoraba y construían frases que desconocía. Poco a poco fue domando su muñeca hasta que llegó el momento en que el maestro le permitió empezar a copiar algunos textos. ¿Qué decían las palabras que depositaba sobre el papel? ¿De qué trataría aquel libro? La curiosidad le mataba.

Comprendió que por muy perfecta que fuera la caligrafía, tanto la suya como la del texto original, nunca dos letras eran iguales. Una se apoyaba levemente en la letra vecina y se distanciaba de la siguiente, otra era un poco más alta o se inclinaba hacia delante o atrás. O tenía cierto trazo más acusado o la tinta se depositaba en mayor cantidad en un punto determinado. Pronto les adjudicó sentimientos, intenciones, carácter, estado de ánimo; parecían estar contentas, tristes o enfadadas. Las letras tenían su propia vida y se relacionaban entre ellas adquiriendo personalidades distintas. La de aquí conspiraba junto a otra contra la de más allá; la siguiente estaba furiosa; la cuarta ocultaba algo; la quinta sentía temor; otra se reía y así todas y cada una de las letras y palabras del texto. Era un mundo extraño y maravilloso, pero propio e íntimo, y Joan se preguntaba si alguien más vería aquel lenguaje de gestos en las letras.

Quizá no fuera más que el fruto de su imaginación, se decía triste y decepcionado. Interpretaba el humor de las letras porque le prohibían conocer su verdadero significado, el que creaba aquel vínculo maravilloso entre la persona que escribió el texto en el pasado y la que lo leía en el presente.

La vida en el convento se hizo más rigurosa aquellos días. Los rezos se intensificaron; se rogaba por los combatientes y por la victoria, y la iglesia permanecía abierta más tiempo con el fin de que los fieles imploraran por sus familiares en el ejército. Pero lo más duro para los chicos eran los ayunos que hacían los monjes. Muchas noches no cenaban; los rezos y el sacrificio era la aportación de los frailes al esfuerzo bélico, su forma de luchar. Gracias a su abnegación, el Señor sería más favorable a las tropas de la ciudad. Por fortuna, fray Jaume siempre tenía una sonrisa cariñosa y algo de comida guardada para los dos hermanos y el novicio. Opinaba que al Señor no le eran gratas las penas de los pequeños.

Joan seguía vigilando a fray Nicolau. Después de aquella noche le compadecía, pero la repulsión que le inspiraba era incluso mayor. Al comprobar que continuaba sonriéndole como antes, supo que las penitencias del monje no habían recibido respuesta favorable de los cielos y que aún era una amenaza para su hermano. Le daba mucha pena aquel infeliz, pero el pensamiento de que Gabriel estaba en peligro era insoportable.

Sin embargo, aquella angustia iba acompañada de una inquietud frenética de otro tipo. En cualquier momento sus dedos dibujaban de forma invisible sobre una pared del convento, o en la mesa de la comida o en la superficie más inesperada. Eran los trazos de una sílaba, de una palabra tal como la dibujó en tinta por la mañana. Y si el novicio estaba cerca, no se podía contener y le preguntaba cómo sonaba aquello. Quería borrar la respuesta de su mente, pero cuanto más lo intentaba, más se fijaban las palabras y los sonidos en ella.

27

Eran días de expectación, todos estaban pendientes de las noticias del ejército que corrían de puerta en puerta y de corrillo en corrillo. Que si habían puesto precio de 500 libras, una enorme fortuna, a la cabeza del líder remensa; que si las tropas tomaban ya posiciones para el asalto a Granollers... Los que recibían noticias de sus familiares, a través de cartas que llegaban con días de retraso, se apresuraban a compartirlas con la mayoría que no las tenía. Las fuentes eran lugares de reunión y cuando Joan llenaba el cántaro, recogía también los rumores y los contaba de inmediato al ama, que esperaba ansiosa por la suerte de los de la casa. Después ella informaba al marido y a las vecinas.

Trabajar para los Corró era formar parte de la familia. El puesto de cada uno estaba muy claro: ellos eran los amos, y los demás obedecían, pero el ama los acogía a todos bajo sus alas protectoras. Joan apreciaba mucho a la señora Corró y quería complacerla en lo posible, así que aquellos días frecuentaba distintas fuentes para recoger noticias y él las seleccionaba transmitiendo solo aquellas que mitigaran la ansiedad que sentía el ama por los suyos.

Y esperando en la cola de un lugar poco habitual vio aparecer a la chica de la joyería. Era la primera vez que coincidían lejos de la tienda de su familia. Se quedó petrificado y vio la sorpresa en los ojos de ella antes de que desviara la mirada. No supo qué hacer, ansiaba decirle algo, pero se sentía rechazado, así que llenó el cántaro y se fue sin esperar más.

Al día siguiente, a la misma hora, Joan estaba en aquella fuente, decidido a hablarle, pero, para su decepción y a pesar de remolonear un rato, no apareció. Fue más afortunado unos días después y al verla venir se puso en la cola para que ella tuviera que colocarse detrás de él. Así le pudo ceder amablemente su lugar. Ella rompió su distancia aceptando al tiempo que le premiaba con una sonrisa que no hubiera sido mejor recibida de haber venido de un ángel. Joan se mantuvo detrás de ella con la boca seca, pensando en qué decirle, pero incapaz de hablar. Ella llenó su cántaro y se fue en silencio, sin entretenerse en el corrillo de los que hablaban. Andaba con gracia y mantenía su mirada baja como correspondía a una doncella, aunque en un breve instante la levantó al tiempo que giraba la cabeza para encontrarse con la de Joan. El corazón del chico volvió a acelerarse. Le hubiera gustado decirle lo hermosa que era y cuánto le impresionaba. Pero no se atrevía. Cuando ella desapareció al doblar la siguiente esquina, el recuerdo de su sonrisa con hoyuelos, el verde luminoso de su mirada y el movimiento suave de sus manos permaneció con Joan. Allí estaba, al cerrar él sus ojos, cuando quería rezar, incluso cuando pensaba en su madre y su hermana.

Anna no sabía por qué aquel chico le era distinto a los demás. En sus primeros encuentros sin palabras en los que él tenía la piel atezada por el sol y vestía como un aldeano, ella le notaba una mezcla de inseguridad y determinación, y su mirada tenía tanta fuerza como tragedia y esperanza. Nunca supo por qué le sonrió la primera vez y después una segunda cuando fue a vender coral a su padre. Pero al presentarse vestido como el resto de los chicos que revoloteaban a su alrededor, tratando de imitarlos, sintió cansancio y le aplicó aquella mirada suya que hacía transparente.

Se sorprendió al encontrarle en la fuente tres meses después de que él, cansado de su indiferencia, dejara de presentarse frente a la tienda de sus padres. Ir a por agua era un trabajo de chicas y solo lo hacían los muchachos en casas donde no las había. Vio cómo él se azoraba y ella desvió la mirada sin saber qué hacer; era el único chico del que lamentó su desaparición tras ignorarle un tiempo. Era especial.

Su encuentro en la fuente le produjo una impresión inesperada y buscó excusas para que la criada fuera a por agua los días siguientes. Sin embargo, al regresar lo hizo decidida a conocerle mejor. Anna tenía moscones más guapos que aquel chico zumbando a su alrededor y Joan continuaba siendo inadecuado para los padres de ella a pesar de tener la piel más clara y vestir jubón. Pero Anna aún no había cumplido los trece años, las de sus padres no eran sus preocupaciones, aquel chico era distinto y la atraía.

Después de algunas escaramuzas en los alrededores de Granollers, Pere Joan Sala comprendió que sus remensas no podrían resistir frente a un ejército de aquel tamaño. Quiso retirar sus tropas de una forma ordenada, pero fueron alcanzados en su huida hacia el norte el día 24 de marzo en Llerona. Sufrieron una derrota total, doscientos murieron en el combate y otros tantos fueron apresados incluido el líder. Los demás escaparon como pudieron.

Cuando la noticia llegó a la ciudad, se echaron al vuelo las campanas, y lo hicieron de nuevo cuando entró el ejército victorioso, aclamado por la población. Apenas media docena de ciudadanos habían muerto, era una gran victoria y los vecinos se felicitaban por las calles.

Todos los de la casa Corró regresaron sanos y salvos, con muchas aventuras que contar. A Felip se le veía contento, disfrutó de la experiencia, alardeaba de haber matado a dos payeses y no se cansaba de contar los detalles.

—Les dimos una buena a tus amigos, remensa —le dijo a Joan a modo de saludo al verle.

Acompañaba sus palabras con un coscorrón, pero no era de los fuertes y el chico no dijo nada; Felip aún no sabía que trabajaba con Abdalá y temía su reacción.

Bartomeu no compartía el entusiasmo del pelirrojo.

—Fue una masacre —explicó—. Los desbaratamos con la caballería. Estaban mal armados y hambrientos. Nuestra infantería los machacó, no hacía falta tanto ensañamiento.

—Me apena que fueran vencidos con tanta facilidad —le confesó Joan—. La situación de los remensas es injusta y es obligación del hombre luchar por su libertad. El rey debiera actuar, no puede permitir que súbditos suyos sean esclavos de otros.

—El rey quiso mediar, pero ni unos ni otros cedieron. Además, los remensas piensan que el rey los traicionó.

—¿Y lo hizo?

Bartomeu se encogió de hombros.

—Eso creo. Gracias a los remensas el padre del rey ganó la guerra civil. Ellos esperaban recibir a cambio la libertad, pero el soberano, olvidándose de los payeses, terminó pactando con los nobles vencidos. —Y le dio una palmadita en un hombro con una sonrisa—. Eres un chico extraño, demasiado joven para interesarte en esas cosas. Pero no te preocupes, la guerra de remensas no terminará con la muerte de Pere Joan Sala.

—¿No? —preguntó Joan, esperanzado.

—Los remensas de Pere Joan no tenían nada que perder salvo la vida, eran los más pobres y desesperados. Eran muy radicales y por eso se atrevieron a atacar Barcelona. El principal líder remensa se llama Verntallat y está bien protegido en sus plazas fuertes del norte. Mantendrá la revuelta hasta lograr un acuerdo.

Cuando llegó la noticia de la ejecución de Pere Joan Sala, todos dijeron que querían ver el espectáculo. Seguiría el llamado «camino de la vergüenza» hasta la playa donde sería descuartizado conforme al ritual de la muerte cruel.

Mosén Corró les advirtió que el suplicio de aquel hombre se alargaría mucho, que solo retrasaría la comida una hora y que quien quisiera ver la ejecución entera se quedaba sin comer.

Cuando el chico informó a Abdalá, este dijo que él ya había visto demasiadas muertes, que se quedaba en el taller, y añadió:

—Hasta la agonía entiende de clases. Al tratarse de un pobre payés darán un espectáculo público con su muerte. Para que aprendan los pobres. Si el condenado hubiera sido uno de los otros, un señor, le habrían ejecutado en privado y de forma rápida.

El espectáculo de la muerte se inició al mediodía en la plaza del Blat, donde se encontraba la prisión de la ciudad. La gente se agolpaba tanto que los soldados tenían que empujar para evitar que el gentío aplastara a la comitiva. Joan aprovechó su pequeño tamaño y la fuerza de sus codos para colarse entre los resquicios que dejaba la multitud y conseguir un lugar en primera fila.

En el centro sobre un carretón se alzaba un poste y en él ataron al hombre. Tendría unos cuarenta años, era delgado, fibroso, con barba y ojos oscuros hundidos. El día era desapacible y frío, pero él estaba desnudo a excepción de un escueto taparrabos. Su cuerpo mostraba las múltiples heridas de las torturas sufridas en los últimos días, pero aun así se esforzaba en erguirse y alzar la cabeza. La gente gritaba, le insultaba y le tiraba inmundicias. En un momento determinado el hombre escupió con tal fuerza y acierto que alcanzó en la cara a uno de los que más le increpaban en primera fila. Hubo risas y alguna maldición.

—¡Menudo tipo ese remensa! —oyó exclamar Joan.

Y se alegró de que Pere Joan Sala se mostrara aún valiente y combativo en sus últimos momentos. La agresividad de la multitud contra el payés se redujo y el chico pensó que el reo no solo le había impresionado a él.

En aquel instante un redoble de tambor acalló a la masa; se iba a leer la sentencia.

—Pere Joan Sala —gritó el alguacil—. Se te condena por ladrón, por asesino, por traidor y por atacar a Barcelona... —Hizo una pausa—. ¡A la muerte cruel! Tu cuerpo será descuartizado y sus trozos expuestos como ejemplo.

El gentío saludó la sentencia con una aclamación, pero el condenado no dio muestras de inmutarse. Entonces subieron al carro un sacerdote, el verdugo y su ayudante. Y los sicarios empezaron a mostrar sus utensilios a la muchedumbre. El verdugo alzó un hacha que luego pasó a su ayudante. Después algunos cuchillos grandes, una sierra, varios tipos de tenazas y unos hierros que mantenían al rojo en un fogón. La gente gritaba y aplaudía al ver cada uno de ellos; mientras, el clérigo hablaba con Pere Joan y le daba a besar un crucifijo.

El verdugo esperó respetuoso a que terminara el sacerdote. Y entonces, asegurándose de que el cuerpo continuaba bien amarrado al poste, el ayudante desató el brazo derecho del campesino y lo sujetó con fuerza mientras el verdugo colocaba un soporte de madera bajo la muñeca. Luego alzó el hacha y se hizo el silencio.

—¡Libertad para los remensas! —clamó Pere Joan justo antes de que el primer golpe cercenara su mano.

La multitud soltó un grito. Todos miraban la cara del reo, que se retorcía de dolor y dejaba escapar un gemido contenido. El verdugo levantó la mano cercenada para que todos la vieran y la echó a un cesto, mientras el ayudante taponaba como podía la sangre del muñón. Debían conservar a la víctima viva el mayor tiempo posible. Entonces sonaron los tambores y la comitiva se puso en marcha con el carretón traqueteando y el reo moviéndose desmadejado con las sacudidas de este. Enfilaron la calle de Boria, donde todas las ventanas estaban llenas de curiosos y los soldados tenían que esforzarse para apartar al gentío. No se detendrían en las estrechas callejas hasta llegar a la plazoleta de Marcús. Las paradas estaban estipuladas en los espacios del recorrido más amplios para que la mayor cantidad de gente posible presenciara cada uno de los actos de la tragedia. Allí el verdugo le arrancó un pecho con las tenazas al rojo vivo entre aclamaciones del gentío. Joan no quiso ver más y regresó a la librería; era la hora de la comida pero no pudo comer.

Al día siguiente, pedazos del cuerpo de Pere Joan Sala se exponían en todas las entradas a la ciudad. La cabeza se clavó en una pica en el Portal Nou.

28

Felip le increpó cuando supo que trabajaba con Abdalá, pero Joan le dijo que eran órdenes del amo y que hablara con él si tenía algún problema. Mosén Corró era una de las dos personas a las que el grandullón parecía respetar y temer. Y con motivo. Fue camarada de su padre, le acogió en la librería de muy joven, a la muerte de su madre, y a pesar de su temperamento difícil le trataba como a un hijo. Además, era el librero quien debía recomendar a la cofradía que le aceptara para el examen de maestro encuadernador. El título requería no solo habilidad y conocimientos, sino dignidad y categoría moral. Y mosén Corró dudaba del pelirrojo en esos aspectos.

Joan continuaba en la banda, donde todos apreciaban su buena puntería con las piedras. Eran los mismos que asistían a las prédicas de los nuevos inquisidores y que a veces atacaban a los judíos. Al chico le disgustaba aquello e intuía que Bartomeu, Abdalá y los Corró le censurarían de saberlo, pero el grandullón y su pandilla lo consideraban una prueba de valor y era lo que esperaban de él.

La otra persona a la que Felip temía era la bruja del Raval. La mujer vivía en una casa en una zona deshabitada, llena de árboles y malezas, en equilibrio sobre una riera, al final de un camino llamado Peu de la Creu. Se decía que la vieja era ciega pero que le vendió su alma al diablo a cambio de un ojo de cristal con el que podía ver.

Si miraba con él a un muchacho, este perdía su virilidad. La prueba de valor definitiva era golpear en la puerta de la casa de la bruja. La banda esperaba que Joan se sometiera a ella y lo hizo, pues no tenía noticias de nadie a quien la bruja hubiera desgraciado mientras que conocía los nombres de varios muchachos muertos o lisiados por una mala pedrada.

La pandilla se quedó a la entrada de la vereda que conducía a la casa, que era recta y permitía visibilidad, observando a Joan. Este se acercó con cautela. Era una tarde desapacible de invierno, la chimenea humeaba y supuso que la mujer estaría en casa. Tomó una piedra de buen tamaño, por si tenía que defenderse, y con ella golpeó dos veces la puerta con la suficiente fuerza para que sus camaradas lo oyeran. Después se unió a ellos andando rápido en lugar de correr como hacían todos. Cuando llegó al final de la calle sus colegas le esperaban escondidos para que no les viera la bruja, que ni siquiera abrió la puerta. Aquello hizo que Felip, impresionado con la serenidad mostrada por Joan al andar y no correr, le empezara a tratar con respeto y que este, halagado y feliz, confiara en él hasta el extremo de contarle, una semana después, el problema con fray Nicolau.

El pelirrojo le escuchó muy interesado y dijo que no permitiría que el hermano de uno de los suyos sufriera por culpa de un degenerado. Había que hacer salir a la rata de su madriguera y para ello se precisaba de un cebo.

Y ese cebo sería uno de los de la banda: un chico solo un poco mayor que el propio Joan, pero de facciones angelicales. Acudía a misa de Santa Anna los domingos y miraba con descaro a veces, con timidez otras, a fray Nicolau. Este advirtió el interés que despertaba en aquel ángel, pero no hizo otra cosa que mirar y sonreír. Felip, a una distancia prudencial, no se perdía detalle del intercambio y a partir de la tercera misa empezó a impacientarse ante la inactividad del fraile. Así que al finalizar el siguiente oficio, Cara de Ángel se acercó al monje para pedirle confesión. Este le miró sorprendido y repuso que él no era confesor. Pero el chico le dijo que le esperaba en el callejón que iba desde la plaza de Santa Anna a la muralla detrás de la iglesia.

La calleja se retorcía cambiando de dirección cuatro veces, por lo que era imposible ver desde su entrada lo que escondía. Uno de sus lados seguía la tapia del convento y en el otro había corrales y un par de casas deshabitadas. Iba a morir a la ronda de la muralla, un callejón de uso militar y poco frecuentado. La trampa perfecta. Y el infeliz cayó en ella. No encontró al ángel, pero sí al diablo. Cuando fray Nicolau vio a varios muchachos con las caras cubiertas bloqueándole el paso, supo lo que iba a ocurrir y no trató de escapar. Solo se giró para comprobar que detrás de él había unos cuantos más. No dijo nada. Se cubrió la cabeza con la capucha del hábito, se arrodilló y empezó a rezar, casi hecho un ovillo. Al poco, de una primera patada, Felip le partía los dientes. Al principio solo se oían los golpes y los jadeos, después el fraile empezó a quejarse y a musitar:

—¡Virgen María! ¡Santa Anna! ¡Tened piedad!

Aquello no detuvo las patadas.

—¡Para que aprendas a no molestar a los niños! —le dijo Felip. Y continuó golpeándole.

—Déjalo ya —dijo al rato Joan a la vez que le agarraba de un brazo—. ¡Lo vamos a matar!

Pero este se lo sacudió de encima y tomando una piedra del tamaño de su mano empezó a golpear el cuerpo caído con saña. Los quejidos y las invocaciones se hicieron más débiles.

—¡Basta! —suplicó Joan—. Déjalo.

Quiso pararle, pero Felip le apartó de un empujón. Joan miró a los demás, habían dejado de golpear al fraile y silenciosos contemplaban cómo el grandullón se ensañaba con él.

—Ayudadme. Hay que detenerle. ¡Lo va a matar!

Aun así, nadie hizo nada. Era como si todos supieran lo que

iba a ocurrir y observaran pasmados, con una mezcla de morbosidad y horror, el espectáculo. Joan hizo un último intento, pero Felip le amenazó con la piedra y los demás le retuvieron mientras su jefe continuaba machacando aquel bulto inerte y silencioso.

Cuando soltó la piedra tenía la mano manchada de sangre y la mostró a cada uno de los muchachos. Al llegar a Joan le descargó con ella un bofetón que hizo que el chico se golpeara contra la tapia del convento.

—Nunca más. *Nunca* trates de detenerme —le dijo—. Debes estarme agradecido. Lo he hecho por ti. Tu hermano ya no tiene problemas y tú me debes una. Cuando un hombre empieza algo ha de terminarlo, apréndelo. Pero claro, tú, remensa, eres aún solo un niño.

Joan corrió a la fuente a lavarse la sangre de la cara, pero el agua no tranquilizó su espíritu, no limpió su culpa. Hubo un tiempo en que deseaba matar al fraile, pero era muy distinto pensarlo que hacerlo. Él solo quería que fray Nicolau recibiera una lección y dejara a su hermano en paz. No quería aquello, el monje era un pobre infeliz y ya no deseaba su muerte.

La comunidad detectó la desaparición del fraile a la hora de la cena, empezaron a buscarlo en el convento, después por los alrededores y allí encontraron el cuerpo. Estaba inconsciente, pero para asombro de todos, aún vivo. La comunidad rezó por él y Joan el que más. Y el milagro ocurrió. No recobró la consciencia hasta pasados unos días y después tardó en hablar. Dijo que no recordaba nada, que no había visto a sus agresores, hubo que esperar meses para que pudiera andar y jamás se recuperó. Sin embargo, rezaba más que nunca. Joan se dijo que los caminos del Señor eran misteriosos, se había valido de un niño con cara de ángel y de un demonio como Felip para concederle al fraile lo que este le suplicaba al disciplinarse en su celda con el látigo. Su estado de atonía y estupidez le apartaba definitivamente de los niños y le libraba de su pena.

29

El momento más esperado, el más emocionante del día, era el de la fuente. Dos esquinas antes el corazón de Joan batía desbocado y aceleraba el paso inquieto. Quería verla, era una necesidad, y si no la encontraba, volvía al taller desconsolado. Si ella aparecía cuando Joan aguardaba en la cola, él le cedía su turno. Los primeros días ella aceptó con una sonrisa, pero después negaba con la cabeza aunque manteniendo su gesto amable. Aquello era incluso mejor. Joan abandonaba su puesto para colocarse detrás de ella y esforzándose por dominar su timidez, le hablaba del tiempo o de algún suceso de los comentados en la fuente. Al principio la voz le salía ahogada como si una gran mano le sujetara del gaznate. Ella, en cambio, respondía tranquila y risueña. Llenaba su cántaro y se despedía con aquel gesto tan especial de su mano. Joan regresaba al trabajo con el corazón henchido de alegría y después la recordaba anticipando con ansia su siguiente encuentro. Ya sabía su nombre: Anna. Como el de la santa patrona del convento.

Anna era la única mujer del universo de Joan. En el convento las mujeres solo eran imágenes en el altar y jamás las hubiera podido haber en la banda del pelirrojo. En la librería, la señora Corró era como una madre y las criadas tenían bastantes más años que él. En las calles veía a otras muchachas pero apenas reparaba en ellas. Anna representaba todo lo femenino. Sus gestos, su forma de mirar, aquellos movimientos gráciles tan propios de ella. Era un hermoso misterio.

Sus recuerdos de Elisenda eran cada vez más lejanos y molestos. Un día se arrodilló en la iglesia y rezó por ella.

—Lo siento —murmuró al final despidiéndose—. Pero amo a Anna.

La vida en el taller siguió su curso y Felip se mostró indiferente cuando supo que fray Nicolau sobrevivió; dominaba de tal forma a los de su pandilla que estaba seguro de que nadie le denunciaría. Después de lo sucedido en el callejón volvía a tratar a Joan con menosprecio a pesar de que el chico participaba en las batallas de su banda. Joan se alegraba de trabajar la mayor parte de su tiempo en el último piso y verle poco.

Por el contrario, Abdalá demostraba ser un maestro paciente y cariñoso. Ello no le quitaba rigor e inspeccionaba el trabajo del muchacho con ojos críticos. Lo hacía con una varilla metálica larga y apuntada con la que señalaba los trazos y las curvas de las letras apoyándola en el papel sin mancharlo con la grasa de las manos. Cuando alguna letra estaba por debajo del nivel que Abdalá esperaba de Joan, le golpeaba con ella la mano izquierda, la que sujetaba el cuchillo. Nunca lo hacía en la derecha para evitar que se derramara la tinta de la pluma. Aquellos golpes no le producían daño físico, pero le mortificaban al advertirle que su trabajo no era digno para su maestro.

—Vigila tu letra, controla sus trazos y vencerás tus pasiones —le repetía el musulmán—. La caligrafía es uno de los caminos místicos hacia el Señor. Los ojos y las manos son las herramientas más precisas que posee el hombre, la cúspide de la creación divina. Si consigues vencer la tendencia a lo zafio, a lo descuidado, a lo perezoso en tu letra, dominarás tus vicios, tus pecados, serás alguien mejor. La caligrafía de las personas habla de ellas, viendo sus letras puedes saber cómo son. Cuando el ser humano mejora su letra, también lo hace como individuo, se acerca a Dios.

El chico le escuchaba impresionado preguntándose qué pasaba con la gente que no sabía escribir. No dudaba de las palabras de su maestro, aunque sus pensamientos iban a veces más allá, por delante de ellas.

—Pero ¿no creéis, maestro Abdalá, que cuando el escriba deja su letra sobre el papel, esta adquiere vida propia?

Y le explicó lo que él veía en las letras. No comprendía el significado de las palabras que formaban, pero a él le hablaban por gestos.

Abdalá rio y Joan se dijo que había hecho mal en contarle su secreto.

—Dios te bendiga, Joan —le dijo después—. A mí también me hablaban las letras cuando era niño. Aunque eran muy distintas. Mira.

Tomó una cánula, una especie de caña afilada, hundió su punta en la tinta y empezó a dibujar unos símbolos de derecha a izquierda, en sentido contrario a la escritura que Joan había aprendido. Eran trazos y curvas alargados de una estética desconocida pero armoniosa.

—¿Qué es? —inquirió Joan, impresionado.

—Es escritura árabe andalusí —repuso—. Representa una frase llamada «Basmala» y dice «En el nombre de Dios, el clemente, el misericordioso».

—¿Todo eso dice?

—Sí, Joan. A mí las letras también me contaban cosas como ahora te ocurre a ti. Me hablaban sobre quién escribió aquello, sobre mí mismo. Eran como los seres del cielo que tu padre te mostraba. Era esa chispa creativa que viene de la imaginación, ese algo que Dios dio al ser humano y que le hace distinto de los animales.

Después, con el paso del tiempo, perdemos parte de esa frescura... Consérvala cuanto puedas, Joan.

El chico se quedó mirando a su maestro, perplejo. Dudaba haber comprendido lo que le contaba. Abdalá le puso la mano en el hombro y sus ojos azules se clavaron en los suyos. Su aspecto solemne impresionó tanto a Joan que contuvo la respiración.

—Escúchame bien, hijo —le dijo en tono suave aunque firme—. Quizá no me entiendas del todo ahora, pero quiero que sepas el sentido último de lo que hacemos, su significado profundo.

»Los comerciantes inventaron los números para contar el ganado. Las letras las crearon los sacerdotes para hablar de Dios. Por eso la escritura es sagrada. La revelación divina se convirtió en signos para transmitirla generación tras generación y plasmarla en libros sagrados. Así nació la escritura, que es el arte de los sacerdotes. Y cuando me esfuerzo en dibujar letras perfectas estoy rezando, trato de someter mis vicios, hablo con el Señor y Él me habla a mí.

Joan le escuchaba boquiabierto, jamás había sospechado nada de aquello.

—El Evangelio de san Juan se inicia con la frase «En el principio era el Verbo, y el Verbo era con Dios, y el Verbo era Dios», otros lo traducen como «Al principio era la Palabra y la Palabra era Dios». Los primeros libros eran eso, la fijación de la palabra de Dios en algo sólido para que el hombre la recordara siempre. Por eso al Dios cristiano se le representaba en la antigüedad con un libro en su mano y por eso nuestro profeta Mohamed ordena respetar a las religiones «del Libro», esto es, a los cristianos y a los hebreos que creen en la Biblia. Los musulmanes tenemos prohibida la representación pictórica de Dios. Pero lo hacemos a través de su palabra. De ahí que desarrollemos múltiples tipos de bellas caligrafías para honrar al Señor, para acercarnos en lo posible a lo divino. El arte de las letras es el arte del que reza, del que busca al Ser Supremo.

El chico trataba de captarlo todo aunque se sabía incapaz. Estaba impresionado, asustado.

—Un ángel le ordenó a nuestro profeta Mohamed «Lee», y cuando le dijo que no sabía, insistió: «Lee en nombre de tu Señor que ha creado al hombre» —concluyó Abdalá.

Joan entendió aquello al instante.

—Entonces, ¿por qué no puedo aprender yo a leer?

Abdalá le miró sorprendido. Como si no le hubiera estado hablando a Joan, como si no supiera que el chico estaba allí mirándole a los ojos, como si regresara de un mundo sagrado muy distante. El viejo parpadeó, parecía despertar. Después se echó a reír. Joan le miró con desagrado.

—Mira que eres terco, Joan —le dijo al fin—. De acuerdo, me has pillado, eres listo. Pero tú sabes la respuesta tan bien como yo. No puedes aprender a leer porque has prometido no hacerlo. Esfuérzate en tu trabajo, mejora como copista y como persona, reza al Señor dibujando letras. Y no te impacientes porque ya llegará tu hora de leer cuando sea el momento.

30

Con la invalidez de fray Nicolau, la vida cambió en el convento. Fray Jaume se hizo responsable del huerto además de la cocina. Decía que dándoles instrucciones al cocinero y al hortelano también rezaba, que al Señor le complacía el trabajo. Como los demás frailes opinaban distinto, no hubo disputas, ninguno quería aquellas tareas.

Fray Nicolau andaba con mucha dificultad y le costaba hablar o razonar, aunque era capaz de repetir los rezos en la iglesia y participaba en todas las funciones religiosas. El novicio o Gabriel se encargaban de acompañarlo.

—Gracias, hijo —trataba de articular el monje continuamente.

Los miraba con una sonrisa dulce y era capaz de pasarse horas contemplando embobado las facciones de los chicos.

—Pobre hombre —se compadecía Gabriel—. Mira cómo le han dejado.

—Pero no era bueno contigo —le dijo un día Joan.

El hermano pequeño se encogió de hombros antes de responder:

—Ahora es otra persona. Necesita ayuda.

Joan se asombraba de los cuidados que su hermano le procuraba al hombre. Por la mañana limpiaba los orines de su bacina y le hablaba cariñoso cuando le acompañaba a la iglesia o le acercaba el plato y el pan en la mesa.

Joan se decía que eran muy distintos y que Gabriel era mucho mejor que él. Su hermano no guardaba rencor y él tenía mucha rabia en su corazón. Recordaba a aquel hombre, al tuerto que mató a su padre; lo veía golpear a su madre y crispaba los puños ansiando venganza, sangre. Sentía odio, y como desconocía el origen de los piratas, no sabía dónde dirigir su rencor.

Gabriel continuaba diciendo que se haría soldado y que juntos partirían al rescate de su madre y hermana para regresar con ellas y un tesoro moro. Pero Joan sabía que eso nunca ocurriría. Su hermano, al contrario que él, no deseaba matar a nadie. Gabriel era mejor persona, estaba más cerca de Dios.

Y por eso creía que él nunca iba a ser un buen copista al estilo de Abdalá. Dudaba de que alguna vez pudiera librarse del coraje, del odio y temía que, igual que a un cojo se le identifica al andar, sus letras delataran la rabia de su corazón.

Aun así, la escritura de Joan mejoraba día a día y el viejo le enseñaba nuevos trucos. Las copias se hacían en letra gótica, pero el musulmán le decía que en el futuro se impondría el tipo de letra italiano inventado recientemente en Venecia. La cercanía entre las letras permitía identificar sin problemas las palabras, separadas por espacios, y el uso de mayúsculas y minúsculas mejoraba la comprensión de las frases; era mucho más fácil de leer. También le hizo practicar ese tipo de caligrafía.

No obstante, Joan quería ser librero y sabía que la venta de libros escritos, ya fueran impresos o copiados, era escasa y que el negocio se sostenía por los libros en blanco y el material de escritura. Pocas librerías poseían imprenta y casi ninguna un *scriptorium*, en cambio, todas tenían un taller de encuadernación. Debía aprender el oficio y recibió el permiso del amo para trabajar a ratos en el taller.

Para obtener el grado de maestro encuadernador había que presentar primero el proyecto de un libro de cuidada elaboración a una comisión de maestros que tenían el derecho de hacer modificaciones. Solo una vez aceptado el proyecto podía el aprendiz fabricarlo. El resultado debía impresionar por su calidad al comité y si era aprobado por unanimidad, el aprendiz recibía el título de maestro.

La obra que permitía superar el riguroso examen se llamaba «obra maestra». El procedimiento de obras maestras era muy semejante en todos los gremios. Estos controlaban la calidad de la producción de sus agremiados hasta el punto de que si un cliente reclamaba y el gremio consideraba que tenía razón, el objeto en cuestión era destruido en público. El agremiado debía devolver el dinero y se arriesgaba a ser expulsado, en cuyo caso no podría trabajar más en aquella actividad.

Joan sabía que estaba muy lejos de una obra maestra, ni siquiera era aún aprendiz; pero quería fabricar su primer libro. Le pidió permiso al maestro Guillem y este le dijo que era muy pronto, que apenas tenía experiencia, pero que, mientras utilizara solo restos de papel sin valor, podía intentarlo. Necesariamente había de ser un libro pequeño, ya que no había materiales sobrantes de grandes dimensiones, así que lo hizo del tamaño de su mano. Por la misma razón las hojas debían ser individuales. Recogiendo pedazos, al cabo de quince días tenía veinte hojas para encuadernar. El primer paso fue alinearlas y cortarlas con la cizalla a un mismo tamaño y después sujetarlas con un torniquete y coser el lomo con varias puntadas. Las cosió en grupos de diez para atarlos después a unas cubiertas de pergamino. Usó tres pedazos de cuero para fabricar las tapas y el lomo. Con ellas forró la cubierta encolando cuero y pergamino de forma que no se vieran los cosidos del espinazo, que además se reforzaba con la cola. Una vez estuvo seco, revisó con cuidado su obra antes de enseñarla al maestro. Joan se sentía satisfecho con el resultado, pero Guillem, después de observar el libro, le mostró un buen número de defectos, explicándole qué debía hacer para evitarlos en el futuro. Pero al final le dijo sonriendo:

—Muy bien, Joan. Es un excelente trabajo viniendo de un principiante, si continúas así, algún día harás tu obra maestra.

Joan se sintió orgulloso de su trabajo. No era frecuente recibir la felicitación de un maestro. Guillem dijo que le pediría al amo que le permitiera a Joan quedarse con su obra. Era su primer trabajo, lo hizo con materiales desechados y el libro no alcanzaba la calidad mínima para que la tienda de los Corró lo vendiera. Al día siguiente el maestro le dijo que el libro era suyo. Joan lo llevó al convento y allí le pidió al novicio que le enseñara a escribir su nombre. Anotó en su libro «Joan Serra» con unas elegantes letras góticas; aquello le hizo feliz y decidió guardarlo. No quería que nadie supiera que poco a poco, sílaba a sílaba, iba entendiendo lo que escribía.

Joan situaba su libro en una repisa de su celda para contemplarlo embobado mientras recordaba las palabras de Abdalá. Era un objeto sagrado, mágico. Y era suyo.

Unos días después copió, en la primera de las hojas de su libro, la nota que su maestro le entregó cuando la novatada de la aguja de cuatro puntas. «Para encontrar lo que buscas, debes saber qué es. Que no te engañe el nombre de las cosas, averigua cómo son de verdad.»

Joan escondió su libro después de acariciar su cubierta de cuero. Ya comprendía alguna de las palabras. Días después le pidió al novicio que le enseñara cómo se escribía «Anna» y anotó aquel nombre maravilloso. Y como los libros eran mágicos, supo que con ello poseía algo de la muchacha. No pudo dibujar ni su sonrisa de hoyuelos, ni su parpadeo, ni el verde de sus ojos, ni aquel gesto de su mano. ¡Ojalá hubiera sabido! Pero ni el mejor poeta ni el mejor calígrafo hubieran logrado poner todo aquello en palabras. Era tan maravilloso que no se podía describir. «Anna», leía una y otra vez en su libro. No podía dejar de pensar en ella.

31

Conforme aumentaba el respeto que el chico sentía hacia el viejo y sus inmensos conocimientos, también lo hacía su curiosidad. ¿Qué llevó a una persona de tal categoría a la esclavitud? En una ocasión le preguntó de dónde era y el musulmán le contestó que de Granada. Joan sabía que el rey Fernando y su esposa la reina Isabel estaban en guerra contra el reino nazarí, que consiguieron que el Papa la declarara cruzada y que en Barcelona se vendían bulas que perdonaban pecados a vivos y a muertos a cambio de dinero para la campaña. El chico no indagó más por prudencia, pero no pudo resistir mucho tiempo y en pocos días le preguntaba si le apresaron en la guerra.

El granadino dijo que no, que la guerra actual empezó en 1481 y su cautiverio era anterior. Abdalá pertenecía a una de las ramas de la familia real nazarí, pero él prefirió las letras a las armas. Las intrigas de la corte derivaron en luchas fratricidas que los reyes Isabel y Fernando alentaban desde el exterior. Abdalá veía con preocupación la decadencia del reino y anticipaba su trágico fin, pero quería ayudar a su patria y aceptó el puesto de embajador de Granada en la corte francesa. Francia era el tradicional enemigo de Aragón en el Mediterráneo y se había apoderado de parte de Cataluña, el Rosellón y la Cerdaña durante la guerra civil catalana. Su misión diplomática era muy importante, puesto que cualquier presión que Francia, junto con su aliada Génova, ejerciera sobre las posesiones mediterráneas del rey Fernando desviaba los recursos que este podía dedicar contra Granada. Abdalá se instaló en París, pero seguía a la corte francesa en sus desplazamientos y tuvo también misiones diplomáticas en Italia, particularmente en Génova y Venecia, competidores de Aragón en el Mediterráneo. Siendo hombre de letras que conocía a la perfección el árabe, el latín y el castellano, incorporó con facilidad a su patrimonio francés, catalán y amplios conocimientos de las lenguas habladas en Italia. Con ello se le abrieron las puertas del saber cristiano y del poderoso movimiento cultural llamado Renacimiento que, nacido en Italia, se extendía con rapidez por el mundo y que abarcaba todas las artes. En uno de sus viajes, la nave genovesa en la que viajaba fue asaltada por la flota del almirante Bernat de Vilamarí. Cuando el rey Fernando supo de su captura, ordenó a Vilamarí que no le liberara a pesar de la elevada suma que Granada pagaba por su rescate. Los conocimientos del prisionero eran estratégicos y convenía tenerlo cautivo, ya que sus relaciones personales en distintas cortes le hacían peligroso.

Y así se inició el cautiverio de Abdalá en Barcelona. Dada su condición social, su prisión era benévola y podía enviar y recibir cartas a su esposa en Francia y a su hijo en Granada. Pero su acceso a libros era muy limitado y Abdalá languidecía en prisión. Las trágicas muertes de su esposa en el viaje de regreso a Granada y de su hijo asesinado en una de las luchas internas del reino hicieron mucho más doloroso el cautiverio. Las noticias que llegaban de su querida patria eran cada vez peores y perdió el deseo de regresar; no quería ser testigo del fin del esplendor musulmán en España. No por ello olvidaba la legendaria belleza de su tierra: el brillo del sol en la nieve de las montañas de Granada, el rumor de sus fuentes, el aroma de sus flores, la armonía de sus palacios y el sonido de la poesía nazarí.

Abdalá conoció al librero Corró cuando este supo de su cautiverio en la cárcel real de la plaza del Rey y acudió a pedirle una traducción del árabe. Abdalá accedió encantado; aquel trabajo le aportaba distracción y placer a su lánguida vida. Cuando le quiso pagar, el granadino no aceptó dinero pero le pidió un favor a cambio: que le hiciera su esclavo. El librero se sorprendió de que alguien de la realeza deseara lo que no querían ni los más pobres. Abdalá repuso que no había nada peor que el aburrimiento. La inactividad de la mente era la esclavitud del espíritu, muchísimo peor para él que la esclavitud física. Le dijo que si respetaba su religión y le permitía acceder a todo tipo de libros, él le serviría bien como traductor y copista. Sabiendo el valor que tal ofrecimiento tenía, Ramón Corró habló con el almirante Vilamarí, siempre escaso de dinero para mantener la flota, que aceptó encantado la oferta de 120 libras, tres veces más que la de un esclavo común. El representante del rey en la ciudad ratificó el beneplácito del monarca previo juramento de Abdalá de que no intentaría escapar. Por entonces el valor estratégico del granadino se había reducido y el juramento sobre el Corán de un musulmán de sangre real tenía las suficientes garantías para el rey.

A la llegada de Abdalá al *scriptorium* de la casa Corró trabajaban allí un par de copistas ya entrados en años. Eran continuadores de la tradición de los amanuenses de las bibliotecas de los conventos cultos y del dibujo de miniaturas. De ellos aprendió el arte de la copia cristiana. La aparición de la imprenta por aquellas fechas, casi simultáneamente en Valencia, Zaragoza y Barcelona, redujo el costo de los libros y disminuyó el trabajo de copista, por lo que a la muerte de los ancianos el granadino se quedó solo en el *scriptorium*.

El trabajo de Abdalá consistía en traducir libros escogidos, muchos de los cuales obtenía Bartomeu en sus viajes y que procedían de comerciantes catalanes y valencianos a través de los consulados en Oriente. Corró encargaba trabajos a talleres externos, pero en ocasiones el granadino copiaba libros personalmente cuando trataban temas delicados que el librero no quería que salieran de entre las paredes de su casa.

A Joan le impresionó la historia del hombre y comprendió el privilegio que representaba tenerlo de maestro. El chico compartía con el viejo el deseo de conocimiento y se dijo que Abdalá podía ayudarle más que nadie a alcanzar el sueño de convertirse algún día en un librero como Corró y Bartomeu.

Una tarde, el hermano portero avisó a Joan de que tenía visita y cuando vio el hábito blanco de los mercedarios, le dio un vuelco el corazón.

—El general mercedario me ha encargado que te diga que no se sabe nada de tu familia —le dijo el fraile.

—¿No estarán en algún lugar donde no hayáis buscado?

—No. Hace siglos que mantenemos un estrecho contacto con el mundo musulmán. Tenemos agentes en todos los puertos del Mediterráneo donde atracan los piratas y corsarios musulmanes, desde Estambul hasta Fez, incluido el reino de Granada. Nos respetan porque nunca engañamos, intercambiamos cautivos musulmanes y pagamos buen dinero con los rescates. Y no hay noticias de ningún cautivo de Llafranc.

Joan ya lo sabía. Abdalá estaba en lo cierto.

—Olvídate de los musulmanes. No fueron ellos —insistió el mercedario—. Nuestro general te desea suerte y quiere que sepas que ya no te puede ayudar.

Al día siguiente, Joan le pidió a Abdalá que le enseñara francés y genovés si sabía. El maestro quiso conocer sus motivos, y el chico le explicó que si los asaltantes de su aldea no eran musulmanes, serían corsarios genoveses o provenzales. Y que llegaría el día en que él fuera a rescatar a su familia.

El viejo meditó la respuesta y le dijo que en la Provenza pocos hablaban el francés de París y que en Génova la lengua común era un tipo de italiano llamado ligur del que conocía lo suficiente para comunicarse. Pero que comparando el árabe clásico y el nazarí hablado en Granada, que eran muy distintos, todas las lenguas cristianas de este lado del Mediterráneo procedían del latín y eran muy semejantes. Le propuso enseñarle palabra por palabra, primero en latín, origen de todas esas lenguas, y después en francés, castellano y lo que recordara de ligur u otras lenguas italianas. Así le sería más fácil entender las distintas variantes lingüísticas con las que se encontrara.

Joan aceptó encantado. Para ser librero precisaba conocer latín. Además, aprender aquellas lenguas le ayudaría en la búsqueda de su familia y confiaba en su buena memoria para retener las palabras.

Los encuentros con Anna empezaron a prolongarse más allá de la fuente, en una calle muy poco concurrida a tres esquinas de distancia en dirección a la casa de ella. La chica vestía una toca, a modo de pañuelo encima del vestido. Cuando se detenía en aquel lugar discreto para hablar con Joan, usaba la prenda para cubrirse el cabello tal como hacían las mujeres casadas. Y si aparecía alguien, se tapaba la boca con uno de los extremos de la toca. No quería que sus padres supieran de su relación con Joan.

No siempre coincidían en la fuente ni disponían de tiempo para detenerse en la callejuela, pero poco a poco fueron conociéndose. El chico vivía aquellos momentos con una gran intensidad, su corazón se aceleraba, eran lo mejor del día. Le fue contando sobre su vida en Llafranc y el trágico desgarro de su familia. Anna sintió ternura y compasión por Joan y supo entonces el origen de aquellos extraños matices en su mirada que tanto le intrigaron en su primer encuentro. Quiso impresionarla diciéndole que sería un librero importante, cuando no era más que un sueño difícil de alcanzar, y ella sonrió encantada. ¡Le gustaba tanto leer!

Joan la miró alarmado. Anna sabía leer y él no. Bajo ningún concepto podía enterarse ella de su carencia. No podría entender cómo, siendo analfabeto, decía que iba a ser librero. Joan se sentía un farsante.

Su sentimiento se hizo apremiante cuando unos días después, en la fuente, ella le entregó una nota disimulando y se fue, después de llenar el cántaro, apresurada a su casa sin hablar ni detenerse en el callejón. Joan sintió la angustia de no entender su contenido. No sabía si era algo urgente o si le citaba en otro lugar. Solo pudo ver una cuidada caligrafía gótica propia de alguien de esmerada educación.

Esperó ansioso el momento en que el novicio le leyó las palabras que no entendía. Por suerte, la nota de Anna no trataba sobre nada crucial. Le decía que su padre tenía un trabajo urgente donde ella debía ayudar y que la criada iría a la fuente en su lugar los próximos días.

El deseo de aprender a leer se convirtió en obsesión. Joan retenía palabras escritas en la memoria y al llegar al convento el novicio le decía cómo sonaban. A continuación las escribiría en su pequeño libro, al que llamaba libro de aprendiz. En breve sabría leer, avanzaba en ello cada día, era inevitable a pesar de su promesa. Anna nunca sabría de su ignorancia.

Pero desconocía entonces las trágicas consecuencias que su desobediencia acarrearía.

SEGUNDA PARTE

32

Barcelona, 1487

El domingo día 5 de julio de 1487 entraba triunfante la Inquisición en Barcelona. Fray Espina, el nuevo inquisidor nombrado por Tomás de Torquemada, alzaba orgulloso la barbilla a lomos de su mula. Le acompañaban Enrique de Aragón, conocido como Infante Fortuna, primo del rey y lugarteniente real, y los obispos de Urgell, de Tortosa y de Girona. La comitiva se presentó en la Porta de Sant Sever con gran ostentación; iban precedidos por el alguacil real con vara de mando, trompetas, timbales, una gran cruz y el pendón de la Inquisición. Los seguían un nutrido grupo de caballeros. El alguacil presentó en la puerta las credenciales del inquisidor y la milicia local franqueó el paso a la comitiva. Era una formalidad tan aparatosa como inútil, la ciudad vencida debía abrir sus puertas al vencedor.

La lucha a brazo partido entre el rey y el consejo de la ciudad se prolongó durante tres años y medio, pero al fin el monarca asestó su último golpe en forma de bula papal. Fray Espina fue declarado intocable y entraba en Barcelona con plenos poderes.

Durante aquel tiempo cientos de conversos abandonaron la ciudad con sus bienes rumbo a Francia e Italia sin que nadie los molestara. El caso más escandaloso fue la huida de Antoni de Bardaixi, regente de la chancillería real en Barcelona. Era amigo personal del rey Fernando, se le consideraba buen católico y no se le conocían ascendientes judíos. Si alguien de tan alto rango se sentía amenazado, el futuro para los conversos se presentaba muy sombrío. Ninguno de los consejeros de la ciudad ni de los diputados de la Generalitat fue a recibir al inquisidor; manifestaban así su rechazo y su intención de dificultar en lo posible su trabajo.

El cortejo al son de clarines y tambores bajó por las Ramblas entre la expectación de los ciudadanos, cuya actitud iba desde la hostilidad a los aplausos de bienvenida. Entre los que aplaudían y vitoreaban se encontraba la banda de Felip.

—¡Ahora sabrán lo que es bueno esos judíos que se fingen cristianos para medrar! —decía, instando a los suyos a aplaudir.

Joan aplaudió de mala gana. Tenía ya quince años y conforme crecía, el miedo que sentía por el pelirrojo se iba convirtiendo en desdén. Faltaba poco para que le alcanzara en altura y la continua práctica con la azcona de su padre le hacía la espalda ancha y los brazos fuertes. Pero no osaba aún enfrentarse al jefe de la banda porque sabía que era un asesino. Le miró mientras gritaba vivas y aplaudía frenético pidiendo a los demás por señas que también lo hicieran. Bartomeu y el resto de la gente que Joan respetaba apoyaban al consejo ciudadano contra los nuevos inquisidores y el muchacho sospechaba que aquella entrada triunfal no traería nada bueno.

Joan había progresado en casa de los Corró. Hacía año y medio que ya era aprendiz, su horario era el mismo que el resto y vivía en la librería. Su hermano continuaba trabajando en el huerto del convento y él le visitaba casi a diario. También le gustaba conversar con el jovial y barrigudo fray Jaume, con fray Melchor, que junto a Abdalá le había enseñado latín, y fray Pere, el antiguo novicio ahora monje, con quien aprendió a leer clandestinamente.

Copiaba con una letra excelente y no paraba de aprender sobre libros e idiomas con Abdalá. Sentía una gran admiración y cariño por su maestro. También trabajaba en ocasiones en el taller, pues quería obtener el título de maestro encuadernador.

Aquel asunto agriaba el carácter de Felip; superaba los veinte años y el amo no le proponía para el examen al que él se creía preparado. Cuando Felip solicitaba el permiso de mosén Corró, este respondía que se esforzara más en el trabajo diario, que fuera piadoso e hiciera buenas obras. Y que un maestro debía dar ejemplo no solo en el trabajo, sino en sus buenas costumbres y moral.

Joan llevaba un año frecuentando las tabernas del puerto. Cuando le pidió permiso al amo, este se negó diciendo que allí no había nada bueno que pudiera aprender un aprendiz.

Solo cedió gracias a la intervención de Bartomeu.

—El chico quiere indagar lo ocurrido a su familia —le dijo a su amigo librero—. Y es suficientemente maduro para no hacer tonterías.

Después le advirtió a Joan con una sonrisa:

—Pero poco vino y nada de mujeres.

El muchacho buscaba conversación con marinos franceses y de los distintos estados italianos. Tenía buenas bases lingüísticas y anotaba las palabras que no entendía en un pedazo de papel mediante un trozo de grafito sostenido por un tubito metálico de los que usaba para reglar los libros antes de escribirlos. Después, escondiendo el papel para que no lo viera, se las repetía a Abdalá, que no dejaba de asombrarse de la buena memoria del chico. El viejo ignoraba que su aprendiz hacía tiempo que era ya capaz de leer perfectamente.

Preguntaba a los marinos por galeras que piratearan y por cautivas cristianas, pero aquel era un asunto delicado: obtenía respuestas vagas y terminaba escuchando la errática historia de un borracho fabulando. No podía permitirse ir al puerto cada noche y cuando lo hacía acostumbraba a acostarse descorazonado, aunque si al día siguiente llegaba un barco de ultramar, acudía a la búsqueda de noticias lleno de esperanza.

Aquella actividad le proporcionaba además una buena excusa para reducir su presencia en la banda de Felip. El matón no permitía abandonos.

El día en que el amo le dijo a Joan que le tomaba como aprendiz con contrato escrito, un solo pensamiento enturbió su alegría. ¡Dejaría de ir a llenar el cántaro! Llevaba mucho tiempo encontrándose casi a diario en la fuente de Sant Just con Anna. Si por algún motivo alguno de los dos no podía acudir, el día era triste aunque luciera el sol. Al verle a distancia, la chica sonreía y bajaba pudorosa la vista al suelo, pero su sonrisa continuaba bailando escondida entre las comisuras de sus labios y los hoyuelos de sus mejillas.

Anna estaba a punto de cumplir los quince años y su cuerpo se había alargado al tiempo que se redondeaba. Su gonela aún destacaba una cintura estrecha, aunque ahora se ajustaba sobre unas caderas altas y bien formadas.

Para Joan los gestos y el modo en que la muchacha se movía eran lo más bello del mundo y se acercaba a la fuente ansioso por cruzar miradas y después mantener aquellas conversaciones breves pero intensas en la calleja. Cuando sus ojos se encontraban, al chico le faltaba el aire y su corazón, ya acelerado, parecía querer estallar de contento. Ella mostraba sentir algo parecido. A veces la ayudaba a cargar el cántaro y cuando sus manos se rozaban más de lo necesario, él creía morir de dicha.

No podía renunciar a aquellos encuentros y convenció al amo, con la complicidad de su esposa, para que le mantuviera la tarea de ir a por agua para el taller. El muchacho suspiró aliviado, podría seguir gozando del momento más hermoso de cada jornada.

—Te gusta la hija del joyero, ¿verdad?

La pregunta de Bartomeu cogió desprevenido a Joan. El chico se sobresaltó. La relación con el mercader, que de alguna forma se sentía protector de los hermanos, continuaba siendo estrecha. Se encontraban los domingos en la iglesia de Santa Anna y cuando por negocios visitaba a los Corró, siempre subía al piso superior a saludar. En aquella ocasión Bartomeu le dijo que quería hablarle y le invitó a dar un paseo.

—¿Cómo sabéis...?

—La ciudad es más pequeña de lo que parece. Siempre hay mil ojos observando y la gente comenta.

—Pero procuramos ser discretos.

—Los gestos hablan más que las palabras.

—¿Y qué tiene de malo?

—Así que te gusta, ¿verdad?

El muchacho afirmó con la cabeza.

—Lo siento, pero tengo un encargo para ti.

—¿Qué es? —inquirió Joan, alarmado.

—Soy amigo de su padre y él no ignora que te veo con frecuencia. —Bartomeu hizo una pausa—. Quiere hacerte saber que está buscando un esposo para su hija y que pronto estará comprometida.

—¿Y qué quiere decir con eso?

—Que tú no estás en su lista.

A Joan ni se le había ocurrido aún pensar en casarse con Anna. Solo disfrutaba viéndola, conversando y gozaba del placer que ella mostraba al verle a él. De pronto la idea de que Anna tomara a otro hombre como esposo le pareció horrible, insoportable.

—¿Y por qué no? —preguntó aun sin querer oír la respuesta.

Bartomeu suspiró e hizo un gesto de fastidio.

—Mira, en este mundo existen estamentos y la gente se casa dentro de su clase social. El padre de Anna es un joyero de éxito, tiene una tienda boyante y además es un mercader que vende e importa. Aspira a un marido para su hija como sería el hijo de los Corró, no a un aprendiz.

—Pero yo no seré siempre aprendiz, algún día seré un librero como el amo —repuso Joan hinchando el pecho, ofendido.

—Quizá lo consigas —le contestó Bartomeu—. Capacidad no te falta, pero de tener amo a llegar a ser amo hay una gran distancia que muy pocos logran cubrir. Si alguna vez lo consigues, Anna ya estará casada y tendrá hijos. Mosén Roig quiere que sepas que su hija no está a tu alcance.

Continuaron andando en silencio y después de cruzar la segunda muralla llegaron al mercado de carne de la Rambla donde los vendedores gritaban las excelencias de su mercancía y los compradores la observaban con ojo crítico.

—No puedo vivir sin verla —confesó allí Joan con un suspiro.

Bartomeu movió la cabeza, disgustado.

—Es peor de lo que pensaba —dijo, y emprendió la marcha Rambla arriba.

Anduvieron en silencio hasta la altura de la Porta Ferrissa, donde Bartomeu se detuvo y girándose hacia Joan le dijo:

—Mira, te diré lo que has de hacer si quieres seguir viéndola.

—¿Qué? —preguntó Joan, esperanzado.

—Dime que has entendido el mensaje y que no volverás a hablar con ella.

—¡Pero yo no puedo hacer eso!

—Si no lo haces, su padre la encerrará, no podrá salir de casa. No irá más a la fuente, mandarán a la criada. ¿Comprendes?

Joan lo entendió de inmediato. Si renunciaba a hablarle, si aparentaba que Anna le era indiferente, quizá pudiera continuar viéndola. No tenía otra opción.

—Comprendo —dijo después de un tiempo en que estuvo buscando, desesperado, otra alternativa sin encontrarla—. Explicadle al padre de Anna que le respeto a él y a su hija, y que perdone si ha habido un malentendido. Que no quería ofenderlos y que no volveré a hablar con ella.

—Haces bien —repuso Bartomeu—. Y lo siento.

Joan llevaba ya cinco de aquellos pequeños libros que fabricaba para su uso; cada vez eran mejores y el maestro le felicitaba por su progreso como aprendiz. Guardaba los antiguos en el convento de Santa Anna, donde solo él sabía, y los llenaba con sus anotaciones secretas. Aquella noche Joan escribió en su pequeño libro: «La amo», y una lágrima emborronó la última letra.

Al día siguiente Anna no sonrió, ni siquiera le miró y Joan no hizo nada para acercarse a ella. Su padre también le habría hablado. Sin su sonrisa la mañana era triste, pero al menos podía verla y saber que ella sentía su presencia. Unos días después coincidieron con la plaza casi desierta y él le susurró:

—No me dejan hablaros.

—A mí tampoco —repuso ella bajito y disimulando.

—Os amo —le confesó él.

Ella le lanzó una intensa mirada, llena de alarma, con unos ojos verdes que aquel día mostraban matices oscuros. Sin decir nada ni llenar el cántaro, abandonó la plaza a toda prisa.

Joan había roto su promesa y comprendió que quizá ya no la viera nunca más. Ansioso, acudió al mismo sitio el día siguiente y ella no estaba. Tampoco los días sucesivos. Había perdido lo que más quería y no sabía cómo reparar su error.

33

Al regreso de uno de sus viajes a Valencia, después de pasar cuentas con mosén Corró, Bartomeu fue a ver a Joan. Era su costumbre y este no se extrañó, pero ese día el mercader mostraba un semblante serio.

—¿Qué ocurre? —preguntó el chico, inquieto.

—Creo que tengo noticias. —Le miraba con intensidad.

—¿Qué noticias?

—Te pueden afectar.

—¿De qué se trata? —Joan estaba alarmado.

—Al sur de Garraf hay un pueblo muy bien amurallado, se llama Sitges —le explicó—. Es el más importante de la zona y siempre me detengo en él. Nunca me había fijado en ella, pero esta vez la vi. Fue casual, paseando por la playa.

—¿Qué visteis?

—Vi esa barca.

—¿Qué tiene de particular esa barca? —inquirió el chico, extrañado.

—Vi que en uno de los tablones interiores de la proa tiene grabada una imagen de pesca de ballena. Y en Sitges no pescan ballenas.

—¿Qué?

—Exacto, igual que el grabado que tenía la barca de tu padre. Sus dimensiones también coinciden.

—¿Cómo puede ser? —se preguntó Joan asombrado—. ¿Cómo es?

Bartomeu describió el hombre alzando el arpón a la izquierda y la ballena a la derecha y que la nave tenía ocho remos y vela latina.

—¡Es la *Gaviota*!

—No es seguro. Creo que debes ir a Sitges y comprobarlo.

El mercader obtuvo el permiso de mosén Corró y arregló el viaje con un marino conocido. A la semana, Joan pisaba de nuevo las tablas de una barca después de casi tres años. Amaba el mar, era como volver a casa, pero embarcarse le trajo demasiadas evocaciones y melancolía. Recordaba aquellos tiempos hermosos con su familia, la barca y las olas. Olfateaba el aire del mar, sentía el sol y la salpicadura fresca del agua en su piel. Cerraba los ojos y soñaba que volvía a ser todo como antes, cuando hasta los peces atrapados en las redes de la *Gaviota* eran felices.

La barca le llevó rumbo sur; atrás quedaron los muros de la ciudad, la montaña de Montjuic, los cañaverales de la desembocadura del Llobregat, las largas playas arenosas con frondosos pinares de Castelldefels y después los acantilados del Garraf. Al fin divisaron un pueblo amurallado encaramado en una colina que caía casi en vertical por sur y este sobre unos rompientes que daban al mar. Al oeste, Sitges se abría sobre una amplia playa.

Al acercarse Joan buscó ansioso con su mirada la barca de su padre, pero no vio ninguna que se le pareciera. Debía de estar mar adentro, pensó, pescando.

Su nave transportaba manufacturas de Barcelona y se quedaría dos días en Sitges mercadeando para cargar después vino y distintos productos agrícolas. Aparte del aval del patrón, Joan llevaba un salvoconducto que Bartomeu obtuvo del prior de la Pia Almoina de Barcelona, institución religiosa que poseía los derechos feudales del pueblo, así que no tuvo problemas a la hora de acceder a la villa.

Y se movió libremente dentro y fuera, tanto de la parte antigua, la construida en la colina sobre el mar, como la norte, también amurallada y a la que se accedía desde la vieja por un puente. Un par de cañones miraban al mar y Joan se dijo que para sobrevivir en la costa, un pueblo precisaba defensas tan buenas como aquel. De haber habitado en Sitges, su familia no habría sufrido aquella terrible desgracia. Era una villa pujante que tenía una intensa actividad comercial y artesanal y daba salida al mar a una amplia comarca interior. Pero Joan no podía entretenerse en la contemplación. Miró al sol, calculó que pronto llegarían las barcas de pesca y fue a la playa.

Vio la silueta de la barca conforme llegaba con el sol iluminando babor, con su vela despegada, potente, cortando el mar. De inmediato supo que era la *Gaviota*, solo que los remiendos de la vela eran distintos. Sus ojos se llenaron de lágrimas y tuvo la ingenuidad de desear que cuando la quilla se hundiera en la arena de la playa saltaran por la borda, alegres, su padre, Tomás, Daniel y todos los demás, tal como lo hacían en Llafranc. Pero solo eran fantasmas de sus recuerdos. La nave fue creciendo conforme se acercaba, vio cómo arriaban velas y terminaban impulsándola a remo. Al poco varaba en la arena tal como hacía en Palafrugell. No tuvo que moverse, ella vino a sus pies como el perro al amo que hace tiempo que no ve. Las mujeres esperaban y con gran algarabía los pescadores empezaron a pasarles cestas repletas de pescado; la captura había sido buena y todos estaban felices. Era igual que en su pueblo, se dijo Joan. Lo mismo. Con solo entornar los ojos imaginaba que eran su familia y sus amigos. Se apartó unos pasos para no molestar y lo contempló todo con una mirada enturbiada por las lágrimas.

Terminada la descarga, uncieron el yugo a unos bueyes y tiraron de la nave hasta ponerla a salvo de la marea. En la aldea de Joan se hacía lo mismo, aunque a fuerza de brazos y con la ayuda de los vecinos.

Joan sabía que era ella, la *Gaviota*, no necesitaba comprobarlo, pero cuando los pescadores se alejaron hacia la villa, saltó dentro de la barca. Allí estaba el bajorrelieve en la madera que él talló y acariciándolo su llanto contenido estalló inconsolable. Era la barca de su padre y aún sentía su presencia y también la de sus compañeros.

—Señor, ¿por qué dejasteis que ocurriera? —murmuraba entre sollozos.

Y en cuclillas apoyó su cabeza en la imagen para dejar que su dolor saliera junto a sus lágrimas.

—¿Por qué? —se interrogaba con amargura—. ¿Por qué?

Anochecía y quiso que la oscuridad fuera como mortaja que ocultara su dolor. Pero la presión de una mano en su hombro le sobresaltó.

—Muchacho, ¿qué haces aquí?

Miró hacia arriba y sus ojos húmedos vieron al hombre de barba gris al que los pescadores obedecían: era el patrón de la barca. No supo qué responder y le observó al tiempo que notaba su mano firme sujetándole. No se parecía a su padre, se dijo. No era digno de capitanear la *Gaviota*. Sintió rabia. Estaba a punto de quitarle la mano de su hombro de un manotazo cuando el pescador volvió a preguntar:

—¿Qué te ocurre, hijo? —Había un tono cariñoso en su voz.

Y fue la palabra «hijo» la que hizo que otra vez sucumbiera al llanto, a unas lágrimas incontrolables. El hombre se puso también en cuclillas y repitió con suavidad.

—¿Qué te pasa?

—Esta era la barca de mi padre —respondió al rato Joan. No podía dejar de llorar.

—¿Qué? —exclamó el hombre, sorprendido. Parecía como si le hubieran golpeado.

—¡Esta es la barca de mi padre! —le gritó Joan—. ¡Es la *Gaviota*! Yo ayudé a poner la quilla en la arena sobre tacos de madera y cuando montamos sus cuadernas, parecía el esqueleto de una ballena. La vi crecer y hacerse fuerte hasta convertirse en la mejor barca de la costa.

Y se levantó enfrentándose al hombre. Este le imitó para quedar a su altura.

—¡No puede ser! —exclamó el pescador.

—Yo robé el gato para la barca y fue mi cuchillo el que esculpió a mi padre, aquí lo podéis ver, arponeando a la ballena.

—¿De dónde eres, hijo?

—De Llafranc, mucho más al norte de Barcelona, más al norte de Tossa. Es una aldea de Palafrugell, en el Ampurdán, antes de llegar a Begur.

—Sí, he oído que en primavera, en aquella costa hay quien pesca ballenas rorcuales —dijo pensativo—. Te juro que compramos la barca pensando que fue capturada a enemigos del país.

—Nosotros no éramos vuestros enemigos.

—Siéntate y cuéntame qué pasó.

Se acomodaron frente a frente en los bancos de la barca y Joan a borbotones, entre sollozos, le fue contando la historia.

—¡Cuánto lo siento! ¡Lo siento tanto! —le decía el hombre apenado conforme Joan desgranaba la tragedia.

Tenía los ojos también con lágrimas y al terminar Joan, le explicó:

—La compramos por trescientas libras a una galera de Bernat de Vilamarí, pronto hará tres años. Nos tuvimos que empeñar y aún pagamos los créditos, pero nos pareció una barca muy buena. Nos dijeron que fue capturada a unos pescadores corsos partidarios de Génova y enemigos de nuestro rey.

—¡Bernat de Vilamarí, el almirante del rey!

—¡El mismo!

—¿En qué fecha exacta la comprasteis?

—Un par de meses antes de Navidad. A finales de octubre.

—La barca nunca fue a Córcega —dijo Joan con rabia—. Vino directamente de mi aldea a Sitges.

—¿Así que fueron los nuestros quienes asaltaron tu aldea? —preguntó el viejo aún incrédulo.

—No pueden ser otros. —Joan sentía cómo el odio regresaba haciéndole un nudo en las tripas.

—He oído que ese tipo de cosas ocurrían antes —añadió el hombre—. Y también que Vilamarí recluta tripulaciones a la fuerza. Pero no imaginé que cometiera esas atrocidades con su propia gente.

Joan no respondió. Ocultaba el rostro entre las manos, tenía las mandíbulas tan apretadas que creía que se le rompían los dientes. Cerraba con fuerza unos ojos que lo veían todo rojo. Rojo de sangre. Aún no sabía dónde estaba su familia, pero ya sabía a quién odiar.

—No puedo devolverte la barca —le dijo el hombre—. Vivimos de ella. Pero haré lo que esté en mi mano por ti.

Joan le pidió que le dejara dormir aquella noche en la *Gaviota* y que le llevara con él de pesca el día siguiente. El viejo le dijo que encantado y que cenara con su familia, pero Joan quiso cenar solo en la barca y el pescador le trajo una frazada y un saco de paja para que durmiera mejor. Era verano, había buena temperatura, y aun así el muchacho apenas concilió el sueño. Acariciaba los tablones, sabía que eran de pinos de su aldea que les vieron crecer a él y a sus hermanos y antes a su padre, y que fueron testigos de su felicidad. La barca era como un miembro más de su familia y sentía en ella la presencia de su padre y sus compañeros. Recordó cuando los domingos de verano también iban su madre y hermanos y cómo ella reía salpicando a los niños con el agua. Eran fantasmas de un pasado feliz que revoloteaban a su alrededor y le impedían dormir.

Joan creía en la magia de las palabras. Y que las palabras escritas tenían aún más poder. Al día siguiente, en alta mar, sacó la tinta de un calamar atrapado en las redes y después de arrancar una fina tira de papel de su pequeño libro de aprendiz que llevaba en el hatillo, escribió ayudándose de un anzuelo: «Te quiero, papá. Te vengaré y seremos libres». Bien sabía que aquella barca era un símbolo de libertad para Ramón. Estaba acostumbrado al mar, a su movimiento y la escritura quedó razonablemente bien dada la precariedad de los medios. Lo dejó secar al sol. Y después, besándolo, hizo una bolita y con lágrimas en los ojos lo lanzó entre las olas. Vio cómo se empapaba y se hundía en el mar. Estaba seguro de que su padre oía su conjuro y que este se cumpliría. Después de aquello sintió paz y se durmió en un rincón bajo la mirada paternal del viejo capitán. Aquella segunda noche aceptó cenar con la familia del pescador, que en mucho le recordaba a la suya. Se acostó en la *Gaviota* pensando en su propia familia, en Tomás, en su hija y en el resto de los amigos. Al día siguiente, al despedirse del viejo, le dijo:

—Sois un buen hombre, digno de la barca de mi padre. —Y se abrazaron—. ¡Cuidad a la *Gaviota*!

—Lo haré. Te lo prometo.

Cuando Joan miró los ojos del viejo, vio que también los tenía con lágrimas.

34

De vuelta en Barcelona, Joan acudió a casa de Bartomeu a relatarle lo ocurrido en Sitges. El mercader afirmaba con la cabeza y Joan comprendió que el relato no le sorprendía.

—Vos lo sabíais todo. ¿No es cierto? —le interrogó.

—Sí, pregunté a los pescadores de dónde provenía la barca y me dieron la misma respuesta. Pero era preciso que lo vieras con tus propios ojos, lo oyeras con tus oídos y lo sufrieras en tu corazón.

—¿Quién es ese Vilamarí? El general mercedario dijo que luchó contra los corsarios provenzales, y Abdalá, que le mantuvo cautivo después de hacerle prisionero al abordar una nave genovesa.

—Es almirante de nuestra flota. Muchos le consideran un héroe. Fue decisivo en la victoria del rey en la guerra civil y ha derrotado a los turcos en varias batallas.

—¡Y yo, que odiaba tanto a los musulmanes que deseaba la muerte de Abdalá!

Bartomeu se encogió de hombros.

—Ya ves. Con frecuencia nos equivocamos, es fácil ofuscarse. No hay que prejuzgar a un individuo porque pertenezca a un grupo.

—¿Por qué fray Dionís, el regidor de Palafrugell, dijo que eran moros? —continuó el muchacho sin prestar atención al sermón del mercader.

—He cavilado sobre ello —repuso Bartomeu arrugando el ceño—. Fray Dionís tuvo que identificar la nave como de la flota de Vilamarí desde el primer momento, creo que lo sabía incluso antes de verla.

—Así que pensáis que mintió, ¿verdad?

Recordaba cómo el regidor detuvo la tropa, evitando así socorrer a los cautivos. Nunca se lo perdonaría.

—Sí. —Bartomeu afirmaba grave con la cabeza.

—¿Por qué? ¿Por qué mintió?

—Bernat de Vilamarí es señor de Palau, en el golfo de Rosas, cerca de las islas Medas, de donde el prior de Santa Anna es señor. Ambos son nobles del Ampurdán, vecinos y amigos. Al reconocer la galera del rey, el regidor no se atrevió a atacar, quizá por miedo pero también por la amistad entre su superior y Vilamarí. Decidió ocultar la verdadera naturaleza de los piratas y hablar con el prior. Y por lo visto, una vez enterado este, le hizo guardar silencio.

—¿Y cómo es posible que las galeras del rey ataquen a sus propios súbditos?

—El rey anda corto de fondos, casi todo lo dedica a la guerra de Granada. La prioridad es la flota del almirante Requesens, que bloquea, junto a los castellanos, los puertos musulmanes para evitar que reciban ayuda del norte de África. Cuando Vilamarí está falto de vituallas y no recibe dineros, parece que recurre a la piratería.

Joan se quedó silencioso mientras pensaba. Después repuso entre dientes:

—Y asesina a mi padre, esclaviza a mi familia y roba todo lo que teníamos.

El mercader le miró preocupado. Percibía la angustia, la añoranza, el rencor, el deseo de venganza del muchacho.

—Cuídate, Joan —le dijo suavemente—. Que el odio que sientes no te destruya.

Pero el muchacho estaba sumido en sus pensamientos, no le escuchaba.

—¿Creéis que Bernat de Vilamarí estaba en aquella galera?

—Quizá no. Un almirante se acompaña de más naves.

—Pero debía saber lo que sus hombres hacían.

Bartomeu hizo un gesto ambiguo.

—¿Has oído la expresión de que la mano derecha no ha de saber lo que hace la izquierda?

—No.

—Vilamarí juega al juego que el rey le obliga y el soberano le exige mantener la flota lista. Cuando el rey recibe quejas de los perjudicados le reprende, le amenaza e incluso le castiga. Hace tres años ordenó reducir la flota a la mitad porque no había dinero para mantenerla. Pero si aparecen corsarios o turcos, quiere que Vilamarí esté listo para la batalla. Cuando los turcos asediaron Rodas, ¿quién crees que rompió el cerco con suministros y refuerzos, salvando así la isla? El almirante Bernat de Vilamarí.

Joan calló pensativo, aquello era muy complicado. Los asesinos de su padre, la gente más miserable del mundo para él, eran héroes para otros. Pero eso no importaba. Eran los culpables de su desgracia y tomaría venganza.

—¿Dónde está ahora la flota de Vilamarí?

—En el sur de Italia. No los encontrarás en tus visitas a las tabernas.

—Algún día volverán a Barcelona —repuso el muchacho con determinación—. Esperaré.

Joan no abandonaba la esperanza de ver a Anna de nuevo y dos días después de su regreso de Sitges, se la encontró en la fuente. Mantuvo la distancia cauteloso, aunque percibió que ella le buscaba con la vista y cuando sus miradas coincidieron, Anna desvió la suya de inmediato. Él no hizo ademán de acercarse, pero la sonrisa fugaz con la que la muchacha le obsequió le hizo feliz. ¡No estaba ofendida por su impetuosa declaración! Después de llenar sus cántaros y de seguirse a distancia se encontraron en el callejón. A pesar de que sus padres hablaron con ella, estaba decidida a mantener su relación, aunque con mucha cautela. Solo podrían hablar en contadas ocasiones, cuando no hubiera gente en la plaza y sus encuentros en el callejón serían breves. Si sus padres supieran que su relación furtiva continuaba, la encerrarían en casa. Ella no hizo comentario alguno sobre su declaración de amor y él no insistió, pues temía una respuesta parecida a la de la vez anterior. Se despidieron pronto pero Joan regresó feliz al taller. Aun así la plenitud que antes experimentaba empezó a convertirse en desasosiego en los días siguientes. Sabía que los padres de Anna buscaban marido para ella y a él no le bastaba ya el juego de miradas y sonrisas disimuladas, ni siquiera sus encuentros fugaces en el callejón. Necesitaba mucho más, un beso, un abrazo. Pero sabía que era imposible.

La presencia de la nueva Inquisición se hizo notar. El temor de los conversos aumentaba y huían de la ciudad, aunque ahora en menor medida y de forma clandestina. Los soldados del rey tenían orden de los inquisidores de evitar las fugas, pero los de la ciudad las consentían.

Los inquisidores daban sus sermones sin que nadie se opusiera y caldeaban el ambiente contra los conversos que habían pasado a ser sospechosos de mantener prácticas judaizantes. Felip decidió olvidarse de los judíos para acosar a los conversos, intocables antes pero inquietos ahora. Gran parte de los joyeros lo eran y el matón se paseaba con los suyos por la calle Argentería intimidándolos para obtener pequeños regalos o comprar algunas piezas casi por nada. Era temido y empezó a manejar información sobre el origen judío de algunas familias. Después de casi cien años de integrarse en la comunidad cristiana sin que nadie los molestara, de pronto los descendientes de los judíos pasaban a ser sospechosos.

Durante el descanso de después del almuerzo de aquel día, Joan hablaba con Abdalá cuando sintió una extraña sensación cercana a un presentimiento. Felip y los suyos habían salido ya a dar un paseo, Joan se apresuró hacia la plaza de Sant Just para alcanzarlos y los vio allí. Distinguió a lo lejos a Anna en la fuente y supo lo que iba a ocurrir. Apretó el paso, pero el matón había llegado antes.

—Hola —le dijo Felip a Anna.

El cántaro de la muchacha se estaba llenando, ella le miró brevemente sin contestarle y esperó a que la vasija estuviera casi llena para cargar con ella e irse con la mirada baja. Le reconoció. Era uno de aquellos muchachos a los que ella había ignorado una vez tras otra. Él le cortó el paso.

—¿No sabes que las judías debéis llevar un círculo amarillo y rojo? —le dijo.

—Os equivocáis —repuso ella—. No soy judía, soy cristiana.

—Tenéis que llevar un círculo aquí.

Y al decirlo le manoseó un seno. La muchacha, sobresaltada, quiso escapar, pero otro de la banda le cortó el paso.

—¡Déjala! —gritó Joan, que ya corría hacia ellos.

El pelirrojo le vio llegar, observó cómo ella le miraba y supo de inmediato que había algo entre los jóvenes. Mostró una sonrisa maliciosa y agarró con fuerza las nalgas de la chica, que en su intento por escapar le daba la espalda. Se frotaba contra ella en pose obscena, mientras le decía:

—¡Que no eres cristiana, que eres hebrea!

Ella se revolvió para zafarse y el cántaro cayó al suelo haciéndose pedazos al tiempo que Joan llegaba y le propinaba a Felip un empujón para apartarle de Anna.

—¡Te he dicho que la dejes!

Todos se quedaron mudos de asombro. ¿Cómo podía Joan atreverse con Felip? ¿Se habría vuelto loco?

—No la voy a dejar —repuso el matón, agarrándola ahora de un brazo—. ¿Qué vas a hacer?

—¡Que la dejes, malnacido! —Y le empujó con ambas manos y todas sus fuerzas.

Felip perdió el equilibrio y Anna, librándose de él, aprovechó para escapar.

—¡Cogedla! —ordenó—. Y a él también.

Uno de los muchachos agarró a la chica y Joan notó que le sujetaban los brazos por la espalda. De inmediato el puño de Felip se estrelló en la cara del chico, que intentaba soltarse sin conseguirlo, y después otra vez y otra.

—¡Para que aprendas a obedecerme!

Le golpeó en el estómago y Joan se dobló. Anna contemplaba horrorizada la escena forcejeando para escapar.

—¿Sabéis? —dijo entonces el matón—. ¡Al remensa le gusta la judía! ¡Pues le vamos a hacer un favor, bajadle las calzas!

Joan se debatió con todas sus fuerzas, pero le sujetaron aún más fuerte. Hubiera preferido que le mataran antes que aquello; sabía lo que venía, no había mayor humillación.

—¡Vamos a hacerle la vaca delante de la judía! —dijo el pelirrojo entre risotadas.

Algunos también rieron mientras el chico pataleaba gritando que le soltaran e insultando al matón. Le bajaron los calzones y Felip le cogió el pene y empezó a masturbarle. Se había formado un corro de curiosos que contemplaban la escena, unos serios, otros reían, pero nadie intervino.

—Mira lo que tiene, judía —iba diciéndole a la muchacha—. Es para ti.

Acercaron a Anna para que quedara frente al chico y ella cerró los ojos mientras negaba con la cabeza y pedía que los dejaran. Felip agitaba el pene, que continuaba flácido, con fuerza, dañándole y decía:

—Veis, ¡si no puede! Le debió de mirar la bruja con su ojo de cristal. ¿Cómo se atreve un maricón impotente a retarme?

—Déjale, Felip, ya vale —dijo Lluís. Otros del grupo le secundaban.

—Bien, lo dejaré, pero antes le enseñaré algo más.

Y le golpeó de nuevo, en la cara, en el estómago y en los genitales. Joan se desplomó desmadejado, y agarrándole del pelo, Felip le preguntó:

—¿Aprendiste a obedecerme?

Joan afirmó con la cabeza. Entonces el matón le dejó para toquetear a Anna y después ordenó:

—Soltad a la judía.

Lo hicieron, pero antes varias manos la palparon. La muchacha lo soportó sin quejarse y cuando se fueron corrió a la fuente para mojar su pañuelo y limpiarle las heridas a Joan. Después le ayudó a vestirse. El muchacho se sentía muy avergonzado, las heridas del cuerpo no eran nada en comparación con las sufridas en su dignidad.

—Siento no haber sabido defenderos —murmuró Joan antes de estallar en un llanto amargo, de rabia, de pena, de vergüenza.

Ella le acarició.

—Fuisteis muy valiente —le dijo, sus ojos estaban húmedos.

Aquello fue para Joan la mejor de las medicinas y se incorporó con su ayuda.

—Tengo que regresar —susurró ella—. Cuando se entere de esto mi padre, me tendrá encerrada.

—¡No, por favor! —exclamó Joan.

—Lo siento. Pero si logro salir, volveré a la fuente.

Joan sabía que Felip ya no se detendría, que cuando pudiera abusaría otra vez de ella.

—No, no volváis a la fuente —le dijo—. Iré yo a la tienda de vuestro padre y me mantendré lejos para que él no me vea.

—Me tengo que ir —insistió la muchacha.

—Id con Dios.

—Yo también —dijo ella.

—¿También qué?

—Os quiero.

Y se fue corriendo. Joan regresó renqueante al taller, ya no le importaban las heridas, sentía su corazón acelerado, feliz.

Cuando entró, los aprendices le miraron expectantes y los maestros y el amo sorprendidos. Una sonrisa de triunfo bailaba en la boca del pelirrojo.

—¿Qué te ha pasado? —preguntó mosén Corró al verle con aquel aspecto.

—Me he caído —repuso él. Era la respuesta en aquellas situaciones, el pacto de silencio de los aprendices.

No inquirieron más, sabían que no era verdad. El único que insistió fue Felip.

—¿Te has caído, remensa? —preguntó burlón.

35

El 30 de septiembre los libreros celebraban su santo patrón, san Jerónimo. No se trabajaba y los Corró asistieron, junto al personal de su casa, a una misa en la iglesia de la Trinitat, situada en la plaza del mismo nombre. La iglesia ocupaba el solar de una antigua sinagoga incendiada durante el asalto al barrio judío casi cien años antes y fue construida en 1394 por una cofradía de conversos. Aquel año había temor y nerviosismo en el ambiente, no era casual que los libreros se reunieran en una iglesia de conversos. Muchos lo eran y la amenaza de la Inquisición se cernía sobre ellos.

Después de la misa, los Corró celebraron la comida del santo patrón. Se montó en el patio una larga mesa y en ella se sentaron Ramón Corró, su esposa Joana, maestros, aprendices y Abdalá a pesar de ser musulmán. Hubo buen humor, risas y unos cuantos brindis por el santo. Pero ni en esa ocasión se libró Joan del acoso de Felip.

Después, el chico fue a buscar a su hermano a Santa Anna, era una tarde hermosa y quería pasear por la ciudad. Gabriel sabía que en uno de los talleres del Raval se fundía una gran campana y le pidió que le acompañara a verla. Al chico aún le apasionaban aquellos instrumentos gigantes.

No estaba lejos y Joan pensó que sería divertido curiosear en el trabajo de un gremio tan distinto al suyo. La actividad metalúrgica de Barcelona se había desplazado hacia el otro lado de la Rambla en la zona que creció fuera de la segunda muralla y que ahora protegía la tercera. Allí la ciudad no se apretujaba como en la parte antigua: había campos y espacio abierto y los humos y ruidos de las fundiciones eran menos molestos. Tallers era una calle larga y recta que, haciendo honor a su nombre, estaba repleta de talleres, casi todos metalúrgicos; muchos de los artesanos trabajaban en la vía y el martilleo metálico era constante.

Anduvieron curioseando y al poco, a su izquierda, vieron un portalón que comunicaba a través de una casa con un gran patio donde unos hombres trabajaban. Aquel era el lugar indicado, y entraron sin que nadie se lo impidiera. Más que un patio, el lugar parecía una plazoleta colindada en tres de sus lados por los edificios que conformaban la fundición y los talleres. El lado restante se abría a unos campos, delimitados por casas que seguían calles trazadas en la lejanía y por separaciones de cañas y maderas. A su llegada, los operarios extraían una gran campana, que superaba la altura de una persona, del molde donde la habían fundido. Dos grandes arcos de piedra cruzaban una amplia zona del patio, y cada uno de ellos tenía en su dovela superior una argolla de hierro. Dos grupos de hombres tiraban de cuerdas, que colgadas a través de las argollas permitían elevar la gran pieza de bronce, sujeta por su asa, de forma vertical. Mientras, un tercer equipo retiraba los restos del molde con intención de situar la campana sobre un andamiaje de madera para proceder a los trabajos de desbastado y retoque.

Los hermanos se unieron al grupo que, situado a una distancia prudencial, contemplaba fascinado cómo aquella masa de bronce se elevaba lentamente. Al murmullo admirado de los curiosos se unía el resoplido de los que tiraban de las cuerdas y por encima de todo se imponían los gritos de un hombre mayor, dando órdenes.

—¿No es estupendo? —susurró Gabriel a su hermano.

Joan, que contemplaba boquiabierto la operación, afirmó con la cabeza, pero de pronto vio cómo la cuerda de la izquierda, en la zona que rozaba con la argolla de hierro, se abría deshilachándose rápidamente.

—¡Se rompe la cuerda! —gritó—. ¡Cuidado!

—¡Salid de debajo de la campana! —rugió el maestro al oír el aviso.

Fueron unos instantes eternos donde todo ocurrió a la vez. Parecía como si la campana se mantuviera en suspensión por un momento mientras los operarios que limpiaban los residuos saltaban a los lados, pero de inmediato el grupo de hombres que tiraba de la cuerda de la izquierda caía de espaldas con el cabo roto entre sus manos. Mientras la gran pieza de bronce, sujeta aún por la otra cuerda, en lugar de caer a plomo, basculó como un péndulo a la derecha, hacia los hombres que, incapaces de sostener el peso, eran arrastrados hacia la masa que se les venía encima.

—¡Soltad el cabo! —chilló el maestro—. ¡Salid de ahí!

Demasiado tarde para varios de ellos. Con un lúgubre estruendo metálico, la campana chocó contra los andamios arrastrándolos y al llegar al suelo, clavó su enorme peso contra un murete de piedra, llevándose entre el maderamen a los desdichados que quedaron atrapados en un ataúd de piedra, madera y metal.

El silencio sobrecogido dejó paso a un coro de gritos, lamentos, ayes e invocaciones al Señor, a la Virgen y a san Eloy.

El maestro corrió hacia sus compañeros sepultados seguido de los operarios que resultaron ilesos. Sacaron tablones y escombros hasta comprobar que la campana estaba situada de tal forma, sobre el maderamen y los muretes del suelo, que era imposible moverla de forma lateral. Bajo el desorden de las maderas que soportaban el peso del bronce se oían lamentos.

—¡Hay que levantarla de nuevo! —exclamó con desaliento el hombre mayor.

—¡No da tiempo, van a morir! —repuso uno de los operarios.

—Si la movemos de lado, los aplastará y puede rodar atrapando a más gente —explicó el maestro—. Hay que pasar una nueva soga por la argolla para levantarla en vertical.

—¡Pero no tenemos una escalera tan alta!

—Hay que montar andamios.

—¡Eso lleva mucho tiempo, van a morir! —insistió el operario.

—No arriesgaré más vidas.

—¡Tu hijo está bajo esas maderas!

—Todos sois mis hijos. Montaremos los andamios y que san Eloy nos ampare —repuso firme el maestro, con lágrimas en los ojos—. ¡Aprisa, traed las maderas!

La muchedumbre asistía al drama silenciosa, con el corazón en un puño; algunos rezando, otros, quizá familiares, lloraban conteniendo los sollozos.

Joan observó al llegar una curiosa herramienta consistente en un punzón de hierro montado en un astil de un tamaño y forma muy semejante a la azcona de su padre. Tuvo una idea y no lo pensó más. Se precipitó sobre la lanza, la levantó comprobando que tenía el peso correcto y buscó, entre las cuerdas, una soga fina, larga y resistente. Nadie le detuvo, todos estaban ocupados recogiendo tablas para el andamiaje.

Después encontró un martillo y unos clavos, pero al cogerlos, uno de los operarios le apartó de un empujón.

—¡Sal de aquí, muchacho! —le ladró—. ¡Si molestas, te parto la cabeza! ¡Maldita sea!

Joan aparentó obedecer y se alejó llevándose su presa a un rincón. Rápidamente clavó la soga en el astil y alzando el improvisado arpón en su mano, lo sostuvo evaluando el peso. Suspiró satisfecho y le dijo a Gabriel:

—Sígueme con el rollo de cuerda.

—¿Qué vas a hacer?

—Atravesaré la argolla con este arpón.

—¿Qué?

—¡Sígueme! Y asegúrate de que la cuerda se suelta bien.

Joan empezó a correr lanza en mano al tiempo que gritaba:

—¡Apartad!

Tras un corto silencio un rugido se levantó de la multitud, maldiciones, amenazas, advertencias. El recinto estaba lleno de gente que observaba tensa, sin intervenir, a una distancia respetuosa; la noticia del accidente corrió veloz y todos los artesanos de la calle abandonaron sus trabajos para acudir a la fundición. Pero nadie detuvo a Joan, quizá por miedo al arma que el chico enarbolaba.

—¡Apartad! —volvió a gritar.

Ya estaba situado en posición y sin pensarlo más, lanzó el arpón. El arma voló por un instante que pareció larguísimo y sonó un ruido metálico al chocar su punta contra la argolla. Había errado el tiro.

Entonces Joan sintió un fuerte golpe y se encontró tumbado sobre su espalda. El hombre que le increpó le acababa de derribar y gruñendo una maldición, se sentó sobre su pecho y levantaba el puño con rabia para estrellarlo en su cara.

—¡Déjalo! —gritó el maestro.

El hombre mantuvo su puño en el aire, ansiaba aplastarle la cara al intruso que impedía el rescate de sus compañeros moribundos.

—¡Por los clavos de la cruz! —rugió el viejo—. ¡Déjalo, que puede hacerlo!

Y de un empujón derribó a aquel individuo al que la ira le impedía entender lo que ocurría. El maestro le dio la mano a Joan para que se levantara:

—Inténtalo otra vez, chico, y que el Señor te guíe.

Cuando Joan alzó de nuevo su arpón, el silencio era absoluto. Solo oía los lamentos de los atrapados y los latidos de su corazón. Todos los ojos estaban ahora puestos en él y fue en ese momento cuando notó su brazo temblar. Le aterrorizaba el fracaso. ¿Y si no ensartaba el aro metálico y aquellos hombres morían por su culpa? Su objetivo se encontraba muy arriba, él estaba acostumbrado a calcular la curvatura de la trayectoria en tiros horizontales, aquello era mucho más difícil. Sintió vértigo y sus ojos se nublaron. No era capaz de ver bien la argolla. Un rumor de impaciencia se levantó de la muchedumbre, que empezaba a preguntarse por qué no actuaba. Entonces notó una mano firme en su hombro y la voz del maestro que le decía:

—¡Adelante, chico, lo lograrás!

Aquello le dio ánimos y respirando hondo, comprobó de un vistazo que Gabriel estaba a su espalda dispuesto a soltar la cuerda con rapidez. Tensó su brazo hacia atrás y lanzó el arpón.

El arma describió su trayectoria curva y fue a estrellarse en la piedra de la dovela justo encima del aro metálico. Un murmullo de decepción se alzó de la multitud y se empezaron a oír gritos en contra de Joan.

El maestro recogió el arma del suelo y se la entregó al chico. El gesto acalló las voces, pero el gentío continuaba agitado y nervioso, se notaba la angustia.

Joan volvió a intentarlo y de nuevo se oyó un decepcionante sonido metálico. Sin embargo, esta vez el choque de hierros ocurrió en la parte interior de la argolla y, aunque desviada en su trayectoria, la lanza cayó del otro lado enfilando con la cuerda el aro. Un grito de triunfo se alzó del gentío, mientras la lanza frenada, a pesar de la diligencia de Gabriel soltando la cuerda, describía una curva pendular antes de clavarse en el suelo.

El maestro la cogió y empezó a dar órdenes. En un momento otra cuerda del grosor adecuado se ató a la fina y tirando de esta se deslizaba por la argolla. El otro extremo se ató al asa de la campana y, ayudados por una multitud de voluntarios, los operarios levantaron el bronce tirando de nuevo de las dos cuerdas. El viejo gritaba órdenes y todo ocurrió con una sorprendente coordinación a pesar de la masa de artesanos ajenos a la fragua. Se notaba que eran del gremio y que conocían el trabajo.

Mientras unos mantenían el enorme peso sobre las cabezas de sus camaradas, otros movían con mucho cuidado los tablones y maderas para recoger con delicadeza los cuerpos ensangrentados de sus compañeros. Joan vio aparecer varias parihuelas formadas por unos palos y telas.

—¡Al hospital de la Santa Creu! —dijo el viejo, aunque todos sabían dónde llevarlos.

Uno a uno, conforme eran rescatados, depositaban a los heridos en las improvisadas camillas y un grupo de hombres se los llevaba corriendo hacia el hospital, situado en la calle del Carme, justo delante del convento del mismo nombre, donde san Eloy, el patrón de la cofradía, tenía su altar. Cuando salió el cuarto y último de los heridos, el maestro se fue con ellos, el gentío los siguió y los hermanos se quedaron allí, solos, exhaustos, sin saber qué hacer. Fue tanta la tensión que estaban sin fuerzas. Decidieron regresar al convento de Santa Anna.

La mayoría de los cofrades de san Eloy, después de acompañar a los heridos, se quedaron rezando en la capilla del santo, pero aun así al cruzar la Rambla los hermanos se encontraron con un hombre que los reconoció.

—¡Bien hecho! —les dijo.

Joan escribió en su libro: «Adiestré mi brazo para vengarme de mis enemigos. Pero Dios quiso que hoy sirviera para salvar vidas».

36

Joan mantuvo su rutina de visitar las tabernas en busca de información. Se sentaba solitario en una mesa desde donde pudiera ver toda la tasca, observaba y escuchaba. Si la conversación merecía la pena, era todo oídos; si no, escogía interlocutor para charlar y si el marino era extranjero, Joan trataba de comunicarse en su lengua, lo que le convertía en amigo. En ocasiones no podía evitar beber al ser invitado y después de un par de borracheras y de vomitar en la calle, el chico alcanzó un excelente conocimiento de sus límites. No iba a las tabernas a beber, sino a saber y aunque era apodado Bebepoco, los taberneros le apreciaban, pues era un cliente asiduo y nada problemático.

El episodio de Sitges le cambió. Su rencor crecía destilando un componente frío, de violencia contenida; aunque ahora sentía que estaba sobre la pista correcta. Llegó a la conclusión de que su familia se encontraba en Italia, pero la información que precisaba solo la podía obtener de los marinos del almirante y aguardaba ansioso el regreso de la flota. Y mientras estuvieran lejos, combatiendo a los turcos, él se centraría en marinos italianos. Se interesaba por la situación política y la económica, y en particular por los circuitos de trata de esclavos. Fijaba en su memoria todo tipo de datos, en especial vocabulario y los distintos acentos de las lenguas italianas. Encontraría a su familia y cumpliría al fin la promesa hecha a su padre.

Días después preguntaron por él en la librería. Era el fabricante de campanas.

—Me ha costado mucho encontrarte, muchacho —le dijo poniéndole una mano en el hombro—. Os fuisteis sin que os pudiéramos dar las gracias.

—No necesitábamos las gracias. Cuando preguntamos en el hospital y nos dijeron que todos se salvaron, tuvimos una gran alegría.

—Sí, gracias a san Eloy, a ti y a tu hermano, todo ha quedado en unos huesos rotos que se curarán.

—Me alegro.

—Estamos en deuda con vosotros. Si en algo os podemos ayudar, solo tenéis que pedirlo.

Joan quedó pensativo. La cofradía de los Elois, que comprendía a casi todos los gremios que trabajaban con el metal y el fuego, era muy poderosa, pero no se le ocurría en qué forma podrían ayudarlos en la búsqueda de su familia. Después pensó en Gabriel y le dijo:

—¿Podríais tomar a mi hermano como aprendiz? Le fascinan las campanas. Dice reconocer al primer toque cualquier campana de Barcelona.

—Las campanas tienen voces distintas, lleva razón tu hermano —repuso el hombre sonriente—. Su sonido depende del tamaño, de la forma y de la aleación de bronce con la que estén hechas. Fabricamos campanas, aunque pocas. Somos fundidores de grandes bloques de bronce que en su mayoría son piezas de artillería. De hecho, a nuestro gremio le llaman el de los cañoneros.

—No creo que a mi hermano le importe hacer cañones si alguna vez puede fabricar una campana.

—Entonces dile que venga mañana a verme. Le trataré como a un hijo.

Cuando Gabriel lo supo, dio saltos de alegría. ¡Cuando fuera mayor haría la campana con el sonido más bello del mundo!

El inquisidor Espina, ya con plenos poderes, eligió el viernes 14 de diciembre de 1487 para representar el primer gran espectáculo de la nueva Inquisición.

Quiso celebrar un acto de desagravio a Dios y de perdón para los humanos errados, reconciliándolos con la Iglesia. Los penitentes eran conversos que, atemorizados por las terribles noticias llegadas de Valencia, se presentaban voluntarios inculpándose de recaer en prácticas judaicas.

Los aprendices acudieron a ver la gran procesión que partía desde la iglesia de Santa Caterina hacia la catedral.

Abría el desfile un fraile con el pendón de la Inquisición, representando a la cruz, con una espada a su derecha que simbolizaba el trato que se había de dar a los herejes y a la izquierda un ramo de olivo en promesa de reconciliación a los arrepentidos. Le seguían un grupo de monaguillos cantando y fray Espina junto a cuatro soldados de la propia Inquisición. Después otro fraile portaba una gran cruz y tras él un grupo de cincuenta «penitenciados», que eran los arrepentidos que pedían clemencia. Había entre ellos gente conocida, en general artesanos, desde sastres a barberos, aunque la mayoría eran mujeres y entre ellas varias viudas de escribanos reales. Cubrían sus ropas con el sambenito, una especie de escapulario con orificio para la cabeza y que caía sobre pecho y espalda. Era amarillo con grandes cruces rojas delante y atrás. Sus cabezas estaban tocadas por el cucurucho, un capirote cónico amarillo y rojo al igual que el sambenito. Desfilaban también cantando y alguno se azotaba la espalda con un látigo tipo escoba. Era un espectáculo nuevo y extraño, las gentes señalaban con el dedo a los conocidos y alguno se mofaba de su aspecto ridículo.

—Estos se librarán del castigo —comentó Felip decepcionado.

Joan se dijo que demasiado castigo era aquella vergüenza para quien confesó y se arrepentía.

A los penitentes los seguía un fraile dominico con otra cruz y un numeroso séquito de escribanos, alguaciles, notarios, comisarios y familiares de la Inquisición.

Al llegar a la catedral, fray Espina se colocó en lo alto de las escalinatas y cuando toda la procesión estuvo reunida, dio su prédica, admitiendo al final de esta a los arrepentidos en el seno de la Iglesia.

Pero la penitencia no terminaba aquel día. Los arrepentidos tendrían que desfilar en otras dos procesiones y no podrían quitarse los sambenitos ni de día ni de noche durante un año. Así serían vigilados por los demás ciudadanos para constatar que no cayeran de nuevo en herejías.

Además, ya nunca podrían lucir oro, plata, perlas, piedras preciosas, ámbar, coral, ni tampoco vestidos lujosos de seda, de lana fina, ni de color rojo. Se les prohibía ejercer oficios públicos, no podían ser médicos, cirujanos, tenderos, especieros, procuradores, cambistas, notarios, ni escribanos. Tampoco podrían montar a caballo ni llevar armas.

—Hacen todo lo posible para humillar a los penitentes en público —observaba Bartomeu al preguntarle Joan.

—Más que perdonados, parecen castigados.

—Y además, la Inquisición les obliga a pagar dinero como penitencia.

—Pero ¿no se acogieron voluntariamente a la gracia dentro del plazo establecido?

—Sí —repuso Bartomeu—. La ciudad envió embajadores al rey Fernando en protesta por el abuso, aunque no conseguirán nada; fray Alfonso Espina continuará haciendo lo que le plazca.

—El poder de ese fraile es increíble.

—Es la persona más poderosa de Barcelona —afirmó Bartomeu—. Incluso el obispo ha delegado en él sus poderes. Pero no es la autoridad del rey o del Papa lo que le hace tan temible, sino el poder que posee de aterrorizar, de hacer que nadie se sienta seguro. El miedo es su mejor arma. Usa a los miedosos para intimidar al resto. ¿Has visto a todos esos que desfilaban con sambenitos y capirotes?

—Sí.

—¿Te crees que fray Espina los perdonó solo a cambio de dinero, de la vergüenza pública y de la humillación?

Joan se encogió de hombros.

—¡Pues no! —Bartomeu estaba indignado—. ¡Tuvieron que acusar a otros! ¡Son delatores! El inquisidor no perdona si no le dan nombres.

El muchacho consideró aquello y le pareció horrible.

—Si te quieres salvar, debes denunciar a tu amigo, a tu vecino, a tu esposo...

Joan movió consternado la cabeza.

—Además, las denuncias son secretas, no sabes quién te acusa ni de qué —continuó Bartomeu—. Y por lo tanto no te puedes defender, estás en manos del inquisidor. ¿Te imaginas el pánico que sentirías de tener algo que ocultar? Por eso muchos se entregan antes de que los denuncien. Y a su vez tienen que acusar a otros.

Joan miró al comerciante sin saber qué decir y este sentenció:

—Intentamos resistir a esa Inquisición por todos los medios posibles. Pero perdimos. Como en otras ciudades, el terror se abate sobre Barcelona; se convertirá en una ciudad de delatores.

Aquella noche, Joan anotó en su libro: «Miedo. Una ciudad de chivatos».

Al día siguiente, una nave de un tal Gelabert zarpó del puerto de Barcelona, contra las órdenes del inquisidor, con doscientos conversos que huían y corrió la voz de que fray Espina tuvo un ataque de cólera. Amenazó incluso a los consejeros de la ciudad.

Unos días después el fraile orquestó su segundo gran espectáculo público. Del monasterio de los dominicos salió una procesión con los pendones y crucifijos. La novedad era que los penitenciados cubrían sus caras con velos negros y a pesar del frío de diciembre llevaban sus espaldas desnudas. Se azotaron todo el trayecto hasta la iglesia de Santa María del Mar. Allí oyeron misa y el sermón de fray Espina, para regresar después al monasterio del mismo modo, disciplinándose por las calles.

A los pocos días una galera salía hacia Italia con más conversos.

Fray Alfonso Espina dio otra demostración de poder poco después. El 25 de enero de 1488 se celebró el primer acto de fe en la plaza del Rey. El inquisidor dio su sermón y al terminar condenó a cuatro reos a morir en la hoguera junto a otros acusados prófugos. En el Canyet, cerca del mar y del lugar de las batallas de piedras, los condenados fueron quemados vivos junto a las efigies de los huidos.

Felip, Joan y los demás asistieron al espectáculo. La gente se agolpaba para verlo, pero a diferencia de otras ejecuciones, en esa ocasión el silencio fue tal que los gritos de los quemados se pudieron oír en las casas de la ciudad cercanas al Portal de Sant Daniel.

Cuando regresaron, Barcelona era otra. El frío y el miedo la hacían lúgubre y cerrada. Los pocos transeúntes en las calles miraban a sus vecinos con suspicacia y temor. Fray Alfonso Espina había vencido y Joan se preguntó cuántos se convertirían en delatores a partir de aquel día.

37

La convivencia en casa de los Corró se le hizo muy difícil a Joan después de la paliza que Felip le propinara. Este le pedía pequeños favores tales como que le acercara el cántaro o pasara el pan en la mesa. Se los pedía solo a él. Pero los aprendices bien sabían que eran órdenes. Utilizaba un tono desdeñoso. Joan volvía a ser un palurdo remensa al que había que aleccionar. Al ver que el chico se sometía, Felip aumentaba sus exigencias, quería dejar su autoridad manifiesta y que todos lo vieran.

Para Joan era un alivio trabajar en el piso superior con Abdalá, los modos tranquilos del musulmán le relajaban. En aquel lugar existía un mundo distinto, ordenado, donde se rendía culto tanto al alma, contenida en las letras, como al cuerpo del libro, el envoltorio imprescindible de estas. Era un nido de cultura donde el aprendiz se sentía a salvo y donde cada día acumulaba palabras y conceptos nuevos, en distintos idiomas, que atesoraba.

Abdalá no preguntó sobre las heridas y moratones de su cara, pero le observaba en silencio. Y al fin, una de las veces en que Joan estaba abstraído mojando la pluma en el tintero sin terminar de sacarla, le preguntó:

—¿Qué te ocurre, muchacho?

—Nada.

—Cualquiera que sea tu angustia, no serás el primero que la sufre en el mundo —insistió el maestro—. Quizá te pueda ayudar.

Joan no dijo nada y continuó con su trabajo de copia. ¿Qué solución le podría aportar el pacífico Abdalá?

El abuso parecía no tener fin. Transcurrieron semanas, el grandullón continuaba acosándole y Joan, conocedor del castigo que le esperaba de no obedecer, se sometía. Felip no aceptaba abandonos en su banda, pero Joan se ausentaba todo lo que podía diciendo que le requerían del convento de Santa Anna. Una vez allí, buscaba ese rincón en el huerto donde, con furia, practicaba con la azcona de su padre contra un blanco que imaginaba era el cuerpo de Felip. Por alguna razón que no sabía expresar, guardaba el arma de su padre en el convento. Sentía que allí estaba más segura.

Anna no regresó a la fuente, pero él acudía a la calle Argentería a diario con la esperanza de poder verla. Y cuando lo hacía, aun sin osar acercarse, se sentía feliz. A ella se le iluminaba la cara con una sonrisa y eso hacía que el chico se llenara de gozo, aunque disimulaba para que sus padres no percibieran su intercambio de miradas; no podría soportar que la encerraran dentro de la tienda. En una ocasión en la que se enviaban aquellos mensajes mudos, Joan vio el pánico reflejado en su rostro. Y Anna entró en su casa de forma precipitada. Entonces notó un golpe en la espalda y que le decían:

—Cada vez me gusta más tu judía. —Era el vozarrón de Felip—. Ya verás lo que le hago cuando la pille la próxima vez.

Y se puso a reír. Joan se giró aterrado, los había sorprendido.

—No la dejaré escapar y me dará eso que tú quieres —añadió.

El matón gozaba con el miedo del chico y Joan no supo qué hacer ni qué decir, sentía pánico. Felip no bromeaba.

—Joan, no estoy de acuerdo ni con lo que Felip te hizo ni con la forma en que te trata —le susurró Lluís en un momento en que el matón no estaba en el taller.

El chico le miró sorprendido.

—¿No? —repuso.

—No. Estoy harto de sus chulerías. A mí también me tocó soportar todo eso cuando entré. Pero era muy pequeño para defenderme y nunca me atreví a hacer lo que tú el otro día.

—Le cogiste miedo, ¿verdad?

—Sí, y con razón —repuso Lluís—. Es más fuerte y no tiene piedad.

—Yo también le temo —dijo Joan.

No durmió aquella noche; cuando parecía conciliar el sueño, se despertaba sobresaltado. La imagen de Felip forzando a Anna se le aparecía una y otra vez; su corazón se aceleraba, le faltaba aire.

—¿Qué pasó esta noche? —le preguntó Abdalá por la mañana—. Dabas vueltas y vueltas en tu jergón, no podías dormir.

—¿Y vos cómo lo sabéis? —repuso el chico—. ¿Tampoco dormisteis?

—Sí que dormí. Pero los viejos dormimos menos y yo aprovecho para cerrar los ojos y soñar despierto con mi Granada, volver a ella, recorrer sus calles. La Granada de cuando yo era niño. No hay lugar más bello en el mundo.

—Yo también sueño a veces despierto con mi aldea, con mi mar y con mi familia.

—Dime qué te pasa —le requirió con dulzura el maestro.

Y Joan no pudo resistir más y con lágrimas en los ojos le contó los abusos de Felip y el terror que le producía la amenaza contra Anna.

El viejo escuchó atentamente y después se quedó pensativo.

—El miedo nos hace más esclavos que las cadenas; el miedo y también la ignorancia —dijo al fin—. No puedes continuar viviendo con ese temor.

—Sí, ya lo sé. Eso era lo que decía mi padre —repuso el chico, desconsolado—. Pero ¿qué puedo hacer yo? Él es mucho más fuerte. Me dio una paliza, me humilló delante de todos, me robó la dignidad.

Abdalá le observó sopesando con calma sus palabras.

—Te ha quitado la dignidad, amenaza a la mujer que amas, te tiene aterrorizado... —Había un tono perentorio en la voz del viejo—. ¿Y tú se lo vas a permitir?

—¿Yo?

—Mira, Joan. Me he fijado en que ya casi eres tan alto como él.

—Pero me dio una paliza...

—Te pudo no por su tamaño, sino porque mientras tú tratabas de apartarlo de ella, su objetivo era dañarte. Y lo hizo. Además, dices que tuvo ayuda, ¿verdad? ¿Qué hubiera pasado de estar los dos solos y tú preparado para pelear?

Joan quedó pensativo.

—¿Te hubiera hecho lo que te hizo?

—¡No! —afirmó el aprendiz, seguro.

—¿Entonces? —continuó Abdalá—, ¿piensas seguir viviendo en el temor?

—Pero él es el jefe de la banda. No podré enfrentarme solo a él, están los demás.

Abdalá sonrió.

—Bien, ya empiezas a pensar que puedes, o al menos que tienes posibilidades de ganarle si está solo. Decide si quieres librarte del miedo o vivir siempre con él. Y cuando lo sepas habla conmigo. Ahora volvamos al trabajo.

Joan regresó a su tarea confuso. ¿Qué importaba lo que él quisiera? El grandullón le rompería los huesos si se enfrentaba a él. Era lógico que le temiera. Pasó el resto del día durmiéndose sobre su mesa y corrigiendo los borrones que, extraño en él, se producían en su escritura. No dejaba de rumiar las palabras de Abdalá, pero no creía que aquel pacífico intelectual le pudiera ayudar.

Tuvo que soportar otra vez en la cena el acoso constante de Felip y aquella noche la pesadilla del matón atacando a la muchacha le despertó varias veces.

Durante la mañana siguiente no podía concentrase en el trabajo. Al final se acercó a su maestro y le dijo:

—Abdalá. Quiero librarme del miedo.

El maestro lo miró atentamente antes de hablar.

—Para librarte del miedo deberás enfrentarte a la causa de este —dijo al fin—. ¿Y quién es la causa de tus temores?

—Felip.

—¿Sabes que si te enfrentas a él y pierdes, es capaz de matarte?

—Sí.

—Dime entonces, ¿por qué estarías dispuesto a jugarte la vida?

Joan pensó en ello. Su existencia se había convertido en algo miserable. Quería conservarla para poder rescatar a su familia y vengarse de los asesinos de su padre. Y también quería vivir para ver de nuevo la sonrisa de Anna, para llegar a leer libros con libertad, para proteger a su hermano... Había mil cosas por las que vivir. Pero sabía que para gozar de todo ello debía vencer aquel miedo punzante.

—Quiero dejar de sufrir al pensar en lo que le puede hacer a Anna, y que no me humille más.

—¿Sientes rabia recordando lo que te hizo?

—Sí, mucha. —El muchacho apretaba sus mandíbulas.

—Bien, muy bien —repuso el maestro—. Ahora escúchame con atención: es bueno, muy bueno que sientas rabia, cuanta más mejor; el miedo es fácil de trocar en odio, hazlo. Pero debes actuar con frialdad.

Y le explicó que para ganar una batalla la primera condición necesaria era el deseo inquebrantable de vencer. Su rabia y su miedo eran buenos combustibles para mantener aquel deseo. Tenía que recordar lo que el matón le hizo y la amenaza que representaba para Anna. Y cuando derribara a Felip no debía darle tregua, sino llegar a las últimas consecuencias. Sin matarlo, claro.

—Piensa en ello y vuelve cuando creas que tu voluntad de vencer es mayor que la de tu rival.

Joan ocupó sus pensamientos el resto de la mañana en repasar las humillaciones que le infligía el matón y en su miserable vida desde que este amenazara a Anna. Su miedo se transformaba en deseo de castigar al grandullón, de que cambiaran las tornas, de que le temiera a él. Conforme rememoraba los insultos, los desdenes, las humillaciones, su determinación crecía. Antes de la comida se acercó de nuevo a Abdalá y le dijo:

—Quiero darle una lección. No hay nada que desee más.

Abdalá sonrió y dijo que era el momento de bajar a comer, que ya hablarían de ello. La respuesta decepcionó a Joan, que deseaba tratar el asunto de inmediato. Aun así, las cosas habían cambiado para él. Sentía que podía enfrentarse al pelirrojo con éxito.

Después del descanso del almuerzo cada uno ocupó su mesa y empezaron a trabajar.

—¿Aún sientes que tu voluntad es mayor que la suya? —le preguntó Abdalá al rato.

—Sí, maestro —repuso Joan levantándose de su mesa para acudir a la del musulmán.

—Por mucho que sea tu deseo, Felip es todavía más fuerte —le dijo mirándole por encima de sus gafas.

—Pero ¿entonces...?

—Entonces necesitas algo más.

—¿Qué?

—Necesitas tener tu acción bien preparada y cogerle por sorpresa.

Joan calló mientras intentaba entender el significado de aquello.

—Sí, recuerda —le dijo el maestro—. Tú querías apartarle de la muchacha. Pero él te golpeó varias veces antes de que pudieras reaccionar. Te cogió por sorpresa.

El aprendiz afirmó con la cabeza. No esperaba una reacción tan violenta de Felip cuando quiso apartarlo de Anna.

—Y después ordenó que te sujetaran, él sabía que le obedecerían y le obedecieron. Dominaba perfectamente la acción de conjunto. Tú, en cambio, estabas a su merced. Ahora piensa en qué puedes hacer tú para dominar la acción de conjunto y para que el factor sorpresa esté a tu favor.

Joan regresó pensativo a su mesa.

—¡Ah! —le dijo entonces el maestro—. Se me olvidaba. Te he visto en la comida mirándole de frente, sin agachar la cabeza. ¡Te equivocas! Sigue actuando como si le temieras, no le avises.

Joan pasó de tener sus pensamientos dominados por la angustia y el temor a ocuparlos en diseñar un plan. De cuando en cuando interrogaba a Abdalá y este sonreía satisfecho al adivinar los derroteros del pensamiento del aprendiz.

—Abdalá —preguntó un día Joan—, vos me dijisteis que no erais hombre de armas. ¿Cómo sabéis de la guerra? ¿Por qué me animáis a luchar?

—No me gusta la sangre —repuso—. Prefiero las letras, pero también tuve que empuñar las armas y combatir en batallas. A veces un hombre se ve obligado a luchar por su dignidad.

—Es curioso que lo digáis vos, que sois esclavo.

—Lo soy porque eso dicen, aunque yo vivo la vida que amo.

—¿Seguro que no deseáis volver a vuestra hermosa Granada?

—Hubo un tiempo en que solo quería eso, pero ya no. Nadie me espera allí. Las luchas entre hermanos agotaron aquel glorioso reino. Granada está sitiada y no quiero ser testigo de su capitulación. Prefiero vivir con mis libros y soñarla como era.

Joan asintió e inclinó su cabeza con respeto, pero sus pensamientos retornaron de inmediato a Felip y a sus planes. Ya tenía decidido el día.

38

La tropa de Felip se situó en un promontorio a la espera de sus enemigos para la batalla de piedras del domingo. Su enseña azul estaba clavada en el suelo y a Joan le latía el corazón acelerado.

—Ya llegan —gritó un muchacho al divisar el pendón rojo de la calle Regomir.

Joan esperó a que estuvieran más cerca y entonces, acercándose a Felip, le descargó un fuerte golpe en el escudo de madera con su estaca. El sonido hizo que todas las miradas convergieran en Joan. Se hizo el silencio.

—Te reto —dijo el chico.

El matón le miró sorprendido.

—¿Te has vuelto loco? —dijo al final con una carcajada—. ¿No tuviste suficiente con lo del otro día, remensa? Esta vez te voy a capar.

—Te desafío —insistió Joan—. Y si no aceptas, dejarás de ser el jefe de la banda.

—¡Cogedle! —ordenó Felip.

Joan dio un paso atrás, mientras blandía su cachiporra amenazante a su alrededor para evitar que se le acercaran. Alguno había dado ya un paso adelante para prenderle.

—¡Apelo a la ley de bandas! —gritó—. Un desafío es solo entre dos, nadie más puede intervenir.

—Pero tú no eres... —empezó a decir Felip.

—¡Es verdad! —gritó Lluís—. Eso dicen nuestras leyes. Tiene derecho a retar al jefe.

Felip le lanzó una mirada asesina, pero varios de los muchachos secundaron a Lluís.

—¡Cumple la ley! —le gritaron.

Incluso los más afines a Felip afirmaban con la cabeza, esa era la ley. El matón se vio en minoría y supo que debía aceptar.

—De acuerdo —dijo—. Pero te acordarás de esto toda tu vida. Te arrancaré los cojones con los dientes.

Joan se estremeció, le sabía capaz de eso. Notaba la sangre en las sienes y se dijo que no era momento para el temor. Voluntad de vencer.

—El reto es a diez pedradas y sin escudo a una distancia de ochenta pasos —dijo con voz firme.

—Yo quiero que sea a puñetazos —repuso Felip.

—Pues la ley dice que primero las piedras porque reta Joan y después los puños —aclaró Lluís.

Los demás afirmaron. Los de la calle Regomir se habían situado en su zona de batalla a una distancia de cien pasos y gritaron que estaban listos.

—¡Tenemos un desafío aquí, se pospone la batalla! —les gritó Lluís.

Aquello pareció gustar a los de la enseña roja, que dejaron escudos y porras en el suelo para acercarse amistosamente y contemplar el duelo.

Joan y Felip se separaron para escoger sus piedras y al cruzarse el matón le increpó con todo tipo de amenazas e insultos, que Joan le respondió con tanta o más agresividad. «Voluntad de vencer —se decía—, ¡venceré!»

Cuando estuvieron listos se colocaron a la distancia que midió Lluís, convertido en árbitro, dentro de unos círculos de los que no podían salir. A la voz de ya, Joan apuntó y tiró la primera piedra, que el pelirrojo esquivó con dificultad. El chico sabía que era mucho mejor con las piedras, así que empezó a tirarlas sin dar tiempo a reaccionar al otro, que por temor a la mejor puntería de Joan las lanzaba sin demasiada precisión. A la cuarta piedra Joan alcanzó el hombro de Felip, que dejó escapar un ¡ay! quejumbroso. Aquella era la oportunidad que Joan esperaba y no se detuvo. Con la sexta le acertó de nuevo, esta vez en la rodilla. El grandullón estuvo a punto de caerse pero alcanzó la pierna izquierda de Joan. El chico gritó de dolor y los muchachos creyeron que se desplomaba, parecía tener la pierna rota. Aun así, eso no le detuvo y la octava piedra impactó en la cabeza de Felip. El jefe de la banda tuvo la fortuna de que solo le diera de refilón. Un impacto pleno le hubiera tumbado, pero solo sangraba.

Incapaz de esquivar y lanzar al mismo tiempo, el pelirrojo, con expresión ausente, se mantuvo estático a la espera de que Joan lanzara las dos que le quedaban. Esquivó la novena y la décima le golpeó en el tronco sin causarle un gran daño.

Una vez desarmado su enemigo, Felip se concentró en su puntería. Ninguno de los dos podía salir de su círculo y el matón amagaba tiros para lanzar después tratando de sorprender, pero Joan esquivó la novena piedra al igual que las anteriores.

Ensangrentado y rabioso, Felip contempló la piedra que le quedaba en su mano. Una vez la lanzara, debían encontrarse a mitad de camino para terminar el combate a puñetazos. Pero en lugar de arrojarla, el matón se puso a andar hacia el punto central sosteniéndola en la mano. Joan, sin moverse, gritó a su contrincante:

—¡Tira la piedra!

El pelirrojo llegó al punto medio y Joan continuaba dentro de su círculo. Sabía que al matón le gustaba golpear con una piedra en la mano. Recordó la saña con que pegó a fray Nicolau; solo un milagro hizo que el eclesiástico sobreviviera.

—¡Tira la piedra! —le gritaban algunos de los chicos.

Felip, situado en el centro, le hizo un gesto a Joan para que se le acercara.

—¡Ven! —le dijo—. Ven aquí, malnacido, si tienes cojones.

—¡Deja caer la piedra antes! —repuso Joan negando con la cabeza.

Entonces Felip se puso a correr hacia él bastante rápido, a pesar de cojear, blandiendo en su mano aquel trozo de roca. Joan escapó en dirección contraria; los espectadores, con el alma en vilo, vieron que arrastraba la pierna, tenía que dolerle mucho, pero si el pelirrojo le alcanzaba, le machacaría. Todos gritaban y el chico notaba que tenía el matón ya encima. Al llegar a un árbol se protegió detrás del tronco, mientras Felip caía ya sobre él. Justo entonces Joan se agachó, sacando de entre unas matas un escudo y una cachiporra. El grandullón frenó en seco y su cara ensangrentada mostró miedo. Su piedra de nada le servía si su oponente podía cubrirse con el escudo y golpearle con el palo. Dio la vuelta para escapar y la persecución se invirtió, solo que ahora, para sorpresa de todos, el chico corría más y mejor. El primer golpe lo recibió Felip en el hombro que sostenía la piedra. Intentó girarse y golpear con ella, pero solo alcanzó al escudo y el siguiente cachiporrazo le dio en la cabeza. Fue entonces cuando soltó el pedrusco. Cuando Joan le propinó el siguiente golpe, cayó al suelo. Los muchachos los rodeaban gritándole que tirara el palo. Obedeció solo después de propinar un sonoro porrazo al cráneo del caído, y con toda la rabia que había guardado durante tanto tiempo empezó a patear el cuerpo por la espalda, para que no pudiera revolverse, y a continuación, montado en él, le dio con los puños hasta que estos le sangraron.

—¡Déjalo! —oyó que decían—. Ya basta. Le vas a matar.

Lluís y otro muchacho le apartaron del cuerpo hecho un ovillo y ensangrentado de Felip. No decía nada, era un guiñapo.

Joan comprendió que suya era la victoria y levantando los puños llenos de sangre gritó y rugió hasta quedarse sin voz. Como un animal salvaje.

Cuando dejó de aullar, muchos gritaron y aplaudieron. Un tirano había caído y varios muchachos, tanto de los rojos como de su propia banda, aprovecharon para propinar patadas al cuerpo inerte y a punto estuvieron de lincharlo. Estaba inconsciente y hubo que improvisar unas parihuelas para trasladarle hasta la casa de los Corró. El amo le vio tan mal que hizo llamar a un médico para decidir si debían llevarlo al hospital. Los aprendices dijeron que se había caído, pero ni los creyeron ni inquirieron más.

El médico dijo que no tenía fractura de cráneo y que era un milagro considerando la cantidad de heridas que tenía en la cabeza y la cara. Tampoco apreció huesos rotos aparte de tres costillas. Tendría que guardar cama unas semanas.

La vida cambió para Joan. Las mañanas eran más hermosas y las tardes apacibles; había pasado del continuo acoso y desprecio de Felip a ser admirado y respetado por los aprendices. Lluís le pidió que tomara la jefatura de la banda, pero Joan dijo que no peleó para eso. No quería el mando.

—Pues debes hacerlo —insistió Lluís—. Si no, cuando se recobre volverá a mandar, aún tiene fieles. Y entonces nos lo hará pagar a quienes te ayudamos.

—Yo no quiero —repuso Joan—. Pero tú sí puedes ser el líder. Tendrás mi apoyo y yo seré tu segundo en la banda.

Eso le dio confianza a Lluís y dijo que lo consultaría con el resto de los amigos. Seguramente Felip formara una nueva banda y tendrían que estar listos para defenderse. Los aún partidarios del matón acusaban a Joan de jugar sucio por usar el escudo y la estaca, pero los demás le justificaban diciendo que el pelirrojo rompió primero las reglas tratando de golpear a Joan con la piedra en la mano. Las posiciones estaban equilibradas.

—Gracias, maestro. Jamás creí que pudiera ganarle.

—Me has dado una gran satisfacción, eres un excelente aprendiz —repuso Abdalá—. Y ese matón merecía un buen escarmiento. Tu causa era justa.

—Pero no importa la justicia si no hay fuerza para defenderla.

—Sí, es cierto —reflexionó el anciano—. Dime qué aprendiste.

—Que hay que tener voluntad de vencer. Aunque no basta por sí sola. También es preciso preparar bien la acción de conjunto. Yo me aseguré de tener antes el apoyo de varios de la pandilla a través de Lluís y de conocer bien la ley de bandas, para poder invocarla cuando Felip quisiera romperla.

—Bien, muy bien —dijo Abdalá complacido—. ¿Y la sorpresa?

—Felip no esperaba mi desafío y menos en aquel momento; yo había fingido absoluta sumisión en los últimos días. Además, conociéndolo, calculé bien que querría jugar sucio con la última piedra. Por eso simulé que no podía correr y por eso tenía un escudo y una tranca bien escondidos entre las matas, detrás del árbol.

—Felicidades. Estoy orgulloso de ti.

Joan escribió a escondidas en su libro de aprendiz: «Voluntad de vencer, acción coordinada y sorpresa».

Cuando Felip recobró los sentidos tardó en recordar lo ocurrido y más en comprender que era el fin de su reinado. Al enterarse Joan de que se encontraba consciente, escogió un momento en que los demás trabajaban en el otro extremo del taller para visitarle. Estaba tumbado en su camastro.

—¿Qué tal te encuentras? —le preguntó.

—Mejor —repuso el matón, arisco.

—Si quieres, nuestra disputa puede terminar aquí. —Y le tendió la mano—. Muéstrame respeto y te respetaré.

Felip, a pesar de su cara llena de moratones y heridas, le miró con desdén.

—¿Quién te crees que eres, remensa? —dijo al fin—. Te haré pagar lo que hiciste.

Joan esperaba esa respuesta y no se inmutó. Había un palo cerca y cogiéndolo con las dos manos golpeó con fuerza la parte de los pies de la tabla sobre la que descansaba el jergón del grandullón. Sonó un fuerte golpetazo y Felip aulló del dolor que le produjo la sacudida de la tabla. El chico vio el temor en sus ojos. Ahora era el matón quien tenía miedo.

—Veo que no has aprendido la lección —le dijo Joan con calma mirando aquellos ojos oscuros de tonalidades rojizas—. Si te enfrentas a mí, te mataré.

Y volvió a golpear la tabla para ver, complacido, otra vez el miedo en el rostro de Felip. Joan se alejó contento, pero se dijo que cuando se recuperara debería estar siempre alerta y tener su puñal listo.

Joan acudió feliz a la calle Argentería y al captar la atención de Anna, la llamó con un gesto. Al poco ella, sin pedir premiso, salía con su cántaro. Hacía mucho que no hablaban, solo se veían a distancia. Fue un encuentro breve en el que le reafirmó su amor y le dijo:

—No temáis más a ese matón pelirrojo. Le di una lección y ya no os puede perjudicar. Podéis volver segura a la fuente.

—Gracias, Joan, pero mis padres no me dejarán salir. Tendré que escaparme como hoy. Lo siento, debo regresar de inmediato.

Él le cogió la mano y se la besó. Las mejillas de la muchacha se sonrojaron y se fue corriendo.

39

—Joan, ¿usaste tú el pan de oro? —preguntó el maestro.

El aprendiz levantó la vista del texto que copiaba, sorprendido. El pan de oro eran hojitas de oro batidas a martillo hasta hacerlas mucho más finas que el papel más fino. Un soplo las hacía volar. Se utilizaba en la ilustración de dibujos y en letras iniciales muy elaboradas. También se usaba en el taller de encuadernación para el repujado de cuero en cubiertas de libros valiosos.

—No, maestro. Hace más de una semana que no lo utilizo.

—¡Qué extraño!

—¿El qué?

—No está en la caja donde lo guardamos.

—¿A ver? —Joan se levantó para comprobar que la caja estaba vacía.

—¿Seguro que no lo tocaste?

—Seguro que no. Quizá lo usaron los del taller.

—No, me lo hubieran pedido. Yo soy el responsable del pan de oro frente al amo.

El viejo tenía el semblante preocupado y su expresión era sombría.

—¿Había mucho?

—Sí, casi por valor de una libra.

Joan silbó sorprendido. Una libra era lo que cobraba el maestro encuadernador al mes, aparte de la manutención. Era una cantidad respetable.

—Joan —dijo el maestro al rato—, sé que eres un muchacho honrado y también sabes cuánto te aprecio. Pero si por alguna de esas locuras de juventud tuviste necesidad, dímelo, por favor, e intentaremos arreglarlo.

—Yo no lo he tocado, maestro. Os doy mi palabra.

Abdalá suspiró.

—Tendremos problemas —dijo al fin—. Se supone que solo tú y yo accedemos a esta habitación.

—Pues habrá entrado alguien más cuando no estábamos.

—Sí, así será. Pero yo soy el responsable y sospecharán de nosotros.

El revuelo que la noticia causó en la casa fue mayúsculo. Para los Corró, sus empleados eran parte de la familia y cuidaban de ellos lo mejor que sabían aunque exigían a cambio lealtad. Solo alguien de la casa podía robar el oro y ese hecho convertía su desaparición en algo gravísimo. Ramón Corró, junto a su esposa, reunió a todos en el patio del taller para darles la noticia. Una libra era una cantidad importante, pero el amo dijo que hubiera preferido que le robaran mil fuera de su casa que una dentro.

Algo parecía haberse roto en el grupo. Se miraban los unos a los otros cabizbajos evaluando si el compañero más cercano podría ser el culpable. El amo terminó pidiéndole al responsable que se dirigiera a él en secreto, que se mostraría indulgente.

Cuando Joan subió al *scriptorium* después del descanso posterior al almuerzo, se encontró, aparte de Abdalá, al amo, a Guillem, al maestro y a Felip. Le esperaban y su semblante era sombrío.

—¿Qué ocurre? —balbuceó el chico, sorprendido.

—Joan, dame tu capa, por favor —le pidió el amo.

—¿Mi capa?

—Sí.

Joan miró las caras de cada uno de los presentes en un intento de comprender qué ocurría. Abdalá mostraba tristeza; mosén Corró, determinación; el maestro Guillem estaba expectante; y Felip apenas ocultaba la satisfacción tras su semblante de circunstancias. Supo que algo malo le iba a ocurrir.

—¡Dame tu capa! —El amo repitió la orden.

Joan hubiera salido corriendo con ella, se temía lo peor. Pero estaba acostumbrado a obedecer y descartó la huida. Empeoraría las cosas. Así pues, con lentitud, sintiendo que ponía su cabeza en la picota, entregó la prenda.

—Maestro Guillem —dijo el amo entregándole la capa—, verificad el forro.

Guillem, no sin antes lanzar a Joan una mirada que este interpretó como acusadora, revisó el cosido de la parte inferior de la capa al tiempo que palpaba la tela.

—Aquí hay dos tipos distintos de puntos —dijo al rato—. Y uno tiene el mismo hilo que usamos para los libros.

—Deshaced esos puntos, Guillem —le requirió el amo.

El maestro se afanó con unas tijeras y al poco extrajo del forro algo que deslumbró por su brillo. Joan lo reconoció al instante: era un pan de oro.

Estaba atónito. Su mirada iba del oro a la expresión indignada de mosén Corró. Cuando reparó en Abdalá, le vio mirando al suelo, moviendo la cabeza en leve negación. En cambio, a Felip le costaba disimular una sonrisa de triunfo.

—¡Nunca hubiera esperado esto de ti! —le reprochó el amo.

—Yo no he sido, lo prometo —se defendió el chico.

Se hizo el silencio, todos esperaban la respuesta de mosén Corró.

—¿Cómo explicas, pues, que haya un pan de oro oculto en tu capa?

—Alguien lo puso allí. —Joan sentía las lágrimas pugnando por brotar de sus ojos—. ¡No he sido yo!

—Lo siento, pero tú tenías acceso al oro, y este aparece escondido en tu capa. Todo te señala a ti y a nadie más. Es mejor que reconozcas tu culpa. ¿Dónde guardas el resto de los panes?

—¡Yo no he sido!

—Joan, te lo repetiré una sola vez. —El amo a duras penas contenía su indignación—. Reconoce tu falta y dime dónde escondiste el resto del oro.

—¡No he sido yo! ¡Lo juro!

Mosén Corró le agarró del brazo y por un momento pareció que le fuera a golpear. La sangre coloreaba sus mejillas. Pero se contuvo y le dijo:

—Mira, Joan, no me hagas perder la paciencia.

—Yo no he sido. —No pudo evitar las lágrimas—. ¡Lo juro por mi padre, que está muerto!

Se hizo el silencio y el amo apartó la mirada del chico, que sollozaba, para observar las expresiones del resto. Felip estaba cabizbajo.

—Reflexiona, Joan —dijo mosén Corró al rato—. Ahora ve al taller mientras hablamos. Cuando te mande subir espero que tengas al menos las agallas de reconocer tu falta. Gracias, Felip, vete tú con él.

Joan bajó las escaleras seguido del pelirrojo y al llegar abajo este le dijo:

—Ahora sí que estás jodido. —Había un tono sarcástico en su voz—. ¿Verdad, remensa? —Sonreía y su cara mostraba las huellas de las heridas de unas semanas antes.

Joan se abalanzó sobre él, pero le esperaba, y el grandullón le derribó de un puñetazo en la cara.

—No te doy más porque no quiero que el amo también me eche a mí.

Cuando entraron en el taller los esperaban los otros dos aprendices y el oficial.

—¿Qué ha pasado? —preguntaron.

Joan no dijo nada y se sentó en un rincón con los codos apoyados en las rodillas y las manos en su cara dolorida. Quería centrarse, dejar de llorar, entender qué ocurría.

—Nada —repuso Felip después de dejar un tiempo de intriga—. Que ya tenemos al ladrón.

El amo y los dos maestros le contemplaron con semblantes graves al reencontrarse.

—Joan, ¿has reflexionado? —inquirió mosén Corró.

—No tengo que reflexionar. Yo no he sido.

El librero miró a los otros antes de continuar.

—Bien, veo que persistes en tu actitud. Y lo siento por ti. Recoge tus bártulos y vete. Esta ya no es tu casa.

—Pero...

—Vete ahora mismo —insistió mosén Corró—. Te doy dos días para que lo pienses. Si al tercero no has vuelto aquí con el oro, te denunciaré a las autoridades. Eres muy joven y quiero ahorrarte el castigo y la vergüenza pública del ladrón.

Joan recogió sus cosas en un hatillo, era mayor que el que trajo desde Llafranc, pero las circunstancias le recordaban la tristeza de entonces.

—Lo siento, hijo —le dijo Abdalá—. Te creo, pero no pude convencer a los otros. Las pruebas están en tu contra.

—¡Tiene que ser obra de Felip!

—Puede ser. Pero ellos necesitan defender la honra de la cofradía. Tienen que encontrar al culpable y dar ejemplo para que todos sepan que los delitos entre libreros no quedan impunes.

—¿Aunque castiguen a un inocente?

—Tienen pruebas que ellos creen concluyentes y se ven obligados a actuar. Si no lo hicieran, sería un mal ejemplo inadmisible para la cofradía.

—Me expulsarán de la cofradía, ¿verdad? ¡Ya nunca podré ser librero!

Abdalá afirmó con la cabeza.

—¡Yo no he sido, maestro! —sollozó Joan—. Estoy seguro, Felip lo montó todo. Me odia.

—Lo siento, ojalá que podamos probar tu inocencia.

Joan escribió en su libro antes de irse: «Ha sido Felip».

No se sentía con fuerzas para despedirse de nadie y una vez tuvo sus pertenencias en el hatillo, bajó las escaleras para salir.

—¡Joan! —Era la señora Corró. Le miró un momento a los ojos, unos ojos oscuros y vivaces que le recordaban a los de su madre, y los del chico se llenaron de lágrimas. Ella le tendió los brazos y le tomó entre ellos con cariño mientras él se deshacía en llanto.

—Yo no he sido, ama. Yo no he sido.

—Lo siento, hijo mío. —También lloraba—. Te creo, pero no puedo hacer nada. ¡Que el Señor te ayude!

Ya en la calle, miró a un lado y a otro sin saber adónde ir. Decidió dirigirse al puerto, quizá pudiera enrolarse en un barco. No tenía futuro en Barcelona, las noticias volaban y ningún gremio le daría trabajo. Estaba deshonrado y aun siendo inocente sentía vergüenza. Necesitaba irse, huir. Si se quedaba terminaría en la cárcel.

Oyó que le llamaban y vio a Lluís, que corría hacia él.

—Yo no fui, Lluís —le dijo cuando le alcanzó—. Estoy seguro de que ha sido Felip para librarse de mí.

—Lo lamento, Joan —repuso este—. Ya vuelve a pavonearse como antes y si tú no estás, no podré evitar que empiece a mandar de nuevo.

Joan se encogió de hombros. Tenía preocupaciones más serias que el liderazgo de la banda.

—Te deseo mucha suerte —le dijo Lluís—. Yo también creo que Felip lo hizo para culparte.

Los dos muchachos se abrazaron y Joan reemprendió su camino hacia el mar. Quería irse muy lejos.

40

Era una tarde fría y nublada de finales de noviembre y Joan anduvo hacia el puerto en busca del calor de las tabernas y del vino. Le dieron dos días para devolver algo que él no tenía. Y si no lo hacía, le entregarían a la justicia de la ciudad. Bien sabía Joan lo que le esperaba por ladrón: azotes en público, vergüenza, todo el rito del castigo. Pero aquello no era lo peor. Las escasas opciones que antes tenía de casarse con Anna se reducían ahora a ninguna. Un joyero jamás emparentaría con un ladrón.

Huiría, no aceptaba un castigo sin merecerlo. No soportaba imaginar las risas de Felip mientras su espalda se cubría de las heridas sangrantes del látigo. Embarcaría en la primera nave que lo aceptara, quizá pudiera llegar a Italia y saber más de su familia. Lamentaba alejarse de su hermano, pero el chico tenía un buen trabajo en la fundición, se sentía feliz, y algún día fabricaría la campana que diera el sonido más conmovedor del mundo. El maestro le alojaba en su casa y estaba encantado con el trato familiar que recibía. No podía embarcarse sin darle un abrazo.

También quería despedirse de Bartomeu, pero el mercader no regresaba de viaje hasta dentro de cuatro días. Demasiado tarde. Él se iría antes.

Y claro, tenía que decirle adiós a Anna. Sabía que sería para siempre. Si algún día regresaba a Barcelona, una toquilla cubriría su cabello como mujer casada. Quizá la viera de la mano de sus hijos. No tenía nada que perder, entraría en la casa si fuera preciso y hablaría con ella. Por última vez.

Estuvo en las tabernas donde los grandes barcos reclutaban, pero solo había una carabela en el puerto y no precisaba marinos. Después anduvo preguntando por la playa y no encontró nada. La noche caía, era demasiado fría para dormir en la arena y aunque conocía a los taberneros, estos nunca dejaban que nadie pasara la noche en sus establecimientos. Por muy dormido que estuviera un borracho, lo sacaban a la calle antes de cerrar. No encontraría allí alojamiento y no podía permitirse pagar el albergue de la ciudad. Al fin pensó que quizá lo acogieran en Santa Anna y así dispondría de todo el día siguiente para encontrar barco.

—¿Y vas a salir corriendo siendo inocente? —le preguntó fray Antoni, el suprior, después de escuchar atento su historia.

Su cara huesuda de pelo ralo mostraba sus ojos vivaces, duros. Joan temía aquel momento, aún recordaba la acogida tan poco caritativa que tuvo con él y su hermano a su llegada a Barcelona. Con un prior casi siempre ausente, era fray Antoni a quien debía pedir albergue por compasión. Era él quien controlaba la olla comunitaria y mandaba en los asuntos domésticos.

—No hay forma de probar mi inocencia y no acepto pagar como un ladrón por lo que no hice —repuso el chico—. Dadme albergue por caridad esta noche y mañana me embarco hacia cualquier rumbo. No os molestaré más. Tengo algún dinero de vellón en mi bolsa, os pagaré por la cama y no acudiré a la cena.

El monje le miró soltando chispas por los ojos. Joan temía que aquel tipo colérico le echara de allí a patadas.

—¡Cómo te atreves! —rugió al fin—. ¡Cómo te atreves a ofrecerme dinero!

—Yo... —balbuceó Joan—. Yo no os quería ofender.

—¡Pues claro que me ofendes! —le gritó el monje—. Te quedarás aquí con nosotros el tiempo que sea preciso hasta probar tu inocencia. Somos pobres, pero no tanto como para no darte de comer.

Joan le observó sorprendido. ¿De dónde salía aquella generosidad repentina? Le desconcertaba, no encajaba con lo que conocía del fraile.

—Pero cuando llegamos aquí, mi hermano y yo, vos...

—Aquello era distinto —le cortó—. Una cosa es que el prior quiera imponernos dos bocas más por su capricho y otra que abandonemos a alguien como tú, que has vivido con nosotros y que formaste parte de nuestra comunidad, cuando tiene problemas. Tendrás cama, cena, desayuno y almuerzo.

Le miraba fijamente, con expresión seria, parecía que le gustaba el contencioso que Joan tenía planteado.

—Y no se te ocurra huir —prosiguió—. Me has dicho que eres inocente, y yo te creo. Tienes que probar tu inocencia, aunque solo sea por el honor de la comunidad de Santa Anna.

El honor de Santa Anna era la menor de las preocupaciones de Joan, pero se alegraba del inesperado apoyo. Aquello le dio ánimos para replicar.

—Sí, pero si no logro probar mi inocencia, seré yo quien sufra el castigo del ladrón y no la comunidad de Santa Anna.

El fraile pasó por alto su comentario, estaba meditando sobre el caso.

—Negociaremos un nuevo plazo con mosén Corró —dijo—. Y si hace falta, yo actuaré como abogado frente a los tribunales. Sé de leyes. Creo, además, que es bueno que veas a mosén Bartomeu. Él siempre os ha protegido a ti y a tu hermano.

Joan se dijo que aquel sería un abogado temible. Pero no sabía si era mejor tenerlo a favor o en contra, el monje daba miedo. Le parecía buena idea obtener más tiempo y así poder ver a Bartomeu. Además, esperar un poco no descartaba su primera idea de huir a Italia. Quizá llegara pronto el barco adecuado.

—Tarde o temprano el culpable va a pasar el oro a otro —dijo fray Antoni—. Es comprometedor guardarlo. Lo normal es que intenten venderlo.

—El gremio de los argenteros es muy cerrado y custodian celosamente los datos de sus transacciones —dijo Bartomeu—. Es como la caja de la ciudad que guarda el secreto del dinero depositado en ella y la identidad del impositor.

Fray Antoni, Bartomeu y Joan debatían en la sala capitular de Santa Anna la forma de probar la inocencia del chico. Mosén Corró aceptó con alivio prorrogar el plazo para que Joan devolviera el oro. Se le veía incómodo con la idea de llevar al chico a la justicia y Joan se decía que su esposa tenía mucho que ver con ello. También influía la estrecha amistad entre el librero y Bartomeu, pero mosén Corró tenía obligaciones que cumplir y la cofradía era muy estricta. Si Joan no mostraba arrepentimiento y no devolvía el oro, su obligación era denunciarle. Otro gallo cantaría si se probaba inocente; en ese caso sería readmitido con todos los honores.

—Precisamente por el secreto que mantienen los argenteros, el ladrón se sentirá seguro vendiendo el oro —opinó el monje.

—Yo lo enterraría —dijo Bartomeu.

—Vos sí, pero ya no sois un muchacho —repuso el fraile—. Y si es quien sospechamos, es joven y los jóvenes tienen mucho que comprar.

—Tengo un buen amigo argentero. Se llama Pere Roig. Seguro que él puede indagar, a pesar del secreto profesional. Si dice que le prestó el oro a mosén Corró y que en realidad se lo robaron a él, nadie del gremio le negará su ayuda.

A Joan se le cortó la respiración. ¡Pere Roig era el padre de Anna!

—¿Mentiría por vos? —interrogó el monje.

—No mentiría por mí —repuso el mercader mirando a Joan con media sonrisa—. Cambiaría un poco los hechos para hacerle un gran favor a la justicia. Y a la caridad.

41

Joan pasó los días siguientes aguardando a que el padre de Anna averiguara si alguien del gremio de los argenteros compró los panes de oro. Iba cada mañana a contemplar a la muchacha desde una distancia prudencial para no llamar la atención a sus padres y la observaba enamorado mientras ella limpiaba la plata o arreglaba las joyas en el mostrador bajo la supervisión atenta de la madre. En ocasiones también ayudaba a su padre en el taller. Eran miradas furtivas, sonrisas disimuladas que enviaban un te quiero clandestino. Eran tristes por la distancia y alegres por el reencuentro diario. Joan deseaba que ella saliera a la fuente pero era la criada quien se encargaba del menester.

En el convento, Joan seguía los servicios religiosos de los frailes, ayudaba en el huerto y practicaba latín con fray Melchor. Conocía bien las declinaciones, los verbos, los pronombres y un amplio vocabulario que le enseñó Abdalá. Cuando trabajaba en la librería recurría en secreto a fray Melchor con sus dudas en lugar de a su maestro para disimular que sabía leer. El buen fraile se admiraba de su entusiasmo y facilidad con la lengua.

—Necesito latín si quiero llegar a ser un buen librero —le confesaba Joan—. Tiene mucho mérito coser y encuadernar libros hermosos, y también hay que vender libros en blanco, plumas, tinta y todo lo demás. Pero lo que ansío es encontrar el libro adecuado para cada persona y la persona adecuada para cada libro.

—Eso tiene que ser muy difícil —le objetaba el fraile—. Deberías conocer muy bien al libro y a la persona. No sé si llevas buen camino para eso. Pero sí con el latín. Dentro de poco sabrás todo lo que yo sé. Tendrás que buscarte otro maestro, aprendiz.

Aquel día Anna se mostró más expresiva que nunca. Quería decirle algo. Se ponía la mano en el corazón, en la boca y lo enviaba en un beso. Después, furtiva, le mostró el cántaro. ¡Iba a salir! El corazón de Joan latía acelerado y se apresuró hacia la fuente para esperarla. La vigiló a distancia mientras llenaba el cántaro, sabía que ella le había visto y fue a esperarla al callejón. Ambos sonrieron abiertamente al verse, no pasaba nadie en aquel momento.

—No tengo mucho tiempo —le dijo ella. Sus ojos verdes tenían el blanco enrojecido, había llorado—. Solo quería deciros que os amo y os seguiré amando siempre.

—Yo también, muchísimo —repuso él sorprendido por su vehemencia—. ¿Qué os ocurre?

—Nada, solo que os quería ver para que lo supierais.

Joan se alarmó. Había algo que ella no le decía. Anna tenía ya dieciséis años, quizá su padre la hubiera prometido y aquello fuera una despedida. Se lo preguntó.

Ella movió la cabeza negando. Ya no sonreía y parecía a punto de llorar. Dejó el cántaro en el suelo y le abrazó. Joan sintió la cálida ternura de su cuerpo, y la textura de sus pechos apretándose contra él. Contuvo el aliento y le devolvió el abrazo. Se dijo que Anna se arriesgaba muchísimo, pero buscó sus labios y se besaron. Joan siempre recordaría aquel beso, su primer beso de amor, torpe aunque tan intenso que le hizo perder noción de todo lo que le rodeaba. Creyó morir de placer. Después ella le apartó con ternura y le dio una nota doblada.

—Adiós —le dijo mientras cogía el cántaro—. Me tengo que ir.

Sonrió, aunque a Joan le pareció que era una sonrisa forzada. Y se fue corriendo.

La nube de felicidad se esfumó tan pronto ella desapareció tras la esquina, presurosa, hacia su casa. Joan estaba confuso y preocupado. Desdobló la nota impaciente pero no ponía más; decía que le amaba y que le amaría siempre. Parecía una despedida.

¿Qué le ocurría a Anna? Quizá su padre la prometió a alguien y no se lo quería decir. Quizá estuviera a punto de casarse. Se dirigió hacia la calle Argentería y la observó a distancia hasta que recogieron la tienda por la noche y cerraron las puertas de la casa. Antes, ella le vio y se enviaron un beso.

Aquella noche Joan apenas durmió de la angustia. Se despertaba viendo a su amor en brazos de otro y cuando aquel hombre se giraba, resultaba ser Felip, que reía llamándole remensa.

A la mañana siguiente su inquietud persistía y en la misa de la hora tercia junto a los monjes rezó más que nunca. Tenía mucho que pedir. Suplicó que su amor por Anna fuera algún día posible, que se demostrara su inocencia en el asunto del oro y por su madre y hermana.

Entrando en la calle Argentería notó algo raro en la casa de los Roig. Corrió hacia allí para comprobar que no habían abierto la tienda, que la casa estaba cerrada. ¿Qué ocurría? Preguntó a los vecinos y estos también mostraron su extrañeza. Uno dijo que oyó ruidos en la noche pero era invierno, las casas estaban bien cerradas, nadie gritó, y él no quiso investigar.

—Hemos llamado y no contestan —comentó un argentero que tenía su tienda vecina a la casa.

Joan aporreó la puerta sin que se oyera el más mínimo sonido en el interior.

—¿Cómo puedo entrar? —quiso saber—. Quizá estén enfermos o heridos y necesiten ayuda.

—No creo que sea eso —dijo una vecina.

—¿Por qué? ¿Qué es lo que sabe? —preguntó Joan.

—Nada, yo no sé nada —repuso ella—. Tenemos un patio trasero común y desde allí quizá puedas alcanzar una ventana de su casa. Mi marido tiene una escalera, somos del gremio y ayudaremos en lo que podamos.

El marido quiso saber quién era él para entrar en la casa de los Roig y Joan repuso que era amigo de la familia y además, que si necesitaban ayuda no importaba quién fuera.

—¿No serás un familiar de la Inquisición? —preguntó con recelo el hombre.

Joan le aseguró que no y el argentero le sostuvo la escalera con la que llegó a una ventana cuyos portones cedieron a su presión.

Era una habitación que bien podía ser la de Anna. Pero ella no estaba. Tenía su aroma, se dijo, e hinchó sus pulmones con el aire que ella había respirado. Después recorrió la casa abriendo ventanas para que entrara la luz, aunque no halló a nadie. Había signos de una huida precipitada y de que la familia cargó con lo que pudo. Al llegar a la puerta de la calle la encontró cerrada con llave y en aquel momento fue plenamente consciente de que se habían ido.

—No me extraña que huyeran en la noche —comentó la mujer—. Los Roig son conversos.

42

Joan se derrumbó. «No la veré nunca más —se repetía—. No la veré nunca más.» Y sus ojos se llenaban de unas lágrimas que contenían las últimas imágenes de la muchacha. Si los Roig escapaban de la Inquisición, jamás regresarían a Barcelona. No podían haber huido por tierra; las puertas de la ciudad se cerraban durante la noche y aun sobornando a la guardia, los caminos eran inseguros y llegar hasta Francia, muy peligroso. Sin duda huyeron en barco y Joan se dirigió al puerto para preguntar por una nave que levara anclas poco antes del amanecer.

Por el camino iba pensando que la tristeza de Anna, su ternura y sus lágrimas se debían a que sabía que iba a partir. Se estaba despidiendo. Y no podía decírselo, puesto que la vida de su familia peligraba; tenía que ser secreto absoluto. Las cosas cambiaron mucho desde que el último gran grupo de conversos embarcó y el miedo a la Inquisición se abatía sobre la ciudad. Ahora quienes colaboraban en su huida eran ejecutados. La trampa se había cerrado sobre los conversos casi por completo. Nadie se atrevía a ayudarlos.

Joan se encontró con un mutismo total. Los marinos respondían a su pregunta con otra:

—¿Eres familiar de la Inquisición?

Aunque Joan era conocido en el puerto, la gente ya no se fiaba de nadie; había muchos preguntando y la red de espías se ampliaba cada día. Los llamados familiares de la Inquisición gozaban de impunidad y de privilegios como no pagar impuestos. Eran laicos y podían desempeñar cualquier oficio, aunque algunos vivían exclusivamente de lo que la Inquisición incautaba a las gentes que ellos denunciaban. Ser familiar de la Inquisición era como tener un certificado de pureza de sangre, y como las denuncias eran secretas y la identidad de los denunciantes anónima, resultaban temibles. Un ciudadano nunca sabía si estaba hablando con uno de ellos.

Todo lo que Joan pudo indagar fue que una nave siciliana zarpó con las primeras luces del día.

De camino de regreso a Santa Anna pasó por la calle Argentería; le dolía en el alma ver el hueco que dejaba la tienda de los Roig con su puerta cerrada. Era una ausencia insoportable.

Corrió a su celda y escribió en su libro: «Te encontraré. En Italia, quizá».

Al poco, el hermano portero le avisó de que Bartomeu quería verle. Joan le dijo que ya sabía que la familia Roig huyó en la noche.

—Siento que Anna se fuera y comprendo tu tristeza —repuso el mercader—. Pero hay otro asunto.

—¿Cuál?

—Mosén Roig se fue sin darme ninguna información sobre el oro robado.

Joan le miró sorprendido. Se había olvidado por completo del oro y de la acusación que pendía sobre su cabeza, que amenazaba su futuro, su propia integridad física y su libertad. La ausencia de Anna ocupaba todas sus preocupaciones.

—¿Y qué implica eso? —preguntó sabiendo ya la respuesta.

—Que se te considerará culpable y que mosén Corró te tendrá que denunciar.

Joan se encogió de hombros. Una mala noticia más, se dijo. Su mundo se derrumbaba definitivamente.

—Dadme un par de días y le diré al amo que no puedo probar mi inocencia —dijo abatido pero con entereza—. Que haga lo que tenga que hacer.

—Lo siento, Joan. Creo que será mejor que te embarques y escapes de aquí. ¿Has pensado en eso?

—Sí, pero si lo hago, nunca podré regresar a Barcelona. Nunca más veré a Gabriel.

—Piénsalo de nuevo —le dijo Bartomeu—. Y después dime en qué te puedo ayudar.

Joan fue a la iglesia. Aún no era la hora sexta y se encontraba vacía. Se arrodilló frente al altar mayor para rezar y murmuró entre lágrimas:

—Señor, padre todopoderoso. Siempre he cumplido lo mejor que he sabido con mis deberes cristianos. He oído misa cuando era de precepto, he rezado mis oraciones, he confesado mis pecados e hice mis penitencias. Quise ser bueno con los demás y honrado. ¿Por qué me enviáis tanto mal? Perdí a mi padre en manos de otros cristianos y después a mi hermanita. Esclavizaron a mi madre, a mi hermana, a Elisenda. Y ahora permitís que me crean un ladrón, que caiga sobre mí la vergüenza y el deshonor. Nunca más podré ejercer un oficio en esta ciudad. Y alejáis a la persona que más quiero. Anna... Quizá nunca la vuelva a ver. Y se ha ido por temor a esos inquisidores que dicen cumplir vuestra voluntad.

»Tanto mi familia como mis vecinos eran buena gente, cumplían sus deberes religiosos y ahora han muerto o son esclavos. Y fueron cristianos quienes les causaron ese daño, como cristianos son los que aterrorizan ahora la ciudad. Es injusto. Permitís que la desgracia caiga sobre inocentes. Y sobre mí. ¿Qué he hecho mal? ¿Por qué me odiáis?

Apretaba los puños con rabia, clavándose las uñas en la palma de la mano y, de rodillas, se doblaba hasta tocar con la cabeza en el suelo, que mojaba con su llanto. Sonaron las campanas, era ya la hora sexta, el mediodía. Se apartó del crucero para refugiarse en la penumbra y asistir al oficio sin llamar la atención. Llegaron los monjes como de costumbre, se situaron en sus lugares habituales y rezaron sus oraciones. Joan seguía a veces los rezos, otras movía la cabeza en negación. «No puede ser —murmuraba—, un Dios bueno no consentiría tanto mal.» Notaba que enloquecía.

Terminado el oficio, los frailes desfilaron hacia el refectorio para el almuerzo y Joan los siguió a distancia. Salió al claustro cuando el último monje ya subía las escaleras del comedor. No tenía hambre. En realidad no quería saber nada de los frailes. Ni del Dios al que rezaban. Se dirigía a su celda cuando notó una mano firme en su hombro:

—Joan. —Era el suprior.

El chico observó a través de sus lágrimas la cara enjuta y severa del fraile y trató de sacudirse con rabia la mano de su hombro.

—Joan, ¿qué te ocurre? —inquirió el hombre sujetándole aún más fuerte.

—¡Nada! ¡Dejadme!

—Te he observado durante el oficio. ¿Qué te ocurre? ¿Por qué no subes al comedor?

—¡Dejadme! —repitió el muchacho—. ¡No quiero vuestra comida, ni quiero a vuestro Dios!

—¿Qué? —exclamó el monje con espanto.

—¡Que no quiero...!

Fray Antoni no le dejó terminar, le empujó hacia la sala de reunión de los monjes, hizo que entrara y cerró la puerta detrás de él. Joan quiso resistirse, pero aquel hombre nervudo tenía una fuerza sorprendente.

—¡No digas eso nunca más! —le increpó el fraile.

La luz de la sala entraba solo a través de las vidrieras de las dos ventanas que daban al claustro y en aquel día nublado de invierno era mortecina. El lugar se le antojó tétrico a Joan.

—¡No quiero a vuestro Dios! —repitió el muchacho con rabia.

Un sonoro bofetón resonó en las paredes de la estancia y por un momento el dolor que Joan sintió en la cara le hizo olvidar el de su corazón. El fraile le puso las dos manos en los hombros y mirándole a los ojos le dijo en un inesperado tono cariñoso:

—¡No digas eso nunca más, Joan! ¡La Inquisición te podría condenar a la hoguera solo por eso! ¡Que nadie te oiga decir tal barbaridad!

—¡No me importa la Inquisición, no me importáis vos, no me importa vuestro Dios!

—Pero ¿te has vuelto loco? —El tono cariñoso, tan extraño en él, continuaba en la voz del hombre—. ¿Qué te ocurre, muchacho?

Y Joan no pudo aguantar más y entre hipos y sollozos le fue contando al fraile el relato de sus desdichas.

—Serénate, recapacita, todo tendrá sentido —le consolaba fray Antoni.

—¿Sentido? —repuso el chico—. Los soldados que mataron a mi padre servían a vuestro Dios, los inquisidores que aterrorizan a las gentes y han hecho huir a Anna sirven a vuestro Dios. El mismo que permite que siendo yo inocente pague como culpable.

—Te equivocas al decir eso. Escucha: no confundas los actos equivocados, crueles o egoístas de los hombres con los actos de Dios. Muchos son los que usan Su nombre en vano para justificar sus propias maldades. Los soldados que mataron a tu padre no actuaban en nombre de mi Dios, ni tampoco los inquisidores. Pueden decir que lo hacen, pero están equivocados. El Dios verdadero es misericordioso, y ellos no lo son. Tú eres un chico muy inteligente, aunque no puedes juzgar al Ser divino. No caigas en esa vanidad intelectual, no te engañes. El hombre tiene libre albedrío y sus obras son muchas veces ajenas a Dios.

—¿Y eso de libre albedrío qué es?

—Es la capacidad del hombre de decidir por sí mismo. Él es el único responsable por sus decisiones y por ellas rendirá un día cuentas al Señor. Esa libertad es causa de que ganemos el cielo o el infierno durante nuestra estancia en la tierra.

Joan quedó pensativo, veía sentido en las palabras de fray Antoni. Aún le dolía el bofetón de la mano huesuda del monje y al tocarse la mejilla la notó ardiendo. El dolor de su corazón continuaba tan intenso como antes.

—Pero ¿por qué a mí? —se quejó—. ¿Por qué a mis padres y a las gentes que quiero?

—Habrá un motivo —dijo el suprior—. El Señor lo conoce.

—O no —repuso Joan con rabia renovada.

Y de un empujón se libró del hombre. Salió de la sala capitular y fue a su celda a toda prisa. Allí tomó el dinero que tenía ahorrado y las piezas de coral que aún le quedaban y corrió hacia la calle. Temía que el fraile le detuviera.

43

Joan cruzó la Rambla para dirigirse al camino del Peu de la Creu. Allí, al final de la vereda continuaba aquella casa destartalada, medio oculta entre árboles, donde el pasaje moría en unos matorrales. El chico moderó su paso, jadeaba. El cielo era de un gris plomizo, amenazaba tormenta y sentía aprensión. Pero no tendría miedo, se dijo, llegaría hasta el final.

De la chimenea salía una columna de humo, aunque al llamar no obtuvo respuesta. Quizá la bruja estuviera acostumbrada a que los muchachos golpearan su puerta para echar a correr. Insistió.

—¿Quién es? —respondieron al rato.

—Joan Serra.

A eso le siguió un silencio y después oyó:

—No te conozco. Vete, estoy ocupada.

—¡No me puedo ir! Os necesito.

Esperó pero no obtuvo respuesta, parecía que la mujer daba por zanjada la conversación. El viento arreciaba y empezaron a caer gotas de lluvia. Joan se arrebujó en su capa. Al rato volvió a golpear la puerta hasta que la misma voz preguntó:

—¿Quién es ahora?

—Soy Joan.

—¡¿No te dije que te fueras?!

—Y yo dije que os necesito. Abridme, por favor.

—Estoy ocupada.

—No me iré hasta que abráis.

Hubo otro silencio y después unos gruñidos de disgusto y descorrer de cerrojos. Una mujer de unos cuarenta años con aspecto desaliñado y pelo canoso alborotado, sin cubrir con un manto como correspondía a su edad, abrió la puerta. No tenía ningún ojo de cristal en su mano y los suyos, verdes, se movían observándole. Le veía.

—Os necesito —repitió él.

—¿Para qué? —inquirió ella, huraña.

—Os necesito porque sois bruja y solo una bruja me puede ayudar.

—¿Bruja yo? ¿Quién te ha dicho eso?

—Todo el mundo lo dice.

—Pues no es verdad. Algunos mienten con mala intención y los otros se equivocan. Yo solo conozco algunos remedios y trato de ayudar a la gente.

—Dicen que vivís de eso. Traigo dinero y coral para pagaros.

La mujer se quedó pensativa y después respondió:

—Vivo de eso y si continúan llamándome bruja, también moriré de eso. ¿No serás familiar de la Inquisición?

—No, no lo soy.

—¡Júralo por la salvación de tu alma!

—Lo juro.

La bruja pareció tranquilizarse y dando unos pasos más allá del umbral de la casa lo contempló con cuidado bajo la luz gris de la tarde. Vio sus ojos enrojecidos por el llanto, las ojeras, y percibió un dolor profundo en él. Le tomó las manos en las suyas y bajó sus párpados hasta casi cerrarlos. Joan sintió unas manos huesudas pero cálidas y la observó con aprensión. Al poco unas lágrimas serenas corrían por las mejillas de la mujer. Entonces una fuerte ráfaga de aire acompañada de lluvia fría los golpeó, al tiempo que el estampido de un trueno les hacía estremecer. Ella se puso a temblar.

—Entra —dijo.

Joan se encontró en una gran habitación con una chimenea en un extremo donde el fuego calentaba un caldero que iba soltando vapor. Un vaho oloroso y picante llenaba la estancia. Del techo colgaban distintas hierbas y lo que al muchacho le parecieron pellejos y las paredes tenían anaqueles con tarros y potes. En el centro había una mesa y señalando un taburete, la mujer le dijo que se sentara.

—¿Qué quieres de mí? —le interrogó clavándole unos ojos demasiado abiertos.

—Dicen que las brujas adoráis al demonio en lugar de a Dios. Que tenéis un pacto con él.

—Yo no soy bruja.

—Y he leído en ciertos libros que el diablo no es un ángel caído, sino que es otro Dios —continuó el chico—. Y que es tan poderoso como el Dios de la Biblia.

La mujer rio mostrando una boca en la que le faltaban algunos dientes. Después repuso con sorna:

—No sé de qué me hablas. Yo no sé leer.

—El Dios de la Iglesia es injusto y de nada sirve rezarle. —Joan siguió sin hacer caso a los reparos de la bruja—. Intento seguir sus leyes pero me castiga sin motivo y daña a la gente buena a la que amo. Quiero el poder de tu dios para recuperar a mi familia, conseguir a mi amada y vengarme de unos miserables.

—La gente viene aquí a pedirme remedios para la tos, para los dolores, todo lo más un filtro amoroso... —repuso ella fingiéndose pensativa; sus labios dibujaban el inicio de una sonrisa—. Pero lo tuyo, desde luego, se sale de lo normal...

—¡Ayudadme! —gritó Joan.

La bruja no dijo nada, solo se le quedó mirando a los ojos fijamente y a pesar de su determinación, Joan sintió miedo. De no ser por la rabia y la desesperación que llenaban su corazón, hubiera salido corriendo de aquel lugar. En aquel momento sonó otro trueno tan fuerte que parecía que el rayo hubiera caído allí mismo y una lluvia intensa empezó a golpear el techo de la casucha. El susto le hizo dar un salto, pero la bruja ni pestañeó y le miraba como una serpiente a su presa. Aquello atemorizó aún más al muchacho. Quiso sostener su mirada, aunque no podía y la desviaba una y otra vez, y cuando lograba mantenérsela, veía la cara de la mujer transformándose. En una de sus mutaciones el chico vio en ella la faz del tuerto asesino y se le escapó un grito. La bruja despertó de un aparente sueño en que mantenía los ojos abiertos. Le miró con extrañeza y al fin le dijo:

—Cuéntame.

—¿El qué?

—Cuéntame todo, desde el principio. Quiero saber qué te ha llevado a renegar de Dios.

Aquellas palabras causaron otro tipo de temor en Joan. ¿Había él renegado de verdad de Dios? No se lo había planteado en términos tan duros, pero quizá tuviera razón la mujer. Y se dijo que aquello le hacía del mismo gremio que la bruja. Iba a abrir la boca para responder cuando ella le detuvo con un gesto. La lluvia arreciaba y el techo parecía querer desplomarse. Tenía múltiples goteras y la mujer había dispuesto varios cacharros donde estas eran mayores. Cada gotera daba una nota distinta en su recipiente y el concierto sonaba repiqueteante dentro y fuera de la casa. La luz que entraba por los ventanucos disminuía por momentos y los vapores del caldero formaban una neblina húmeda. Casi no se veía. La mujer cambió unos potes por otros con rapidez, desaguó los llenos, se acercó a la lumbre para echar unos troncos y regresó a la mesa con un candil encendido. La luz desde abajo proyectaba sombras deformes en su rostro y Joan se convenció de que trataba con un monstruo del diablo. Ella puso el candil sobre la mesa al sentarse y con un gesto mudo le instó a que hablara. Y el muchacho le contó su peripecia desde el paraíso perdido de Llafranc hasta la Inquisición y la huida de los Roig que le dejó sin amor y sin la posibilidad de demostrar su inocencia.

—De nada me sirvió suplicarle a Dios, una y mil veces —decía con lágrimas en los ojos—. De nada me sirvió cumplir sus preceptos.

—¡Cállate ya! —chilló la bruja, dejando ver los huecos de su dentadura.

Joan la miró atemorizado y vio en su cara una mueca. La mujer tenía una piel muy blanca y fina, solo surcada por líneas tenues en la zona de los ojos. Pero ahora su semblante se contraía, sus labios se apretaban crispados y su frente se poblaba de arrugas. A la luz del candil parecía un monstruo en metamorfosis y el chico se encogió ante el temor de presenciar la aparición del diablo en unos instantes.

—¡¿Te crees que eres el único que ha sufrido?! —le gritó.

Joan no sabía dónde meterse; se encogió un poco más.

—¿Me ves bien? ¿Me has visto?

El chico afirmó con la cabeza sin saber a qué se refería y sin atreverse a preguntar.

—Pues en el año setenta y seis yo era una mujer hermosa y feliz, muy feliz. Estaba casada con un hombre fuerte que me acunaba en sus brazos y nos amábamos. Mucho. Sobrevivimos a la guerra civil y a las hambrunas. Los dos éramos especieros de familia y nuestro negocio empezaba a funcionar, él atendía a las mezclas químicas y fabricábamos la mejor pólvora de Barcelona. Yo conocía bien las especias para las comidas, las hierbas y los remedios, y tenía las recetas guardadas de muchas generaciones de mujeres de mi familia. Éramos muy respetados en el gremio y nuestros compadres nos consultaban con frecuencia a pesar de que aún no teníamos ni treinta años. Amábamos nuestro trabajo, buscábamos en viejos tratados y experimentábamos nuevas fórmulas. Quería pasarle a mi hija más saber del que yo había recibido. Teníamos una niña de cinco años, que ya jugaba con el mortero, las hierbas y los condimentos, dos chicos de tres y dos años, y una niña a la que yo aún amamantaba. ¡Éramos tan felices!

La bruja calló y se quedó mirando hacia el infinito, con la faz relajada y una sonrisa en la boca, pero en realidad miraba hacia adentro contemplando imágenes muy queridas y oyendo voces largo tiempo añoradas. El repiqueteo de la lluvia en el tejado y el concierto de las goteras en las vasijas continuaban intensos y la bruma era incluso más espesa. En el exterior la riera de la parte trasera de la casa rugía. Joan contempló por un tiempo aquel rostro, tan cambiante al parpadeo de la luz del candil, hasta que no pudo contenerse.

—¿Y qué pasó?

Ella le miró con una expresión dura en su rostro y por un momento él lamentó haberla despertado de su ensoñación.

—Vino la peste —repuso la bruja arrastrando sus palabras—. Preparé los remedios que sabía para proteger a mi familia, pero mi hija mayor enfermó primero. Rezamos y rezamos mientras ensayábamos distintas medicinas, pero los niños también enfermaron, después los siguió mi marido y al poco murió la niña. Me sentía desolada cuidándolos a todos y me faltaba la fuerza, el apoyo y el consuelo que siempre me dio mi esposo. Le abrazaba, le hablaba, pero la fiebre le impedía contestarme. Yo rezaba suplicando para vencer a la peste y salvar a los que me quedaban. Pero los dos niños murieron uno tras otro y después murió él. Solo tenía a la pequeña.

»Mucha gente pereció aquel invierno, aunque también hubo bastantes familias donde no hubo víctimas y en otras solo una o dos... En la mía murieron todos.

La bruja sollozó y tras apoyar los codos en la mesa ocultó su cara. Esta vez el chico esperó paciente a que volviera a hablar. Lo hizo al rato.

—Cuando murió mi bebé salí a la calle con su cuerpo en brazos y grité para que todos me oyeran. Maldije a Dios, renegué de Él y de la Iglesia. Lo hice hasta perder la voz. —La bruja miró a Joan con intensidad—. Tú al menos tienes a quién culpar de tus males. A esos piratas que mataron a tu padre y se llevaron a tu familia, a ese Felip o a la Inquisición. Yo no tenía a nadie. Solo a Dios.

—¿Y qué pasó?

—Algunos querían que se me azotara por blasfema. Estaba enferma de la peste y quizá eso me salvó. Otros decían que había enloquecido y que me moriría como el resto de mi familia. Eso esperaba yo, morirme, reunirme con ellos. Me quedé sola en mi casa, ardiendo de fiebre, hablándole a los fantasmas de mis queridos muertos y no hubo vecino que me trajera ni agua, pero Dios me mantuvo con vida para que aún sufriera más. Y cuando sané, el gremio me impidió abrir la tienda, me expulsaron. Querían que me arrepintiera, que hiciera penitencia pública por mis blasfemias y que quizá algún día, si mi vida era virtuosa, me admitirían de nuevo.

—¿Y qué les dijisteis?

—Que se fueran al infierno. Teníamos este huerto donde cultivábamos plantas medicinales y aquí me vine a vivir. Unos dicen que soy bruja y que tengo un pacto con el diablo. Otros que estoy loca. Pero cada vez viene más gente a la que el médico no le sana. —Y rio—. Ya ves, cuando los rezos no funcionan, no les importa tratar con el diablo si les puede curar.

—¡Ayudadme! —insistió el chico.

—¿A qué?

—A tomar venganza.

—¿Tanto odias?

—Sí.

—¿Quieres ver al diablo? —Había algo extraño, premeditado, en los ojos de la hechicera—. ¿Te atreves? ¿Odias tanto como para atreverte a pedirle venganza a él?

Joan rebuscó en sus sentimientos. Sentía odio, rabia, deseo de venganza, aunque las palabras de la bruja le atemorizaban. Aun notando un miedo atroz, quería a toda costa poder rescatar a sus seres queridos. Deseaba conseguir la fuerza, obtener el poder para alcanzar su venganza, pero se sentía pequeño, incapaz. Quería dejar de sufrir como sufría y estaba dispuesto a pagar el precio que fuera.

—Lo veré si me ha de ayudar a demostrar mi inocencia, a recuperar a Anna y a mi familia y a vengarme de los que tanto daño nos han hecho —dijo al fin.

—De acuerdo, te ayudaré —repuso ella lentamente, arrastrando las palabras y mirándolo de nuevo con aquella fijeza de ofidio—. Pero ¿qué tendré yo a cambio?

—¿Qué queréis?

—¿Qué es lo que más aprecias?

El muchacho tragó saliva. ¿Qué le querría pedir la bruja?

—¿Queréis mi alma? —preguntó el chico con un susurro.

—¡No! —dijo la mujer después de un largo silencio—. Yo no negocio con almas. Trata eso con el diablo cuando le veas. Quiero algo que me sirva a mí.

El muchacho sacó una bolsa que llevaba en el cinto y extendió su contenido sobre la mesa. Había monedas de distinto tamaño y cuatro piezas de coral rojo.

—Eso es todo cuanto tengo —dijo—. Tomad lo que queráis. Tomadlo todo. Hay poco dinero, pero el coral es de primera calidad. Podréis obtener de tres a cuatro libras por él.

—No me das nada que necesite. Gano lo suficiente para vivir, pero aun así te cobraré lo que cobro a la gente por mis remedios.

Y rebuscó entre las monedas para quedarse solo con tres dineros de vellón, la cuarta parte de un sueldo.

—Guárdate lo demás —dijo la bruja una vez escondió los dineros en un bolsillo de su falda—. Pero lo que tú me pides es muy especial, quiero algo que yo no tenga.

—No sé qué más te puedo dar.

—¿Eres virgen?

El chico la miró atónito.

—Sí —repuso Joan observando a aquella bruja horrible.

—Quiero que me des tu virginidad. Ese es el precio.

El chico se quedó mudo de asombro. A pesar de su descuido, de la falta de dientes, de su fealdad presente, estaba convencido de que aquella mujer fue hermosa doce años antes. Muy hermosa. Sin embargo, el sufrimiento y los años la cubrieron con una pátina monstruosa. Le producía repulsión.

—Eso es lo que tienes que pagar —insistió la bruja—. Tómalo o déjalo, pero no me hagas perder más tiempo. ¿Qué dices?

Joan asintió con la cabeza. La mujer lo contempló unos instantes y soltó una risotada.

—¿Tanto odias, chico? —dijo con una mirada que le desnudaba—. ¿Odias tanto?

44

Fuera la tormenta arreciaba y Joan observó aquel interior brumoso y húmedo. Algunas de las goteras eran pequeños chorros de agua y la bruja hizo que le ayudara a vaciar los cachivaches. Joan obedeció preguntándose si el precio que pagaría aquella noche no sería excesivo. Estaba atemorizado, pero quería seguir adelante. Era su única oportunidad de cambiar las cosas, de influir en su destino. Cuando terminaron, ella le preguntó:

—Y ahora dime, ¿sigues decidido a continuar? Te doy la última oportunidad para irte a tu casa sin sufrir más penas.

Joan dijo que llegaría hasta el final y la bruja repuso que esperara mientras preparaba sus pócimas. Al rato le ofreció para beber algo tibio de un sabor terroso y amargo.

—Tómatelo de un trago.

El chico obedeció y por un momento pensó que lo vomitaría. Era muy desagradable y al contemplar a la mujer que le observaba pensó que ella lo era aún más. ¿Cómo podría hacerle el amor? Se estremeció de asco.

—Me contaste que tu padre te enseñó a reconocer a los seres del cielo, ¿verdad?

Joan recordó aquellas nubes algodonosas, blancas y cambiantes sobre un fondo de un azul intenso, el mar en calma y a su padre. Suspiró nostálgico y afirmó con la cabeza.

—Pues hoy conocerás a seres muy distintos.

—¿Los seres del infierno?

Ella rió sin responder y tomando un cuenco con algo en su interior, encendió una astilla en el candil y la aplicó en lo que parecían hierbas. Sopló y al poco empezaron a humear. Era un humo aromático que recordaba el incienso y la bruja se puso a recitar invocaciones incomprensibles para el chico, que la observaba tenso, con el corazón acelerado. En ocasiones soplaba de forma que el humo fuera a la cara de su víctima. Poco a poco el ritmo de sus palabras aumentó hasta convertirse en un canto y levantándose de la mesa, la hechicera empezó a bailar con pasos cortos sin dejar de soplar sobre las hierbas humeantes del cuenco que tenía en las manos. La mezcla del humo con el vapor hacía la atmósfera densa, húmeda y pesada. Al poco Joan notaba los colores con mayor brillo mientras un extraño mareo le embargaba. La mujer se contoneaba bailando a su alrededor y el chico imaginó el volumen de sus nalgas bajo la falda y los pechos que daban forma al corpiño. Aquellas extrañas sensaciones, mezcla de excitación, mareo y aprensión, fueron creciendo en Joan hasta que ella se detuvo de pronto y le ordenó:

—Mira aquí adentro.

Y puso a sus pies un balde de madera. Él obedeció a pesar del vértigo que le invadía y no vio nada más que un agua oscura en el fondo.

—No veo nada.

—¡Observa con atención! —insistió ella—. El tiempo que haga falta hasta que veas.

Obedeció y sentándose en el taburete apoyó sus manos en los bordes del balde para mantener mejor el equilibrio, mientras se preparaba para una larga espera. Ella reinició su canturreo y su baile. Al poco vio algo que se movía en la oscuridad del agua. Una onda, una burbuja y después vio un ser que sacaba la cabeza: parecía un pez que trataba de decirle algo que no pudo entender, pero al sumergirse de nuevo mostró en su parte inferior piernas y sexo como si se tratara de un hombre diminuto. Joan no daba crédito a sus ojos, miró fijamente el agua durante un rato sin que nada más sucediera y después pensó en meter sus manos en la húmeda oscuridad para atrapar a aquel ser y comprobar si era real. De pronto notó otro movimiento y vio cómo un extraño personaje reptaba hasta salir del agua encaramándose por el barreño. Vestía una camisola roja, se tocaba con un birrete de obispo y al sacar todo el cuerpo del agua reveló una mitad inferior de lagartija, con una larga cola. Después apareció otro con una pequeña espada, escudo y piernas de ave. Y luego otro más, medio bichejo medio persona, también armado con espada y que se puso a luchar con el anterior; y a continuación otros dos tocando una viola y una flauta. Y así fueron surgiendo del agua oscura aquellos pequeños seres semihumanos que se movían, luchaban, bailaban y parloteaban de forma ininteligible al ritmo de la canción de la bruja.

Joan los observaba maravillado, ya no necesitaban ni del agua ni del barreño, sino que flotaban en el vacío. Aquellos entes no le daban miedo, le eran familiares, él los veía representados en algunos de los libros que copiaba. Poco a poco fueron tomando formas más desconocidas, más caprichosas y de mayor colorido. Un ser con la parte superior de conejo con largas orejas bailaba con una mujer de abundantes pechos que era un esqueleto de cintura para abajo; ratas con coronas y atributos reales daban órdenes a inquisidores con aspecto de cerdo y así decenas de híbridos o animales humanizados se movían sin cesar.

La bruja dejó de cantar, pero de alguna forma su canción continuaba en el movimiento de los personajes.

—¡Joan! —oyó gritar a la mujer—. ¡Joan!

De pronto toda aquella agitación cesó, desaparecieron los seres y volvió la oscuridad.

—Piensa en los piratas y tu familia, recuerda —le dijo la bruja—. Y en el regidor, y en el suicidio de tu amigo, en Felip, en los inquisidores y en la huida de Anna... Encuentra tu odio.

Y lo sintió llegar como un vómito que subía de su estómago hacia la garganta y notó su cólera saliendo de los escondites más recónditos del interior de su cuerpo. De tener el poder suficiente habría matado a todos aquellos que le causaron mal en aquel mismo instante. «¡Quiero la fuerza para vengarme!», musitó con voz enronquecida, o quizá solo lo pensara. Nunca había sentido una rabia tan poderosa, le ahogaba.

—¡Mira el agua! —le ordenó la bruja—. Ahora verás al diablo.

Y acercando el candil iluminó el interior de la tina y el chico vio una faz horrible, contorsionada, deforme. Cuando la mujer apartó la luz, Joan se incorporó tambaleante. Deseaba alejarse del barreño, sentía que aquello iba a salir de allí, que le atraparía, que le robaría el alma. Dio unos pasos vacilantes y vomitó. Una vez y otra y otra más. Cuando se incorporó notó sus piernas flojear y tendió su mano en busca de la bruja; sabía que estaba allí, a su lado, quiso sujetarse en ella, pero solo llegó a tocarla antes de desplomarse.

Recuperó la conciencia lentamente. Notaba el calor de un cuerpo junto a él y supo que estaba en el camastro de la bruja. Ella le abrazaba, él correspondía a su abrazo y en aquel momento sintió una caricia en su mejilla y un beso. La mujer despedía un olor agradable y un calor suave. Allí, en el lecho, Joan se sintió a salvo, de momento, lejos del barreño maldito, del diablo, lejos de la librería, de la Inquisición, de Felip y de la justicia que quizá ya le estuviera buscando. Estaba tranquilo, casi feliz. Sabía que era solo un instante de tregua, la breve calma antes de otra batalla y que en unos instantes todo empezaría de nuevo. No vestía más que su camisa y palpando comprendió que solo una fina tela le separaba del cuerpo de ella. Su pene estaba duro, en erección. Recordó su acuerdo y se preguntó si aquello había ocurrido durante el tiempo en que él estuvo inconsciente. Le sorprendió que sin mirar a la bruja, solo sintiéndola, notando su calor y su piel suave bajo la camisa, la sensación de asco que le produjera en la noche había desaparecido. Al contrario, era agradable y placentera. A juzgar por el ruido en las latas, una gota cayendo en un recipiente, después en otro, había dejado de llover y el rumor del agua de la riera era tenue. Aquello le reconfortó un poco más. Entonces sintió que la mujer deshacía su abrazo lentamente y se incorporaba. Se movió segura en la oscuridad, vistiéndose, y al poco abría los ventanucos, que dejaron pasar la luz desvaída de la mañana.

—Ya es hora de levantarse, Joan.

Quedaban unos rescoldos en el fuego, ella los avivó y se puso a calentar el desayuno.

—Vamos, levántate, vístete, desayuna y vete —insistió.

—Pero... —Él la miró interrogante.

—Ni el diablo quiere tu alma ni yo tu virginidad —le dijo en tono divertido.

La bruja salió de la casa con un cuenco y Joan aprovechó para saltar del camastro, vio sus calzas y su jubón encima de una banqueta y se vistió a toda prisa. Sentía alivio pero a la vez decepción. ¿Aquello era todo?

La bruja puso dos cuencos con gachas de cebada encima de la mesa y los acompañó con leche de cabra recién ordeñada, miel y unas galletas. Joan tenía el estómago vacío de la noche anterior y aquello le pareció un festín. La mujer empezó a comer al tiempo que le contemplaba en silencio. Una sonrisa se escondía entre sus labios y al chico no le pareció tan fea como unas horas antes, incluso la veía hermosa; le faltaban algunos dientes, pero eso era común incluso en gente mucho más joven. Por un momento sus ojos verdes le recordaron a los de su amada. Ambos se mantuvieron en silencio hasta que Joan no pudo aguantar más y preguntó:

—¿Qué pasó ayer noche?

—Que hubo tormenta y que la riera casi se desborda y se lleva mi casa.

—Estáis bromeando —dijo el chico, ofendido—. Ayer vi a los seres del infierno y al diablo.

—No, Joan —repuso ella con voz suave—. Viste a los seres de la tierra, los mismos que pueblan tus fantasías. Con tu padre viste seres imaginarios del cielo, no viste ángeles. Ayer viste seres imaginarios de la tierra, no eran demonios.

—¡Pero yo le vi el rostro a Satanás!

La mujer rio con ganas.

—No, Joan. Lo que viste, lo que tanto te asustó, fue tu propia cara reflejada en el agua del barreño.

El chico, asombrado, se quedó mudo unos instantes y después musitó:

—No puede ser. Era el diablo.

—No, no lo era —repuso ella, enfática—. ¿O sí?

—¿Qué queréis decir?

—Si llamas diablo al odio, al rencor, a la rabia y al deseo de venganza, entonces sí, entonces viste al diablo en tu propia imagen.

—Os burláis.

—Pero ¿tú te crees que si yo tuviera un pacto con algún diablo u otro ser poderoso viviría en esta choza llena de goteras? —La mujer reía mostrándole con la mano los potes aún en el suelo—. Busca a los que viven en los palacios, a los reyes, a los ricos, a los inquisidores, a los poderosos. Ellos sí tienen pactos con el diablo y con sus propias pasiones.

Joan la miró en silencio, serio, y al poco ella dejó de reír. Su expresión se hizo grave y le dijo:

—No. No me burlo. Yo también odié, también estuve desesperada; y al verte te supe enfermo del mismo mal. Quise saber hasta dónde llegaba tu rencor y vi que estabas dispuesto a todo para saciar tu pasión asesina. Y quise que la vieras en tu propia cara. Te ayudé a entrar en el mundo de tus quimeras, entonces incité tu rabia, y cuando la manifestaste plenamente te iluminé el rostro con el candil para que tú mismo la contemplaras en el espejo del agua del barreño. Tu propia imagen te aterrorizó tanto que al poco vomitabas tu hiel y espero que parte de tu odio. El rencor es una enfermedad y si no sabes soltarlo, te matará.

El chico continuó comiendo, ahora lentamente, mientras meditaba aquellas palabras. No podía creer que el monstruo que vio en el barreño fuera su propio reflejo.

—¿Y eso es todo? —preguntó al fin—. ¿Vine en busca de venganza y todo lo que me decís es que deje de odiar?

—Si no odias, no necesitas vengarte.

—Sí, será verdad. Pero con esa frase bonita no me ayudáis, aún odio.

—¿Tanto como ayer?

Joan quiso pensar aquello.

—No, no odias tanto —afirmó ella sin esperar respuesta—. Pero esa enfermedad no se cura de repente. Escucha, Joan, pon tu energía en encontrar a tu familia, a tu amada, en probar tu inocencia, pero no la malgastes odiando.

—No me decís nada que no sepa. Continuáis sin ayudarme.

—Escucha bien mis palabras. —El semblante de la mujer era severo—. Ayer yo supe cosas de ti y no me preguntes cómo. Y ahora escúchame bien; yo te digo que pronto solucionarás tu problema. Vuelve al convento y afronta tu realidad.

—¿Cómo sabéis eso?

Ella se encogió de hombros.

—Lo he visto.

—¿Cómo que lo habéis visto? Explicaos.

—Lo he visto y no hay más explicación.

—¿Qué me disteis anoche en el brebaje?

—Tampoco tengo por qué explicarlo. Vete ya.

—¿Así sin más?

—Sí.

—Si es verdad lo que decís, tengo una gran deuda con vos. He de pagaros algo más. Tres dineros no es nada.

—Ya me has pagado.

—¿Cómo?

—Con tu abrazo de esta noche. Hacía doce años que no gozaba del calor de otra persona. Tú tienes la misma edad que tendría mi hija mayor de estar viva. La he sentido en ti, y también a mi esposo y al resto de mis hijos. He ido más allá de tu odio, he notado tu amor. ¿De verdad estabas dispuesto a darme tu virginidad? —La mujer rio—. Tu calor, tu ternura de esta noche ha sido más que suficiente. Y ahora fuera.

Y cogiendo la capa del muchacho abrió la puerta y le invitó a salir de forma enérgica. Joan obedeció y al darle un beso a la mujer en la mejilla, ella inspiró profundamente, deleitándose del aire húmedo de la mañana.

45

Al entrar a la calle Santa Anna, Joan oyó que las campanas del convento llamaban a la misa de la hora tercia. Se demoró un poco esperando a que los frailes estuvieran en la iglesia para dirigirse sin ser visto a su celda. Buscó su libro, la pluma y el tintero. ¡Habían ocurrido tantas cosas! Pero fue incapaz de escribir y le extrañó que por primera vez le faltaran las palabras. Se sentó en su camastro con los codos apoyados en las rodillas y con las manos cubriendo su cara. Había vivido una experiencia extraordinaria, rara, que le impresionó profundamente, pero aún no era capaz de interpretarla con plenitud. Quizá no pudiera entenderla por mucho tiempo. Necesitaba reflexionar, asimilar aquello. Pensó que si ordenaba los sucesos, le sería más fácil comprender lo ocurrido y empezó por la conversación habida con el suprior. Repasó una y otra vez lo que ambos dijeron y el bofetón que el fraile le propinó. Era cierto que lo que dijo era muy grave y le convertía en reo de hoguera y así se lo confirmó la bruja. ¡Renegar de Dios! No era su intención alejarse de Él y musitó una oración pidiendo perdón. Poco a poco las palabras y los sentimientos se fueron concretando y al fin fue capaz de mojar la pluma en el tintero.

«El libre albedrío del ser humano», escribió. «Los actos malvados de los hombres no son culpa de Dios.» Pensó un rato más y anotó: «Algunos usan el nombre de Dios para justificar sus crímenes».

Una vez la magia de la tinta sobre el papel hubo formado aquellas frases, Joan se sintió reconfortado. Era el certificado de su retorno de la profunda desesperación, volvía a la luz desde la oscuridad en la que se sumió el día anterior. Su regreso al Señor. Nada había cambiado, las mismas desgracias de entonces aún le afligían. Solo que después de la escritura se sentía mejor, mucho mejor. No quería pensar más. No era el momento de revisar lo ocurrido en casa de la bruja. Solo deseaba acudir a la iglesia y rezar. Abrir su corazón a la esperanza y al Ser Supremo. Y rezar, y rezar.

Al salir de la iglesia se topó con fray Antoni, el suprior.

—¿Dónde has estado esta noche? —inquirió con el ceño fruncido, en su habitual tono agresivo.

—Vengo de la iglesia, de rezar al Señor —repuso el chico—. Comprendí lo del libre albedrío.

En la faz del monje se dibujó una sonrisa de alivio.

—Menos mal —dijo—. No sabes cuánto me alegro; nos tenías preocupados. ¿Dónde estuviste?

—Eso no importa, lo importante es que he vuelto a la Iglesia y sé que debo asumir mi destino con entereza. Voy a ver a mosén Corró y le diré que no puedo probar mi inocencia.

El monje hizo una mueca de desagrado.

—Tú no robaste el pan de oro, hijo. Y recibirás un castigo que no mereces.

—¿Es que también vos me aconsejáis huir?

—No es lo más digno, pero quizá sea lo más inteligente —repuso pensativo.

Joan fue a la librería y la señora Corró, que estaba en la tienda, le recibió con el mismo cariño de siempre. A la buena mujer se le llenaron los ojos de lágrimas. Le dijo que quería hablar con el amo, pero que antes deseaba saludar a Abdalá. Evitó el taller para no ver a Felip y subió al último piso, añoraba a su viejo maestro.

Un fuerte abrazo unió al musulmán y a su aprendiz. El viejo le preguntó si había encontrado alguna prueba que le ayudara y dijo que él estuvo cavilando todo el tiempo sin hallar solución. Joan repuso que no y estaba a punto de contarle su experiencia con la bruja cuando apareció el amo. Mosén Corró hizo una mueca de disgusto al saber que el chico no podía aportar nada nuevo.

—Voy a tener que denunciarte al alguacil, Joan. —Y suspiró—. No lo quiero hacer, porque no creo que seas tú el ladrón. Pero me debo a la disciplina de la cofradía.

Se hizo el silencio mientras el librero y el aprendiz se miraban a los ojos.

—No obstante, te puedo dar un par de días más —continuó al rato—. ¿No querías buscar a tu familia en Italia? Yo no te daré dinero para el pasaje, pero un amigo común lo hará.

Joan sabía que hablaba de Bartomeu y que los dos debieron tratar el asunto en detalle. Agradecía el cariño que le demostraban, aunque su decisión estaba tomada.

—No, amo —repuso con firmeza—. Prefiero antes soportar el castigo, proclamando mi inocencia, con la frente bien alta, que escapar para sufrir destierro y vergüenza. No huiré. Eso me haría culpable a los ojos de todos y no lo soy.

El librero afirmó con la cabeza, meditabundo. Al rato dio unos pasos adelante y abrazó a Joan.

—Que Dios te ayude, hijo —susurró—. Te doy dos días más por si cambias de opinión.

Joan empleó en aquellos días todo el tiempo que pudo con su hermano y Abdalá, practicando latín con fray Melchor y hablando con los marinos en las tabernas. No podía dejar de pensar en su visita a la bruja e hizo un par de anotaciones más en su libro. «El demonio es odio.» «El rencor es una enfermedad que mata.»

Era el tercer día y Joan esperaba inquieto, en el convento, el aviso de la llegada del alguacil que le iba a detener. El suprior fue a verle:

—Ya está aquí. —Su cara huesuda tenía un aspecto siniestro.

—¿El alguacil?

—Sí, viene a prenderte. —Y después de un instante añadió—: Pero justo antes llegó un mensaje de Bartomeu.

—¿Bartomeu?

—Sí, me pide que evite tu detención. Que tiene una buena noticia.

—¿Y qué vais a hacer?

—Ya lo hice. Le dije al alguacil que te buscara por las tabernas del puerto.

—¿Habéis mentido?

—Estrictamente no —dijo con una sonrisa—. Le sugerí que te buscara allí, no le dije que no estuvieras aquí.

Cuando Bartomeu llegó se encerraron en la sala capitular. El mercader llevaba en su mano un papel.

—Mosén Roig nos dejó esta carta antes de irse —explicó—. Solo que el mensajero tomó sus precauciones, ya sabéis el castigo que la Inquisición impone a quien ayuda a los conversos. Así que se ha demorado unos días.

—¿Y qué dice? —interrogó el suprior.

—Da el nombre del argentero que compró el pan de oro y una descripción de la persona que se lo vendió.

—¿Y cómo es? —quiso saber Joan.

—Por lo visto, es un chico muy guapo, con rasgos infantiles. Dice que parece un querubín.

—¡Cara de Ángel!

Recordaba bien al muchacho que sirvió de cebo para castigar a fray Nicolau. Cara de Ángel siempre obedecía a Felip sin rechistar y sin duda lo seguía haciendo.

—Puede ser él, pero tenemos un problema —anunció Bartomeu—. El joyero no quiere hablar, dice que no sabe nada. Si mosén Roig en persona se lo pidiera, estoy seguro de que colaboraría, pero él ya no está y nosotros no somos del gremio.

—¿Y no se puede usar la carta como prueba? —preguntó Joan.

Bartomeu hizo un gesto dubitativo.

—No creo que la carta de un converso huido tenga mucha credibilidad en estos días que vivimos —repuso—. Es más, si la Inquisición la husmea, podemos tener problemas.

—¿Cómo se llama el platero? —inquirió el suprior.

—Se llama Feliu, tiene su tienda al principio de la calle Argentería, del lado de Santa María del Mar.

—Conozco a ese bribón. Dejádmelo a mí —dijo con determinación el monje—. Así que decís que hay una carta de un converso huido que habla de él, ¿verdad? Entonces serían amigos, ¿no? Colegas más allá del gremio, quizá...

Una sonrisa siniestra bailaba en su boca. Joan se dijo que el fraile daba miedo y no tuvo duda de que conseguiría el testimonio del tal Feliu.

Era domingo por la tarde y lloviznaba. Cara de Ángel regresaba disgustado porque la banda comandada por Lluís venció a la de Felip en la batalla de piedras. Para animarlos, el pelirrojo dijo que reclutarían nuevos miembros y que serían más fuertes incluso que antes. Atardecía en aquel día gris de invierno y las calles estaban oscuras y desiertas. El chico cruzaba por delante de un estrecho callejón cuando tres individuos embozados en sus capas surgieron de la oscuridad y le arrastraron al interior de la calleja. Una lluvia de golpes, insultos y amenazas cayó sobre Cara de Ángel, que aterrorizado e incapaz de defenderse se encogió en postura fetal. Le cogieron del suelo y dos de los individuos le sujetaron de los brazos manteniéndole de rodillas. Y así le tuvieron indefenso a merced del tercero mientras Cara de Ángel gemía pidiendo compasión.

—No hice mal a nadie —decía sin entender el porqué del ataque.

—¿Recuerdas a fray Nicolau?

—Yo no le pegué —sollozó—. Solo obedecí las órdenes de Felip. Yo no quería que se le hiciera tanto daño.

Un destello metálico se mostró a los ojos de Cara de Ángel, ya acostumbrados a la luz mortecina del callejón, y notó la punta afilada de una daga pinchándole en una mejilla.

—Te voy a dejar una cara que en lugar de ángel te llamarán demonio —oyó mientras aumentaba la presión del arma en su rostro—. Y después te daremos tal paliza que quedarás tullido como el fraile.

—¡No! ¡Piedad!

—Obedece si quieres que la tengamos.

Cuando los cuatro cruzaron la puerta entreabierta que comunicaba el convento con la calle de Santa Anna, Cara de Ángel se sintió desfallecer. Aquel fue el escenario de su seducción a fray Nicolau, que terminó con la paliza de tan terribles secuelas. ¿Le harían pagar por ello? Atravesaron la oscura placeta y entraron en el claustro. También estaba en tinieblas, a excepción de las dos ventanas vidriadas de la sala capitular de donde provenía una luz tenue, y allí le introdujeron de un empujón.

—Arrodíllate frente al candil —le ordenó uno de sus captores.

El muchacho lo hizo. Notaba un temblor en sus piernas y al

mirar al frente, en la penumbra, distinguió a cuatro monjes encapuchados de pie. Se quedó de rodillas, acurrucado a la espera de que hablaran. Uno de ellos dio un paso adelante y con voz atronadora le interrogó:

—¿Eres tú ese al que llaman Cara de Ángel?

—Sí, padre —musitó el chico.

—Mosén Feliu —continuó el fraile dirigiéndose a un personaje a su derecha en la oscuridad—, ¿reconocéis a ese bribón? ¿Fue él quien os vendió el pan de oro?

—No le veo bien con tan poca luz.

Joan, que junto a su hermano Gabriel y a su amigo Lluís mantenía arrodillado a Cara de Ángel, tomó uno de los candiles y le iluminó la cara.

—Sí, es él. Sin duda —dijo el joyero.

—¿Fuiste tú quien robó los panes de oro? —tronó el fraile.

—¡No! ¡Yo no fui! —repuso Cara de Ángel casi aliviado al comprender que la cosa no iba con la agresión a fray Nicolau—. ¡No fui yo!

—¿Cómo es que tú se lo vendiste al argentero?

—Me pidieron que lo hiciera.

—¿Quién?

Cara de Ángel miró con temor al alto fraile encapuchado del que apenas podía distinguir algo de la barbilla y la nariz. Vacilaba. Otros males le caerían si acusaba a Felip.

—¿Quién fue? —rugió aquella voz que parecía provenir del ángel del Apocalipsis.

—Felip, el aprendiz de los Corró —musitó aterrorizado e incapaz de resistirse.

—¡Jura por Dios que así es!

—¡Lo juro! —dijo Cara de Ángel antes de estallar en llanto.

—¿Y de dónde lo sacó él? —El fraile continuaba interrogando sin piedad.

—Del taller donde trabaja.

Se hizo un silencio solo roto por los sollozos del chico, que, de rodillas, agachaba la cabeza completamente rendido. El fraile, que no era otro que el suprior, se giró hacia sus dos colegas silenciosos y también encapuchados. Estos le hicieron un gesto afirmativo y el monje se dirigió al chico.

—Puedes irte.

El muchacho levantó la mirada con alivio.

—¡Pero recuerda que juraste por Dios y que lo hiciste frente a testigos! —bramó de nuevo el fraile.

Cara de Ángel afirmó con la cabeza, mientras sus captores le cogían por los brazos para sacarlo a la calle.

Lo llevaron hasta la plaza de Santa Anna, a muy corto trecho de la puerta del convento. Allí había un poco de luz que provenía de las antorchas de algunos de los palacios. Joan se expuso a ella e hizo que Cara de Ángel le viera bien.

—¿Sabes quién soy?

—Eres Joan —repuso aún tembloroso—. Te reconocí por la voz.

—Sí, soy Joan y te voy a dar un consejo. Cuando veas a Felip, será mejor que no le digas que acabas de delatarle. No creo que te convenga.

—Gracias —dijo el otro, y se apresuró hacia su casa.

Dejaba atrás a Joan, Gabriel y Lluís, que se abrazaban felices.

En la sala capitular, el suprior le dijo al joyero:

—Id con Dios, Feliu. Y recordad que vos también estáis bajo juramento.

—Lo recordaré, fray Antoni —repuso el hombre.

Hizo una inclinación de cabeza y se apresuró a abandonar la sala.

—Creo que todo está claro —afirmó el fraile volviéndose hacia los silenciosos encapuchados.

Uno de ellos bajó su capucha dejando ver su calva; la expresión del librero Corró era seria.

—Muy claro, fray Antoni —dijo—. Siento un gran alivio y una gran pesadumbre.

—¿Qué vais a hacer ahora? —preguntó el cuarto hombre al tiempo que se descubría.

—Algo bueno y algo malo, Bartomeu —repuso Corró—. Lo bueno será readmitir a Joan. Buscaré la forma de compensarle, el chico se lo merece. Y lo difícil será echar de mi casa al hijo de nuestro camarada.

—Os será duro —dijo el mercader—. Ya sé que hicisteis lo posible por Felip, pero salió torcido.

—Quise tratarlo como a mi propio hijo —continuó el librero, cabizbajo—. Pero se muestra violento, insolente, egoísta, no es piadoso con los débiles. Tiene la edad y el conocimiento para hacer su obra maestra pero le falta la calidad moral que requiere un maestro librero. Los hechos lo demuestran.

—¿Lo denunciaréis? —inquirió el fraile.

—Sí, naturalmente —repuso triste—. Esas son las reglas de la cofradía. Me duele en lo más hondo del corazón. He fracasado con él.

—Bien sé que hicisteis cuanto estuvo en vuestra mano —le dijo Bartomeu—. Cumplisteis sobradamente con la memoria de nuestro camarada. No os apenéis.

Y acercándose a él le abrazó. El librero le correspondió con fuerza, habían vivido y sufrido mucho juntos.

—Vigilad —continuó Bartomeu—. Ese muchacho es peligroso.

46

Felip y Joan se cruzaron a la entrada de la librería y se retaron con la mirada. Ambos cargaban los hatillos con sus pertenencias; uno salía y otro entraba. Joan iba preparado, si el matón trataba de golpearle le daría su merecido, no le tenía miedo. Pero no lo hizo, y al terminar el duelo de miradas Joan esbozó una sonrisa de triunfo y Felip le escupió a los pies.

—Os acordaréis de esto —amenazó—. Los Corró pagarán por ello, y tú también, remensa.

—¡Vete al diablo, ladrón embustero! —le espetó Joan—. Ojalá el alguacil te arranque la piel a latigazos.

El librero reunió a todos en el taller antes del desayuno y les dijo que la inocencia de Joan estaba probada, que Felip era el ladrón y que falsificó las pruebas contra su compañero. A Felip le echó en cara, frente a los demás, su indignidad y le dijo que quedaba expulsado no solo de su casa, sino de la cofradía. Que se fuera de inmediato y que no quería verle más.

El matón respondió desafiante pero sin negar su culpa. Dijo que se alegraba de alejarse de aquel lugar asqueroso y de aquella repugnante familia que protegía a los moros.

El primer abrazo que Joan recibió fue el del ama. Y comprendió el cariño que le tenía a aquella mujer maternal. Con lágrimas de gozo, ella le dijo que siempre le creyó inocente y que se alegraba infinito de que la verdad triunfara. Después vinieron los abrazos de los aprendices, el más efusivo fue Lluís, que fingió la misma sorpresa que sus compañeros, y le siguieron el maestro y el oficial. Todos parecían contentos con el regreso de Joan y aliviados con la marcha del matón.

Aunque lo mejor fue el encuentro con su maestro en el *scriptorium*. Amaba a aquel viejo y él le correspondía. ¡Había añorado tanto la deliciosa rutina de copiar libros! Y aún más las conversaciones en distintas lenguas con el granadino, e ir recogiendo de ellas pequeños retazos del saber que este acumuló en sus años y en sus viajes. Se dieron un abrazo.

Allí subió a verlos el amo.

—Joan —le dijo—, he pensado en cómo compensarte por lo que has sufrido estos días.

—No fue vuestra culpa.

—No fue mi culpa, pero tú demostraste gran honradez y entereza.

El chico calló a la espera de las palabras de mosén Corró; pensaba que si supiera de su visita a la bruja, quizá tuviera otra opinión.

—Por ello y por tus habilidades he decidido darte permiso para presentar tu proyecto de obra maestra a la cofradía.

—¿De verdad? —Joan dio un salto de alegría—. ¡He trabajado en los bocetos de un libro muy hermoso! ¡Puedo presentarlos en una semana!

—No es cuestión de prisas, sino de calidad —le recordó Abdalá—. Se trata de la obra maestra.

—Pero ¿qué ocurre con Lluís y Jaume? Ellos llevan más tiempo.

—No todo el mundo progresa igual —repuso el amo—. Pero en el caso de Lluís, también tiene mi permiso para preparar su proyecto.

Joan sonrió feliz, sin embargo, tenía algo pendiente.

—¿Y ya puedo aprender a leer? —preguntó ilusionado.

—No, aún no —repuso el amo con firmeza.

El aprendiz calló decepcionado e intercambió una mirada con Abdalá. Se sentía mal con el engaño.

—Algún día entenderás por qué —añadió mosén Corró.

Los días siguientes hubieran sido felices para Joan de no sentir el dolor de la ausencia de Anna. Aunque continuaba copiando, el chico se concentraba en el diseño de su obra maestra.

—Las obras maestras nacen en la mente y antes de hacerse realidad se fraguan en nuestra imaginación —le dijo Abdalá—. Debes gestar tu obra en tu interior, cuanto más creas en ella, cuanto más bella la imagines, mejor será cuando la construyas.

Joan pensó en aquello. Al final anotó en su libro: «Las obras maestras existen antes en la mente».

Mostraba sus bocetos a los de la librería, a los frailes, a Bartomeu, a Gabriel y hasta a Eloi, el maestro metalúrgico. Recogía ideas y sugerencias y su dedicación a la obra le hacía olvidar, aunque fuera por un corto tiempo, el dolor por su amada.

Aún visitaba las tabernas del puerto, pero menos. Parecía que la obra maestra le distraía de su obligación con su familia, aunque no le quedaba más remedio que esperar el regreso de la flota de Vilamarí.

Y al fin llegó el día de la presentación del proyecto en la cofradía de la Trinitat. Joan se valió de sus bocetos y pronto comprendió que muy pocos aprendices aportaban documentación y ninguno tan precisa. Los demás solo explicaban la idea y un notario dejaba constancia escrita del proyecto y de la resolución del consejo. A los maestros les gustó la idea de aquel libro de ochenta hojas de buen papel en blanco, encuadernado en cuero de cabrito con nervios en el lomo y cuya portada mostraría repujada una crucifixión con incrustaciones de pan de oro. Era un proyecto magnífico y fue aprobado. Ahora solo le quedaba confeccionar un libro que no defraudara expectativas.

Costeó con cuidado el valor de cada elemento, pues él pagaba los materiales. El presupuesto quedó en diecinueve sueldos y seis dineros, un poco menos de una libra, y para pagarlo decidió vender una de las piezas de coral rojo que guardaba de su padre.

Un buen hilo le ayudó a atar bien los pliegos de un papel color marfil que cortó a su tamaño exacto. Para el cuero repujado de la cubierta decidió usar la técnica del golpe seco y para ello necesitaba una crucifixión en madera tallada sobre la que moldear el cuero. En la librería había un par de libros con láminas ilustradas con crucifixiones, pero a Joan no le servía con copiar una. Recorrió las iglesias de Barcelona tomando notas y al final hizo su propio dibujo. Remarcaba los trazos principales, puesto que el estampado del cuero no permitía distinguir líneas sutiles. Una vez obtuvo un buen dibujo, buscó un pedazo de tabla de nogal de calidad y estudió con cuidado las vetas de la madera. En ella esculpió en bajorrelieve la crucifixión según su boceto. Tenía buenas herramientas y recordaba cuando con apenas un cuchillo y poco más había grabado la pesca de la ballena en la barca de su padre. Una vez tuvo la piel adecuada, estampó en ella su crucifixión y la decoró con cenefas de pan de oro que se continuaban en el lomo y la contracubierta.

Joan terminó su obra maestra unos días antes de Navidad y el amo le consiguió una cita para presentarla el día 27 de diciembre. El resultado despertó la admiración de todos, incluidos Bartomeu y el suprior.

—Serás muy bueno en el oficio —le vaticinó mosén Corró.

—Me encanta encuadernar —repuso Joan—. Pero lo que de verdad quiero es tratar con libros escritos. Y para ello tengo que aprender a leer.

—¡No seas impaciente! —le espetó el librero—. Ya te llegará el momento.

Todos en el taller se sentían orgullosos del trabajo del chico y nadie dudaba de que el comité lo aprobaría. A su amigo Lluís le faltaba aún para terminar su propia obra, pero no mostraba envidia y ayudó a Joan en lo que pudo. Era una obra del taller Corró y todos los componentes de este se honraban con la calidad del libro. El amo decidió exponerlo en lugar relevante en la librería para que todos lo pudieran ver desde la calle.

Joan no se cansaba de mirar su obra maestra. Ocupaba el lugar de aquel maravilloso libro que le deslumbró a su llegada a Barcelona.

En la comida de Navidad en casa de los Corró se brindó por el nuevo maestro, pues nadie dudaba de que Joan lo fuera en un par de días. Aunque, a efectos prácticos, antes de ejercer como maestro debía pasar varios años como oficial, el título obtenido era definitivo. Cuando en la tarde fue a buscar a su hermano para celebrar juntos el día, los metalúrgicos también le felicitaron; todos sabían de la calidad de su obra.

No había noticias de Felip. Mosén Corró lo denunció al alguacil de la ciudad el mismo día que le expulsó y no se supo más de él. Quizá estuviera encarcelado, aunque aún no había juicio. Pero a nadie le preocupaba el destino del matón.

La emoción casi le impidió dormir a Joan la noche del 26 de diciembre; aún no había cumplido los diecisiete años y recibiría el título de maestro encuadernador. Aquello era muy extraordinario. El día siguiente vestiría su mejor jubón y llevaría orgulloso su obra maestra a la iglesia de la Trinitat.

Pero aquel momento nunca llegó.

47

Terminado el desayuno, Joan se disponía a salir hacia la iglesia de la Trinitat con su obra maestra, junto a mosén Corró, cuando se oyeron gritos a la entrada de la librería.

—¡Paso a la Santa Inquisición!

Solo el nombre ya despertaba pavor y Joan observó al amo, que parecía haberse encogido de miedo. Todos se quedaron paralizados mirándose unos a otros en un intercambio de preguntas mudas.

—¿Qué querrán? —Se interrogó con un hilo de voz el librero.

Joan se dijo que la Inquisición no podía traer nada bueno. Al poco, un alguacil seguido de hombres armados irrumpió en el taller.

—¿Mosén Corró?

—Soy yo —dijo el amo.

—Quedáis detenido en nombre del Santo Oficio —informó el alguacil—. Vos y todos los que se encuentren en vuestra casa. El edificio se precintará y nadie podrá entrar hasta nueva orden de fray Espina, el inquisidor general.

—Pero... —quiso protestar el librero.

—Cualquier cosa que tengáis que decir lo haréis frente al inquisidor. Yo solo cumplo órdenes.

Los soldados desalojaron sin contemplaciones el taller y por los gritos que se oían de las mujeres hacían lo mismo en los pisos superiores. Joan apretó contra su pecho su obra maestra y siguió al amo hacia la puerta.

Al cruzar por la tienda se quedó petrificado. Allí estaba Felip. ¡Lo imaginaba en la cárcel, pero venía con los soldados de la Inquisición!

—¡¿Tú?! —exclamó mosén Corró.

—Os advertí que lo pagaríais —le espetó el matón con una sonrisa rencorosa. Y dirigiéndose a Joan le dijo—: No se puede sacar nada de aquí.

Y le arrebató el paquete con la obra maestra.

—¡Esto es mío! —exclamó Joan forcejeando con él.

—Es el famoso libro que ibas a presentar hoy a los maestros, ¿verdad? —Felip sonreía.

Joan se preguntaba cómo sabía aquello y qué papel jugaba el pelirrojo en el asalto. Los soldados expulsaron a los operarios y con ellos salió el amo; no así Joan, que se aferró a su precioso libro.

—Pues queda requisado por la Inquisición —le informó el grandullón—. ¿No sabías que los Corró eran conversos?

—¿Conversos? —exclamó Joan, estupefacto.

La noticia le causó tal asombro que soltó su libro. Los amos se comportaban en todo como buenos cristianos, no se distinguían en nada.

—Sí, lo son ambos, él y ella. Dios los cría y ellos se juntan. —Felip sonreía victorioso—. Sus bisabuelos se convirtieron después de la matanza de judíos de 1391, pero como puedes ver, no emparentaron con cristianos viejos.

—Pero cumplen como buenos cristianos.

—Veremos si son capaces de probarlo.

—En todo caso, la Inquisición no puede requisar mi libro —afirmó Joan tratando de recuperarlo—. Tú sabes bien que la obra maestra la paga el aprendiz y es suya. Además, soy cristiano viejo libre de toda sospecha.

—La Inquisición hace lo que quiere. —Joan notaba que el grandullón gozaba del momento—. Y tú aún tienes que probar tu pureza de sangre, remensa.

—¿Qué tienes que ver tú con el Santo Oficio? ¿Quién te da ese poder?

—Soy familiar de la Inquisición. Ya lo era, en secreto, antes de que el converso ese me echara. Y fray Espina me aprecia mucho, le proveo de buena información.

—¿Es por eso por lo que a pesar de robar te libraste del alguacil?

—Pues claro. Los familiares de la Inquisición tenemos inmunidad frente a las autoridades civiles y frente a cualquier otra. Solo nos puede juzgar la propia Inquisición.

Al ver la expresión de Joan, Felip rió. Suyo era el triunfo final.

—Ya ves, remensa —le dijo entre risotadas—. Creías que me habías ganado, ¿verdad? Pues quien ríe el último ríe mejor.

—¡Hijo de puta! —exclamó Joan antes de lanzársele encima.

Felip esperaba que intentara recuperar su obra maestra, pero Joan se olvidó de ella. El matón sujetaba el libro y no estaba preparado para el puñetazo que le reventó el labio. Ni para la lluvia de golpes y patadas que le siguieron. Fueron los soldados los que le libraron de Joan, arrastrando a este hacia la calle, donde esperaba el resto. El alguacil le hizo formar con los demás e impidió así que el maltrecho Felip pudiera revolverse, aunque el grandullón se cuidó de no acercarse al aprendiz. Los prisioneros no estaban atados y el chico, con los puños crispados, le buscaba con la mirada deseando golpearle otra vez.

Los vecinos se congregaron a la puerta de la librería en silencio, el pendón del Santo Oficio se elevó y con un siniestro repique de tambor emprendieron la marcha hacia la cárcel de la Inquisición. Estaba a muy corta distancia, en la plaza del Rey, en los sótanos del palacio real cedido por el rey Fernando.

La fila de prisioneros entraba ya al edificio cuando Joan vio entre los curiosos a Felip, que sonreía a pesar de su labio partido y sus magulladuras. Le mostró su querida obra maestra, elevándola por encima de su cabeza:

—Despídete. Ya no lo verás más.

El pequeño placer de ver las contusiones en la cara del grandullón no compensaba a Joan el dolor que le producía la paulatina conciencia de aquella catástrofe. La pérdida de su obra maestra no era nada frente a la tragedia que se avecinaba.

Los oficiales y aprendices fueron encarcelados en una amplia celda de arcos de medio punto, por debajo del nivel de la plaza, de la que provenía una luz tenue a través de unos altos ventanucos enrejados. A las criadas se las encerró aparte, en las celdas de mujeres, y separaron del resto a los Corró. Abdalá se sentó en un rincón y le hizo seña a Joan para que se acercara. Tomándole de las manos, le dijo:

—Quizá nos despidamos aquí para siempre.

Joan le miró alarmado, consideraba al granadino como a su verdadero maestro a pesar de que fueron Guillem y Pau quienes le enseñaron a encuadernar y tratar el cuero para su obra maestra. Al principio el chico valoraba más el contenido de los libros que su forma y aspecto exterior y fue Abdalá quien le enseñó que ambos, cuerpo y alma, eran importantes. Gracias a él sabía latín, varias lenguas romances y multitud de enseñanzas sobre la vida y los libros. Le quedaba mucho más que aprender de aquel anciano entrañable al que amaba de todo corazón.

—¿Por qué decís eso? —preguntó angustiado.

—Tan pronto sepan que soy musulmán y esclavo, me separarán de vosotros.

—Pero eso no impide que nos volvamos a ver.

—Me temo, hijo, que la librería de los Corró no abrirá nunca más sus puertas —continuó el maestro—. Si sobrevivo, me venderán como a un objeto más de la librería. Las propiedades de los amos serán confiscadas y los inquisidores sacarán cuanto dinero puedan. Parte va para el rey y la otra sufraga este montaje.

—¡Pero me queda mucho que aprender de vos! —sollozó Joan.

—¡Cuánto me gustaría enseñarte más! —exclamó el hombre con los ojos húmedos—. Mira, te quería advertir que...

Pero en aquel momento se oyó un cerrojazo y desde la puerta alguien gritó:

—¿Está aquí el moro Abdalá?

Al responder que sí, le ordenó salir. El anciano y el chico se abrazaron en silencio.

—Que Dios os bendiga, maestro —dijo Joan entre lágrimas al separarse—. Ojalá nos volvamos a ver.

—Que así lo quiera Alá, hijo. —El viejo también estaba emocionado—. Que Él te proteja.

48

Joan no había visto nunca una sala tan enorme. Seis gigantescos arcos de piedra rebajados, anchísimos, sostenían una gran techumbre de madera. Ni siquiera la nave de la iglesia del Pi, la más ancha de Barcelona, superaba la amplitud de aquellos arcos. Seguramente la catedral tenía mayor envergadura, pero la conseguía con varios arcos, uno tras otro, sostenidos por columnas. Eran ágiles arcos apuntados que se elevaban al cielo uniéndose en una piedra clave bellamente esculpida. Pero en aquella sala ocurría lo contrario; el espacio lo cubría un solo arco poderoso, de elegante sobriedad. Y al contrario que los de las iglesias, aquellos robustos arcos estaban aplanados, en una sorprendente demostración de equilibrio y fuerza. La luz entraba solo por los ventanales de la izquierda y daba al conjunto el aspecto de una enorme gruta. Era el salón del Tinell, la gran sala de recepciones de los reyes de Aragón, y aquella grandiosidad estaba concebida para intimidar a quien visitara al monarca.

Solo que ahora, al final del largo recorrido desde la entrada, no esperaba un rey, sino el inquisidor fray Alfonso Espina. Y Joan, conducido a la presencia del fraile por dos soldados de la Inquisición, se sentía pequeño, lleno de temor, mientras cruzaba aquella sala fría y vacía que devolvía el eco de sus pisadas. No podía mostrar el rey Fernando su intención de forma más clara. El inquisidor poseía todo el poder; el terrenal y el divino, y ocupaba el lugar del rey y de Dios.

El fraile no tenía trono, pero sí una buena silla tras una sólida mesa situada sobre una tarima elevada tres escalones. Un dosel cuya tela colgaba rodeando la espalda y los lados del entarimado le protegían del frío y de las corrientes de aire. Joan pensó que debajo de la mesa tendría un brasero semejante a los que usaban en el *scriptorium* de la librería en invierno. En mesas laterales, solo un escalón por encima del suelo, se encontraban distintos funcionarios: notarios, escribanos y expertos en religión tales como los teólogos calificadores.

Al llegar frente al inquisidor, nadie pareció advertir su presencia; los funcionarios conversaban y fray Espina leía un libro, quizá un breviario, pues parecía rezar.

Al rato, uno de los funcionarios se acercó al muchacho y le mostró un documento donde estaba escrito su nombre, edad, procedencia y que trabajaba de aprendiz en el taller de los Corró, situado en la calle Especiers. Cuando el chico dijo que los datos eran correctos, le hizo jurar que diría la verdad en todo. Después anunció en voz alta:

—¡Joan Serra de Llafranc ha jurado decir verdad!

Un escribano tomó cuidadosa nota y entonces el inquisidor pareció reparar en él.

Nadie le había explicado por qué fray Espina quería verle ni qué preguntas le haría. Los maestros encuadernadores dijeron que ellos serían solo testigos, que seguramente no los acusaran de nada. Pero nadie podía saber las intenciones de los inquisidores, se contaban historias terribles en la ciudad y todo el mundo los temía.

Llamaron primero a Guillem y a Joan en segundo lugar. No sabía, pues, qué preguntas le hicieron al maestro, y el chico estaba atemorizado.

—¿Eres tú Joan Serra de Llafranc? —le preguntó el inquisidor.

—Sí, padre —repuso haciendo una genuflexión tal como le habían indicado los soldados.

—Recuerda que estás bajo juramento —le advirtió un oficial situado en una de las mesas laterales—. Si mientes, no solo cometes un pecado horrible, sino que serás azotado en público y encarcelado por el resto de tu vida.

Joan afirmó con la cabeza.

—¿Cuál era tu trabajo con los Corró?

—Ayudaba en la encuadernación y copiaba libros como aprendiz.

—¿Y qué libros copiabas?

Joan se dijo que si fingía ignorancia, incurriría en perjurio y su castigo sería terrible. Pero aquella pregunta le hizo intuir la razón por la que el amo no quería que él supiera leer. Y entonces comprendió que había peligro en los libros, quizá peligro de muerte. No sabía qué respuestas podían perjudicar a mosén Corró, no quería dañarle, pero nadie le advirtió sobre aquella situación. Pensó en decir que lo ignoraba, que no sabía leer..., sin embargo, el funcionario le acababa de mostrar un documento y él dijo que su contenido era correcto. ¡Estaba perdido!

—¡Responde, muchacho! —le increpó el oficial que le había amenazado con el castigo por perjurio.

Joan sintió pánico, bajo ningún concepto se atrevería a mentir al inquisidor.

—Yo... Yo no recuerdo todo.

—Será mejor para ti que recuperes la memoria. ¡Esfuérzate!

—Copié a Ramón Llull.

—Su ortodoxia está cuestionada —comentó el inquisidor—. ¿Qué obras?

—El *Ars Magna*.

—Ese no es un gran pecado. ¿Y qué más copiaste?

Joan tragó saliva.

—Copie a Arnau de Vilanova.

—¿Qué libros?

—El *Speculum Medicinae*, el *Regimen Sanitatis* y *De consideratio-nibus operis medicinae.*

—¿En latín?

—Sí, padre.

El inquisidor miró hacia la mesa lateral y el oficial calificador revisó unos legajos y después anunció solemnemente:

—Son tratados médicos sin contenido religioso.

—Bien, ¿y qué más copiaste de Arnau de Vilanova?

El muchacho vaciló. Sabía que los libros anteriores eran seguros, pero quizá el siguiente fuera problemático. No obstante, Arnau de Vilanova fue un protegido de los reyes de Aragón, sus escritos debían de ser aceptables.

—¿Qué más? —se impacientó el inquisidor.

—Recuerdo uno titulado: *Tractatus de tempore adventus Antichristi.*

El oficial calificador revisó sus documentos y proclamó triunfal:

—Trata del advenimiento del Anticristo y fue reprobado por los teólogos de la Sorbona de París y la junta de teólogos de Tarragona lo ordenó quemar. Está en la línea de Joaquín de Fiore y critica la organización de la Iglesia. ¡Creíamos que no quedaban copias!

—¡Herético! —exclamó fray Espina, satisfecho—. ¿Qué más?

—Nada más de este autor.

—¡Dinos otros libros aunque no sepas el autor!

Joan sintió pánico. ¡Estaba perjudicando a sus amos!

—¡Habla!

—¡No recuerdo más! —exclamó angustiado.

—¡Más te vale que hables! —le dijo el oficial propinándole un manotazo en la espalda.

—¡No recuerdo! —Joan cerraba los ojos y apretaba los puños—. ¡No recuerdo! ¡No recuerdo!

—Mira, chico —el inquisidor habló después de una pausa en la que se pudo oír el silencio. Lo hacía en un tono amistoso, paternal—, será mejor que nos digas lo que queremos saber. Todos lo hacen, antes o después de ir al sótano. Te podemos descoyuntar las articulaciones, quitarte los ojos, quemarte con el hierro... El maestro encuadernador habló y también ese moro con el que trabajabas. Ya sabemos lo que queremos saber y a ti te toca ratificarlo. Así comprobamos si eres buen cristiano.

Joan sintió un escalofrío. ¿Torturaron a Abdalá?

—¡No recuerdo!

—¡Llevadlo al sótano! —dijo el inquisidor—. Y mientras, que pase otro.

Joan sudaba a pesar del frío del salón cuando a empujones le sacaron de él para hacerle bajar unos escalones. Después de andar por unos pasadizos subterráneos entraron en una cámara iluminada por antorchas.

—Ese es el verdugo —le dijo el oficial apuntando con el dedo a un hombre malcarado.

Y aquel individuo le empezó a mostrar los distintos artilugios: un potro donde se ataba al reo y se le estiraba hasta romperle las articulaciones; unas sogas con las que se colgaba del techo a la víctima para soltarla después de golpe, produciéndole un dolor terrible, y muchos más. También tenían un brasero lleno de ascuas y unos hierros al rojo. De pronto el verdugo, con su mano protegida por un grueso guante, tomó una de las barras y en un gesto rápido aproximó el extremo candente a la cara de Joan. Este dio un salto hacia atrás y soltó un grito de espanto. El hombre lo acorraló hasta que su espalda chocó contra la pared. Joan veía cómo se acercaba el hierro al rojo vivo y notaba su calor en la cara.

—Así es como le sacamos un ojo al moro —dijo el oficial—.

Después le colgamos del techo para soltarlo de golpe varias veces. Chilló como un cerdo, pero nos lo dijo todo.

Al terror del chico se unió una pena terrible. ¡Abdalá! Recordaba sus dulces ojos azules. Le habrían matado. El viejo no podía sobrevivir a aquellas torturas.

—Nos contarás lo que queremos saber antes o después —continuó el hombre—. Pero te conviene hacerlo antes. Es una pena que un buen mozo cristiano viejo quede tullido para toda la vida y pierda un ojo. Por última vez y antes de que empecemos en serio: ¿te ha vuelto la memoria?

Joan no podía apartar su mirada del hierro candente que continuaba amenazándole. Sentía un miedo horrendo, sudaba, recordaba apenado a Abdalá y era incapaz de pensar con claridad. Estaba destrozado.

—Sí —dijo conteniendo las lágrimas—. Lo diré todo.

49

Joan pasó las siguientes horas solo en un calabozo sin luz, empapado en su propio sudor, tiritando de frío, pensando en los horrores de aquellas máquinas y sintiendo en sus retinas el calor del hierro al rojo. Sabía de quienes pasaron años en celdas semejantes, muertos en vida. No quería perjudicar a los Corró, pero los demás hablaron y su sacrificio sería inútil. Se puso a rezar.

—Dinos nombres de libros que te parecieran sospechosos —le ordenó el inquisidor cuando le sacaron de aquella mazmorra que le recordaba a una tumba.

—El *De arte entomptica et ydaica*, *Clavicula Salomonis* y *Oracions dels set planetes.*

El oficial calificador no tuvo que consultar:

—¡Son libros nigromantes! ¡Están prohibidos!

«¡Prohibidos!», pensó Joan angustiado. Muchos de los libros que copiaba estaban prohibidos. Ahora lo comprendía todo, pero era demasiado tarde. ¿Por qué no le advirtió mosén Corró? ¿Acaso no podía avisarle? ¿Cómo se atrevió el librero a tomar aquel riesgo? ¿Qué le ocurriría a él por copiar aquellos libros?

—Yo hice lo que se me ordenaba, padre —le dijo al inquisidor—. ¡Yo no sabía que esos libros tuvieran nada malo!

Fray Espina le miró severo.

—Es un pecado leer esos libros —le dijo—. ¡Y mucho más copiarlos!

—¡Pero yo no sabía!

—Mira, hijo —repuso el fraile en un tono casi cariñoso—, si me cuentas todo lo que quiero saber, si compruebo que dices la verdad y no me ocultas lo que ya me han dicho otros y si cumples la penitencia que se te imponga, quizá te puedas librar del castigo. Pero este asunto es muy grave.

—¿Qué queréis saber? —preguntó Joan entre temeroso y aliviado.

—Queremos saber si copiaste libros de los autores que te dirá ahora el teólogo calificador.

El funcionario empezó a dar nombres y Joan admitió que conocía alguno de ellos:

—Bahya ben Yosef.

—Sí, lo conozco. Mi maestro tradujo del árabe *Kitâb al-hidâya ilà farâid al qulûb*, «Los deberes de los corazones». Yo hice dos copias.

—Shelomó Ibn Gabirol.

—Se tradujo del árabe en el taller las *Exhortaciones*. Hice tres copias. Y una de *La fuente de la vida*.

El oficial calificador miró de forma significativa a fray Espina.

—¡Son libros de religión judía! —exclamó ufano—. ¡El converso Corró es judaizante!

—¡Pero si eran libros traducidos del árabe! —se sorprendió Joan.

—Los judíos españoles de hace unos siglos escribían todo en árabe —le aclaró el inquisidor—. Solo las obras principales se tradujeron después al hebreo, al latín y en alguna ocasión al castellano o catalán. Los libros que mencionaste son para judíos. Este es un caso de conversos judaizantes, de relapsos, de los falsos cristianos que andamos buscando.

Aterrado, Joan comprendió el alcance de aquello. ¡Iban a condenar a los Corró por su testimonio! Continuaron preguntándole sobre otros autores y libros, y después por el tipo de comidas que hacían los Corró y si hacían ayunos especiales en determinadas fechas. La vista se le nublaba y respondía de forma imprecisa, atontado, solo una idea le absorbía el pensamiento. ¡No debería haber aprendido a leer! ¡Mintió, faltó a su promesa! ¡De no saber leer, no hubiera podido delatar a los amos! ¿Qué les pasaría ahora por su culpa? Poco pudo aportar con respecto a las comidas, ya que, a no ser en fechas señaladas como Navidad y otras celebraciones, los Corró las hacían en el primer piso y no en el taller.

—¡Pero si cumplen todas las fiestas cristianas y van a misa todos los domingos! —le dijo al inquisidor.

Este le observó con cuidado y después sonrió siniestro.

—Eso lo hacen todos los relapsos. Por fuera parecen cristianos, tienen miedo, disimulan, pero por dentro, en su intimidad, continúan siendo judíos.

Joan se quedó callado mirando al fraile. De poder decir algo que ayudara a los Corró, lo haría, pero el sentimiento de haber causado una catástrofe irremediable le embargaba.

—Fray Antoni Miralles, el suprior de Santa Anna, estuvo aquí antes —dijo fray Espina—. Supo lo de la librería esta mañana. Vino a hablar a tu favor. Dice que tu familia vivió en Llafranc por muchas generaciones y que os conocen bien porque la aldea pertenece a Palafrugell, que es posesión del Santo Sepulcro. Afirma que eres cristiano viejo, que viviste en el convento, que cumples con tus deberes religiosos y que él es tu confesor y guía espiritual. Eso me hace pensar que no fue tu voluntad pecar y he dejado en sus manos la penitencia que él te quiera imponer. Pero te ordeno que nunca más copies libros.

Joan vio que el escribano tomaba nota de todo. ¡No podría copiar libros! Aquella mala noticia apenas le afectó. Temía por los Corró.

—Debes saber que tu testimonio ante este tribunal es secreto y que nadie conocerá lo que dijiste —continuó el fraile—. Estás en libertad, puedes irte.

—Pero ¿adónde? Yo vivo en la librería.

—La librería no volverá a abrirse y lo que hay dentro, junto con cualquier otra propiedad de los Corró, será requisado.

—¡Yo tengo mis cosas allí!

—Habla con el notario de secuestros. —Y el inquisidor señaló a un funcionario sentado en una mesa, que se identificó con una seña—. En un par de días podrás ir a recoger con él lo que es tuyo. Y ahora ve con Dios.

Y con un gesto le despidió. Joan hizo otra genuflexión y anduvo de vuelta el largo trayecto del gran salón. Llegó con miedo pero erguido y salía con la cabeza gacha, aturdido, con el peso de una culpa inmensa. Los Corró fueron como padres para él. Y él les pagaba con una horrible traición que los llevaría a la muerte.

50

El suprior volvió a acoger a Joan en el convento. El muchacho le dio las gracias por su ayuda y le abrió su alma en secreto de confesión. Había roto su promesa y las consecuencias para los Corró serían terribles. Su deseo de saber, su arrogancia le llevaron a traicionar a quien tanto debía. ¿Y qué le diría a Bartomeu? No podría mirarle más a la cara. También le traicionó a él, pues el mercader quería a mosén Corró como a un hermano. Sentía una gran angustia. El fraile escondió su rostro entre las manos y estuvo un tiempo meditando.

—Es cierto que obraste mal —dijo al rato—. Pero también lo es que los Corró se arriesgaron y perdieron. Por lo que me dices, los condenarán por relapsos, por reincidir en el judaísmo y por vender libros prohibidos, les aguarda la hoguera. Tú no eres más que un instrumento del Señor, una de tantas cosas que les podían salir mal. No me gusta la Inquisición, ni su arrogancia, ni su abuso de poder, ni el terror en que tienen sumida a la ciudad. Sin embargo, mi misión es servir a la Iglesia y por lo tanto me desagradan los falsos cristianos.

—Son buenos cristianos —repuso Joan—. Pero creen en el libre albedrío que vos me explicasteis: que el hombre debe escoger sus libros en libertad. Además, ¿y si fueran judíos y no les quedaba más remedio que fingirse cristianos para conservar la vida? Entonces sería lícito que ocultaran su credo.

El fraile apretó los labios y se encogió de hombros, no le importaba el destino de los Corró y no quería debatir sobre ello. Le impuso como penitencia unas oraciones y le encargó, ya que no precisaba ocultar que sabía leer, ordenar los libros del monasterio junto a fray Melchor.

Unos días después, Joan pudo recoger sus cosas de la librería, junto a Lluís, Jaume, Guillem y Pau, acompañados por el notario de secuestros y algunos soldados de la Inquisición. Joan no había hablado con el maestro sobre el interrogatorio al que fueron sometidos, pero los inquisidores le dijeron que Guillem lo había contado todo y pensó que era tan culpable como él de lo que les ocurriera a los amos. Era un tema muy doloroso, todos fueron interrogados, y a ninguno le gustaba recordarlo.

Entraron en la librería en silencio, y al hablar, lo hacían en un susurro. ¡Había tanta vida antes en aquel lugar! Sin embargo, en aquel momento solo daba sensación de muerte. La librería era un cadáver. Joan subió al *scriptorium* y por un momento fantaseó con la idea de encontrar a su maestro Abdalá esperándole con su sonrisa benévola. No estaba y su ausencia, y su muerte casi segura, se sumaron al sentimiento de desgracia que flotaba en la casa.

Reclamó su obra maestra, pero el notario dijo que no figuraba en ningún inventario, que sería su palabra contra la de Felip y que aquel no era asunto de la Inquisición.

—Los van a condenar —afirmó Guillem ya fuera de la librería mientras los oficiales de la Inquisición la cerraban a cal y canto—. No sé qué les ha contado Felip, pero los inquisidores se lo creyeron. Los torturarán y confesarán lo que quieran hacerles confesar. Lo lamento mucho, eran buena gente. Y vosotros, muchachos, id con cuidado, ese Felip es mala persona, os odia, y ahora es familiar de la Inquisición.

Pau, el oficial, se lamentó diciendo que no sería fácil encontrar trabajo, la gente rechazaba todo lo que oliera a Inquisición. Solo los retuvieron como testigos, y quedaron exonerados de culpa, aunque el hecho de ser interrogado ya levantaba suspicacias.

—Pero la gente necesita libros, sobre todo en blanco —afirmó Guillem—. ¿Os habéis fijado en la cantidad de escribanos, notarios y otros que tiene la Inquisición? Todos emborronaban papel al mismo tiempo. —Y sonriendo triste añadió—: No nos tiene que faltar trabajo. Ni a nosotros, ni a los verdugos.

Joan rezó mucho aquellos días por los Corró. Pedía que admitieran sus culpas y que los inquisidores fueran benévolos. Quizá se libraran retornando a la fe, luciendo el sambenito y azotándose en las procesiones. ¿Qué importaba si perdían todos sus bienes? ¡Que al menos conservaran la vida!

Aunque después de reflexionar escribió en su libro: «Quizá no merezca la pena pagar ciertos precios por vivir».

Ayudaba con los libros a fray Melchor y se comunicaban en latín. Aquel no era un monasterio culto, de los que atesoraban una gran biblioteca, la mayoría de los libros eran de oraciones y fuera del fraile bibliotecario y del suprior pocos más leían.

La presencia del muchacho en las tabernas se hizo más frecuente y supo que la flota de Vilamarí esperaba la primavera en los puertos de Sicilia para reemprender los combates contra los turcos. Deseaba que regresaran para encontrarse con el hombre al que él llamaba el Tuerto. Estaba a punto de cumplir los diecisiete años; era alto y su cuerpo estaba bien desarrollado, tenía los nervios a flor de piel por la continua angustia que sentía ante el destino de los Corró y no soportaba bravuconadas. Y se vio involucrado por primera vez en peleas de marinos. Una se saldó con unos empujones y un par de puñetazos con los que Joan tumbó a un borracho con facilidad.

Pero en la segunda brilló el acero de los cuchillos, aunque fueron apaciguados por los parroquianos y los gritos que alertaban de la llegada del alguacil y la tropa.

—Vigila, Joan —le dijo un tabernero amigo—. He visto muchos como tú desangrarse encima de un charco de vino. Si quieres llegar a viejo, contrólate.

Al fin pudo ver a Bartomeu, decía que regresaba de un viaje. Llevaba varios días ausente y Joan sospechaba que esperó hasta asegurarse de que la Inquisición no le reclamara antes de dejarse ver. Si Corró fabricaba libros prohibidos, con toda seguridad él los vendía a clientes seleccionados. El mercader era cristiano viejo y por lo tanto poco vulnerable a los inquisidores, pero ya nadie parecía estar a salvo.

Joan quiso ocultarle lo confesado sobre libros prohibidos a la Inquisición; bajo ningún concepto quería que Bartomeu supiera que faltó a su promesa. Pero conforme hablaban su seguridad se resquebrajó al tiempo que un temor le torturaba. ¿Y si, por mentir a Bartomeu, este se descuidaba y terminaba encausado por los libros prohibidos? Se dijo que no podría soportar tanta culpa. Y rompiendo en llanto se lo contó todo.

Le dijo que el maestro Guillem confesó antes y también Abdalá, al que torturaron sacándole un ojo y rompiéndole las articulaciones. Preguntó muchas veces por él sin obtener respuestas. Debía de estar muerto.

El mercader le miraba como un ave rapaz a su presa. Joan nunca había visto antes una expresión tan dura en su rostro.

—Gracias por preocuparte por mí y por advertirme —le dijo en tono seco—, pero lo que hiciste estuvo muy mal y las consecuencias para tus amos serán terribles. Los quería como a hermanos y me siento responsable por llevarte a ellos. Te recogieron del convento y tú les traicionaste. Y no lo digo porque cedieras ante las amenazas de tortura, hombres hechos y derechos se rompen cuando les muestran los aparatos e instrumentos de suplicio. Amenazar con ellos es uno de los pasos del manual del inquisidor. Pero faltaste a tu promesa. Dijiste que no aprenderías a leer; si hubieras cumplido, nada de esto habría pasado.

—Lo sé, y lo lamento muchísimo —contestó el chico con los ojos en lágrimas—. Pero no pude evitarlo. Además, si no hubiera hablado yo, igualmente Guillem y Abdalá lo habrían hecho bajo tortura.

—No, te equivocas. Guillem y Abdalá no contaron nada. Los inquisidores te engañaron.

—¡Qué!

—El maestro Guillem no pudo decir nada porque nada sabía de lo que pasaba en el *scriptorium*.

—¿Y Abdalá? —inquirió Joan, ansioso—. ¿No dijo nada cuando le torturaron?

—No le torturaron, se encuentra muy triste pero bien de salud en la cárcel de la Inquisición. Para los inquisidores es como un objeto más. Estoy negociando su compra.

Joan sintió un alivio infinito. Las imágenes de su maestro en el suplicio y muerto le asaltaban sin descanso.

—¿Y cómo pudo librarse?

—Es muy fácil. Abdalá es un musulmán declarado y no le pueden hacer nada. Lo mismo ocurre con los judíos que practican abiertamente su religión. La Inquisición solo puede actuar contra cristianos. Le hubieran torturado si estuviera bautizado y practicara el Corán de forma clandestina. Y tampoco sirve de testigo contra los Corró; nunca aceptarían su juramento aunque fuera sobre el Corán.

Joan comprendió entonces que fue su testimonio el que condenó a sus amos.

—Lo siento —musitó—. Lo siento mucho.

La disculpa no satisfizo al comerciante, que se despidió con brusquedad después de repetirle sus reproches. Joan se quedó solo con su culpa y el sentimiento aterrador de haber perdido a su amigo. Le quería como a un padre y aquella nueva pérdida le llenó de una angustia horrible.

Escribió en su libro: «Cuánto lamento haber roto mi promesa. Ojalá el tiempo volviera atrás».

Unos días después, los pregoneros recorrieron la ciudad anunciando que el acto de fe tendría lugar en la plaza del Rey después de la hora tercia del día 9 de febrero. A Joan le dio un vuelco el corazón. ¡Entonces conocería el destino de los Corró!

51

Cuando las campanas de la catedral terminaron de dar la hora tercia, continuaron sonando, cansinas, convocando a los fieles. Joan, Lluís y los demás se reunieron en la puerta de la librería para dirigirse al acto de fe juntos, para infundirse valor. Deseaban lo mejor para sus patronos y se debatían entre el temor y la esperanza.

Aguardaron a que la procesión que salía del palacio real frente a la puerta de Sant Ivo de la catedral siguiera su recorrido por las calles y llegara a Especiers, donde ellos esperaban.

El desfile se asemejaba a otros anteriores. Lo abría un dominico ataviado con el hábito blanco y negro de la orden, descalzo y que portaba el estandarte de la Inquisición. En el centro de la enseña había una cruz verde de madera espinada, con la espada amenazante a su derecha y la rama de olivo a su izquierda. Una inscripción en latín rezaba «¡Álzate, oh, Señor, a defender tu causa!», del Salmo 73. Le seguían un grupo de monaguillos, en esta ocasión en silencio, y otro fraile dominico descalzo portando una cruz.

Un grupo de nobles y magistrados presididos por el primo del rey y lugarteniente real para Cataluña, el infante Enrique Fortuna, conde de Ampurias, los seguían. Entre ellos no había ningún consejero de la ciudad ni cargo de la Generalitat. A continuación iban los oficiales de la Inquisición entre los que destacaba fray Alfonso Espina, junto con sus alguaciles, notarios, escribanos y tropa. Cerraba ese tramo de la procesión un grupo de frailes dominicos silenciosos y encapuchados.

Dejando un espacio seguía otro fraile con la cruz en alto.

—¡Mirad! —exclamó con un susurro Lluís.

Detrás del fraile venía el amo, Antoni Ramón Corró, ataviado con el infamante sambenito amarillo con sus cruces rojas y el cucurucho, el capirote cónico de los penitenciados, también en amarillo y rojo. Llevaba un cirio apagado en sus manos y una soga al cuello que le unía a su esposa Joana, que caminaba detrás, ataviada de la misma forma. El aspecto de ambos era demacrado y sus rostros con ojeras mostraban los días de cárcel, presiones y, casi con seguridad, torturas. Con la cabeza gacha su mirada se perdía en el suelo. A su entrada en la calle Especiers se hizo un profundo silencio. Era una muestra de respeto de sus antiguos vecinos que siempre consideraron a los libreros buena gente. Los Corró levantaron los ojos hacia la librería, donde habían vivido felices durante tantos años, donde murieron sus padres y nacieron sus hijos. Pero esta tenía sus puertas cerradas para siempre. Allí vieron a sus empleados, que los contemplaban entristecidos. Ambos hicieron un gesto de reconocimiento y Joana quiso esbozar una de sus amables sonrisas, que de inmediato se rompió en llanto. Los muchachos los saludaron con la mano y el maestro Guillem les gritó:

—¡Que el Señor os proteja!

—¡Que se haga justicia y os dejen libres! —añadió Joan.

Y recibió un empujón de uno de los soldados que flanqueaban al matrimonio y que se les encaró:

—¡Más os vale callar y ser respetuosos! —les dijo.

Guardaron silencio, aunque a Lluís se le escapó un hipo de llanto. Joan, con lágrimas en los ojos, le pasó el brazo por los hombros.

A Joana Corró la seguía otro preso con soga al cuello ataviado también con la vestimenta de los penitenciados. Detrás venía otra cruz portada por un dominico y una hilera de cuarenta soldados cargando cada uno con un muñeco hecho de cáñamo y vestido con sambenito y cucurucho amarillos con cruces rojas. Cada monigote llevaba un pergamino con el nombre del acusado. Representaban a cuarenta conversos huidos cuya sentencia se proclamaría junto a la de los tres presentes en el acto de fe.

A continuación marchaban más dominicos encapuchados y descalzos que cantaban salmos entre los que se repetía el «Miserere mei, Deus», «Tened piedad de mí, Señor».

Cerraba la procesión un grupo de soldados que, al redoble de sus tambores, marcaban lentamente el paso de la muerte. Detrás los seguía una multitud expectante, jubilosa en muchos casos, ávida de presenciar el espectáculo. Entre ellos estaba Felip acompañado de los de su pandilla. Los miró con una sonrisa desafiante.

La Inquisición había montado en la plaza del Rey tres tribunas apoyadas en el muro de la capilla de Santa Ágata, la iglesia del palacio real. Dos de aquellos entarimados, los de la derecha, estaban cubiertos por un dosel y decorados con buenas telas. El central era para los inquisidores y sus funcionarios y el segundo para las personalidades y criados. Entre ambos había un pequeño altar. La tribuna de la izquierda, al contrario, era un simple tinglado de madera con bancos para los reos y los soldados que los custodiaban. Según entraba la procesión, cada uno se fue colocando en su lugar: los de las tribunas sentados en ellas y los espectadores de pie. En el centro de la plaza, frente al entarimado de los inquisidores había un púlpito con el fraile agustino encargado del sermón.

La prédica duró más de dos horas y la voz del agustino crecía conforme se encendía de fervor. Dijo que la Inquisición era hija del celo cristiano y que el proceso de purificación que eliminaría a los herejes que corrompían el mundo había empezado. Recordó las profecías de san Juan en el Apocalipsis cuando describía que se abrían los libros de la vida y de la muerte. Recitaba con voz atronadora, inflamada de ardor:

—«Y vi a los muertos grandes y pequeños, de pie, delante del trono; fueron abiertos unos libros, y luego se abrió otro, que es el de la vida; y los muertos fueron juzgados según lo escrito en los libros, conforme a sus obras. Y el que no se halló inscrito en el libro de la vida fue arrojado al lago de fuego».

Joan escuchaba conmovido aquellas palabras terribles; los libros contenían la vida y la muerte, y podían ser muy peligrosos como bien sabía, por desgracia. Pero un murmullo del maestro Guillem le apartó de sus pensamientos:

—No me gusta nada el sermón; los han condenado a la hoguera.

Y el agustino continuó vigoroso recitando fragmentos del Apocalipsis de san Juan, cada vez más exaltado y profético:

—«Y allí había gentes colgadas de la lengua. Eran los blasfemos en el camino de la justicia. Y bajo ellos un fuego que los atormentaba».

Joan pensó que su pecado era comparable y que también merecía un castigo. Luchaba por zafarse del agobio que sentía, pero la prédica terrible del fraile le arrastraba y pensó que Guillem tenía razón: el sermón presagiaba la muerte. Miraba a su alrededor y veía a la gente encogerse de miedo al tiempo que escuchaban con un deleite morboso.

—Al menos, el hijo, Joan Ramón, que hicieron venir de Lleida, no está entre los penitenciados —comentó Lluís.

—Es menor de edad penal —repuso Guillem—. Seguramente él se salve solo con cárcel.

Después se celebró misa y al final de esta, el notario de la Inquisición subió al púlpito y uno a uno, con voz hueca y resonante, fue desgranando las faltas de los ausentes representados por los monigotes de cáñamo. Al final anunciaba la condena; y era la misma para todos: el fuego de la hoguera.

Pocas esperanzas quedaban al llegar a los Corró. Casi sin aliento, Joan rezaba para que ellos fueran la excepción, pero las acusaciones se asemejaban mucho a las de los anteriores: freían la carne y las verduras con aceite evitando hacerlo con grasa animal. Para no confundirse con la manteca de cerdo ni siquiera cocinaban con grasa de oveja. Ponían manteles limpios en su mesa el viernes por la noche y se mudaban para ir limpios el sábado, la fiesta de los judíos. A la muerte de sus padres comían huevos crudos y a los cadáveres les depositaban una moneda en la boca. Quitaban los tendones de los cuartos traseros de los corderos como mandaba la Biblia en recuerdo de la lucha de Jacob...

—Pero eso no quiere decir que practiquen la religión judía —protestó en voz baja Joan—. Son costumbres que heredaron de sus padres y sus abuelos. No tienen por qué tener un significado.

Al final el notario enumeró los libros prohibidos de su librería, muchos de los cuales eran judaicos. Y terminó proclamando:

—Serán quemados vivos en la hoguera del Canyet por su herejía. Pero si en el último momento piden clemencia y se reconcilian con la fe cristiana, se les concederá por caridad la gracia de ser antes estrangulados por el verdugo.

Un murmullo recorrió la plaza. Habría espectáculo.

52

Al oír la sentencia, la mirada de Joan fue a la tribuna de los reos. Durante el interminable sermón, el matrimonio Corró apenas se había movido, en ocasiones aparentaban dormitar. En algún momento pareció que cuchicheaban entre ellos. Pero al oír la cruel pena, Antoni Ramón acudió a su esposa y ambos se unieron en un tierno abrazo.

«Van a morir por mi culpa», se dijo Joan.

Pero la ceremonia no había terminado. Entonces fue cuando fray Alonso Espina hizo solemne entrega de los condenados a don Enrique de Aragón, el lugarteniente del rey; a partir de aquel momento serían las tropas reales las encargadas de custodiar a los reos y ejecutarlos. Los votos de los inquisidores prohibían derramar sangre. Fray Espina mantendría sus manos limpias.

De nuevo se organizó el desfile, esta vez hacia la muerte. El orden era parecido al de la llegada a la plaza, y a paso lento la procesión tomó el llamado camino de la infamia, que recorrió la ciudad hasta salir por el Portal de Sant Daniel. Los frailes cantaban sus letanías y los tambores marcaban el paso lento y solemne de la ejecución. Esta vez, detrás desfilaba un grupo de soldados portando la leña para la hoguera.

Los Corró eran conocidos en el barrio y cuando pasaron frente a sus vecinos estos guardaron un silencio respetuoso, pero ahora, una vez condenados y rodeados de gente extraña, se veían sometidos al insulto y a la agresión.

—¡Marranos! —les gritaban—. ¡Morrudos! ¡Falsos cristianos!

Y les lanzaban inmundicias.

Joan, Lluís y Jaume forcejeaban para mantenerse cerca del matrimonio intentando protegerlos del vulgo, pero las calles eran muy estrechas, estaban repletas de una multitud vociferante y no podían mantenerse a su altura. Cuando lo lograban se veían apartados por los soldados que flanqueaban a los reos. La misión de estos no era evitar que escaparan, suceso imposible, sino asegurarse de que llegaban vivos al suplicio. Poco importaba si recibían algún que otro golpe o les lanzaban basuras.

Al salir de la ciudad la comitiva tomó el camino del Canyet. Era esta una zona inhóspita, de aguas estancadas y cañaverales, cercana al mar. Con frecuencia aquellos pantanos despedían fumarolas y una neblina de olores putrefactos, de descomposición. En verano los mosquitos plagaban el lugar y en las noches, entre fuegos fatuos, vagaban los lobos llegados de los montes boscosos de Horta y de Sant Genís en busca de cadáveres. Era allí donde se arrojaban los cuerpos de los animales muertos y cualquier otro desperdicio que la ciudad quería mantener lejos de sus muros.

No solo era un lugar de muerte para las bestias, sino también para los humanos. En el pasado se ahorcó allí a todo tipo de delincuentes incluyendo piratas sarracenos. En el Canyet se alzaba una cruz, la llamada de la Llacuna, que marcaba el centro del gran basurero putrefacto.

Aquel era el sitio escogido por la Inquisición para sus ejecuciones y al que la procesión se dirigía con paso cansino al redoble de los tambores.

Al llegar a la cruz se encontraron con una gradería de madera montada en uno de los lugares secos frente a la que los soldados amontonaron la leña. Los dominicos con su capucha calada continuaban cantando sus salmodias y muchos de entre la multitud de curiosos los acompañaban en su canto.

Los militares depositaron los cuarenta monigotes de cáñamo en la gradería mientras el matrimonio Corró y el otro penitenciado descansaban exhaustos en el suelo.

Allí acudió fray Espina para ofrecer a los reos la última oportunidad de reconciliación. Al rato el inquisidor abrió los brazos mirando a la multitud. Los dominicos cesaron en su canto y se hizo el silencio.

—Los penitenciados han sido relajados —gritó—. Reconocieron sus horribles pecados y han pedido perdón sincero por cada uno de ellos. Y con su inmensa misericordia la Iglesia los admite de nuevo en su seno. Alabado sea el Señor.

De la multitud se alzó un grito de júbilo. ¡Qué hermoso era ver a las ovejas descarriadas regresar al redil! ¡Qué grandes eran la piedad y la compasión!

Fray Alonso Espina y su séquito estaban radiantes. Al fin los herejes aceptaban la verdad. ¡Qué bello triunfo para la Inquisición!

—¡Ya puede venir el verdugo! —concluyó fray Espina.

En un arrebato Joan rompió el cordón que formaban los soldados y se acercó corriendo a los Corró, que continuaban cabizbajos sentados en el suelo con sus sambenitos en el cuerpo y los capirotes en la cabeza.

—¡Perdonadme! —exclamó tomando entre sus manos las de la señora Corró con los ojos llenos de lágrimas.

Ella levantó la vista y al reconocerle sonrió. Aquella mirada le hizo estremecer; le recordaba más que nunca a la de su madre. Iba a perderla por segunda vez.

—Que Dios te bendiga, hijo —musitó.

Él le besó la mano y ella le acarició la mejilla con suavidad. Hubiera permanecido toda la tarde junto a ella, pero sabía que no le quedaba tiempo.

—¡Amo, perdonadme! —le dijo al librero.

Este le miró a los ojos, afirmó con la cabeza en gesto abatido, pero no dijo nada. Después tendió sus brazos a su esposa y ambos volvieron a abrazarse.

—¡Quita de ahí, chico! —oyó.

Una mano le agarró del hombro y le empujó lejos de los prisioneros. Joan vio al verdugo sosteniendo una soga y un palo. Le conocía de las tabernas y en ellas jamás se hubiera dejado tocar por aquel individuo. Era un maldito. Ningún tabernero le servía en un vaso del establecimiento y tenía que ir a la taberna con el suyo propio. Pero allí, en aquel momento, el verdugo era la autoridad.

La soldadesca cayó sobre Joan y después de unos cuantos golpes lo echaron a patadas hacia el gentío, que reía y le gritaba improperios. Aquello era un pequeño entremés a la espera del espectáculo principal. Felip estaba en primera fila y aprovechó para darle un coscorrón mientras le decía:

—¡Qué tonto eres, remensa!

Todo el dolor que Joan sentía en aquel momento, todo su abatimiento se tornó al instante en rabia profunda.

—¡Hijo de puta, degenerado! —le gritó—. ¡Eran como nuestros padres!

Y agarró a Felip por el jubón con tanta fuerza que las costuras sonaron a punto de romperse.

—Que os jodan a todos —contestó el otro lanzándole un puñetazo.

Pero el golpe no alcanzó su destino porque Lluís, atento, lo paró en el aire. Los amigos de Felip se abalanzaron en su defensa y hubo gritos y empujones hasta que los soldados acudieron a punta de lanza para poner orden. Lluís apartó a Joan de allí.

—¿Te has vuelto loco? —le dijo—. No te conviene ponerte en evidencia.

Pero la gente no les atendía a ellos. Todos estaban en silencio, pendientes del verdugo y su ayudante, que cumplían con su trabajo. Empezó por la mujer y pareció oírse un débil estertor cuando, ayudado del palo, el sicario hizo un torniquete rápido con la cuerda en su cuello. El capirote cayó al suelo y al poco lo hacía también el cuerpo desmadejado de la señora Corró. Después le siguieron en la muerte mosén Corró y el otro hombre.

Los frailes se pusieron a cantar mientras los soldados encendían la pira. Al poco las llamas se alzaron en medio de una humareda. Los verdugos cargaban los monigotes de cáñamo, los subían a la gradería y desde la altura los lanzaban al fuego, que los acogía con un fogonazo de chispas y pavesas. No tardaban en arder con vigor. Los espectadores cantaban junto a los frailes, pero de pronto una mujer se precipitó hacia la pira con los brazos extendidos y al llegar cerca del fuego se arrodilló y a grandes gritos empezó a suplicar perdón por sus pecados. Aquello fue como una señal para que se desatara la histeria. Un buen número de los congregados comenzó a gritar, otros a golpearse en el pecho, algunos andaban de rodillas, todo valía para penitenciarse. Varios hombres tiraron sus capas al suelo, se desnudaron la espalda, sacaron de su cinto látigos de múltiples puntas y empezaron a azotarse. Joan observó a los inquisidores; se mostraban felices con el bullicio, tenían el aspecto gozoso del que contempla su trabajo bien hecho. Cuando los verdugos lanzaron los cadáveres, la hoguera ardía ya en su plenitud. El mayor peso de los cuerpos comparados con el cáñamo producía un fuerte golpe y multitud de chispas y pavesas se alzaban al cielo. Al poco un tufo de carne quemada se unió al de podredumbre y descomposición del lugar.

Al oír el toque de vísperas de los campanarios de la ciudad, la comitiva emprendió el regreso. El fuego se iba agotando.

—Vayámonos ya —dijo el maestro Guillem—. Desde el desayuno no tomamos nada.

Joan advirtió entonces que el día terminaba y que aún no había comido. Pero no le importaba y les dijo que él se quedaría un poco más.

—Cuida que no te den las completas —le advirtió Lluís—. A esa hora cierra la última puerta y tendrías que hacer noche fuera de la ciudad.

Ya solo quedaban los verdugos y un par de soldados, atardecía y Joan continuaba mirando a las brasas. Los ojos se le llenaban de lágrimas al recordar a los Corró y el amor que le dieron.

—Yo tengo la culpa —se repetía.

Se sobresaltó al notar una mano en su hombro, se creía solo. Al girarse vio a Bartomeu, su amigo perdido. El hombre no habló, pero Joan sí y de nuevo le confesó su culpa. Bartomeu se mantuvo en silencio mientras oían ya cercanos los aullidos de los lobos que bajaban de los montes hacia el Canyet.

—Murieron por mi culpa —repitió.

—No solo por tu culpa —dijo al rato el mercader—. Han muerto por culpa del miserable de Felip y de todos aquellos a los que la Inquisición hizo hablar. Y también por culpa de los demás, que, sabiendo que eran buenos, callamos y nos escondimos. Murieron por culpa del miedo, del terror que siente la ciudad.

Y poco después añadió dando énfasis a sus palabras:

—Pero tú, Joan, tú fuiste el único que tuvo el valor de pedirles perdón, aquí, al pie de la hoguera.

Dejó un tiempo para que el muchacho comprendiera sus palabras y cogiéndole del hombro con cariño le dijo:

—Vamos, están a punto de dar las completas.

Esta vez Joan no se resistió y, en la penumbra del ocaso de aquel trágico día invernal, dejaron atrás los rescoldos humeantes y el tufo inmundo del Canyet, para dirigirse a Barcelona. Por el camino el muchacho lloraba en silencio, confortado por el brazo del mercader sobre su hombro.

«En el horrible día en que perdí a los Corró, recuperé a Bartomeu», escribió aquella noche.

53

Barcelona, 6 de enero de 1492

Aquella mañana las campanas volteaban alegres en las iglesias de Barcelona y la gente se felicitaba por las calles. Celebraban al fin la gran noticia esperada durante tantos años no solo en los reinos de Isabel y Fernando, sino en toda la cristiandad. Se había tomado Granada.

A pesar de la miseria que Barcelona sufría, al inicio de la guerra colaboró con un numeroso contingente de tropas de todos sus estamentos sociales. Y siguió enviando voluntarios junto a cientos de quintales de pólvora. Se imprimieron bulas con indulgencias para vivos y difuntos y los ciudadanos las compraban para expiar sus pecados al tiempo que financiaban la guerra. Al fin todo aquel esfuerzo se veía recompensado y en las iglesias se entonaba un *Te Deum laudamus* para darle gracias al Señor.

Hacía ya casi tres años del trágico fin del matrimonio Corró y de la prisión de su hijo menor de edad. Fueron tiempos funestos en los que Joan, además de perder a quienes quería como a sus padres, se quedó sin obra maestra y sin librería donde trabajar. Sus intentos por encontrar empleo en alguna actividad relacionada con los libros fracasaron, ya que muchos de los libreros eran conversos, estaban bajo el atento escrutinio de la Inquisición y no querían tener relación con alguien que copió libros prohibidos aunque fuera un buen encuadernador. Mejor fortuna tuvo su amigo Lluís, pues contaba con familiares lejanos, también libreros, que le acogieron.

Por suerte, el maestro Eloi no había olvidado la providencial ayuda que los hermanos le prestaron cuando el accidente de la gran campana. La fidelidad del operario al amo y viceversa era un principio esencial en los gremios y esperó, informándose día a día a través de Gabriel, el desenlace de la tragedia de los Corró. Y cuando las llamas rompieron definitivamente el vínculo de fidelidad que unía a Joan con sus amos, y no antes, el maestro Eloi le propuso que trabajara con él como aprendiz con la promesa de ayudarle a alcanzar su maestría con rapidez. El maestro no solo apreciaba en el muchacho las cualidades demostradas en el accidente del taller, sino que admiraba la bella obra maestra que los Corró expusieron en el mostrador de la librería.

Joan tuvo que soportar frecuentes burlas a causa del habitual orgullo corporativo, que era muy pronunciado entre los gremios metalúrgicos. No en vano ellos fabricaban las herramientas con las que trabajaban el resto de los gremios y las armas con las que se defendía la ciudad. Existía una coplilla que se aplicaba perfectamente a su caso: «Para las letras, un niño de baba, para forjar hierro, un hombre con barba».* Aun así, Joan contaba a su favor con el recuerdo del accidente en la fragua y una reputación de buena puntería con piedras y puños. Además, al empezar su aprendizaje como fundidor, tres años antes, ya era alto y fornido y superaba en tamaño no solo al resto de aprendices, sino también a varios de los maestros. Imponía respeto.

---

* «Per les lletres un noi de baves; per picar ferro un home amb barbes.»

Mosén Bartomeu, sabiéndose sospechoso para la Inquisición, redujo su comercio de libros y no pudo proporcionar trabajo a Joan, pero compró al Santo Oficio a Abdalá, que puso gustoso al servicio de su nuevo dueño sus conocimientos y saber.

El encuentro del maestro y el aprendiz en casa de Bartomeu fue muy emotivo. Un fuerte abrazo y las lágrimas de ambos sellaron su inquebrantable amistad. El chico no podía olvidar la angustia que sintió al creerle muerto y gozar de nuevo de su presencia, de su sabiduría y cariño, era para él un regalo del cielo.

En los años siguientes Joan continuó en estrecho contacto con Bartomeu y Abdalá y cuando los visitaba mantenía con ellos largas conversaciones en las que los libros acostumbraban a ser protagonistas. Un año después de la trágica muerte de los Corró, Bartomeu le dijo:

—Tengo noticias para ti. He recibido una carta y un libro desde Nápoles. Adivina de quién.

—¿De Anna? —inquirió Joan, esperanzado.

—No. —Bartomeu sonreía—. Es de su padre, Pere Roig, que me escribe a través de un librero napolitano amigo.

—¡Están en Nápoles! —Joan notaba su corazón acelerado.

—Sí, y se instalaron felizmente. Aunque sus negocios no son tan buenos como lo eran aquí, le dan para encargarnos la traducción de un libro italiano. Es el primer tomo del *Orlando innamorato* de Matteo Maria Boiardo.

—No lo conozco.

—Es uno de los libros de moda en las cortes italianas inmersas en el Renacimiento —intervino Abdalá—. Se lee en voz alta en las reuniones de grandes damas y señores para después abrir debate sobre su contenido. Los destinos de algunos caballeros y sus fortunas dependen de lo sensatos y brillantes que se muestren en sus comentarios a esos textos.

—Mosén Roig cree que su hija tiene las dotes necesarias para casar con algún alto burgués o pequeño noble napolitano —explicó Bartomeu—. Así que quiere que aprenda el italiano literario, el toscano, y las formas cortesanas de moda. Ha pensado que si Anna tiene a la vez el *Orlando enamorado* en italiano y su traducción, progresará más rápido.

Joan se abstrajo en sus pensamientos. Al fin sabía de Anna, y ansiaba encontrar la forma de comunicarse con ella, de decirle que continuaba amándola.

—¿Traduciréis vos el libro, maestro Abdalá? —inquirió.

—Sí.

—¡Dejadme que os ayude! —suplicó Joan—. Vos traducís y dictáis, y yo copiaré. Iremos mucho más rápido. Me tendréis aquí siempre que disponga de un rato libre en el taller.

Joan sabía que aunque el granadino gozaba aún de un brillante intelecto, su pulso ya no era el mismo y copiar le resultaba trabajoso.

—¿Qué os parece, Bartomeu? —preguntó el maestro.

El mercader sonrió, intuía las intenciones de Joan.

—De acuerdo —dijo.

Joan se sintió muy feliz. Los ojos de Anna leerían las letras trazadas por sus manos. Y pronto urdió un plan; una de las páginas de la traducción del *Orlando enamorado* sería una carta de amor suya para Anna Roig. Se camuflaría perfectamente entre el resto de las páginas, pero estaría cosida de tal forma que ella pudiera arrancarla con facilidad sin que su padre se enterara.

Tres meses después el libro y su traducción embarcaron hacia Italia. En su carta, Joan reiteraba su amor a Anna, le contaba la angustia que sentía por su ausencia y sus planes de embarcar hacia Nápoles lo antes posible. Solo que antes precisaba reunir algunos fondos y conocer el paradero de su madre y hermana. Y eso únicamente lo sabían en la flota de Vilamarí que se desplazaba por el Mediterráneo sin cesar. Tenía que aguardar a que llegara a Barcelona. No se atrevía a pedirle que le esperara, pero era lo que más ansiaba.

Joan aguardó anhelante la respuesta de Anna, pasaban los meses y su impaciencia crecía, pero su esperanza continuaba intacta. No fue hasta finales de octubre cuando llegó su ansiada carta. Vino a través de Bartomeu y de su amigo librero de Nápoles. Anna era ya una muchacha casadera con una libertad de movimientos limitada, no tenía forma de enviar una carta directamente y le costó varias visitas convencer al librero para que aceptara convertirse en su correo de amor.

Le respondía que ella continuaba amándole y que trataría de esperarle resistiendo las presiones de sus padres para casarla. Tenía entonces ya diecisiete años y solo el periplo que siguieron los Roig hasta llegar a Nápoles y su adaptación impidieron que su familia encontrara al galán adecuado.

Joan sintió una mezcla de felicidad y ansia. ¡Ella le esperaba y él no podía salir de Barcelona! La flota del maldito Vilamarí llevaba años sin aparecer por la ciudad. Y salir en su busca era una locura. Cuando llegaban noticias de que la flota se encontraba en un puerto, en realidad ya estaba en otro muy distante. Joan no podía permitirse seguirla por todo el Mediterráneo; no le quedaba más opción que esperar o renunciar al rescate de su madre y hermana.

«No puedo hacer otra cosa sino esperar», escribió en su libro. «Mientras, ahorraré cuanto pueda para el viaje.»

En el día de la celebración de la toma de Granada, la campana del taller de Eloi Senant se unía alegre al repiqueteo de las de las iglesias de la ciudad y era Gabriel Serra de Llafranc quien la hacía sonar. Gabriel cumpliría pronto los dieciocho años y era un mozo espigado y bien parecido, aunque menos robusto que su hermano.

A Joan le faltaba solo una semana para los veinte, era alto y tenía un aspecto sano y musculoso. Se afeitaba y lucía el pelo en media melena según la moda de Barcelona, pero sus cejas, la nariz y mentón fuertes y su mirada felina le recordaban a su padre al mirarse al espejo. Su nariz antes recta estaba ligeramente achatada de resultas de alguna de sus peleas sin que pudiera recordar cuál. Aquello le daba un aire peligroso que acrecentaba su atractivo para las muchachas, a las que él apreciaba con la mirada sin tomar iniciativa alguna. Continuaba obsesionado con Anna.

Vestido con sus mejores galas, bromeaba con el resto de los artesanos del taller, esperando a que su hermano terminara con la campana para acudir al convento del Carmen, encabezados por el amo.

—¡Viva el rey Fernando y la reina Isabel! —gritó el maestro Eloi al reunirse con su cuadrilla.

Los demás vitorearon a los reyes y a Granada.

A los gremios relacionados con la fundición y el metal se les llamaba de «obra negra» o «Elois» porque se agrupaban bajo la advocación de san Eloy. El santo tenía su capilla en el convento del Carmen, pero eran tantos los agremiados que la misa de acción de gracias por la conquista de Granada se celebró en el altar mayor de la iglesia y muchos se quedaron fuera del templo por falta de espacio.

Los gremios incluidos en los Elois eran, además de los cañoneros, joyeros, hierroviejeros, fabricantes de corazas y armaduras, ballesteros, fabricantes de arcabuces y dagueros. Curiosamente, los espaderos y lanceros pertenecían a gremios que tenían como patrón a san Pablo, cuya capilla se encontraba en la catedral.

Y a la catedral acudió Joan junto con su hermano Gabriel y sus colegas a presenciar la procesión donde desfilaron las autoridades civiles y religiosas y que fue el inicio de diversas celebraciones, con fuegos de artificio. La gente vitoreaba a Isabel, a Fernando y a Granada, y gritaba que Fernando era el elegido, el tapado, el Ratpenat, el «murciélago» de las profecías. Granada era solo el principio. Junto a la reina Isabel conquistaría también África y Jerusalén para hacerlos cristianos.

La noticia de la caída del último reino musulmán de Europa occidental se extendió con rapidez por una cristiandad amenazada por el continuo avance turco en Oriente. En Roma hubo grandes muestras de júbilo y el papa Inocencio VIII, a pesar de sus achaques, encabezó una solemne procesión. El cardenal valenciano Rodrigo Borgia supo aprovechar la alegría para agasajar a los romanos con un espectáculo español insólito en la Ciudad Eterna: una corrida de toros. Parecía una extravagancia, pero el astuto prelado se sirvió pocos meses después de la popularidad de lo español a raíz de la toma de Granada, para ser elegido Papa como Alejandro VI.

Aquel día, alegre en la ciudad, era triste para Abdalá y lo pasó ayunando y rezando. Joan lo sabía y por la tarde visitó a su viejo maestro.

—Era inevitable, pero eso no alivia mi dolor —le dijo el granadino entre lágrimas—. Todo el esplendor que conocí ha muerto para siempre, mas guardaré en mi corazón el recuerdo de su belleza. Mi Granada será una flor que nunca se marchitará.

Joan le tomó las manos temblorosas y se las besó.

—Lo lamento —le dijo.

—Este es el resultado del mal gobierno de los últimos reyes de Granada —explicó al rato el viejo—. ¡Loado sea Alá! Aceptemos su voluntad. Boabdil y sus nobles tienen su castigo, pero será el pueblo quien lo sufra.

Se quedó un rato en silencio, ensimismado, rumiando su dolor mientras Joan le miraba cabizbajo.

—Tú crees que los reyes Fernando e Isabel vencieron, ¿verdad? —preguntó el viejo al rato.

—Sí, maestro.

—Bien, eso parece. Ahora deben disfrutar de aquel maravilloso palacio de la Alhambra, donde yo correteaba de niño. ¿Sabes, Joan?, en sus paredes hay inscripciones nazaríes hechas con tal belleza de caligrafía y materiales que ellos creerán que son solo parte de la suntuosa decoración. Pero hay una que se repite constantemente: «Solo Dios es vencedor». Recuérdalo, Joan: solo Dios es vencedor. Eres joven, el tiempo te lo demostrará.

Joan pensó que el viejo le decía algo que él no terminaba de comprender, pero el maestro no quiso explicarse y puso por juez al tiempo. Sin embargo, el dolor y el tono profético de Abdalá le llegaron al corazón y escribió en su libro: «Solo Dios es vencedor».

54

Aunque aún debía pasar varios años trabajando como oficial, Joan ya era todo un maestro metalúrgico gracias a una obra consistente en una culebrina de bronce de dieciocho libras.

—Ojalá se hicieran más iglesias y menos guerras —se lamentaba el viejo Eloi, que compartía con Gabriel la pasión por las campanas.

En el origen del gremio las mayores piezas de fundición eran campanas, ahora escasas en comparación con las piezas de artillería. Por eso al gremio de fundidores se le llamaba «de los cañoneros».

Eloi sentía un especial orgullo por su técnica de aleaciones, se consideraba un alquimista. Y la calidad de la aleación del bronce era fundamental, pues la artillería era poco precisa y a veces causaba más bajas en campo propio, al reventar los cañones, que en el enemigo. Toda la preocupación que el viejo Eloi demostraba por la calidad de la aleación, Joan la sentía por la precisión del tiro.

—¿Para qué sirve un cañón si no da en el blanco? —interrogaba a sus colegas—, ¿para asustar a los contrarios con el estampido?

Le sorprendía la escasa importancia que daban a la precisión los militares, comandados por nobles imbuidos por el ideal caballeresco que consideraba la carga de caballería la forma más digna de lucha. Usaban la artillería para grandes blancos o distancias cortas.

Desde que su padre le enseñó a arrojar la azcona, Joan sabía que para que la lanza llegara lejos había que elevar el tiro, porque caía por su propio peso. Lo mismo ocurría con las piedras. Él nunca lanzaba una por si daba en el blanco; la tiraba para que diera. Conociendo su afición, Bartomeu le dejó un libro italiano escrito en latín que trataba sobre el tiro de la artillería. Lo devoró con pasión, copiando los principios básicos en su pequeño libro de aprendiz.

La precisión del tiro se alcanzaba gracias a la elevación del cañón, la alineación con el blanco y la fuerza con la que el proyectil salía disparado. Era semejante a lanzar una azcona o una piedra. La potencia del disparo era fundamental y dependía de la longitud del cañón, el calibre, la cantidad de pólvora, la calidad de esta y el peso del proyectil. Pero lo que Joan veía obvio no lo era para la mayoría de sus colegas, que consideraban la precisión en un tiro a distancia una cuestión de suerte.

Siempre que se probaba un cañón, Joan se ofrecía voluntario. Tiraban en la ladera del monte de Montjuic y la experiencia era peligrosa. Si la fundición tenía algún defecto no detectado a primera vista, el cañón podía reventar matando a los tiradores a pesar de la trinchera en la que se refugiaban una vez encendida la mecha. Cuando la pieza se consideraba segura, Joan ensayaba cantidades de pólvora, elevación y alineación.

—Me estás saliendo más artillero que cañonero —le bromeaba Eloi—. Te preocupa más disparar el cañón que fabricarlo.

—Hay que fabricar piezas precisas —le respondía Joan—. Y solo se pueden hacer buenos cañones cuando antes se sabe tirar bien.

El viejo maestro se rascaba la cabeza y sonreía. Joan era un chico listo.

—Debemos hacer todas las piezas iguales, y no vale con que salgan del mismo molde, las medidas interiores del cañón tienen que ser exactas —insistía Joan—. Además, la pólvora debe ir en saquitos iguales para que siempre se coloque la misma cantidad. Y esta debe ser de calidad uniforme. Solo cuando logremos todo esto se podrán alcanzar blancos distantes.

—Pero ¿tú crees que alcanzar blancos distantes es lo que realmente quieren nuestros clientes? —le cuestionaba Eloi.

—No exigen piezas precisas a distancia porque no creen que se puedan fabricar.

—¿Y para qué vamos a emplear tiempo y dinero en darles algo que no piden? —insistía el viejo maestro.

Esa era una discusión frecuente entre ambos. Entonces el muchacho sacaba pecho y, mirando a Eloi fijamente a los ojos, le respondía:

—Porque somos los mejores cañoneros del mundo.

Entonces el viejo se reía y, dándole una palmada en el hombro, le decía:

—De acuerdo, chico. Será por eso. —Y afirmaba con la cabeza.

Y dedicaba su alquimia al servicio de la causa. Ellos no fabricaban pólvora, lo hacían los especieros, pero el viejo usaba su laboratorio no solo para ensayar aleaciones, sino también para probar la combustión de la pólvora y su fuerza. Estableció que la fórmula de esta debía ser seis partes de salitre, una de carbón y otra de azufre. Y exigían a su proveedor un estricto cumplimiento. Entonces Joan comprobó que para un mejor tiro, el peso de la pólvora debía ser la mitad que el peso de la bala.

—El maestro Eloi va diciendo que eres más artillero que cañonero —le confió preocupado Gabriel un día.

—También podría decir que tú eres más campanero que cañonero —repuso Joan con una sonrisa.

Gabriel obtuvo su maestría con una hermosa campana de aleación de cobre, estaño y plata, que era mucho más quebradiza que la del llamado bronce artillero. De hecho, las campanas se rompían con facilidad al fundirlas y por tanto era un trabajo de mayor mérito. La plata era el único metal capaz de conferir un mejor sonido a la aleación y Gabriel invirtió en su obra maestra lo ahorrado en dos años de trabajo como aprendiz. La campana era relativamente pequeña, pues no podía permitirse costear una mayor, sin embargo, proporcionaba un sonido armonioso que el chico no se cansaba de oír, le llenaba el alma. Los maestros que aprobaron su proyecto se mostraron impresionados con el resultado y Gabriel recibió una cálida felicitación. Fabricaba buenas piezas de artillería, pero su pasión seguían siendo las campanas. Gabriel percibió la suficiencia en el tono de su hermano mayor y después de ponderar su respuesta le dijo:

—Lo que quiere decir el maestro Eloi es que puedes ser un buen artesano fabricando cañones, aunque jamás destacarás en ello. La culebrina con la que obtuviste tu maestría era correcta, pero se trataba de una pieza vulgar, no pusiste tu corazón en ello. Tú hubieras podido hacer una pieza excepcional. Como excepcional era la obra maestra que creaste en la librería.

La mirada de Joan se perdió en el infinito. Su hermano y el maestro acertaban.

—Quizá sea que mi corazón no está en eso —repuso melancólico.

—Añoras los libros, ¿verdad?

—Sí, mucho. Pero tengo buenos motivos para esforzarme en lograr disparos perfectos.

—¿Cuáles?

—Ser buen artillero pagará mi pasaje a Italia.

Ya habían hablado de ello y Gabriel afirmó con la cabeza.

—Entiendo —dijo.

—Anna está en Nápoles. Y sospecho que nuestra madre y hermana se encuentran en algún lugar de Italia que desconozco. Los culpables de nuestra desgracia están en la flota de Bernat de Vilamarí. —Las facciones de Joan eran ahora duras, apretaba las mandíbulas en las pausas—. Gracias a los marinos de las tabernas sigo sus movimientos. Combatió a turcos y venecianos apoyando al reino de Nápoles. Después hizo la guerra contra Génova, libró de corsarios el estrecho de Mesina y ahora parece que está de regreso en Nápoles.

Gabriel miró a su hermano, admirado.

—¿Y de todo eso te enteras en las tabernas?

Joan afirmó con la cabeza.

—Sí, y quiero enrolarme como artillero en la flota de Vilamarí cuando regrese a Barcelona. Allí averiguaré qué hicieron con nuestra familia.

—¡Yo iré contigo! Aprenderé a disparar cañones.

—De acuerdo —repuso Joan.

Pero no lo estaba. Sabía que Gabriel amaba a su madre y hermana tanto como él, pero no odiaba lo suficiente. Era un muchacho pacífico, de buen carácter, y Joan pensó por un tiempo que quería hacerse fraile en Santa Anna. No participaba en las guerras de bandas, era lo único que le quedaba de su familia y no quería que se arriesgara en algo para lo que nunca estaría preparado. Además, Joan no solo anhelaba encontrar a Anna y liberar a su familia. La bruja del Raval le hizo ser consciente de su rabia, pero continuaba sintiéndola.

Escribió: «Quiero venganza. Y es peligrosa; no quiero a Gabriel en ese gremio».

55

El rey Fernando, la reina Isabel y el príncipe heredero Juan hicieron su entrada en Barcelona junto a su corte en octubre de aquel año. La villa en pleno se volcó en la bienvenida a los vencedores de Granada y los notables de ciudad les alabaron en sus discursos como a los gloriosos enviados de Dios. Hubo grandes fiestas y ceremonias entre las que destacó una gran recepción en la Lonja.

Hacía más de diez años que el soberano no visitaba la ciudad y esta despertó de su letargo, llenándose del dinamismo y esplendor de antaño. Barcelona se convirtió en una de las capitales de la diplomacia europea y la gente contemplaba con curiosidad las idas y venidas de embajadores extranjeros y de los delegados de los reinos de Isabel y Fernando.

Todos en el taller del maestro Eloi se unieron a los vivas y a las celebraciones. Había optimismo en el ambiente y el pueblo sentía que todo iría mejor: eran muchos los convencidos de que el rey era el Murciélago de las profecías y el paladín de la cristiandad. Tenía una alta misión que cumplir y Barcelona se sentía partícipe de ella. No importaba que unos meses antes los reyes hubieran decretado la expulsión de los judíos. Cada vez eran más los que, siguiendo los discursos de los inquisidores y la propaganda real, creían en la unidad de la fe. Desde la toma de Granada un sentimiento mesiánico recorría España, la caída del reino nazarí no era más que el inicio de la expansión a África y al Oriente. Los reyes reconquistarían Jerusalén, y el Santo Sepulcro regresaría a la cristiandad.

Era como si los astros se alinearan en el firmamento para dar mayor gloria a aquella santa misión. Pocas semanas antes, el 11 de agosto, era elegido como Papa el cardenal Rodrigo Borgia, con el nombre de Alejandro VI. Era natural de Játiva, en el reino de Valencia, y alcanzaba el pontificado desafiando a las poderosas familias romanas.

La profecía de *Fiet unum ovile et unus pastor*, «Se hará un solo rebaño y un solo pastor» estaba a punto de cumplirse. No había lugar para los judíos, ni para los que creyeran distinto. La gente que aclamaba a los reyes no se acordaba de la huida de sus vecinos conversos, ni de la miseria que dejó su ausencia.

En las tabernas donde Joan era asiduo también se notaba la presencia de la corte. Antes estaban semivacías, pero ahora las llenaban gentes de lo más variopinto y en ellas se oía hablar mucho más castellano, francés e italiano. Por entonces Joan entendía ya esas lenguas y las hablaba con soltura.

Pero el personaje que llamó la atención a Joan fue un forastero que apareció a principios de diciembre. Era un hombre de campo catalán, seco y enjuto de unos sesenta años. Se sentaba en una mesa con su jarra de vino y contaba viejas historias a quien las quisiera oír, con su acento rústico. Pocos querían escucharle, pero cuando dijo que era payés de remensa acaparó todo el interés de Joan. El muchacho se sentía identificado con ellos desde hacía mucho tiempo y aquel era el primero que conocía.

—Pero ya no hay payeses de remensa —objetó el chico—. Hace seis años nuestro rey Fernando firmó la sentencia de Guadalupe, por la que se abolían los malos usos y los remensas conseguisteis la libertad.

—¡Mi buen rey Fernando! —dijo el viejo levantando su vaso de vino—. Brindemos por él y por que nuestro Señor le dé larga vida.

Joan levantó su vaso, brindaron y bebieron.

—¿Y qué venís a hacer a Barcelona?

—Vengo a cobrar una deuda de sesenta sueldos.

—Bueno, espero que vuestro deudor tenga con qué pagaros —dijo Joan.

El hombre rió.

—¡Claro que tiene sesenta sueldos, y sesenta mil también!

—¿Un hombre rico?

—El rey Fernando.

—¡¿El rey?! —exclamó el muchacho asombrado. El viejo debía de estar loco.

—Bueno, la deuda era de su madre, su señoría doña Juana Enríquez.

—¡Pero si ella murió hace muchos años!

—En efecto, es una deuda muy antigua, pero el rey me espera y me ha hecho saber que me la pagará —afirmó el viejo muy seguro.

Joan le pidió que le contara la historia y el payés, que dijo llamarse Joan de Canyamars, lo hizo complacido.

—Hace treinta años, a principios de junio de 1462, la reina Juana Enríquez se refugiaba en Girona de la guerra civil que acababa de estallar. Estaba sola con el infante don Fernando, que entonces tenía diez años, porque su marido el rey don Juan II no podía entrar en Cataluña sin el permiso de la Generalitat. Esta estaba dominada por grupos nobiliarios a los que nos oponíamos tanto el pueblo llano como los payeses de remensa, que luchábamos contra los «malos usos» con los que los señores nos tiranizaban.

—¿En qué consistían esos malos usos? —quiso saber Joan.

—El principal era la prohibición al campesino de abandonar las tierras del señor, a las que estaba atado, sin antes pagar a este una suma de rescate, que precisamente se llamaba «remensa» y que era inalcanzable para un payés. Pero había otros malos usos como el derecho de los señores a maltratar a los campesinos con castigos físicos, e incluso el derecho del señor a la pernada o la primera noche con la novia si el campesino no podía pagar un canon por la boda al propietario de la tierra. Los payeses de remensa obtuvimos del rey Alfonso V una suspensión temporal de esos abusos contra los que ya llevábamos años luchando. Los señores no la aceptaron y nos levantamos en armas contra ellos.

»Cuando estalló la guerra civil entre la Generalitat y el rey Juan II, los remensas apoyamos al soberano convencidos de que este terminaría con la tiranía de los señores. La Generalitat envió un ejército a Girona al mando del conde de Pallars con el propósito de apoderarse del infante Fernando, heredero de la corona, y usarlo contra el rey. Pero el obispo de Girona, que protegía a la reina y al infante, se encerró en la Força, la ciudadela situada en la parte alta de la ciudad, dispuesto a resistir con los voluntarios que respondieran al llamamiento de auxilio de la reina. Con el ejército a las puertas de Girona, solo cincuenta remensas al mando de Pere Joan Sala logramos romper el cerco. Otras unidades de payeses a las órdenes de Verntallat se quedaron fuera para acosar al ejército que de inmediato tomó la ciudad con excepción de la fortaleza de la Força.

—¿Pere Joan Sala? —se asombró Joan—. ¿El caudillo remensa que ejecutaron hace siete años?

El muchacho recordaba bien la mirada de aquel hombre y su suplicio por las calles de Barcelona.

—Sí, Pere Joan Sala, el mismo. Yo era su segundo.

—¡Entonces él ayudó a nuestro rey Fernando!

—Sí. De los doscientos que defendíamos al príncipe, cincuenta éramos remensas.

—¿Quién más había?

—Los familiares del obispo Margarit, unos pocos caballeros del séquito de la reina y los judíos y conversos que vivían en la parte alta de la ciudad.

—¿Y qué pasó?

—Que resistimos mes y medio soportando continuos bombardeos, asaltos y falta de alimentos. Pero Juan II pidió ayuda al rey francés dándole como fianza los condados del Rosellón y de la Cerdaña. Y un poderoso ejército francés cruzó los Pirineos y el de la Generalitat tuvo que retirarse. Y así fue como la reina y nuestro rey Fernando fueron liberados.

Joan quedó pensativo al rememorar cómo se cebaba la Inquisición con los conversos y el reciente decreto de expulsión de los hebreos y al final dijo:

—¿Así que el rey Fernando debe su libertad y quizá su reino a un puñado de judíos, de conversos y de remensas?

—Sí, así es —afirmó Joan de Canyamars, rotundo—. Pere Joan Sala me encargó que velara por la seguridad de la reina y del infante —recordaba el payés con una sonrisa de añoranza en su faz enjuta y arrugada—. Yo tenía treinta años y el rey Fernando, diez. Fue un gran honor para un campesino como yo.

»La reina Juana era una mujer de carácter y valiente, pero recuerdo aquella vez en que las granadas cayeron tan cerca de donde estábamos que todo se llenó de polvo y fue un milagro que los cascotes solo nos hirieran levemente. La reina se desmayó y yo la llevé en brazos a su cámara, donde un médico judío le hizo recuperar el sentido. El príncipe Fernando creyó que su madre estaba muerta y fue la única vez, durante aquel larguísimo mes y medio, en el que le vi llorar.

El payés hizo una pausa y tomó un trago de vino. Joan le escuchaba fascinado y sorbió del suyo. No dijo nada, esperó a que el hombre reanudara su historia.

—Recuerdo bien aquel día 5 de junio. Los de la Generalitat simularon un ataque contra la Porta del Call mientras unos soldados penetraban en el interior del recinto amurallado por una mina excavada en la noche. Entraron en tropel, gritando que la Força estaba ya tomada y por un momento creímos que todo estaba perdido.

La reina corrió al lado del príncipe gritando angustiada y yo fui tras ella junto a dos caballeros de la corte y luchamos cuerpo a cuerpo con rodela y espada protegiéndolos contra los asaltantes que los buscaban. Los caballeros cayeron pero rechazamos el asalto. ¿Y sabes qué hizo el príncipe Fernando?

—¿Qué?

—Con solo diez años, sacó su daga y se puso delante de su madre para defenderla.

—¿Y os reconocerá el rey después de treinta años?

—Perfectamente —repuso el hombre, seguro—. Y también sabe que me debe sesenta sueldos. Hay cosas que nunca se olvidan. Mañana tiene audiencia en el palacio real, donde imparte justicia como cada viernes, termina al mediodía y nos encontraremos a la salida en la plaza del Rey.

Joan quedó pensativo, el hombre no parecía un farsante, pero su relato era algo incongruente.

—Así que el padre del rey Fernando ganó la guerra porque los remensas luchasteis a su favor —dijo Joan, meditabundo—. ¿Cómo es entonces que Pere Joan Sala, héroe del sitio de la Força, defensor de la reina y del príncipe, fue ejecutado en las calles de Barcelona?

—Porque cuando el rey Juan II firmó la capitulación de Pedralbes que puso fin a la guerra, decidió ser generoso con los aristócratas de la Generalitat vencidos, y se olvidó de nosotros.

—Pero no fue hasta mucho más tarde cuando Pere Joan Sala asaltó Granollers...

—Sí —le interrumpió el payés—. Yo estaba con ellos. Nos sublevamos porque el rey Fernando, a cambio de dinero para la guerra de Granada, les concedió de nuevo a los señores los malos usos que su tío suspendió veintiséis años antes.

—¡Pero eso es traición! —exclamó Joan.

—Los reyes no traicionan, solo tienen razones más importantes —repuso Joan de Canyamars después de pensarlo un rato.

—¿Y qué ocurrió?

—Que mis señores enviaron soldados a mi casa para exigirme los pagos atrasados incluyendo los de los malos usos de los últimos veinte años. Yo no tenía el dinero. Me ataron junto a mi hijo a un árbol y nos azotaron hasta que perdimos el conocimiento. Robaron todo lo de valor que teníamos, vacas, gallinas, objetos de casa, y violaron a mi nuera y a mi nieta. Para que aprendas, dijeron.

Su expresión era triste y sus ojos cansados estaban húmedos. Llenó su vaso y lo bebió de un trago.

—¿Y qué hicisteis?

—Nos unimos a las tropas de Pere Joan Sala y al principio logramos grandes victorias contra los señores y las tropas del rey. Pero llegó la desgracia de Llerona, mi hijo murió en la batalla y yo pude escapar, aunque herido. Como no había atacado directamente a mis señores, me permitieron volver a mi vida de miseria junto a mi nuera y a mi nieta. Pere Joan Sala cayó prisionero y el resto ya lo sabes.

—Pero el rey rectificó con la sentencia de Guadalupe —dijo Joan tratando de consolarle—. Ya no hay malos usos, ¿verdad?

—El rey rectificó porque supo que jamás abandonaríamos la lucha por la libertad y que aparecería otro Pere Joan Sala, y otro más y otro más.

—Bueno, me alegro de que todo esté bien ahora y de que al fin cobréis la deuda —concluyó Joan, aliviado.

El viejo no respondió, pero levantando su vaso de vino, brindó:

—Por la libertad y por las deudas que se cobran.

El muchacho chocó su vaso con el del payés.

Joan quedó impresionado con el relato. Aquella noche escribió en su libro: «Ni siquiera los reyes tienen derecho a traicionar a quienes les son fieles».

56

Joan apenas durmió aquella noche, la historia del remensa ocupaba sus pensamientos. Había algo suelto en aquel relato, algo que no encajaba. La inquietud se mantenía a la mañana siguiente y al fin no pudo más y fue a preguntarle al maestro Eloi.

—Maestro, después del tratado de Guadalupe ya no quedan remensas. Ya no hay malos usos y los campesinos son libres, ¿verdad?

El hombre pulía con la ayuda de un aprendiz el interior de un cañón y le miró extrañado.

—¿A qué viene eso, Joan?

—Respondedme si sabéis, por favor, es importante. —Había angustia en su voz.

El viejo se quitó los guantes para rascarse la cabeza.

—Bueno, no todos consiguieron la libertad.

—¿No?

—Los más pobres no. Según el tratado, tenían que pagar una remensa de sesenta sueldos a sus amos para lograr la libertad y muchos no tenían ese dinero. Así que continuaron como siervos.

—¡Sesenta sueldos! —exclamó Joan—. ¡La suma que dice le debe el rey!

De repente lo comprendió todo. La deuda que Joan de Canyamars pretendía cobrar al rey no era de dinero.

—¡Disculpadme, Eloi, me tengo que ir! —le gritó al maestro, que le miraba asombrado.

Se quitó el delantal de cuero y salió corriendo, quería llegar a la plaza del Rey lo antes posible. Pero las doce sonaron justo cuando cruzaba la Porta Ferrissa. «Demasiado tarde, llegaré demasiado tarde», se decía.

Mientras corría jadeante, se preguntaba a quién deseaba salvar, si al viejo remensa de su locura, al rey, o a ambos.

—Señor, que no sea cierto, que esté yo equivocado —rezaba.

Encontró los alrededores de la catedral abarrotados, tuvo que abrirse paso a empellones, y entrando en la plaza oyó vítores dirigidos al rey. Apartó a los curiosos a codazos sin reparar en las protestas ni en los golpes que recibía. Y cuando alcanzó la primera línea vio horrorizado que estaba en lo cierto y que llegaba tarde. Los que salían de la audiencia pública formaban corrillos al pie de la gran escalinata que daba acceso a las puertas del palacio y a la capilla palatina de Santa Ágata. Los curiosos dejaban espacio para la comitiva y los mozos que preparaban las mulas y los caballos que trasladarían al séquito real a su residencia. El rey Fernando se detuvo en el penúltimo escalón para hablar con un cortesano cuando desde la capilla real salió un hombre, que bajó las escaleras, rápido, hacia el monarca, situado de espaldas a él. Al tiempo, dejaba caer su capa y desenvainaba una espada corta y ancha.

Era Joan de Canyamars, que quería cobrar su deuda. Joan nunca supo si fue él el primero en gritar, pero varios lo hicieron. Alarmado, el rey hizo un movimiento brusco, aunque no pudo librarse de la cuchillada.

—¡Traición! —gritó el monarca mientras se protegía el cuello con una mano—. ¡Traición!

El remensa quiso lanzar otro tajo, pero ya era tarde. Un cortesano se interpuso entre ambos mientras sujetaban los brazos al payés, y le daban tres puñaladas.

—¡No lo matéis! —ordenó el rey Fernando tratando de reconocer a su asaltante.

Por un instante las miradas de ambos se encontraron y el remensa, a pesar de sus heridas, le gritó:

—Por los sesenta sueldos. ¡Traidor!

El rey estaba a punto de desvanecerse y entre varios lo subieron al palacio real mientras a gritos pedían médicos. También se llevaron al agresor. Joan quedó confuso, rodeado de gentes tan desconcertadas como él, viendo cómo las puertas del palacio se cerraban y varios hombres de armas se colocaban en el exterior. Temían que se tratara de una conspiración y que quisieran rematar al rey.

La muchedumbre se dispersó con rapidez haciendo correr la voz, y Joan, aún sobresaltado por la escena, regresó al taller del maestro Eloi, a contar lo que sus ojos vieron. Conforme la noticia se propagaba por la ciudad, vecinos armados salían a la calle gritando vivas al rey.

Otros, los que durante la guerra lucharon contra el padre del rey Fernando, se refugiaban en sus casas temerosos de que los culparan y que los exaltados descargaran en ellos su ira.

En el interior del palacio dieron a beber al rey un vino fuerte y le tumbaron. Se decía incrédulo que agonizaba y a la vez que él no podía morir, no aún, que era el elegido de Dios para culminar la mayor empresa de la cristiandad.

Pero su cuerpo le expresaba lo contrario.

—Mi corazón se me va —murmuró con los ojos cerrados—. Sujetadme fuerte.

Se desvaneció, aunque al poco, mientras los médicos le atendían, recuperó la consciencia.

—Es una herida tremenda —decían—. En algún lugar se hunde en la carne tres o cuatro dedos. Precisa de siete puntos de sutura.

—El collar de oro detuvo el golpe —comentaba otro—. Dios ha hecho un milagro salvándolo. Se libró por el grosor de un hilo de araña.

«Dios, Dios me protege», se decía Fernando mientras rezaba, aún sin querer abrir sus ojos.

La reina Isabel ordenó aparejar las galeras y tenerlas listas en el puerto por si la corte se veía obligada a huir de Barcelona. Algunos cortesanos afirmaban que era una conjura de los derrotados veinte años antes y los consejeros de la ciudad y los nobles locales respondían airados que se trataba del acto de un loco y que Barcelona entera apoyaba al rey. Las calles estaban repletas de ciudadanos armados que clamaban venganza y no iba a ser fácil calmarlos.

La investigación encargada por la reina se centró en el prisionero a falta de otras pistas. Así que le curaron las heridas para que sobreviviera lo suficiente para torturarle, hacerle hablar y después ejecutarle en público.

Al sentirse fuera de peligro, el rey quiso ver a solas al preso a pesar de las protestas de los médicos. Cuando le hirió había ubicado, como en una pesadilla, a aquel hombre en su infancia. ¡Era el fiel Joan, su protector y el de su madre en el sitio de la Força! Se dijo que no podía ser, de aquello hacía treinta años. Pero la duda le angustiaba.

—Es como una roca —le dijo al rey el torturador—. Lo encaja todo sin siquiera un lamento. Hasta ahora solo sabemos su nombre, Joan, y que viene de Canyamars, un lugarejo cerca de Dosrius. Dice que actuó solo y que quería cobrar una deuda antigua.

El rey Fernando se estremeció. ¿Sería el mismo Joan de la Força?

Asegurando bien cada paso y agarrándose al dintel de la puerta, con mucho cuidado, pues la herida dolía y el vendaje era aparatoso, entró en la sala de torturas, la misma que usaba la Inquisición. Los médicos y los cortesanos se quedaron en el umbral de la puerta, dispuestos a tomarle en brazos si desfallecía, pidiéndole que vigilara sus movimientos. La herida podía reabrirse.

Se encontró a un hombre atado a unas barras de hierro, cubierto de vendajes para contener las hemorragias de unas heridas hechas con sumo cuidado para que dolieran y no mataran. Tenía los ojos cerrados pero los abrió al oír que alguien entraba.

Sus miradas se encontraron.

—¿Quién eres? —preguntó el rey.

—Soy Joan. ¿Su señoría no me reconoce?

El corazón le dio un vuelco al monarca y buscó apoyo en la pared, jadeaba y le flaqueaban las piernas. Era una pesadilla.

—¿Joan? ¿Eres Joan de la Força?

—Ese soy, su señoría.

—Pero ¡¿cómo tú me has querido matar?! —exclamó el rey consternado—. ¡Tú, a quien mi madre llamaba el fiel Joan! ¡Tú, que nos salvaste la vida cuando asaltaron la Força! Pero si jugabas conmigo y me enseñaste a usar la rodela y la espada. ¿Por qué me traicionas? ¿Qué te han dado? ¿Dinero, joyas? ¿Quiénes son tus cómplices? ¿Quiénes te engañaron?

—Mi único cómplice es Pere Joan Sala.

—¡Pero si está muerto!

—Continúa siendo mi camarada y voy a reunirme con él. Y vos, señoría, sois un traidor y lamento haber errado el golpe y que aún estéis vivo.

—¡Cómo te atreves!

—Nosotros luchamos por vuestra causa y la de vuestro padre. Dimos nuestras vidas y cuanto teníamos. A cambio os pedíamos la libertad. Ganasteis la guerra y os olvidasteis de las promesas. Y peor aún, nos vendisteis junto a nuestras familias a los que antes eran vuestros enemigos, solo por dinero. Por dinero les disteis de nuevo el derecho a los malos usos. Vos sois el traidor, señoría.

—Necesitaba ese dinero para la guerra de Granada. La guerra de Dios. ¿No lo comprendes? El fin merecía ese sacrificio. Unos años después lo reparé con la sentencia de Guadalupe.

—Lo hicisteis porque sabíais que nunca nos resignaríamos y queríais paz en el país. Pero fue demasiado tarde. Demasiado tarde para Pere Joan Sala, para mi hijo, para mi nuera, para mi nieta y miles más. También fue demasiado caro. Fuimos muchos los que no pudimos comprar nuestra libertad por sesenta dineros y seguimos siendo esclavos.

—Joan, eres un pobre payés y no puedes entender las razones de Estado. Nunca lo podrás comprender...

—¡Sí que entiendo! —gritó el payés sorprendiendo al rey—. Entiendo que hay que cumplir la palabra dada, entiendo lo que es honor, lo que es dignidad. Entiendo que un hombre debe proteger a su familia de abusos, que debe luchar por la libertad. Y entiendo que un rey que traiciona a sus súbditos es indigno, no tiene honor y merece morir.

—¡Cómo te atreves! —El soberano enrojeció de ira—. Tengo una misión que está por encima de todo eso, es la voluntad de Dios. Un rey, como en el ajedrez, tiene a veces que sacrificar sus propias piezas para ganar la partida.

—Sois un traidor. —E intentó alcanzarle de un escupitajo.

Fernando no se movió, el viejo estaba tan débil que la saliva le cayó encima; aquellas eran las últimas fuerzas del remensa, que cerró los ojos y se dejó colgar de sus ataduras. El rey estaba perplejo, nadie antes se atrevió a escupirle. Nunca. De pronto sintió un dolor horrible en la herida y palpando el dintel de la puerta salió. De inmediato los médicos le tomaron de los brazos acompañándole.

—Quiero saber quién está con él —le dijo a los verdugos con voz apagada.

—No dice nada, mi señor —repuso el capitán de la guardia—. Creemos que es un loco y que está solo.

—Sí que es un loco —confirmó el monarca—. Pero aseguraos de que no haya nadie más.

57

No había indicios de conspiración contra el monarca, pero la familia real se trasladó al monasterio de San Jerónimo de la Murta, en Badalona, para que el rey se recobrara de su herida. Era un lugar tranquilo, estaba cerca de Barcelona y tenía unos excelentes muros y torres de defensa. Además, el puerto de Badalona se encontraba a escasa distancia y permitía un mejor anclaje a las galeras que el de la Ciudad Condal.

Allí, atendido por los frailes jerónimos y por el amor de la reina, la curación física del rey avanzaba con rapidez. Pero la otra herida, la que el «leal» Joan de Canyamars le infligió en el alma, aún dolía. Cerraba los ojos y veía aquella cara enjuta y arrugada, morena del sol del campo, aquella que en su infancia representaba protección y cariño, llamándole traidor y escupiéndole.

—No sabe —se decía—. Es incapaz de comprender.

Pero veía al viejo torturado, atado a los barrotes, acusándole. Y sentía de nuevo el dolor en el corazón. Entonces, para librarse del sufrimiento, pronunciaba cual exorcismo contra el diablo:

—¡Tanto monta!

Aquella frase rememoraba a Alejandro el Magno, el conquistador, su modelo. La historia decía que en Gordión, un campesino sujetaba sus bueyes con un yugo anudado con cuerdas de forma tan compleja que eran imposibles de desatar. Los augurios profetizaban que quien deshiciera aquel nudo dominaría Asia. Alejandro, enfrentado a tal complicación y en ademán conquistador, sacó su espada y cortó el nudo a tajos. El héroe pronunció la frase: «Tanto monta cortarlo como desatarlo». Y Asia se rindió a sus ejércitos.

Ese era el símbolo escogido por el rey. El yugo con el nudo gordiano, y el lema de «Tanto monta».

Para un monarca como él, paladín de la cristiandad, con un destino grandioso por la voluntad de Dios, el fin justificaba los medios. Cerró los ojos y se vio descargando su espada sobre el nudo gordiano. Los abrió y al cerrarlos su espada cayó sobre el cuello de Joan de Canyamars.

—¡Tanto monta! —exclamó.

En Barcelona el pueblo se mantenía expectante, ávido de noticias sobre la salud del monarca. El día siguiente del atentado se suspendió la procesión de la Purísima Concepción y se iniciaron plegarias en todas las iglesias. Durante los siguientes días, diversas procesiones organizadas por gremios, iglesias y el propio consistorio recorrieron las calles de la ciudad rogando por la recuperación del monarca.

A Joan de Canyamars se le consideró loco e inspirado por el diablo. Dijeron que oía voces del ser maligno que le ordenaban no confesarse y que el demonio le repetía al oído que él era el verdadero rey y que si asesinaba a Fernando, sería él quien reinara. El diablo, y no otra, era la causa de aquel acto infame destinado a impedir que el rey cumpliera su misión divina. Y gracias al cielo, había fracasado.

Pero la supuesta locura del remensa no le libró de la sentencia: «muerte cruelísima».

Joan escuchaba perplejo las historias sobre el diablo. Él conocía la verdad. Y cuando los pregoneros anunciaron que el día 12 de diciembre a mediodía empezaría la ejecución, dudó si presenciarla. Sin embargo, se trataba de un acontecimiento y los compañeros del taller pidieron licencia al maestro Eloi para verlo. Joan decidió al fin acompañarlos.

El espectáculo se organizó de forma semejante a la ejecución de Pere Joan Sala, solo que el recorrido sería más largo y la tortura aún peor.

En la plaza del Rey, en el lugar del crimen, los verdugos le subieron al carretón donde ya le esperaba el capellán y le ataron desnudo al poste. Estaba cubierto de heridas que aún sangraban y su cuerpo tenía un color blancuzco que resaltaba en contraste con sus manos y su cara curtidos por el sol. A pesar de su delgadez y sus heridas se mantenía erguido y soportaba estoico los insultos de las gentes. La dignidad y entereza del hombre le recordaban a Joan la mostrada por el líder remensa y le llenó de orgullo. ¡Él le conocía, sabía la verdad! Pero se abstuvo de hacer comentario alguno.

En la misma plaza del Rey, el verdugo le cortó la mano derecha a la altura de la muñeca; era con la que hirió al monarca. Joan de Canyamars no exhaló ni una queja. La comitiva siguió arrancándole partes del cuerpo pieza a pieza a cada parada. Murió en la plaza del Born, pero el suplicio debía continuar y siguieron desmembrándole. Salieron de la ciudad por el Portal Nou y en la misma zona donde los muchachos acostumbraban a batallar a pedradas, las gentes lapidaron lo que quedaba de Joan de Canyamars. La «muerte cruelísima» terminó en el Canyet, donde se quemaron los pedazos del cuerpo junto al carro.

Joan no siguió a la comitiva. Fue a la taberna en la que brindó con el remensa. Estaba vacía, todo el mundo presenciaba el espectáculo. Se sentó en la misma mesa y en la misma silla. Después levantó su copa:

—Por la libertad.

Y tragó su vino sin completar el brindis, porque Joan de Canyamars no había cobrado su deuda. ¡Sesenta sueldos! Joan se dijo que no era mucho, el maestro Eloi, además de hospedaje y comida gratuitos, le pagaba esa cantidad por solo tres meses de trabajo. ¡Qué vida tan miserable la de aquel remensa que ni siquiera podía ahorrar sesenta sueldos para redimirse de la servidumbre!

Después se dijo que Joan de Canyamars no quería los sesenta sueldos, quería vengarse. Quería que el monarca pagara con su vida. Joan suspiró; el pobre hombre no fracasó por completo. ¿Cuánto valdría la sangre derramada del rey Fernando? Herir a un rey era algo muy serio. Aquello le hizo pensar en la venganza, en la que él tenía pendiente.

Antes de terminar su último vaso, solo aún en la taberna, lo levantó por Joan de Canyamars, que al fin era libre.

—Por la libertad y las deudas que se cobran —brindó con el fantasma del remensa.

Después, en la noche escribió en su libro: «¿Venganza?».

Esa fue la palabra que Joan empezó a repetirse a raíz de la ejecución del remensa. La historia de aquel hombre removió sentimientos en su interior que creía dormidos. Quería venganza y seguía con ansiedad las noticias de la flota de Vilamarí.

Hacía ya dos años desde que Joan recibiera la primera carta de Anna. Durante ese tiempo su correspondencia fue constante pero intermitente, pues debían ajustarse a los correos y envíos que Bartomeu y el librero napolitano se hacían dentro de su relación comercial. En alguna ocasión en que Joan rogó a Bartomeu que enviara su respuesta de inmediato, la carta de Anna le llegaba igualmente junto a los envíos del librero. Y estos no eran más que cuatro o cinco al año. El transporte usado era la carabela y el viaje de Barcelona a Nápoles se demoraba más de un mes. De mayo a octubre operaban también las galeras que hacían el recorrido en quince días, pero era un transporte caro que Bartomeu usaba esporádicamente.

La espera era agónica para Joan y cada vez que recibía carta de su amada rezaba antes de abrirla para no leer que sus padres la casaban. Anna tenía ya diecinueve años y la presión para que aceptara el cortejo de un galán era intensa. Ella insistía en que le amaba y que haría lo posible por esperarle y Joan daba gracias al cielo por ello, pero era realista; si en Barcelona su amor era casi imposible por la diferencia social, ahora la distancia empeoraba las cosas. Aun así no podía renunciar a su sueño, a su esperanza.

En su correspondencia, Anna le explicaba que la familia Roig quiso instalarse primero en Sicilia, pero el firme propósito del rey Fernando de establecer la Inquisición también en aquel reino les hizo mudarse a Nápoles. El reino de Nápoles estaba regido por una dinastía aragonesa que ofrecía buena acogida a conversos y judíos. Allí esperaban encontrar una existencia libre y sin sobresaltos.

Joan vivía inquieto, ahorraba lo que podía de su sueldo y esperaba con impaciencia la llegada de Vilamarí.

Nunca antes las tabernas se llenaron de tantos rumores y noticias. A finales de diciembre decían que el rey Fernando ordenó a Vilamarí el desguace de su flota; se le acusaba de reclutar marinos y galeotes a la fuerza y de actos de piratería. Joan pensaba que el almirante y los suyos merecían un castigo mucho mayor, pero se sintió decepcionado. Sus planes de enrolarse en la flota para recabar información sobre su familia y tener cerca a los responsables de su desgracia se frustraban. ¿Cómo encontrar ahora al Tuerto, si aún vivía? Sin embargo, otros opinaban que Vilamarí no se resignaría y que acudiría a Barcelona para persuadir al monarca. Decidió esperar con paciencia. No quedaba más opción.

El día 8 de enero de 1493 los pregoneros dieron la gran noticia: el rey Fernando acababa de firmar un tratado con Francia. Por él recuperaba, sin necesidad de luchar, los condados de la Cerdaña y del Rosellón ocupados treinta y dos años antes por Francia como garantía a la deuda contraída por Juan II, el padre del rey, por el apoyo que le dieron los ejércitos franceses en la guerra civil catalana. Después Francia se negó a devolverlos y Juan II tuvo que retirarse derrotado tras su intento de recuperarlos por las armas. Ahora, Francia se los cedía al rey Fernando pagando además una indemnización monetaria.

El día siguiente, el rey dio un paseo a caballo por la ciudad rodeado de sus notables y fue aclamado por la población como nunca antes. La reina y el príncipe Juan le acompañaban. Eran los vencedores de la guerra civil castellana, de la de Granada y ahora recuperaban la integridad de Cataluña. ¡Eran sin duda los elegidos de las profecías!

Pero en las tabernas, llenas de forasteros, Joan oía opiniones variadas sobre ese asunto expresadas en distintos idiomas. Y los que hablaban lenguas foráneas, creyendo que nadie los entendía, se expresaban libremente, sin cortapisas.

Supo que la situación había cambiado mucho desde que Juan II trató de recuperar los condados del Rosellón y la Cerdaña fracasando en el intento. La confederación de reinos que representaba la Corona de Aragón entonces, con poco más de un millón de habitantes y con Cataluña devastada por la guerra civil, no era rival para Francia, siempre deseosa de nuevas anexiones. Pero ahora había que sumar a Castilla y León con casi siete millones de habitantes y a Granada con otro medio millón. Era multiplicar por ocho el poder militar al que Francia se tenía que enfrentar.

—Su señoría el rey Fernando capitaneó los ejércitos de nuestra reina Isabel durante la guerra civil castellana, vencieron, e Isabel se proclamó reina —decía un hombre de armas en castellano—. Después el rey dirigió la guerra de Granada ayudando a Castilla con la flota y tropas de sus reinos.

—Y ahora es cuando su esposa le devuelve el favor poniendo los ejércitos castellanos al servicio de los intereses de Aragón —respondía su interlocutor—. Y el francés, temeroso de nuestro poder, quiere la paz.

Aunque las conversaciones que Joan oía a los franceses no denotaban temor. El rey Carlos VIII de Francia no le hizo un regalo a los reyes de España impresionado por la toma de Granada. Tenía otros planes. Nada menos que recorrer toda Italia hasta el reino de Nápoles, conquistarlo y declararse soberano por la herencia que le venía de los Anjou, sus antiguos reyes. Pero el rey Fernando I de Nápoles, llamado Ferrante de Aragón, era primo del rey Fernando de España y estaba casado con Juana, la hermana de este. El trato era que España no intervendría contra Francia ni podría acordar alianzas matrimoniales con otros países europeos sin el consentimiento de esta. De alguna forma, Fernando de España le daba carta blanca a Francia contra su primo y hermana.

—El rey Fernando traiciona a su familia de Nápoles —oyó Joan que decía uno de los criados del séquito francés.

—Quizá —repuso otro—. Pero dicen que el astuto rey de Aragón se guarda un as en la manga. ¿Sabes que el acuerdo se rompe si alguno de los dos firmantes ataca al Papa?

—Esa cláusula aparece siempre en los tratados que firman reyes cristianos entre ellos.

—Sí, pero mira el mapa —repuso el primero—. Los Estados Pontificios, donde reina un Papa español, se encuentran en el camino de Francia a Nápoles. El rey Carlos VIII tendrá que pasar por ellos.

Entonces Joan supo que habría guerra en Italia muy pronto y que, a pesar del acuerdo, el rey Fernando no se quedaría con los brazos cruzados.

El taller del maestro Eloi continuaría fabricando cañones sin parar y habría pasajes gratuitos con destino a Italia para muchachos como Joan que quisieran empuñar las armas.

58

A pesar de los augurios de guerra, aquel era tiempo de paz y gloria para los reyes Isabel y Fernando. Las buenas noticias no cesaban. En abril, después de la Pascua, se presentó en San Jerónimo de la Murta un marino llamado Cristóbal Colón que decía haber cumplido su promesa a los monarcas, encontrando una ruta mucho más corta para llegar a las Indias. Los reyes y su corte le hicieron grandes honores, entraron en Barcelona juntos y celebraron una misa de acción de gracias en la catedral donde Isabel, Fernando y Juan, el príncipe heredero, apadrinaron el bautizo de seis indios que el «almirante de la mar océana», como Colón se hacía llamar, traía en su séquito.

Los comentarios de los marinos en las tabernas eran muy variados y todos positivos. La apertura de una nueva ruta a las Indias, cuando los otomanos controlaban gran parte del comercio de Oriente, traería consecuencias muy positivas para España. Se reclutaban marinos para el siguiente viaje del almirante Colón y Joan se dijo que sería una aventura apasionante, pero que a él no le interesaba. Tenía su corazón en Nápoles.

En verano llegó la noticia que Joan esperaba. El almirante Vilamarí, recién llegado de Italia, se entrevistó con el rey y logró que el monarca revocase la orden de desguace de su flota. Al parecer, la recuperación de los condados del norte después de más de treinta años de dominio francés provocaba disturbios y la flota era necesaria para reafirmar allí la presencia española. Los reyes continuaban en San Jerónimo de la Murta, así que las galeras de Vilamarí se quedaron en el puerto de Badalona. Sin embargo, algunos de los marinos llegaban a Barcelona en busca de diversión o para ver a sus familiares y allí los esperaba ansioso Joan. Tuvo que soportar fanfarronadas de marinos ebrios contando sus aventuras en Italia, pero obtuvo de ellos una información importante. Un tipo que coincidía con la descripción del Tuerto continuaba al servicio del almirante y tenía un puesto de alguacil en la galera capitana, la *Santa Eulalia*. Sin embargo, no aparecía por las tabernas y cuando Joan obtuvo el permiso de Eloi para viajar a Badalona, a solo un poco más de un par de horas de distancia a pie de Barcelona, y quedarse allí el tiempo que precisara, llegó la noticia de que la flota zarpaba de inmediato hacia el Rosellón. Joan se dijo que debía ser paciente y esperar.

Un par de personajes que no parecían ni marinos ni mercaderes llamaron la atención de Joan a finales de verano en las tabernas. El más joven no alcanzaba los veinte años y vestía sedas y terciopelo, mientras que el mayor estaba cercano a la treintena y a pesar de no ser muy alto, su cuerpo nervudo y su gesto severo imponían respeto. Tenía ojos castaños y la nariz aplastada, mucho más que la de Joan. Observándolos, este concluyó que el muchacho era un noble calavera y el otro, su guardaespaldas.

Al cabo de unos días, Joan se sentó en la mesa desde donde el hombre vigilaba al joven que jugaba a los dados y entabló conversación. Se llamaba Miquel Corella, hablaba con un marcado acento valenciano, dijo que residía en Roma y que estaba al servicio de su santidad el papa Alejandro VI.

Joan los acompañó a la salida: el muchacho estaba ebrio y se mostraba violento. Había perdido una buena suma a los dados y después de desenfundar su espada empezó a gritar fanfarroneando con un curioso acento mezcla de valenciano e italiano. Hacía caso omiso a Miquel Corella, que le pedía que envainara la espada y se contuviera. Un gato se cruzó en su camino y dibujando dos círculos en el aire lo ensartó con su espada. El felino lanzó un maullido espeluznante al tiempo que el chico gritaba victorioso.

—¡Maldita sea! —exclamó Miquel Corella sin poder contenerse—. ¡Envainad de una vez la espada! ¡Vamos a tener problemas!

—Los tendréis vos, no yo —contestó el joven con descaro—. Por algo soy el hijo del Papa.

—Estoy harto de hacer de niñera de este inconsciente —le confesó Miquel a Joan días después, cuando tenían ya confianza—. Está acostumbrado a que todos cedan a sus caprichos y hace lo contrario de lo que le ordena su padre. Bebe, maldice, juega a los dados y gasta a espuertas.

Joan supo que se trataba de Juan Borgia, hijo del papa Alejandro VI y al que Vilamarí transportó a Barcelona desde Roma para que casase con María Enríquez, prima del rey y viuda de su hermano mayor, del que heredaba el ducado de Gandía.

—Se propasa con las mujeres de buen ver y yo tengo que resolver los entuertos —le contaba el valenciano—. Y a pesar de que su padre le ordenó que consumara su matrimonio con la prima del rey de inmediato, parece que aún no la ha tocado. El Papa está furioso por sus escándalos, sabe que la reina Isabel es muy beata y le preocupa su opinión.

Los hechos confirmaron las palabras de Miquel Corella, pues un par de días después Juan Borgia, bronco después de haber bebido y de perder a los dados, agarraba de los senos a Margarida, la provocativa hija de uno de los taberneros, que lucía un amplio escote. A la muchacha no le importaron ni los títulos de su asaltante ni las promesas de dinero y le abofeteó. Juan Borgia se revolvió dispuesto a golpearla, pero Margarida, que sabía defenderse, le clavó las uñas en la mejilla mientras chillaba y le llamaba miserable. Joan se interpuso a tiempo sujetando la mano del hijo del Papa, que empuñaba ya su daga. Mientras, Miquel Corella mantenía a raya con su espada a los parroquianos que querían linchar al joven duque. Hirió levemente a un par de marinos mostrando unas notables dotes de espadachín y con la ayuda de Joan, que arrastraba a Juan Borgia, se abrieron paso hasta la calle sin ser heridos.

—¡No sabes quién soy yo, puta! —le gritaba el Borgia a la muchacha.

—Seré puta para quien yo quiera —contestaba Margarida—. Pero para ti soy la Virgen. Métete tu dinero por el culo, porque soy pobre pero digna.

Joan los acompañó y a mitad de camino a su palacio, el duque de Gandía, rabioso, mató con su espada a un perro callejero. Miquel Corella le dio las gracias a Joan y le pidió que los acompañara las noches siguientes. El hijo del Papa se metería de nuevo en líos.

—No podré estar todas, pero lo intentaré —repuso rechazando el dinero que Miquel le ofrecía. Le gustaba el valenciano.

Aquella noche escribió en su libro de aprendiz: «Seré puta para quien yo quiera». Y se sintió orgulloso de la muchacha. Fue Margarida quien, en un cuarto interior de la taberna en un momento en que no había clientes, le mostró a Joan cómo era una mujer. Fue su primera vez.

—La próxima me tendrás que pagar —le dijo sonriente al despedirse de un Joan que aún no había recuperado sus sentidos.

Él no era el único de los afortunados que gozaban de sus favores a cambio de dinero, pero Margarida solo aceptaba a quien ella quería. «Soy pobre pero digna», anotó Joan con una sonrisa y añadió: «¡Aprende, duque!».

En septiembre, el rey embarcó para visitar los condados recuperados y asegurar su pacificación y lealtad a la corona. Y fue el almirante Bernat de Vilamarí quien le llevó con sus naves hasta Colliure; sin duda, el marino había recuperado el favor del monarca. La estancia de la flota en Badalona fue muy breve, ni siquiera le dio tiempo a Joan de acercarse y el Tuerto no se dejó ver en las tabernas de Barcelona.

La espera agotaba al muchacho, que ya no podía con su impaciencia. Hasta el maestro Eloi, que conocía su pasado y aceptaba que frecuentara las tabernas, le llamó la atención por sus ausencias en horario de trabajo.

—Ya falta poco, maestro —le respondía el chico—. Pronto sabré dónde está mi familia.

59

Joan había vivido aquella escena muchas veces en sus pensamientos. Estaba el hombre tuerto, el asesino de su padre, en una mesa de la taberna, solitario, bebiendo, carcomido por los remordimientos. Y con la excusa de querer enrolarse como grumete en su galera, Joan se sentaba con él y le hacía hablar. El hombre le contaba dónde estaba el mercado de esclavos en el que vendieron a su madre y hermana y le daba toda la información para encontrarlas. Y después decidía si lo mataba o no. Las veces en que se imaginaba consumando su venganza, sucedía en un callejón oscuro y Joan degollaba al hombre para luego escapar sin nadie que le viera.

Pero todo ocurriría de forma muy distinta.

Joan tenía ya veintidós años y hacía diez del asalto a su aldea. Aquellas terribles imágenes continuaban frescas como el primer día, grabadas a fuego en su memoria, como también lo estaba la cara enjuta del hombre y aquel hueco y su cicatriz donde debiera estar el ojo izquierdo.

Al verlo sintió su corazón acelerarse. Estaba con los jugadores de dados en un rincón de la taberna y continuaba sin usar un parche que cubriera aquel desagradable vacío en su cara. El chico identificó a los tahúres habituales y supuso que los otros eran marinos de la flota de Vilamarí. Al principio parecía que el Tuerto iba a ganar una buena suma y expresaba su satisfacción con aquella sonrisa que

Joan recordaba con rabia y pesadumbre. El muchacho había presenciado muchas partidas de dados en las tabernas y se dijo que pronto la buena racha del marino terminaría.

Y así fue. Entre maldiciones, el hombre fue perdiendo lo ganado para empezar a rebuscar en su bolsa, cada vez más reducida. Apartó de un empujón a uno de sus camaradas reprochándole que se le pegara demasiado y con una palabrota apostó un puñado de monedas:

—Todo o nada —dijo.

Joan vio la mirada que intercambiaron los fulleros y supo que perdería su dinero. Al muchacho le preocupaba el mal humor con que terminaría el marino; necesitaba que le hablara. Pero nadie, entre los asiduos a las tabernas, conocedores de los jugadores profesionales, osaba estropearles un buen negocio, así que presenció en silencio cómo le desplumaban.

Los compañeros del Tuerto, más prudentes en su juego, continuaron con los dados, pero el hombre sin ojo, maldiciendo en voz baja, tomó una jarra de vino y un vaso del mostrador y se fue a beberlo en solitario a una mesa apartada.

Joan esperó a que se calmara, sabía que no era un buen momento para abordarle, pero había esperado demasiado tiempo aquella oportunidad y temió que no se repitiera. Cogió su jarra de vino y su vaso, y se sentó en la mesa del hombre:

—Dios os guarde.

El marino le miró y soltó un gruñido por respuesta. Su único ojo se clavó en el suyo izquierdo e hizo estremecer a Joan: por un instante sintió el mismo miedo que diez años antes cuando aquel tipo, junto con otros, emboscó a su padre y a los de su aldea. Después vino la rabia y el odio. Joan ya no era un niño como entonces y superaba en altura y tamaño a aquel individuo malcarado. Por muy malhumorado que este estuviera, no le ganaba en resentimiento, pero no buscaba pelea y quiso dulcificar su mirada con una sonrisa.

—Sois marino de la flota de Vilamarí, ¿verdad? —inquirió Joan.

El hombre le volvió a mirar desafiante.

—Soy alguacil. ¿Y qué?

—Que en las tabernas se cuentan muchas hazañas vuestras.

El Tuerto contestó con un gruñido y tragó el contenido de su vaso. Lo volvió a llenar.

—Como cuando a sueldo de los Medici de Florencia asaltasteis nada menos que Génova con dieciocho galeras. —Joan pretendía animar al marino recordándole sus glorias—. O cuando defendisteis el reino de Nápoles contra los venecianos y franceses, y después luchasteis contra los turcos en Malta, Gozo y Sicilia. O cuando antes asaltasteis Damieta, en el delta del Nilo, hundiendo quince naves enemigas, tomando el castillo de los mamelucos y cortando el tráfico marítimo de Egipto...

—Es una vida de mierda —le atajó el hombre.

—Sí, pero también se dice que sacáis buenos botines y que el almirante es generoso en el reparto.

—La mayor parte se la queda Vilamarí para los gastos de las naves, para su bolsillo y para el del rey —murmuró el marino—. Y a nosotros, los que nos jugamos la vida, nos da las migajas. Y a veces no tenemos para comer más que galleta dura y lo poco que podemos pescar.

A pesar de la mezcla de temor y repugnancia que le producía el hombre, Joan estaba satisfecho de sí mismo. Logró que aquel tipo huraño hablara, tragándose su odio, conteniendo sus deseos de venganza. Y animado por el éxito, se lanzó a sonsacarle.

—Sí, pero cuando tenéis necesidad, asaltáis los pueblos de la costa —le dijo en tono confidencial—. Cogéis todo lo de valor y vendéis a los cautivos en el mercado de esclavos. Eso da dinero.

El hombre tragó el contenido de su vaso y al intentar rellenarlo vio que su jarra estaba vacía. Gritó al tabernero pidiendo otra y miró a Joan con suspicacia.

—Solo hacemos eso en territorio enemigo. —Su ojo miró alternativamente los de Joan.

El chico sonrió al tiempo que meneaba la cabeza como si trataran un secreto entre colegas y le guiñó un ojo.

—Vamos, hombre. —Bajó la voz adoptando un tono confidencial—. Se sabe que asaltáis las costas catalanas y después de gozar de las mujeres las vendéis en Italia.

El hombre llenó su vaso de la jarra que el tabernero le trajo y miró fijamente a Joan. Después le espetó:

—¿Quién eres? —levantaba la voz—. Me estás tirando de la lengua, ¿verdad?

—Soy solo un joven que admira las hazañas de la flota y al que le gustaría embarcarse con vos.

—¿Conmigo? —Soltó una carcajada—. Qué pasa, ¿es que eres maricón?

—No, yo...

—O es que me quieres hacer hablar... —Y golpeó con el puño en la mesa.

—Pero si ya lo sé todo. —Joan quería calmarle—. Hasta sé que os ponéis un turbante y fingís ser moro cuando asaltáis los pueblos de la costa.

El ojo turbio por el vino del marino se abrió con sorpresa y alarma.

—Solo quiero que me digáis dónde vendéis a los cautivos catalanes en Italia.

—¡Maldito seas! —exclamó el hombre golpeando de nuevo la madera—. ¿Quieres que me vaya de la lengua y termine en la horca?

Buscó en su refajo y al instante un cuchillo de hoja ancha de un palmo de largo brilló a la luz del candil mientras se levantaba dispuesto a encararse al chico.

Joan había visto muchas peleas de taberna, estaba preparado

para aquella situación y sabía que cuando un marino mostraba su acero, no era solo para asustar. Con toda rapidez se levantó y tomando su taburete lo interpuso entre el cuchillo y su cuerpo mientras gritaba:

—¡Asesino!

Lo hizo para llamar la atención de los taberneros. Quería que vieran al marino con el cuchillo en la mano mientras él aún no lo tenía. Pero aquella palabra era la que durante diez años soñó escupirle a la cara al tipo que tenía enfrente mientras le hundía en el cuerpo su puñal y vengaba a su padre. Pronunciarla hizo que brotara de su interior una rabia que le embriagó, se sentía borracho de furia. Odiaba sin medida a aquel hombre al tiempo que le temía. Sin embargo, en aquel momento su vida dependía de mantenerse frío y aprovechar lo mucho que había bebido su enemigo.

El marino le lanzó un tajo a la vez que sujetaba con su mano izquierda el taburete. El grito de Joan pareció convencerle del peligro que este representaba. Por un instante su ojo buscó los suyos y el hombre vio en ellos algo que disparó sus recuerdos.

Joan esquivó con facilidad la cuchillada, pero no pudo evitar que de un tirón el hombre le arrancara el taburete de las manos y lo lanzase a un lado. El chico desenvainó su afilada daga y con ella al ristre agarró su capa con la mano izquierda.

—¡Te cortaré la lengua, espía! —le gruñó el hombre.

—¡Asesino! —gritó de nuevo Joan.

Aprovechó el compás de espera en que ambos se estudiaban para darle vueltas a la capa alrededor de su brazo izquierdo sin dejar de amenazar al otro con su daga. De inmediato su enemigo cogió la jarra de vino con su zurda y se la lanzó. Joan esperaba lo que venía. Detuvo el golpe con el brazo protegido por su capa y de inmediato con el mismo brazo frenó la cuchillada que sabía le lanzaría y que iba dirigida al cuello.

Joan oyó el trueno de un disparo que venía de sus recuerdos y vio aquella cara sonriendo cuando su padre caía. Y después, cómo aquel hombre tiraba de los cabellos de su madre, pateándola sin misericordia. El miedo se convirtió en odio, en furia fría, en coraje. ¡Venganza!, le gritaba una voz interior. ¡Venganza!

Con toda rapidez, sin darle tiempo al otro a retroceder, lanzó adelante su daga y se la hundió en el estómago. El hombre abrió más su ojo, sorprendido y soltó un gemido. Al instante Joan, cubriéndose con su brazo izquierdo de cualquier movimiento de su oponente, sacó veloz el acero del cuerpo para clavarlo con toda su rabia un poco a la izquierda del centro del pecho. En el corazón. Extrajo su daga y la volvió a clavar con saña. Con un extraño suspiro el marino se desplomó y mientras caía, el muchacho le hirió de nuevo.

Joan sabía qué hacer.

—¡Asesinos! —gritó otra vez amenazando con su puñal ensangrentado a los marinos y tahúres que contemplaban con mórbida curiosidad la escena. Sorprendidos, dieron un paso atrás. No podía dejar que le apresaran. Amagó un ataque que los mantuvo a raya mientras giraba para colocarse de espaldas a la puerta. Nadie más desenvainó su arma y, arrinconados, le dejaron franca la salida. Aprovechó la ocasión para lanzarse a la calle y a la carrera se perdió en la oscuridad.

60

Mientras corría por las calles oscuras, Joan fue tomando conciencia del desastre. No solo había matado al hombre que le podía dar información sobre el paradero de su familia, sino que acababa de perder la oportunidad de embarcarse en la flota y encontrar a Anna. Lo había estropeado todo. Además, los de Vilamarí no le perdonarían aquella muerte por mucho que él no hubiera iniciado la pelea. Fue afortunado al aprovechar la sorpresa para huir de los marinos. Se habrían vengado de inmediato y de perdonarle la vida en la taberna, el día siguiente habría colgado de uno de los mástiles de una galera como advertencia a la población civil de que los marinos de la flota eran intocables.

La venganza no le compensaba por la pérdida. ¿Qué haría ahora?

A su llegada a la fragua despertó al maestro Eloi para contarle lo ocurrido. El hombre se mostró muy preocupado.

—Esto es muy serio, Joan —le dijo—. No importa que él te atacara primero y que tú solo te defendieras. El almirante pedirá tu cabeza. No va a permitir que se diga que un menestral mata a uno de sus hombres y que se libra de ser ejecutado. No importa que el muerto fuera una mala persona y que estuviera a punto de matarte, querrá dar ejemplo y que todos los ciudadanos escarmentemos en tu cabeza.

—Lo sé, maestro —repuso Joan, cabizbajo—. Por eso salí corriendo.

—Aquí no estás seguro —continuó el hombre—. En las tabernas te conocen y antes de que amanezca enviarán un destacamento a prenderte y conducirte a la galera de Vilamarí. Allí serás juzgado y ahorcado.

Joan afirmó con la cabeza.

—¿Qué derecho les ampara para hacer eso? —preguntó el muchacho.

—El de la fuerza —repuso el maestro—. Y te aseguro que es más que suficiente. Pero nosotros, los ciudadanos libres de Barcelona, también tenemos nuestros derechos. Y fuerza. Hay que buscar un lugar donde puedas esconderte esta noche.

—El convento de Santa Anna está cerrado y no abrirá hasta el toque de prima, a la salida del sol. Solo me queda...

—No me digas adónde vas —le cortó el maestro—. Me basta con que lo sepa tu hermano.

Joan despertó a Gabriel y le contó lo ocurrido, desolado. Sí, había vengado a su padre, pero estropeando la oportunidad de conocer el paradero de su familia en Italia. No era un buen cambio.

—Yo quería matarle —le confesó entre lágrimas—. Aunque no en ese momento. Solo que cuando ese hombre me atacó, una mezcla de miedo y rabia se apoderó de mí. Le clavé hasta cuatro veces mi daga. Con una hubiera bastado, debí parar ahí. Pero no pude y la segunda cuchillada le mató.

—No te culpes, defendías tu vida —repuso su hermano—. Ahora tienes que esconderte. Y por Italia no te preocupes. Me alistaré en las galeras de Vilamarí en tu lugar y las encontraré.

Joan meneó la cabeza sin contradecirle. Su padre le encargó cuidar a Gabriel y no creía que el chico estuviera preparado para semejante aventura. Nunca lo estaría. Bajo ningún concepto iba a dejar que se embarcara. Él era el mayor y esa era su responsabilidad.

Le costó que los criados abrieran la puerta de la casa de Bartomeu, pero el mercader le acogió con sorprendida amabilidad. ¿Qué le traía allí a aquellas horas?

Cuando le contó lo ocurrido, el comerciante se espabiló de inmediato. Bartomeu había progresado mucho tanto en los negocios como socialmente en los últimos años y era uno de los treinta y dos consejeros que representaban a los mercaderes en el Concell de Cent, órgano rector de la ciudad.

—¡No vamos a permitir que ese corsario de Vilamarí dicte su ley en Barcelona! —dijo indignado—. No importa el número de galeras que tenga en el puerto y que goce otra vez del favor del rey.

Después miró a Joan:

—Pero quizá nos estamos precipitando, ¿no crees? El almirante aún no ha hecho nada, ¿verdad? Anda, ve a la cama y mañana veremos cómo componer este asunto.

Sin embargo, el almirante actuó justo como el maestro Eloi había anticipado. Del interrogatorio a los taberneros surgió la identidad de Joan y su paradero, y al amanecer una compañía de cincuenta ballesteros apareció en el taller, y lo registró de arriba abajo a la búsqueda del chico.

Aquello originó un fuerte altercado entre la ciudad y el almirante Vilamarí. Pero el gremio de los fundidores y por extensión todos los Elois se consideraban parte en el asunto, ya que el inculpado era un maestro del gremio y el almirante, por mucho que lo fuera de las galeras reales, no tenía derecho al registro de uno de sus talleres.

La disputa se elevó al infante Enrique Fortuna de Aragón, que lo último que deseaba era terciar en un altercado que involucraba a la ciudad, siempre combativa a la defensa de sus derechos, al mayor de los gremios de esta y al almirante de la flota del rey. Así que reunió a Bartomeu, en representación de la ciudad, a Eloi, delegado por su gremio en este asunto, y al almirante en su residencia de la calle Ancha, con el fin de que las partes negociaran un acuerdo.

El almirante Bernat de Vilamarí tenía unos cincuenta años, era alto, de ojos castaños, cejas pobladas, pómulos elevados, barbilla firme y la tez bronceada, algo inapropiado para un noble. Sus modales eran enérgicos y su indumentaria italianizante. Al ser el de mayor linaje entre los litigantes, habló primero:

—No dejaré sin castigo a un matón de taberna que asesina a uno de mis marinos —dijo—. Quiero que la ciudad me lo entregue para ahorcarlo.

—Joan no es ningún matón de taberna —aclaró ofendido Eloi—. Es un miembro respetable del gremio que os fabrica los cañones. La cofradía de los Elois hizo ya su investigación y hablamos con los taberneros. Vuestro marino perdió un buen dinero con los dados, bebió mucho y sacó su arma primero. El muchacho solo se defendió. El gremio le ha declarado inocente y lo protegerá hasta las últimas consecuencias.

Vilamarí pareció ponderar aquella información, quizá nueva para él. No podía tomarse a la ligera las palabras del representante gremial. Había enviado un escuadrón que entró por la fuerza en un taller de fundición sin encontrar resistencia. Pero los ciudadanos de Barcelona tenían el derecho y la obligación de poseer armas y de saber usarlas para defender a la ciudad y sus intereses. Y los regimientos ciudadanos se agrupaban alrededor de los gremios, que tenían cuadros de mando bien establecidos con formación militar. No contemplaba usar la fuerza de nuevo. En una lucha callejera, sus hombres tendrían las de perder.

—Además —intervino Bartomeu—, el chico no tiene aún veintitrés años, es menor y no puede ser ejecutado.

—Si es menor de edad, debe pasar primero por la vergüenza y después ser condenado a remar en galeras por el resto de su vida —afirmó el almirante.

—El gremio no consentirá eso —dijo Eloi—. Ha sido declarado inocente.

—Pues en el juicio que yo hago es culpable —insistió el almirante.

—Entonces debe tener un juicio independiente —concluyó Bartomeu con ánimo encendido—. Pero os advierto, almirante, que los taberneros declararán lo visto y el chico será absuelto.

—Mirad —respondió Vilamarí con un ademán ecuánime que pretendía relajar la tensión—, no puedo consentir que uno de mis hombres sea asesinado por un civil en una pelea de taberna. La flota espera un castigo ejemplar para el culpable. Es un asunto de honor. Si este no fuera nuestro puerto, si estuviéramos en un país extranjero, organizaríamos una acción de castigo donde murieran un par de villanos. O bombardearíamos la ciudad. Y no importa lo que digan los taberneros, ellos defienden a su cliente. Los marinos que estaban en la taberna dirán lo contrario.

—Ellos no lo vieron —interrumpió Eloi—. Jugaban a los dados en aquel momento.

—No importa lo que vieran —continuó el almirante—, sino lo que declaren. Además, nuestro hombre tenía cuatro heridas. Ese muchacho quiso matar, merece ser castigado.

—El chico se defendía —dijo Bartomeu.

—Pero no fue herido —le cortó Vilamarí—. Y él hirió cuatro veces.

—Un momento, señores —intervino el infante Enrique, que hasta el momento se había mantenido en silencio—. No voy a entrar en culpabilidades ni inocencias, pero os manifestaré la voluntad real. La flota será muy necesaria en los tiempos que se avecinan y el rey Fernando quiere que se respete su honor y que mantenga su moral alta. Tampoco quiere ofender a la ciudad. Espero no tener que dictar sentencia por mi cuenta en ese asunto y que acordéis una fórmula que contente los mínimos de cada uno, al tiempo que sea un castigo ejemplar.

—Pero... —Eloi quiso hablar.

—No hay más que decir —le interrumpió el infante—. Reuníos en otro lugar y otro momento y buscad una solución que, como representante del rey, me contente. Ese acuerdo será la sentencia que dicte.

Y se levantó despidiéndolos con un ademán.

Eloi cedió su voz a Bartomeu en la negociación, le disgustaban los aires de superioridad de la nobleza. El mercader, en cambio, era bachiller y su estamento social estaba mucho más cercano al de los nobles, pero la negociación era difícil a pesar del poder de la ciudad. Vilamarí tenía a su favor no solo la fuerza de sus galeras, sino la de las tropas reales del principado, pues contaba con el apoyo del rey y de su lugarteniente el infante Enrique de Aragón. Este era conde de Ampurias y por lo tanto amigo y vecino de Vilamarí en su posesión de Palau.

Bartomeu no dudaba de que si el infante Enrique se veía obligado a dictar sentencia, sería a favor del almirante y en contra de Joan. Y este sería ahorcado. Deseaba a toda costa salvar la vida de aquel chico al que quería como al hijo que nunca tuvo.

Los dos hombres congeniaron: el almirante era un hombre culto, herido desde hacía años por la magia del Renacimiento y, al estilo de Italia, gustaba de reuniones sociales en las que se trataba de literatura, poesía y filosofía. Por lo tanto, era también ávido lector. Su perfil guerrero, pirata en opinión de muchos, se suavizaba con su faceta intelectual. Las reuniones entre ambos fueron pronto cordiales, eran buenos negociadores, entendían bien las necesidades del contrario y el costo que satisfacerlas representaba a cada uno.

Al final acordaron declarar a Joan culpable de homicidio, pero con la atenuante de defensa propia. Para que hubiera castigo ejemplar tenía que ser culpable y esa era una exigencia inamovible del almirante.

Joan sería paseado por la ruta de la vergüenza de la ciudad, aunque solo recibiría cien latigazos y serían amañados para que no le hirieran. Después penaría dos años como galeote remando en las galeras de Vilamarí. El mercader quiso interesar al almirante con las habilidades de Joan y que cumpliera su condena como marino, pero el almirante se negó en rotundo. Debía remar. Lo más que obtuvo fue que Vilamarí aceptara a regañadientes poner los medios para evitar que los marinos se vengaran de Joan. Aunque le advirtió que si cometía faltas sería castigado como cualquier galeote, e incluso ejecutado.

61

Los condados de Rosellón y Cerdaña fueron pacificados y una vez concluidas las cortes catalanas celebradas en el refectorio del convento de Santa Anna, que tan bien conocía Joan, la familia real partió hacia Zaragoza a principios de noviembre. La flota de Vilamarí, anclada ahora en Barcelona, ya no era necesaria y recibió la orden de zarpar hacia Nápoles con la llegada del buen tiempo. Los familiares del rey Fernando podían necesitarla.

Parte del trato fue el aplazamiento de la pena hasta la partida de la flota a finales de primavera. Vilamarí aceptó la palabra de Bartomeu en nombre de la ciudad y la de Eloi por el gremio, por la que Joan se mantendría en prisión atenuada en casa de Bartomeu hasta que llegara el momento. El infante Enrique dio su visto bueno y se buscó un juez que dictara la sentencia en los términos acordados.

Joan sintió un profundo desánimo al conocer su pena. Salvaba la vida, pero pasar por la vergüenza era un castigo durísimo y galeras era aún peor, muchos hombres morían antes de cumplir los dos años. Pero no era el dolor físico, la humillación, el esfuerzo o la vida miserable de galeote lo que le preocupaba. Por mucho que las galeras de Vilamarí viajaran a Italia, por mucho que atracaran en Nápoles, él estaría en una prisión flotante, no podría ver a Anna ni encontrar a su familia.

Su padre llevaba mucho tiempo presionándola para que aceptara a un galán y con veintiún años ya empezaba a ser mayor. No podría resistir mucho más. Cuando pensaba en ello desesperaba. Joan abrigaba la esperanza de embarcarse en primavera hacia Italia para ir a su encuentro. Aunque no de aquella forma. Cuando él cumpliera su sentencia, ella estaría ya casada y con hijos. Pensó en huir, en embarcarse en secreto, pero con ello se alejaba de Vilamarí y de la posibilidad de conocer el destino de su familia. Tampoco podía traicionar a Bartomeu y a Eloi, que dieron su palabra por él. No solo deshonraría a sus amigos, sino al gremio y a la ciudad y sería condenado a muerte por ambas instituciones. En los meses de espera envió dos cartas a Anna y recibió una. Reiteraba cuánto la amaba, aunque se sentía abatido y sin esperanza. Estaba a punto de perderla para siempre. Dejó varias cartas escritas para que Bartomeu las enviara conforme recibiera las de ella, pero se repetía, no sabía qué decirle nuevo. En ninguna se atrevió a mencionar su castigo en galeras.

Podía salir de casa de Bartomeu, sin embargo, tenía prohibido regresar a las tabernas: la flota estaba atracada ahora en el puerto de Barcelona para la invernada y los marinos las frecuentaban. Considerarían una provocación verle libre y caerían sobre él para vengar a su camarada.

Visitó en varias ocasiones a la bruja del Raval con la esperanza de que calmara su desesperación como hizo en el pasado, pero la mujer rehusaba hablarle las más de las veces. En realidad no le veía cuando él lo deseaba, sino cuando a ella le apetecía. Si le recibía, no le daba bebedizos mágicos, ni siquiera ánimos en forma de buenas venturas, sino que compartía una infusión con él y le escuchaba mirándole con aquellos inquietantes ojos verdes que a veces le recordaban a los de Anna. Ella hablaba poco, solo preguntaba a veces, hurgando en sus sentimientos, y dejaba que él llegara a sus propias conclusiones.

—Te advertí contra el odio, contra los sentimientos negativos —le decía—. Si dejas que te dominen, el diablo devorará tu alma. Transfórmalos en planes, aunque sean de venganza. Pero protégete de ellos.

Le daba un saquito de hierbas para infusión contra el rencor y él le pagaba con un par de dineros, un largo abrazo y un beso en la mejilla. Era huraña y solitaria y aun así Joan sentía que era su amiga y que quizá fuera él el único amigo que ella tuviera.

Tuvo tiempo para despedirse de sus amigos, para charlar largo y tendido con Abdalá, al que a veces ayudaba copiando, y para leer, bajo la guía del musulmán, algunos de los libros que el comerciante tenía en su casa. Los tres disfrutaban comentándolos después. El viejo le decía que solo una vez aceptado el destino se podía trabajar para cambiarlo y que la verdadera esclavitud estaba en el alma y en aquellos sentimientos como el miedo que encadenaban a las personas con más fuerza que los grilletes de hierro. Joan recordaba unas palabras de su padre muy semejantes. También su promesa de ser libre. Pero, muy al contrario, en unas semanas estaría remando encadenado a una galera.

Le entregó a su hermano su colección de libros, que mostraban su progreso como encuadernador y su evolución personal. Eran parte muy importante de su vida.

—Guárdalos en un lugar seguro —le dijo.

Gabriel le preguntó por qué le había encargado a Lluís otro libro pequeño, para que cupiera en el bolsillo de su capa.

—Será mi nuevo libro de aprendiz —comentó Joan.

—¿Libro de aprendiz? —se sorprendió Gabriel—. Pero si tú ya eres maestro fundidor. Y si Felip no hubiera robado tu obra maestra y los gremios no exigieran exclusividad, serías también maestro encuadernador.

—Pero no soy más que un aprendiz en la vida —repuso Joan con una sonrisa triste—. Prueba de ello es mi pena en galeras por asesinato.

Le entregó entonces a su hermano la azcona de su padre: era un símbolo muy emotivo. Se abrazaron y Joan le susurró entre lágrimas:

—Prométeme que tú sí que serás libre.

—Lo seré, Joan, lo seré —le aseguró Gabriel con un sollozo.

Y le dio el coral que aún guardaba y sus ahorros. Solo se llevaría una parte de su dinero a la galera, puesto que muy posiblemente los alguaciles u otros forzados se lo robaran.

Era una mañana radiante de finales de abril y los numerosos naranjos que poblaban los jardines de Barcelona la perfumaban con un dulce aroma a azahar. Al día siguiente partiría la flota y debía cumplirse la primera parte de la condena. Joan fue a Santa Anna, donde se confesó con fray Antoni, escuchó sus consejos y asistió a misa. Después, acompañado por Gabriel y sus amigos, se dirigió a la plaza del Blat, donde se encontraba la prisión de la ciudad. El día anterior los pregoneros cantaron la sentencia, lugar y hora por toda la urbe y allí le esperaban el alguacil, el verdugo y un destacamento de ballesteros de la flota de Vilamarí. También una representación del gremio de los Elois.

El verdugo se encargó de desnudar a Joan de cintura para arriba y de hacerle montar en un borrico. Le ató las manos y puso en la silla del rocín un artilugio que sujetaba a Joan por la barbilla de forma que no pudiera agachar la cabeza para que todo el mundo le viera la cara durante su paso por «la vergüenza».

La ruta de la vergüenza se iniciaba habitualmente en la cárcel de la ciudad y recorría un circuito que regresaba al mismo lugar. El recorrido constaba de cien esquinas y en cada una de ellas se suministraba al reo un azote, dos o tres según la condena. En el caso de Joan constaba solo de cincuenta esquinas, ya que su periplo terminaba en el puerto, donde el alguacil lo entregaría al cómitre de una de las galeras y por lo tanto recibiría dos azotes por esquina. En la parte delantera del asno se colgó un cartel que indicaba el crimen del muchacho. «Muerte con daga en pelea.» También ese texto fue negociado al detalle.

La comitiva la abría un pelotón de treinta ballesteros de la flota y la cerraban un grupo de tambores y otra unidad de ballesteros. Pero el gremio de los Elois estaba también representado. Podían aportar cien veces más tropas que todas las que la flota tenía en el puerto, pero escogieron solo a cincuenta voluntarios entre los herreros más fornidos. A pesar de que contaban con ballestas, cascos y armaduras, desfilarían sin armas aunque con sus herramientas características y con el pendón de san Eloy. Vestían el mandil de cuero que los protegía de las chispas y del metal ardiente, y que era tan duro que resultaba casi imposible de traspasar incluso con una daga bien afilada. Unos llevaban un largo martillo al cinto y otros, unas finas varas de acero cuyo golpe podía partir cualquier hueso. Los agremiados desfilarían antes y después del reo, al que antecedía el alguacil, que iría leyendo el crimen y su sentencia en cada esquina, y el verdugo, que le suministraría los azotes con un látigo escoba. Una parte del castigo eran los latigazos y la otra, el escarnio público, ya que la gentecilla disfrutaba insultando y lanzando porquerías al reo.

Por su parte, el gremio consideraba a Joan inocente y aquel despliegue era para protegerle. La voz había corrido por la ciudad y cuando el desfile se inició al son de los redobles de tambor, no se oía otra cosa que a estos y el cornetín del alguacil que ordenaba a la comitiva detenerse para los azotes. Callaban los tambores y el alguacil leía:

—Joan Serra de Llafranc. Condenado a cien latigazos y a dos

años de remo en las galeras del rey por matar en lucha a cuchillo a un marino de la flota del almirante Bernat de Vilamarí.

Entonces el verdugo le daba dos latigazos y la comitiva se ponía en marcha hasta la siguiente esquina. La gente miraba con respeto al muchacho; tenía que ser muy especial para merecer aquel despliegue por parte del más poderoso de los gremios.

—Dicen que fue una lucha limpia —murmuraban los hombres—. Y que el marino sacó primero el cuchillo.

—¡Que lo suelten! —gritaba otro—. ¡Que le dejen libre!

En una de las esquinas esperaban Felip y sus amigos para reírse de Joan. Pero tuvieron que interrumpir sus mofas y salir a la carrera cuando una docena de herreros se lanzaron tras ellos blandiendo sus varas de acero. Parte del respeto que sentía la multitud provenía del miedo que infundían los Elois.

Al fin lo que debía ser una vergüenza pasó a ser un homenaje y a Joan se le llenaban los ojos de lágrimas al ver a sus amigos protegiéndole, dándole ánimos y vitoreándole.

Joan y el verdugo habían coincidido en las tabernas. El chico era de los escasos clientes que le devolvían el saludo, ya que se le consideraba como un apestado, un gafe, alguien al que disgustaba ver.

Los azotes que recibía Joan eran una pantomima, no tanto porque el verdugo le tuviera cariño, sino porque los Elois le advirtieron que cualquier marca que le dejara en la espalda se la harían a él dos veces. Y el alguacil, encargado de supervisar el trabajo del verdugo, comprendió que no le convenía mostrarse estricto.

El alguacil de la ciudad se sintió aliviado al entregar aquel reo tan especial al cómitre de la *Santa Eulalia*, la nave capitana. El oficial firmó el recibí y los alguaciles de la nave le engrilletaron con una argolla en el tobillo izquierdo para trasladarlo a bordo de la galera. Antes, Gabriel le dio un abrazo, un hatillo con algunas ropas y su nuevo libro. Bartomeu y el resto de sus amigos también estaban allí para despedirse. Uno de los alguaciles, después de revisar su contenido, rechazó la plumilla metálica aceptando, sin embargo, un par de plumas de ave.

—Vaya, el reo sabe leer y escribir —dijo—. Pero de poco te va a servir a la hora de remar.

Bernat de Vilamarí le observaba desde la nave y el muchacho, que no le conocía, supo por su aspecto quién era y se irguió para mantenerle la mirada.

Al pisar las tablas de cubierta Joan empezó a rezar. Pero la oración no evitó que su rencor regresara. Los días anteriores estuvo pensando mucho, se reafirmó en la idea de que el almirante era el responsable último de la desgracia de su familia. Y supo que su odio no murió con el hombre al que mató ni con las hierbas de la bruja. Miró hacia el almirante y vio que este aún le observaba. Quizá Vilamarí comprendiera el significado de la dura mirada del chico.

TERCERA PARTE

62

Los alguaciles de la galera obligaron a Joan a quitarse los calzones con que se cubría, exponiéndole a la vergüenza de la desnudez pública, y el médico le hizo una rápida inspección física que incluyó el estado de su dentadura. Como no podía ser de otra forma, el galeno le declaró apto para cumplir su pena.

El muchacho notó la cálida sensación del sol de primavera en su piel y quiso llenar sus pulmones de aire de mar, tan querido y que tantos recuerdos le traía, pero el tufo de la galera le privó de aquel placer. Después, aún desnudo, llegó el rapado de todo el pelo de la cabeza y la cara. El rasurado se hacía cada quince días y no solo servía para evitar piojos, sino que identificaba a los forzados en caso de fuga. Un escribano anotó en detalle sus características físicas, la pena por cumplir y fecha de inicio de esta. Era otra de las medidas de seguridad por si huía. Joan empezó a comprender que el castigo de galeras iba a ser muy distinto a los azotes simulados que recibió en la ciudad.

La flotilla comandada por Vilamarí constaba de tres galeras, la mayor de las cuales era la *Santa Eulalia*, con veintiséis bancos por costado con tres remeros por banco, además de dos espacios vacíos entre los galeotes que se destinaban a la cocina a cielo abierto en un lado y a la chalupa en el contrario. Contaban con un mástil con vela latina y las galeras menores tenían veintitrés bancos por costado.

Aquellas eran naves pensadas para el combate y desembarco rápido de tropas y su característica más apreciada era la velocidad. Se evitaban cargas superfluas en su estructura y se vivía prácticamente al aire libre; por esa razón y por su vulnerabilidad frente a los temporales, salvo en casos excepciones, solo operaban de mayo a octubre. Sus bordas eran bajas para que los remos llegaran con facilidad al agua y su capacidad de almacenaje pequeña. Eso hacía que no pudieran desplazarse largas distancias sin repostar. Sobre todo agua, cuyo consumo era muy elevado dada la cantidad de hombres que precisaba para su movimiento.

El peso era la gran decisión que determinaba las capacidades de la nave. Podían ser ligeras y rápidas, como las que usaban los piratas berberiscos, o pesadas, como las cristianas, que cargaban más cañones y de mayor tamaño. Las galeras españolas, como las de Vilamarí, eran aún más robustas en su proa, ya que montaban una estructura adicional llamada «arrumbada», que facilitaba el abordaje de naves enemigas y protegía a artilleros e infantes de los disparos.

Joan recibió la indumentaria de reglamento para un galeote. Dos pares de camisas, dos de calzones, un gorro rojo y unos calcetines. Se apresuró a vestirse, cubriéndose de inmediato con el gorro. El sol y el aire le producían una extraña sensación de frío en su cabeza rasurada. También le dieron una bolsa de lona encerada para mantener su contenido lo más seco posible, un cazo y una cuchara de madera. Guardó en la bolsa su nuevo libro, las plumas, el frasco de tinta, ropa y algo de dinero.

Observó con curiosidad y temor aquel entorno extraño, mientras andaba por la crujía, el pasillo central elevado, situada entre los bancos de remeros. Un alguacil le precedía y otro le seguía. Los forzados dormían sobre los bancos o charlaban entre ellos, alguno le miraba con curiosidad y la mayoría se mostraba indiferente. Joan calculó que debía de haber más de ciento cincuenta hombres, cada uno frente a un remo. Cuando llegaron al décimo banco del lado de estribor, le ordenaron sentarse en el centro de este, mirando a popa, entre dos galeotes, y allí le encadenaron la pierna izquierda y el brazo derecho.

—Ya puedes empezar a escribir —se mofó el alguacil que antes se burló de él y al que llamaban Garau—. Y entérate de que el que mataste era mi amigo.

Joan sintió deseos de responder, pero su prudencia le aconsejó callar.

—No le contestes —oyó que le decía el muchacho a su derecha—. Y cuídate de él, es un mal bicho.

Cerró los ojos. Ojalá aquello fuera una pesadilla, pensó. Sin embargo, el peso de los hierros, la dureza del banco y el tufo persistente que despedía aquella muchedumbre encadenada le recordaron la implacable realidad. Dos años, se lamentó. Dos años tendría que sufrir aquello. Abatido, apoyó sus manos en la empuñadura de su remo y en ellas su cabeza. ¡Cuán lejos estaba de lo que su padre le pidió! Luchar por su libertad y la de su familia. Había fracasado en todo.

Recordó a Abdalá diciéndole que la verdadera libertad estaba en el interior de cada uno y que el hombre podía ser libre en su pensamiento aunque no lo fuera físicamente. Se prometió que, en memoria de su padre, seguiría las enseñanzas de su maestro. No se dejaría someter, no se dejaría robar la dignidad.

Abrió los ojos para enfrentarse a lo que le rodeaba. Un hombre en la bancada anterior a la suya se bajó los calzones y defecó allí mismo. El ruido de sus cadenas se mezcló con el de sus gases malolientes. Joan sintió asco al tiempo que comprendía que nadie le iba a liberar a él de sus grilletes cuando tuviera necesidad.

—Al final te habitúas —le dijo el chico de su derecha.

Joan le miró sin responder. No superaba los dieciocho años y tenía facciones delicadas, sin indicios de barba, era delgado y sus enormes ojos azules destacaban sobre unas marcadas ojeras. Su presencia en aquel lugar se le antojó extraña y dejó de compadecerse para apiadarse del chico. ¿Cuánto podría aguantar en aquella bancada?

—Soy Joan —se presentó.

—Y yo Carles —repuso el otro—. Y te aconsejo que cuelgues tu bolsa de lona en los ganchos que hay bajo el banco si no quieres que se llene de porquería —le dijo con una sonrisa.

Joan vio los excrementos que continuaban sobre cubierta y se apresuró a buscar los ganchos. Terminada la operación, dirigió su mirada hacia el hombre que tenía a su izquierda. Era robusto y de piel curtida por el sol, daba la impresión de llevar mucho tiempo atado a los remos. Sus miradas se cruzaron y se sintió obligado a hablarle.

—Hola. Soy Joan —le dijo.

—Amed —repuso el otro al rato.

El joven pensó que aquel hombre no quería hablar y después de afirmar con la cabeza se giró interrogante a Carles.

—Es musulmán y no habla nuestra lengua —le contó el chico sin esperar a que le preguntara; tenía una forma rara de hablar—. Es prisionero de guerra, en cada banco hay uno y no ponen más para evitar motines. Este es berberisco, aunque también los hay turcos. Dicen que los norteafricanos como Amed son peligrosos porque nunca sabes cuándo te pueden atacar, pero son grandes marinos y los mejores remeros. Por eso, y porque es fuerte, a él le dan el remo más largo y pesado. A mí, como puedes ver, me sientan al lado de la borda y tengo el remo más ligero.

Joan agradeció aquella información, le era muy útil para situarse. Sin embargo, percibió en Carles algo extraño. Sus movimientos y su forma de hablar, con un marcado acento del norte de Cataluña, resultaban amanerados, casi femeninos. Sintió recelo de su amabilidad y temió que perteneciera a esa clase de hombres que buscaban a otros. No había tratado nunca antes con ninguno de ellos, pero se decía que provocaban la lujuria en otros hombres, en especial en lugares en que no había mujeres. Sintió repulsión por él y también temor a que llegara a tentarle. La pena por sodomía era la muerte. Por ello, y por el desprecio de la gente, intentaban pasar desapercibidos. Aun así, Joan se dijo que aquel chico no podía ocultarse por mucho que lo intentara e instintivamente se apartó de él, aunque las cadenas le impedían distanciarse. Carles percibió el gesto y calló.

De pronto Joan sintió una palmada en su espalda y un vozarrón que le decía:

—Eh, ¿qué pasa? ¿No te gusta nuestra niña? ¡Pues a nosotros sí!

Y después las carcajadas de un grupo de hombres. Uno de ellos manoseó a Carles.

—¡Déjame! —exclamó este, levantándose de un salto e intentando alejarse del individuo todo lo que sus cadenas le permitían.

Los del banco de atrás volvieron a reír. A Joan no le pareció gracioso pero los saludó presentándose. Dos eran cristianos y el que llevaba la voz cantante, un tal Jerònim, remaba justo detrás de Carles. El tercero era un musulmán que apenas hablaba y que no participaba en el acoso.

En aquel momento sonaron cornetas y tambores afuera. El cómitre empezó a gritar órdenes alertando a los alguaciles y a los galeotes.

—Serán los representantes de la ciudad y del regente que despiden a la flota —comentó Carles—. Estamos a punto de zarpar.

—¿Qué tengo que hacer? —inquirió Joan, intranquilo—. Nadie me ha explicado nada.

—Los forzados aprendemos los unos de los otros y si no, del látigo del alguacil —repuso Carles—. Las órdenes se dan con toques de corneta y los hay distintos dependiendo de si son para todos o solo para babor o estribor, proa o popa. De momento haz lo mismo que yo haga, pero recuerda el toque y la maniobra. —Y añadió melancólico—: Ya ves, yo aprendí de quien se sentaba donde tú estás y tú aprendes de mí.

—¿Qué le ocurrió?

—Lo que a todos. Murió.

—¿De qué?

Carles se encogió de hombros.

—No sé —dijo—. Quizá lo envenenó la mierda que nos rodea, o lo mató la poca y mala comida, o los latigazos, o el agotamiento, o quizá fue el sol. Llevaba tres años atado a este banco, estaba muy delgado, tuvo diarrea y ya no podía con el remo. Los alguaciles le daban con el látigo, pero aún se movía más lento. Al final lo sacaron para llevarlo bajo cubierta. Dicen que el cura pudo confesarle antes de morir. Lo pusieron en un saco con una piedra dentro y una vez cosido, lo lanzaron al mar pasadas las islas Medas, en el camino desde Salses a Barcelona.

La mención de aquellas islas donde iba a pescar coral rojo hizo que los ojos de Joan se llenaran de lágrimas. Recordaba como si fuera ayer el mar azul, el agua transparente, el sol, a la *Gaviota* con su padre sonriendo y a sus buenos compañeros. ¡Qué hermoso tiempo! Solo ahora era capaz de apreciarlo con plenitud. También recordaba que de regreso a Llafranc, en especial cuando la pesca había sido buena, los hombres cantaban. Viejas canciones, viejos recuerdos. Y empezó a tararear una.

El cómitre gritó órdenes y al primer toque, los forzados se pusieron en pie y tendieron los brazos y el cuerpo a su frente, a popa, sacando la pala del remo fuera del agua y elevándola lo más posible en dirección contraria, hacia proa. Joan se apresuró a imitarlos. Vio cómo los alguaciles, látigo en mano, se paseaban por la crujía observando amenazantes los movimientos de los galeotes. Gritaron otra orden, pero todos permanecieron inmóviles con los remos en alto.

—Es la señal de boga general, pero hay que esperar —murmuró Carles.

Cuando se oyó un segundo toque, los galeotes, todos a la vez, hundieron los remos en el agua mientras apoyaban los pies en la peana y se dejaban caer con todo el peso de su cuerpo sobre el banco. La nave se movió majestuosa.

Un sonido grave y rítmico procedente de un bombo sincronizaba a los galeotes, que se incorporaban una y otra vez para dejarse caer, al mismo tiempo, sobre el banco.

Bogaba mirando a popa y al ver alejarse Barcelona y con ella a su hermano Gabriel y a sus amigos, sintió una profunda nostalgia. Las lágrimas surcaron sus mejillas en un llanto mudo y vio que Carles le observaba en silencio.

¿Le permitiría el destino regresar algún día? Su condena le acercaba precisamente al lugar al que él ansiaba ir: Nápoles. Pero a la vez le alejaba de sus sueños.

Tiró con rabia de su remo buscando en el esfuerzo alivio a la pesadumbre que le atormentaba. Joan era alto y su fuerte cuerpo de veintidós años acostumbrado a mover moldes y piezas de fundición hizo que el madero se curvara.

—Tranquilo —le dijo Carles—. No tengas prisa, que cada palada nos acerca más a la muerte.

63

Las galeras bogaron rumbo a levante y cuando la *Santa Eulalia* desplegó la vela, las otras la imitaron. El viento era favorable y el almirante no tenía prisa, así que dieron descanso a los galeotes de proa mientas la mitad de popa continuaba remando.

Una vez colocó su remo en el soporte que lo mantenía en posición vertical, Joan bebió del pellejo de poco más de dos litros que le dieron.

—Raciónala —le avisó Carles—. Esa es toda el agua que tienes para el día.

La inactividad se empleó en baldear la cubierta con cubos de agua que izaban del mar. Al eliminar los excrementos pegados entre los bancos, el tufo que tragaban en cada bocanada de aire se hizo menos denso. La brisa era una bendición y Joan hinchaba sus pulmones con avidez.

—Una vez cada quince días se baldea con agua y vinagre para desinfectar —le informó Carles—. En la parte de atrás de la galera, en popa, está la zona noble y le llaman carroza. Allí viajan cómodamente y a cubierto del sol los oficiales del buque. No solo son de una clase superior, sino que se creen una raza distinta. Tienen incluso un perfumista que les alivia el olfato del tufo que nosotros desprendemos y músicos que les amenizan el ocio. Si en tierra hay clases sociales, aquí son el colmo. El almirante es como Dios y nosotros, los galeotes, somos ratas. Los soldados que transportamos, a cargo de un oficial llamado Pere Torrent, se creen superiores a los marinos y a nosotros nos desprecian. Antes morirían luchando contra un enemigo superior que remar o tirar de las velas. Para ellos trabajar es una deshonra.

—Sí, pero si son capturados, terminarán también remando —objetó Joan.

—Eso es un riesgo de su oficio y ser apresado en la lucha no es deshonra —repuso Carles—. Entonces pasarían a ser esclavos.

Joan meneó la cabeza incrédulo, aquel era un mundo extraño, distinto al que conocía y que funcionaba con sus propias reglas. Comprendió que él se encontraba en el peor lugar posible de aquel mundo y que sería afortunado si sobrevivía.

Un aroma especial se mezcló con el tufo habitual de la nave: era el olor de madera de pino quemada y de algo más que se cocía. De la fila de bancos que ocupaba el fogón se levantaba una humareda y Joan se sorprendió al sentir hambre a pesar del entorno nauseabundo en que estaba inmerso. Se sirvió primero a oficiales, soldados y marinería y al fin unos galeotes supervisados por los alguaciles llegaron con unos grandes peroles. Joan vio que los forzados se apresuraban a sacar las escudillas y cucharas que guardaban en su bolsa bajo el banco. Él hizo lo mismo, le llenaron el cazo con un potaje de habas y le dieron unos pedazos de galleta troceados. Todos se lanzaron a comer con avidez y Joan trató de conversar con Amed, pero este apenas sabía unas palabras y las aprendidas por el chico en nazarí con Abdalá no ayudaban, pues hablaba una lengua distinta. A pesar de acompañarla con gestos, la conversación pronto languideció.

La vela proyectaba sombra en su lado de la nave y muchos galeotes se quitaron las gorras. Joan se sorprendió al ver que Amed mostraba un largo mechón de pelo en su cabeza afeitada.

—Los musulmanes creen que al morir, Dios les tira del pelo para llevarlos al paraíso —le dijo Carles—. Por eso se lo dejan. No creo que sea tolerancia religiosa, sino que los quieren resignados para cuando se mueran.

Joan meneó la cabeza extrañado; aquel lugar no dejaba de asombrarle. Mordió la galleta y la encontró muy dura.

—Es un tipo de bizcocho que hornean dos veces para que se conserve más tiempo —le informó de nuevo Carles—. Y en cuanto al potaje, solo lo hay de habas o de garbanzos. Eso es todo lo que comemos dos veces al día. Pero cuando tenemos que rendir más, por ejemplo, antes de entrar en batalla, nos dan una ración mayor de legumbres y de agua. Incluso vino y tocino.

Vio que a Jerònim, el galeote que se sentaba detrás de Carles, le servían de un puchero distinto y le daban un cuenco con vino. Interrogó a su vecino con la mirada y este de inmediato le aclaró su duda.

—Es un buena boya.

—¿Un qué?

—Un remero voluntario —le aclaró Carles.

Joan hizo un gesto de sorpresa, no podía imaginar que nadie estuviera en aquel lugar por gusto.

—Es un malhechor que cumplió su condena de galeras, pero, como nadie quiere emplearlo en tierra firme, se ofrece voluntario para remar por una paga —le explicó—. Le dan una miseria, un ducado cada tres meses. Pero su potaje lleva tocino, come como la tripulación y le permiten repetir. Si te fijas, no está encadenado y cuando se quite el gorro verás que tiene pelo. Se cree superior a nosotros y es confidente de los alguaciles que son gentuza como él. Le gustaría el empleo de alguacil, pero ni para eso lo quieren. Es amigo de ese Garau, que es el peor de todos ellos. Son mala gente; ya ves, Dios los cría y ellos se juntan.

Joan recordó la fisonomía de Garau. Aquel hombre le dijo, como amenaza, que el Tuerto era su amigo. Y de pronto intuyó que él le vio antes, hacía mucho tiempo. ¡En el asalto a su aldea! Entonces comprendió que Garau era uno de los de la partida que asesinó a su padre. Y también de los que raptaron a las mujeres de su familia. Presentía que las respuestas a su búsqueda estaban muy cerca. Mientras, Carles continuaba hablando sin que Joan le pudiera prestar atención.

—Pero no te creas que los buenas boyas son verdaderamente libres. Si se quieren ir y no hay suficientes galeotes, el capitán los hace encadenar igual que a nosotros. Solo dejan la nave cuando sobran los remeros.

Joan se sumió en un silencio pensativo, Carles pronto percibió su estado de ánimo y dejó de hablar para aplicarse a su comida. El muchacho rumiaba cómo obtener la información sobre el paradero de su familia en Italia. Ese Garau, el alguacil, debía de recordar qué hicieron con ellas, pero nunca hablaría de eso con un galeote como él. La única forma sería que le llegara a considerar como un igual, y entablaran amistad, aunque eso no ocurriría mientras él estuviera cargado de cadenas. Quizá tuviera que aguardar a que terminara su condena y solicitar trabajo de buena boya o con suerte de marino. Se dijo que no podía esperar ese tiempo. Y empezó a rumiar cómo librarse de los grilletes y ser aceptado como tripulación.

64

La primera noche ofreció una luna casi llena que brillaba en el firmamento lanzando destellos de plata sobre un mar en calma. Soplaban vientos favorables y el capitán decidió navegar a vela dejando la nave a cargo del piloto y de los vigías, y dio descanso a los galeotes. Antes del ocaso prendieron la farola situada en la parte posterior de la carroza. Solo la galera del almirante mostraba esa luz y era la guía para las naves que la seguían.

Después de cenar y antes de tumbarse sobre los tablones, Carles le dijo a Joan:

—Tenemos suerte de estar cerca de la proa.

—¿Por qué?

—Porque los desgraciados que duermen en popa, cerca de la carroza, lo pasan mal en la noche. Entre los picotazos de pulgas y chinches y la dureza de las tablas cuesta dormir y al cambiar de postura suenan las cadenas. Ese ruido despierta a los oficiales, que hacen azotar a los culpables. Imagínate sufrir todo eso sin ni siquiera poderte mover.

Joan lo imaginó. Era horrible.

Habían baldeado la cubierta poco antes de cenar, estaba limpia de excrementos y orines, pero aún maloliente y húmeda del agua. La brisa era fría, Joan sacó toda la ropa de su saco para acomodarse y dormir. Entonces oyó a Jerònim, el buena boya, que junto a su colega Sanç acosaba de nuevo a Carles toqueteándolo por atrás.

—Le has contado muchos secretitos a tu novio, ¿verdad? —le decían.

El chico se defendía a manotazos y el ruido de sus cadenas parecía divertir a los atacantes. Joan se dijo que aquello era indigno y evaluó a los acosadores. Ambos eran de mayor estatura que Carles, aunque él les superaba en altura. Eran musculosos pero no demasiado y calculó que de un primer puñetazo, si le pillaba bien y por sorpresa, tumbaría al primero. Después no temía un enfrentamiento cara a cara con el otro, confiaba en ganarle. Aun así, antes de intervenir se contuvo para evaluar las consecuencias. Con toda seguridad, Garau, el alguacil, consentía aquello, quizá también disfrutara del abuso y se pondría de parte de Jerònim y de su compinche. Además, ya le habían llamando «novio» del chico y si lo defendía, le tacharían también a él de homosexual. Y por fin se dijo que era una locura participar en una pelea recién llegado y que si ganaba, siempre tendría a aquellos individuos a su espalda día y noche. Nunca podría estar tranquilo.

Apretó los dientes y esperó a que se cansaran de molestar al chico, que se defendía como podía, con lágrimas resbalando por sus mejillas y en silencio. Eran dos, y mucho más fuertes, pero Carles ni se sometía ni se resignaba.

Joan sintió vergüenza por permitir aquello. Era una cobardía. Pero se dijo que no podía dejar que sus impulsos le alejaran más aún de Anna y de su familia.

Cuando los de atrás se cansaron de jugar, se acomodaron para dormir. Amed se apoyó en la crujía y Carles se acurrucó contra la borda. Joan trató primero de tumbarse en el banco, pero el cabeceo del barco amenazaba con lanzarle sobre la cubierta. Terminó tendiéndose en la cubierta, estaba húmeda, no había espacio suficiente y topaba con las piernas de Amed y con Carles. Resultaba difícil encontrar una postura algo cómoda y al crujir del maderamen de la nave se unía el ruido de las cadenas de los forzados al moverse. Al final pudo conciliar un sueño intranquilo del que se despertaba a menudo con dolores. En una ocasión se encontró a Carles casi encima de él. Dormía o aparentaba hacerlo. Su primer impulso fue empujarlo con violencia. ¿Qué dirían los demás si los encontraban abrazados? Pero, por mucho que le pesara, el chico le producía ternura y lo apartó con suavidad.

—Entre los hombres soy medio mujer y entre las mujeres, medio hombre —le confesó Carles en un descanso de la boga el tercer día.

Joan miró sus ojos de un azul claro y su expresión lánguida mientras asimilaba la frase.

—Yo sufro doble condena —continuó el chico—. La de galeras y la de ser tratado como una puta por hombres a los que no deseo, que me dan asco.

Joan no dijo nada y esperó a que Carles continuara.

—Tú eres fuerte y sobrevivirás —afirmó el chico—. Pero yo no aguantaré mucho. Moriré aquí.

—¿Por qué te condenaron? —Joan quiso cambiar de conversación.

—Por sodomita.

—¿Entonces tú...?

—Me violaron.

Y Carles le contó su historia. Su padre era un importante mercader de Perpiñán y ya desde su infancia Carles mostraba una feminidad natural que se acentuó al iniciar su desarrollo adolescente. Sin estar grueso, sus formas más redondeadas que los chicos de su edad denotaban una delicadeza inusual. Su padre le espetaba con frecuencia que se comportara como un hombre y, aunque durante un tiempo intentó actuar como se suponía debían hacerlo los hombres, pronto se convenció de que era contra su naturaleza y dejó de fingir. Su padre pasó del desprecio al rechazo y de rechazarle a ignorarle. El hombre decía que Carles era una vergüenza para la familia, pero que por suerte tenía un hijo mayor que heredaría el negocio y el apellido; puso toda su atención en el primogénito actuando como si Carles no existiera. Y el hermano mayor hizo lo mismo. El chico sufría el rechazo de los hombres de su familia, sabía que se avergonzaban de él y sospechaba que si muriera, no lo lamentarían.

Por el contrario, su madre y hermana apreciaban su sensibilidad y le mimaban. La mujer sufría por su hijo e intentaba por todos los medios convencer al padre, aunque sus súplicas eran infructuosas. El mercader quería encerrarle en un convento, pero topaba con la firme negativa de la madre, que había aportado al matrimonio una cuantiosa dote, y del propio Carles. El chico aceptó estudiar latín y teología fingiendo acatar el deseo paterno de cursar una carrera religiosa. El hombre esperaba comprar un cargo eclesiástico que diera a su hijo unas rentas aceptables y así olvidarse de él para siempre.

Carles disfrutaba de la actividad intelectual y gozaba de la lectura y de las enseñanzas de su preceptor. Despechado por el rechazo paterno, decidió mostrarse al mundo tal como era y no disimulaba un cierto contoneo incluso en la calle. Le gustaba que los hombres atractivos le miraran y se dio cuenta de que atraía a algunos de ellos. Al poco inició una relación clandestina con un poderoso eclesiástico del obispado de Elna a quien conoció a raíz de sus estudios teológicos. Estos eran la excusa perfecta y Carles se enamoró locamente de aquel hombre de mundo, atractivo, con autoridad y que casi le triplicaba la edad.

En aquel tiempo el Rosellón y la Cerdaña estaban ocupados por Francia, y la transición a raíz del tratado de Barcelona, por el que Carlos VIII le devolvía a Fernando de España ambos territorios, trajo disturbios importantes. Los beneficiados por el régimen anterior querían conservar sus prebendas mientras sus contrarios buscaban venganza, los malhechores aprovechaban el vacío de poder y las tropas galas en retirada saqueaban.

Carles se vio envuelto en una de aquellas algaradas yendo a casa de su amante con la excusa de la teología. En su trayecto diario había un puesto de guardia y con frecuencia los soldados le hablaban sin que él les atendiera. En aquella ocasión un par de ellos aprovecharon el revuelo para violarlo en plena calle y delante de varios testigos. No había autoridad a quien reclamar y Carles solo pudo ir a llorar su desgracia a su amante, que montó en cólera pero que tampoco pudo hacer nada. Al día siguiente los soldados franceses abandonaron la ciudad dejando atrás saqueos y mujeres mancilladas.

Aquello no fue más que el principio de la desgracia de Carles.

En el momento en que decidió mostrar su homosexualidad firmó su condena; quería desafiar a su padre, aunque sabía que la gran mayoría pensaba como su progenitor. Tampoco le importaba a Carles la desaprobación de esas otras personas. Él era como era y no quería esconderlo.

La homosexualidad no era delito, pero la sodomía sí. Y de eso le acusaron cuando se reestableció el nuevo orden en Perpiñán. Varios testigos, aupados por enemigos comerciales del padre, afirmaban que le vieron fornicar con los soldados franceses en plena calle. De poco le sirvió alegar que fue violado, los prejuicios sobre él pesaron más que la verdad. Nadie excepto su madre movió un dedo para ayudarle. Ni su padre, ni su hermano, ni su poderoso amante hicieron nada. Desaparecieron, le dejaron solo.

Carles envió recados desesperados al eclesiástico, que este no respondió. El chico estaba enamorado y su abandono le partía el corazón más que cualquier otra cosa. Al final le mandó un mensaje advirtiéndole que si no acudía en su ayuda, confesaría su relación. Esta vez el clérigo respondió. Le decía que era un chico vicioso y mentiroso, que trató de tentarle a él sin éxito, y que lamentaba que todos sus esfuerzos por llevarle al buen camino hubieran fracasado. Sería la palabra de Carles contra la de él, hombre respetado y poderoso. Aquella traición le hundió para siempre. ¡Fue precisamente aquel clérigo quien le introdujo en los placeres del cuerpo! El abogado que pagaba la madre no pudo hacer nada frente a la palabra de los testigos.

Carles fue declarado culpable. Al ser menor se libró de la muerte a cambio de unos azotes públicos y de sentarle sobre una parrilla hasta que el juez olió su carne achicharrada. Las quemaduras de aquel suplicio eran mortales en la mayoría de los casos, pero Carles, para su desgracia, como él decía, sobrevivió. Los cuidados de su madre y los generosos sobornos a los carceleros para que aceptaran a los médicos lograron mantenerle con vida aun a costa de horribles sufrimientos.

Pero el castigo no bastaba; pasaría el resto de sus días remando en galeras.

En septiembre, la flota del almirante Vilamarí llegó a Colliure con el rey Fernando. El monarca tomó posesión oficial del Rosellón y se instaló en Perpiñán, los notables le juraron fidelidad y el territorio se pacificó una vez las tropas reales lo ocuparon. El 8 de octubre, cumplida su misión, el rey regresaba a Barcelona en la *Santa Eulalia* y Carles, casi restablecido de sus heridas, remaba cumpliendo su condena. Pasó la invernada en Barcelona y, con excepción de algunos días en que se hizo el mantenimiento estacional de la nave, el chico, junto al resto de los galeotes, estuvo todo el tiempo atado en su banco con solo unas lonas cubriéndole del relente.

—Esa es mi doble condena —concluyó—. La miseria que conlleva esta vida de galeote y sufrir los abusos de unos cuantos desgraciados.

—¿Por qué no los denuncias a la oficialidad?

Carles rio de lo absurdo de la pregunta.

—Aún no te has enterado de dónde estás, Joan —repuso—. Un galeote no es nada. Poco más que una rata. Los oficiales no hablan con nosotros ni esperan que nosotros hablemos, solo dirigirte a un mando por encima de un alguacil es un insulto para él.

—Pero tiene que haber forma de denunciar lo que está pasando, aunque sea a un alguacil distinto de Garau.

—No les importa lo más mínimo lo que hagan conmigo. ¿Te crees que no lo saben? Un día de este invierno, en Barcelona, aprovecharon que los oficiales estaban en tierra para violarme.

—¡¿Qué?!

—Sí, me violaron, y mis gritos se oyeron en toda la galera hasta que me llenaron la boca con trapos. —Carles le miraba con ojos húmedos de lágrimas—. Después me azotaron por gritar.

—¿Quiénes fueron? —Joan se sentía horrorizado. Le indignaba que molestaran a Carles, pero una violación era el colmo.

—Esos dos de atrás y Garau —dijo el chico con rabia—. Todos y cada uno de ellos. Y lo hicieron en varias ocasiones.

—Pero ¿cómo se atreven? Son adultos y su pena sería la muerte.

—¿Y quién los denuncia? —repuso Carles—. Nuestra palabra no vale nada.

Joan movió la cabeza en un disgusto azorado sin saber qué responder.

—Aunque te diré algo —le dijo Carles con rabia—. Quieren que me someta a ellos, que sea su puta. Pero antes se helará el infierno que yo consienta. Me lo han quitado todo, pero no podrán robarme mi dignidad.

A Joan le afectó mucho el relato. Admiraba la valentía de aquel chiquillo, débil y de formas femeninas, que no se rendía. Recordó las palabras de Abdalá, la verdadera libertad estaba en el interior del individuo, en su espíritu, en su mente. Y mientras no se sometiera, Carles continuaba siendo libre.

Le habían enseñado a despreciar a los homosexuales. Pero nunca había conocido a ninguno. ¿Qué culpa tenía él de ser medio mujer? Era el deseo de Dios que él fuera así, puesto que así había sido creado. ¿Qué pecado cometía Carles amando a un hombre si esa era su tendencia natural? Joan estaba en galeras por matar, pero Carles no cometió crimen alguno; no merecía el castigo que sufría y sintió una gran pena por él.

Por primera vez desde que fue encadenado a la galera, Joan sacó su libro. Se conservaba bien y estaba por empezar. Destapó el corcho de su tintero, le echó unas gotas de agua para evitar que la tinta se secara y removió el líquido con la pluma. Anotó: «Medio mujer entre los hombres y medio hombre entre las mujeres». Y después: «Mientras conserves la dignidad serás libre».

Y no escribió más. Tenía mucho que pensar sobre aquello.

65

En la mañana del sexto día de navegación la flota divisó las costas sardas, habían llegado a mitad de camino. Sin embargo, en lugar de dirigirse al norte y cruzar por el estrecho de Bonifacio que separa Córcega de Cerdeña y seguir hacia Nápoles, la nave capitana puso rumbo sur. El día era claro y la costa se perfilaba nítida sobre el mar azul.

A primera hora de la tarde divisaban el cabo de Caccia, horadado por cuevas de enormes dimensiones, como las de Neptuno y Dragonera, donde los navegantes decían que los piratas escondían sus botines. Detrás estaba el mayor puerto natural del Mediterráneo, llamado de Conte, refugio de naves en las tormentas y lugar de reparación, y en sus cercanías se encontraban varios islotes tras los que los piratas acostumbraban a acechar sus presas.

A pesar de su situación, Joan se emocionaba viendo con sus propios ojos aquellos sitios que le eran familiares por los relatos de los marinos en las tabernas y, cuando podía, se levantaba de su banco para ver mejor la línea de la costa.

Después apareció la amplia rada de Alguer, protegida de los vientos del norte y del oeste y que se cerraba al sur con un promontorio donde se encaramaba la ciudad fortificada del mismo nombre. Los navegantes apreciaban su puerto y la consideraban casi una ciudad catalana, puesto que a raíz de una revuelta sarda fue repoblada por gentes del campo de Tarragona y después por inmigrantes de Barcelona que huían de la guerra civil. Era la capital del norte de la isla y decían que era muy bella.

—¡Es Alguer! —le dijo emocionado a Carles. Y se levantó para ver mejor, lo que le valió que Garau le gritara y le lanzara un latigazo que no dolió porque dio en el banco—. Es Alguer —repitió más bajo para que no le oyeran desde la crujía—. Y es muy bonito.

Carles le miró con una sonrisa complaciente, algo burlona, como si tratara con un chiquillo ingenuo, ilusionado por una bobada.

—¿Y qué más nos da? Nos quedaremos aquí encadenados. Da igual remar hacia una ciudad bella que hacia otra fea.

—¡Cuánto me gustaría verla! —insistió Joan.

Carles movió su cabeza incrédulo.

—Continúas sin enterarte de dónde estás —le dijo.

La ciudad recibió a la flota con salvas de artillería, que esta respondió con los mismos honores. Una comitiva de notables acudió en chalupa a la nave capitana e informaron de ataques recientes de piratas berberiscos a barcos y aldeas costeras. El almirante no tenía prisa por llegar a Nápoles y pronto la noticia corrió de boca en boca entre las filas de galeotes; la flota emprendería una operación de limpieza hacia el sur, donde esperaba encontrar a los piratas. Además de señor de Palau, en Rosas, Vilamarí era barón de Bosa, una población situada al sur de Alguer, y tenía buenos motivos para terminar con los berberiscos.

Pasaron la noche en las aguas mansas de la rada de Alguer y el día siguiente repusieron agua y provisiones. Antes de iniciar su misión, el almirante ordenó maniobras en las que se debían efectuar virajes rápidos, paradas en seco y movimientos hacia atrás.

Joan comprendió que hasta el momento había experimentado solo una plácida boga, un viaje de placer. Pronto aprendió nuevas órdenes transmitidas por los toques de corneta y conoció los distintos ritmos de boga. La nave era una enorme máquina de guerra que se movía con precisión gracias a la asombrosa sincronía de sus casi doscientos remeros. Conseguir la coordinación no era fácil en aquellos navíos donde cada galeote tenía su propio remo; la preparación era esencial.

Cualquier descuido se pagaba caro. El cómitre era el responsable de la boga y se paseaba por la crujía dando instrucciones y asegurándose de que tanto alguaciles como remeros cumplieran estrictamente su función. Y la función del alguacil o subcómitre era castigar al galeote que se retrasaba en ejecutar una orden o no ponía la fuerza precisa.

Los capitanes competían haciendo carreras con sus naves y los galeotes tenían que remar a boga viva, que obligaba a los forzados a doblar la velocidad de remo dando cuatro paladas por minuto. Era un esfuerzo agotador y cuando al terminar aquellas competiciones los capitanes y oficiales celebraban su triunfo o maldecían su derrota, Joan, Carles y sus compañeros se derrumbaban agotados y cubiertos de sudor en sus bancos.

—Ya podrían competir los capitanes corriendo en la playa, en lugar de hacerlo deslomándonos a nosotros —se quejaba Carles.

Joan no podía evitar sonreír imaginándose la escena. Le preocupaba el chico, siempre parecía al borde de sus fuerzas y le sorprendía que pudiera mantener aquel ritmo. Aun así, desfallecía y por tres veces probó el látigo de Garau, que le increpaba llamándole niña. Parecía no darle fuerte, pero Joan se mordía los labios con rabia al pensar en las violaciones que el chico había sufrido y en su horrible injusticia.

Joan terminó el primer día de maniobras con dos latigazos a su espalda y los pies arrugados y helados. Los galeotes estaban en la parte más baja de cubierta y los virajes y la mar algo picada los tenían a merced de las olas, que los mojaban con frecuencia. Su recompensa por la dura jornada fue un plato adicional de estofado de garbanzos al mediodía y doble ración de agua.

Durante la cena la noticia llegó entre susurros de bancada a bancada: uno de los galeotes había muerto por el esfuerzo. Joan se estremeció pero continuó comiendo. Él quería sobrevivir.

Al atardecer recordó que durante las prácticas se escucharon pocos disparos de artillería. ¿Para qué reservaba el almirante los cañones y las culebrinas?

Cuando Vilamarí se sintió satisfecho con la maniobrabilidad de sus buques, se celebró una misa en tierra para los oficiales y las autoridades de la ciudad. La despedida fue con timbales, trompetas y salvas de cañón.

A menos de una jornada de navegación se detuvieron en la desembocadura del río Temo, donde esperaron un par de días a que el almirante resolviera sus asuntos como barón de Bosa, población situada a poca distancia río arriba.

La flota continuó después rumbo sur y avistó a varias naves comerciales a las que inspeccionaba, recabando noticias. Al segundo día de navegación, casi al extremo sur de Cerdeña, encontraron las islas de San Pietro y San Antioco, que estaban rodeadas de islillas menores ideales para ocultar naves piratas. Al llegar a la primera de ellas, isla Piana, al norte de San Pietro, el almirante ordenó que las dos galeras menores la bordearan por el este mientras que la *Santa Eulalia* lo hacía por el oeste. De pronto se oyeron los gritos del vigía. Una fusta sarracena, que estaba oculta tras las rocas, salió huyendo a fuerza de remos al tiempo que elevaba el mástil de su única vela, que había mantenido tumbada para no delatarse. Los oficiales gritaron sus órdenes y al toque de la corneta los galeotes se levantaron de sus bancos para impulsar con todas sus fuerzas los remos al ritmo de boga viva.

—No los alcanzaremos —murmuró entre dientes Jerònim a sus espaldas—. Son más ligeros.

En efecto, cada vez que giraba la cabeza cuando se ponía de pie para empujar el remo, Joan, situado en la zona de proa, podía ver que los musulmanes primero mantenían la distancia y después, lentamente, la ampliaban. El chico se preguntaba extrañado por qué la galera no usaba su artillería.

Al comprender que no la alcanzarían, vigiló el pasadizo de crujía y al ver a un par de oficiales que se dirigían a proa, gritó:

—¡Yo le puedo dar a esa fusta con una culebrina!

Vio que los oficiales se detenían y le miraban sorprendidos, pero continuaron su camino cuando Garau, con rapidez, le envió un latigazo que le cruzó la espalda, al tiempo que le ordenaba que remara y callara.

Aun así, Joan no calló. Repitió su grito al rato, cuando el propio Pau de Perelló, el capitán, cruzó hacia proa.

—¡Joan Serra, cinco latigazos! —bramó Garau.

Poco después el capitán ordenó detener la persecución. Los remeros se derrumbaron jadeantes, cubiertos de sudor sobre sus asientos y buscaron su pellejo de agua con ansiedad. Un sentimiento de derrota parecía haber caído sobre los tripulantes, incluidos los galeotes cristianos.

Con las naves fondeadas para pasar la noche y mientras el fogón funcionaba preparando la comida de los oficiales, llegó la hora de los castigos. Garau y otro alguacil soltaron los grilletes de Joan, le quitaron la camisa y le hicieron subir a crujía. Había dos penados a tres latigazos por lentitud en el remo y Joan recibiría cinco por desobediencia. Todos a bordo —oficiales, tripulantes, soldados y galeotes— debían contemplar el castigo. Al sonar el pitido de ordenanza, la chusma tuvo que ponerse de pie, pues bogaban por debajo del nivel de la crujía y sentados no verían. Por turnos ataban a los penados al mástil de la vela, el cómitre leía la sentencia y el motivo de esta, y un alguacil procedía a administrar la pena.

Aquellos azotes fueron muy distintos a los de Barcelona. Joan creyó que le arrancaban la carne y el dolor le hizo gritar e incluso perder pie en una ocasión, quedando colgando del mástil por sus ataduras.

—Pero ¿estás loco? —le reprochaba Carles mientras ya en el banco le administraba un ungüento sobre las heridas que le dio su madre antes de salir de Colliure—. Si el alguacil te ordena algo, lo haces. Además, ¿cómo te atreves a hablarle al propio capitán?

Joan no dijo nada, pero se quejó cuando el chico le puso ungüento en la siguiente línea de sangre que marcaba su espalda. Aquella sería una noche muy larga.

66

Joan cenaba, dolorido, su potaje de habas cuando aparecieron Garau y otro alguacil y le quitaron las cadenas. Le ordenaron que se pusiera la camisa a pesar de las heridas del látigo en su espalda y que los siguiera por la crujía, hasta la carroza. Esta no era muy amplia, pero ocupaba el final de la popa de la galera, y, como ya le contó Carles, era el lugar más cómodo de la nave. Estaba elevada con respecto al resto de la estructura del buque, cubierta y cerrada por los lados que daban al mar, aunque abierta hacia la crujía y la proa. Desde allí se manejaba el timón y allí convivían los oficiales. El almirante tenía su propio camarote, bajo cubierta, pero era pequeño y las noches apacibles dormía también en la carroza.

Tenían dispuesta una mesa de la que ya se habían recogido los cacharros de la cena y sentados en sillas plegables departían el capitán, el piloto, el cómitre y el oficial al mando de la tropa de infantería. El almirante Vilamarí asistía a la conversación sentado en un banco a cierta distancia sin participar en ella. Un músico hacía sonar una viola y un intenso olor a rosas trataba, sin conseguirlo, de disimular el tufo que provenía de los galeotes.

—La artillería solo debe usarse a corta distancia antes del abordaje, cuando la sangre del enemigo nos salpique —decía Pere Torrent, el oficial de la tropa—. Ha de limpiar la cubierta contraria para eliminar la primera resistencia.

Joan se quedó de pie entre los alguaciles, que saludaron a los oficiales. Estos hicieron como si no los vieran y continuaron su conversación.

—También para blancos fijos como fortificaciones —añadió el piloto—. Y en el caso de que una galera nos llegue de frente.

—Ni así —afirmó el oficial de tropa—. Si el blanco está lejos, siempre se pierde el disparo y si hay poca distancia, no da tiempo a que se enfríen las piezas y nos exponemos a no poder recargar antes de que los otros nos caigan encima. Demasiado riesgo, prefiero disparar el último y a tiro fijo.

—¿Y qué me decís de una nave que huye como la de hoy? —inquirió el capitán Perelló.

—Hubiera sido pólvora perdida —repuso el cómitre—. Había mucha distancia y la mar estaba picada. Imposible darle.

—¿Qué dices a eso, galeote? —preguntó Pau de Perelló dirigiéndose a Joan, al tiempo que con un gesto ordenaba a los alguaciles que se retiraran.

Joan vio cómo todas las miradas se dirigían a él, incluida la del almirante, que observaba en silencio. Carraspeó nervioso antes de contestar, pero cuando lo hizo su voz sonó firme y segura. Aquella podía ser su única oportunidad de mejorar su situación.

—Yo le hubiera alcanzado con las culebrinas.

El oficial de tropa y el cómitre rieron a carcajadas.

—¡Qué bobada! —dijo el oficial—. Ni el mejor artillero lo conseguiría. No se puede precisar a esa distancia.

—¿Y entonces por qué la galera monta dos culebrinas y un cañón? —respondió Joan con viveza—. Si no creéis en el tiro lejano, quitad las culebrinas y poned cañones, que son más eficaces a corta distancia.

El oficial miró a Joan ceñudo, no le había hablado a él, sino que miraba al capitán, no esperaba que el galeote respondiera y menos con aquella contundencia. Hubo un silencio incómodo.

—Tenemos las culebrinas para bloquear puertos y asediar ciudades y fortalezas por mar —repuso al final el piloto.

—¡Vaya un necio fanfarrón! —le espetó el oficial Torrent a Joan—. ¿Quién te crees que eres?

—Esta galera fue construida en las atarazanas de Barcelona —contestó el muchacho—. ¿Me equivoco, mi capitán?

—No —repuso Pau de Perelló—. En Barcelona se hizo.

—Pues entonces yo soy quien fabricó esas culebrinas y quien las probó en las laderas de Montjuic.

Esa vez el silencio fue de asombro y los oficiales se miraron unos a otros extrañados. Joan observó al almirante, que continuaba callado; él no parecía sorprendido.

—¿Es eso cierto, muchacho? —inquirió el capitán aún incrédulo.

—Sí, mi capitán.

—¿Y aseguras que tú puedes alcanzar a una fusta en las condiciones de hoy?

—No al primer tiro, mi capitán —contestó Joan con humildad—. Pero tenemos dos culebrinas y durante el tiempo que estuvimos persiguiendo a la fusta hubo varias oportunidades de dispararle. Le hubiera dado al menos una vez.

—Tendrás que probarlo —le dijo Pau de Perelló.

—Con mucho gusto, mi capitán.

—Pero si nos engañas, te desollaremos a latigazos —le amenazó el oficial Torrent.

—Necesitaré verificar la pólvora, balas, el estado de las piezas y coordinarme con los marinos artilleros —repuso Joan sin inmutarse—. También practicar antes.

—De acuerdo —dijo el capitán—. Pero espero, por tu bien, que no te equivoques.

Al día siguiente, Joan pidió a Carles como ayudante para aliviar la pena del chico, y lo único que consiguió fue burlas por parte del cómitre. Todos sabían de su homosexualidad.

Tuvo que lidiar con los marinos a cargo de la artillería, que consideraban ofensivo recibir instrucciones de un galeote y respondían a sus preguntas de mala gana. Pero conocía a la perfección aquellas culebrinas, él las fabricó y probó; eran lo más moderno en artillería. Se hicieron con buen bronce, de una sola pieza y se cargaban por la boca, a diferencia de los modelos antiguos de varias piezas y carga trasera, fabricados en hierro, y que reventaban con frecuencia. Comprobó la correcta rotación de los muñones que apoyaban la pieza de metal en su base de madera, la cureña, y permitían la puntería por elevación. Después pidió al carpintero unas modificaciones para poder girar las piezas unos grados en paralelo a cubierta y asegurar la puntería horizontal.

Pronto los artilleros comprendieron que Joan sabía muy bien lo que hacía y empezaron a colaborar. Genís, el piloto, que parecía simpatizar con Joan, le acompañaba y sus gritos y amenazas hicieron que al fin los marinos obedecieran con la suficiente presteza.

El muchacho se aseguró de que las balas fueran uniformes y del calibre adecuado, verificó la calidad de la pólvora de los distintos barriles, probando su combustión, y pidió que se confeccionaran bolsas de tela fina con el peso de explosivo exacto en cada una. Solo usaría la pólvora de los barriles marcados con los signos de dos fabricantes de Barcelona que conocía.

Se lanzaron al mar barriles vacíos, bien calafateados, con un peso en el fondo y una banderola en la parte superior, y los dejaron flotar a una distancia semejante a la que tenía la fusta berberisca que escapó. Colocar la nave en posición de tiro, siempre de proa, hacia el blanco fue todo un reto para el cómitre, último responsable de la navegación de la galera cuando esta dependía del remo. Las maniobras resultaron agotadoras para los galeotes.

Joan logró alcanzar una aceptable cadencia de tiro, alternando las dos culebrinas. Mientras apuntaba una de ellas, el equipo de la segunda la enfriaba con cubos de agua y procedía al secado con paños. Entonces se introducía la bolsa de pólvora, empujándola por la boca, a continuación estopa para evitar fuga de gases por la holgura entre proyectil y cañón al disparar, y después la bala, que a su vez se cubría con otra capa de estopa. Todo se empujaba hacia el fondo con el atacador, una gran baqueta terminada en una bola de paño. Cuando estaba bien apretado, desde el orificio superior de mecha se agujereaba la bolsa de la pólvora abajo y se rellenaba con más pólvora. Entonces había que apuntar. Joan sabía que en ese momento se lo jugaba todo y que, de fracasar, habría desperdiciado su gran ocasión de librarse del remo. No era fácil en tierra, pero en el mar apuntar con tino tenía una dificultad extraordinaria, ya que tanto la pieza de artillería como el blanco se movían continuamente, lo que explicaba el escepticismo de los oficiales.

Sin embargo, Joan no solo sabía de cañones, sino que se crio en una barca y aunque el vaivén de una galera era distinto a causa de sus dimensiones, intuía a la perfección la cadencia del movimiento y presentía el siguiente bandazo. Conocía el tiempo exacto que mediaba entre aplicar la mecha a la pólvora en el orificio de la parte superior del cañón y la detonación. También cuándo alcanzaba la nave su elevación máxima y mínima en su vaivén. Previamente había apuntado la pieza de acuerdo a la distancia y a la parábola que la gravedad producía en la trayectoria de la bala tal como estudió en el libro italiano y practicó en Montjuic.

Ninguno de los tiros dio en los barriles, pero sí lo suficientemente cerca, en opinión de Joan, para haber alcanzado un blanco más grande como sería una nave. A pesar de ello, cuando terminó el ejercicio los alguaciles fueron a buscarlo, le llevaron a su banco de galeote, y le encadenaron con los grilletes.

—¡No le has dado ni a una! —se burló Garau mientras le sujetaba al banco. Y le dio una palmada en la espalda demasiado fuerte; Joan dio un respingo de dolor, le había golpeado en las heridas de los latigazos.

Jerònim, el buena boya, rió a carcajadas y varios de los galeotes le imitaron. Su momentáneo ascenso no parecía haber gustado ni a los alguaciles ni a sus colegas de remo.

—¿Y no te han dicho nada? —le preguntó Carles—. Casi les das a los barriles.

—No me dijeron nada —repuso Joan, desanimado.

Aquella noche apenas pudo dormir. Estaba ya habituado a la incomodidad de los bancos, al tufo, a las picaduras de los parásitos y el contacto próximo de Carles y Amed. Sin embargo, al dolor de las heridas de los latigazos del día anterior se sumaba un sentimiento de pérdida irreparable. ¿Qué había hecho mal? No dio a ninguno de los blancos, pero estos eran demasiado pequeños.

Los oficiales no podían estar tan ciegos como para perder la ocasión de alcanzar con sus disparos a las galeras sarracenas que trataban de huir, se decía. Pero después pensaba que quizá lo estuvieran.

67

Al día siguiente la flotilla levó anclas para continuar su labor de policía hacia el sur. Al poco, entre las islas de San Pietro y San Antioco divisaron dos carabelas sicilianas que transportaban trigo a Valencia. Sus capitanes explicaron que después de detenerse en Cagliari y una vez rebasado el extremo sur de Cerdeña, al divisar la isla de Vaca, se vieron atacados por dos fustas sarracenas. Las carabelas tuvieron la fortuna de que el viento sur hinchara sus velas y gracias al movimiento y a que sus bordas eran mucho más altas, las pequeñas galeras no lograron abordarlas a pesar de lanzarles varios garfios. Las acosaron durante horas y a cañonazos, pero el maderamen de las pesadas carabelas era más resistente que el de las fustas. Estas eran muy ágiles, sin embargo, solo tenían un par de cañones y como las carabelas contaban con pequeños falconetes, varios arcabuces y unos cuantos ballesteros, alcanzaban a las naves sarracenas cada vez que estas intentaban el abordaje. Al fin desistieron.

Ese era el tipo de información que el almirante Vilamarí estaba esperando. Conocía bien aquellas aguas y las tácticas de los piratas. Supuso que usaban la abrupta isla deshabitada de Vaca como lugar de vigía, escondiendo sus fustas tras ella, y dirigió sus galeras hacia el estrecho entre San Antioco y Vaca. Antes de divisar Vaca y de que los piratas pudieran verlos, Vilamarí envió a sus dos galeras menores a cruzar el estrecho mientras se dirigía con la *Santa Eulalia* a la isla de Toro. Toro era una isla volcánica, de tamaño semejante y más escarpada que Vaca, situada aún más al sur. La cima de su empinado monte ofrecía una panorámica perfecta de la zona meridional de las islas de San Antioco y Vaca y de una amplia extensión de mar. De allí había poco más de dos días de navegación a las islas de la Galite, al norte de Túnez, situadas a pocas horas del continente africano; aquella era la ruta de huida de los piratas berberiscos. Si como sospechaba el almirante los piratas estaban en Vaca, al ser acosados por las galeras enviadas al estrecho, huirían hacia el sur, precisamente rumbo a la isla de Toro.

Cuando llegaron a Toro, la costa de Cerdeña se divisaba solo como una línea azul grisácea en el horizonte en aquel día soleado, con un cielo salpicado de nubes blancas. La isla era poco más que un monte escarpado en medio del mar, gris terroso y de escasa vegetación. La galera echó ancla en la parte sur y envió a la chalupa con un par de hombres que escalaron el monte y se tumbaron en la cima para evitar ser vistos desde el norte. Después los alguaciles pusieron un grillete adicional a los galeotes musulmanes. Ahora estaban unidos a la nave por los dos tobillos y un brazo.

Entonces se repartió un pellejo de agua y galleta extra a los remeros y en lugar del potaje de garbanzos o habas, se les llenó el cazo de vino para evitar encender el fogón.

—¡Menuda paliza de remar nos darán! —murmuró Jerònim desde atrás, y varios galeotes respondieron afirmando con murmullos de descontento.

Dentro de poco entrarían en combate, pensó Joan mientras daba buena cuenta de su galleta y bebía su vino, y el capitán no contaba con él. Un profundo desánimo le abatió; había desaprovechado su oportunidad. Carles le miraba en silencio y Joan adivinó su pensamiento; era el mismo que el suyo.

—No me llaman —dijo en voz baja para que solo su compañero le pudiera oír.

—No te preocupes, lo harán —le consoló Carles—. No pueden dejar escapar a los piratas y tú probaste que eres capaz de alcanzarlos con una culebrina. Lo que ocurre es que son unos malditos arrogantes y no soportan que un galeote les enseñe cómo hacer las cosas.

Y cogiéndole del hombro, le dio un apretujón de ánimo. Desde detrás sonó una rechifla, carcajadas y bromas sobre la nena y su novio.

Carles se giró lanzándoles una breve mirada de desafío y les soltó un «iros a la mierda». Los otros volvieron a reír. Pero el tiempo pasaba y la espera se hacía infinita; Joan apoyó sus brazos sobre las rodillas y su frente encima de estos, desalentado.

Poco después, sonó un silbido y desde la cumbre del monte avisaron de que se acercaban naves. Aún estaban muy lejos. Después especificaron: dos menores seguidas de otras dos de mayor tamaño llegaban a remo, ninguna traía velas desplegadas. Se oyeron exclamaciones de alegría desde la carroza, la estratagema funcionaba, todo apuntaba a que los piratas venían hacia ellos. Pero nada se movió, los hombres parecían contener el aliento en una espera tensa.

Al rato, cuando los vigías avisaron de que estaban a unos veinte minutos, el capitán empezó a dar órdenes y se desató una actividad frenética. Se levó anclas y se mantuvo la nave oculta, gracias a los remos, de forma que a pesar del cambio de posición de los que se acercaban con respecto a la isla, la galera, siguiendo las instrucciones de los vigías, se mantenía a cubierto detrás del monte. Eso requería movimientos suaves y precisos.

—¡Que venga el cañonero! —oyó Joan que alguien gritaba desde la carroza.

Le dio un vuelco el corazón. ¿Se referían a él? Carles le dio una palmada en el hombro y con una sonrisa le señaló con el dedo.

Garau acudió a quitarle los grilletes y un buena boya ocupó su lugar. Una vez libre, Joan se plantó de un salto en la crujía y corrió hacia la carroza. Sentía que sus piernas temblaban.

—A vuestras órdenes, capitán.

—Demuestra lo que sabes hacer.

Joan no perdió un instante y corrió a proa a preparar las culebrinas. Parte de las últimas instrucciones las tuvo que dar con gestos, ya que el capitán ordenó silencio, pero no fue problema, todos conocían su función.

De pronto sonó la corneta y a la orden de boga viva, la galera arrancó a toda velocidad al ritmo del bombo y en un instante, al salir de la cobertura de la isla, Joan pudo ver a las fustas: estaban a proa, bastante cercanas. Y también a las galeras de la flota que las perseguían. Pudo incluso oír las órdenes de cambio de rumbo gritadas en las fustas y vio cómo ambas viraban hacia el este para evitar a la *Santa Eulalia*, que les llegaba por estribor. Realizaron la maniobra con gran rapidez, pero no pudieron evitar perder tiempo. Ahora Joan veía su popa, aunque mantenían la distancia de forma admirable para una tripulación que llevaba remando a boga viva al menos una hora. Los sarracenos hacían buena su fama con los remos y en poco tiempo empezarían a ganar distancia incluso con la *Santa Eulalia*. Aun así, estaban a tiro de las culebrinas.

Joan notó un temblor en las manos y un nudo en la garganta al apuntar la primera pieza. Después de estimar el movimiento de la galera, puso la mecha encendida sobre el orificio superior de la culebrina. Al poco sonó el estampido y su nariz se llenó del tufo familiar de la pólvora; amaba aquel olor y también el rugir del cañón. Aquellas sensaciones familiares le hicieron recobrar su aplomo; era un gran artillero y solo tenía que demostrarlo.

El proyectil cayó a estribor, bastante lejos de la nave, pero Joan se dijo que al menos la altura era la correcta. Repitió con la otra culebrina y esta vez el tiro fue a babor. Los marinos que le ayudaban empezaron a murmurar; Joan hizo un esfuerzo para mantenerse animoso. Tuvo que esperar a que la primera pieza se enfriara mediante cubos de agua, y cuando pudo apoyar la mano en el metal, lo hizo secar y se procedió a la carga. El disparo fue un nuevo fracaso y su objetivo comenzó a distanciarse. El muchacho tragó saliva, le quedaban muy pocas oportunidades. La segunda culebrina estaba ya preparada, Joan hizo sus cálculos, sonó el estampido y una nube de astillas se levantó de la zona de estribor de la fusta. El grito de triunfo que se alzó de la galera impidió oír los que provenían de los sarracenos. El disparo había impactado entre los remeros y aunque la bala pesaría unas veinte libras, en torno a los nueve kilos, no había causado grandes destrozos, aunque sí un par de heridos. La fusta se escoró a estribor y por un momento, cual ciervo herido, redujo su marcha, pero de inmediato sustituyeron a los heridos y, a pesar de haber perdido un remo, continuaron huyendo, casi a la misma velocidad. Sin embargo, algo fundamental había cambiado. Todos sabían que la galera podía golpear una y otra vez a la fusta.

De los siguientes disparos, el tercero y el quinto dieron en el blanco. Uno en la carroza y otro en la zona de remo. La fusta herida ya no le sacaba ventaja a la galera. Cuando el sexto disparo alcanzó la nave berberisca, la galera empezó a acortar distancias.

—Dispara a la otra —Joan oyó que le decían.

Se giró y era el capitán en persona. Entonces comprendió que pretendían alcanzar a la otra fusta con la *Santa Eulalia* y dejar a la primera como presa de las otras dos galeras.

—Está muy distante, mi capitán —objetó Joan.

—Obedece, y te conviene acertar —repuso el capitán Perelló.

No fue hasta el cuarto disparo cuando Joan alcanzó su nuevo objetivo. Se produjo un desconcierto momentáneo en la fusta, aunque continuó huyendo. Se alejaba. Le costó cinco disparos más acertar de nuevo y ya superaban las dos horas de persecución. El cómitre se esforzaba en mantener el ritmo de boga, se oían gritos, maldiciones y trallazos, pero la velocidad decaía. La mayoría de los remeros berberiscos de la fusta eran voluntarios que empuñaban las armas en los asaltos; ellos se jugaban la vida y la libertad, por lo que sacaban fuerzas de flaqueza mientras que en la galera el cansancio hacía mayor mella.

Entonces, cuando la fusta ya casi sobrepasaba el radio efectivo de la culebrina, Joan tuvo un golpe de suerte. Solo le costó dos disparos más acertar y esta vez se produjo una explosión a bordo. No fue muy fuerte, aunque debió causar heridos porque al fin la fusta redujo su marcha.

—¡Ya es nuestra! —gritó el capitán, y fustigó a gritos al cómitre, este a los alguaciles, y de nuevo sonaron los trallazos sobre las espaldas de los galeotes.

Cuando ya estaban encima de su presa, se oyeron disparos; eran un par de arcabuces que los sarracenos colocaron en su popa. Pero la arrumbada de la galera hacía las veces de un pequeño castillete que protegía a la tripulación. Cuando la distancia se redujo, fue la galera la que montó media docena de arcabuces en proa, al lado y por encima de los cañones, que empezaron a batir a la nave enemiga, sin que las flechas de los sarracenos causaran daños. Ahora los disparos de las culebrinas eran más letales, pero al ser el abordaje inminente, Joan cargó además el cañón y en lugar de balas puso saquitos llenos de clavos y cadenas. Querían dañar a los tripulantes y no la embarcación.

Las tres piezas artilleras de la galera dispararon a la vez segundos antes de embestir la popa de la fusta, despejando de enemigos la cubierta. Los pocos sarracenos que lograron cubrirse y salir indemnes de la artillería lanzaban ahora sus flechas, pero los infantes al mando del oficial Torrent, después de disparar las saetas de sus ballestas, corrieron por el espolón y abordaron la fusta con un gran griterío. Tomaron de inmediato la pequeña carroza protegidos por sus rodelas y con las picas en ristre. Después continuaron con la espada en el cuerpo a cuerpo. El capitán dispuso detrás de los infantes a marinos armados, pero no hicieron falta. El combate duró pocos minutos. La fusta tenía menos de la mitad del tamaño de la galera y solo doce bancos de remo, y aunque los musulmanes lucharon con valor, tenían muchos heridos y estaban agotados por las largas horas remando al límite de sus fuerzas.

De los más de ciento cuarenta hombres de la fusta, cuarenta y seis murieron en el combate y los veinticinco heridos graves fueron lanzados por la borda. De los supervivientes, veintidós eran esclavos cristianos que recibieron la libertad y los musulmanes ilesos o con heridas de poca consideración fueron cargados de cadenas. La mayoría volvieron a remar en su propia fusta bajo el mando del piloto Genís y custodiados por buena parte de la tropa. Solo uno de los asaltantes murió y pocos recibieron heridas. Todos, a excepción de los galeotes musulmanes, celebraron la victoria y a los forzados se les obsequió con un plato adicional de habas, más agua y un cazo de vino.

Nadie le dio las gracias a Joan, que se vio rodeado por dos alguaciles y conducido de nuevo a su banco, donde le pusieron los grilletes. Jerònim y su colega Sanç le palmearon la espalda, esta vez con cariño:

—¡Buen trabajo, cañonero!

68

Pusieron rumbo a Toro para reunirse con las otras naves y les costó varias horas de navegación tranquila encontrarlas. La toma de la otra fusta se hizo sin ninguna baja cristiana y todos se mostraban contentos.

El viento era favorable y navegaban a vela para dar descanso a los galeotes y una vez recogidos los vigías en Toro, se dirigieron a Cagliari, la capital del sur de Cerdeña. La ciudad los recibió con salvas de honor, clarines y trompetas, y cuando la población supo de la captura de los piratas, hubo grandes muestras de alegría; sus ataques sangraban la ciudad. Se detuvieron solo un par de días para repostar agua, provisiones y pólvora, vender una de las fustas y varios de los esclavos. Después la flota partió hacia Alguer, vigilando en el camino la presencia de naves sarracenas.

Allí le esperaba a Joan una carta. Su corazón batió acelerado cuando el alguacil gritó su nombre y se la llevó al banco donde estaba encadenado. Temía que fueran malas noticias. El trabajo de fundidor era peligroso y rezó para que Gabriel estuviera bien.

Era muy raro que un galeote recibiera una carta, de hecho, casi ninguno sabía leer, y el acontecimiento creó gran expectación.

—¡Queremos saber qué pone! —decía uno.

—¡Léela en voz alta! —pedía Jerònim.

—¡Yo también quiero una carta! —aullaba un tercero, y pataleaba imitando la rabieta de un niño pequeño.

—¡Dejadle tranquilo! —le defendía Carles—. Que igual son malas noticias.

Joan quería leerla en intimidad y la guardó en su bolsa a la espera de que la atención de los galeotes desocupados se dirigiera a otro asunto.

Al fin pudo observar el sello en el lacre rojo; era de Bartomeu. La abrió y vio que en su interior guardaba otra carta, esta sin lacre, pero bien pegada. El corazón le dio un brinco al reconocer la letra de Anna.

Primero leyó la de Bartomeu, lo hizo de forma rápida e impaciente, todo su deseo estaba en la nota de la muchacha. Después de mencionar la carta de Anna, el mercader le decía que había enviudado; su esposa murió víctima de una peste. En cambio, su hermano Gabriel, Abdalá y demás conocidos gozaban de buena salud y le enviaban sus mejores deseos y ánimos para que soportara bien su pena. Añadía que esperaba que el alguacil Garau cumpliera según el dinero que le pagaron antes de salir de Barcelona y que añadiera carne a su comida al menos cuatro veces por semana.

Los sobornos para favorecer a los prisioneros eran habituales en las galeras y los alguaciles acostumbraban a cumplir. Joan no había recibido nada y no se sorprendió, sabía que Garau era un miserable.

Sea como fuere, en aquel momento el asunto de la comida no le preocupaba. Toda su atención y esperanza estaban puestas en la pequeña carta que acariciaba en sus manos sin atreverse a abrirla. En la última misiva que Joan envió a Anna antes de partir de Barcelona no mencionaba su condena a la vergüenza y a galeras. Calculó el tiempo y dadas las dificultades de su correspondencia, la respuesta había sido increíblemente rápida. Era imposible que su carta hubiera llegado a Nápoles y que el librero napolitano la entregara de inmediato, que Anna respondiera al instante, que el librero la hubiese enviado en una galera que zarpara en el mismo día hacia Barcelona y que... No, definitivamente, no daba tiempo. Anna envió aquella carta antes de recibir la suya última. Quizá supo de su condena, quizá había dejado de quererle.

Sentía la angustia atenazándole el pecho y sin poder contenerse rasgó el sobre.

Querido Joan. Sabéis que mi corazón y todos mis pensamientos están en vos y en el amor que me disteis y que yo correspondo.

El muchacho suspiró aliviado.

Pero la desdicha me abruma a causa de la boda acordada por mi padre con un viudo de fortuna. Hice todo lo posible para rechazar a otros pretendientes y también a este. Pero mis padres dicen que no soportan más mis caprichos, que hace años que debiera estar casada y no me permiten ni más excusas ni más dilaciones. ¡Estáis tan lejos, mi amor! Creedme que no deseo ese matrimonio, pero no puedo negarme más. Mi deber de hija es obedecer.

No sé cómo deciros cuánto lo siento, ni cuánto ansiaba conocer la plenitud del amor en vuestros brazos. Pero sabed que mi corazón siempre será vuestro.

Rezaré por vos y os suplico que vos también recéis por esta desventurada que en este escrito pone su alma y todas sus lágrimas. Anna

Joan se quedo inmóvil con la carta entre las manos tratando de asimilar el golpe. Sus ojos se llenaron de lágrimas mientras la releía. Había estado temiendo aquello y cada día rezaba para que no ocurriera. ¡Se entretuvo tanto en Barcelona! Se maldijo por no haberla seguido a Nápoles tan pronto supo que aquel era su destino. Sus excusas fueron la falta de recursos, su juventud y la obligación de esperar a la flota de Vilamarí para saber el paradero de su familia. ¡Qué estúpido fue!

No solo no pudo averiguar nada, sino que terminó cargado de cadenas y remando en la galera de los que esclavizaron a su familia y asesinaron a su padre. Quería releer la carta, pero las lágrimas no le dejaban y en un ataque de furia la hizo añicos y los lanzó por encima de la cabeza de Carles al mar. De inmediato se arrepintió. ¡Era la última carta de Anna! ¡La obligaban a casarse y él, allí encadenado, no podía hacer nada! Sentía una rabia infinita contra sí mismo.

Se puso de pie y con un bramido empezó a tirar de sus cadenas para arrancarlas hasta que sus manos y el tobillo comenzaron a sangrar.

Carles quiso sujetarle para que dejara de herirse, pero de un empujón lo lanzó contra el banco. Entonces empezó a golpearse la cabeza contra el remo con una ira suicida.

—¡Ayudadme! —suplicó Carles—. ¡Se va a matar!

Amed le cogió del brazo izquierdo y Joan forcejeó para librarse de él mientras Carles le agarraba de nuevo. Jerònim y Sanç le asieron por detrás, y los de la bancada delantera los ayudaron.

—¡Cálmate, muchacho! —le decía Jerònim.

Rodeado de brazos que le sujetaban, Joan solò podía mirar al cielo. Y lo hizo con un aullido de furia, pena y desesperación.

Unos bancos más allá, el galeote que jamás había recibido una carta, y que poco antes bromeaba pataleando mientras pedía una, le dijo a su compañero que cambiaba de idea. No quería una carta como aquella, suficiente desgracia era remar en galeras.

69

Joan no contestó la carta, no podía hacerlo. ¿Qué iba a decirle? La única respuesta válida habría sido ir de inmediato a Nápoles y proponer a Anna que huyera con él. Sería una locura, pero era lo único digno, lo que ansiaba su corazón y lo que Anna parecía pedirle en sus líneas. Sin embargo, él estaba atado a aquellos malditos maderos con grilletes de hierro, no podía hacer nada y se sumió en el desaliento. ¿Para qué vivir sin la esperanza de tenerla? Reflexionaba diciéndose que aún quedaba su familia, que debía rescatar a su madre y hermana y que aquel era motivo suficiente para seguir luchando.

Cuando sus ánimos se serenaron, se prometió que buscaría a Anna casada o no. No le importaría pasar por encima del cadáver del marido. Y anotó en su libro lo que aún no era capaz de escribirle a la muchacha.

«Os amo, Anna. Siempre os amaré y nada me detendrá hasta teneros en mis brazos.»

La flota patrulló por las islas del estrecho de Bonifacio y del archipiélago de la Magdalena al norte. Eran parajes de aguas transparentes que recordaban a Joan los de las calas de la costa de su aldea. No encontraron a ninguno de los piratas y corsarios que frecuentaban aquellas aguas; parecía que, alertados por la presencia de la flota, las habían abandonado. Al no haber combate, Joan permanecía encadenado a los remos. Eso ya no le importaba, en realidad sentía placer remando, el esfuerzo físico mitigaba su dolor.

Entre los galeotes corría un rumor que sumió a Joan aún más en la desesperanza. El rey Fernando había ordenado al almirante que no apresurara su viaje a Nápoles y que cuando terminara con los piratas en Cerdeña hiciera lo mismo en Sicilia. Pero aquello era a la vez contratiempo y alivio. No podía imaginar la tortura de estar encadenado a una galera en el puerto de Nápoles sabiendo que su amada se encontraba a poquísima distancia.

Antes de emprender el viaje a Sicilia, la flota ancló de nuevo en la rada de Alguer, donde se aprovisionó y los oficiales fueron honrados con bailes y cenas. Aquella noche solo quedaban en la nave los galeotes bajo la vigilancia de Garau y unos soldados de guardia que, aprovechando la ausencia de la oficialidad, jugaban a los dados en la carroza. La marinería y la soldadesca gozaban de los últimos placeres de la ciudad antes de embarcarse en una travesía de varios días.

Fue entonces cuando Garau apareció en la crujía junto a Jerònim, que siendo buena boya no estaba sometido a cadenas. Ellos también celebraban su fiesta y por la forma de hablar y reír habían tragado bastante alcohol.

Se detuvieron a la altura de Joan, se pusieron a cuchichear y a reír y después fueron al banco de atrás, al de Jerònim. Joan miró a Carles y le vio muy tenso, tenía miedo. El chico hizo un movimiento rápido, vaciando su bolsa de lona a sus pies. No tuvo tiempo de más. Jeronim le agarró del hombro y tiro de él.

—¡Déjame! —chilló Carles.

Tampoco pudo gritar más. Sanç, el camarada de Jerònim, a pesar de sus cadenas tumbó al chico sobre sus rodillas; debían de tenerlo planeado. Mientras, Garau, riendo, le introdujo unos trapos en la boca a la fuerza para acallarlo.

—Nos vas a dejar un ratito a tu novia, ¿verdad? —le preguntó Jerònim a Joan con voz beoda.

Jerònim y Sanç forcejearon con Carles mientras el alguacil le quitaba los grilletes.

—¿Qué le hacéis? —preguntó Joan.

No daba crédito a lo que veía. No podía creer que le fueran a violar como le contó que le hicieron en Barcelona.

—¡Tú cállate si quieres vivir! —le amenazó Garau.

El chico se resistía con desesperación, pero eran tres hombres fuertes y en un momento le quitaron los calzones y la camisa. Su cuerpo blanco como la leche destacaba en la penumbra.

Los hombres reían y Jerònim le dijo:

—No te resistas, que sabemos que te gusta, bujarrón.

Joan vaciló un instante. Tenía miedo, sabía que no habría justicia para él si trataba de defender a Carles. Sería castigado y todas sus esperanzas de mejorar su situación, de que reconocieran su habilidad con las culebrinas y de que le dejaran ver a su amada en Nápoles se esfumarían. Pero sintió que no podía abandonar a su amigo y que si no le ayudaba, el recuerdo de su cobardía le perseguiría el resto de su vida.

Una vez decidido, el miedo se convirtió en rabia. Una rabia colosal, surgida de las injusticias, de las sufridas por Carles, de las propias y de su desesperación por la pérdida de Anna.

Tenía grilletes en su pie derecho y en su brazo izquierdo, pero las cadenas le permitían cierta holgura. Era más corpulento que ninguno de los contrarios y estos no sospechaban que él fuera a intervenir. Dio un paso hacia el banco de atrás con la pierna izquierda y tomando impulso descargó, con toda su rabia, un tremendo puñetazo en la cara de Garau, que cayó de espaldas en brazos de los galeotes del banco siguiente. Sin darle tiempo a reaccionar, pasó la cadena de su brazo izquierdo por el cuello de Jerònim y tirando de él hacia su banco empezó a estrangularle. Sanç soltó a Carles para ayudar a su colega y el chico se abalanzó sobre los objetos de su bolsa de lona desparramados por el suelo.

Joan le había visto trastear en los momentos de descanso, aunque intentaba ocultar su trabajo. Por discreción, él aparentaba no mirar, pero sabía que usaba sus grilletes de hierro como herramienta. Y al ver a Carles empuñando una larga y afilada astilla de madera arrancada del banco, comprendió en qué se afanaba.

Sin darle tiempo a reponerse, el chico se abalanzó sobre Garau con una furia desesperada y le propinó varias cuchilladas, la primera en el cuello. Carles fue tan rápido y Joan tan lento en soltar a Jeronim que cuando lo hizo, el chico ya le había hundido al buena boya varias veces su astilla en las tripas.

—¡Perdóname, perdóname! —suplicaba Jerònim.

Mientras, Sanç trataba de alejarse todo lo que sus cadenas le permitían para que el chico no le hiriera. Pero Carles no le prestó atención y se giró dispuesto a rematar a Garau. El alguacil estaba tendido sobre cubierta y no se movió con los nuevos golpes. Los primeros cortes le habían seccionado la arteria carótida y sangraba como un animal degollado.

Carles regresó hacia Jerònim, que estaba hecho un ovillo en el suelo, y quiso clavarle otra vez su arma mientras el buena boya gritaba. Pero la punta de su cuchillo de madera estaba ya roma y no le hizo más daño que el de los golpes. Entonces tiró la astilla al suelo, y aún desnudo, se quedó mirando a su amigo con una sonrisa trágica.

—Nos van a ejecutar por esto —musitó Joan.

70

Cuando los oficiales regresaron a la nave encontraron al alguacil muerto y al buena boya con una herida incisiva en los intestinos. El médico de a bordo movió la cabeza con preocupación, aquella no era una herida limpia como la de un arma blanca y encontró astillas entre las tripas del hombre. Dijo que se infectaría y no se equivocó al pronosticar la muerte de Jerònim.

—Te has metido en este lío por ayudarme —le dijo Carles cuando le volvieron a encadenar al banco—. Hacía mucho que los esperaba, sabía que volverían a por mí, aunque no contaba con tu ayuda. Te lo agradezco. La muerte del alguacil y las heridas de Jerònim son solo mi responsabilidad. Diré que tú quisiste impedirlo, pero no pudiste. Tú debes dar la misma versión. Si dices que golpeaste a Garau, te condenarán a muerte.

La mañana siguiente, después del desayuno, el capitán Perelló hizo justicia. La carroza se convirtió en una sala de juicio donde solo los oficiales estaban presentes. Interrogó a varios galeotes como testigos, uno a uno y por separado. Después a los dos acusados. Joan dijo, tal como le sugirió Carles, que quiso impedir la agresión de este al alguacil y que no pudo. No obstante, también insistió en que el chico no hizo más que defenderse de los sodomitas que trataban de violarlo.

—En mi barco no hay sodomitas —repuso el capitán.

El muchacho supo entonces lo que ya intuía. Al capitán no le importaba la justicia, sino mantener el orden en la galera y reafirmar el respeto a la autoridad. El oficial no ignoraba que, con toda probabilidad, se practicaba la sodomía en la nave, como en tantas otras. Pero prefería cerrar los ojos mientras se siguieran las reglas. Y el almirante Vilamarí, que contemplaba el juicio sentado en su lujosa silla plegable, aparte y sin intervenir aunque observándolo todo, era con toda seguridad quien establecía aquellas reglas.

Poco después los alguaciles llevaron a Carles, Joan y Sanç a la crujía, al pie del palo mayor. Al oír los redobles del tambor, la tripulación acudió a cubierta y los galeotes se incorporaron para ser testigos del castigo ejemplar que se iba a impartir. El cómitre leyó la sentencia:

—Trescientos latigazos para el galeote Carles, que después será colgado por el cuello hasta su muerte, por atacar a un alguacil, dándole muerte, y por sedición. Diez latigazos para los galeotes Sanç y Joan porque, a pesar de intentarlo, no lograron detenerle.

Carles miró a Joan, sereno.

—Gracias por ayudarme —le dijo—. Son solo diez latigazos, vivirás.

—Lo siento mucho —repuso Joan, apenado—. Es una gran injusticia.

—Ya te dije que no saldría vivo de aquí. —Y le abrazó.

Joan mantuvo el abrazo hasta que los separaron para atarle al palo mayor. Se sorprendió de que no hubiera ni pitos ni rechiflas ni risas. Todos aceptaron el abrazo en silencio. Tanto la chusma como el resto de la tripulación conocían lo ocurrido en realidad y Carles se había ganado su respeto.

—Has sido mi mejor amigo —dijo el chico.

Joan y Sanç fueron los primeros en recibir los azotes, mientras Carles se confesaba y recibía la absolución del cura. Cuando le llegó el turno, con una serenidad admirable se plantó delante del mástil donde iba a ser atado y miró a los hombres con aquella sonrisa suya entre provocativa y trágica. Después le desnudaron y le ataron al palo de forma que diera la espalda al verdugo y empezó el castigo.

Carles tenía la piel muy blanca y formas redondeadas, y de no ser por su pelo rapado, de espaldas, se le hubiera podido tomar por una muchacha. Los primeros latigazos hicieron estragos en su fina piel. Pero al contrario de los aullidos que lanzó Sanç cuando fue azotado o de los quejidos que se le escaparon a Joan, Carles, fuera de algún suspiro profundo, no dijo nada.

Era su última demostración de dignidad.

El destrozo que el látigo causaba era enorme, la carne se abría como si recibiera cuchilladas y la sangre de la espalda empezó a deslizarse por las piernas formando charcos a sus pies. El silencio era absoluto, solo se oían los trallazos. Joan, de pie en la crujía, a poca distancia del chico, tenía los ojos húmedos y se clavaba las uñas en las palmas de las manos lleno de rabia y pena.

Al poco, Carles quedó colgando de sus ataduras. No volvió a moverse y Joan supuso que estaba inconsciente y a punto de morir desangrado. Ni siquiera había recibido cincuenta latigazos, pero los alguaciles, que se turnaban en el castigo, continuaron golpeando aquel cuerpo inerte hasta alcanzar los trecientos. La carne abierta dejaba ver los huesos de la espalda.

Cuando le desataron, Carles se desplomó encima del charco de su propia sangre y los alguaciles le pusieron una soga al cuello. Obligaron a Joan, a Sanç y a un par más de forzados a tirar de la cuerda hasta que el cadáver quedó colgado bien arriba del mástil. Lo mantendrían allí como ejemplo del castigo al galeote que se amotinara; no bastaba la muerte, sus restos serían pasto de las aves marinas y de su propia descomposición.

El cuerpo se balanceaba con el movimiento de la nave y con su bamboleo la sangre iba cayendo sobre la cubierta. Varias gotas de aquella lluvia púrpura alcanzaron a Joan, que rezaba por el alma de su amigo mientras tiraba de la soga que lo izaba; era una impresión horrible y el muchacho, con lágrimas en los ojos, interrumpía su oración para maldecir aquella injusticia.

71

Después de la ejecución, pusieron a remar donde Carles y Jeronim a un par de buenas boyas y la flota tomó rumbo sur hacia las islas de San Pietro y San Antioco con la intención de cruzar a Sicilia.

Al segundo día de navegación el cómitre en persona fue a buscar a Joan junto con un alguacil que le soltó los grilletes.

—El capitán quiere verte —le dijo.

Encontró al capitán Perelló junto al almirante y al piloto, sentados en la mesa frente a unas cartas de navegación. El oficial despidió con un gesto al cómitre y al alguacil y continuó conversando sobre vientos y rutas marítimas sin reparar en el muchacho. Joan permaneció de pie, en silencio, a la espera de que le hablaran, inquieto pero interesado en lo que decían. Había crecido en una barca y los principios de navegación para una galera no eran tan distintos. Al fin, terminada la charla, el capitán le habló:

—A partir de hoy ya no servirás en los remos —le dijo—. Lo harás aquí en la carroza.

Joan no pudo evitar una sonrisa, entre sorprendida y feliz.

—No creas que tratamos de aliviar tu pena —le aclaró el oficial—. Resulta que los alguaciles piensan que deberíamos haberte ejecutado por la muerte de Garau y están decididos a matarte en la primera oportunidad. Creen que fuiste colaborador necesario en el crimen, que ya antes mataste en Barcelona a otro alguacil y que ahora te toca morir a ti.

La sonrisa desapareció de la cara de Joan. Era cierto que sin su ayuda Carles no hubiera podido librarse de sus violadores y que nunca habría matado a Garau.

—Quizá tengan razón —continuó el capitán—, pero nos gustó tu manejo de las culebrinas y puedes sernos útil. Además, nuestro mejor artillero murió hace unos meses. A ti te queremos vivo.

—Esos hombres iban a violar a Carles y ya lo hicieron antes en Barcelona. —Joan no pudo contenerse—. Estaba ya desnudo cuando logró desembarazarse de ellos y mató a Garau; lo hizo en defensa propia.

El capitán Perelló le miró unos momentos antes de hablar, ponderando la respuesta.

—Te dije que en mi nave no hay sodomitas. —Arrastraba sus palabras—. Si te vuelvo a oír eso, te haré arrancar la piel de la espalda a latigazos.

—La muerte de Carles fue muy injusta —insistió Joan con una rabia que le costaba contener y le hacía perder el temor—. Y también fue injusta mi condena a galeras: maté a ese alguacil en defensa propia tal como declararon los testigos.

El capitán cruzó una mirada con el almirante y este habló a Joan por primera vez:

—Lo justo en una galera es lo que el capitán decide que es justo —le dijo Vilamarí con voz pausada—. Por lo tanto, la muerte de ese chico fue justa y también fue justo que a ti no se te ejecutara y que solo recibieras diez latigazos. El único que podría cuestionar esa justicia soy yo. Y no lo hago porque esa es mi voluntad.

Joan no se atrevió a responder y el almirante le miró fijamente a los ojos.

—Un capitán debe usar su poder para proteger su nave y hacer de ella la máquina de guerra perfecta —continuó Vilamarí—. Y la tripulación es lo más importante. Mantener la disciplina, la autoridad y el respeto a la jerarquía es fundamental. Así, tu amigo tenía que morir de forma ejemplar por matar a un alguacil. El galeote que se subleva muere. De igual modo, tú eres el ejemplo para que nadie se atreva a atacar a un marino nuestro en tierra, con razón o sin ella. Proteger a la tripulación es proteger la nave. —Vilamarí calló unos momentos y dirigió una mirada al capitán, que afirmó con la cabeza—. Los alguaciles tienen razón. Sin tu ayuda ese chico no habría podido matar a su colega. Y si estás vivo, es por tu acierto con la artillería. Tú mejoras la eficacia de la galera, luego es de justicia que el capitán decida que solo mereces diez azotes por no hacer lo suficiente para salvar al alguacil.

Volvió a hacer una pausa. El día era soleado y el almirante miró las velas, henchidas de viento favorable que empujaba la galera al sur, y continuó.

—Y te diré por qué en nuestras naves no hay sodomitas. —Se detuvo otra vez y contempló a Joan escrutando su expresión—. En mis galeras no hay Inquisición ni la quiero. Cada uno puede vivir como mejor sepa mientras no altere el orden y la disciplina. Pero si aparecen sodomitas, serán ejecutados, y aparecen cuando alguien es violado y se altera el orden.

—¿Entonces si hay violaciones y no se altera el orden, no hay sodomitas? —inquirió Joan, sorprendido.

—No vamos a juzgar sobre lo que desconocemos —intervino el capitán.

—Mira, muchacho —continuó el almirante—, me dijeron de ti que eres un chico listo. No solo sabes de artillería, sino que eres un buen amanuense y hablas varias lenguas. Nos puedes ser útil, cumplir tu condena sin pena excesiva y salir de aquí vivo. No cometas más estupideces.

El joven afirmó con la cabeza y dijo:

—Como ordenéis.

Joan escribió en su libro: «Será mejor obedecer al almirante». Y añadió: «Pero continúa siendo injusto».

72

El tiempo era bueno, el viento favorable y la mar tranquila. Joan ya no estaba encadenado a los remos, pero no era capaz de disfrutar de su relativa libertad y comodidades, ni del hermoso paisaje de la costa corsa. Su mirada iba una y otra vez hacia arriba, al final del palo mayor; al cadáver de Carles que colgaba como enseña funesta y a las gaviotas que se cebaban en él. Cada vez que oía un graznido se estremecía.

Precisó tiempo para sacar conclusiones del discurso de Vilamarí sobre la justicia.

Al final escribió en su libro: «Hace de la conveniencia del poderoso justicia. Pero Dios puso en nuestros corazones algo que nos permite distinguir lo bueno de lo malo. Eso es justicia».

El capitán le encontró pronto ocupación. La caligrafía de Joan era casi perfecta a pesar del vaivén del mar y superaba en mucho la del escribano de la galera. Así que pasaron a dictarle las cartas más importantes. De los oficiales de a bordo, solo el almirante, el capitán y el piloto sabían leer y escribir con soltura, los demás apenas eran capaces de leer. Así que Joan y el escribano debían ayudarles en informes y estadillos.

El muchacho descubrió que había algunos libros a bordo y se emocionó al encontrar entre ellos el primer tomo de *Orlando enamorado* de Matteo Maria Boiardo, en italiano, el mismo que Abdalá tradujo para Anna y que él copió y encuadernó.

Aquel libro fue su mensajero de amor, le unía a Anna y lo tomó emocionado entre sus manos; no era una edición de lujo, sino un simple libro impreso, aunque tenía unas buenas cubiertas de cuero. Nada que ver con el que él confeccionó con todo su cariño para su amada, pero aun así lo abrazó contra su pecho. Ella lo había leído, en su propia letra, y al tocar el libro imaginaba que la tocaba a ella. No importaba que no fuera el mismo objeto, contenía las mismas palabras, los mismos anhelos, deseos, sentimientos e ideas que ella había leído y por lo tanto, pensado, sentido y ansiado. Aquella era la magia de los libros.

Lo abrió y empezó a recitar en voz baja:

Ah, loco Orlando, ¿qué delirio es ese?
¿Consientes que una torpe fantasía
que ofende a Dios te turbe y te embelese?
¿Dónde está el valor, dónde la bizarría
que única en el mundo hiciste se dijese?
Por el orbe no dabas tú un ochavo...
y aquí de una mujer te hace esclavo.

Su emoción le impidió ver que el almirante se le acercaba por la espalda. Al percibir su presencia se sintió descubierto como monaguillo bebiendo vino de misa y cerró el libro.

—¿Lo entiendes? —le preguntó este a bocajarro.

—Sí, mi almirante.

—¿Serías capaz de traducirlo?

—Sin ningún problema.

—Hablo italiano del sur, pero está escrito en toscano, el llamado florentino antico, y no consigo descifrar algunos párrafos —confesó el almirante.

Parecía de buen humor y eso tranquilizó algo a Joan, que afirmó con la cabeza.

—Si puedo ayudaros, será un honor.

El hombre le miró pensativo y después dijo:

—Tengo una idea mejor. Lo leerás en la carroza en voz alta, durante la cena. Primero en italiano para que disfrutemos de la armonía de los versos y después los traducirás. Así gozaremos de la poesía, del relato y de paso mis oficiales aprenderán más italiano, que buena falta les hace.

Joan asintió, le encantaría cumplir con aquella orden.

Conocía casi de memoria la traducción de Abdalá, había párrafos que podía recitar sin leerlos y lo hacía con tanta emoción que esta se transmitía a su audiencia, que le oía declamar en italiano y traducir de inmediato sin vacilar. Para él era como hablarle a su amada y en varias ocasiones apenas pudo evitar un sollozo y tuvo que esforzarse para terminar disimulando las lágrimas. Si ya bastante pensaba en Anna, aquella lectura hacía que la sintiera junto a él. Pero el sueño se desvanecía demasiado pronto; se trataba de una quimera, no era cierto. Ella estaba en Nápoles, quizá ya casada con aquel viejo.

Su habilidad y su pasión impresionaron incluso a aquellos tipos curtidos en galeras, el peor lugar del mundo para muchos. Y aún más a los oficiales de alto rango que valoraban sobremanera el hombre renacentista que combinaba el amante, el guerrero y el intelectual; prototipo del cual era Orlando.

El propio capitán Perelló, al final de una de las lecturas y recogiéndose una lágrima, le dijo:

—Muy bien, muchacho. Nos sorprende que un tipo duro en apariencia y buen artillero como tú tenga un interior sensible y sepa idiomas y poesía. Me alegro de no haberte colgado en el mástil como a tu amigo.

Al fin Joan se sintió capaz de escribir a Anna. Le decía que su amor continuaba intacto, que la querría siempre y que tan pronto pudiera, iría a Nápoles.

Tendría que esperar a su llegada a Palermo para enviar la carta, y como desconocía la dirección de Anna o la del librero, debería mandarla a su amigo Bartomeu en Barcelona y este enviarla a Nápoles. Y allí, dado el carácter clandestino de su correspondencia, Anna la recogería cuando pudiera, en la librería del amigo de Bartomeu. Era un circuito larguísimo y solo Dios sabía cuándo ella recibiría su carta.

Al segundo día de navegación después de abandonar la costa sarda, el cielo se oscureció, el viento arreciaba por momentos y las olas se hicieron cada vez mayores. Se acercaba una tormenta y no había cala alguna donde refugiarse, así que el capitán ordenó zafarrancho de tormenta. Las velas se recogieron, los remos se introdujeron en la nave y se aseguró todo elemento movible. La lluvia y las olas barrían la cubierta y la galera saltaba como un caballo encabritado. Joan se encargó de proteger los libros y material de escritura con lonas impermeables y guardarlos bajo el piso de la nave para que el agua no los arrastrara.

El almirante bajó a su camarote y el capitán se quedó junto al piloto y el timonel en la carroza para asegurarse de que la nave tomaba las olas de proa. Los que pudieron se refugiaron bajo cubierta, pero había poco espacio y Joan prefirió quedarse en la carroza, bien sujeto con una cuerda. Era un espectáculo estremecedor ver cómo las olas chocaban contra la proa elevándose varios metros, cómo saltaban por encima de la arrumbada y caían a plomo sobre la chusma cubriéndola de un agua oscura y espumosa. Los galeotes aguantaban como podían acurrucados entre los bancos, las cadenas evitaban que los arrastrara un golpe de mar, pero sufrían continuas sacudidas y tirones y los hierros magullaban sus miembros. Si el barco zozobraba, sus grilletes los arrastrarían al abismo. Tampoco en la carroza se libraban de la furia de la tormenta, pues algunas olas cruzaban toda la nave e inundaban la popa.

Joan no había vivido nunca una tormenta con aquella furia en alta mar; su padre y sus compañeros conocían bien los vientos y los humores del Mediterráneo, no se alejaban demasiado de la orilla y cuando anticipaban mal tiempo, se refugiaban en alguna cala. Aun así, el mar cambiaba con rapidez, y el muchacho recordaba alguna tormenta que los sorprendió en mar abierto, aunque nada en comparación con lo que estaba viviendo. Los maderos crujían y la nave parecía partirse a cada golpe de mar. Las sacudidas eran descomunales y poco se podía hacer aparte de rezar y atarse bien para no caer al mar. Cuando unas horas después el temporal empezó a amainar, la flota estaba tan dispersa que desde cubierta no se veía ninguna otra nave.

Fue entonces cuando ocurrió. El mar continuaba violento, pero la tripulación ya se movía, con precaución, por la cubierta. El cómitre acudía junto a un alguacil a uno de los bancos de proa para evaluar daños, y cuando se encontraban en el pasadizo de crujía, una gran ola golpeó la nave sacudiéndola una vez más. Se sujetaron a tiempo, pero inesperadamente algo cayó sobre ellos tumbándolos sobre cubierta. Era el cadáver decapitado de Carles.

En el zafarrancho de tormenta a ningún oficial se le ocurrió dar orden de arriar el cuerpo. Este se encontraba ya muy deteriorado por los ataques de las aves y la descomposición natural. Y fue en una de las últimas sacudidas, relativamente menor en comparación con las anteriores, cuando la cabeza se desprendió del cuerpo y este se precipitó sobre cubierta con nefasta suerte para el cómitre y el alguacil.

Ninguno de ellos sufrió heridas de gravedad, pero sí un susto de muerte. La noticia corrió como reguero de pólvora entre los galeotes y el resto de la tripulación. Era demasiado casual que el cuerpo del chico cayera cuando la tormenta amainaba, que alcanzara a alguien, y que fueran precisamente el cómitre y el alguacil. Ellos no solo eran los verdugos, sino que se encargaban de fustigar y hacer miserable la vida de los forzados.

Hubo risas, evocaciones a lo escatológico, e interpretaciones de una intencionalidad postrera del chico contra quienes de manera injusta le torturaron hasta arrancarle la vida a latigazos.

Después de la bravura y la gallardía con que afrontó la muerte, solo faltaba aquel insólito acto de desafío de ultratumba para que se le recordara con respeto y asombro.

No encontraron la cabeza y el capitán ordenó poner el cuerpo en un saco con una piedra en su interior y lanzarlo por la borda de inmediato.

Joan no pudo evitar observar de reojo cómo el capitán y el almirante comentaban perplejos el incidente y, para evitar convertirse en blanco de su ira, ocultó la risa que le producían sus expresiones consternadas. ¿Qué harían frente a aquella insubordinación? Conforme a su razonamiento, aquello no era bueno para el orden, no era bueno para la moral, no era bueno para la nave. Pero Carles había escapado para siempre de su injusta justicia de conveniencias.

Escribió en su libro: «¡Bien hecho, Carles! Que Dios te acoja en su seno, amigo».

73

El capitán evaluó las pérdidas por el temporal. Encontraron a dos galeotes muertos y otro herido grave en proa por el desprendimiento de un maderamen y multitud de contusionados por golpes, pero estos se consolaban; hubo momentos en que se veían como cena para los peces. Estaban vivos y eso era mucho. La galera no sufrió daños estructurales, aunque había múltiples reparaciones que acometer. Dentro de las pérdidas entraba la pólvora, algunos barriles se soltaron de sus amarres y terminaron rotos y el agua inutilizó unos cuantos más. El capitán castigó a los marinos encargados por negligentes e hizo a Joan responsable de la artillería de la nave, que no solo consistía en el cañón y las dos culebrinas de proa, sino también los falconetes, piezas más pequeñas y movibles que se instalaban en las bordas. En realidad su autoridad se extendía a todas las armas relacionadas con la pólvora, incluyendo los arcabuces, tanto los manejados por la marinería desde la nave como los que usaba la infantería en abordajes y en operaciones terrestres. Era un maestro de armas de fuego y aquello, aunque el capitán no se lo reconociera, equivalía a un puesto de oficial. Al contrario, Pau de Perelló le dejó muy claro que continuaba siendo un forzado cumpliendo su pena y que cualquier falta que cometiera se castigaría de la forma más severa.

Vilamarí deseaba que continuara con sus labores de escribano y leyendo el *Orlando enamorado*. Era mucho trabajo, pero al menos le quitarían los grilletes que aún llevaba en los pies y que limitaban sus movimientos.

Sin embargo, no le concedieron esa libertad de forma gratuita:

—Tendrás que jurar ante Dios y por tu honor que no escaparás sin antes cumplir tu pena de dos años —le dijo Vilamarí.

Joan vaciló. ¡Había fantaseado tanto con huir al llegar a Nápoles y reunirse con Anna! Si juraba tendría que cumplir, aunque la tentación de escapar sería irresistible con ella tan cerca. Pero si huía, ¿qué tipo de vida podría ofrecerle a su amada? No, huir era descabellado, le alejaría aún más de ella.

—Permitidme que jure diciendo que estaré esos dos años bajo vuestras órdenes según dispongáis.

Joan sabía que el almirante tenía el poder de conmutar o atenuar su pena y albergaba la esperanza de que la redujera si le servía bien. Vilamarí aceptó. Al ver su buena disposición, le pidió que le eximiera del rapado de pelo quincenal que sufrían los forzados. El almirante se negó, pero el muchacho se dijo que lo intentaría más adelante. Consiguió, sin embargo, permiso para vestirse como un marino y, habiendo conservado algún dinero en su saco, decidió comprar ropas al tocar tierra firme.

Al llegar a Sicilia se encontraron con una segunda galera de la flotilla, sufrió un mayor castigo en la tormenta y estaba desarbolada. No había ni rastro de la tercera nave. Cuando entraron en la bahía de Palermo, la mar estaba en calma y fueron saludados con salvas de artillería desde el castillo. Joan respondió a instancias del almirante según costumbre.

El joven había oído hablar mucho de Palermo y ansiaba conocerla. Era una hermosa ciudad que crecía alrededor de La Cala, un excelente puerto natural al que solo los vientos de noreste podían inquietar y que se extendía hacia unos montes que formaban un anfiteatro que los locales llamaban Conca d'Oro, pues recordaba a una concha gigante. Era la capital de Sicilia y tenía una espléndida catedral, hermosas iglesias y un poderoso castillo real del tiempo de los normandos. A un penado como él nunca se le permitiría bajar a tierra y deambular a su voluntad por la ciudad, pero confiaba en encontrar la excusa para hacerlo.

Anclaron en La Cala sin que hubiera para ellos un recibimiento triunfal como los de Alguer y Cagliari. El mar también era enemigo y aquel par de naves abatidas que arribaban a puerto eran la imagen de la derrota.

La preocupación resultaba evidente en la carroza de la nave y una vez anclada esta, el almirante Vilamarí desembarcó. Anduvo por la calle Argentería, para seguir callejeando después hacia la catedral, y pasada la residencia del arzobispo, llegó al palacio real normando, donde esperaba ver al gobernador Fernando de Acuña. Un tambor le abría paso y un pelotón de veinte ballesteros al mando del oficial de asalto Torrent le escoltaban. El bullicio de artesanos con su repiqueteo de martillos sobre madera o metal y el parloteo de los mercaderes y clientes en las calles se detenía un instante para apartarse y observar al almirante y a su escolta. Vilamarí estaba inquieto; solo un par de funcionarios de rango inferior acudieron a saludarles y aquello era mala señal.

El gobernador Fernando de Acuña le recibió en un salón de la segunda planta del palacio real, cuyos amplios ventanales góticos daban a la plaza. Se excusó por no acudir al puerto en persona a causa de su salud y le pidió que le contara lo sucedido a su escuadra. Bernat de Vilamarí relató primero la recuperación del Rosellón y la Cerdaña, su viaje con el rey Fernando y cómo la flota ayudó a pacificar dichos condados. Quería que el gobernador supiera que tenía una relación cercana con el monarca. Después contó la captura de las fustas en Cerdeña para terminar con la tormenta que deshizo sus naves.

—La tercera de mis galeras no aparece —dijo—. Conforme el tiempo pasa, mi temor a que haya naufragado aumenta. Preciso vuestra ayuda para que me adelantéis los pagos del rey y así reparar las dos naves que me restan. Calculo que el montante de los trabajos y materiales ascenderá a cuatro mil ducados para ambas naves.

El gobernador movió la cabeza en gesto de disgusto.

—Eso equivale a pagas y suministro de dos galeras por cuatro meses. Lo lamento, pero lo único que el rey autorizó para vos son cuatro mil quinientos ducados por las tres galeras. Con dos solo os puedo dar tres mil, que son las pagas y manutención por tres meses.

—¡Pero tengo que reparar mis naves, dar de comer a mi gente y pagarles las soldadas! —exclamó el almirante—. ¿De qué le sirven al rey dos galeras que no pueden combatir?

—Lo siento —repuso el viejo gobernador repitiendo su gesto de disgusto—. La situación es difícil. Carlos VIII prepara un ejército como nunca antes se vio para entrar por el norte de Italia, llegar hasta Nápoles y conquistar el reino. Por lo visto, esperaba que nuestro rey Fernando le dejara hacer sin interponerse, pero no ha sido así y ambos se amenazan. Nuestro rey está inquieto, si Carlos VIII conquista Nápoles, solo el estrecho de Mesina le separará de Sicilia y el mismo argumento de la herencia de los Anjou que Carlos VIII esgrime para conquistar Nápoles le serviría para Sicilia.

—En tal caso, el rey va a necesitar más que nunca mis galeras listas para el combate.

—Lo siento, pero vos no sois la prioridad.

Vilamarí quedó en un silencio sorprendido a la espera de que el gobernador continuara. Este hizo un gesto de cansancio:

—Tengo órdenes de emplear todos los recursos del reino de Sicilia para reforzar los principales castillos y ciudades en previsión de un ataque de la flota francesa. Además, el rey nombró almirante de Sicilia a Galcerán de Requesens, conde de Palamós. Comandará seis galeras para defender la isla; sus naves son prioritarias y he de reservarles los recursos adecuados.

Aquella era una mala noticia para Vilamarí. El nombramiento indicaba que su rival estaría al mando de las operaciones marítimas en Italia dejándole a él un papel de subalterno. Encajó como pudo el golpe, no tenía más opción que reparar sus galeras.

—¿Qué misión me encomienda el rey? —quiso saber.

—Aquí tenéis vuestras órdenes —dijo el gobernador tendiéndole una carta—. Apoyaréis al rey de Nápoles y al Papa contra los franceses. Cuando eso ocurra, las pagas de vuestros hombres y su manutención deberán salir de las arcas de Nápoles y de Roma y por lo tanto navegaréis bajo sus enseñas. Pero debéis evitar, siempre que sea posible, el enfrentamiento directo con la flota francesa. Y finalmente, cuando sea necesario, os pondréis bajo el mando del almirante Requesens para la defensa de Sicilia.

Vilamarí sabía que nada podía hacer para cambiar la decisión del rey Fernando por mucho que esta le disgustara, así que centró sus esfuerzos en conseguir los fondos para sus naves. Conocía al viejo gobernador desde hacía muchos años y ambos tenían una buena relación, usaría esa amistad al máximo. Fernando de Acuña le invitó a comer y después de un buen vino y de usar toda su persuasión, Bernat de Vilamarí solo pudo obtener la paga de tres meses para las tres galeras. La parte de la galera desaparecida era una concesión especial que le hizo el gobernador; no desobedecía las órdenes del rey, pues se acogía a la esperanza del todo improbable de que finalmente esta apareciera. Al menos Vilamarí podría reparar las dos naves con las que contaba, lo cual era mucho. Sin naves no había flota y sin flota no había almirante y Vilamarí estaba a punto de dejar de serlo.

74

Al llegar a la *Santa Eulalia*, Vilamarí se apresuró a dictarle a Joan una carta al rey Fernando solicitándole su ayuda. En el escrito recordaba al soberano los servicios prestados, entre ellos el bloqueo naval de Barcelona, sus victorias contra los turcos y las batallas ganadas a corsarios genoveses y provenzales. Decía que la corona necesitaría sus galeras y era preciso tenerlas listas para el combate. Aun queriendo aparentar seguridad y calma, el muchacho percibía la preocupación del almirante.

Vilamarí emprendió la reparación de sus naves de inmediato, sin esperar la respuesta del monarca, y mientras que los trabajos en la *Santa Eulalia* se pudieron efectuar con esta fondeada en el puerto, la segunda nave tuvo que ser varada en la playa.

Al octavo día de su estancia en Palermo, para sorpresa de todos, apareció la tercera de las galeras. La tormenta la arrastró hasta las costas de África, dejándola muy maltrecha y, aunque puso rumbo a Sicilia tan pronto como pudo, el viaje fue largo y penoso a causa de los desperfectos. La tempestad estropeó parte de las provisiones y varios de los tripulantes y galeotes, los más débiles, murieron de hambre y sed en el camino. La aparición de la tercera nave fue una noticia que todos celebraron, en especial el almirante. Pero ahora se necesitaba aún más dinero.

Vilamarí no obtuvo fondos adicionales del gobernador y, como no confiaba en una respuesta positiva del rey, empezó a usar su propia fortuna. Aun con sus títulos de almirante, era en realidad armador de algunos de los buques y no acostumbraba a hacer demasiados distingos entre su propiedad y la del rey. Varios prestamistas de la ciudad visitaron la *Santa Eulalia* y se rumoreaba que el almirante había hipotecado sus posesiones en Palau y Bosa para obtener el dinero que faltaba.

Los galeotes ayudaban en las tareas dependiendo de sus habilidades, pero siempre limitados por sus grilletes y si bajaban a tierra, incluso para trabajar en las naves varadas, lo hacían encadenados de a dos. Joan se consideraba muy afortunado, ya que sus obligaciones le libraban del trabajo físico y de los grilletes. Lo primero que hizo al bajar a tierra fue comprarse un buen jubón, unos calzones, zapatos y un gran gorro a la moda italiana que disimulaba casi por completo su cabeza rapada.

Su principal misión en tierra consistía en proveer a las naves de pólvora de calidad. La que se salvó de la tormenta era de distintos fabricantes y composiciones y, por lo tanto, de rendimientos dispares. Eso no representaba un gran problema cuando los disparos se efectuaban a poca distancia, como justo antes de un abordaje, pero sí cuando se requería un tiro de precisión. Joan, que se entendía a las mil maravillas en siciliano, se dirigió a la calle de los especieros y escogió a uno, que por su técnica era capaz de fabricar la pólvora con la composición constante de seis partes de salitre, una de carbón y otra de azufre. La supervisión del proceso de elaboración y almacenaje en barriles le ofrecía una buena excusa para visitar cada día la ciudad de Palermo, que, aunque de mayor población y más bulliciosa que Barcelona, le recordaba a esta en muchos aspectos. No podía evitar pasear por la calle Argentería; cerraba los ojos y oía el repiqueteo de los martillos en el metal y el parloteo de las gentes, e imaginaba que se encontraba en la Ciudad Condal, unos años antes, en la calle del mismo nombre y que veía a su amada en la tienda de su padre. Y cuando los abría sentía un intenso dolor por su ausencia. Ardía en deseos de llegar a Nápoles. Estaba seguro de que con su nueva libertad de movimientos encontraría la forma de verla. Escribió una carta a Bartomeu pidiéndole que enviara una buena parte del dinero que le guardaba a Nápoles para recogerlo en el librero napolitano que hacía de correo con Anna y el nombre de este junto a su dirección. Aquel sería el lugar donde iniciaría su búsqueda. Envió copia de la misma carta en una segunda nave. No podía exponerse a que se perdiera alguna de las embarcaciones y con ella su mensaje. Era demasiado importante. Sentía que con él le iba la vida.

Justo al terminar la reparación de las naves aparecieron en Palermo las seis galeras del almirante Requesens. Fueron recibidas con honores y el gobernador don Fernando de Acuña recuperó la salud para la ocasión y acudió al puerto.

Galcerán de Requesens, conde de Palamós, era varios años mayor que Vilamarí y además de ser hijo y hermano de antiguos gobernadores de Cataluña, tenía una amplia hoja de servicios, tanto en la guerra de Granada como en Cerdeña y Nápoles. Era un hombre autoritario y su título de almirante de la flota de Sicilia obligaba a Vilamarí a obedecerle mientras estuviera en aguas de la isla. Había rivalidad entre ambos y a Bernat de Vilamarí no le complacía esa obediencia ni le impresionaba el mayor número de naves de su rival. No en vano él mismo ostentó con anterioridad el título de capitán general de las galeras de Aragón y Sicilia y comandó la flota de veinte galeras y dieciséis naos que bloqueó el puerto de Barcelona obligando a la ciudad a rendirse al final de la guerra civil. Deseaba poner rumbo cuanto antes hacia el reino de Nápoles y acordó con Requesens que mientras las galeras de este recorrerían el norte de la isla de Sicilia en previsión de posibles ataques franceses, las suyas seguirían la costa sur, buscando piratas berberiscos, en su camino a Nápoles.

La carroza era un espacio pequeño y aunque algunas conversaciones los oficiales las preferían en proa, lejos de los oídos del almirante, Joan fue atando cabos de lo oído aquí y allí y supo que estaban preocupados. Vilamarí invirtió casi todo lo obtenido del gobernador y de los prestamistas en reparar las naves y no le quedaba dinero. No tenían provisiones suficientes para llegar a Nápoles, habría que racionar la comida y se arriesgaban al hambre si surgía algún contratiempo.

La situación de Joan en la nave había mejorado ostensiblemente desde que embarcó meses antes como galeote, pero era ambigua, pues aunque era un penado cumpliendo condena, ni los alguaciles ni el cómitre tenían ya poder sobre él mientras que, al contrario, los marinos a cargo de la artillería le obedecían. Su vestimenta tampoco era la de un galeote, ni siquiera la de un marino, pues lucía ropas relativamente caras, apropiadas para un militar, ya que no quería desentonar en la carroza junto a los oficiales. Alguno mostró un gesto de sorpresa y desagrado al verle de aquella guisa.

—¿Quién te has creído que eres? —le espetó Pere Torrent, el oficial de infantería, al verle—. Continúas siendo un maldito penado.

A Joan la única reacción que le preocupaba era la del almirante y, como este no hizo comentario alguno, todos terminaron asumiendo que tenía su permiso.

Un día Vilamarí le dijo:

—Muchacho, ya sé que eres bueno con las armas de fuego, pero ¿qué tal se te dan las de filo?

—Sé usar la azcona y tirar con ballesta.

—En un abordaje no hay tiempo para recargar las armas de fuego, ni siquiera las ballestas —repuso el almirante—. Empleamos las picas cortas, lanzas y azconas para los primeros envites, pero la espada y la rodela son las armas definitivas en el cuerpo a cuerpo.

—Nunca he usado espada y rodela.

—En tu posición debes dominar su arte —le contestó el marino—. Daré orden para que el oficial Torrent te enseñe.

Joan se quedó boquiabierto. ¿Qué significaba aquello? Era un galeote, pero el almirante parecía tratarle casi como a un oficial. No se atrevió a preguntar, aunque se dijo que aprovecharía al máximo las lecciones de espada.

Escribió en su libro: «¿Por qué le intereso tanto al almirante? ¿Qué trama?».

75

La flotilla zarpó rumbo al extremo oeste de Sicilia y allí se entretuvo inspeccionando las islas Egadi, que estaban a solo día y medio de navegación de África. Era uno de los lugares favoritos de los sarracenos para emboscar a las naves que desde el sur de Sicilia se dirigían a Palermo, Cerdeña o España. En la isla de Marettimo avistaron dos galeras sarracenas que se dieron a la fuga y en la persecución demostraron de nuevo ser más veloces; Joan no pudo alcanzarlas ni una sola vez con las culebrinas.

Las escasas provisiones no les permitían esperar el regreso de los sarracenos para emboscarlos y el almirante tenía prisa por llegar a Nápoles. Antes de retomar la ruta, Vilamarí ordenó echar ancla en una ensenada y llamó a los capitanes a su galera. Joan y el resto de los oficiales tuvieron que ir a proa mientras ellos discutían sobre mapas desplegados en la mesa y al rato llamaron a algunos tripulantes de origen siciliano y al oficial Torrent. Un encuentro semejante entre capitanes se repitió dos días después mientras navegaban a vela en paralelo a la costa de la gran isla. Genís Solsona le dijo a Joan que preparaban una operación militar y él le preguntó si esperaban encontrar naves sarracenas. El piloto se encogió de hombros. Quizá lo supiera y no quisiera decírselo.

Desde que abandonaron la isla de Marettimo, solo vieron barcas de pesca, no había indicios de tráfico marítimo, seguramente a causa de los piratas. Pero Joan intuía que el almirante no preparaba un combate en el mar. Fue en la tarde del siguiente día cuando Joan comprendió lo que Vilamarí tramaba.

El capitán convocó a varios marinos, a un par de alguaciles y una veintena de soldados junto al oficial Torrent, que llevaba ya días entrenando a Joan en el combate a espada.

—Este grupo ha sido escogido para una acción especial —les dijo el capitán Perelló bajo la mirada atenta del almirante—. Esta noche la pasaréis en tierra y al amanecer habrá combate. El oficial Torrent está al mando del grupo. Aparte de ballestas y espadas llevaréis un arcabuz que manejará Joan.

Al muchacho le invadió una terrible angustia. Intuía que algo horrible se avecinaba y le faltaba el aire.

—Cambiaréis vuestras ropas por estas y unos cuantos llevaréis turbantes —continuó el capitán mostrando unos vestidos amontonados que pertenecían a los sarracenos capturados en las fustas.

La ansiedad de Joan iba en aumento y tuvo que apoyarse en la pared de la carroza para no desplomarse. Se ahogaba. El capitán hizo venir a un forzado musulmán para que les repitiera varias palabras en sarraceno y les enseñara cómo colocarse los turbantes. Los detalles de la operación les serían ampliados en tierra, pero una vez se iniciara el combate, solo se podrían usar aquellas palabras, se trataba de las órdenes más comunes. Hizo que todos las repitieran una y otra vez; algunos mostraban conocerlas de tiempo. El muchacho se estremeció al comprender que él, trágicamente, las oyó antes. Vilamarí estaba a punto de perpetrar el mismo crimen que cometió en su aldea. Al mirar hacia el fondo de la carroza le vio sentado, contemplándolos con toda tranquilidad. Sintió una mezcla de temor, rabia y un odio inmenso hacia aquel hombre.

—No, no iré —afirmó en voz baja.

Y dejó de repetir aquellos malditos vocablos en lengua sarracena.

—Mi capitán —le dijo a Perelló después de que el grupo se dispersara una vez terminada la reunión—, no puedo ir. Me encuentro muy enfermo, mis piernas ni me sostienen.

Joan no tenía que fingir, se sentía enfermo de verdad, tenía el estómago revuelto y las piernas débiles. El capitán le miró con una sonrisa en la que había compasión y desprecio.

—¿Miedo, muchacho? —le dijo—. Todos lo hemos tenido alguna vez. Pero ahora no es tu momento. El almirante me ordenó ahorcarte de inmediato si te resistías a ir.

Joan miró al fondo de la carroza donde Vilamarí continuaba sentado. Los observaba y con toda seguridad sabía de qué hablaban, pero su semblante era inexpresivo.

—El almirante te ha concedido privilegios, chico —continuó el capitán—. Todo el mundo lo sabe y quedaría mal si demuestras que no los mereces.

—Y eso alteraría el buen orden de la nave, ¿verdad? —dijo Joan con rabia.

—Sí —repuso el capitán con una carcajada—. Pero más te alteraría a ti colgar de ahí arriba.

El muchacho recordó el balanceo macabro del cadáver de Carles y supo que, para mantener el orden exigido por el almirante, el capitán le ahorcaría sin pestañear.

Al anochecer las galeras se acercaron a la costa y la capitana descolgó la chalupa. Había una luna en cuarto menguante que daba suficiente luz para divisar una pequeña playa donde viaje tras viaje el bote desembarcó a la tropa.

Joan cuidaba del arcabuz, de la mecha de combustión lenta y de las cargas de pólvora que distribuyó con cuidado en bolsitas de papel. Lo mantuvo todo bien protegido en un saco de lona embreada y logró que llegara a tierra completamente seco. Una ballesta era en ocasiones más precisa que el arcabuz, pero este tenía un mayor poder destructivo. Por desgracia, Joan recordaba bien sus efectos en el cuerpo de su padre.

Los guiaba un marino siciliano que los condujo a un bosque de pinos para pasar la noche. Joan no podía pegar ojo y se ofreció para hacer dos de las guardias en lugar de sus compañeros con buen sueño. Apartado del grupo, oía los ronquidos que llegaban de los durmientes y el cricar de los grillos, mientras el olor de los pinos le recordaba a su aldea. Entre las agujas de los árboles veía un cielo de incontables estrellas alrededor de la luna, gajo de luz. La paz exterior no mitigaba el infierno que sentía en su interior y que le impedía cerrar los ojos.

Hasta aquel momento él y su familia habían sido las víctimas y ahora él sería verdugo sin que pudiera hacer nada por evitarlo. Pensó en escabullirse y no participar en el ataque, y lo hubiera hecho si la pena fuera solo unos azotes; pero le amenazaron con la horca. Y un capitán de galera no amenazaba en vano. Desesperado, trazaba un plan tras otro intentando burlar al destino. Ninguno valía.

No había amanecido cuando, después de desayunar pan, queso y vino, emprendieron la marcha bordeando unos montes por el interior hasta llegar a un camino; allí el marino les dijo que aquel era el lugar. Joan anduvo unos pasos por el sendero y pudo ver, desde la altura donde se encontraban, el mar más abajo, varias casas cercanas a la orilla y unas barcas de pesca varadas en una ancha playa arenosa. El escenario le era trágicamente familiar. Se emboscaron tras unas rocas y unos matorrales mientras las primeras luces del día llegaban de Oriente. Al poco oyeron el mugido de unos cuernos que daban la alarma y con un pedernal y un eslabón Joan hizo saltar las chispas que encendieron una de sus mechas de combustión lenta. Después montó la mecha sobre el serpentín, una pieza de hierro parecida a una zeta, que en un extremo sujetaba la mecha y en el otro servía de gatillo. Volvió a asomarse y vio cómo suavemente la *Santa Eulalia*, que mostraba los gallardetes verdes del islam en sus mástiles, varaba en la playa y cómo los hombres, gritando, saltaban por la proa y las bordas.

El oficial Torrent tiró de él para que se ocultara y se colocó a su espalda.

—Cuando yo dé la orden, saldremos todos al encuentro de los que subirán por este camino en busca de refugio en la colina de atrás —dijo en voz alta para que todos le oyeran—. Joan irá delante y disparará el arcabuz contra el primero. Se asustarán y saldrán huyendo. Si los hombres presentan combate, habrá que matar al que se resista. Hay que capturar al mayor número posible, sobre todo a mujeres jóvenes. No queremos niños pequeños. ¿Alguien tiene dudas sobre qué hacer?

Nadie respondió.

—A partir de ahora hablaremos sarraceno.

La espera se hizo interminable. Joan notaba la presencia del oficial Torrent a su espalda y el lento chisporroteo de la mecha de cuerda de cáñamo empapada en salitre. Sudaba de angustia. De pronto oyeron voces y jadeos y cuando vieron a los primeros, el oficial ordenó atacar. Joan no se movió, pero el dolor de un pinchazo en los riñones le hizo levantarse.

—Sal de ahí y dispara si no quieres que te ensarte por la espalda —le dijo Torrent empujándolo hacia delante.

Joan avanzó unos pasos hacia los que subían, siguiendo a sus compañeros. Se encontraron con un grupo de aldeanos y los hombres, armados con espadas, lanzas y ballestas, se situaron al frente. Sus caras mostraron sorpresa y temor y se detuvieron protegiendo a los que venían detrás.

Joan los entendió perfectamente cuando gritaron a sus mujeres que escaparan con los niños y cómo el que lideraba ordenaba a los hombres atacar para cubrir su huida. Notó el silbido de una saeta de ballesta que le rozó y vio cómo el jefe del grupo cargaba contra él espada en mano gritando. Los demás le seguían.

—¡Dispara! —le ordenó Torrent.

Pero el muchacho se quedó rígido, apuntando al pescador que llegaba a la carrera. Buscaba en los ojos del hombre la mirada de su padre.

—¡Dispara, maldito seas! —rugió el oficial.

El chico tuvo la certeza de que moriría si no apretaba el gatillo en aquel momento, y lo hizo. El hombre caía ya sobre él, espada en alto para descargarle un sablazo, y Joan, sin poder apartar sus ojos de los del pescador, oyó el siseo de la mecha prendiendo en la pólvora. Un brutal estampido acalló los gritos de los contendientes y la carrera del hombre se vio cortada en seco. Abrió los brazos al cielo al tiempo que soltaba su espada y la mirada de Joan se apartó de sus ojos para contemplar el horrible boquete abierto en su pecho y del que al poco surgió sangre a borbotones. Cayó de espaldas.

El signo del choque había cambiado. Los pescadores huían en desbandada y los marinos les perseguían; atrás dejaban varios cuerpos atravesados por saetas tendidos en el suelo. Joan no los siguió. Dejó caer el arcabuz y permaneció de pie contemplando, sin saber qué hacer, el cuerpo del hombre al que aún le quedaba un hálito de vida. Entonces un muchachito salió de los matorrales donde se escondía.

Y sin importarle la presencia de Joan, se acercó al hombre, que aún tuvo fuerzas para mirar a su hijo a los ojos. El chico se arrodilló y le cogió de la mano, y Joan se apartó para dejarles intimidad. Sabía muy bien lo que ambos se dirían y también que el chiquillo pasaría a ser el hombre de la casa, el responsable de la familia. De lo que quedara de ella. Unos pasos más allá Joan se puso en cuclillas y, cubriéndose la cara con las manos, estalló en llanto. Al poco vomitaba apoyado en un pino. Él era el niño. Y también el verdugo.

76

Con la marea alta la galera se hizo a la mar dejando atrás una aldea abandonada y saqueada, donde no quedaba ni comida ni nada que se pudiera vender. Pero aquellas gentes eran pobres y sus vidas y su libertad eran su única posesión de valor; las veinte mujeres y los cuatro muchachos adolescentes capturados la acababan de perder. Al alejarse, Joan miraba hacia los montes, los olivos, los pinares y cañaverales; intentaba verlos, porque sabía que desde allí los supervivientes los observaban, desolados, con el corazón roto. Y entre ellos un niño cuyo rostro jamás olvidaría.

—Podemos sacar treinta libras por cabeza y eso son veinticinco ducados —calculaba el escribano—. De este lote obtendremos lo suficiente para cubrir los gastos de la flota por más de diez días.

El capitán Perelló afirmó satisfecho con la cabeza. Estaba sentado en la mesa de la carroza junto al oficial Torrent recibiendo su informe de la operación. En el banco del fondo de la estancia, cerca del timonel, se encontraba el almirante, absorto en sus pensamientos y en apariencia indiferente a lo que se hablaba.

Joan se hallaba de pie detrás del oficial; sabía que su comportamiento en la refriega defraudó a Torrent y que este trataría el tema con el capitán. Pero en aquel momento a él no le importaba el castigo. Su atención se centraba en el almirante Vilamarí. Había jurado vengar a su padre y mató a su asesino en la taberna. Pero ahora comprendía que aunque el Tuerto fuera el autor material del crimen, el verdadero responsable era Vilamarí. La evidencia era aplastante. Él tuvo que matar, aun sin quererlo, a alguien que podía haber sido su propio padre. El almirante era el causante de su muerte y el ladrón de la libertad de su familia, él fue quien la destruyó. Su mirada se dirigía a aquel hombre cercano a los cincuenta años, enérgico y arrogante, pero que con frecuencia se ensimismaba. Merecía morir por el sufrimiento causado a su familia y a tantas otras. Conforme le miraba, Joan sentía la rabia crecer en su interior, era un odio frío y por ello más intenso. Suplicó que Dios le concediera la oportunidad de matarle y poder escapar. Su rencor no era suicida; no podía desperdiciar su vida sin antes localizar y rescatar a su familia. Y también ansiaba encontrar a Anna, abrazarla y rezaba cada día para que el Señor le concediera la gracia de hacerla su mujer.

De repente Vilamarí miró hacia la mesa y sus ojos se encontraron con los de Joan. Fue un choque violento y el muchacho supo que en aquellos instantes larguísimos le transmitía su rabia, su odio. El almirante le mantuvo la mirada, su rostro en general inexpresivo mostró primero una leve sorpresa y después Joan creyó ver bailar en sus labios una sonrisa cínica que no terminaba de asomar. El encuentro de miradas se hizo doloroso por su violencia hasta que Joan no pudo aguantar más y apartó sus ojos del hombre al tiempo que este hacía lo mismo.

—Solo uno de los infantes fue herido en un hombro por una saeta de ballesta —informaba Torrent—. Se repondrá fácilmente, si Dios quiere. En cuanto disparamos el arcabuz y cayó el cabecilla, los demás salieron corriendo, como siempre. No creo que esos pescadores oyeran antes un disparo de arcabuz y les produjo pánico.

Cuando terminó el relato de la emboscada y de cómo saquearon el villorrio capturando a sus habitantes, el oficial abordó el asunto de Joan.

—Se ha comportado como un cobarde —reportaba—. Ha dado mal ejemplo, y lo lamento porque al practicar con la espada me pareció un chico valiente.

—Pues recibirá diez azotes en público como escarmiento —dijo el capitán mirando acusador a Joan, que, de pie, le mantuvo la mirada.

—El muchacho no necesita azotes. —Todos miraron al almirante, que hasta aquel momento parecía por completo ajeno al diálogo—. Lo que precisa es más acción. En el próximo asalto será de nuevo el responsable del arcabuz.

Joan hubiera preferido cien veces los azotes. ¡Otra vez le obligarían a matar a inocentes! Estuvo a punto de protestar, aun sabiendo que era inútil, cuando el almirante le miró con intensidad:

—Tienes mucho aún que aprender, Joan Serra de Llafranc.

Joan se quedó paralizado, noqueado como si hubiera recibido un golpe en la cabeza. Nadie antes en la galera le había llamado de aquella forma, refiriéndose a su origen, usando el nombre de su aldea. Una aldea que Vilamarí saqueó, para asesinar y esclavizar a sus habitantes.

Comprendió que el hombre era totalmente consciente de lo que hacía cuando le enviaba a disparar el arcabuz sobre inocentes. Con toda seguridad al negociar con Bartomeu, este, como buen mercader, usó argumentos emotivos para justificar su ensañamiento con el Tuerto. Le habría contado la muerte de su padre y la desgracia de su familia para ablandar su corazón de pedernal.

¡Vilamarí lo sabía todo!, lo supo desde el primer momento. Y ahora jugaba con él de la forma sádica en que el gato juega con el ratón herido antes de matarlo.

77

Los días y las noches siguientes fueron de insomnio para Joan. La *Santa Eulalia* asaltó dos aldeas más en su ruta hacia el cabo Passero en la zona sudoriental de la isla de Sicilia. El joven supuso que las otras dos galeras actuaban de igual modo con otros pueblecillos. Siempre seguían la misma pauta; un destacamento desembarcado en secreto la noche anterior, en una cala lejana, guiado por marinos de procedencia local y que Joan no sabía si actuaban de grado o a la fuerza, cortaba el paso a los aldeanos que huían del ataque de las tropas que desembarcaban en su playa. La flota se desplazaba con mayor rapidez que las noticias y siempre los sorprendían.

Ver repetidas aquellas escenas una y otra vez era un suplicio para Joan, que solo era capaz de dormir, agotado por el cansancio, durante el día en un rincón de la galera o unos instantes en la noche bajo las estrellas, en tierra firme, junto al maldito arcabuz que a la madrugada siguiente dispararía sobre aquellos infelices que tanto le recordaban a los de su propia aldea. En aquellas vigilias, mientras no podía conciliar el sueño, rezaba; por su familia, por los inocentes sobre los que caerían al amanecer del día siguiente y por él mismo. Y cuando no rezaba, maldecía. Maldecía al almirante Bernat de Vilamarí, responsable de toda aquella maldad y al que deseaba matar con sus propias manos.

Trataba por todos los medios de no herir a los aldeanos y pensó que si disparaba el arcabuz tan pronto los viera, sin darles tiempo a que le atacaran, no tendría que abatir a ninguno de ellos para proteger su vida. El estampido era la señal para que los marinos cargaran contra los pescadores; estos, sorprendidos por el estruendo, terminaban huyendo y la acción era tan rápida que no le daba tiempo a recargar el arma. Su precipitación al disparar y su falta de puntería disgustaban al oficial Torrent, pues hacía la lucha cuerpo a cuerpo más dura, pero al menos no podría acusarle de desobediencia y cobardía.

Aquellos días fue incapaz de escribir en su libro. Tenía el alma alterada y sus sentimientos eran profundos y violentos. Encerraron a las mujeres capturadas en el estrecho espacio bajo cubierta de proa y al principio gritaban.

—Solo las puedes visitar y escoger una si el capitán decide premiarte por algo especial o si tienes cuatro sueldos con que pagar —le dijo el piloto malinterpretando su expresión descompuesta al oír los gritos—. El oficial Torrent las hace custodiar con mucho cuidado para evitar que provoquen peleas entre los hombres o que alguna de ellas salte por la borda. Él y sus soldados recogen el dinero para el almirante.

—Ahora es también alcahuete —murmuró Joan entre dientes.

Se desesperaba cuando las oía; pensaba en su madre, en su hermana y en Elisenda, rezaba por ellas y por que no se hubieran ahogado en el mar tratando de escapar de aquel suplicio.

Pasados un par de días, y quizá resignadas a lo inevitable, las cautivas dejaron de gritar y aquello, junto con la noticia de que no habría más ataques a las aldeas de pescadores, permitió a Joan tranquilizarse lo suficiente para conciliar, aunque inquieto, el sueño. Sus pensamientos empezaron a tomar coherencia. Tenía mucho que escribir en su libro y lo hizo poco a poco. «El almirante lo sabía todo sobre mí», garabateó un día. «Me hizo matar a mi propio padre», anotó el siguiente. «Yo he sido el niño huérfano a la vez que el verdugo», dejó escrito unas horas después. «Qué quiere el almirante que aprenda. ¿A matar inocentes como él?» Y «Juega conmigo como hace el gato con el ratón herido antes de matarlo, pero yo he de matarle antes», escribió al fin.

Doblando el cabo Passero en el extremo oriental de Sicilia, la flotilla, para desilusión de Joan, no se dirigió a Nápoles, sino a Otranto, a cinco días de navegación del cabo.

—Es un puerto franco —le aclaró Genís—. Allí convertiremos los esclavos en dinero.

La rutina se reestableció en los días en que la flotilla navegaba por mar abierto y la lectura por parte de Joan del *Orlando enamorado* para los oficiales se reanudó. Una tarde el capitán le dijo:

—Hoy no habrá lectura. El almirante cenará en su camarote y tú le servirás la comida.

El encargo no le gustó a Joan. La galera tenía sus cocineros y eran ellos quienes servían la mesa de los oficiales. Además, el capitán y el almirante compartían un asistente que se encargaba de la limpieza y de mantener en buen estado sus ropas y armas, de afeitarles la barba y de cualquier otra necesidad. Esa tarea le correspondería al asistente y no a él, se decía. No quería hacer de criado.

El camarote del almirante estaba situado bajo la cubierta de la carroza y se accedía a él desde la crujía descendiendo un corto tramo de escaleras y por un angosto pasillo que conducía también a la enfermería. Eran los dos únicos espacios de uso individual en la nave. Joan no estaba acostumbrado a llevar una bandeja y anduvo con sumo cuidado el trayecto apoyando sus hombros en las paredes del pasillo para evitar que alguno de los vaivenes de la galera hiciera caer los cacharros.

—Adelante —dijo el almirante cuando llamó.

Un nuevo equilibrio le permitió abrir la puerta con una mano mientras mantenía la bandeja en la otra y se encontró con una pequeña habitación donde el espacio estaba aprovechado al máximo. Sobre unos baúles se hallaba el lecho y al fondo había una mesa donde Vilamarí escribía. Encima de esta se abría una pequeña escotilla que daba a popa y que suministraba luz natural, lo que obligaba al almirante a sentarse de espaldas a la puerta.

—Deja la bandeja sobre la repisa, encima del jergón —le dijo el almirante.

—Como ordenéis —repuso Joan.

Pero cuando iba a hacerlo, vio sobre el lecho una lujosa daga otomana a medio desenvainar. El corazón le dio un vuelco. Solo tenía que tirar del arma y degollar al marino que en aquel momento le daba la espalda. Toda la rabia contenida, todos sus deseos de venganza se agolparon en la boca de su estómago como un vómito incontenible mientras el corazón latía acelerado. ¡Al fin podía vengar a su padre! Era una oportunidad irrepetible.

Las manos le temblaban y dejó con cuidado la bandeja en la repisa mientras calculaba que con un movimiento rápido podía terminar de desenvainar el puñal y asestarle a aquel miserable un golpe mortal antes de que pudiera reaccionar. Una voz interior le advertía que si le mataba en aquellas circunstancias, no tendría escapatoria y que sería ejecutado de la forma más atroz; pero la rabia, mezclada con una fiera alegría, crecía en su interior. ¡Tenía que hacerlo, ahora o nunca!

Alargó su mano y su mirada fue al cuerpo del almirante mientras medía las distancias. Entonces advirtió que fingía leer, que había un espejo colgado en la pared de popa y que a través de él le observaba con disimulo. La mano derecha del marino estaba oculta sobre su regazo y Joan tuvo la certeza de que empuñaba una daga.

¡Era una trampa! Con toda seguridad la daga otomana carecía de hoja. Un movimiento en falso y sería él el apuñalado. Sintió que sus músculos se agarrotaban al tiempo que la mirada dura de Vilamarí se encontraba con la suya en el espejo.

—¿Deseáis algo más, almirante? —preguntó el muchacho después de un largo instante en el que no pudo hablar. Tenía la garganta tan seca que casi le dolían las palabras.

Los labios del hombre dibujaron una leve sonrisa de triunfo a través del espejo y Joan sintió que aún le odiaba más.

—No. Puedes retirarte.

Cuando salió al pasillo, Joan temblaba de pies a cabeza y un sudor frío le hacía estremecer en pleno verano. El almirante conocía muy bien sus motivos, sabía que le odiaba, que deseaba venganza. Joan no podía, ni quería, disimularlo más y Vilamarí lo leía cada día en sus ojos, pero por alguna razón desconocida parecía sentir placer teniéndole cerca, notando ese rencor, ese peligro latente.

El marino jugaba con él. Pero Joan vivía con la esperanza de que algún día cometiera un error, rezaba por ello. Entonces cambiarían los papeles, la presa se convertiría en cazador y aquel sería el último día del almirante.

78

—Habladme sobre Otranto y su mercado de esclavos —le pidió Joan a Genís.

La *Santa Eulalia* navegaba a vela y los galeotes se alternaban al remo. Era un día algo desapacible con el mar picado y viento fresco. Estaban sentados en un extremo de la carroza, con los pies apoyados en la crujía; nadie podía oírlos, con el sonido del tambor marcando el ritmo de boga, el viento, las voces de los oficiales en el interior de la carroza y los gritos de los alguaciles fuera.

Joan quería recabar la información que le permitiera dar con el paradero de su familia. Y aunque el tema de los asaltos a poblaciones cristianas era muy delicado, y fuera de lo estrictamente necesario no se hablaba de él, en aquel momento era inevitable hacerlo.

El piloto tendría unos treinta años y Joan se preguntaba si estaba en la galera de Vilamarí cuando asaltaron su aldea. Sin embargo, temía interrogarle directamente, que percibiera un interés extraño, que se pusiera en alerta y se cerrara a la conversación, tal como ocurrió con el Tuerto en la taberna.

El oficial hizo una pausa antes de contestar, como si la respuesta fuera larga y prolija, miró al mar y al fin habló.

Quiso contarle primero la heroica campaña en la que Vilamarí, al mando de una flota aragonesa y napolitana, consiguió romper el asedio al que los turcos sometían a la isla de Rodas, cuartel general de los caballeros hospitalarios. Le relató emocionado que la flota turca era de ciento cincuenta buques, cinco veces mayor que la suya. Y cómo la galera capitana del almirante junto a un par más entraron en el puerto de Rodas ondeando los gallardetes de Aragón entre vítores de los asediados. Los otomanos se vieron obligados a retirarse poco después.

—Nosotros fuimos definitivos en la victoria cristiana en Rodas —decía Genís, emocionado—. Y yo estuve allí, Joan. No sabes lo que fue aquello.

Joan contempló la sonrisa feliz en el rostro del piloto y sus ojos húmedos al rememorar la hazaña y comprendió la profunda admiración que sentía por el almirante. Había percibido aquello antes en la tripulación de la *Santa Eulalia,* pero no dejaba de sorprenderle. Debían de estar ciegos para no ver cómo el almirante se ensañaba con los pobres pescadores. Era cruel con los débiles.

Joan meneó la cabeza disgustado antes de preguntar:

—¿Y Otranto?

—Otranto pertenece al reino de Nápoles, pero está situada a la entrada del mar Adriático. Se precisan más de ocho días de navegación desde Otranto a la ciudad de Nápoles, pero se encuentra en la ruta comercial de Venecia al resto del Mediterráneo y solo a un día de las costas albanesas, parte de las cuales ya estaban por entonces dominadas por el Imperio turco.

»Ante el fracaso de Rodas, los turcos lanzaron un ataque sorpresa como represalia sobre Otranto, también con fuerzas muy superiores, y la conquistaron. Vilamarí, por orden del rey de Aragón, se puso al servicio del rey Fernando I de Nápoles, y al mando de sus propias naves y de la flota napolitana asedió la ciudad por mar. Mientras, Alfonso de Calabria, heredero del trono de Nápoles, reforzado por tropas de otros estados italianos y húngaras, cercó la ciudad por tierra y entre ambos obligaron a los turcos a rendirse.

»Y ahora Otranto es un puerto franco codiciado por los venecianos, demasiado cerca del Imperio otomano, del que le protege una paz precaria y demasiado lejos de la capital del reino. Tiene un floreciente mercado de esclavos que provienen de los asaltos de corsarios y piratas.

—¡Pero los esclavos que nosotros traemos son cristianos! —exclamó Joan—. ¿Es que no va a hacer nada el gobernador?

El piloto sonrió moviendo la cabeza negativamente.

—El gobernador es amigo de Vilamarí desde los tiempos de la reconquista de la ciudad y obtiene pingües beneficios del tráfico de cautivos. Ha conseguido una relativa independencia de Nápoles y todo el mundo que paga impuestos es bienvenido aquí, ya sea veneciano, turco o berberisco. No hace preguntas a quienes traen buenos negocios. Los esclavos musulmanes los compran tratantes que los venden en países cristianos y los cristianos se destinan al Imperio turco e incluso a algunas zonas cristianas más lejanas, como la isla de Creta.

Joan se dijo que Otranto estaba demasiado lejos de Llafranc, que aquel no podía haber sido el destino de su familia.

A Joan se le permitió bajar a tierra y acudió, junto al piloto, a la subasta de esclavos que tenía lugar en un gran recinto encalado que también se usaba en las ferias de reses y caballos. Allí tanto mujeres como hombres eran exhibidos desnudos para su humillación y deleite de curiosos. Algunos lloraban en silencio, mientras cubrían su desnudez con las manos. Mostraban la mirada huidiza del miedo. Porque cualquier desobediencia era castigada de inmediato con azotes. Se les trataba como mercancía y solo las mujeres más bellas recibían alguna consideración, aunque los traficantes las manoseaban e inspeccionaban como si estuvieran comprando mulas. Allí, siempre bajo la atenta anotación de los escribanos, se recibían las ofertas, estableciéndose los precios sobre los que el gobernador cargaba sus impuestos y los comerciantes ponían sus márgenes.

Joan no vio en el mercado ni al almirante ni al capitán y aquella mercancía humana, solo días antes personas libres y ahora encadenadas, fue entregada por el oficial Torrent acompañado por un pelotón de tropa, de escribanos y de alguaciles de las galeras. Algunas de las muchachas eran hermosas y estaban muy bien formadas, pero Joan no se entretuvo en su contemplación y se despidió del piloto tan pronto hubo echado un vistazo. No podía dejar de pensar en su madre, su hermana y Elisenda, y ser testigo de aquel proceso denigrante le revolvía las tripas. Temía terminar golpeando a alguno de los mirones que gritaban lascivos a las esclavas e intentaban tocarlas cuando se las hacía entrar o salir.

Se repetía que aquello era injusto y que el almirante no tenía ningún derecho a hacer tan infelices a aquellas gentes.

Cuando llegó a la galera sacó el libro de su escondite, bajo un pequeño tablón que mantenía desclavado de forma que nadie percibiera su movilidad.

«¿Qué precio tiene una vida? —anotó—. ¿Qué precio tiene la libertad? Vilamarí es un ladrón de vidas y de libertades. Algún día pagará por sus crímenes.»

79

La flota navegaba a vela aquella noche apacible y cálida frente al golfo de Tarento. Los galeotes descansaban y, fuera del timonel y los vigías, todos dormían en la *Santa Eulalia*; pero Joan no podía conciliar el sueño por la impaciencia.

Al fin se dirigían a Nápoles, donde vivía su amada. La ciudad era tres veces mayor que Barcelona, no sería fácil encontrarla. Anna era ya una mujer casada y Joan se preguntaba entre temeroso y esperanzado si ella le continuaría amando.

En la carroza, las hamacas de los oficiales se balanceaban suavemente, Joan no contaba con el privilegio de una, pero se sentía feliz con el jergón que extendía en el suelo por las noches. Aún recordaba la dura cubierta sobre la que trataban de dormir los galeotes y, en comparación, su camastro le parecía un lujo.

Era una noche de luna creciente cercana a llena y el cielo estaba cubierto de pequeñas nubes que se deslizaban dando la impresión de que el astro era la cara sonriente de una doncella que coqueteaba cubriéndose la faz y destapándola con distintos velos. Inquieto, Joan se levantó y anduvo cuidadoso por la crujía hacia proa. Era difícil evitar el ruido sobre el maderamen de aquel pasadizo central cuyo nombre provenía precisamente de los crujidos que producía al pisarlo. No quería perturbar el sueño de los galeotes que dormían tumbados a uno y otro lado de la crujía. Muchos roncaban, alguno tosía, otro hablaba en sueños y a cada movimiento sonaban las cadenas que los unían a la nave. Llegó a la arrumbada en proa, aquel era el dominio de sus cañones y acarició el bronce frío de una de las culebrinas. Después fue al espolón que se alzaba en el extremo de la galera y que servía para abordar las naves enemigas. Se sentó allí, contemplando cómo la proa abría las aguas oscuras coronadas en ocasiones por destellos plateados. Alzó la vista hacia el horizonte del lado de la luna y vio cómo su luz trazaba un camino plateado en el mar que se dirigía a la nave sobre las olas. El astro iluminaba las nubecillas tal como pudiera hacerlo el sol, pero su menor luz convertía su empeño en lucha constante contra las tinieblas.

Eran el mismo tipo de nubes en las que, tantos años antes, su padre le enseñó a reconocer aquellos seres ingrávidos del cielo. Solo que estos eran mucho más oscuros. Como el tiempo que ahora le tocaba vivir. ¡De qué forma tan trágica había cambiado su vida! Sacudió la cabeza para desechar los pensamientos tristes y las añoranzas que tanto dolían, y se concentró en leer aquellas formas celestes oscuras y plateadas. Un caballo, un duende de orejas apuntadas... Entonces la luna se cubrió por unos momentos para asomar de nuevo sonriente. Aquella parecía la cabeza de un turco con un gran turbante, la otra una muchacha... El corazón le dio un vuelco. «¡Anna!», se dijo en un susurro.

—Buenas noches, Joan Serra de Llafranc.

El joven se sobresaltó. Había reconocido la voz y al girarse vio a quien le contemplaba, de pie, a escasa distancia.

—Buenas noches, almirante.

El hombre se acomodó en un banquillo situado en la arrumbada, de cara al espolón, y después de respirar hondo y contemplar el mar, las nubes y la luna, dijo:

—Es hermoso.

—Sí, señor.

Vilamarí se mantuvo en silencio mientras su mirada recorría las aguas, el cielo y el horizonte. Joan le imitó.

—¿Sabes, muchacho? —dijo el hombre al rato—. No puedes acusar al león de crueldad cuando mata a una oveja o a una gacela.

Joan le miró sorprendido, pero calló a la espera de que el propio almirante se explicara.

—El león debe sobrevivir y hacer que sus cachorros sobrevivan. Dios le ha dado garras, dientes y un estómago que solo admite carne. Cuando mata no es por odio y no siente placer con el sufrimiento de la gacela; su gozo está en conseguir el alimento que le permitirá ser fuerte, seguir viviendo. El león no es sádico ni cruel, solo cumple la voluntad de Dios. La gacela no tiene garras ni dientes con que defenderse. Cuando muere para alimentar al león, también cumple la voluntad de Dios.

El almirante calló para continuar contemplando el mar, las nubes y la luna. Joan permaneció en silencio tratando de recuperarse de la sorpresa que le causaba Vilamarí. ¿Qué historia era aquella? Al muchacho no se le escapaba el doble sentido de aquel discurso. Hablaba de su propio padre y de su familia, del asalto a su aldea. Le estaba diciendo que él era el león, su familia su presa natural y que actuó en justicia porque era la voluntad de Dios que se alimentara de ella. ¿De verdad pretendía convencerle?

También le decía que no disfrutaba con el sufrimiento de sus presas y que mataba, robaba y esclavizaba solo para sobrevivir.

Entonces intuyó que aquel hombre de apariencia altanera y distante le pedía comprensión, casi disculpas. Ese entendimiento llenó de asombro a Joan. ¡El almirante tenía conciencia! Debía de sentir remordimientos y para aplacarlos quería convencerle precisamente a él, su víctima.

Se dijo que no le daría ese placer. Juró matarlo en cuanto pudiera hacerlo de forma impune y no le concedería ni esa pequeña tregua dándole la razón.

—Los hombres no somos animales, almirante —repuso con voz firme. Le miraba a la cara, aunque la oscuridad ocultaba sus rasgos—. Dios nos dijo que nos amáramos los unos a los otros y que no hiciéramos a los demás lo que no quisiéramos que nos hicieran a nosotros mismos.

Calló temiendo que el almirante interpretara sus últimas palabras como una amenaza. No quería alertarle, quería que se confiara lo suficiente para que le diera la oportunidad de vengarse.

—No, muchacho, te equivocas —repuso el almirante después de ponderar sus palabras—. Entre los hombres hay muchas especies; hay leones, gacelas y corderos. Y la misma ley divina de supervivencia se aplica a los humanos. No somos iguales los que viajamos en la carroza que la chusma que rema. El noble no nace igual que el payés de remensa. El remensa es el cordero y el noble, que es el león, le protege de otros leones a cambio de comida.

—Pues debéis saber que los remensas se sublevaron y que uno de ellos casi mata al rey. ¿Era ese un cordero?

—Conozco bien esa historia. Joan de Canyamars no era un cordero. Ni tampoco tú lo eres, Joan Serra de Llafranc, y por eso duermes en la carroza con los leones y no con los corderos que reman en la galera.

—¿Cómo es eso, almirante? —repuso Joan, exaltado—. ¿Somos leones sin haber nacido nobles? ¿No es la voluntad de Dios que seamos corderos proviniendo de padres villanos?

—Eso es lo que nos diferencia a los humanos de los animales —repuso el almirante—. Los animales nacen con garras o sin ellas y nunca podrán cambiar. Serán cazador o presa. Pero yo admito que hay dos tipos de nobleza: la de nacimiento y la de corazón. Quien ha nacido entre corderos pero tiene corazón de león se procura las garras. E incluso hay casos en que gracias a esas garras, que en el hombre son las armas, pobres villanos llegaron a nobles. También es la voluntad de Dios.

Joan calló desconcertado. El almirante tenía su discurso bien elaborado, habría pensado mucho para acallar su conciencia. Sin embargo, le vinieron las imágenes de su padre cayendo de espaldas con la herida en el pecho y la de las mujeres en el mercado de Otranto intentando tapar su desnudez con las manos, temblando de miedo y vergüenza. Dios no podía justificar aquello.

—Tú también has usado tus garras para matar, muchacho —continuó Vilamarí ante su silencio—. Mataste al alguacil que le disparó a tu padre y colaboraste con el asesinato de Garau, que también estuvo en la partida de Llafranc. Incluso mataste a un pescador que protegía a su familia en Sicilia. Gracias a ello comes cada día y viajas cómodamente en la carroza mientras otros reman por ti. Por eso duermes con los leones, porque eres uno de ellos. Y comes con el mismo apetito que ellos sin importarte que la comida llegue de la venta de esclavos. No te quieras creer ni más víctima ni más puro, Joan Serra de Llafranc. Porque no lo eres.

Vilamarí se levantó sin despedirse y se fue hacia popa. Por unos momentos Joan pudo oír sus pasos firmes haciendo gruñir el maderamen de la crujía. Dejó que su vista se perdiera en la contemplación del mar, de las nubes, de la luna y sus juegos de luz y sombras. Una nube empezó a tomar la forma amenazante de lo que parecía un león agazapado para el salto. Su corazón se llenó de angustia, la luz del astro no podía cruzar más allá de sus retinas y su interior se inundó de tinieblas. ¿Tendría razón el almirante?

80

Unos días más tarde la flotilla llegó a Reggio, casi en la punta de la bota que forma la península italiana, donde se detuvo solo unas horas para repostar agua y víveres. Después pasaron el estrecho de Mesina, que separa Sicilia del continente, para seguir hacia el norte en paralelo a la costa calabresa. A la mañana del cuarto día rebasaron la punta Campanella, dejando a babor la isla de Capri, y se abrió ante ellos la gran bahía de Nápoles.

Joan se encontraba en la arrumbada de la galera, emocionado. ¡Al fin Nápoles! A pesar del calor húmedo de agosto había buena visibilidad y su amigo el piloto Genís le señalaba en el horizonte los lugares relevantes.

—Justo al norte de la bahía se encuentra la ciudad de Nápoles, la capital del reino —le explicó.

Solo oír el nombre, el corazón de Joan, ya acelerado, le dio un vuelco. Se moría de impaciencia por encontrar a Anna, ver de nuevo su rostro, su sonrisa.

—A la izquierda de la ciudad están las islas de Ischia y Procida —continuaba el piloto señalando con el dedo al frente—. Y cuando entremos un poco más en la bahía... ¡Ahí! —dijo señalando a la derecha—. Aquel monte es el Vesubio. Es un volcán.

El mar estaba muy azul, el día era claro y el paisaje hermoso, pero a Joan le costaba seguir las indicaciones del piloto. Su mente trazaba un plan tras otro para encontrar a su amada. La librería era la clave. Sin duda el librero era buen amigo de Bartomeu, y Anna debía de tener una excelente relación con el hombre, ya que este era su correo clandestino.

No tenía aún respuesta de Bartomeu a su carta, ignoraba el nombre del librero y en Nápoles habría bastantes librerías. No sabía cómo localizarla, tampoco podía preguntar por Anna directamente e ignoraba cuánto tiempo iba a detenerse la flota de Vilamarí en la ciudad. Temía no encontrar a su amada.

Pronto Nápoles se presentó con toda su belleza. La ciudad miraba al sur de la bahía y estaba resguardada por unos montes suaves al norte con verdes arboledas y protegida por una muralla de aspecto sólido. En la parte este, entre los muros y el mar había una playa que permitía varar naves de pequeño calado, pero en la oeste los muros caían directamente sobre las aguas. En esa zona se alzaba el imponente Castel Nuovo, residencia de la dinastía aragonesa que reinaba en Nápoles. De la fortaleza partía un amplio muelle en forma de ele que, adentrándose en el mar, proporcionaba a las naves protección y puntos de atraque. Más al este, sobre una isleta, se encontraba el poderoso Castel dell'Ovo y en plena bahía, en un punto intermedio entre ambos castillos, dentro del mar, se alzaba una torre fortificada que hacía de faro. El piloto señalaba los campanarios de las iglesias y grandes edificios dándoles nombre. Joan se sorprendió de que en el oeste, hacia el interior, la ciudad tuviera aún otra fortaleza, la Capuana, antiguo palacio real. Sin duda aquella era una ciudad rica y próspera.

La escuadra disparó sus salvas de honor, que Castel Nuovo respondió y tan pronto la *Santa Eulalia* hubo atracado, el almirante bajó a tierra, donde le esperaba un comité de recepción. Vilamarí sabía que el rey Fernando de Nápoles, también llamado Ferrante de

Aragón, había muerto hacía ya más de seis meses y que su hijo Alfonso, su compañero de armas en la reconquista de Otranto, era el nuevo rey.

Alfonso II recibió con grandes muestras de cariño a su antiguo camarada y le puso al corriente de la situación. El rey Carlos VIII de Francia se proponía entrar en Italia, cruzándola de norte a sur con un enorme ejército. Decía querer situar sus tropas cerca de los turcos para combatirlos, pero era obvio que ambicionaba el reino de Nápoles, sobre el que reclamaba derechos hereditarios provenientes de la dinastía Anjou.

Anticipándose a su ataque, Alfonso II envió una escuadra de treinta y seis galeras, dieciocho grandes naves a vela y multitud de otras menores al puerto de Livorno en Pisa para detener a la flota francesa. Agradeció el ofrecimiento de Vilamarí, pero no se habían iniciado aún las hostilidades y de momento no precisaba de su ayuda.

Mientras, Joan deambulaba por una alegre ciudad de Nápoles que, ajena a la guerra que se avecinaba, rebosaba de vida en sus calles y en sus mercados. Se dijo que la prosperidad se notaba en mil y un detalles y que así debió de ser Barcelona antes de la guerra civil según relataban los que la conocieron en su esplendor.

Necesitaban reponer solo pequeñas cantidades de pólvora, ya que desde que abandonaron Palermo las naves solo la habían gastado en salvas y en algunas prácticas de tiro. A pesar de ello visitó varios proveedores, revisando su proceso de fabricación para asegurar la calidad adecuada.

Al regresar a la *Santa Eulalia* en la noche recibió la mala noticia. El reino de Nápoles no precisaba de la flotilla, pero el Papa reclamaba sus servicios y zarparían tan pronto las naves se avituallaran. En todo caso, tampoco les hacían falta grandes provisiones, puesto que la travesía hasta Ostia, el puerto de Roma, solo requería dos días.

Sintió que algo se desgarraba en su interior. Tendría a lo sumo dos días. ¿Cómo encontrar la librería? No podía preguntar por Anna sin más. Sería ya una mujer casada, conocida por el apellido del marido, que él ignoraba. Además, que un desconocido preguntara por una mujer casada no era correcto, perjudicaría su reputación y pondría sobre aviso al esposo. ¿Qué hacer?

Aquella noche apenas pudo dormir pensando en cuán cerca estaba de Anna y la gran distancia que los separaba, que no era más que su ignorancia de cómo encontrarla. Era casi imposible que se toparan en la calle; las esposas de los ricos apenas salían y cuando eso ocurría, iban siempre acompañadas.

En la madrugada creyó hallar la solución. Había inventariado los libros que se encontraban en cada nave. Además del primero de los libros de *Orlando enamorado*, leído ya un par de veces en voz alta para los oficiales de la *Santa Eulalia*, solo tenían cuatro títulos profanos entre los que destacaba *El arte de amar*, de Ovidio, escrito en latín. El resto eran libros de oraciones que no resultaban muy apetecibles para los oficiales. En la mañana habló con Vilamarí; no fue difícil convencerle para que mejorara su biblioteca con lecturas más amenas y obtuvo autorización para hacer un pedido.

Joan se sintió feliz, tenía ya una buena excusa para recorrer las librerías de la ciudad en busca del misterioso librero. Pero no sabía aún qué hacer para identificarle sin mencionar a Anna. Al fin se le ocurrió la gran idea; preguntaría por la traducción del *Orlando enamorado* al catalán. Solo un librero en Nápoles conocía de su existencia, pues fue él quien la encargó en exclusiva para Anna. ¡Al fin la encontraría!

Sonaba la hora tercia en los campanarios de Nápoles cuando, después de recibir el perceptivo permiso, Joan saltaba a tierra con el corazón lleno de gozo. El sol iluminaba ya las torres, la ciudad le parecía aún más hermosa y se permitió el lujo de emplear unos minutos en la contemplación del arco de triunfo que daba entrada a Castel Nuovo, situado justo al final del espigón donde estaba atracada la *Santa Eulalia*. Joan se quedó prendado de su belleza y armonía, y aunque llevara ya cincuenta años construido, era de aquel estilo nuevo completamente distinto a lo que Joan había visto antes. «Renacimiento», se dijo; como el nuevo tiempo que él empezaba a vivir.

81

Joan se dirigió a la calle de los libreros, cercana a la catedral. En la tercera librería, el librero le miró extrañado y le dijo con cierta hostilidad:

—¿Es que creéis que porque nuestros reyes sean aragoneses, vamos a tener libros italianos traducidos al catalán? Aquí entendemos el *Orlando enamorado* bastante bien aunque esté escrito en florentino. ¡Qué petición tan ridícula! Si no lo hemos traducido al napolitano, ¿cómo vamos a tenerlo en catalán?

Joan dio las gracias y se disponía a salir cuando el hombre añadió:

—Además, los reyes aragoneses no durarán. Dentro de poco serán franceses. Venid dentro de un año y lo tendré en francés.

Y rio a carcajadas.

Joan siguió su ruta por las librerías, que, a semejanza de lo que ocurría en Barcelona, parecían tener mayor actividad en la venta de libros en blanco que escritos o impresos. Todas tenían taller de encuadernación y Joan aspiraba el olor del papel, del cuero y de la tinta con deleite, rememorando los años junto a su maestro Abdalá en la casa de los Corró.

Recibía una negativa tras otra y cuando regresó a la *Santa Eulalia* para el almuerzo se sentía desanimado. Continuó su búsqueda por la tarde y al preguntar en una librería de un tamaño mayor al habitual, situada en la calle del Doumo, le atendió una mujer de unos cuarenta años, redondeada, de ojos claros y con bucles rubios que se escapaban de la toca con la que se cubría. Sonrió pícara al oír la extraña petición de Joan y llamó al que debía de ser el propietario.

El hombre tenía ojos castaños, pero el mismo aspecto orondo y agradable que su mujer y al entrar en la tienda se apresuró a cubrir su calva con un gran gorro.

Escuchó con atención la inusual petición de Joan, sonrió irónico, hizo un gesto teatral y se puso a declamar:

—«Averiguar quién es la dama quiero, responde el mago, y qué designio tiene»; «Angélica es su nombre verdadero, dice el demonio: a destruiros viene».

Joan reconoció de inmediato los versos de *Orlando enamorado.*

—¡Sois vos! —exclamó Joan emocionado—. ¡Vos sois el librero!

El hombre le hizo pasar a un despacho en la trastienda, situado antes de la entrada de lo que parecían unos grandes talleres. Estaba amueblado con una mesa y dos sillas y a excepción de una ventana, cubierta por un visillo que filtraba la luz, todas las paredes estaban revestidas de anaqueles llenos de libros.

—Antonello de Errico, para serviros —se presentó el hombre con una pequeña reverencia.

—Joan Serra de Llafranc —dijo el muchacho devolviéndole el gesto cortés.

—Supe quién erais desde el momento en que oí vuestro acento y escuché vuestra pregunta —dijo con una sonrisa—. Mosén Bartomeu Sastre me envió una carta y dinero alertándome de vuestra llegada. En ella dice que enviaba otra a la galera, pero que dudaba que alcanzara a la *Santa Eulalia* antes de que me encontrarais.

—¡Bendito sea! —exclamó Joan, aliviado—. ¿Dónde está ella?

Antonello rió alegre:

—¡Ah, el amor impaciente! —repuso con tranquilidad—. Orlando enamorado, me temo que os tendréis que contener. Vuestra Angélica es una dama casada.

—¡Lo sé!

—Su marido es buen cliente, no estaría bien que yo le traicionara.

Joan se sobresaltó al tiempo que notaba, angustiado, que un sudor frío le invadía en pleno agosto. ¡Había recorrido un camino tan largo hasta llegar allí! ¿Y si ese hombre se negaba a decirle dónde encontrar a Anna? Por un momento pensó en abalanzarse sobre él y obligarle a hablar a punta de daga. Pero se dijo que ese sería su último recurso y entonces recordó el encargo del almirante.

—¡Yo puedo ser mejor cliente! —exclamó—. ¡Os compraré muchos libros!

Antonello volvió a reír.

—Está bien, hablemos de negocios.

El hombre tenía una gran selección de volúmenes tanto manuscritos como impresos, algunos editados por él mismo, ya que, aparte del taller de encuadernación, poseía una imprenta. Entre los libros almacenados tenía, para sorpresa de Joan, un ejemplar impreso de la edición de 1492 de *Tirant lo Blanc,* pero no el segundo libro de *Orlando enamorado.* Aunque le dijo que en unas horas lo tendría en la tienda, ya que sabía de un colega que almacenaba ejemplares. Joan encargó otros cuatro libros, interesado más en que el pedido fuera lo suficientemente goloso para el librero que en la calidad de los textos. Este hizo sus cuentas y dijo:

—Son veinticinco ducados.

Con excepción del *Orlando,* Joan había revisado con cuidado los libros. Eran impresos, lo que los hacía mucho más baratos, aunque tenían una excelente encuadernación de cuero que les daría larga vida. Calculó que veinticinco ducados napolitanos representaban veintiséis libras barcelonesas y cinco sueldos. Aún recordaba los precios de cuando él fabricaba libros, le parecía que el librero pedía mucho, pero tampoco quería regatearle demasiado. Deseaba mantenerle contento.

—Que sean veintitrés.

—No os conviene bajar —repuso el napolitano sin perder la sonrisa—. El almirante querrá también reducir el precio y al final se puede estropear el negocio. Veinticuatro y me planto ahí.

—De acuerdo, pero decidme dónde vive Anna.

—Ahora es la *signora* Anna di Lucca —repuso el hombre.

—¡Anna di Lucca!

—Vive en un palacio dos esquinas más arriba en esta calle. —El librero compuso una expresión compungida—. Pero en agosto *il signore* Lucca abandona la ciudad para veranear en la isla de Ischia. Lo siento: ella no volverá a Nápoles hasta septiembre.

Todo el júbilo que Joan sentía al hallar al librero se esfumó de repente junto a la esperanza de ver a Anna. ¡No regresaba hasta septiembre! Solo Dios sabía dónde se encontraría la flota entonces. Joan buscó apoyo en uno de los estantes de libros, estaba aturdido como si le hubieran golpeado, era una tremenda desilusión.

—Salimos pasado mañana hacia Roma —dijo a media voz—. Y no sé cuándo regresaremos.

—Le puedo dejar una nota vuestra —se ofreció Antonello.

Al llegar a la galera, Joan trató de ver la isla de Ischia. Recordaba que el piloto se la mostró al entrar en la bahía, pero no se divisaba desde el puerto de Nápoles. Después fue a informar al almirante de los libros que pensaba comprar y este estuvo de acuerdo con el lote, aunque no con el precio.

—Dale veintidós ducados —dijo con una sonrisa maliciosa—. Si no acepta, no se compran los libros.

De regreso a la librería, Joan le dijo a Antonello el precio al que el almirante quería comprar. El librero rio.

—Lo sabía. Ya os lo dije; los nobles son así —explicó—. No se rebajan a regatear, aunque reducen el precio y tú lo tomas o dejas. Pero como gano, lo tomo.

Joan se encogió de hombros. Le habían dejado de interesar la librería, los libros y Antonello; nada de aquello le importaba. Su pensamiento estaba en Anna.

El librero le hizo un recibo especificando los libros que le vendía y le cobró los veintidós ducados. Después le dijo:

—El diez por ciento de esto es tuyo. —Joan notó que de pronto el napolitano había pasado a tutearle. Y puso en su lado de la mesa dos ducados y varias monedas.

—Ese es dinero del almirante, no puedo aceptarlo —dijo Joan sorprendido.

El hombre sonrió.

—Tienes mucho que aprender. Yo acostumbro a darle esa comisión a quienes me venden libros. Y esos libros los vendiste tú. Esto funciona así y vas a necesitar dinero. En especial si quieres cortejar a la *signora* Lucca.

Joan se quedó mirando las monedas. El librero tenía razón; necesitaba dinero. Todos los tripulantes de la nave cobraban sus soldadas con excepción de los galeotes forzados. Él era aún legalmente un forzado, no recibía nada y el dinero enviado por Bartomeu daba solo para lo más preciso.

—No puedo cogerlo —insistió Joan.

—Tómalo de todas formas, lo consultas con la almohada y si no lo quieres, mañana se lo das al almirante —repuso Antonello—. No me puedo quedar con él porque es tuyo y porque espero que me vendas más libros. Este negocio tiene sus normas y yo las cumplo.

Joan quedó en silencio, se sentía confuso.

—Además, ¿de dónde ha sacado el almirante el dinero con que compra los libros? —insistió el librero—. ¿Es realmente suyo?

Joan lo sabía demasiado bien, aquel dinero provenía de la venta de esclavos. Cogió las monedas y las puso en su bolsa. El napolitano sonrió.

—El almirante sabe muy bien que te llevas una comisión. Estoy seguro —le dijo Antonello al despedirse—. Y lo consiente. Es la forma que tienen de pagar fidelidades.

Joan entregó los libros y el recibo al almirante. En la faz de Vilamarí apareció una breve sonrisa parecida a la que mostró cuando hablaron de los precios de los libros. El muchacho creyó ver malicia en ella.

En la noche se sentía agotado pero no podía dormir. Daba vueltas en el camastro pensando en Anna y la imposibilidad de verla estando tan cerca. Sentía rabia y pena.

También recordaba las palabras del librero: «Vas a necesitar dinero si quieres cortejar a la *signora* Lucca». Hasta el momento no había pensado en ello. Quería encontrar a Anna porque la amaba con locura y se creía correspondido. La haría su esposa si ella lo aceptaba. Pero no había pensado en los aspectos materiales del asunto. Ella vivía con un hombre rico que le daba de todo. ¿Qué podía ofrecerle él? Nada. Tenía solo el dinero necesario para comprar un jubón nuevo y presentarse a ella con elegancia. Si Anna cometiera un acto de locura y huyera con él, no tendrían ni siquiera para comer.

El dinero de la bolsa le quemaba. Veintidós ducados costaban los libros. Cuarenta era el precio de un esclavo. A su madre debieron de venderla quizá por menos de eso, y él ahora tenía en su bolsa parte de ese dinero. Era dinero sucio, obtenido del sufrimiento de inocentes. Ni siquiera debería devolverlo al almirante, debería arrojarlo por la borda.

Después se decía que precisaba de aquel dinero. Sin dinero jamás podría tener a Anna. Y tampoco podría rescatar a su familia una vez la encontrara, no valía solo saber usar las armas como creía de niño, necesitaría mucho dinero.

A la mañana siguiente tomó la decisión de quedarse con aquellas monedas que le recordaban a las de Judas. Y cuando vio a Vilamarí sintió un odio aún mayor que el que antes sentía. Había logrado hacerle su cómplice. Le hizo matar a un hombre de la forma en que mataron a su padre y quedarse con unas monedas que provenían de la venta de una mujer como esclava, como ocurrió con su madre. Estaba seguro de que Vilamarí era consciente de todo aquello y que la sonrisa cínica que bailaba en los labios del marino era la de la victoria. Le mataría en cuanto pudiera, se dijo una vez más para consolarse.

82

A media mañana del día siguiente la flota zarpó rumbo a Ostia, el puerto marítimo de Roma, y las naves cruzaron entre las islas de Procida e Ischia para tomar rumbo norte. Joan contempló melancólico cómo las escarpadas costas de Ischia se aproximaban para alejarse después. Allí estaba Anna, su amor. ¡Tan cerca! Pudo distinguir a unas isleñas en la costa norte contemplando el desfile de galeras y se dijo que si saltara por la borda, alcanzaría la playa a nado sin mayores problemas. Cerró los ojos imaginando su llegada, que una de las mujeres era Anna y que, superada la sorpresa, le recibía con un abrazo y un beso. Pero viendo alejarse Ischia se dijo que aquello solo era un sueño.

Le dejó una nota en la librería; en ella decía que la estuvo buscando en Nápoles sin encontrarla, que la amaba más que nunca y que por favor le esperara porque regresaría.

El mar estaba agitado y, a falta de viento, se precisó de los remos para que las galeras avanzaran. Una vez completadas sus tareas, Joan tenía mucho en que pensar. Los acontecimientos de los últimos días, incluida la conversación con el almirante, aún le perturbaban y precisaba sintetizar sus reflexiones en su libro. Sus pensamientos iban de un asunto a otro y decidió plasmarlos, tal cual, desordenados.

«¿Existen de verdad leones y gacelas entre los hombres?», escribió. «¿Traiciono a mis padres tomando ese dinero sucio? El almirante dijo que tengo mucho que aprender. También el librero. Pero quizá haya cosas que nunca debiera aprender.» «Os amo, Anna, esperadme.» «Necesito mucho dinero.» Y refiriéndose al almirante: «Os mataré». Por prudencia no escribió su nombre.

A la llegada de la flota a Ostia, la situación para el papa Alejandro VI era difícil. Afianzó su alianza con Nápoles casando a su hijo Jofré con Sancha, la hija de Alfonso II, el nuevo rey. Esa alianza disgustó al cardenal Della Rovere, que deseaba en secreto ser Papa y tenía sus esperanzas puestas en la invasión francesa. Después de una discusión con el pontífice, el cardenal huyó, apoderándose de la ciudad y del castillo de Ostia con la ayuda de la poderosa familia romana de los Colonna. Desde allí controlaba el paso de las embarcaciones que remontaban el río Tíber, bloqueando los suministros a la gran ciudad.

Precisamente para asegurar el tránsito por el río, el Papa quería contratar los servicios de Vilamarí y de su flota. El almirante tenía una buena relación con el pontífice, quien le confió a su hijo Juan Borgia para trasladarlo con sus galeras a Barcelona, donde iba a desposar a María Enríquez, la prima del rey Fernando de Aragón.

El río Tíber bajaba con poco caudal dada la estación y el almirante decidió remontarlo hasta Roma solo con la *Santa Eulalia*, con lo que dejó las otras dos galeras en la desembocadura del río. El viaje tenía sus riesgos para una nave de semejante tamaño, pero no era la primera vez que lo hacía con Genís Solsona de piloto y con la ayuda de un práctico local buen conocedor del río.

Consiguieron llegar felizmente en un día de viaje sin ser hostigados por la guarnición de Ostia, que decidió respetar los colores de sus gallardetes y la artillería de la nave. Tan pronto la galera atracó en el puerto cercano al Ponte Vecchio, el almirante se apresuró junto con el oficial Torrent y veinte soldados de tropa a acudir al Vaticano. Joan quiso acompañarlos y, para sorpresa de muchos, el almirante lo consintió.

Roma en aquel entonces era bastante menor que Nápoles, quizá del tamaño de Barcelona, pero estaba rodeada de ruinas ilustres de los tiempos del imperio, en los que el tamaño de la ciudad era treinta veces mayor.

El almirante Vilamarí pidió audiencia al Papa y una vez identificado, le hicieron pasar a las dependencias vaticanas. Sus acompañantes se quedaron en la portería junto a los guardias y como estos eran valencianos, pronto se estableció una charla de camaradas entre Torrent, el oficial papal y las tropas de ambos bandos. Pero de repente los guardas callaron, cuadrándose frente a dos personajes que entraban. Uno era un joven de buena planta vestido de negro y el otro, un hombre de atuendo militar, no demasiado alto pero enérgico y que tenía la nariz algo aplastada. Las miradas de este y de Joan se cruzaron y una chispa de reconocimiento apareció en sus ojos.

—Yo os conozco —dijo el hombre.

—También yo —repuso Joan, y de repente recordó—. En Barcelona. Vos sois don Miquel Corella.

El hombre rio y le dio una palmada en el hombro.

—Cierto —dijo. Y le explicó al muchacho de negro que le acompañaba—: No hace ni un año que este mozo nos ayudó a salir con bien de algunas aventuras peligrosas a vuestro hermano Juan y a mí. A continuación le pidió al chico que le recordara su nombre completo.

—Joan Serra de Llafranc.

—Pues Joan Serra, te presento al arzobispo de Valencia, César Borja, aunque aquí le llaman Borgia.

Joan, respetuoso, le besó el anillo, a lo que el arzobispo correspondió trazando una cruz con su mano derecha en el aire a modo de bendición.

El eclesiástico no tendría más de diecinueve años, aunque era de complexión atlética y tenía a la vez un aspecto solemne y decidido. Se notaba que no quería conversación y con una autoridad impropia de su edad le hizo un gesto a Corella para que pasaran al interior del edificio. La guardia continuaba rígida en posición de saludo.

—Termino en un rato —le dijo Corella a Joan—. Espérame aquí, te invito a comer en mi casa.

Al salir el almirante, Joan le pidió permiso para aceptar la invitación de Corella.

—¡Vaya! —repuso Vilamarí—. Le conozco. No es una mala amistad, se trata de uno de los hombres de confianza del Papa. Está bien que te relaciones con él, puedes permanecer en tierra hasta después de la cena. Nos quedaremos aquí unos días.

Parecía que el encuentro con Joan había alegrado a Corella, que se mostraba más afectuoso y parlanchín de lo que el muchacho le recordaba, y al salir de las dependencias papales le condujo a las caballerizas. Allí le pidió a uno de los mozos que le diera un caballo a Joan. Este miró con reparo al animal.

—No sé montar —confesó—. No lo he hecho nunca.

Una vez en su montura, Corella le explicó cómo hacer andar al caballo, cómo detenerse, girar a derecha e izquierda. Y concluyó:

—Y si no te hace caso, es que tiene una opinión distinta a la tuya y que está convencido de que la suya es la buena —dijo riéndose—. Anda, sube de una vez.

Y partieron acompañados de dos hombres de armas, también a caballo.

—¿A que el mundo se ve distinto desde aquí arriba? —le preguntó el hombre.

Joan, apurado en conseguir que su animal se mantuviera a la altura del de Corella, no había reparado en ello. Comprobó que no era lo mismo que andar y que le confería un cierto sentimiento de superioridad.

Cuando le preguntó qué hacía en las dependencias papales y Joan repuso que esperaba a que el almirante presentara sus respetos al Papa, Corella rio con sarcasmo.

—¿Sus respetos? —dijo—. Sí, también. Pero en realidad está negociando su soldada. Le está pidiendo dos mil doscientos cincuenta ducados por un mes de servicio de las tres galeras, lo que es excesivo, y exige que su santidad pague tres meses por adelantado. Además, quiere el derecho a no entrar en batalla si las fuerzas enemigas son manifiestamente superiores. —Y terminó con un resoplido.

—¿Creéis que llegarán a un acuerdo?

—Sí —repuso Corella—. Claro que sí. Pasarán tres días negociando y tu jefe no sacará más que unos seiscientos por galera y dos meses por adelantado.

Joan guardó silencio mientras calculaba. Mil ochocientos ducados, un mes del alquiler de las tres galeras eran casi cincuenta esclavos. Toda una aldea de pescadores.

Miquel Corella le dijo que era capitán de las tropas papales y el muchacho comprobó que las gentes se apartaban a su paso y algunos le saludaban con respeto llamándole don Michelotto. A pesar de los apuros con su montura, Joan disfrutó del ambiente bullicioso de la ciudad, ajena, al igual que Nápoles, a la invasión que se preparaba en el norte.

Miquel Corella resultó ser un estupendo anfitrión y su esposa, una alegre y bella romana de unos dieciocho años que se comportaba con soltura de ama y señora frente a los criados que sirvieron las codornices, demás viandas y vino con una precisión que maravillaba al joven. Nunca se había sentado en una mesa tan bien puesta y sofisticada.

Corella le pidió que le contara qué le traía a Roma cuando al encontrarse en Barcelona, unos pocos meses antes, no parecía tener intención de visitarla. Joan le contó su historia omitiendo solo detalles íntimos.

El valenciano no pareció impresionado con los relatos de injusticias, crueldades y muertes, pero sí muy interesado en los conocimientos artilleros de Joan.

—Quién sabe, quizá un día quieras trabajar para nosotros, los Borgia —le dijo como si él fuera miembro de la familia—. Aquí tenemos que confiar en nuestros paisanos. Hay familias romanas muy poderosas que quieren aún más poder y nos consideran unos forasteros intrusos. No sabes nunca cuándo cambiarán de bando, dicen que nosotros pasaremos como las aguas del Tíber, pero que ellos continuarán en Roma como el propio río. Del mismo mal sufre la dinastía de Aragón en Nápoles a pesar de que llevan más años reinando. Ya verás cuando lleguen los franceses, saldrán angevinos hasta de debajo de las piedras.

La conversación cambió de signo y Joan comprobó que bajo el aspecto de un rudo militar se escondía en Corella un gran lector.

—Aquí en Italia no se puede ser caballero sin saber de arte y de letras —le dijo como si se excusara.

Miquel Corella se mostró entusiasmado cuando Joan mencionó *Tirant lo Blanc.*

—Lo leí en un libro manuscrito, de joven —declaró—. Pero desconocía que existiera edición impresa.

—Se imprimió en Valencia hace cuatro años —le informó Joan—. Yo tengo una copia nueva en la galera.

—¡Tienes un *Tirant lo Blanc*! —exclamó el valenciano. Tenía las mejillas coloreadas por el buen vino—. ¡Te lo compro por el precio que pidas! Aquí hay muchos compatriotas a los que les encantaría leerlo.

Joan comprendió que era tarde para matizar que en realidad no era suyo, sino del almirante.

—Es que aún no lo he leído —se excusó.

—Pon precio y véndemelo si quieres conservar a un amigo —le dijo Corella impetuoso—. Las galeras de Vilamarí van y vienen de España y podrás comprar los que quieras.

El joven supo que el valenciano no aceptaría una negativa ni excusas, tampoco quería perder semejante amigo y pensó en un precio desorbitado con la intención de que desistiera.

—Veinte ducados.

—Te daré veinticinco —concluyó el capitán papal tendiéndole la mano para cerrar el trato.

Joan se quedó boquiabierto. Le había comprado a Antonello seis libros por veintidós ducados y Corella le pagaba feliz veinticinco por uno. Le estrechó la mano mientras pensaba en otras estrechuras. Las de la soga al cuello. Vilamarí le haría ahorcar si se enteraba de que le robaba. Pero esa era la única salida que Joan veía al extraño embrollo en que se había metido.

83

Joan regresó aquella noche aturdido a la *Santa Eulalia* y no solo por el buen vino que Corella le hizo beber. ¡Veinticinco ducados! En su vida había visto tanto dinero junto. Podía adquirir un ejemplar de *Tirant lo Blanc* a Antonello por menos de tres ducados y medio y encima le daría comisión. Con semejantes beneficios podría comprar gran parte de la libertad de su madre cuando la encontrara. De ninguna manera iba a renunciar a aquel dinero, aunque se jugara la vida.

Decidió tomar prestado el libro del almirante y reponerlo tan pronto regresaran a Nápoles. Mientras, si le preguntaban, diría que se había extraviado en algún lugar de la galera y que lo estaba buscando.

Corella olió el libro con avidez al tiempo que hacía resbalar sus páginas con su dedo pulgar. Parecía catar su calidad por su aroma, tal como hizo con los vinos valencianos bebidos el día anterior en el almuerzo y movía la boca como si gustara su sabor.

Joan se sintió emocionado por tal devoción sensual y se dijo que si alguien merecía poseer aquel ejemplar de *Tirant lo Blanc,* era aquel hombre, que a pesar de su aspecto rudo y a veces cortante era un catador de libros. Después, el valenciano le dio los veinticinco ducados y un abrazo.

—Un amigo mío tiene que ser un caballero o al menos parecerlo —le dijo a continuación—. No te ofendas, pero tienes aspecto de pordiosero y aquí en Roma nadie te considerará lo más mínimo con esa pinta. Vamos a solucionar eso.

Al cabo de unas horas Joan lucía jubón y calzones nuevos y se tocaba con un sombrero a la moda. Corella insistió en que con sus beneficios debía comprar prendas de calidad, y como septiembre estaba a la vuelta de la esquina, también ropa de abrigo. El valenciano tenía tendencia al exceso y Joan hubo de batallar para que la ropa fuera más discreta; no se imaginaba subiendo a la galera con lo que Corella quería que comprara. Al final llegaron a un acuerdo y el sastre y sus ayudantes lo cosieron todo de inmediato, en el tiempo de dar un paseo. Cuando vistió con sus nuevas ropas sonrió feliz al espejo. Ahora podría presentarse frente a Anna como un caballero. La impresionaría.

Cuando se despidieron, el valenciano le dijo:

—No me extrañaría que zarparais mañana. —Su semblante era serio—. Hay problemas. El Papa no tiene tiempo para negociar, necesita los suministros que llegan por mar y me temo que tu almirante ha cerrado un buen trato.

—Muchas gracias por todo, don Miquel —contestó Joan emocionado al comprender que se despedían por mucho tiempo.

—Ve con Dios, hijo, y espero que nos volvamos a ver.

Al llegar con sus nuevas ropas a la galera, algunos de los alguaciles y marinos le silbaron burlonamente. El almirante le observó con curiosidad y no dijo nada, pero al poco el capitán le enviaba a limpiar la artillería con la instrucción de hacerlo él mismo, sin la ayuda de ninguno de los marinos a su cargo. Joan captó el mensaje de inmediato y se despojó de sus costosas ropas para vestirse con las antiguas que llevaba en un hatillo. No usaría su nueva indumentaria hasta volver a pisar una gran ciudad.

Las semanas siguientes las pasaron patrullando la desembocadura del Tíber para impedir que las naves ligeras que los Colonna tenían en el puerto bajo la protección del poderoso castillo de Ostia interceptaran el tráfico de mercancías hacia Roma. Ante la superioridad de la flotilla de Vilamarí, los Colonna se dedicaron a esperar y el almirante tampoco hizo amago de atacar la fortaleza.

Mientras, llegaban noticias de que las naves napolitanas con base en Livorno iban siendo derrotadas en pequeñas escaramuzas. El paulatino avance francés no preocupaba a Vilamarí, ya que Alfonso II de Nápoles tenía en el puerto de Civitavecchia, a un día de navegación al norte, una flota de veinte galeras dispuestas a frenar al enemigo.

Cuando apareció la primera en la desembocadura del Tíber, todos en la *Santa Eulalia* dieron por hecho que sería napolitana. Aun así el almirante ordenó de inmediato zafarrancho de combate y que la infantería de marina a cargo de Torrent se ocultara bajo cubierta, avisando a través de señales a las otras naves para que los imitaran. Los asistentes del almirante y del capitán corrieron a vestirlos con sus armaduras blancas, pero no les pusieron el casco cerrado, sino el abierto y prescindieron de varias piezas para mejorar su agilidad. Aun siendo la armadura blanca menos pesada que las antiguas, Joan se dijo que si caían al agua se ahogarían sin remedio. Por un instante el joven acarició la idea de ayudar al almirante a saltar por la borda, pero se dijo que aquel no era el momento. Quizá en la confusión del combate tuviera la oportunidad de vengarse, matarle y quedar impune.

El resto, a excepción de Torrent, que vestía peto y hombreras de armadura, se protegían con armadillas de cuero recubiertas con placas de hierro, que, aunque proporcionaban menor protección, eran más ligeras y baratas.

Una vez vestido con su armadilla y casco, y ciñendo espada y rodela, Joan corrió a proa para asegurarse de que los marinos tenían los arcabuces preparados y que los cañones cargaban munición de asalto. No regresó a la carroza hasta comprobar que todo estaba en orden.

Las galeras recién llegadas no se entretuvieron en la desembocadura inspeccionando, sino que, como si conocieran perfectamente el río, lo remontaron una tras otra hasta llegar a cinco, dirigiéndose a boga viva y sin vacilar al puerto de Ostia. De repente, desde el castillo tronó una aclamación.

—Son galeras francesas —anunció el vigía.

—¿Galeras francesas? —se sorprendió el capitán Perelló mirando al almirante, desconcertado—. ¿Qué ha ocurrido con la flota napolitana?

Vilamarí se encogió de hombros mientras observaba con atención las maniobras de las naves recién llegadas. Unas nubecillas aparecieron en proa de la primera de ellas y oyeron las salvas de cañón, saludo que fue devuelto desde el castillo. Entonces Vilamarí ordenó que sus galeras se colocaran a una distancia prudencial, río arriba, cerca de la orilla opuesta.

—El ejército francés está aún muy al norte —dijo después de un rato—. Esa flota trae suministros y tropas de refuerzo para Ostia. No quieren que el Papa recupere la fortaleza. Será una buena cabeza de puente para cuando asedien Roma. Fijaos lo bajas que están sus bordas, van muy cargadas, quizá hasta lleven cañones para el castillo.

—Nuestra misión aquí ha terminado —le dijo el piloto a Joan—. El Papa no nos contrató para reconquistar Ostia, sino para asegurar el tráfico fluvial hasta Roma. En el trato quedó claro que no nos enfrentaríamos con fuerzas superiores. Los franceses son cinco y nosotros tres, nos volvemos a Nápoles.

Las galeras francesas no tenían aspecto de querer atacar y nadie creía que hubiera combate, pero Vilamarí quiso saber cuántos soldados desembarcaban y envió una chalupa con ocho marinos armada con un arcabuz y ballestas a la orilla opuesta para que desde una zona de juncales observaran las operaciones en el puerto. Al poco les hacían señales con sus banderines.

—¡Doscientos soldados por galera! —exclamó el capitán—. Los franceses refuerzan la fortaleza con mil en total.

Una tras otra las galeras descargaban, abandonando a continuación el puerto, demasiado pequeño para acoger dos naves a la vez, situándose corriente abajo.

Fue entonces cuando la primera de las galeras francesas descubrió la chalupa y en una rápida maniobra le cortó la salida y la capturó sin que Vilamarí pudiera hacer nada.

El almirante ordenó que la *Santa Eulalia*, seguida de las otras dos naves, se situara en el centro de la corriente del río, mirando hacia su desembocadura y encarando a la galera enemiga. Mientras, obligados por los ballesteros franceses, los marinos de la chalupa se rindieron para subir después a la nave por una escala de cuerda.

El piloto le susurró a Joan al oído:

—Como no los suelten, va a haber batalla.

—¡Pero si ellos tienen cinco naves y nosotros solo tres!

—No importa que sean más —repuso el piloto—. El almirante nunca abandona a los suyos.

—Es un suicidio —se lamentó Joan.

—Vilamarí es así. —Había temor y admiración en su voz—. Él tiene sus propias normas y las sigue.

Entonces oyó que el almirante, conocedor de que hablaba francés, le gritaba:

—Joan Serra, ve a proa y traduce.

El joven corrió con sus armas por la crujía hasta la arrumbada y encaramándose al espolón, gritó hasta que le contestaron de la galera contraria.

—Dile que nos devuelvan la chalupa y los hombres —le ordenó Vilamarí—. Que estamos al servicio del Papa y que somos españoles.

Joan gritó el mensaje a la otra galera y respondieron que los de la chalupa espiaban y que ahora eran prisioneros del rey de Francia.

—Dile que los devuelvan en nombre del Papa y de los reyes de España.

Contestaron que ya negociaría el Papa su libertad cuando el ejército francés entrara en Roma.

En el muelle quedaba aún una galera descargando, pero las otras tres se acercaban para secundar a la que capturó la chalupa.

—Dile que, o me devuelve a mis hombres de inmediato, o los abordamos.

La respuesta desde la galera enemiga fue una risotada.

El piloto corrió hacia el timonel y el corneta se preparó, todos tensaban los músculos esperando la orden.

—¡Boga viva! —gritó el almirante—. ¡Al abordaje!

84

Sonó la corneta y los galeotes se pusieron de pie como un solo hombre para después hundir los remos en el agua, el bombo marcó el ritmo más potente de boga y la nave, situada a favor de la corriente del río, se lanzó hacia delante con fuerza. El almirante le gritó Genís, el piloto:

—Quiero nuestro espolón en su babor, sobre el banco veinte, un poco antes de su carroza.

Joan revisó de nuevo la artillería y a sus marinos, asegurándose de que todos los arcabuceros se colocaran a proa, dejando espacio para que la infantería pudiera correr sobre el espolón. Mientras, el cómitre situaba a los marinos con ballestas como segunda línea y el oficial Torrent gritaba órdenes a sus hombres, que salían de debajo de la cubierta asiendo lanzas cortas y azconas embadurnadas en sus puntas con brea para que no las pudiera asir el enemigo. Joan comprendió que la ventaja de los franceses en un abordaje no era tal. Ellos habían dejado la infantería en tierra y se disponían a regresar a su puerto base para cargar más soldados mientras que en la flotilla de Vilamarí el oficial Torrent comandaba a ochenta infantes de marina duchos en abordajes y otros tantos se escondían en las otras dos galeras. Vilamarí quiso mantenerlos ocultos para no alertar a los franceses y estos cayeron en la trampa.

Genís Solsona tomó el timón y maniobró hábilmente para dirigir aquella enorme máquina de guerra contra el costado de babor de la galera contraria. Joan podía ver a través de las aperturas de los cañones en la arrumbada como una actividad frenética se apoderaba de la cubierta de la nave enemiga, ya que, ante la superioridad de su flota en número de naves, los franceses no esperaban que la *Santa Eulalia* los abordara. La galera contraria quiso maniobrar para colocarse de proa y así enfilar sus cañones contra su asaltante, pero la chalupa capturada les limitaba los movimientos y cuando la soltaron era ya tarde. La trayectoria de la *Santa Eulalia* describía un círculo anticipándose a la rotación de la galera rival y al poco todos supieron que el impacto se produciría inevitablemente donde el almirante quería. El sacerdote rezaba en voz alta junto al mástil de la *Santa Eulalia*; los soldados y tripulantes le acompañaban en sus súplicas y los galeotes gritaban a cada palada por el esfuerzo al que les obligaban los alguaciles a base de latigazos. Desde la galera contraria empezaron a disparar a discreción, con un pequeño falconete situado en la borda y con los arcabuces. Juan les gritó a los suyos que se mantuvieran a cubierto en la arrumbada sin disparar mientras él observaba de cuando en cuando por la tronera del cañón calculando la distancia que los separaba del enemigo. No fue hasta poco antes del choque cuando ordenó el disparo de la artillería. Las mechas prendieron la pólvora y los tres disparos sonaron casi a la vez. El cañón y los dos falconetes vomitaron fuego y metralla entre la que había trozos de cadena que, rotando, segaban todo lo que encontraban a su paso. El resultado fue devastador. Joan vio entre el humo de la pólvora cómo trozos de la nave contraria saltaban hechos añicos en una mortífera nube de astillas. Los forzados de la galera francesa se ocultaban bajo los bancos y por unos instantes no se vio a nadie vivo en cubierta. Al oír el ruido de remos rotos y el impacto de la proa de la *Santa Eulalia* contra la borda de la galera francesa, Joan ordenó disparar. La descarga de arcabuces y ballestas quería evitar que los supervivientes asomaran mientras los marinos de la *Santa Eulalia* lanzaban garfios para sujetar la presa y los hombres de Torrent, azuzados por sus gritos, corrían por encima del espolón, con picas y azconas para caer sobre la nave contraria. Al poco la lucha era cuerpo a cuerpo en la galera francesa. Los infantes se dividieron en dos grupos: unos se lanzaron hacia proa y otros, a popa de la nave abordada.

Joan vio a Torrent sobre la crujía de la galera enemiga: se abría paso a sablazos, junto a sus hombres, hacia la carroza contraria. Allí se encontraban el capitán y los oficiales enemigos; muertos estos o presos, la nave estaría tomada. El trabajo de Joan había terminado, pero en previsión ordenó cargar de nuevo a sus arcabuceros. El joven sostenía una azcona en peso y características muy semejante a la de su padre; con ella en su mano derecha, la rodela en la izquierda y la espada al cinto, empezó a andar por la crujía, más allá del cura, que continuaba rezando, en dirección opuesta a la galera contraria, hacia su propia carroza.

Rezaba a Dios para que le concediera la oportunidad que tanto anhelaba de matar a Vilamarí. Pero cuando vio al almirante y al capitán, estos no prestaban atención al abordaje comandado por Torrent, sino a una segunda galera francesa que, paralela a su compañera, llegaba en rumbo de colisión sobre el lado de estribor de la *Santa Eulalia.*

—¡Aquí los marinos! —gritó el capitán—. ¡Nos abordan por estribor!

Los galeotes se escondieron debajo de los bancos y Joan llamó a sus arcabuceros. Todos saltaron del lado de la crujía opuesto al de la galera enemiga que llegaba, para protegerse en lo posible de la descarga de artillería. Esta ocurrió en pocos instantes; unos truenos pavorosos sonaron y después un coro de ayes. El olor a pólvora era sofocante y mientras Joan se llevaba la mano a la mejilla para arrancarse una astilla de madera, notó el impacto de la nave contraria, que a punto estuvo de derribarle, y el crujir del maderamen.

—¡Preparados los seis primeros! —gritó mientras notaba cómo la sangre fluía por su cara.

Esperó a la descarga de los arcabuces asaltantes y al sonido de los garfios chocando en la madera y ordenó:

—¡Fuego!

Solo cinco de los suyos se levantaron para disparar a los marinos franceses que ya corrían por su espolón al abordaje. Joan vio que al menos tres caían al agua y ordenó:

—Segundos seis. —Esperó un instante y gritó—: ¡Fuego!

Sus hombres se levantaron apoyándose en la crujía y abatieron a otros cuatro. Cuando el cómitre ordenó a los ballesteros disparar, ya tenían encima a sus enemigos. No había tiempo de recargar las armas. La lucha era ya en la *Santa Eulalia* y cuerpo a cuerpo.

Joan aún sostenía su azcona y buscó con la vista al almirante. Lo vio unos cuantos bancos más allá, del lado de la carroza. Estaba protegido por un par de marinos y tenía la espada desenfundada para la lucha. Sabía que él y el capitán eran los objetivos de los asaltantes.

Joan rehuyó el combate y saltando de banco en banco, bajo los que se escondían los galeotes, se dirigió hacia Vilamarí. Notaba el peso familiar de la azcona en su mano. ¡Lo había soñado tantas veces! La azcona de su padre penetrando por uno de los ojos del almirante, atravesándole el cráneo y clavándoselo contra el mismísimo mástil en que hizo ahorcar a Carles en su injusta justicia.

Lo encontró con la espalda contra la pared que separaba los últimos bancos y la carroza, defendiéndose de dos rivales. Estaba acorralado y le podía matar impunemente, todos pensarían que fueron los franceses. «¡Ahora o nunca!», se dijo, y elevó su brazo para ensartar a Vilamarí. Por un instante el almirante, sudando y con las facciones tensas, repartiendo sablazos y parándolos, desvió su mirada para clavarla en los ojos de Joan. Fue un momento breve pero intensísimo para el joven. Después Vilamarí puso su atención en sus contrincantes, que, entre golpe y golpe, le requerían que se rindiera.

—¡No hay rendición! —respondía el almirante.

El joven sintió un nudo en la garganta y se mantuvo unos segundos con el arma en alto imaginándola clavada en su presa. Y comprendió que no tenía coraje para traspasarle con su azcona. No pudo. Jamás supo si fue aquella mirada que se cruzaron la que se lo impidió o que el almirante poco a poco le fue seduciendo, obligándole a compartir sus pecados, a ser un depredador de su misma calaña, un león según él los entendía. Su acercamiento diluyó el odio. Tampoco supo si Vilamarí vio en sus ojos su sentencia de muerte, pero si lo hizo, en nada lo mostró.

Joan comprendió que no podía dejar que otros le mataran. El intercambio de miradas alertó a uno de los asaltantes, que se giró con rapidez y Joan descargó la azcona con toda su rabia en el pecho del infeliz. Después desenvainó la espada y junto con Vilamarí, atacaron al enemigo restante, que, viéndose acosado por ambos flancos, saltó al río. Joan se mantuvo al lado del almirante, protegiéndole.

La lucha duró poco. Los franceses se percataron de que las galeras españolas iban cargadas de infantes y que ellos contaban solo con sus marinos. El capitán de la nave asaltante, amenazada por la segunda galera de la flotilla de Vilamarí, hizo cortar las cuerdas de los garfios que la amarraban a la *Santa Eulalia* y huyó. Con ello pudo al menos salvar su nave, aunque dejando atrás a los que fracasaron en el intento de capturar a los oficiales de Vilamarí.

Algunos de los marinos franceses, viendo que su nave se alejaba, se lanzaron al río y otros se rindieron de inmediato. El almirante subió a crujía acompañado por Joan para evaluar la situación. Capturaron la primera de las galeras francesas, repelieron el ataque de la segunda y rescataron la chalupa y su tripulación sin que la *Santa Eulalia* sufriera grandes daños. Tenían bastantes heridos, pero solo dieciséis muertos.

Sin embargo, las restantes galeras francesas no se dieron por vencidas y regresaron al puerto de Ostia para cargar la infantería desembarcada cuando nadie esperaba que hubiera batalla. Querían un segundo combate en el que Vilamarí no contara con la ventaja de un mayor número de soldados.

Era el momento de tomar rumbo a Nápoles antes de que los alcanzaran. Sin embargo, el almirante tampoco abandonaba sus presas.

—Capitán Perelló —inquirió—, ¿os veis capaz de hacer navegar esa galera?

—Necesita reparaciones, aunque lo más urgente son los remos rotos y se pueden sustituir de inmediato —respondió, firme a pesar de que su armadura presentaba una gran abolladura en el hombro—. Si repartimos prisioneros y tripulación, os la puedo poner en el puerto de Nápoles antes de que los franceses nos alcancen.

—Tomad el mando. Vamos a Nápoles.

El trasvase de prisioneros y marinos se hizo con rapidez, mientras las dos galeras restantes los protegían y las francesas cargaban infantería en Ostia. Cuando salieron hacia la desembocadura del Tíber y después a mar abierto, solo los perseguía de cerca una galera a la que se le unió una segunda a más distancia y después una tercera, y cuando la cuarta lo hizo, apenas se divisaba. Los galeotes, sometidos a boga viva, resoplaban y gritaban a cada palada fustigados por los alguaciles.

—No se atreverán a seguirnos muy al sur —comentó Vilamarí—. Y sus naves están tan distantes entre ellas que estoy tentado de hacer virar las dos nuestras que no entraron en combate y capturar la primera suya antes de que nos alcancen las otras.

Joan y el piloto intercambiaron una mirada. El almirante no bromeaba. Pero los perseguidores parecieron haberle oído porque al poco la primera galera francesa disminuyó la marcha para que la segunda la alcanzara y así reagruparse. Al cabo de unas horas de persecución, desistieron aceptando su derrota; entrar en aguas napolitanas era demasiado arriesgado.

Vilamarí nunca hizo el más mínimo comentario a Joan sobre el lance en que este le salvó la vida. Parecía dar por hecho que aquello era normal y rutinario, que no tenía ningún mérito.

Cuando Joan se enfrentó a su libro, escribió: «Lo siento, papá. No pude hacerlo». Una lágrima resbalaba por su mejilla.

85

Joan esperaba impaciente divisar la bahía azul de Nápoles, con la silueta del Vesubio al fondo y la ciudad con sus verdes colinas y los muros crema, blancos y rosados de sus casas y murallas. Al verla sintió un nudo en su estómago. Anna ya habría regresado. Después notó un alfilerazo de angustia. ¿Le amaría aún?

Antes de llegar a puerto se hizo afeitar y acicalar por el barbero de a bordo y vistió sus ropas nuevas compradas en Roma; quería presentar el mejor aspecto posible para el encuentro con su amada. En sus prisas por pisar tierra firme casi se dio de bruces con el almirante, que vestido de gala y con escolta salía para entrevistarse con el rey.

—¿Es que nos quedamos sin pólvora, que tienes tanta prisa, Joan de Llafranc? —le dijo Vilamarí disimulando una sonrisa—. ¿O eres tú el que anda sobrado de explosivo?

—Seguro que va a por alguna moza para dispararle el cañón —comentó el oficial Torrent con una risotada. Y después preguntó con malicia—: ¿De dónde sacas el dinero, si no cobras soldada?

—No voy de putas.

—¡Ah! Se me olvidaba —repuso Torrent—. Tú eras amigo del rubito fino con culo de niña que ahorcamos en Cerdeña, ¿verdad? —Y soltó otra risotada.

Joan sintió deseos de estrellarle el puño en su bocaza. El almirante le observaba en silencio, parecía medirle conforme se tensaba. No coreaba las gracias del matón, pero tampoco le frenaba. Al final, sin hacer ningún comentario, le dijo a Torrent:

—Vamos, el rey me espera.

Después de saludarle, Joan aguardó a que salieran mientras miraba resentido al oficial, que, ufano y sonriente, gritó las órdenes a la tropa.

Torrent era un gran espadachín y se esmeró enseñándole esgrima. Gracias a él se sentía cómodo y confiado con la espada al cinto, pero detestaba sus modales bruscos y chulescos. Le recordaban demasiado a los de Felip, los dos eran matones de la peor especie.

El rey recibió otra vez a Vilamarí con grandes muestras de afecto, celebrando como propia su victoria en la desembocadura del Tíber. Las noticias que recibía de la flota enviada al norte eran nefastas. Salvo la de Portovenere, en septiembre, no se perdió ninguna batalla naval pero se producían, una tras otra, pequeñas derrotas y deserciones. El hecho de que cinco galeras francesas llegaran a Ostia sin que las veinte napolitanas amarradas en Civitavecchia las molestaran era presagio de lo que le venía encima. En su reino había muchos seguidores de la antigua dinastía Anjou, que deseaban que el rey de Francia se apoderara de Nápoles. Incluso los partidarios de la dinastía de Aragón empezaban a ver inevitable su caída frente al poderoso ejército francés. Se temía que ni siquiera el Papa, aliado ahora con Florencia y Nápoles, pudiera frenar la invasión.

Alfonso II y Vilamarí estaban cercanos a la cincuentena, pero el rey, angustiado y temeroso por el futuro de su reino, aparentaba muchos más. Tenía aspecto de anciano.

La situación había cambiado dramáticamente; antes el rey tenía una flota y ahora desconocía con qué podía contar. Así que la negociación fue corta y Vilamarí obtuvo setecientos ducados por cada galera por mes y un pago adelantado de tres meses. El rey respiró aliviado. Sabía que Vilamarí no iba a fallar, en ocasiones las mejores lealtades las compraba el dinero.

Joan, impaciente, corría a tramos el camino hasta la vía del Duomo sin la solemnidad que requerían sus elegantes ropajes. No vio afuera a su amigo y con un breve saludo a su esposa, que atendía en la calle, entró de forma impetuosa a la librería.

—¡Don Antonello!

No había nadie en el interior de la tienda, pero oyó una voz que le respondía desde el despacho. Y sin esperar entró en él.

—¡Ah! —exclamó el librero riéndose—. Orlando enamorado me visita. ¡Cuánto honor!

—¿Qué sabéis de Anna? —preguntó ansioso.

—La *signora* Lucca... —repuso el librero con calma—. Pues que es bellísima.

—¡Eso ya lo sé! —le gritó—. ¿Le disteis mi nota? ¿Os dijo algo?

—Sí, se la di. —Antonello sonreía, parecía divertirse con la ansiedad del joven.

—¿Y qué os dijo?

—No me dijo nada. La tomó discretamente y eso fue todo. Siempre viene acompañada de un ama que se supone la protege, pero que en realidad la vigila. Incluso dentro de la librería husmea en los libros que la *signora* ojea.

—¿No la dejan hablar?

—Bueno, puede, pero solo lo estrictamente necesario, las conversaciones ociosas con hombres le están prohibidas. Me he informado y el marido es un comerciante ennoblecido que le sobrepasa la edad en unos veinte años y está perdidamente enamorado de ella. Y es celoso. Como mujer casada, *madama* Anna debe llevar la cabeza cubierta fuera de casa y él le exige que se tape incluso la boca con un extremo de su toca al salir a la calle.

Joan suspiró desanimado. Deseaba abrazarla, decirle cuánto la amaba, contarle su sufrimiento aquel tiempo lejos de ella. Pero lo que más ansiaba era escuchar de su boca que aún le quería.

—¿Qué puedo hacer para verla?

Antonello dejó vagar su vista por los estantes cargados de libros mientras pensaba.

—Aquí viene de tarde en tarde —contestó al rato—. Ha estado solo tres veces desde que os fuisteis. Tampoco es de las de misa diaria. Pero acude los domingos a la catedral para la de once.

El semblante de Joan se iluminó. ¡El domingo! ¡La podría ver el domingo!

—¡Podré verla al fin! —exclamó con una sonrisa alelada.

—Sí, pero con el marido —le recordó, aguafiestas, Antonello.

La sonrisa se borró de la cara de Joan. Cuando la viera conocería también al hombre que la poseía. Negros pensamientos acudieron a su mente. Quizá en ese tiempo había dejado de amarle, o estaba embarazada, o se enamoró de su marido... Podía haber muchos motivos por los que ella quisiera continuar con aquel hombre. Antonello escrutaba la expresión ahora seria del joven. Su entusiasmo se había convertido en miedo y desánimo.

86

El almirante se quedó con la galera, toda su carga y los galeotes. Normalmente hubiera pedido rescate por los oficiales y la tripulación, pero decidió enviarlos por tierra al Vaticano. El rey Fernando de España le ordenó no provocar a los franceses, por lo que ahora los prisioneros le eran un engorro, así que se los enviaba al Papa, pues oficialmente combatió en su nombre. Además, aún no cumplían los tres meses de paga adelantados por Alejandro VI y en teoría continuaba en su nómina. Joan fue quien escribió la carta en la que después de varias cortesías y reverencias el marino le decía al pontífice que se vio obligado a abandonar su misión por superioridad manifiesta del enemigo, según le permitía su contrato, y que con el envío de los prisioneros saldaban cuentas, ya que él renunciaba al dinero de su rescate.

Cuando Joan se lo contó al piloto, este rio.

—Es un viejo zorro —dijo Genís—. Le pasa el problema al Papa y pondrá la nueva galera al servicio del rey Fernando para cuando este la necesite, pero la mantendrá de su propiedad.

Joan supo entonces que los repartos de botín seguían un estricto protocolo, cuando la captura era oficial. La mitad era para el monarca y la otra se repartía entre la tripulación. Naturalmente, los asaltos a las aldeas de pescadores se silenciaban y el rey no entraba en el reparto. De la parte de la tripulación, Vilamarí obtenía la mitad y de la otra Torrent, como oficial de las tropas embarcadas, las que corrían el mayor riesgo en el abordaje, tenía derecho a escoger primero por valor de un cuatro por ciento. Después venían los capitanes con un tres y así hasta llegar al último de los tripulantes. A los galeotes forzados no les tocaba nada y Joan, aunque ya no remara, en cuestiones de reparto pertenecía a esa categoría. En el caso de la galera francesa, lo único que se pudo repartir fueron las pertenencias de la tripulación y Vilamarí quedó a deber a los suyos la parte que les correspondía del valor de la nave y galeotes. El rey Fernando de España no cobró nada porque la captura se hizo a nombre del Papa y este tampoco, recibiendo a cambio los prisioneros, que quizá le fueran más incómodos incluso que a Vilamarí.

Las reparaciones de la *Santa Eulalia* y de la nave francesa capturada se iniciaron de inmediato y se pagaron con lo que restaba del dinero del Papa y lo negociado con el rey de Nápoles. Se precisaba una nueva tripulación además de ochenta infantes de marina que se reclutaron buscando españoles, sicilianos y napolitanos partidarios de la Casa de Aragón.

Entonces Joan supo la gran noticia. El almirante nombraba a Pau de Perelló capitán de la nave capturada una vez reparada esta. Y su amigo el piloto Genís de Solsona era ascendido a capitán de la *Santa Eulalia*, siguiendo la lógica del almirante. En la galera capitana, el almirante era el oficial superior y enseñaba al nuevo capitán.

En cuanto a *Tirant lo Blanc*, Joan pudo al fin, después de comprarlo en la librería de Antonello, comunicar al almirante, que ya había preguntado por él durante el viaje, su hallazgo. Vilamarí lo quiso ver y al hacerlo lanzó una mirada de sospecha. Joan sintió que las piernas le flojeaban; sabía que por muy bien hechas que estuvieran dos encuadernaciones en cuero, nunca eran iguales. Él veía la diferencia y por su expresión el almirante también. Después de revisarlo con detenimiento Vilamarí le devolvió el libro con una de sus sonrisas cínicas.

—A partir de hoy abandonamos el tomo segundo de *Orlando* y nos leerás en las comidas a *Tirant lo Blanc* —le dijo.

—Como ordenéis, almirante.

—Por cierto, diría que este libro es distinto —añadió.

Joan cogió la obra y la observó fingiendo extrañeza. Vilamarí sospechaba, se había percatado de su juego de manos y quizá hasta lo hubiera adivinado todo. Pero no dijo nada más. El joven pensó que para un almirante con alma de pirata sus trapicheos serían una minucia graciosa que no merecía comentario.

Joan escribió a Miquel Corella para contarle sus aventuras y dejó caer al final de su carta que había encontrado en Nápoles dos ejemplares más de *Tirant lo Blanc* impresos y que se los podía enviar por doce ducados cada uno. Con tantos valencianos, catalanes y mallorquines en Roma, estaba convencido de que muchos querrían poseer la obra. Esperó ansioso la respuesta, pues tenía acordado con Antonello comprarle los dos ejemplares por solo siete ducados.

Miquel Corella respondió con rapidez diciéndole que necesitaba todos los ejemplares que pudiera conseguir, que doce ducados le parecía muy poco para un libro tan bueno y que bajo ningún concepto se le ocurriera bajar el precio porque sería una ofensa a Valencia. El muchacho estaba convencido de que el librero tenía razón cuando le dijo que iba a necesitar mucho dinero. Aquella era una buena forma de conseguirlo.

Joan le remitió los libros de inmediato mientras le pedía diez más a Antonello, que a su vez se abastecía de su amigo Bartomeu en Barcelona. Aprovechó el pedido para enviar una segunda carta tanto al mercader como a Gabriel, a Abdalá y al resto de sus amigos. Les escribió en su primera estancia en Nápoles y ahora le respondían felices por la mejora de su situación al tiempo que le informaban de su buen estado de salud.

Esperaba con impaciencia la llegada del domingo. Se vistió con sus mejores ropas y espada al cinto, como un caballero, se dirigió a la catedral de Nápoles. Allí esperó junto a la puerta principal con la esperanza de ver a su amada, pero eran muchas las parejas que podían corresponder a la descripción del *signore* y la *signora* Lucca. Todas las damas casadas usaban mantillas que cubrían sus cabellos y algunas tomaban uno de sus extremos con coquetería para taparse la boca, por lo que Joan trataba ansioso de identificar a su amada por sus ojos. No podía mirar fijamente, pues las damas iban con sus maridos y estos se sentirían ofendidos. Conforme entraba más gente, su angustia iba en aumento. ¿Y si no la encontraba?

Le pareció ver un destello de reconocimiento en un par de mujeres de ojos verdes y quiso recordar sus vestimentas y acompañantes. Pero al fin, unos momentos antes de que empezara la ceremonia, percibió un temblor en la mano que sostenía el extremo de una mantilla y creyó reconocer el color de aquellos bellos ojos y su parpadeo. ¿Sería de verdad Anna? Su mirada, quizá más intensa, incomodó al marido, que clavó la suya en los ojos de Joan, desafiante. El muchacho la desvió de inmediato, no quería que el *signore* Lucca se fijara en él. Dejó pasar unos fieles más y se precipitó dentro de la catedral. Veía sus espaldas en la distancia y la pareja se fue a acomodar en uno de los primeros bancos, en un lugar que sin duda tenían reservado.

Ella lucía un vestido de terciopelo burdeos con mantilla bordada en estrellas blancas y un collar de perlas. Las damas solo se cubrían la cara en la calle, así que Joan buscó un lugar desde donde la pudiera ver sin que su esposo le descubriera, colocándose al lado de una columna a la espera de que ella mostrara su perfil. Al principio solo atisbó la mantilla con estrellas, puesto que ella hablaba con su marido. Pero justo antes del inicio del oficio religioso, cuando ella miró al frente, al fin la vio. ¡Era Anna! Y Antonello tenía razón, estaba bellísima.

El corazón de Joan batía alocado durante la ceremonia, mientras pensaba cómo comunicarse con ella sin que el otro se percatara. Sin duda Anna le había visto y se preguntaba si le reconoció, quizá estuviera ella tan agitada como él. Terminada la ceremonia, buscó un lugar cercano a la puerta de salida donde con toda seguridad se agolparía la gente y aguardó disimulando para evitar que el *signore* Lucca se fijara en él. El hombre era alto y delgado, superaba los cuarenta años, portaba espada al cinto y tenía aspecto enérgico y arrogante. No era el viejo que a Joan le había gustado imaginar. Anna le cogía del brazo, caminaba erguida y digna, pero el joven percibió un toque de sumisión en ella que nunca antes notó. Ambos saludaban a unos y a otros y cuando ella sonreía, estaba aún más bella, aunque parecía tensa. En un brevísimo instante coincidieron sus miradas y la sonrisa desapareció del rostro de Anna. Joan sintió una punzada de angustia. Cerca de la puerta la gente se apretaba para pasar por el estrecho vano y Joan se colocó justo detrás de ella. En aquel momento alguien saludó al marido y él acercó sus labios al oído de su amada rozándole con su pecho el hombro y le dijo:

—Os amo. Responded a la nota que dejé en la librería, os lo suplico.

Sintió que ella se estremecía y se apartó atento a que no se percataran ni el marido ni los que los rodeaban. Dejó distancia para que unos y otros se interpusieran entre ellos y siguió a la pareja. En una ocasión Anna, que cubría de nuevo su boca con el extremo de su mantilla, aprovechando que su esposo saludaba a un conocido, se giró y sus miradas se unieron de nuevo. Joan creyó morir. Amaba a aquella mujer con desesperación, con violencia y verla de nuevo era a la vez un placer infinito y un suplicio. Se quedó inmóvil en plena calle y cuando los Lucca reanudaron la marcha, los siguió, aunque a una distancia prudente, hasta que entraron en su casa.

87

Cuando no estaba embarcado, Joan era un asiduo de la librería de Antonello, con el que mantenía una buena amistad. Bajo el aspecto festivo del librero se escondía un erudito con un fervor fuera de lo común por los libros y que gozaba con la filosofía y la teología. Aquella pasión también la compartía Joan, ambos charlaban largo y tendido sobre libros y cuando Antonello estaba ocupado, el joven leía. Aquel lugar era un paraíso y la amplia selección de volúmenes del napolitano, ya fueran manuscritos o impresos, inagotable. Joan sentía ahora que su viejo sueño de ser librero podía llegar a hacerse realidad.

La lectura era lo único capaz de hacerle olvidar su desconsuelo por la ausencia de Anna. Pero cuando, con la delicadeza de la caricia de un enamorado, cerraba un libro para guardarlo, regresaba de nuevo su angustia. Se preguntaba, una y otra vez con desasosiego, por qué ella no respondía a la nota que él dejó a Antonello en agosto. Le aterraba pensar que ya no le quería.

Aguardaba, durante horas, cerca de la gran casa de Ricardo Lucca con la esperanza de ver a su amada. Era un amplio caserón de planta y dos pisos con una entrada única y patio interior para carruajes. Todas sus ventanas tenían rejas excepto algunas del primer piso y del segundo cubiertas con celosías para que las damas pudieran ver la calle sin ser vistas.

Anna salía pocas veces y siempre acompañada de su ama, cuando se encontraban disimulaba y lo más que hacía era mirarle. Él se adelantaba para dar la vuelta y cruzarse otra vez y así poder ver sus ojos de nuevo. Después pensaba que debía contenerse, que se haría pesado, que la dueña sospecharía.

Al regreso de una misión de la *Santa Eulalia* que le mantuvo cuatro días en la mar, Joan se encontró a Antonello más risueño que de costumbre.

—Tengo algo para ti —le dijo guiñándole un ojo.

—¿Qué? —preguntó Joan, esperanzado.

—*Madama* visitó la librería.

—¿¡Qué!? —exclamó Joan—. ¿Os dejó algo?

Sonriente, Antonello le mostró un pequeño billete doblado y sellado con lacre rojo.

Se lo arrebató de un manotazo y muerto de impaciencia, se acercó a la luz de la ventana ocultando la nota con su cuerpo al librero, que, curioso, trataba de leer por encima de su hombro. Una vez arrancado el lacre, leyó:

Mi querido Joan. Os continúo queriendo y vuestro dulce recuerdo me acompaña día tras día. Os amo y nunca dejaré de hacerlo. Pero soy una mujer casada y mi matrimonio no se puede romper. Os ruego, pues, que me olvidéis. Rezo a Dios para que os proteja y os ayude a encontrar a una mujer que os ame y a quien vos améis. Quiera el Señor que al menos vos halléis la felicidad.

Vuestra triste enamorada. Anna

El joven sintió que su corazón se desgarraba. Era una nota de despedida. Antonello, al ver su expresión, inquirió preocupado:

—¿Qué pasa?

Joan le tendió la nota.

—Os dice que os quiere y que os querrá siempre —dijo el librero—. Eso son muy buenas noticias. Malas serían si dijera que ama a su marido.

—Sí, pero me despide, me aleja, quiere que me busque otra mujer —se lamentó Joan.

Antonello releyó la nota y se quedó un rato pensativo.

—Hay algo raro aquí que no termino de entender —dijo al fin.

—¿Qué no entendéis?

—Hay muchas mujeres casadas en Nápoles y en otros lugares que no quieren a sus maridos. Y sería raro que despidieran a su amado siendo correspondidas. —Antonello se rascó la cabeza—. Y más extraño sería que le dijeran que buscara a otra mujer. Tienes que hablar con ella.

—Eso quisiera. Pero ¿cómo?

—Citándola aquí.

—Pero...

—Haz lo que yo te diga.

Cuando Anna salió de su casa al día siguiente junto a su ama, se encontró con Joan esperándola como tantas veces, solo que en esta ocasión sostenía un libro cerrado en sus manos. Al cruzarse frente a él, un mozalbete dio un buen tirón a la falda de la mujer y salió a la carrera. La dueña soltó un grito de alarma, creyendo que le habían robado, y quiso atraparle yendo tras él, pero de inmediato se detuvo al comprender que jamás lo alcanzaría y se palpó el cinto en busca de su bolsa. Estaba allí. Suspiró aliviada volviéndose hacia Anna para comentar el incidente. Pero Anna no le prestaba atención.

Mientras la mujer gritaba, ella sintió un suave contacto en el hombro y al mirar vio a Joan con un libro entreabierto de forma que solo ella alcanzara a leer en su interior.

«Acudid mañana a la librería. Os lo suplico.»

Cuando Anna y su ama llegaron al establecimiento de Antonello, este las hizo pasar a su interior para mostrarles unos libros recién llegados con toda la ceremonia que correspondía a lo buena clienta que era la *signora* Lucca.

Dejó los libros sobre una mesa rogándoles que los revisaran mientras él cumplimentaba un encargo. Mientras ellas hojeaban los volúmenes, él manipulaba varios tinteros situados en una estantería alta y con un gran grito derramó uno de tinta roja sobre el ama. Con la pericia de un consumado actor, deshaciéndose en excusas y alegando que si actuaban rápido no se produciría ninguna mancha permanente, se llevó al ama a tirones al taller. Allí la esperaba la esposa de Antonello, que sin soltarla, llamó a una criada para ayudarle a cambiar la ropa manchada y sumergirla de inmediato en un líquido que debía componer el daño. Pero como en el taller estaban los operarios, el desvestido tuvo lugar en el piso de arriba, donde vivía la familia, en una habitación adecuada. Aunque la dueña no tenía aspecto de levantar pasión alguna entre los operarios, era obvio que se debía mantener el pudor y la moral. Y en aquella habitación se quedó el ama prisionera, en ropa interior, consolada por las disculpas y la cháchara de la librera, que superaba en creatividad y colorido incluso a la de su marido.

Anna no sentía demasiado aprecio por aquella mujer que veía como carcelera y con la que tenía poco en común, así que, repuesta de la sorpresa inicial y adivinando el montaje, contuvo con dificultad la risa. Al salir Antonello, se quedó sola en la tienda, pero apenas fue un instante. De inmediato apareció Joan y cogiéndola de la mano se la llevó al despacho que el librero tenía en la trastienda y cerró la puerta.

Permanecieron mirándose el uno al otro un largo instante cogidos de las manos, Joan notaba las de ella deliciosamente cálidas y las suyas frías. El joven se sentía a la vez tenso e inmensamente feliz. Ella le escribió diciéndole que le quería, pero quizá lo hizo solo para mitigar su dolor, puesto que aquella nota era de despedida. ¿De verdad le amaba después de tanto tiempo? Contemplaba los ojos de la muchacha en silencio y se decía que era la mujer más hermosa de la tierra. Y de pronto, sin pronunciar una palabra, se fundieron en un abrazo. Joan sintió algo tan intenso como nunca antes. Notó que se unía a ella en un solo cuerpo mientras una energía placentera los envolvía. Se dijo que ella, al apretarse contra él de aquella forma, compartía plenamente su dicha. Fue un instante glorioso que Joan deseó eterno y que la propia conciencia de su brevedad y de que quizá nunca más se repitiera lo tornaba dolorosamente intenso.

Después, sin separar los cuerpos, sus bocas se encontraron y Joan experimentó una nueva forma de aquel mismo placer indescriptible. Poco a poco tomaron conciencia de que su tiempo se terminaba y ella le separó suavemente para mirarle a los ojos. Por su mejilla resbalaba una lágrima.

—Os amo —le dijo él anticipándose a lo que ella dijera—. Os amo como nunca he amado ni amaré. Nadie puede querer más de lo que yo os quiero.

—Yo también os amo —le confesó ella, y apartando la mirada, le volvió a abrazar.

Entonces Joan oyó que le decía quedamente, al oído:

—Pero no puede ser. Debemos olvidarnos.

«No», se dijo él, sin contestar. Por nada del mundo renunciaría a ella. Pero de nuevo fue consciente de que, fuera de su amor, nada podía ofrecerle. Pese a la falsa apariencia de sus buenos vestidos y su espada al cinto, no dejaba de ser un esclavo de galera al que la fortuna y un valenciano generoso le echaron unas monedas al bolsillo. Ella, en cambio, era una dama respetada que vivía en un palacio y que tenía lo que quisiera. Aquella era la ocasión de suplicarle que lo abandonara todo y escapara con él, antes de que el ama regresara. Embarcarían hacia donde pudieran vivir su amor, libremente, en toda su plenitud. Pero él no era dueño ni de su propia libertad. El único futuro que podía darle era la vida de un esclavo huido al que perseguían.

—¿Por qué? —inquirió él al fin, apartándola lo justo para asomarse a sus ojos verdes—. ¿Por qué no podemos amarnos?

—Estoy casada.

—Pero me queréis a mí —repuso él, agitado—. Hoy no os puedo ofrecer nada, sin embargo, os prometo que conseguiré una gran fortuna para agasajaros como a una reina...

Ella le interrumpió cubriendo sus labios con su mano en un gesto cariñoso.

—No se trata de dinero ni fortunas, sino de lealtad.

—¿Lealtad? ¿A vuestro marido?

—A mi familia.

—¿Y qué tiene que ver vuestra familia en esto?

—Todo. Mi padre acordó ese matrimonio y yo obedecí y me casé. Cuando llegamos a Nápoles como refugiados las cosas no fueron fáciles, había muchos como nosotros, conversos huidos de España, todos con oficios de calidad y los artistas de joyería como mi padre abundaban. Lo que pudimos llevarnos de Barcelona no bastaba ni siquiera para abrir tienda. Ricardo Lucca nos ayudó y yo fui parte del acuerdo. Y no solo eso. Gracias a mi esposo, mi hermano mayor podrá ser un caballero, aquí en Nápoles.

Un sollozo se escapó de su pecho.

—¿Lo entendéis ahora? —Sus ojos se encharcaban en lágrimas.

—¡Pero me amáis!

Ella afirmó con la cabeza.

—Aun así le debo respeto a él. Por eso tenemos que olvidarnos.

—¡No! —exclamó Joan—. ¡Nunca os olvidaré! ¡Jamás!

Anna cerró los ojos y negó con la cabeza.

—Escuchad —insistió él—. Vuestro esposo puede poseer vuestro cuerpo, pero no tiene derecho sobre vuestra alma ni vuestro espíritu. Él no os puede forzar a que dejéis de amarme. La verdadera libertad está en nuestro interior y nadie puede obligarnos a cambiar nuestros pensamientos, nuestros sentimientos. Nadie tiene ni esa fuerza ni ese derecho.

Ella continuó con los ojos cerrados, parecía decidida.

—¡Ya cumplís por aquello que os paga! —exclamó Joan con rabia—. ¡No os puede pedir más!

Anna abrió los ojos para mirarle alarmada, sentía su furia.

—Perdonadme —continuó él al percibir su inquietud—. Lo único que os pido es que continuemos viéndonos de la forma que sea. Mirándonos en la calle. Dejándonos notas en la librería. Gozando de la dicha que Dios nos concede al amarnos tanto.

—Sufriremos mucho —dijo ella con voz suave.

—¡Sufriremos de todos modos! —exclamó Joan, vehemente—. ¿Es que creéis que podré olvidaros? ¡Que encuentre otra mujer, me pusisteis en esa nota! Pero ¿creéis que eso es posible? ¡Nunca! ¿Me oís? ¡Nunca! —Se detuvo un instante y añadió en tono calmado pero lleno de determinación—: Además, estoy seguro de que llegará el día en que yo seré vuestro esposo. Os lo prometo.

Ella le separó suavemente en silencio, tenía lágrimas en los ojos y volvía a negar con la cabeza.

—Tengo que irme —le dijo—. El ama regresará en cualquier momento y no nos puede sorprender. Mi marido os haría matar.

Como confirmando sus palabras se oyó un barullo; la esposa de Antonello bajaba las escaleras hablando a gritos. Anna se apresuró a salir de la habitación para regresar a la librería. Joan la retuvo solo un instante más.

—Os lo suplico, no me neguéis vuestra mirada —le dijo—. Y escribidme, por favor.

88

En los días siguientes las cuatro galeras de Vilamarí patrullaron la costa norte desde las islas de Procida e Ischia hasta rebasar las islas de Ponza sin encontrar naves francesas. Lucían los colores de Nápoles y Aragón.

Entonces llegó la noticia de la derrota de Florencia y de que el ejército francés avanzaba hacia el sur. Con el fin de frenarlo, el rey de Nápoles envió un ejército de tierra a Roma en ayuda del pontífice y por su parte, los reyes de España llamaron a Gonzalo Fernández de Córdoba, un militar que demostró grandes dotes en la guerra de Granada, para que, junto a un pequeño ejército, a bordo de la flota del almirante Galcerán de Requesens, se desplazara a Sicilia con el fin de protegerla de las ambiciones francesas.

Pero todos esos augurios de guerra y de sus calamidades le importaban poco a Joan. Solo pensaba en volver a Nápoles para ver a Anna. Ella no le dio ninguna seguridad y continuaba sin dejarle nota alguna de respuesta en la librería. Joan se sentía deprimido y su ansiedad se convertía en irritación al menor incidente en el que se viera envuelto tanto en su servicio en la galera como en la misma librería de Antonello. Angustiado, apenas dormía y se refugiaba en declaraciones de amor llenas de desesperación, emborronadas con lágrimas, que garabateaba descuidando su caligrafía en su libro. Los domingos en los que la galera estaba en el puerto, la veía paseando con su marido y su odio por aquel hombre que la poseía aumentaba en cada encuentro. Cuando salía con el ama se mostraba más relajada, no se cubría la boca y cada vez que en la distancia divisaba su sonrisa, Joan se sentía desfallecer de dicha.

En una ocasión, al cruzarse con las dos mujeres, Anna le lanzó una mirada que él no supo interpretar y cuando vio a un muchacho agachándose a coger un pañuelo del suelo, comprendió. El chico quiso correr tras la dama, pero una mano agarró la suya, que sujetaba el pañuelo mientras la otra le tapaba la boca. Una moneda cerró un trato rápido. Joan buscó un rincón donde oler el suave perfume a espliego y acariciar la suavidad del pañuelo de su amada. Era fino, estaba rodeado de puntillas y al abrirlo vio que tenía algo bordado en el centro. Eran dos letras: SÍ.

Joan dio gracias al cielo. Aquel pañuelo le retornaba la vida. Al menos podía amarla en la distancia; ella le correspondería.

Los días fueron pasando a la espera de lo inevitable: la llegada del ejército francés a Nápoles. En nada parecía este hecho afectar a los napolitanos que llenaban las calles yendo y viniendo, comprando y vendiendo, charlando, riendo, cantando, incluso llorando si llorar era lo que tocaba; en suma, viviendo la vida tal como venía.

Tener en el paisaje la silueta del Vesubio que mostraba a veces fumarolas inquietantes y producía temblores en la ciudad, quizá preludio de una catástrofe, había enseñado a los napolitanos a guardar la angustia para cuando llegaran las desgracias.

La vida de Joan transcurría a bordo de la *Santa Eulalia*, o en la librería y en los alrededores de la casa de Anna. La navegación se redujo a mínimos a la llegada de la temporada de tormentas y fuera de una hora o dos en las que Joan completaba sus labores a bordo, disfrutaba de permiso ilimitado en tierra.

En una de sus visitas a la librería, Antonello le invitó a comer y le presentó a un hombre de unos sesenta años de barba blanca llamado Innico d'Avalos. La conversación en el comedor del salón del primer piso del librero fue muy animada. Innico mostraba ser un buen conocedor de libros y después de comentarios intrascendentes sobre Nápoles y los forasteros como Joan, la conversación entró en uno de los tópicos de la época; las preferencias de cada uno sobre Platón o Aristóteles. Joan, entusiasta, defendía a Platón ante la sonrisa condescendiente de sus interlocutores. Hablaban en napolitano, pero las formas cultas que usaban Innico y Antonello los llevaban más al toscano, al llamado florentino antico, la lengua escrita de Dante, Boccaccio y Petrarca. Joan, buen lector de dichos autores, fue capaz de seguirlos sin dificultad cuando empezaron a comentar sus obras. En algún momento el joven sintió una cierta incomodidad; Innico le observaba con una atención especial, como si estuviera valorando sus conocimientos, opiniones y reacciones.

Innico llevó la conversación al nuevo tiempo que vivían, el llamado Renacimiento, donde el hombre descubría la luz del saber de la antigüedad después de la noche de las edades bárbaras, góticas, que, a la caída del Imperio romano, trajeron oscuridad e ignorancia a la humanidad. Dios continuaba siendo importante, pero ahora lo era también el hombre, su más alta creación. El hombre era el centro del universo creado por el Ser Supremo. El saber era la luz que lo iluminaba y la ignorancia, la oscuridad.

Al hablar del Renacimiento y su luz, Innico lo hacía de forma entusiasta y acariciaba un medallón de oro que colgaba de su cuello y que en un momento determinado sacó del interior de su camisa. Mostraba un triángulo isósceles dentro de un círculo.

Joan no pudo evitar contar su trágica experiencia con la Inquisición y la muerte en la hoguera de los Corró por vender libros prohibidos y por la simple sospecha de prácticas judaicas.

—¡Qué monstruosidad! —exclamó Innico—. Dios dio al ser

humano la facultad de pensar y otros hombres no tienen derecho a decirle lo que debe creer o debe leer. La Inquisición es la oscuridad.

—¡Pienso lo mismo! —soltó Joan—. Dios nos concedió el libre albedrío. Por lo tanto, debemos gozar de la libertad de conocer el pensamiento de otros hombres, ya sea por la palabra o la letra, y decidir sobre él.

—Por fortuna, ahora tenemos la imprenta, que permite la difusión rápida y más económica del conocimiento, de las opiniones, de las creencias —dijo Innico.

—Las religiones son caminos trazados hacia Dios —continuó Antonello—. Hay muchas religiones, pero un solo Dios. Y deben estar al servicio del hombre para acercarlo al Ser Supremo. El hombre ha de servir a Dios, no a la religión, que es solo el camino para llegar a Él.

Innico afirmó con la cabeza; estaba de acuerdo y parecía un hombre sabio.

—España, si consolida la unión de sus reinos, será la gran potencia venidera —afirmó—. Pero debe ser cuidadosa al usar la religión como instrumento político. Ese puede ser el germen de su decadencia. La reina Isabel es una católica ferviente y apoya la Inquisición, de corazón, por influencia de sus confesores. En cambio, el rey Fernando la utiliza como instrumento unificador de sus reinos, para someterlos y como fuente de ingresos. Se vale de la oscuridad cuando vivimos en el tiempo de la luz.

Aquella conversación le dio mucho que pensar a Joan. Innico d'Avalos era un individuo carismático y de pensamiento brillante que hablaba de religión, pero su medallón parecía pagano. ¿O era solo renacentista?

Interrogó a Antonello. Le contó que D'Avalos era un noble napolitano que apoyaba la causa de Aragón. Su padre, también Innico o Íñigo, vino de España con Alfonso V de Aragón, ayudándole a conquistar el reino y recibió como premio un condado y un matrimonio con una marquesa napolitana. El rey Alfonso V fue un gran mecenas de las artes que profesaba devoción por los clásicos y se convirtió en un excepcional promotor del Renacimiento. Decía que «los libros son, entre mis consejeros, los que más me agradan, porque ni el temor ni la esperanza les impiden decirme lo que debo hacer». Esa pasión impregnó toda su corte, herencia que recibió Innico, quien además de militar era gran amante de las artes.

—¿Y cómo es que un personaje tan importante ha querido comer conmigo? —inquirió Joan.

Antonello rio.

—Quizá porque también tú eres importante —dijo.

La respuesta no satisfizo al joven. Continuaba intrigado.

89

Cuando los libros pedidos a Bartomeu llegaron de Barcelona, Joan los envió a Roma y recibió el dinero. Había más demanda para *Tirant lo Blanc,* pero el joven empezó a listar otras obras españolas que podrían interesar a sus clientes. Si la invasión francesa no lo evitaba, acrecentaría su negocio; vendió libros incluso a sus colegas oficiales de las galeras. El almirante no se entrometía en sus transacciones y hasta parecía aprobarlas.

«Un caballero debe ser capaz de hablar de las artes e incluso de filosofía en sus conversaciones mundanas», decía con frecuencia Vilamarí.

—Te estás convirtiendo en todo un librero —le dijo Antonello—. Si continúas así, tendré que subirte el porcentaje de comisión.

—Acepto mantener el que tengo con tal de que me dejéis ayudaros en la imprenta.

—¿Es que me quieres hacer la competencia? —le preguntó el napolitano riéndose.

—Siempre he querido ser librero —le confesó el joven, vehemente.

—Lo sospechaba —repuso Antonello con su sonrisa guasona—. Ve al taller, pero espero que seas de ayuda y no de estorbo.

Y Joan volvió a aspirar el aroma del papel nuevo y de la tinta fresca. Lo amaba. Pero la imprenta era un oficio bastante más sucio que el de escribano. Como aprendiz le tocaba limpiar la tinta de las prensas; eso no ocurría con la caligrafía, en la que los borrones, cuando los había, eran pequeños. Terminaba con las uñas manchadas, algo impropio de un caballero. Sin embargo, eso era una molestia menor para Joan, que se sentía feliz participando en el nacimiento de nuevos libros. En cuanto a las manos, afortunadamente estaban en invierno, y un caballero, como quería aparentar ser, debía usar guantes en la calle.

En las navidades de 1494 los franceses estaban a punto de entrar en Roma mientras el papa Alejandro VI negociaba para evitar ser depuesto por la fuerza de las armas. Aún residía en el Vaticano, pero el castillo de Sant'Angelo, con una guardia casi exclusiva de españoles, en su mayoría valencianos, estaba preparado para un largo sitio. Mientras, las calles de Nápoles continuaban sin mostrar inquietud por lo que se avecinaba; hacía poco más de cincuenta años el reino era gobernado por la dinastía francesa de los Anjou y no creían que el regreso de estos fuera a cambiar mucho su vida.

Joan y Anna empezaron a encontrarse con cierta regularidad en la librería a partir de que ella volviera con la excusa de un regalo unos días antes de Navidad. Ella tenía veintidós años y él estaba a punto de cumplir los veintitrés. La esposa de Antonello hizo amistad con el ama, que se sentía muy honrada por las atenciones que le dedicaba una burguesa tan relevante como la librera. Deslumbrada por la cháchara brillante de esta, el ama aflojaba su vigilancia de perro de presa creyendo que la *signora* se quedaba sola con los libros. Pero la *signora* se olvidaba de los libros de inmediato para caer en los brazos de Joan tan pronto ella subía al piso superior de la casa.

Los abrazos y los besos eran tan maravillosos como el primer día, pero el tiempo volaba para los amantes y Joan quería más. En el cuarto encuentro en el despacho de Antonello se atrevió a pedirle lo que ansiaba.

—Dejadme entrar en vuestra casa por la noche. Necesito más tiempo con vos.

—¿Estáis loco, Joan? —se escandalizó ella, mirándole con ojos de asombro—. ¿Y mi marido?

—Vuestro marido viaja mucho últimamente. Los rumores dicen que es partidario de los Anjou y que está preparando la llegada de Carlos VIII a Nápoles.

Anna enrojeció.

—No os lo diría aunque lo supiera —repuso apurada—. Le debo fidelidad cualquiera que sea su posición política.

—A mí me trae sin cuidado de qué bando esté —dijo tranquilizándola—. Lo único que me importa es que os deja muchas noches sola.

—Mi casa es casi un castillo y los sirvientes están armados, Joan —continuó ella, agitada—. Es imposible que logréis pasar de la puerta y más aún que lleguéis a mí.

—No pienso entrar por la puerta.

Ella le observó interrogante.

—Soy marino, Anna. Sé trepar por cuerdas y jarcias. He tenido mucho tiempo para observar vuestra casa. Las ventanas de la planta baja están completamente enrejadas y lo mismo ocurre con la primera fuera de unas celosías que parecen fijas. Pero en la segunda las celosías se pueden abrir desde dentro. En la fachada izquierda del edificio hay un callejón, que en la noche está sumido en las tinieblas más densas. Solo tenéis que lanzarme un cabo desde las celosías del piso segundo de aquel lado y os acompañaré toda la noche hasta justo antes del amanecer.

Anna le miraba sin salir de su asombro, después sus ojos recorrieron los lomos de los libros de los estantes del despacho y por último le observó con intensidad, frunciendo el ceño.

—¡Estáis loco, Joan! —exclamó al fin vehemente, parecía indignada—. Completamente loco.

—¡Pero...!

—No os acepto ningún pero —le cortó Anna. Joan le notaba las mejillas sonrosadas—. Queréis poner en peligro vuestra vida, la mía y el bienestar de mi familia. ¡Demasiado riesgo estoy tomando al venir aquí!

—Mi vida me importa poco —se lamentó él—. Sin vos es miserable, sufro viéndoos de lejos, necesito teneros cerca, abrazaros. Y en cuanto a vuestra vida, daría la mía antes de causaros el más mínimo daño.

—Pues entonces abrazadme y no me pidáis lo que no puedo dar —le suplicó ella.

Joan lo hizo. Aquellos instantes eran demasiado preciosos para malgastarlos en discusiones. Pero al despedirse ella le dijo:

—Comprended esto, Joan. Os amo porque no puedo evitarlo, si pudiera dejaría de hacerlo y sería feliz con mi marido. Pero aunque no le ame, tengo obligaciones hacia él. Nunca le traicionaré ni política ni físicamente. Aunque nos viéramos cada noche, yo nunca os entregaría mi cuerpo.

—Me basta con vuestro amor —repuso él—. Pero necesito veros más tiempo.

Él sabía que aquello no era del todo cierto; gozaba del amor de Anna, aunque cada día la deseaba más. No pasaban de besos y abrazos, sin embargo, él imaginaba el resto. Se repetía que ya era mucha fortuna que le amara, que no debía tentar a la suerte.

Cuando le comentó su dilema a Antonello, este sonrió y le dijo:

—Mi querido amigo, tienes aún mucho que aprender sobre el amor. Cuando una dama dice que no, quiere decir quizá. Cuando dice que quizá, quiere decir que sí. Y si dice sí de primeras, entonces no es una dama.

—¡Anna no es como las demás! —le cortó Joan, enfadado.

El librero rio.

Escribió en su libro la frase de Antonello y después añadió: «¿Será eso cierto? Mi dama me rompe el corazón y ese diablo cínico me tortura. No sé cuánto más podré soportarlo. Pero no me detendrán ni los temores de mi amada ni las burlas de ese engreído que se cree sabio en amores. Insistiré, Anna, por nuestro amor, por el bien de ambos».

90

Las nubes cubrían el cielo de Nápoles ocultando las estrellas y en aquella noche fría del 20 de febrero de 1495 la oscuridad era total. El profundo silencio de la ciudad solo se rompía cuando los gatos en celo se enfrentaban, soltando cual almas en pena aullidos estremecedores. Las calles estaban desiertas y si alguien merodeaba por ellas, las tinieblas le ocultaban como un negro sudario. Joan estuvo esperando horas en el callejón, a veces en cuclillas, acurrucado, temblando de frío, a pesar de su gruesa capa, y se preguntaba angustiado si Anna habría cambiado de opinión. Al fin, un poco antes de la medianoche vio una luz tenue en las celosías del segundo piso que desapareció de inmediato. El corazón le dio un vuelco y se puso rígido. Aquella era la señal que esperaba. Se colocó bajo las celosías y al poco notó un contacto. Era una cuerda. Tiró de ella para asegurarse de que estaba bien amarrada y empezó a trepar agradeciendo sus guantes. Se dijo que quedarían inservibles, pero no le importaba, con aquel frío hubiera sido incapaz de trepar con las manos desnudas.

Un mes antes, el papa Alejandro VI cerró un trato con el rey francés cuando su ejército estaba ya a las puertas de Roma, evitando que le destituyera como pretendía el cardenal Della Rovere. El pontífice pidió a las tropas napolitanas estacionadas en Roma que regresaran a su país sin enfrentarse a los franceses, pero él, precavido, se encerró en el castillo de Sant'Angelo rodeado de su guardia valenciana.

El día 28 de diciembre entraban los franceses en Roma y el 31 lo hacía el rey Carlos VIII entre vítores de los romanos, maravillados ante el grandioso despliegue militar.

El rey Alfonso II de Nápoles no era popular entre sus súbditos y para salvar el reino, abdicó en la persona de su hijo Fernando II, de solo veinticinco años, llamado cariñosamente Ferrandino. Pero aquel gesto no evitó la derrota de las tropas napolitanas en distintos frentes y la caída de las ciudades de Capua y Gaeta. A mediados de febrero el asedio a la ciudad de Nápoles era inevitable. Pero la población temía más el hambre que a los franceses y almacenaba todos los alimentos que pudieran conservarse, en especial garbanzos, habas, arroz, trigo y lentejas. Los mercados estaban desabastecidos y todos se preparaban para la llegada de tiempos duros.

—Ferrandino no podrá resistir mucho más —le dijo a Joan su amigo Genís, antes piloto y ahora capitán de la *Santa Eulalia*—. Sus guarniciones en el interior se rinden sin luchar. Tenemos las galeras provistas para un par de semanas y levaremos anclas justo cuando los franceses entren en Nápoles. Así que los permisos están cancelados.

—Por favor, Genís —le suplicó Joan—. Concédeme un día y su noche en tierra.

—¿Una noche? —El capitán sonreía—. ¿Al fin tu dama te dio el sí?

—No, aún no. Pero es mi última oportunidad. Por favor, dame permiso.

—No puedo oficialmente —repuso con gesto preocupado—. No sé cuándo zarparemos, la orden llegará en cualquier momento. Si estás aquí cuando nos vayamos, haré la vista gorda, pero si no, te quedarás en tierra y se te considerará desertor. Si te atrapan los franceses, lo pasarás mal, pero los nuestros te ahorcarán.

—Voy a correr el riesgo.

En su cita en la librería Joan suplicó de rodillas mientras ella rompía en llanto. Quizá aquel fuera su último encuentro, quizá muriera en la guerra y nunca más supiera de él. Era solo una noche, la última noche y quería pasarla con ella.

Hacía días que Ricardo Lucca abandonó Nápoles para unirse a las tropas francesas y ella dormía sola. Al fin Anna cedió.

—Quiero vuestra promesa de que no me pediréis más de lo que aquí os doy —le dijo—. No hay nada que desee tanto como pasar la noche con vos, Joan, os amo. Pero hice un juramento de fidelidad y pienso cumplirlo a toda costa.

—Haré lo que me pedís.

—Y debéis ayudarme si mi voluntad flaquea. ¡Prometedlo!

Él afirmó con la cabeza, no podía dejar de sonreír. Estaba lleno de dicha.

Joan se encaramó por la cuerda en la oscuridad más absoluta y con tal ímpetu que a punto estuvo de golpearse la cabeza contra las celosías. Allí tuvo que sujetarse al maderamen y a una segunda cuerda que Anna le ofreció para poder entrar a través del ventanal.

A la luz tenue de un candil los amantes se abrazaron cubriéndose de besos. Aquella era una habitación para invitados y, una vez recogida la cuerda, Anna quiso quedarse en ella porque ofrecía un escape inmediato en caso de apuro. Él pidió bajar al dormitorio conyugal, pero Anna se negó con rotundidad; aparte de un mayor peligro, le parecía una falta de respeto a su marido.

Fue una noche maravillosa pero también de sufrimiento. Joan gozaba de los besos, de los abrazos, del dulce contacto con las redondeces de ella y se colocaba encima de su amada en la cama, ambos vestidos. Pero moría de deseo y las veces que su mano buscaba por debajo de la falda, ella la detenía a la altura de la rodilla.

—Recordad vuestra promesa.

—Os deseo —gemía él.

—Yo también. Pero tengo un deber que cumplir.

Joan se sometía con un suspiro doloroso diciéndose que al menos sentía su calor, su amor, su presencia. Solo aquello era ya una bendición del cielo y debía dar gracias y gozarlo en lugar de lamentarse por no tener el resto. Pasaron las horas acariciándose entre susurros de pasión en los que de mil formas se recordaban su amor, prometiéndolo para la eternidad.

Pero al fin llegó el momento temido y ella le dijo:

—La noche termina. Debéis iros.

Él miró al cielo notando las tinieblas menos densas. Era cierto. Echó un vistazo a la calle, no vio más que negrura y pensó que aquel era su futuro lejos de Anna. Pero sabía que debía irse, bajo ninguna circunstancia podía permitir que le descubrieran y que ella sufriera algún mal.

Sus botas golpearon el suelo y a tientas buscó las paredes del callejón, comprobando que ya podía verlas. Los gallos cantaban y en los campanarios sonaba la hora prima. Debía regresar a la *Santa Eulalia* de inmediato, aunque no podía hacerlo sin antes despedirse del librero. Necesitaba compartir con su amigo lo ocurrido en la noche. Era una mañana gris y lentamente su luz difusa fue dibujando las calles, los edificios, las puertas y ventanas.

No tuvo que esperar mucho para oír movimiento en el interior de la librería, e impaciente llamó a la puerta. Al rato, Antonello abrió un ventanuco situado en la parte superior del portón, miró alarmado y al reconocerle lo abrió por entero para dejarle pasar. Las llamadas de madrugada no traían buenas noticias y a sus espaldas tenía a media docena de sus oficiales y aprendices armados. Los despidió e interrogó a Joan.

—¿Qué ocurre?

—He pasado la noche con ella.

Una amplia sonrisa se dibujó en la faz del librero, que le dijo:

—Sube arriba, al salón de la casa. Desayunaremos mientras me lo cuentas.

Pero al terminar el relato, el librero tenía un semblante lúgubre, impropio de él.

—¿Que has pasado la noche con la mujer que amas y no habéis hecho nada? —le increpó.

—Nos hemos besado y abrazado —se defendió Joan, sorprendido.

—¡Por Dios, muchacho, eso es nada! —estalló Antonello—. ¡Cuánto tienes aún que aprender! ¡Ambos os jugasteis la vida! ¿Es que crees que de sorprenderos el marido se habría tragado que solo os disteis besitos y abrazos? ¡Ya que arriesgas la vida, llega hasta el final! ¡Consuma! Ahora te vas dejando en manos de la fortuna vuestro destino. Quizá no tengáis otra ocasión. Tenías que haber argumentado, tenías que haberla convencido con razones que le llegaran al corazón.

—Pero yo le prometí...

—¡Esas promesas no valen nada, Joan! —replicó el napolitano—. ¡No valen nada! Porque son contra la voluntad de Dios, que es quien os impulsa a amaros. Son un pecado contra el amor.

—No lo entendéis, Antonello. Ella es una mujer decente.

—¡No! —dijo el librero pegando un puñetazo en la mesa—. No es una mujer decente.

Joan se quedó paralizado de asombro y cuando reaccionó lo hizo poniéndose de pie mientras sujetaba la empuñadura de su espada.

—Retirad lo que habéis dicho.

—Una mujer honesta es la que se entrega al hombre que ama —continuó Antonello sin hacerle el menor caso—. No la que se ofrece por conveniencia, aunque sea por intereses de familia. Y no es excusa que sea precisamente eso lo que hacen las reinas y princesas. Lo decente, lo honesto es darse, con toda plenitud, a quien se ama...

El sonido perentorio de las campanas llamando al arma le interrumpió y casi de inmediato se oyeron voces en la calle. Pero las palabras del librero aún resonaban en los oídos de Joan, que de pie, amenazante y con la espada a medio desenvainar, pensaba que su amigo había ofendido el honor de su dama.

Sin prestar atención a la pose arrogante del muchacho, Antonello abrió las ventanas del piso y se asomó a la calle.

—¿Qué ocurre? —le gritó a uno de sus vecinos que discutía acaloradamente en un corrillo.

—¡Los angevinos controlan las puertas de la ciudad y saquean los palacios Capuano y del príncipe de Altamura! —le contestó—. ¡Los franceses están entrando! Nápoles caerá sin lucha.

—¡La flota! —exclamó Joan, envainando su espada—. ¡Tengo que irme corriendo!

Y se precipitó escaleras abajo.

—¡Ve con Dios, hijo! —le gritó el librero desde la ventana—. ¡Que tengas suerte y piensa en lo que te he dicho!

91

Joan corrió hacia el puerto apartando a los grupos que discutían en las calles y a los que huían con sus pertenencias en busca de una escapatoria por mar. Al fin vio la mole imponente de Castel Nuovo, a cuyos pies se extendía el muelle y aceleró su carrera resoplando por el esfuerzo mientras soltaba nubes de vapor al aire frío de la mañana. Llegó sudando y sin aliento al inicio del embarcadero y allí se detuvo descorazonado. No estaban las galeras de la flota. Se habían ido.

Vio a unos soldados con teas encendidas que saltaban a las naves atracadas en el muelle y que prendían fuego a las velas recogidas y a todo aquello que quemara con facilidad. Acuchillaban a cualquiera que quisiera evitarlo, el rey había ordenado destruir las embarcaciones para que no cayeran en manos francesas. En unos instantes los buques, entre ellos varias hermosas galeras napolitanas, empezaron a arder como antorchas gigantes. Joan, después de una noche de insomnio y de fuertes emociones, se sentía abatido, perdido, desamparado y en su mente embotada iba penetrando la certeza de que la flota partió abandonándolo. Anduvo lentamente, anonadado, por el embarcadero hacia el mar rodeado de las llamaradas que devoraban a las naves amarradas. Comprendió que aquella galera que tanto odió cuando estuvo encadenado a sus remos se había convertido en su hogar y que lo acababa de perder. ¿Qué sería de él ahora? Los soldados le gritaban que regresara a tierra mientras los incendios crecían iluminando la mañana gris y lanzaban destellos siniestros al mar, que devolvía el reflejo de las llamas. Comprendió que si no salía de allí de inmediato, moriría abrasado y al dar la vuelta para escapar, su mirada se dirigió al lado opuesto de la ensenada que formaba el puerto de Nápoles. Allí, sobre una pequeña isla que marcaba el extremo oeste de la ciudad se alzaba el poderoso Castel dell'Ovo. ¡La flotilla, junto a un gran número de barcos de vela, se concentraba alrededor de la isla! ¡Aún no habían partido! ¡Quizá pudiera alcanzarlos! Y Joan se precipitó hacia la plaza frente a Castel Nuovo y después fue callejeando por el interior de la ciudad en un intento de llegar a la pasarela que conectaba aquella isla fortaleza con la costa. Corría con desesperación, apartando a la gente a empujones, dando tumbos, esquivando a los soldados franceses que entraban en grupos sin encontrar resistencia, a punto de caerse en ocasiones, con el alma en vilo. ¡No podía perder la galera! Era ya un desertor y si no lograba abordar la *Santa Eulalia*, sería ahorcado.

Castel dell'Ovo parecía listo para soportar el asedio y Joan se precipitó por la larga pasarela sobre el mar que lo unía a tierra, pero, cuando llegaba a la puerta, los centinelas le ordenaron que se detuviera de inmediato.

—¡Debo embarcar en la *Santa Eulalia*, soy su oficial artillero! —les gritó.

—Tenemos orden de que no entre nadie —le apuntaban con ballestas.

—¡Tengo que abordar mi galera! —insistió—. ¡Me declararán desertor!

—No puedes entrar. ¡Vete!

Joan se quedó inmóvil. La *Santa Eulalia* estaba atracada en el pequeño embarcadero del castillo, allí mismo, y no podía llegar a ella.

—¡Vete si no quieres que te disparemos! —le amenazaron.

—Tengo que subir a esa galera.

Los ballesteros montaron sus armas y apuntaron a Joan.

—Por última vez. ¡Vete!

Comprendió que en unos instantes le ensartarían con sus dardos, tenían órdenes estrictas. Miró al agua, ¿podría llegar a nado? Pensó que tenía una posibilidad entre diez, había una buena distancia, las aguas estarían heladas y seguramente moriría de frío antes de alcanzar la nave.

—¡Dejad que el muchacho entre!

Joan miró hacia la puerta, esperanzado, y de inmediato reconoció a quien daba la orden. ¡Era Innico d'Avalos, el noble napolitano del extraño medallón!

El joven sintió un alivio infinito al ver cómo los centinelas le franqueaban la entrada. Innico vestía armadura y su barba blanca acentuaba su semblante serio.

—Tendrás que esperar a que embarquen los monarcas —le dijo.

—Gracias —repuso Joan.

Se dirigió hasta el puerto acompañado de Innico y vio cómo el joven rey Ferrandino —junto a su tío Federico, la reina viuda Juana, hermana del rey de España, y el resto de la familia real— embarcaba en la *Santa Eulalia* y era recibido por Vilamarí y por Genís Solsona. Joan se escabulló hacia proa después de intercambiar un saludo con Genís. La carroza estaba repleta de realeza y no era el momento de dar explicaciones. Saludó a los marinos encargados de la artillería y se derrumbó agotado sobre unas cuerdas al pie del cañón.

A la flota de Vilamarí se habían unido diez galeras napolitanas que continuaban fieles a Ferrandino y un buen número de barcos a vela. Cuando partieron hacia la isla de Ischia, de la ciudad de Nápoles se elevaban varias columnas de humo: unas de los incendios en los palacios de los fieles a la dinastía de Aragón, y otras de las enormes llamas que consumían las naves en el puerto. Era un espectáculo estremecedor que provocaba en Joan sentimientos encontrados. Aquellas llamas, aquel humo, marcaban el fin de una época y su corazón se desgarraba pensando que pasaría mucho tiempo hasta que pudiera ver a Anna de nuevo. Por otra parte, el contacto frío y familiar de las piezas de artillería le transmitía paz y seguridad, aquel era su extraño hogar. Se dijo que de buen grado hubiera cambiado mil veces aquel insólito confort solo por la proximidad de ella. Aún guardaba el calor de su cuerpo en su pecho y para mantenerlo se hizo un ovillo. A pesar del zarandeo y lo duro de las tablas, al poco, extenuado, se entregó al sueño y por un momento su expresión se dulcificó con una sonrisa; soñaba que la volvía a abrazar.

92

El estampido de un cañonazo y después otro despertaron a Joan sobresaltado. ¡Les disparaban a ellos!

—¡Preparad la artillería! —oyó gritar al capitán—. ¡Disparad sobre el castillo!

Habían llegado a la isla de Ischia, pero el recibimiento no era el esperado y desde la fortaleza, que se alzaba sobre un islote rocoso unido a la isla principal por un puente, disparaban a las naves. En sus almenas aún lucía las enseñas napolitanas, al igual que las de la flota, y el joven rey Ferrandino maldecía y se lamentaba por esta nueva traición.

Aunque atontado, Joan pudo ver los surtidores de agua que las balas levantaban en el mar y calculó instintivamente la potencia de disparo, ángulo de tiro, calibre y distancia de la artillería enemiga.

—¡Cargad solo las culebrinas! —gritó a sus marinos—. ¡Con balas de hierro macizo!

Y corrió hacia su amigo el capitán, que se encontraba en la mitad de la crujía.

—Si mantenemos esa distancia, las balas de nuestras culebrinas impactarán en sus muros, pero sus cañones no nos alcanzarán —le dijo.

Genís Solsona informó al almirante y este habló con el rey Ferrandino, su tío Fadrique e Innico d'Avalos, que observaban el castillo desde la carroza de la galera. Después, el almirante Vilamarí cursó instrucciones para el resto de las naves con el sistema habitual de banderolas. Las galeras españolas, con sus artilleros entrenados según las instrucciones de Joan, batirían el castillo desde el mar mientras las naves napolitanas desembarcaban las tropas para cerrar el cerco desde tierra. La chalupa de la *Santa Eulalia* condujo a Innico d'Avalos a la costa, fuera del alcance de los cañones del castillo para comandar las fuerzas terrestres.

Joan no se equivocó. Las culebrinas de las galeras impactaban con fuerza en los muros y torres de la fortaleza y los cañones de esta solo alcanzaban el mar por delante de las proas de los buques de la flotilla. Joan se sentía orgulloso de su trabajo, muy pocos disparos se perdían y el bombardeo se hizo implacable.

Al mediodía una bandera blanca ondeó en las almenas de la fortaleza. Los soldados napolitanos se habían sublevado contra Giusto di Candida, su comandante, y entregaron el baluarte a Innico lanzando vivas al rey.

En la plaza de armas del castillo se reunió la realeza que transportaban las naves, capitanes y nobles fieles a Ferrandino. También estaba el almirante Vilamarí y algunos oficiales de su flota. Entre estos se encontraba Joan, que se coló para no perderse el acontecimiento.

Giusto di Candida estaba de rodillas frente al rey y le suplicaba perdón. Los demás los rodeaban en círculo.

—Así que acordasteis la entrega de la isla a los franceses, ¿verdad? —le interrogaba Ferrandino en voz alta, para que todos le oyeran.

—Sí, mi señor, y me equivoqué —murmuraba el alcaide—. Os suplico clemencia.

—Pero nuestra flota llegó antes —dijo el rey pensativo, como hablando consigo mismo.

Ferrandino era un joven apuesto, de mirada melancólica y solo dos años mayor que Joan. El pueblo napolitano le quería y al abdicar su padre, las gentes le aclamaban cuando se mostraba en las calles a lomos de su alazán. El viejo rey acertó al pensar que su hijo sería capaz de aglutinar la resistencia. Pero era muy joven y a pesar del cariño que suscitaba, muy pocos le creían capaz de detener al ejército francés.

Ferrandino puso lentamente su mano izquierda sobre la cabeza del alcaide, que continuaba implorando compasión en voz baja, como si fuera a bendecirle, pero de repente tiró de su pelo hacia arriba al tiempo que sacaba su daga y de un potente tajo le abrió un gran corte en el cuello. El hombre empezó a sangrar, se echó las manos a la herida mientras caía al suelo, entre espasmos, sobre el barro que formaba su propia sangre. En unos instantes se quedó inmóvil.

Joan miró a Vilamarí y vio cómo este intercambiaba un gesto afirmativo con Innico d'Avalos. La cuchillada seccionó limpiamente la yugular y a los dos viejos guerreros les complacía el feroz gesto de autoridad de Ferrandino.

El rey ordenó que arrojaran el cadáver al mar y de pronto la comitiva pareció sentirse feliz, más confiada en el joven monarca. Joan se dijo que por cruel que aquello pareciera, era lo que todos esperaban del rey.

Ferrandino nombró a Innico d'Avalos gobernador de la isla de Ischia, que por su cercanía a Nápoles era un enclave estratégico de gran valor. Al día siguiente Carlos VIII de Francia entraba en la ciudad de Nápoles y la población lo recibía con vítores.

Aun así, el joven monarca napolitano no desfalleció y a bordo de la *Santa Eulalia* y al frente de la flota de catorce galeras que comandaba Vilamarí se acercaba a Nápoles para animar desde el mar a los defensores de los castillos Nuovo y Dell'Ovo, que eran batidos continuamente por la artillería francesa. Los franceses no tenían aún una flota suficiente para oponerse a la de Vilamarí y el rey empezó a recorrer todo el litoral al sur de Nápoles entrevistándose con los gobernadores de las fortalezas costeras que todavía le eran fieles exhortándoles a la resistencia.

Al normalizarse la vida en la galera, Joan encontró el tiempo y la intimidad para escribir en su libro. Las palabras de Antonello retumbaban en sus oídos y pensaba en ellas de continuo. Quizá tuviera mucho que aprender, como decía el librero, pero no estaba dispuesto a aceptar cualquier cosa y solo se quedaría con lo que él considerara de valor. No importaba que las ideas vinieran de alguien al que él respetaba tanto como a Antonello o ni siquiera del propio Platón.

«Una mujer honesta es la que se entrega al hombre que ama», escribió, y después: «¿No es acaso honesto proteger a la familia? ¿Sacrificarse por los padres, por el hermano?».

Simpatizaba en parte con la frase del librero, pero que Anna complaciera a Ricardo Lucca sin estar enamorada tampoco la hacía una mujer deshonesta. Pensaba que Antonello era injusto. Su reflexión le llevó a una conclusión absurda y aun así la escribió: «Entonces, ¿debiera entregarse Anna a los dos para ser honesta? Cumpliría a la vez con nuestro amor y el amor a sus padres». Joan sacudió la cabeza con rabia, no podía soportar el pensamiento de Anna entregada a su marido. Su cuidada caligrafía mostraba unos rasgos más oscuros y profundos cuando escribió: «Uno de los dos sobra y es él». Después cerró los ojos para ver la faz arrogante de Ricardo Lucca y a continuación la escena del degüello del traidor en Ischia. Solo que en sus pensamientos él era Ferrandino y el degollado, Lucca.

93

A los pocos días cayeron en manos francesas los castillos Nuovo y Dell'Ovo en Nápoles defendidos por Alfonso d'Avalos, hermano de Innico y leal a la Casa de Aragón. Y después, una tras otra fueron tomadas las demás plazas fuertes del reino.

Joan se compadecía de Ferrandino, que viajaba en la *Santa Eulalia*, al ver la derrota en su rostro cada vez que al regresar a un baluarte que creía fiel encontraban la bandera enemiga ondeando en sus almenas. A pesar del cariño que despertaba Ferrandino, ni sus más fieles creían en sus posibilidades frente al poderoso ejército francés, y esa convicción llevaba al sometimiento de sus partidarios.

A Joan le costaba identificar en aquel joven de mirada melancólica, rasgos suaves y tranquilos, que amaba la poesía y se emocionaba con ella, al hombre capaz de degollar a otro con toda frialdad. Meditó sobre esa dualidad del monarca y sobre lo que en él era natural y lo que se veía obligado a hacer en su posición. Escribió en su libro: «¿Se puede ser rey sin ser cruel?». Después pensó en Carles, en su injusta y brutal muerte, y en la historia de leones y corderos de Vilamarí. «¿Se puede ejercer el poder sin causar daño? Quizá el poder no sea otra cosa que la capacidad de dañar.»

A principios de mayo solo se mantenían fieles al rey la isla de Ischia, al mando de Innico d'Avalos, Reggio y algún otro punto disperso de Calabria al que el ejército invasor daba poca importancia.

Conforme los ejércitos de tierra avanzaban hacia el sur, la flota francesa disponía de nuevos puertos y su potencia aumentaba. Ischia era cada vez más vulnerable y tuvo que rechazar varios intentos de desembarco. Pero el poder francés alarmó a las potencias europeas y sus diplomacias trabajaron sin descanso. El 31 de marzo de 1495 se constituía la Santa Liga, formada por el emperador Maximiliano, Venecia, Milán, el Papa y la monarquía española.

La noticia sorprendió a Carlos VIII disfrutando de la caza y las fiestas en la capital de Nápoles, su recién conquistado reino, y tomó conciencia de su vulnerabilidad.

El soberano francés, temiendo verse atrapado, se hizo coronar rey de Nápoles y, dejando un formidable ejército en su nuevo reino, partió hacia Francia con el resto de sus tropas. Sin embargo, en el norte de Italia le cerraban el paso las fuerzas coaligadas de Milán y Venecia y hubo de enfrentarse a ellas en la batalla de Fornovo, en la que poco le faltó para ser derrotado.

La guerra parecía cambiar de signo. El 24 de mayo la flota de Requesens llegó a Mesina con las tropas españolas y en seguida Ferrandino se entrevistó con Gonzalo Fernández de Córdoba. El joven monarca quería tomar de inmediato la ciudad de Nápoles, pero Gonzalo y los almirantes Vilamarí y Requesens le convencieron para empezar por Calabria, la región más cercana a Sicilia, desde donde podían recibir ayuda o retirarse si la campaña se complicaba.

El andaluz, experto general de las guerras de Granada y del norte de África, sabía que las tropas francesas los superaban en número y estaban mejor preparadas. La travesía desde España duró un mes, sufrieron tormentas y vientos en contra, algunos hombres murieron y otros enfermaron y estaban muy débiles. Además, fuera de algunas unidades con experiencia en la guerra de Granada, la mayoría de las tropas eran bisoñas y muchos soldados hablaban solo gallego y euskera y no entendían el castellano. Necesitaba tiempo.

Pero no lo había, el joven rey estaba impaciente por entrar en combate y el 26 de mayo, solo dos días después de la llegada de Gonzalo Fernández de Córdoba a Mesina, la flota de Requesens, junto a la de Vilamarí, cruzaba las tropas por el estrecho de Mesina para desembarcarlas en Reggio. Empezaba la reconquista del reino.

El 6 de julio, Ferrandino se encontraba de nuevo en la *Santa Eulalia* mientras la flota comandada por Requesens y Vilamarí navegaba hacia la capital del reino. El joven monarca sabía que muchos napolitanos detestaban el dominio francés y decidió actuar.

La flota, luciendo sus gallardetes napolitanos y aragoneses, recorrió el litoral de la bahía muy cerca de la costa para que desde tierra se tomara conciencia de su poderío. Mientras, las naves francesas, inferiores en número, se refugiaron en el puerto bajo la protección de los cañones de Castel Nuovo. Los franceses, sabiéndose superiores en tierra, salieron de la ciudad para impedir el desembarco y acometer a los recién llegados. Pero cayeron en la treta de Vilamarí y se dirigieron al lugar equivocado mientras el joven monarca desembarcaba cómodamente y entraba en la ciudad aclamado por sus partidarios. Los sublevados acorralaron a la guarnición, que se tuvo que atrincherar mientras las casas de los principales nobles francófilos eran asaltadas.

Cuando el general francés regresó a la ciudad, acosado por los ciudadanos armados, por el ejército del rey y la escuadra española, no tuvo más opción que guarecer sus tropas en los castillos Dell'Ovo y Nuovo.

Los mismos que antes apoyaron a los franceses juraban ahora fidelidad a Ferrandino alegando que se vieron obligados por las circunstancias. El joven rey se sentía feliz, había recuperado su amada ciudad de Nápoles y fue generoso con los que regresaban a su bando. Pero fuera de lo conquistado en el sur de Calabria por Gonzalo y la capital, la mayor parte del reino continuaba ocupada por un gran ejército al que apoyaban poderosos nobles angevinos y sus tropas. La guerra distaba mucho de haber llegado a su fin.

94

Joan aguardaba impaciente el permiso para desembarcar en Nápoles, las columnas de humo se elevaban en varios puntos de la ciudad y desde la *Santa Eulalia* se oían disparos. Temía por Anna. Ricardo Lucca pertenecía a la facción angevina y su casa podía ser asaltada por el populacho en cualquier momento.

Los franceses aún controlaban el puerto gracias a los castillos Nuovo y Dell'Ovo y las galeras de Vilamarí vararon en una playa cercana fuera del alcance de la artillería francesa.

Tan pronto Joan saltó a tierra, fue corriendo a la vía del Duomo esquivando a la muchedumbre que celebraba el regreso de Ferrandino y al llegar a la casa de los Lucca suspiró aliviado; estaba cerrada y no mostraba señales de violencia. ¿Habrían abandonado la ciudad? Quería llamar, que Anna supiera que estaba allí, pero se contuvo. No deseaba encontrarse cara a cara con Ricardo Lucca. No aún. No se arriesgaría a perjudicar a su amada. Y tragándose la impaciencia y ansiedad, se dirigió a la librería de Antonello.

Su amigo estaba en el centro de la calle, donde había instalado una mesa y una barrica de vino. Le rodeaban sus empleados y vecinos, que, celebrando felices la llegada del rey, chocaban sus vasos, bromeaban y reían.

—¡Pero si es Orlando enamorado! —gritó Antonello al verle—. ¿Qué es esa expresión tensa? Toma un vaso de vino, relájate.

Joan se acercó para brindar con el librero. Este paladeó satisfecho el vino:

—¿A que es bueno? Lo guardaba para una gran ocasión.

El joven no sabía cómo interrumpir su cháchara para preguntarle por Anna, pero el napolitano, malévolo, adivinando su ansia, no parecía tener intención de complacerle.

—Antonello, ¿qué sabéis...? —Pero su amigo le interrumpió.

—¡Francesca! —gritó llamando por señas a una muchacha.

Ella sonrió y él insistió con gestos exagerados para que acudiera. Después de hacerse rogar por un tiempo, la chica mostró otra de sus sonrisas deslumbrantes y fue hacia ellos moviéndose con gracia. Joan se percató de inmediato de que la naturaleza había dotado a la moza con generosidad.

—Francesca —dijo el librero agarrándola del brazo—. Te quiero presentar a un amigo español que es además el mejor oficial artillero de la flota. Un gran partido y un buen mozo. ¿Qué te parece?

Ella hizo un mohín que no la comprometía en la respuesta, aunque sonrió a Joan al tiempo que le miraba a los ojos.

Joan le devolvió la sonrisa, pero se sentía incómodo. ¿Qué pretendía Antonello? ¿Deslumbrarle con aquella belleza para que se olvidara de Anna? No podría hacerlo ni por un instante. El librero era perverso y jugaba con él tentando sus límites. Pero ni presentándole a la mismísima diosa Venus podría quitarle a Anna de su pensamiento.

Uno de los aprendices sacó una guitarra y el propio Antonello fue el primero en cantar. Después lo hicieron otros y la gente se puso a bailar. Era un día de gran fiesta. Joan intercambió unas frases con la bella napolitana, pero su pensamiento no estaba allí; no podía librarse de su temor por Anna, y al rato Francesca le dedicó una sonrisa de despedida cuando un oficial de caballería apareció en escena requiriéndola.

—¿Qué sabéis de Anna? —insistió cuando al fin pudo hacer un aparte con Antonello.

—La *signora* Lucca está sana, salva y bellísima en su casa —repuso este—. Y su marido se ausentó de Nápoles con las tropas francesas que luchan en el sur.

—Pero siendo Ricardo Lucca un angevino, ella estará en peligro. —Joan continuaba preocupado—. ¿No asaltarán su casa como han hecho con otras?

—Es posible que sea atacada —repuso el librero con tranquilidad—, aunque hay casas más ricas en la lista y esa gente tiene demasiado trabajo. Pero si el rey Ferrandino no quiere o no puede imponer el orden en las calles, tarde o temprano la casa Lucca también será desvalijada.

Joan tuvo que esperar dos días interminables antes de ver a Anna. Antonello le envió recado avisando que tenía un libro de su interés y al final apareció junto a su ama en la librería. Joan corrió a ocultarse mientras notaba el latir desbocado de su corazón. Tan pronto la esposa de Antonello se hizo cargo del ama, los jóvenes se miraron sonriendo felices para unirse en un fuerte abrazo en la intimidad del despacho del librero.

—¡Cuánto os he echado de menos, Anna!

—Yo también —repuso ella—. ¡He rezado tanto por vos!

—¡No regreséis a vuestra casa, huid conmigo! —le dijo Joan mirándole a los ojos.

Fue un impulso repentino. Y se arrepintió de inmediato. ¿Qué tipo de vida podía él ofrecerle a una dama como Anna? La vida de un fugitivo, la de un esclavo de galeras huido después de arrebatarle la esposa a un caballero. Porque no importaba que Lucca fuera rebelde a su rey; continuaba siendo un caballero y él menos que un don nadie. Sabía que ella se negaría. Y así ocurrió, aunque con argumentos distintos.

—No hay cosa que más desee —dijo—. Pero bien sabéis que el

bienestar de mi familia depende de mi matrimonio y no permitiré que ellos paguen las consecuencias de mi locura.

Él la abrazó consolado al saber que aún le amaba y al tiempo triste por aquellas barreras insalvables. Entonces fue ella quien le apartó para mirarle a los ojos:

—Joan, este será nuestro último encuentro.

—¿Por qué? —inquirió él, alarmado.

—No puedo mantener esta relación clandestina —repuso Anna con expresión triste—. Si se descubriera, sería la ruina para los míos. Además, aunque no ame a Ricardo, es una buena persona que no merece un engaño. No es decente que nos veamos.

—¡Decente! —exclamó Joan recordando las palabras de Antonello—. ¡Lo que no es decente es que estéis casada con un hombre al que no amáis! Lo decente es estar con quien se ama.

Anna negó con la cabeza.

—No es así como lo ve la sociedad —dijo.

—¡Os lo suplico! —exclamó Joan, con lágrimas en los ojos—. ¡No me dejéis!

—No puedo hacer otra cosa —repuso ella llorosa.

—¡Pues si nos hemos de despedir, dejad que os visite esta noche en vuestra casa! —le suplicó—. No está vuestro marido.

Ella se negó y pasaron unos minutos batallando y al final Joan le dijo:

—Lo nuestro no puede terminar así, Anna. No podemos despedirnos con una discusión. No insistiré más. Pero esta noche la pasaré bajo aquella celosía de vuestra casa, y también la siguiente, hasta que lancéis la cuerda.

—No creo que lo haga, Joan. Lo siento —repuso Anna, con voz triste. Y añadió después de unos momentos de vacilación—: Pero si ocurriera; ¿me dais vuestra palabra y juráis que no me pediréis más contacto físico que un abrazo o un beso?

—¡Sí! ¡Claro que sí! ¡Lo juro!

95

Aquella era una noche cálida, las casas en Nápoles tenían sus ventanas abiertas en busca de brisa fresca y las voces de los vecinos llenaban las calles de murmullos.

Joan esperaba impaciente entre las sombras del callejón animado por las últimas palabras de Anna. El riesgo era alto porque, aunque las luces tenues de los candiles se iban apagando en las ventanas, aún quedaban las estrellas y una media luna que en unos minutos se alzaría sobre la calleja.

Rezaba. ¡Deseaba tanto verla de nuevo! Y se decía que no sería capaz de soportar su ausencia. Pero al rato, pasada la medianoche y con el corazón en vilo, percibió un leve movimiento en las celosías del segundo piso y después algo que se descolgaba lentamente. ¡Era la cuerda!

Joan trepó con agilidad y de inmediato se fundieron en su abrazo sin palabras. Recogieron la cuerda, la guardaron y esta vez ella le condujo de puntillas a su dormitorio en la primera planta.

—Recordad vuestra promesa de respetarme, Joan —le susurró antes de que se desplomaran en la cama.

Sin embargo, lo que él recordaba eran las palabras de Antonello. El librero le dijo que aquel tipo de promesas no valían nada. Porque eran contra la voluntad del Ser Supremo responsable del impulso de amar. Que esas promesas eran un pecado contra el amor. Y que la mujer decente era la que se entregaba al hombre que de verdad amaba.

Tumbados se abrazaban, se besaban, se acariciaban. Era verano, vestían ropas ligeras y Joan notaba en su propio cuerpo el cuerpo ardiente de Anna. Ella establecía límites y le apartaba la mano cuando los dedos ansiosos de él los transgredían, susurrándole:

—¡Recordad lo que prometisteis!

Y él suspiraba, pedía perdón, añadía que no podía evitarlo y al cabo de unos instantes regresaba otra vez a las zonas prohibidas. La primera gran batalla se libró en los pechos de la muchacha y cuando al final esta aceptó su derrota con un suspiro, Joan los pudo acariciar, besando a su gusto y placer aquellos senos turgentes y sus pezones inhiestos. Estaba borracho de pasión. Ella gemía y temblaba al tiempo que intentaba devolverle las caricias. Pronto no fue suficiente y él empezó a deslizar sus manos hacia su vientre. Anna quiso rechazarle, le apartaba y otra dulce contienda se produjo en aquella zona de deseo. Ella le recordaba en susurros su promesa, le reprochaba su incumplimiento, pero él gemía que era incapaz, que no podía.

Desterrado del bosque que crecía entre aquellas hermosas piernas, Joan buscó consuelo acariciando y estrujando las redondas nalgas sin que ella mostrara resistencia en aquella zona. Pero al poco regresó al pubis y cuando al fin, siempre con delicadeza pero persistente, pudo vencer su aguante, él entró en el paraíso de cálidas humedades y tacto suave del sexo de su amada.

—¡No, por favor, Joan! —musitaba Anna, ya entregada y sin oponerse, cuando él la penetró.

Nunca había sentido algo semejante. Era una embriagadora mezcla de placer físico y culmen espiritual. ¡Estaba en su interior! ¡Era suya! ¡Se le había entregado! ¡Era su mujer! Se acariciaban moviéndose frenéticos al ritmo de sus gemidos hasta que, llegando al éxtasis y sintiéndose morir en una terrible dulzura, un torrente impetuoso surgió de él para llenarla a ella.

Se quedaron mucho tiempo, él encima, mientras sus jadeos se reducían a una respiración suave y después fue casi imperceptible. A ella no parecía molestarle el peso, pero él se puso a su lado abrazándola en el lecho.

—Joan —susurró ella entonces—. No nos veremos nunca más.

Él sintió como si le clavara una daga en el pecho. Unos momentos antes hubiera dado su vida por hacerla suya, no ansiaba otra cosa y si algún ser maligno le hubiera concedido su deseo con la condición de caer muerto una vez consumado este, hubiera aceptado. Pero ahora quería más, la quería para toda la vida. No importaba el precio. No quiso responder y empezó a besarla, el tiempo era trágicamente breve y no quería desperdiciarlo en discusiones. No abandonaría, Anna sería suya.

En esa ocasión ella se ofreció sin lucha y se amaron con la desesperación de la última vez, y culminado su deseo, este se hizo un abrazo tierno. Después Joan cayó en un sueño ligero del que despertó sintiendo humedad en su pecho. Ella lloraba en silencio.

Él permaneció mudo, asustado; no sabía qué hacer ni qué decirle, pero sus ojos se llenaron también de lágrimas que al poco resbalaban por sus mejillas.

—No os preocupéis, mi amor —dijo al fin—. Encontraremos la forma de estar juntos.

—No, Joan —repuso ella serena y determinada a pesar del llanto—. No os veré nunca más. No volveré a traicionar a Ricardo.

—¡Pero me queréis a mí! —repuso él—. Y hoy os he hecho mía. Ahora sois mi mujer, no se puede volver atrás. Sois mía y no renunciaré a vos.

—No, Joan. Os equivocáis. —Ella continuaba serena y hablaba con calma y determinación—. No soy vuestra mujer. Soy esposa y mujer de Ricardo Lucca. Es cierto que os amo y que nada me hubiera gustado tanto como ser vuestra, pero no lo soy. Desgraciadamente, existen cosas más importantes que nuestro amor.

Se hizo el silencio, Joan no quería responder, le asustaba la seguridad y la calma con la que ella hablaba y empezó a temer que fuera cierto, que aquella fuese su última vez. Volvió a los besos y a las caricias y se llenó de trágica felicidad al ser correspondido por ella. Se amaron de nuevo.

A Joan le despertaron unos golpes sobre madera. Notaba aún el contacto cálido del cuerpo de Anna a su lado. Los golpes se repitieron y ella se despertó sobresaltada.

—¡Es el amo! ¡Es el *signore* Lucca! —gritó uno de los criados desde el patio de la casa—. ¡Abridle y vestíos, nos va a necesitar!

—¡Mi marido! —exclamó Anna mirándole con ojos asustados—. ¡Tenéis que salir de aquí!

Se oía el chirriar de la gran puerta que daba a la calle y Joan se vistió a toda prisa. Estaba amaneciendo. Anna, una vez vestida, se asomó a la puerta de la habitación.

—¡Los criados están por todas partes! —dijo—. No podéis subir al segundo piso, os descubrirían en las escaleras. No os daría tiempo a soltar la cuerda y bajar por ella.

Corrió a mirar por las celosías a la calle y añadió:

—Mi marido nos viene a buscar. Habrá sobornando a los guardias de una de las puertas y ha traído carros para cargar todo lo que podamos antes de que el populacho asalte la casa. Huiremos en una nave.

Se oían voces y ajetreo por toda la casa.

—¿Qué queréis que haga? —preguntó Joan llevando instintivamente su mano al puño de la espada.

—¡No puede encontraros en nuestro dormitorio! —le dijo ella mirándole a los ojos—. Voy a bajar a recibirle y ayudarle en la mudanza. Eso evitará que de momento suba aquí. Cuando todos estén ocupados, bajad las escaleras a toda velocidad y salid corriendo a la calle. Si os ven, siempre quedará la duda de que pudisteis entrar a robar o a por una criada.

Observó de nuevo entreabriendo la puerta y cuando se giró, su mirada tenía una mezcla de inquietud y tristeza.

—Adiós, Joan —dijo—. Que el Señor os conceda una buena esposa. —Y salió de la habitación.

96

Aquel adiós fue para Joan como una condena a muerte; Anna se iba, quizá a Francia y para siempre. No era solo que ella se negara a verle de nuevo, sino que él ya no sabría dónde encontrarla. Permaneció unos momentos inmóvil, sin saber qué hacer, como si de pronto se hubiera quedado sin fuerzas. Después imaginó a Anna recibiendo a su esposo en el patio, echándole los brazos al cuello y besándole, y una furia violenta se apoderó de él. No sentía miedo por su persona; su único temor era perjudicar a Anna y se esforzó en seguir sus instrucciones. Por el resquicio de la puerta entreabierta oía la barahúnda de gritos, portazos y golpes del desalojo precipitado de la casa y veía pasar a los criados cargando enseres. Se dijo que en unos instantes entrarían en el dormitorio y darían con él. Y aquel era el único sitio donde no le podían encontrar. Aprovechó un instante en que no había nadie en el pasillo y salió sin apresurarse, como si paseara, dirigiéndose a la escalera que bordeaba el patio central para bajarla. Un criado que subía le cedió el paso, aunque, sorprendido, se quedó mirándole inmóvil. Joan, amenazante, apoyó su mano derecha en la empuñadura de su espada y descendió siguiendo el recorrido de los criados que salían con bultos a la calle. En el patio, Anna hablaba con su esposo, situado de espaldas a la escalera, y Joan prosiguió su camino con la intención de deslizarse detrás de él sin que lo advirtiera. Pero no pudo evitar contemplarla por última vez y sus miradas se enlazaron por unos instantes en un postrero abrazo.

—¿Quién es ese hombre? —gritó alguien que parecía un mayordomo.

Lucca, alertado tanto por la mirada de su esposa como por el aviso, se giró.

—¡Vos! ¿Quién sois?

Todos se fijaron en él y uno de los criados hizo gesto de impedirle el paso, pero Joan lo apartó de un empujón y salió a la calle con paso rápido, atento a que nadie le bloqueara la salida.

—¡Deteneos! —Era la voz de Lucca y supo que se precipitaba detrás de él.

Estaba ya en la calle y como los carros le impedían cruzar hacia el otro lado, anduvo unos pasos rápidos paralelos a la casa y, al sentir pisadas a su espalda, desenfundó la espada y se giró apuntando a la altura del pecho. Ricardo Lucca se detuvo en seco. Sus miradas chocaron con dureza.

—Yo os he visto antes, merodeando a mi alrededor —dijo el marido desenvainando también su espada—. ¿Qué hacíais en mi casa?

—Os buscaba para daros muerte. —Y matarle era lo que Joan deseaba.

Vio una expresión de sorpresa en la cara de su rival, pero justo entonces aparecieron criados armados a la espalda de este. Joan recordó que junto a los carros había soldados y tuvo la certeza de que en un instante le rodearían. Hubiera querido enfrentarse a Lucca, hundirle su espada en el pecho, pero aquello le costaría su propia vida. Dio media vuelta y salió corriendo calle abajo. Se topó con un par de soldados desprevenidos que llegaban a la altura del último carro y que, como sospechaba, pretendían rodearle, pero la amenaza de su arma hizo que se apartaran y se alejó con la certeza de que ya no le seguirían. Estaban demasiado ocupados.

Joan se mantuvo a distancia observando cómo cargaban los carros a toda prisa y preguntándose qué hacer. No podía dejar que Anna se fuera para siempre. Él solo no podía detener a Lucca, que entre soldados y criados contaba con más de veinte hombres. Pero en ese momento el marido de Anna huía, era vulnerable, podía ser derrotado. Ahora o nunca, pensaba; tenía que hacer algo. Anna le dejó muy claro que, por mucho que le amara a él, jamás abandonaría a su marido: la fidelidad a su familia era lo primero para ella. Tenía que librarse de Ricardo Lucca como fuera.

Estaba amaneciendo y aunque los gallos cantaban, la ciudad aún dormía. ¿Dónde encontrar ayuda?

Corrió a la casa de Antonello, situada en la misma calle en dirección al muelle y aporreó la puerta. Las ventanas del piso superior estaban abiertas a causa del calor y al poco apareció el librero en una de ellas.

—¡Vaya con Orlando enamorado! —refunfuñó al reconocerle—. No me gusta tu costumbre de despertarme al amanecer.

—Don Antonello, necesito vuestra ayuda. ¡Por favor!

El librero bajó a abrir entre gruñidos y Joan le puso al corriente de todo.

—Ricardo Lucca huye —le dijo al final del relato—. Ayudadme a detenerle.

—¿Y por qué debiera yo hacer eso? —preguntó el librero, asombrado.

—Porque es un angevino que ha luchado contra el rey. Un traidor a Nápoles.

—Mira, hijo —repuso Antonello—, los Lucca son buenos clientes y por eso lamento que se vayan. Y por lo mismo y porque son buena gente les deseo que se pongan a salvo de sus enemigos. Además, ni mis muchachos ni yo somos gente de armas y tendríamos las de perder.

—Pero los detendríais lo suficiente hasta que llegaran los soldados del rey.

—O quizá lleguen antes esos buitres que rapiñan y violan. —Movió la cabeza negando—. No, no haré nada.

—Pero vos estáis a favor del rey Ferrandino, ¿verdad?

Antonello dejó ir su risa contagiosa.

—¡Pues claro que estoy con él! —dijo—. Y celebré su regreso. Aunque también lo celebré cuando llegaron los franceses y espero que me guardes el secreto. La vida es corta y hay que reír y festejar todo lo que se pueda.

—¡Se lleva a Anna! —exclamó Joan en un sollozo.

—Pero ella va por su voluntad —le recordó el napolitano.

Joan estaba abatido y no respondió. Había despertado de la noche más maravillosa de su vida con una pesadilla terrible. Iba a perder a Anna para siempre.

—Acércate al castillo de Capua —le sugirió Antonello compadeciéndose del joven—. Quizá el rey tenga tropas disponibles y las quiera emplear en Lucca.

—Demasiado tarde —dijo Joan.

El estruendo de los carros y los gritos de los arrieros azuzando a las bestias se oía ya calle arriba. El joven se asombró de la rapidez con que cargaron. Lucca debía de tenerlo todo muy bien planeado.

Al poco cruzaban por delante de la librería, y desde su interior Joan pudo ver a Ricardo Lucca, alto y arrogante como siempre, montado en su caballo y a su lado, sobre una yegua, a Anna, erguida, serena y bellísima.

No supo hacer otra cosa que seguirlos. La comitiva despertaba el interés de los vecinos, que se asomaban a las ventanas, o de los que ya tenían las puertas abiertas de sus casas, pero nadie trató de cortarles el paso. Ni siquiera el retén que sitiaba Castel Nuovo, sorprendido, hizo nada por detener aquel grupo de soldados y los carros que custodiaban. A toda prisa la comitiva entró en la zona cubierta por el fuego de cañones y mosquetes del castillo y con ello se puso a salvo. Sin perder tiempo se dirigieron al embarcadero, que bajo la sombra del castillo continuaba en poder de los franceses, y sin demora empezaron a cargar el contenido de los carros en una carabela allí atracada. No eran los únicos, parecía que otros nobles angevinos lo hicieron antes. Joan calculó la velocidad con la que embarcaban los bultos y la marea. El viento les era favorable y en menos de una hora la carabela se habría hecho a la mar.

El sol iluminaba ya las torres más altas de las iglesias de Nápoles y Joan contemplaba impotente, desesperado, cómo Anna se iba para siempre.

97

—¿Quién era ese hombre que salía de nuestra casa? —inquirió Ricardo Lucca.

Anna se sobresaltó; había esperado la pregunta toda la mañana deseando que nunca se formulara. Desde que su esposo y Joan se enfrentaron en la calle en la madrugada sentía una horrible mezcla de miedo y culpa que trataba de disimular a toda costa.

Lucca esperó a embarcar y una vez estuvo todo organizado a bordo, cuando navegaban pasado ya el Castel dell'Ovo, interrogó a su esposa. Aun en los momentos más críticos de aquella mañana, aun ocupado en la huida, su mente se vio continuamente asaltada por pensamientos siniestros. Anna y buena parte de sus pertenencias estaban ya a salvo, pero el alivio que esperaba sentir entonces se había convertido en una terrible sospecha.

—No lo sé —repuso ella mirándole con sus ojos verdes, que aquel día mostraban tonos grises—. No le había visto antes.

Ricardo Lucca la observó suspicaz. Amaba con locura a su joven esposa, con la que llevaba casado poco más de un año, aun sin poder gozar de su compañía como ansiaba. Con demasiada frecuencia la guerra le mantuvo alejado en el campo de batalla.

Se enamoró casi de inmediato de ella al verla en la joyería, pero le costó tiempo y paciencia conseguir que Anna se dejara cortejar. Era consciente de que la ayuda a su padre y el puesto de escudero para su hermano con un pariente en su tierra natal de la Apulia fue determinante para que ella le aceptara primero como galán y después como esposo. Pero sabía que su aspecto acostumbraba a gustar a las mujeres y estaba convencido de que su solicitud, sus cuidados y su amor conseguirían que ella le correspondiera. Y una vez casados, poco a poco, su esposa se le fue entregando y cada avance le colmaba de felicidad. La paseaba orgulloso por la calle gozando de la ternura con la que ella se asía a su brazo.

Pero en los últimos meses, al regresar de sus obligadas ausencias, empezó a notar algo raro en ella. Aquella madrugada, aquel sentimiento se convirtió en alarma al descubrir a aquel joven desconocido en su casa.

—Pues yo sí recuerdo haberlo visto antes —repuso—. Merodeando por los alrededores de la casa, incluso en la catedral los domingos. Es extraño que no os fijarais en él.

—No es propio de una mujer decente ir mirando a los hombres por la calle, Ricardo.

Anna sentía su corazón encogido dentro del pecho. Odiaba mentir a su esposo, pero la verdad era inconfesable. Recordaba la apasionada noche con Joan, pensarlo aún le erizaba el vello, pero aquel amor era ahora un sueño lejano y la realidad la llenaba de remordimientos y temor. Aceptó ver de nuevo a Joan a solas porque sabía que todo estaba preparado para la huida y que seguramente nunca más volverían a verse. No contaba con que el amor y la pasión la vencerían. Ni que aquella sería la madrugada escogida por su marido para escapar de Nápoles.

Nunca quiso traicionar a Ricardo, pero lo hizo. Era un marido tierno, bien parecido, viril, que la amaba y se esforzaba en complacerla en todo. Y siempre cuidó de su familia. Le estaba muy agradecida, le respetaba y le quería. De forma distinta y menos intensa que a Joan, pero sentía amor por él. Se horrorizaba pensando en su traición aquella noche y si pudiera volver atrás, la borraría de su vida. Sin embargo, ya nada podría ser igual con Ricardo, la mentira estaría entre los dos.

Amaba al chico, le había querido desde el primer día, pero ahora deseaba que aquella noche nunca hubiera existido, que la carabela los alejara para siempre y que las preguntas y las sospechas de su marido cesaran. Lo de Joan quizá no fuera más que un amor adolescente que las dificultades fortalecieron, ilusiones infantiles sublimadas, sin fundamento.

—¿Y qué creéis que hacía ese joven en nuestra casa? —insistió Ricardo.

—No lo sé. Quizá visitaba a alguna criada, o quería robar.

—No tenía aspecto de alguien que corteje a una criada. Ni de ladrón. Parecía más un caballero.

—No os lo puedo decir, apenas le vi.

—Dijo que venía a matarme.

Los ojos de Anna se abrieron alarmados. Suspiró aliviada al regresar Ricardo a casa, aquella madrugada, sin luchar con Joan. Pero ignoraba que este amenazara a su marido, habría sido horrible que se mataran entre ellos.

—¿Por qué creéis que quería matarme? —insistió Ricardo—. ¿Qué le habré hecho yo?

Anna tragó saliva y se encogió de hombros.

—No lo sé. Quizá sea un enemigo político vuestro. O un sicario.

—No, no lo era. Conozco a mis enemigos. Incluso a sus sicarios. —Sus ojos oscuros la miraban fijamente, había dolor en ellos. La amaba con todo su corazón y la sospecha le destrozaba—. ¿No vendría a por vos, Anna?

Ella sintió que sus piernas flojeaban y que un puño le atenazaba el estómago, pero hizo un esfuerzo para erguirse indignada apoyándose en la borda de la nave.

—¡Ricardo! ¿Cómo podéis pensar que yo...?

—¡Galeras españolas! —gritó el vigía—. ¡Nos siguen galeras españolas!

La mirada de Ricardo Lucca fue de su esposa a la cofa de la nave de donde había partido el grito y después al capitán.

—Disculpadme, Anna. —Y tras una inclinación de cabeza, Ricardo se fue hacia el oficial.

—El viento sursureste nos favorece —les dijo el capitán al grupo de nobles que se reunieron a su alrededor—. Pero las galeras también lo tienen a favor y nos alcanzarán antes de llegar a Gaeta.

—Cinco galeras francesas vienen a nuestro encuentro desde Gaeta para escoltarnos —le dijo Ricardo—. Continuemos a toda vela. No podrán con nosotros.

Lucca era un líder militar del partido angevino y había preparado la huida al detalle.

—Me sorprende que los españoles zarparan tan aprisa —continuó el capitán—. No esperaba que nos siguieran, sus galeras no estaban preparadas.

—Es cierto, tampoco contaba yo con ello. Mantened las velas a todo trapo.

La distancia iba acortándose paulatinamente y tripulantes y pasajeros contemplaban nerviosos cómo las galeras crecían en tamaño.

—Debéis considerar la posibilidad de que nos rindamos —dijo el capitán.

—¿Para qué? —repuso Ricardo—. Si luchamos, tenemos la oportunidad de escapar. Si nos rendimos, se apoderarán igualmente de la nave y de los que viajamos en ella.

—Sin embargo, se evitaría un baño de sangre.

Ricardo le miró ceñudo, pero antes de que respondiera se oyó al vigía.

—¡Galeras francesas! ¡Vienen desde el norte a todo remo!

Hubo gritos de júbilo y los barones angevinos se abrazaron entre ellos. Ricardo Luca y el capitán se miraron.

—¡Cuando nos amenacen, izad la enseña de la flor de lis! —gritó el oficial—. ¡Lucharemos!

98

Joan comprendió que la única posibilidad de impedir que Anna desapareciera para siempre era la flota de Vilamarí. Hubiera querido evitarla, pues bien sabía el destino de las naves consideradas enemigas una vez capturadas y el de sus tripulantes y pasajeros. La peor parte era para las mujeres jóvenes como Anna. El almirante no tenía otra consideración moral que no fuera la de mantener sus naves al máximo de su poder y eficacia. Era la ley del león.

Aun así, Joan estaba desesperado; iba a perder a Anna para siempre y, a pesar de sus dudas y el enorme riesgo, decidió tomar aquella opción, la única.

Corrió hasta donde se encontraban ancladas las galeras, lejos del alcance de los cañones de Castel Nuovo. Mientras, iba pensando cómo convencer al almirante para que persiguiera y asaltara la carabela.

Joan sabía que una vez cumplida su misión de desembarcar al rey Ferrandino y sus tropas, las galeras del almirante en jefe Requesens partirían de inmediato para dar apoyo marítimo a las operaciones de Gonzalo Fernández de Córdoba en Calabria, y tenían prioridad a la hora de reponer suministros. Las vituallas escaseaban en Nápoles; se trataba de un bien estratégico crucial en la guerra y el abastecimiento de las galeras era lento. Bernat de Vilamarí tenía que esperar su turno y el almirante seguía la norma de no emprender ninguna acción sin los suministros reglamentarios tanto humanos como de comida, agua, armas y pólvora. Se contaban muchas historias de marinos que perecían de hambre y sed en una nave desarbolada y alejada de su ruta por una tormenta inesperada. Su ley de león le impedía exponer la vida de sus hombres de manera innecesaria.

Sin duda Lucca conocía que las galeras no estaban preparadas y astutamente lo aprovechaba para huir. No le sería fácil a Joan encontrar los argumentos para convencer a Vilamarí.

Cuando llegó jadeante a la *Santa Eulalia,* fue a la búsqueda de su amigo el capitán Solsona y lo encontró desayunando con algunos de los oficiales en la carroza de la nave.

—Deberías pasar las noches en la galera, muchacho —le dijo al verle Pere Torrent, el oficial de infantería—. El capitán te consiente demasiado. No dejas de ser un simple galeote aunque cumplas como artillero.

Torrent era el oficial de mayor rango después del almirante, aunque a bordo, solo de forma nominal, estuviera bajo las órdenes del capitán. Joan pensaba que era un bocazas, estaba habituado a sus pullas y a ignorarlas, y pidió hablar aparte con Genís.

Le contó su situación y su angustia sin ocultarle detalles. Genís Solsona era su amigo y conocía sus amores con Anna.

—El almirante pasa la noche en tierra, en uno de los palacios de la ciudad, tiene una historia galante con una viuda noble —le dijo—. No será fácil que se decida a salir. Solo pudimos reponer el agua y andamos escasos de galleta, habas, garbanzos y tocino.

—La pólvora y los suministros de artillería sobrepasan el ochenta por ciento —repuso Joan—. Y solo se trata de una carabela, deberíamos alcanzarla en pocas horas.

—No si sale con la marea y nosotros la perdemos —replicó el capitán—. En ese caso y si se mantiene el viento sur, costaría alcanzarla. Quizá incluso lograra llegar a Gaeta antes y ponerse a salvo. No creo que las propiedades de un hidalgo napolitano sean suficiente incentivo para que Vilamarí arriesgue sus galeras.

—Con que salgamos con la *Santa Eulalia* basta.

—Para alcanzar a la carabela sí, pero rumbo norte podemos toparnos con naves francesas y el almirante no se arriesgará a llevar solo una. Si sale, irá con las cuatro.

—Pues tendrás que decirle que esa carabela transporta un gran tesoro.

Genís Solsona dejó ir una carcajada.

—Se lo dirás tú si te atreves. Pero corres un gran riesgo si el botín defrauda. No me gustaría estar en tu piel si eso ocurre. Yo solo sé que me has dicho que un gran tesoro navega rumbo a Francia.

Mientras Joan corría hacia el palacio de la viuda situado en las cercanías del castillo de puerta de Capua, Genís Solsona preparaba la *Santa Eulalia* para zarpar y alertaba a sus colegas del resto de las galeras.

Joan no tuvo dificultades para que los criados del palacio le condujeran frente al almirante: este había dado órdenes de que así se hiciera si cualquiera de sus hombres lo requería, día o noche. Lo encontró en una gran mesa en el comedor del primer piso desayunando junto a la dama.

—¿Un gran tesoro? —inquirió Vilamarí, escéptico—. ¿Cómo lo sabes?

—He visto cargar los carros, señor —repuso Joan—. Son varios nobles angevinos los que viajan en esa nave.

En los ojos de Bernat de Vilamarí apareció un fulgor especial, era una tentación demasiado grande para el marino.

—¡Vamos! —dijo—. No hay tiempo que perder.

Se vistió de calle de inmediato mientras ordenaba a los criados que ensillaran un par de caballos y partió al galope hacia las galeras, seguido por Joan, que aún no se sentía demasiado seguro montando, y del criado que se haría cargo de los animales.

Las galeras zarparon más tarde de la pleamar. Cuando cruzaron frente a Castel Nuovo, la carabela ya había partido y no la divisaron hasta bastante después de rebasar Castel dell'Ovo. Joan, tenso, se aseguró de que la artillería y los mosquetes estuvieran preparados. Cuando todo estuvo en orden, se derrumbó sobre unos sacos de pólvora, en proa, lejos de los oficiales. Aquella noche había vivido la experiencia más intensa y hermosa de su vida, y después uno de sus mayores desgarros. Las horas de tensión y la falta de sueño se cobraban su precio.

La carabela cruzó el estrecho entre las islas de Ischia y Procida con las galeras siguiéndola como galgos a la liebre, pero aún a suficiente distancia para que el resultado de la persecución fuera incierto, pues el viento del sursureste la favorecía.

Hacia la mitad del camino entre Nápoles y Gaeta, la nave perseguida se hallaba suficientemente cercana para que las galeras se lanzaran sobre ella obligando a los galeotes a remar a boga viva. No estaba aún al alcance de las culebrinas, pero Genís Solsona ordenó que se disparara una salva de aviso para exigir su rendición. Joan cumplió la orden y los angevinos respondieron alzando en su mástil la bandera francesa como desafío. Después dispararon con un falconete desde su popa. Un pequeño surtidor de agua se alzó en el mar, el tiro no tenía la menor posibilidad de alcanzar a las galeras, pero era señal de que la carabela continuaría en su huida y que de ser alcanzada lucharía hasta el final.

Cuando Vilamarí dio orden de prepararse para el asalto, desconocía que las galeras francesas habían divisado la carabela y acudían a todo remo en su ayuda. Al poco los vigías de la *Santa Eulalia* alertaron de la presencia de las naves enemigas, pero el almirante, aunque preocupado, no estaba dispuesto a abandonar la caza. Habría abordaje.

La suerte estaba echada y los dados rodaban sobre la superficie azul del Mediterráneo.

99

Vilamarí era consciente del alto riesgo que asumía y sopesaba todas las posibilidades. Sabía que a pesar de la potencia y la rapidez de una galera, en determinadas circunstancias, esta podía ser vencida por una carabela. Dichas naves, aunque solo se desplazaban gracias al viento, tenían su cubierta mucho más alta y una estructura más robusta. La táctica de la galera era embestir por un costado, donde la borda era más baja, y escalar desde el espolón hasta la cubierta. Pero se daban casos en los que, con viento a favor, la carabela esquivaba la embestida y la galera quedaba situada en paralelo a su contrincante, que, como una araña, la amarraba con garfios para evitar que escapara. En esa posición la galera no podía usar su artillería, situada en proa, ni su espolón para el abordaje y su cubierta; sin protecciones, era barrida por los ballesteros y arcabuceros de la carabela, situados en posición más alta y protegidos por sólidas bordas de roble. La situación era peor si la carabela contaba con un artilugio de reciente uso en la mar: la granada. Se trataba de cubiletes de madera rellenos de metralla y pólvora que, una vez encendida la mecha y a punto de explotar, se lanzaban a la cubierta enemiga causando grandes estragos, pues en una galera apenas había donde refugiarse cuando el fuego llegaba de arriba.

El almirante ponderaba ahora la aparición de las naves enemigas, que los superaban en número. Consideró que tenían en contra el mismo viento que ayudaba a la carabela y que por lo tanto solo podían usar los remos. Reevaluó posibilidades. Si ordenaba boga viva, llegarían a la carabela antes que el enemigo. Pero si los franceses los alcanzaban en pleno asalto, sus galeras sufrirían grandes daños, quizá incluso perdiera alguna. Su instinto cazador se impuso a la prudencia. No iba a renunciar a su presa, olía su sangre. Había que actuar con rapidez.

El almirante dio orden de boga viva al tiempo que cursaba instrucciones al resto de las naves y a toque de corneta los galeotes de la *Santa Eulalia* se incorporaron para clavar a la vez los remos en el mar e iniciar la carrera que debía culminar con la captura.

Cuando la *Santa Eulalia* alcanzó la distancia idónea para la artillería, Vilamarí ordenó ritmo normal de boga. Las galeras francesas se distinguían ya con claridad.

Joan tenía una orden concreta: destruir el timón de la carabela. Sufría a cada disparo y quería ser muy preciso; su amada se encontraba en aquella nave y rezaba para que no sufriera daño alguno. Le costó un par de andanadas lograrlo, pero al final el timón saltó hecho añicos y dejó a la nave a merced del viento sursureste y sin posibilidad de maniobrar para esquivar el abordaje.

El primer asalto corrió a cargo de la galera comandada por el antiguo capitán de la *Santa Eulalia*, Pau de Perelló, que la embistió por popa después de descargar en ella su artillería. Pudo amarrar la nave con sus garfios y entre fuego de mosquetes y saetas los infantes de marina intentaron el asalto, pero la borda era muy elevada en aquel lugar. Los angevinos lanzaban granadas y la situación se hizo crítica para los asaltantes. Aquello entraba en los cálculos de Vilamarí, que con el enemigo ocupado en el castillo de popa lanzó a la *Santa Eulalia*, a boga viva, trazando un ancho semicírculo, contra el costado de babor de la carabela, entre el castillo de proa y el de popa, el lugar donde su borda era más baja. Joan ordenó disparar la artillería instantes antes del choque, y en la nave contraria se levantó una nube de humo, astillas y polvo. De inmediato, el espolón golpeó el maderamen de la carabela y los infantes, protegidos por el fuego de arcabuces y saetas, lanzaron sus garfios. No hubo respuesta desde la nave enemiga y cuando la infantería pisó la cubierta, los defensores se refugiaron en los castillos de proa y popa. En un momento los ochenta hombres al mando de Pere Torrent se encaramaron a la carabela y la lucha pasó a ser cuerpo a cuerpo.

Joan estaba entre los primeros en subir. Él era el jefe artillero y no debía participar en el asalto, pero se dijo que una vez aquella masa humana se lanzara al abordaje, gritando a todo pulmón, nadie podría impedirle unirse a ellos. En su mano blandía una azcona que clavó con todas sus fuerzas contra un marino enemigo. El desdichado cayó con un grito sujetando el astil del arma que le atravesaba el pecho. Las mujeres estaban ocultas bajo cubierta y, a pesar de su ansiedad por Anna, a quien buscó fue al marido. Lo vio defendiendo el castillo de proa junto a varios hombres y Joan, acompañando a los infantes, se fue contra él, quería alcanzarle antes de que se rindiera. Se alegraba de que el hombre los esperara arrogante, con su espada desenvainada.

—¡Ricardo Lucca! —le gritó.

—¿Tú otra vez? —inquirió este preguntándose el papel que Joan desempeñaba en todo aquello.

—¡Anna y yo nos amamos! —le dijo cuando ya estaba al alcance de su espada.

Joan pudo ver cómo el rostro de Lucca reflejaba la sorpresa y el dolor de la súbita constatación de algo que le torturaba: Anna le había sido infiel. Y Joan añadió lo obvio:

—Ayer dormimos juntos.

Solo decirlo, Joan sintió una súbita compasión por aquel hombre al que ya no le quedaba más opción que morir o matar. Y comprendió que lo quería muerto a toda costa y que aquel era el motivo por el que, con toda crueldad, le había clavado la puya más dolorosa. La que le destrozaba el corazón. Al tiempo que el hombre se abalanzaba sobre él con un rugido de rabia, vio con sorpresa cómo la mirada arrogante de su contrincante se llenaba de lágrimas.

Los ojos húmedos de Ricardo Lucca apenas distinguían al intruso que encontró al amanecer en su hogar, ultrajado con la complicidad de su joven esposa, porque la veía a ella, bella y sonriente. Y se decía que no podía ser, pero que así era. Notaba sus entrañas retorciéndose al tiempo que un sollozo de dolor y furia trataba de salir por su garganta.

Joan detuvo con dificultad los golpes que uno tras otro, con una fuerza desesperada, le propinaba el marido y llegó a temer que, a pesar de su preparación en esgrima y su juventud, este le hiriera. Sabía que no valían rendiciones, aquella lucha era a muerte. Entonces pensó en Anna. Combatía por ella. Y toda la rabia contenida contra su rival durante tanto tiempo estalló en su pecho y empezó a devolver los golpes con el mismo furor con el que se los propinaba su enemigo, aun tratando de mantener su mente fría. Ese no era el caso de Lucca, que, sintiendo la muerte helándole ya el corazón, luchaba con la desesperación del que quiere morir matando.

Un abordaje no era un duelo entre caballeros y cuando los marinos que acompañaban a Lucca se rindieron, los infantes le gritaron a este que también lo hiciera. Pero el napolitano no los escuchaba y no detuvo ni un instante su intercambio de golpes con Joan. Entonces uno de los soldados le clavó una lanza por la espalda, en la zona lumbar, y Lucca soltó un gemido al tiempo que descubría su guardia. Joan aprovechó la ocasión para asestarle un gran tajo en el cuello que le hizo caer sobre cubierta. Tumbado boca arriba, mirando al cielo, Ricardo Lucca quiso entregar cuanto antes su alma al Señor, para que dejara de dolerle, y en unos instantes la vida se le fue junto con la sangre que manchaba las maderas.

El joven tuvo la impresión de que en ningún momento el marido de su amada dejó de mirarle a los ojos. Y que continuaba haciéndolo ya muerto, tendido sobre un charco carmesí. Jamás en el resto de su existencia olvidaría aquella mirada. Se despertaría en las noches viéndola y preguntándose todo lo que aquellos ojos le decían en la vida y en la muerte. Lucca no murió defendiendo sus tesoros de oro y plata, sino en una lucha desesperada por negar que había perdido lo que más quería. El amor de Anna.

Joan se sentía confuso; una avalancha de sentimientos le desbordaba. No hubo nobleza alguna en la forma en que mató a Lucca y ni siquiera le detuvo el hecho de que estuviera herido, de que ya no fuera peligroso. Era culpable de un crimen y comprendió que ya se sentía culpable de asesinar a Lucca antes de matarle físicamente. Quería hacerlo, no se detuvo hasta lograrlo y consumó su crimen sin importarle la legitimidad o decencia de los medios.

El napolitano había muerto como un valiente, pero traspasó la puerta de la vida llevándose de esta el dolor más terrible. ¿Por qué tuvo que decirle que Anna le engañó? Aquello era lo que más le costaría perdonarse, si algún día Joan podía concederse el perdón.

100

Sin embargo, aquel no era momento para llanto ni remordimientos. ¿Dónde estaba Anna?

La tripulación de la carabela se había rendido y cuando la flota francesa llegó a distancia de combate, era demasiado tarde; las galeras de Vilamarí estaban listas para luchar y tenían el viento a favor. Ni unos ni otros quisieron arriesgarse en una batalla incierta y después de mantenerse un tiempo en posición de combate, regresaron a sus puertos.

La nave y todo su contenido, personas incluidas, pasaron a ser consideradas botín de guerra. Vilamarí no precisaba de demasiadas justificaciones para apoderarse de algo ganado con las armas, pero el hecho de que la carabela alzara la enseña francesa era la prueba definitiva de que depredaba una nave angevina, y por lo tanto enemiga, y no una napolitana fiel a su rey.

Los asaltantes hicieron salir a los que se refugiaban en la bodega, y les ordenaron formar en cubierta. Como Joan sospechaba, allí se encontraban varios miembros de la pequeña nobleza napolitana angevina junto a sus familias y algunos criados. Aquellos hombres, al contrario que Lucca, no participaron en la lucha. Anna se distinguía del grupo por su belleza; estaba pálida y llorosa, pero no parecía herida. Joan suspiró aliviado, sin imaginar lo que iba a ocurrir entonces.

Pere Torrent, usando su derecho a escoger botín, se adelantó hacia Anna y la miró con descaro mientras daba una vuelta a su alrededor:

—Quiero a esta mujer como parte de mis ganancias.

Anna no dijo nada, solo apretó sus labios hasta casi hacerlos desaparecer y miró a Joan. Él le mantuvo la mirada sin saber cómo reaccionar, pero si de algo estaba seguro era de que no iba a perderla ahora en manos de un matón con galones. Pensó en el mercado de esclavos de Otranto e imaginó a Anna desnuda en brazos de Torrent, con el cuerpo de este imponiéndose sobre el de ella, y no pudo resistirlo.

—¡Esta mujer es mía! —gritó Joan—. ¡No la tocaréis!

Todo el mundo le miró sorprendido, nadie se atrevía a desafiar a Torrent. Este, pasados unos instantes de desconcierto, se acercó a Joan, ceñudo, exagerando los andares con los que acostumbraba a pavonearse.

—¿Osas desafiar mi derecho de primicia en el botín? —le dijo amenazante después de plantarse a corta distancia frente a él.

—No desafío vuestro derecho —repuso Joan—. Solo digo que mi derecho sobre esta mujer es mayor que el vuestro.

—¿Tu derecho? —Torrent soltó una carcajada—. Pero ¿de qué derecho hablas, muchacho? ¿Qué derecho tienes tú?

—¡El derecho del amor! —respondió Joan, emocionado—. Yo la amo y ella me corresponde.

Se hizo un silencio expectante mientras Torrent, sorprendido, valoraba aquella afirmación.

—Quizá creas tú tener tal derecho —dijo al fin—. Pero yo no lo admito y esa mujer será mía a no ser que la ganes con la espada.

Joan sopesó solo por unos instantes su respuesta. Se consideraba un buen espadachín, pero Torrent era excepcional. De hecho, él fue quien le enseñó a usar la espada a instancias de Vilamarí. Sin duda el oficial le vencería y quizá le matara en el combate por atreverse a desafiar su inmensa vanidad en público. Y la otra opción... Joan sabía que no tenía otra opción y por toda respuesta desenvainó su espada aún manchada con la sangre del marido de Anna y miró desafiante a los duros ojos azules de Torrent. El oficial se llevó la mano a la empuñadura de su arma y le devolvió una mirada feroz matizada por una sonrisa de superioridad.

—Envaina tu espada, muchacho. —Era la voz de Vilamarí—. Mis oficiales no se baten en público. Y no quiero más disputas, el botín no se repartirá hasta que lleguemos a puerto y yo decida.

Joan obedeció aliviado.

—Torrent te matará —le dijo Genís en el viaje de regreso—. No consiente que nadie le quite la hembra que desea. Y menos que un jovenzuelo como tú le desafíe.

Joan se encogió de hombros. Mientras él estuviera vivo, Torrent no tendría a Anna. Si el oficial le mataba, al menos sería una muerte digna y quizá le redimiera en algo del acto miserable que cometió asesinando al marido de su amada.

—Gozará de ella solo unos días, después cobrará un rescate de la familia o la venderá como esclava —añadió el capitán.

¿Le estaba insinuando Genís que cediera y dejara que Torrent poseyera a Anna? Solo pensarlo le indignaba.

—Que me mate —repuso cortante.

—Reconsidera tu actitud —le dijo Bernat de Vilamarí—. Tienes las de perder en cualquier circunstancia. Aun en el improbable caso de que derrotaras a Torrent, lo único que evitarías es que él tocara a esa muchacha. Si su familia no puede pagar, será vendida como esclava y su amo podrá hacer con ella lo que quiera. Tú no tienes derecho a botín ni recursos, es una mujer muy hermosa y se venderá cara, no la podrás comprar. Y si insistes en retar a Torrent y os batís, lo consideraré como un desafío a la autoridad inaceptable en mis barcos. No solo es él un oficial de alto rango, sino que tú no eres ni siquiera marino o soldado; eres un condenado a galeras al que le estoy dando un trato de favor. Tendré que castigarte de forma ejemplar.

—Torrent no tocará a mi amada mientras yo viva —repuso Joan.

Lo capturado en la carabela no era un tesoro excepcional, pero sí una fortuna que le compensaba a Vilamarí el esfuerzo, los cuatro muertos y la docena de heridos. Calculó con cuidado las partes del botín que correspondían al rey Ferrandino, del que continuaba cobrando por el servicio de sus galeras, descontándole una pequeña parte para el rey Fernando de España, su señor natural. Con aquellos pagos obtendría la bendición de sus actos.

Joan pudo descansar un par de días con sus noches con la seguridad de que nadie molestaría a Anna antes del duelo. Trató de verla varias veces en la bodega de la carabela donde se encontraba recluida, pero una fuerte guardia con instrucciones de que nadie, ni siquiera los oficiales, podían ver a los prisioneros se lo impidió. Visitó a Antonello y se confesó con el sacerdote de la galera varias veces. El episodio de la muerte de Lucca le torturaba, sentía alivio contándoselo al clérigo, sin embargo, la absolución que este le daba, condicionada a penitencias, no le era suficiente. El cura le decía que era un acto de guerra y le perdonaba en nombre de Dios, pero él no podía perdonarse. Tuvo tiempo para pensar y escribir en su libro. Había vivido demasiado en las últimas horas y le costaba traducir sus sentimientos en letras, aunque necesitaba hacerlo: «Señor, tomad el alma de Ricardo Lucca en vuestro seno y perdonadle sus pecados». «Ricardo, fuisteis un hombre valeroso y digno. Os pido perdón por lo que os hice y por la forma miserable en que os maté.» Joan estuvo a punto de eliminar la última frase raspándola en su libro. Porque sabía que si su rival estuviera aún vivo, si aún se interpusiera entre él y Anna, volvería a matarlo. Y terminó escribiendo una súplica: «Señor, perdonad mi pecado y apiadaos de mi alma cualquiera que sea el resultado del duelo».

Antes de la cita con Torrent, Joan fue a la carabela y a pesar de la oposición de los guardas, que no le dejaban pasar, llamó la atención de Anna a gritos:

—¡Si no os vuelvo a ver, sabed que he muerto por vos! ¡Os amo, Anna!

Le empujaron fuera de la bodega y no pudo decir más.

101

La prisión de Anna en la bodega de la carabela era de una angustia insoportable. Recordaba una y otra vez la conversación con Ricardo sobre Joan interrumpida cuando el vigía alertó de que las galeras españolas les perseguían. Su esposo la dejó con un escueto «Disculpadme, Anna» para atender a aquel peligro inesperado. Ocurrió justo cuando su marido le preguntaba si la presencia de Joan en su casa se debía a ella. Se fingió ofendida, aunque notaba como si una mano le retorciera las entrañas, no era tanto el temor al marido ultrajado como unos remordimientos insufribles. Ella nunca quiso traicionarle, pero Joan y su pasión la vencieron.

Sabía que les quedaba mucho por hablar y temía aquella charla pendiente. Notaba los pensamientos de él cuando en cubierta le lanzaba miradas severas, llenas de dolor, mientras se ocupaba junto al capitán y demás combatientes en preparar la defensa. Se abrazó a Ricardo al despedirse, cuando el abordaje iba a ser inmediato y las damas, niños y ancianos se refugiaban en la bodega. Él no respondió al principio, aunque después, aflojando la rigidez de su cuerpo, la acunó con dulzura y al separarse la miró intensamente con sus ojos oscuros, que se humedecieron al decirle que la amaba. Ella sintió amor y las lágrimas acudieron a sus ojos al responder que también le quería y suplicarle que se rindiera antes de ser herido.

Anna vivió el asalto en la bodega y, llena de miedo y remordimientos, rezaba en voz alta junto a los demás mientras la nave se estremecía con los cañonazos, las embestidas de las galeras, el estampido de los mosquetes y granadas, las carreras y el rugido de la batalla en cubierta. Al rato se apaciguó el estruendo y cuando sonó el grito de victoria, supo que los angevinos habían sucumbido.

Después unos desconocidos armados los obligaron a subir a cubierta y allí los juntaron con los combatientes prisioneros. No estaba Ricardo e intuyó lo peor, las lágrimas llenaron sus ojos.

Cuando estuvieron todos reunidos, un hombretón rubio de aspecto desagradable y aire chulesco, que parecía un oficial, dijo quererla como esclava. Se le revolvió el estómago de asco pensando en que podía ser sometida a aquel individuo. Pero entonces, sorprendida, reconoció a Joan entre los soldados enemigos; la miraba. No se le había ocurrido pensar que él estuviera entre los asaltantes. El joven salió del grupo para enfrentarse con aquel hombre. Se desafiaron a gritos y antes de desenvainar su espada, Joan proclamó su amor por ella y dijo que era correspondido. Sin embargo, el que aparentaba ser jefe de todos ellos los interrumpió y entonces supo que ambos se batirían en duelo.

El posterior cautiverio en la bodega durante el viaje a Nápoles y anclados en la bahía fue atroz para ella. La muerte de Ricardo se confirmó y sus remordimientos aumentaron al tiempo que sentía la frialdad de sus compañeros, que habían oído las palabras de Joan. No le hablaban, se apartaban de ella. Se sentía manchada por la sospecha. Los posteriores gritos del joven despidiéndose antes del duelo afirmando que la amaba y que estaba dispuesto a morir por ella aumentaron su vergüenza. Estaba abrumada, apenas se atrevía a mirar a sus amigos a la cara, no dejaba de llorar de pena, culpa y angustia. Se sentía indigna.

Las siguientes horas del atardecer y noche fueron de incertidumbre e insomnio. Los cautivos especulaban sobre los abultados rescates que les obligarían a pagar y sobre la esclavitud que sufrirían de no poder reunir los fondos necesarios. Anna sabía que su familia no contaba con dinero; sería esclavizada. Pero aquella no era su preocupación más inmediata. Rezaba por el alma de Ricardo, pidiéndole perdón, y por Joan, para que saliera ileso y victorioso de su combate. Pero una trágica duda se impuso a cualquier otro pensamiento. ¿Se habrían enfrentado Joan y Ricardo? ¿Fue él quien le mató? Rezó hasta la extenuación para que aquel temor fuera infundado.

Si Joan hubiera matado a Ricardo, lo habría hecho porque la amaba y ella sería la responsable directa de la muerte de su esposo. Era un buen hombre y no merecía ni su traición ni morir por su culpa.

Pero al tiempo se angustiaba sabiendo que también Joan podía morir en las horas siguientes. Sentía tanta zozobra que en aquellos momentos se decía que no le hubiera importado acompañar a su marido en su trágico destino.

102

Vilamarí decidió que el duelo tuviera lugar en tierra, donde nadie de la tripulación, fuera de los oficiales, pudiera verlo y empezaría al atardecer en una de las colinas arboladas al norte de Nápoles. Torrent propuso que fuera a primera sangre, pero Joan reclamó el derecho a seguir luchando aun estando herido. El almirante sentenció que el duelo se detendría a la primera herida, aunque el joven no tenía intención de hacerlo. No aceptaba la decisión de Vilamarí, ni jamás aceptaría que Torrent poseyera a Anna. Nunca. Si el bravucón le ganaba, aún herido, se lanzaría a un ataque a la desesperada tratando de asestarle un golpe mortal.

Recordó la ocasión en que tuvo que enfrentarse con otro matón, Felip, que le superaba en edad y fortaleza y cómo gracias a los consejos de su maestro Abdalá pudo vencerle. Aún recordaba sus palabras. Voluntad de vencer, acción de conjunto y sorpresa. Las dos últimas no contaban a su favor en esta ocasión, pero sí su voluntad. Esa voluntad, el deseo intenso de ganar, era lo que marcaría la diferencia. Pensó que él necesitaba desesperadamente vencer mientras que para su rival aquello no era más que un juego de vanidad, una mujer más a la que poseer. Torrent le superaba en experiencia, técnica, quizá también en fuerza, pero no en deseo; Joan estaba dispuesto a ofrecer su vida, el oficial no.

Se trazó un círculo de veinte pasos en una terraza mirando a

Nápoles desde la ladera de uno de los montes y la rodearon de antorchas. Eran testigos del duelo los oficiales de la *Santa Eulalia*, además del cura y el médico cirujano. Vilamarí recordó las normas: quien pisara fuera del círculo o fuese herido primero perdía. Las armas eran la espada y la rodela, el pequeño escudo que se usaba en las galeras españolas.

Se dirimía el derecho de amor que Joan reclamaba, por el cual se quedaría con Anna Lucca, siempre que pudiera pagar después su rescate, frente al de primicia que tenía reconocido Pere Torrent como oficial de la tropa de abordaje. Joan desconocía el precio impuesto por Anna, pero estaba seguro de que él no tenía con qué pagarlo. Esa sería su siguiente preocupación si tenía la improbable fortuna de vencer a Torrent.

A Vilamarí le disgustaban sobremanera los desafíos entre sus oficiales y si un par estaban enemistados, los destinaba a naves distintas; requería unión y compañerismo dentro de cada equipo. Sin embargo, no le quedaba más remedio que aceptar el derecho de honor que tenían los oficiales y en caso de conflicto prefería ser él quien manejara la situación imponiendo sus reglas en lugar de que se mataran entre ellos a escondidas. Nunca hubiera permitido que alguien en la situación de Joan se batiera con un oficial, pero al ser Torrent quien desafió, no tenía más opción que consentir. Así que, malhumorado, dio orden al ocaso de que se encendieran las antorchas y dejó que el cura dirigiera unas oraciones. Después, dijo mostrando su fastidio:

—Empezad y quiera Dios que ni os matéis ni quedéis lisiados.

Torrent hizo unos molinetes con su espada a modo de exhibición de profesor de esgrima y después cargó contra Joan, que cauteloso le esquivó haciéndose a un lado. El joven pensó que precisamente esa prepotencia de su instructor, al que jamás llegó a considerar maestro, podía compensar en algo la superioridad de este. Después Torrent le fue lanzando estocadas que Joan paraba con su espada o la rodela, siempre girando a un lado y sin descubrir nunca su guardia, concentrado en buscar un fallo en la de su rival. El oficial llevaba ya una veintena de golpes descargados y varias fintas de exhibición y Joan ni siquiera había atacado una vez. Entonces Torrent encadenó una serie de sablazos que hicieron retroceder al joven contra una de las antorchas y a punto estuvieron de hacer que pisara fuera del círculo, pero pudo desplazarse hacia un lado librándose del acoso.

—Está muy bien esa defensa, muchacho —le dijo Torrent como si continuara instruyéndole—. Pero a ver cómo atacas.

Joan no le hizo caso y siguió defendiéndose. Notaba el jadeo del oficial y se dijo que los quince años que se llevaban le permitían mantenerse más entero, el tiempo jugaba a su favor. Torrent parecía aburrirse y lanzó, uno tras otro, ataques tanto directos como iniciados después de amagar para engañarle. Pero Joan continuaba moviéndose y rotaba en un sentido u otro, esquivando o deteniendo con sus defensas.

—¡Ataca de una vez! —le gritó al fin exasperado.

El joven no se inmutó; se jugaba demasiado y no ansiaba ningún prestigio como espadachín, que se exhibiera Torrent, él solo quería ganar. Así que el oficial continuó atacando y aunque en ocasiones llevaba a Joan contra los límites del campo, este siempre se libraba. El joven mantenía todos sus sentidos alerta y en su concentración se repetía dos palabras: «Anna» y «vencer». Vio cómo el cansancio y el aburrimiento hacían mella en su antiguo instructor y esperó a su siguiente embestida. Entonces, sin permitirle regresar a su posición de defensa, se abalanzó sobre él descargándole golpe tras golpe sin darle oportunidad siquiera a un paso lateral. Solo podía retroceder. La noche se llenó de pavesas cuando la espalda de Torrent chocó contra una de las antorchas. La derribó y salió del círculo acosado por Joan, que no cejaba en su ataque.

—¡Detente! —gritó el almirante—. ¡Has ganado!

Pero continuaba.

—¡Para, maldito loco! —jadeó Torrent—. La mujer es tuya.

Solo entonces Joan se detuvo. Tiró sus armas al suelo e indiferente a los que le rodeaban y a Genís Solsona, que acudía a felicitarle, se arrodilló al tiempo que se santiguaba para rezar.

Cuando su mirada se cruzó de nuevo con la de Torrent, le vio ceñudo y con gesto tenso. El oficial se le acercó y le dijo:

—Lo has hecho muy bien, estoy orgulloso de ti.

Y Torrent le dio a un sorprendido Joan un sudoroso y maloliente abrazo.

—Felicidades, muchacho —le dijo el almirante con expresión seria—. Has ganado el combate de buena lid. Esta noche nos reuniremos en consejo para fijar el precio de la dama y decidir qué castigo se te impone por atreverte a retar a un oficial superior. Mañana conocerás tu destino.

103

Joan se notaba tembloroso cuando a la mañana siguiente fue requerido por el almirante; era muy consciente de que su destino y el de su amada dependían de las palabras que se pronunciaran a continuación. Bernat de Vilamarí se sentaba en el banco del fondo de la carroza y le rodeaban Pere Torrent, Genís Solsona y el cómitre. Joan quedó de pie frente a sus jueces a la espera de su sentencia.

—Joan Serra de Llafranc —dijo Vilamarí en tono solemne—. Mis galeras tienen unas normas por las que se rigen y cuya finalidad es hacer de ellas las mejores naves de guerra del Mediterráneo. La primera norma es el principio de autoridad y obediencia. Enfrentándote a un oficial rompiste esa norma y mereces un castigo. Y ese castigo debe ser riguroso y tu escarmiento público y ejemplar.

La mirada de Vilamarí era severa y Joan sintió un nudo en la garganta. Conocía bien la crueldad y la injusticia de su principio de autoridad y recordó a Carles y su heroica muerte. Al almirante no le importaba lo que era justo o no, la justicia para él era el orden que le convenía. Esperó temeroso sus palabras.

—A partir de este momento dejas de desempeñar las funciones de artillero jefe de esta nave. A pesar de la habilidad que demostraste con culebrinas y cañones, muchos piensan que, siendo un condenado a galeras, se te concedió un privilegio inmerecido. Además, algunos de tus subordinados aprendieron ya lo suficiente para tomar el mando de la artillería.

Joan temió lo peor. ¿Le encadenarían de nuevo a los remos? El esfuerzo físico no le preocupaba, sino los grilletes, la falta de libertad. ¡No podría ver a Anna!

—También dejarás de ser lector y escribano en la carroza de la galera.

El joven esperaba el inevitable mazazo y se irguió cuan alto era para recibirlo de forma digna. De poder cambiar el pasado, volvería a actuar como lo hizo y la dignidad era lo único que le quedaba. Pero el almirante no cerró su sentencia y continuó hablando.

—Sin embargo, el oficial Torrent admite que tiene parte de culpa por desafiarte.

El joven miró al oficial y este reafirmó lo dicho por el almirante con un gesto de cabeza. Estaba sorprendido, jamás creyó que Torrent tuviera calidad moral para admitir culpa alguna.

—También hemos valorado que prestaste unos excelentes servicios a la *Santa Eulalia* como artillero —continuó el almirante—. Esto nos hace moderar tu sentencia, que es la siguiente: a partir de hoy dejas de pertenecer a la tripulación de esta galera.

Joan le miró atónito.

—¿Ya no pertenezco a la tripulación? —repitió intentando comprender qué significaba aquello.

—No.

—¿Vuelvo a remar?

—¡No! —exclamó Vilamarí—. Los galeotes forman parte de mi tripulación. Tú estás fuera, tu condena es ser expulsado de nuestros navíos.

—¿Estoy entonces libre? —Los ojos de Joan se abrieron como platos.

—No —repuso el almirante—. Te faltan diez meses para cumplir tu sentencia. Los tendrás que completar luchando en los ejércitos de España en la primera ocasión que se te presente. Te extenderé un documento reconociendo tus servicios en la *Santa Eulalia* como oficial artillero, pero me darás tu palabra de servir al rey con los meses que te faltan, lo antes posible. Si no lo has hecho en cinco años, serás castigado con una nueva pena de galeras de dos años más.

A Joan le costaba creer lo que oía. ¡Era libre! Aunque frenó su euforia; ¿de qué le servía ser libre si Anna era esclava?

—¿Y la señora Anna Lucca?

—Hemos llegado a un acuerdo con respecto a su precio.

Joan contuvo el aliento.

—Cuatrocientos ducados —sentenció Vilamarí.

—¡Cuatrocientos ducados! —repitió Joan mirando descorazonado al almirante.

De sus negocios con los libros apenas pudo ahorrar unos veinte y era imposible que la familia de Anna tuviera ni la mitad del dinero del rescate. Barajaba mil opciones. Quizá Antonello quisiera prestarle. Pero por mucho que le diera y aun juntándolo con lo que pudiera recoger el padre de Anna, tampoco se alcanzaría semejante fortuna. Todos sus esfuerzos habían sido en balde.

—Quiero que sepas algo más —continuó Vilamarí.

Joan no deseaba escuchar nada, quería irse, pero le era imposible sustraerse a la obediencia del almirante y permaneció allí, de pie, esperando a que terminara.

—Al estar cumpliendo tu condena como galeote, no tienes derecho a la parte que le corresponde al jefe artillero en el botín. Era tu trabajo en lugar de remar.

Joan afirmó con la cabeza, ya sabía aquello. Los galeotes no tenían botín.

—Sin embargo, tu trabajo no incluía el de oteador.

—¿Oteador?

—El que identifica las posibles presas —informó Vilamarí—. Sin tu aviso no hubiéramos capturado esa carabela. Hiciste ese trabajo. Y el oteador participa en el botín.

—¿Participo en el botín? —repitió Joan sin terminar de creer lo que el almirante decía.

—Sí. Y tu parte son cuatrocientos ducados.

Joan le miró aturdido. ¿Le estarían gastando una broma de mal gusto? Observó la cara de cada uno de los oficiales, sonreían, pero no parecían burlarse de él. ¡Podría liberar a Anna! ¡Y también era él libre!

—¿Es eso cierto? —inquirió mirando al almirante.

Este afirmó con la cabeza.

—Gracias —masculló emocionado—. Gracias.

—Agradéceselo a los amigos que hiciste en la *Santa Eulalia* —sentenció el almirante.

Al poco el cómitre anunciaba a la tripulación que Joan Serra era castigado por una insubordinación leve y perdía su posición de jefe artillero de la *Santa Eulalia*. Además, se le expulsaba de la galera. Su lugar sería ocupado por uno de los marinos artilleros antes a sus órdenes.

Joan se asombró al sentir tristeza al oír aquella proclama que le concedía la libertad.

Al despedirse de su amigo el capitán Genís Solsona, Joan le agradeció su ayuda, pero este repuso:

—A quien más has de agradecer es a Torrent.

—¿Torrent? —inquirió asombrado.

—Sí, él ha sido tu mayor valedor.

—¿Él?

—Sí, parece que le emocionó la forma en que defendiste a tu mujer —repuso—. Que reclamaras tu derecho por amor le llegó al corazón.

—¿Él, emocionado? —Joan no salía de su asombro. Veía a Torrent como a un pedazo de animal rubio incapaz de sentir—. ¿Que mis palabras le llegaron al corazón?

—Sí, y también a los demás. Incluso al almirante, aunque no lo reconozca.

Joan estaba desconcertado. Aquellos hombres sin escrúpulos que no dudaban en robar, violar y matar se emocionaban por el amor. Le costaba creerlo. A pesar de su rudeza, los esfuerzos de Vilamarí para hacer de sus oficiales, mediante la lectura, gente presentable ante los notables de las ciudades donde recalaban habían dado algún fruto. El amor y el caballero enamorado que lo daba todo, incluso la vida, por su dama aparecían continuamente en los libros de caballerías y eran valores respetados. Sin buscarlo, el día del asalto Joan encontró el único argumento que podía frenar el poder de Torrent de tomar lo que le apeteciera. El amor.

Torrent se mostró seco y arrogante en la despedida. Después de darle las gracias, no pudo evitar preguntarle:

—¿Me dejasteis ganar en el duelo?

—No —repuso huraño—. La suerte te ayudó. Pero luchaste bien, ganaste a tu mujer de buena lid. Disfrútala.

Su respuesta no disipó las dudas de Joan.

Una vez firmado el documento de su licencia condicional, del que recibió copia, Joan tenía aún mucho que decirle a Bernat de Vilamarí, aunque se contuvo. Aún temía y respetaba la autoridad que este emanaba. Se conformó haciéndole una pregunta. La que durante todo aquel tiempo en la galera ansiaba formular sin atreverse:

—¿Dónde vendisteis a los cautivos de Llafranc?

El almirante le miró sereno, sin el menor asomo de culpabilidad o remordimiento. Ocultaba las emociones que el muchacho le producía. Él contemplaba a las víctimas de sus actos, lejano, las veía como a ovejas camino del matadero y su sufrimiento era desagradable pero necesario. Nunca antes convivió con una de ellas. Bartomeu le confió a Joan, pero él rechazó protegerlo comprometiéndose solo a mantenerlo a salvo de venganzas por la muerte del Tuerto. Sin embargo, el chico tocó fibras sensibles, desconocidas, en su corazón. Era consciente de que Joan quiso matarle y también de que terminó salvándole la vida. Hubiera querido hablarle, tenía mucho que decirle, pero no podía, no era lo correcto. Él era el almirante.

Se limitó a responder, lacónico, aquella pregunta que hacía mucho esperaba:

—En Bastia, en la isla de Córcega.

—¿Cómo puedo encontrar a mi madre y a mi hermana?

Vilamarí meditó unos momentos antes de responder:

—La isla de Córcega pertenece a Génova, que la controla a través de una concesión que la república le hizo a la Banca de San Giorgio. La banca interviene en todos los asuntos de la isla, incluido el mercado de esclavos de Bastia, y tiene su sede en un gran edificio en el puerto de Génova. Quizá aún guarden documentos sobre las transacciones y puedas saber dónde fueron revendidas.

Joan ponderó la información. Era todo lo que necesitaba y dijo escueto:

—Adiós, almirante.

—Adiós, Joan Serra de Llafranc. Que tengas suerte.

CUARTA PARTE

104

Joan se sentía ansioso por abrazar a Anna, pero a la vez le invadía una suave nostalgia que le hacía demorar el momento maravilloso del encuentro. Abandonaba la *Santa Eulalia* para siempre y recogió sus cosas remolón, intentando asentar sus pensamientos. Le costaba digerir lo ocurrido en la vorágine de las últimas horas, convencerse de que lo que vivía era cierto, que no se trataba de un hermoso sueño del que despertaría de un momento a otro.

Miró al cielo de la bahía de Nápoles, era un día esplendoroso, oyó los graznidos de las gaviotas y las vio volando bajo las nubes y el sol, por encima del mar azul. Anduvo hasta proa y, al tiempo que acariciaba el frío bronce de los cañones, las contempló absorto. Eran libres. Como él.

Escribió en su libro: «Libertad, al fin. Mi amada es también libre, y solo mía. Gracias, Señor».

Hizo que el barbero de la galera le arreglase el pelo y le afeitase la barba; vistió sus mejores ropas y, ufano y sonriente, se despidió del resto de las gentes de la *Santa Eulalia*.

Joan sentía su corazón rebosante de alegría al subir a la carabela con el recibo, expedido por el escribano y firmado por Vilamarí, que daba la libertad a Anna. No podía aguardar al instante en que se fundirían en un abrazo. Era el fin de una pesadilla, ya nadie podía oponerse a su amor; nunca más se separarían.

Los marinos de guardia, a pesar de conocerle, comprobaron escrupulosamente los sellos y el documento y a continuación uno gritó hacia la bodega de la nave:

—¡Anna Lucca! Subid a cubierta.

Después de unos momentos que se le antojaron interminables, ella salió con las mismas ropas que vestía el día en que la carabela fue capturada, parpadeando ante el sol de cubierta. Vio al joven sonriéndole feliz, abriendo los brazos para acogerla en ellos y supo entonces el resultado del duelo. Suspiró aliviada y se acercó a él con una sonrisa. Pero cuando Joan iba a estrecharla se detuvo y preguntó, mirándole inquisitiva con sus ojos verdes:

—¿Matasteis vos a Ricardo?

Joan no esperaba la pregunta y se estremeció al sentir miedo a perderla y remordimientos.

—No. No fui yo.

Entonces ella se acogió en sus brazos. Joan la abrazó con ternura, aunque su mirada se perdió en el cielo azul. Sentía una vaga inquietud, pero al notar el calor del cuerpo de su amada, suspiró y cerró al fin los ojos, gozando de su tacto, de su olor tierno a pesar de los suaves matices agrios de varios días de cárcel, y aquella felicidad indescriptible de antes regresó.

Joan se dijo que aunque la guerra seguía en el reino de Nápoles, para ellos llegaba el tiempo del amor.

Sin embargo, al aflojar su abrazo, el alguacil al mando le dijo a Anna:

—Este hombre os ha comprado. A partir de ahora le pertenecéis.

Ella miró a Joan, que continuaba sonriendo feliz.

—¿Qué quiere decir eso? —preguntó, muy seria, mirándole a los ojos.

—Bueno —titubeó él—. El documento...

—¿Pensáis hacerme vuestra esclava? —insistió ella mirándole agresiva.

Joan vaciló, nunca se le habría ocurrido que ella pudiera ser su esclava y comprarla era la única forma de conseguir su libertad.

—No —balbuceó—. No tengo esa intención. Os amo y quiero haceros mi esposa.

—Bien —repuso ella seca—. Entonces, ¿me dais la libertad?

—Sí, claro.

—¿Y firmaréis los documentos pertinentes?

—Naturalmente.

—Luego soy libre —concluyó Anna suavizando el tono.

—Sí, lo sois.

—Pues acompañadme a casa de mis padres.

—No tengo mucho dinero, pero buscaré un lugar donde podamos vivir juntos...

—No, Joan —le cortó ella—. Si soy libre, no viviré con vos. Soy la viuda de Ricardo Lucca, le debo un respeto y lo único que quiero ahora es poderle enterrar cristianamente.

—Pero yo os amo con locura, Anna, y vos decíais que también me amabais.

—También os amo. Sin embargo, Ricardo fue un buen compañero y tengo una deuda con él. Si por vuestra culpa no cumplí bien como esposa, ahora sabré cumplir como viuda.

Joan se tranquilizó algo al oír que aún era amado, pero se sentía confuso.

—No termino de entender.

—Quiero que me ayudéis a recuperar el cadáver de Ricardo y que después os mantengáis alejado —le dijo ella cortante.

—¿Me estáis diciendo que no me querréis ver más? —inquirió Joan desconsolado, recordando el trágico amanecer de su última noche en el que ella le despidió.

Anna le miró como si él fuera corto de entendederas. Joan mantuvo su mirada diciéndose que, aun con el desaliño del cautiverio, estaba bellísima.

—No, Joan, no digo eso. Solo que deberemos respetar el luto.

Él suspiró aliviado, ella sonrió al fin y aquellos graciosos hoyuelos aparecieron en sus mejillas. Joan se dijo que haría lo que fuera para lograr que otra sonrisa iluminara su rostro.

—¿Me podríais ayudar a encontrar el cuerpo de Ricardo? —preguntó suavemente.

Joan sabía dónde estaba. Lo guardaban en una caja de madera en proa, lo más alejado posible del resto de la nave. Hacía un par de días que murió, era verano y el cuerpo olía ya a podrido. De tratarse de otro, lo habrían lanzado en un saco con una piedra al fondo del mar, pero era noble y alguien pensó que su familia pagaría por el cadáver. Joan tuvo que volver a la *Santa Eulalia* y negociar con el escribano el precio. Quería cincuenta ducados y Joan le dijo que fuera a olerlo para comprobar que a lo sumo en un día deberían deshacerse de él. Obtuvo al final un precio de amigo. Solo pagó tres ducados, y medio más por el transporte de la caja a la casa de los padres de Anna. El palacio Lucca estaba inhabitable; había sido asaltado y, encontrando poco que rapiñar, la turba lo incendió.

Anna quiso ver el cadáver de su esposo y un tufo irrespirable salió de la caja al abrirla. Ricardo Lucca era aún reconocible y también el gran tajo en su cuello que terminó con su vida. Anna depositó un beso en su mejilla y rezó una oración en silencio. Al girarse hacia Joan, le miró inquisitiva con los ojos llenos de lágrimas. Y sintiendo que le acusaba en silencio, Joan se estremeció de nuevo, temeroso de perderla.

—No fui yo —musitó de forma inaudible, incapaz apenas de sostenerle la mirada.

El entierro se efectuó de inmediato y Joan asistió al funeral en la catedral, apartado de Anna y de sus familiares. Fue una extraña sensación unirse a los que rezaban por el hombre al que él había dado muerte. No le bastaban las absoluciones del cura de la galera. Era cierto que lo mató en combate, en el calor de la lucha, sintiendo también el temor a morir, pero pensaba que, de haber querido, habría podido evitar su muerte. Lo mató por Anna y nunca podría olvidar los ojos de Ricardo Lucca ni su última mirada.

Antonello le ofreció una habitación en el primer piso de su casa, sin embargo, Joan la rechazó. Quiso dormir junto a los aprendices y oficiales del taller del librero. Continuaba sintiéndose aprendiz, tanto en la vida como en el amor. No comprendía qué pasaba por la mente de su amada. Él anticipaba que el día de su reencuentro iba a ser el más feliz de su vida, pero todo quedó en un gran desengaño.

Aquella noche fue de un calor pegajoso y Joan estuvo dando vueltas en su catre sin poder dormir, a pesar de que los olores familiares de papel nuevo, tinta y cuero le proporcionaban consuelo. Estaba triste y desconcertado, por más vueltas que le daba, no podía comprender la actitud de Anna. Se decía que ella había amado a Ricardo Lucca mucho más de lo que le dejó entrever. Quizá le amara incluso más que a él.

Con las primeras luces del amanecer buscó su libro para anotar: «No tengo el valor de decirle la verdad». Y después: «No quiero perderla».

105

Joan fue a visitar a los Roig a la mañana siguiente. El taller de orfebre del padre de Anna en Nápoles no era tan grande ni estaba tan bien situado como el de Barcelona, pero permitía a la familia sobrevivir y se encontró a la joven ayudando en él. Vestía de luto riguroso. A pesar de que en su rostro aún se reflejaban los estragos de los últimos días, a Joan le pareció bellísima. Deseaba abrazarla y besarla, pero la presencia de los padres impidió cualquier acercamiento. Anna se mantuvo a distancia mientras los Roig le transmitían a Joan su profundo agradecimiento por salvar a su hija. Al fin los padres salieron al mostrador que tenían en la calle para dejar que los jóvenes hablaran a solas.

—¿Os ratificáis en darme la libertad? —inquirió ella muy seria al tiempo que frenaba el avance de Joan.

—Naturalmente. —Joan abrió su camisa y sacando de su pecho el documento de pago por el rescate de Anna, se lo tendió—. Es vuestro —dijo—. Sois libre.

Ella lo leyó detenidamente.

—Aquí está escrito vuestro nombre junto al mío. Quiero que además confirméis mi libertad frente a un notario.

—Quedaos con ese documento y cuando salga de aquí iré a un notario a ratificar vuestra libertad.

Entonces ella sonrió.

—Gracias —dijo.

Joan se sintió feliz viéndola contenta y tendió sus brazos para abrazarla, pero ella le detuvo.

—Haré tres meses de luto riguroso por Ricardo —le dijo—. En ese tiempo no nos podremos ver.

—¿Podré al menos observaros de lejos? —suplicó Joan—. Como cuando estabais casada o cuando nos ocultábamos de vuestros padres en Barcelona.

Ella rio.

—Sí, claro que sí —repuso manteniendo la sonrisa—. Pero entended que cumplo con mi deber.

—¿Me amáis?

—Sí, y al cabo de esos meses me podréis cortejar.

—¿Cortejar? —suspiró él—. Lo que quiero es que seáis mi esposa.

—Tendréis que convencerme —repuso ella mirándole pícara.

En su primer día de libertad Joan se apresuró a escribir a Gabriel, Bartomeu, Abdalá y demás amigos comunicándoles la noticia y se aseguró de que las cartas fueran en dos galeras distintas. Como era verano, calculó que con suerte en un mes tendría respuesta. Quedaban pendientes aquellos diez meses de servicio en los ejércitos del rey, pero no había prisa, tenía un plazo de cinco años y primero debía buscar a su familia. Habló con Antonello del asunto pidiéndole consejo y el librero le dijo que escribiría a Fabrizio Colombo, un colega genovés, para rogarle que investigara en la Banca de San Giorgio.

Joan se lo agradeció en el alma; una vez recuperada su libertad, la urgencia, aparte del amor de Anna, era su familia. Mientras esperaba noticias de Génova trataría de juntar dinero para el viaje y un posible pago de rescate.

La ausencia de la joven pesaba como una losa sobre Joan. Ella apenas salía de casa y había días en que ni siquiera la podía ver de lejos. Mil pensamientos le torturaban. Su amada era la viuda de un caballero y él, un simple aprendiz. ¿Podría su amor vencer la barrera social? Se despertaba ansioso por la noche recordando que ella le dijo que debería cortejarla. Quizá tuviera que competir con otro hombre.

Antonello le daba a Joan alojamiento y comida y este le pagaba con trabajos en la imprenta. El joven sintió que volvía a empezar y, para olvidar la ausencia de Anna, puso todo su esfuerzo en aprender aquel oficio que no le parecía difícil.

Él ya sabía de tintas, tipos de papel y pergamino. Lo que hacía distinta a la imprenta eran las piezas metálicas llamadas tipos que representaban letras y signos. Se trataba de colocar los tipos en hileras sobre un tablero de madera llamado galera, que sostenía un marco rectangular que se cerraba con fuerza para que las letras no se movieran.

A Joan le parecía gracioso que en imprenta se usara el nombre de galera, como el navío que él tan bien conocía. No era difícil adivinar por qué los primeros impresores le dieron aquel nombre al marco que acogía a los tipos colocados ordenadamente en hileras; recordaban a los galeotes en sus bancos.

El arte de la composición consistía en conseguir que los tipos montados en la galera formaran un todo armonioso en el que, al igual que en los manuscritos, había que respetar márgenes y encabezamientos. Aquella era la matriz para imprimir una página o un grupo de dos páginas y se denominaba forma. Una vez obtenida esta, se colocaba en la prensa y se humedecía con dos balas de cuero previamente impregnadas en tinta. Se pretendía que las distintas partes de la página presentaran un color uniforme y que todas las páginas del libro tuvieran un aspecto semejante.

Al final se colocaba el papel, o en algún caso pergamino, y gracias a la presión de la prensa de roble se producía el milagro de transformar la tinta en grupos de letras, palabras y frases ordenadas en páginas sueltas. Y estas, una vez encuadernadas, daban lugar a la maravilla de un libro.

—Es un proceso laborioso, pero, una vez aprendido, no presenta grandes complicaciones —le comentaba Joan a Antonello.

Este meneaba la cabeza disconforme:

—Cualquier oficio, una vez aprendido, pierde su misterio —respondió el librero—. Pero fabricar un libro hermoso es hacer una obra de arte. Y la imprenta te permite la maravilla de reproducir esa obra de arte muchas veces. Por eso a este oficio le llaman artes gráficas.

Joan estuvo de acuerdo. Aún guardaba en su memoria su llegada a Barcelona y aquel maravilloso libro expuesto en la tienda de los Corró. Claro que aquel era un libro manuscrito, abierto por una página miniada que mostraba un dibujo y un colorido espléndidos. Sin embargo, ya se imprimían libros en los que se reproducían dibujos grabados, en ocasiones incluso en varios colores, en especial en rojo, negro y azul. Pensaba que era solo cuestión de tiempo que la imprenta lograra imágenes semejantes a las pintadas a mano.

—Pero existen artes más complejas que pocos impresores dominan —continuó Antonello.

—¿Cuáles son? —quiso saber Joan.

—La fabricación de los tipos, que representan las letras y los signos. Los tipos de plomo son fundamentales para un impresor. Ya sabes que hay impresores ambulantes, en su mayoría de origen alemán, que dependiendo del trabajo disponible pasan temporadas en distintas ciudades. Siempre llevan consigo sus tipos, son su bien más preciado, el resto del material es fácil de reponer en el lugar a donde se dirigen. Fabricar tipos hermosos, ese es el arte más difícil y pocos impresores son capaces de lograrlo por ellos mismos.

Aun así, a Joan la fabricación de los tipos no le parecía complicada. Tenía habilidad natural para el tallado de la madera y aprendió en el taller de Eloi las técnicas de fundición del bronce, que precisaba mayores temperaturas que el plomo.

El tipo de moda en Italia era el de caracteres romanos redondos, al que ya se llamaba la tipografía del Renacimiento. Tenía las mayúsculas tal y como aparecían las letras esculpidas en las ruinas imperiales, la *romana capital quadrata*, y las minúsculas derivaban de las letras carolinas redondeadas, las *rotundas*. Su lectura era mucho más fácil que los distintos estilos de gótico y los lectores de obras clásicas la preferían. Antonello disponía de tres juegos distintos de tipografías góticas, pero no de la nueva renacentista. Y Joan le propuso hacerle una. Sería la forma de pagarle en algo la inestimable ayuda que el librero le daba. Él mismo dibujó las letras y con ayuda de distintos artesanos fundió una aleación de plomo, antimonio y bismuto que derramaron sobre moldes de madera tallada.

Aunque hechas del mismo molde, las letras de imprenta eran ligeramente distintas unas de otras a causa del limado. Joan buscaba en ellas las señas, las muecas y las expresiones ocultas que veía en las letras cuando copiaba sin saber leer. En aquel entonces las letras le hablaban con gestos. Pero ya no.

Escribió: «El tiempo o el saber me robaron la fantasía. Espero ser aún capaz de ver a los seres del cielo».

—Te has convertido en un impresor experto —le dijo Antonello, palmeándole la espalda—. Nunca vi a nadie progresar tan rápido.

—Sé cómo copiar libros, cómo imprimirlos y cómo encuadernarlos —repuso sonriendo feliz—. Conozco todo el proceso de fabricación. Sin embargo, lo que a mí me gusta es vuestro trabajo.

—¿Mi trabajo?

—Sí, el que vos hacéis. Tenéis imprenta y taller de encuadernación, pero del proceso de fabricar libros se encargan los operarios. Vendéis libros a las gentes que desean leerlos, ya sean libros de vuestro taller o comprados a otros libreros. Tal como hace Bartomeu en Barcelona.

—Ya entiendo —repuso Antonello—. Eres listo y viste que la impresión da mucho trabajo y poco dinero, a no ser que se impriman grandes cantidades.

—No, Antonello. Bien sabe Dios cuánto preciso del dinero. La búsqueda de mi madre y hermana requerirá mucho y también lo necesitaré para formar una familia con Anna y darle una vida digna si al final me acepta. Pero ahora no pensaba en el dinero, sino en la satisfacción de ser intermediario entre el lector y el libro. Ayudar a que la persona encuentre ese libro que le habla, y que tiene significado especial para ella, debe de ser maravilloso.

—Así que quieres hacerme la competencia.

—Sí, quiero ser librero —confirmó Joan—. Siempre he querido serlo.

Antonello le miró sonriente y afirmó con la cabeza. Hacía mucho que lo sabía.

106

Joan volvía a rondar a Anna a distancia, como cuando diez años antes lo hacía en Barcelona tratando de no ser visto. Solo que ya no eran niños, él tenía veintitrés años y ella estaba a punto de cumplirlos. Anna vestía de luto y guardaba todas las reglas que la sociedad imponía a una viuda reciente. Pero cuando se percataba de su presencia en un extremo de la calle, mientras ordenaba el mostrador de la tienda de su padre, le sonreía para después apartar la mirada. Esa sonrisa le servía a Joan para ser feliz. La gran diferencia con sus miradas furtivas en Barcelona, o a su llegada a Nápoles, era que ahora tenía la fundada esperanza de hacerla su esposa.

Después, lleno de ánimo, pasaba a ocuparse de aquel futuro que quería construir para ambos. Sería un tratante de libros, un librero, y bajo la tutela amable de Antonello empezó a buscar nuevos horizontes fuera de los talleres de imprenta y encuadernación.

Las noticias llegaron de Barcelona junto a un cargamento de libros de Bartomeu en los que Joan invirtió el capital que le quedaba junto a un préstamo de Antonello y otro del propio mercader. Había más ejemplares de *Tirant lo Blanc* y una selección de libros no solo de imprentas valencianas y catalanas, sino también de Zaragoza, Sevilla y Salamanca. Se trataba de un adelanto, pues la lista era larga y el mercader tuvo que encargar a su vez parte del pedido.

Todos se alegraban de su liberación y le enviaban parabienes y felicitaciones. Bartomeu, viudo desde hacía unos meses, continuaba perteneciendo al gobierno ciudadano y le aconsejaba sobre el comercio, recomendándole libros para Italia. Abdalá, cuya letra se mostraba menos firme que antaño, pero aún armoniosa y llena de sabiduría, le decía que le tenía siempre presente en sus oraciones. El viejo alababa cada día al Señor por concederle la gracia de poder leer a pesar de su edad. Incluso recibió noticias de los frailes. Las peleas con el prior continuaban en aquel remanso de supuesta paz que era el convento de Santa Anna.

Su hermano Gabriel le decía que, con el consentimiento del padre, cortejaba a Ágata, la hija menor de Eloi, de la que estaba locamente enamorado. Joan le había escrito sobre lo que Vilamarí le dijo y la gestión con el librero de Génova, y Gabriel le pedía que tan pronto supiera sobre su madre y hermana, le informara de inmediato para ayudar en su busca. Y le enviaba algo que emocionó a Joan profundamente: la azcona de su padre y el coral que quedaba.

Joan abrazó el arma de Ramón mientras las lágrimas acudían a sus ojos. Aquel era el símbolo de libertad de la familia y ahora Gabriel se lo devolvía, porque él ocupaba el lugar del padre y era de nuevo libre. A la vez era un recordatorio amargo del cautiverio de su madre y hermana. Joan sabía que un hombre no era libre si su familia no lo era. Él era responsable.

Preguntó a Antonello por su colega genovés. No había noticias. Inquieto, Joan decidió que no podía esperar, que viajaría a Génova. Quizá el coral alcanzara para pagar su pasaje. El librero le hizo desistir, le dijo que su amigo era extremadamente meticuloso y confiaba en él, que no podía ir sin dinero y que no se precipitara. Esperar unos meses, después de casi once años, no cambiaría las cosas.

«Esperar», escribió en su libro con amargura. «Esperar otra vez. Pero ahora es distinto, tengo las fuerzas. Solo me falta el dinero.»

Joan aprovechó su experiencia como escribano en la *Santa Eulalia* para ofrecer a las naves españolas en Nápoles los libros en blanco que precisaban para los diarios de a bordo además de tinta, plumas, pergamino y papel para cartas y todo tipo de material de escritorio. Trataba a los escribanos como colegas, los compensaba con pequeños obsequios y pronto se aseguró el suministro de las flotas. Las naves españolas en Nápoles ya no provenían solo de los reinos de la Corona de Aragón, sino también del resto de España, en especial vizcaínas y andaluzas. Joan hablaba un buen castellano, aprendido con Abdalá y practicado con los marinos en las tabernas, lo que le confería ventaja a la hora de asegurarse el negocio de las naves de Castilla.

Con los materiales de escritura trabajaba a comisión para Antonello, pero los libros escritos o impresos eran su propio negocio y tanto el riesgo como el beneficio eran suyos por entero.

Antonio de Nebrija pasó a ser uno de los autores más vendidos entre los escribanos de las naves. Para los textos en latín, su gramática *Introductiones latinae* resultaba muy útil. Y para quienes escribían en castellano, la gramática de Nebrija publicada en 1492, la primera en Europa de una lengua «vulgar», la que hablaba el pueblo en la calle, se convirtió en imprescindible, pues la propia reina Isabel la patrocinaba. En cuanto a libros de caballerías, consiguió de Bartomeu unos ejemplares de los dos primeros libros de *Amadís de Gaula,* recopilados por Garci Rodríguez e impresos en Zaragoza el año anterior. Los vendió de inmediato.

Mantenía correspondencia permanente con su amigo Miquel Corella; el Papa había regresado a Roma con su corte y el valenciano confirmó que existía una gran oportunidad para la venta de libros españoles. Así que Joan hizo a Bartomeu otro pedido, y con los libros que ya tenía preparó su viaje a Roma.

Aun queriendo mantenerse distante, Anna no podía evitar la librería; era una gran lectora. Y un día en que Joan se encontraba experimentando en la imprenta con un grabado que él mismo había esculpido en madera, Antonello se asomó al taller.

—Orlando enamorado —le dijo con su acostumbrada ironía—, quizá te interese saber que tu Angélica está en la tienda revolviéndome los libros.

—¿Ha preguntado por mí? —inquirió Joan, ansioso.

—No, por ti no preguntó —repuso el librero divertido—. Pero sí por las últimas novedades.

Joan tenía las manos manchadas de tinta y corrió a lavarlas lo mejor que pudo. No hubo forma de quitarla de las uñas, así que se vistió con su mejor ropa de calle y se puso guantes a pesar de que llevarlos en verano dentro de las casas era inusual. Ansioso y con aquel extraño aspecto, se precipitó hacia la tienda en busca de su amada.

La vio ojeando un libro, de riguroso luto, pero tan hermosa como siempre. Estaba sola, puesto que siendo viuda se libraba del incordio del ama. Al verle le saludó calurosamente, como lo hubiera hecho con un antiguo amigo, pero frenó cualquier intento de acercamiento físico. Joan insistió en que fueran al despacho de Antonello como antes hacían, pero ella le cortó en seco.

—Os dije que respetaría mi luto —le reprendió—. Esperad a que se cumplan los tres meses.

—Pero...

—Lo siento —dijo ella suavizando sus palabras con una de sus hermosas sonrisas con hoyuelos—. Es lo que acordamos.

—¿Acordamos? —se preguntó Joan.

Ella mantenía su sonrisa y afirmó con la cabeza. Sí, lo habían acordado. Él no lo recordaba así. Fue una imposición, pero no quería desaprovechar el momento discutiendo. Al fin Anna escogió su libro, lo pagó y, después de despedirse manteniendo las distancias como antes al saludar, cubrió su boca con la mantilla negra y salió de la tienda airosa y moviéndose con garbo.

Antonello observaba sonriente a Joan, que la contemplaba desde el umbral de la puerta.

—Te habrás librado de la galera —dijo riéndose—. Pero no de un capitán que te mande.

Joan se dijo que era cierto; Anna era una mujer de carácter. Y no le disgustaba.

La calma en la frontera con los Estados Pontificios permitió a Joan emprender su deseado viaje a Roma. Lo hizo por tierra, pues Gaeta, a mitad de camino por mar, continuaba en poder francés. Contrató un carro y un arriero, lo cargó con sus libros y se unió a una caravana que se dirigía a la Ciudad Eterna protegida por el ejército napolitano. Una vez instalado en la posada, fue a casa de Miquel Corella, que se alegró de verle.

—Tus conocimientos de artillería le serían útiles a su santidad —le dijo al enterarse de que ya no estaba con Vilamarí—. Te puedo conseguir una paga que supere tus ganancias con los libros.

—Muchas gracias, don Miquel —repuso Joan—. Pero creo que serviré mejor a su santidad y a los españoles de Roma con las letras antes que con las armas.

Miquel se encogió de hombros sin insistir. Joan temía que se sintiera desairado, pero el valenciano continuó presentándole clientes entre sus amplias amistades. Todos compraban libros y Joan concluyó, observándolos, que muchos no los adquirían por amor a la lectura, sino por temor a Miquel. Deseaban congraciarse con el valenciano; Miquel Corella era poderoso.

Joan hizo un buen negocio, estableció una importante cartera de clientes entre los españoles en Roma y descubrió algo más. El papa Alejandro VI daba acogida a judíos expulsados y a conversos huidos de España, que formaban una gran colonia en el Trastévere. Provenían de las finanzas, cambistas, recaudadores de impuestos o de oficios que requerían ciertos estudios y en general eran buenos lectores.

Dado que llevaban muchos siglos en España, aquellos judíos solo usaban el hebreo para sus ceremonias religiosas. Así pues, tanto conversos como judíos mantenían la cultura española y serían buenos clientes para sus libros.

Joan escribió: «¿Cómo pueden unos reyes católicos expulsar a los judíos por religión cuando el Papa, máxima autoridad católica, los acoge?».

107

Al regresar, Joan informó a Antonello de su intención de abrir una librería en Roma.

—¿De dónde sacarás el dinero? —quiso saber el librero.

—Pienso pedir un préstamo —contestó Joan con entusiasmo—. He tenido buenos beneficios en este viaje. Hay muchos españoles en Roma: los hay en el séquito papal, en el ejército, también comerciantes, conversos y judíos. Estoy seguro de que en un año podré devolver el dinero. Pienso empezar vendiendo solo libros en blanco, material de escritura y libros impresos españoles. También en latín, naturalmente. Después ampliaré a títulos italianos e incluso franceses, quiero que sea una librería internacional. El siguiente paso será tener mi propio taller de encuadernación y, quién sabe, quizá también una imprenta.

—¡Qué miedo me das! —exclamó Antonello con una de sus sonrisas—. Menos mal que te vas a Roma y no me haces la competencia. ¿Y qué harás con los suministros a las flotas españolas? Es un buen negocio que no debieras perder.

—Ya he pensado en eso. Los atenderé personalmente mientras pueda y después tendré agentes en los principales puertos de atraque. Quisiera que vos lo fueseis aquí en Nápoles.

—Vas rápido, muchacho —repuso el napolitano riendo—. En solo unos días has pasado de ser mi agente a que yo sea el tuyo.

Joan se encogió de hombros; se sentía feliz. Podría ofrecerle un futuro a Anna y conseguir el dinero para emprender la búsqueda de su familia.

—Creo que ha llegado el momento de que vuelvas a hablar con Innico d'Avalos —dijo el librero al rato. Su sonrisa había desaparecido y su expresión era pensativa.

—¿Innico d'Avalos? —inquirió Joan, sorprendido.

—Sí, ya le conoces. Ahora es el gobernador de la isla de Ischia y la ha conservado a pesar de los intentos franceses de conquistarla. Su corte se ha convertido en un santuario de artistas donde, a salvo de la guerra, encuentran entera libertad para crear. Y no solo protege a los artistas, sino también a quienes transmitimos el arte. Le gustaste cuando te conoció. Estoy seguro de que su aval junto a una carta de crédito te ayudarán a obtener el dinero que precisas.

Joan estaba impaciente por darle la gran noticia a Anna. El futuro que podía ofrecerle era mucho más que el de la esposa de un encuadernador; sería una librera que se relacionaría con comerciantes, funcionarios y nobles.

Era un porvenir brillante, deseaba con toda su alma contárselo, pero decidió no romper la distancia que ella imponía. Aun así no pudo contenerse y le compró un anillo de oro. Durante la espera imaginaba, una y otra vez, la expresión del rostro de su amada, su sonrisa feliz al conocer las buenas noticias y soñaba con el momento en que ella se pusiera su anillo. Sin embargo, fue ella quien se acercó a él y el encuentro fue muy distinto de lo que Joan esperaba.

—Estoy embarazada —dijo Anna.

La noticia fue tan sorprendente para Joan que se quedó sin habla. Él no le había notado nada. Estaban solos en el despacho de Antonello, al que ella pidió que avisara a Joan en secreto. Cuando entró en la habitación, se preocupó al ver a Anna seria y con gesto grave. Ella le mantuvo a distancia como de costumbre.

—¿De cuánto? —preguntó cuando fue capaz de reaccionar.

—De dos faltas.

—¡Entonces es mi hijo! —exclamó Joan alborozado después de echar sus cuentas.

—Creo que no —repuso ella mirándole a los ojos—. Si son dos faltas, es de Ricardo.

—¿Ricardo?

—Sí, Ricardo —le confirmó, severa—. ¿Recordáis? Era mi marido.

—Sí, claro que recuerdo —repuso él, molesto—. Pero vos me decíais que era a mí a quien amabais.

Ella meneó la cabeza con incredulidad.

—¿Y eso qué tiene que ver? —le dijo—. Él era mi marido y jamás le negué mi cuerpo. Era su derecho.

Joan calló. ¿Por qué se habría hecho aquella ilusión estúpida? Quizá fuera porque la amaba tan intensamente que, después de la primera noche juntos, en la que solo hubo caricias, creyó que ella rechazaría al marido. No fue así. Se sentía muy decepcionado. Por un momento imaginó a Anna amándose con Ricardo y una furia antigua le invadió. Miró el vientre de la joven. No se notaba, pero allí crecía la semilla que su rival depositó en el interior de ella. Y que se convertiría en un ser vivo, que siempre le recordaría su crimen y la victoria postrera de Ricardo.

—Lo entiendo —dijo Anna al ver la expresión desencajada de Joan—. Con eso no contabais cuando pedisteis cortejarme. No os preocupéis, sois libre. Les diré a mis padres que cambiasteis de opinión.

Joan no la escuchaba, tenía en sus retinas la mirada de Ricardo cuando le propinó la estocada en el cuello. Un torbellino de emociones le embargaba, eran de odio y rabia, eran de celos de un muerto a la vez que de remordimiento por su crimen y su mentira. Una mentira que le torturaba. No pudo aguantar más.

—Fui yo quien le mató —dijo al fin arrastrando las palabras.

—¿Qué?

—Nos encontramos en el asalto de la carabela, luchamos y le maté —confirmó Joan.

—¡Pero me dijisteis que no fuisteis vos!

—Mentí por temor a perderos.

Se miraron en silencio, la cara de Anna dibujó una expresión de dolor y sus ojos empezaron a llenarse de lágrimas. Un abismo se abría a sus pies. Era la confirmación de una sospecha que la había torturado manteniéndola insomne hasta la extenuación mientras rogaba a Dios para que no fuera cierta. Joan mató a Ricardo y si lo hizo fue por ella, por su culpa. Si a pesar del amor que sentía por Joan se hubiera mantenido apartada de él, si hubiera cumplido como una esposa honesta, el joven no habría creído tener derechos sobre ella y Ricardo estaría aún vivo. A la traición a su esposo debía sumar ahora la culpa de su muerte. Era casi seguro que el hijo que esperaba era de Ricardo. Se alegraba; no hubiera podido soportar llevar en su vientre el fruto de una traición.

—¡Dios mío! —sollozó ella al fin. Y dando media vuelta se dirigió a la puerta.

—Esperad, por favor. —Joan quiso detenerla, pero ella, con rabia, se deshizo de él.

—¡Dejadme! ¡Lo sospechaba! ¡Había rezado tanto para que no fuera cierto!

—¡Pero me amáis! —exclamó él. Trataba de retenerla.

—¡Ya no! —Se libró otra vez de Joan y antes de salir apresurada por la puerta le miró fijamente a los ojos y añadió—: ¿No comprendéis que estamos malditos? ¡No os quiero ver más!

Joan se quedó solo en aquel despacho testigo de sus amores clandestinos, hundido, sin terminar de creer lo que acababa de ocurrir, no era capaz de reaccionar. ¿Cómo pudo ir todo tan mal? Unos minutos antes anticipaba un encuentro feliz con su amada en el que hablarían de un hermoso futuro entre libros. Ahora todos sus sueños se hacían añicos y solo le quedaba, en prueba de su fracaso, un anillo en la mano.

Los días siguientes fueron angustiosos. Joan trató de hablar con Anna, pero tropezaba una y otra vez con la barrera infranqueable de sus padres. Ni siquiera se dejaba ver en la tienda. Ya no había sonrisas.

Le escribió proclamando su amor desesperado. Lamentaba la muerte de Ricardo y le decía que fue en una lucha noble. Pero no hubo respuesta.

Después de unos días lúgubres, desmoralizado, se dijo que seguramente Anna amara más a Ricardo que a él y que nada le retenía ya en Nápoles. Quiso dejar atrás su pena para empezar cuanto antes una nueva vida en Roma. Escribió en su libro: «Siempre os amaré, Anna. Vuestra sonrisa era luz de amanecer y ahora vivo en la oscuridad».

108

A finales de septiembre Joan partió hacia Roma con todos sus bártulos y una buena provisión de libros. Trataba de olvidar a Anna y pensaba en una nueva vida al tiempo que esperaba impaciente noticias de Génova. Le pidió a Antonello que escribiera otra vez a su amigo librero y este lo hizo repitiéndole que Fabrizio Colombo era muy meticuloso y que si se demoraba en su respuesta no sería por olvido, sino porque aún indagaba.

Se unió a una caravana de mercaderes que seguía una ruta en la que no esperaban encontrar actividad bélica. El grupo iba fuertemente armado, y llegaron a Roma sin que los bandoleros los molestaran.

Al igual que en su viaje anterior, Joan se hospedó en la posada de El Toro, recomendada por Miquel Corella. Estaba ubicada en el Campo de' Fiori, una zona en la que la poderosa familia de los Orsini acababa de reconstruir su residencia y en la que Raffaele Riario, sobrino del papa Sixto IV y cardenal desde los diecisiete años, comenzó a edificar dos lustros antes un gigantesco palacio. Era el primero en Roma de estilo renacentista y se rumoreaba que el joven cardenal lo pagó gracias a las ganancias obtenidas en una noche de juego. Los mármoles del palacio provenían del cercano teatro de Pompeyo, pues, a pesar de la admiración que los romanos sentían por la antigüedad, esta era fuente de excelentes materiales de construcción. No en vano Roma era el hogar de más de un millón de habitantes en la época clásica y de apenas treinta mil a la llegada de Joan: la Roma antigua era una gigantesca cantera para la moderna, que crecía sin parar.

Lo que cincuenta años antes era un prado en uno de los meandros del Tíber, donde el verdor y las flores cubrían ruinas de más de mil años, se había convertido desde el regreso del papado de Aviñón a Roma en uno de los centros más activos de la ciudad renacentista. El lugar era de bulliciosa actividad y acogía distintos mercados, entre los que destacaba el de caballos, pero también era escenario de ejecuciones, incluso en la hoguera, o de duelos a espada.

Las telas de los tenderetes lo llenaban de colorido, la carne asada al mediodía y los excrementos del ganado le conferían un olor especial y los gritos de vendedores anunciando sus mercancías se mezclaban con las charlas, las risas y las tonadas de los músicos ambulantes. Había un buen número de posadas y algunas, como la de El Toro, pertenecían a Vannozza dei Cattanei.

Cuando Joan coincidió por primera vez con ella, la mujer le dedicó una encantadora sonrisa.

—Viniendo de parte de Miquelet Corella, os trataremos como a un príncipe —le dijo—. Me contó cómo ayudasteis a mi hijo Juan en Barcelona cuando unos bandidos le querían asaltar y os estoy muy agradecida.

—¿El duque de Gandía es vuestro hijo?

La mujer afirmó con una sonrisa, orgullosa de su vástago, y Joan, prudente, evitó aclarar que sus atacantes no eran bandidos y que Juan Borgia provocaba continuos altercados.

Vannozza había superado la cincuentena y mostraba un aspecto sano y hasta voluptuoso, a pesar de estar algo entrada en carnes. Debió ser una belleza y mantenía su encanto con una sonrisa coqueta y con un pelo sin cubrir, recogido en un elaborado moño del que se escapaban unos bucles teñidos de rubio a la moda. Su vestir era el de una dama y sus maneras, las de una noble. Se interesó por el negocio que le traía a Roma:

—¡Un librero! Me encanta la lectura, seré vuestra mejor cliente. —Y añadió—: Tengo algunas casas en el Borgo, en Trastévere y aquí en el Campo de' Fiori que debéis ver. Alguna os puede servir para instalar vuestra librería.

E hizo honor a su palabra brindándole una cena principesca, a pesar de la escasez que sufría Roma a causa del bloqueo del puerto de Ostia por parte de los franceses. Las criadas le sirvieron una sopa de caldo con verduras y garbanzos, un estofado de toro especialidad de la casa, y unos dulces de miel y almendras. Todo acompañado de un excelente pan de trigo y cebada, bien horneado, y un buen vino del Lazio.

Aquello mejoró el ánimo a un Joan fatigado por el largo viaje. Continuaba sufriendo el rechazo de Anna y cualquier cosa se la recordaba, pero se repetía que su prioridad era encontrar a su madre y a su hermana.

«Roma», escribió en su libro. «Ojalá el renacimiento entre en mi corazón.»

—Dicen que el nombre a la posada de El Toro lo puso Vannozza en honor de nuestro papa Alejandro VI —le confió Miquel Corella mientras cruzaban a caballo el puente Sisto sobre un caudaloso Tíber, hacia el Trastévere, en busca de un lugar apropiado para la librería—. Como sabrás, el blasón de los Borgia es un toro rodeado de unas cenefas de llamas, y por mi fe que define bien a nuestro Papa. Es poderoso físicamente, apasionado, lleno de fuego, y tiene un magnetismo especial.

Joan recordó que, en efecto, el cartel de la posada mostraba un hermoso toro colorado, castaño rojizo, aunque sin llamas.

—Vannozza es una bella matrona y muy amable —comentó Joan—. De joven debió de ser espectacular. No sabía que era la madre de Juan Borgia.

Miquel Corella se echó a reír.

—Debías de ser el único en Roma que lo ignoraba —dijo—. Fueron amantes casi veinte años cuando él era el cardenal Rodrigo de Borgia y su relación terminó un poco antes de su elección como Papa. Tuvieron cuatro hijos. Ya conoces a Juan y a César, los mayores; los otros dos son Lucrecia y Jofré.

Joan recordó a Juan Borgia, aquel muchacho fanfarrón un par de años más joven que él que se emborrachaba, insultaba a la gente y ensartaba gatos y perros con su espada por las calles de Barcelona. Contrastaba con la gravedad y contención que mostraba su hermano menor, César, cardenal de Valencia, cuando se lo presentó Miquel.

—Vannozza es hija de un conde y ya va por su cuarto matrimonio —continuó Miquel sonriente—. Ha estado casada a pesar de su relación con el Papa.

—Pero ¿no se supone que los eclesiásticos deben ser célibes? —interrumpió Joan con malicia.

—Solteros, querrás decir —le cortó Miquel con sequedad. La sonrisa abandonó su faz—. Porque aquí en Roma hay pocos que tengan poder y guarden el celibato. Solo los pobres se quedan sin mujer.

Joan no estaba de acuerdo, recordaba al ermitaño de San Sebastián, o al suprior fray Antoni. Eran hombres que tuvieron poder, lo abandonaron para servir mejor a Dios y respetaban el celibato. En todo caso, no quiso entrar en polémicas con el valenciano. Le necesitaba y percibía que cualquier censura al Papa la tomaría como una traición.

Continuaron su paseo por las abigarradas callejuelas del Trastévere, que, llenas de talleres de artesanos y tiendas, bullían de actividad comercial. Los olores a comida que salían de las casas, el aspecto y el lenguaje de las gentes le resultaban muy familiares a Joan y por un momento se sintió en Barcelona.

—Son conversos y judíos que llegaron huyendo de España —le aclaró Miquel—. Ya sabes que el Papa los protege.

—Pues aquí es donde debo instalar mi librería —dijo Joan—. Al principio la mayoría de mis libros serán españoles.

Miquel negó con la cabeza.

—No —dijo—. Hay españoles en toda Roma. Y no te conviene estar junto a los refugiados, sino con los poderosos. Hazme caso, la zona de Campo de' Fiori está en auge. Allí es donde debe instalarse uno de los nuestros.

Joan se preguntó qué implicaba que Miquel le considerara uno de los suyos.

—¿Cómo es que, aparte de los refugiados, hay tantos españoles en Roma? —quiso saber cuando ya regresaban al Campo de' Fiori.

—Esta ciudad siempre ha estado controlada por poderosas familias, entre las que destacan los Colonna y los Orsini, que poseen casas fortificadas en Roma y grandes propiedades y castillos fuera de ella. Hace cuarenta años esas familias se mataban por las calles tratando cada uno de hacer Papa a su candidato; los cardenales, asustados, se reunieron por la noche en las letrinas para huir de presiones y eligieron a un cardenal neutral con el fin de acabar con el conflicto. Subió al solio como Calixto III, era extranjero, tenía setenta y siete años, estaba muy enfermo y esperaban que muriera a los pocos días. Querían ganar tiempo. Pero una vez nombrado, Alfonso de Borgia recuperó milagrosamente la salud y se rodeó de paisanos valencianos, aragoneses, catalanes, mallorquines, sicilianos, sardos y napolitanos. En aquella época el rey de Aragón lo era también de Nápoles.

»Los romanos les llamaban a todos sin distinción *catalani* y esos "catalanes" permitieron al Papa librarse de la coacción constante de los Colonna, de los Orsini y de una lista interminable de familias y clanes que pretenden controlar el papado. Un Papa extranjero lo tiene muy difícil en Roma. No basta con ser bueno, hay que ser poderoso.

»Pero tres años después, cuando ese primer papa Borgia estaba en su lecho de muerte, el populacho se lanzó a la calle a cazarnos instigado por los Colonna y los Orsini, al grito de "muerte a los catalani". Mataron a los que pudieron y asaltaron nuestras casas. Muchos huyeron, pero otros, como Rodrigo de Borgia, nuestro Papa actual, se quedaron desafiando a la muerte.

—¿Tanto mal hicieron los *catalani* para ser tan odiados?

Miquel Corella volvió a reír entre dientes y le lanzó una mirada torva que hizo pensar a Joan que no le gustaría tenerlo como enemigo.

—Nuestro crimen fue incomodar a las poderosas familias romanas acostumbradas a que el Papa fuera uno de los suyos o a manejarle como a una marioneta. ¿Cómo puede un Papa cumplir su divina misión si siempre tiene una espada pinchándole en la garganta diciéndole lo que debe hacer? Nuestro Papa estableció un poder vaticano independiente a base de fuerza militar, el único argumento que esa gente entiende. —El valenciano soltó una risa siniestra.

—No deja de ser curioso que nos atacaran con tanta saña —razonó Joan.

Miquel se detuvo para taladrar al joven con una mirada oscura y penetrante que junto a su nariz aplastada le daba un aspecto peligroso. Había determinación y rabia en ella, Joan se repitió que aquel hombre debía de ser temible.

—No —dijo—. La cosa no va solo contra nosotros, se trata de una costumbre en Roma. Cuando murió Pío II, que era sienés, el populacho se lanzó a la calle gritando «mueran los sieneses» y mataron a todos los que pillaron. Cuando murió Paulo II, los saqueos y matanzas fueron contra los venecianos, y al morir Sixto IV les tocó el turno a los genoveses. Y otra de las tradiciones romanas es asaltar y saquear el palacio del cardenal que ha sido elegido como nuevo Papa, es la forma que tienen los romanos pobres de participar en las riquezas del papado.

—Así que es peligroso ser extranjero en Roma —concluyó Joan.

—Lo es cuando el Papa es de tu misma nacionalidad y se está muriendo —le confirmó Miquel—. Pero no te preocupes, nuestro papa Borgia goza de una excelente salud, está hecho un toro. Además, ahora nos llaman *catalani* a todos los que venimos de la península Ibérica, también a los castellanos, a los vizcaínos, a los portugueses y a los italianos del sur al servicio del Papa. Somos más poderosos que con el anterior papa Borgia. Esta vez lo tendrán mucho más difícil.

Continuaron su camino mientras Joan meditaba en silencio.

—Te esperan unos cuantos años de prosperidad en Roma —continuó Miquel al rato, al percibir el estado de ánimo del joven—. Disfrútala, es una hermosa ciudad, atrae a los mejores artistas del mundo y sabe gozar de la vida.

—Pero llegará un día en que sea peligrosa —repuso Joan.

Miquel resopló sonriendo.

—Es peligrosa cada día —dijo—. No hay mañana en la que no aparezcan varios cadáveres flotando en el Tíber, que es donde se echa aquí la basura. Pero cuando muera nuestro papa Borgia, será una trampa mortal para ti y para tu familia. Entonces tendrás que luchar. A no ser que quieras huir como una rata.

Aquellas frases preocuparon a Joan y aquella noche escribió en su libro: «Habrá que luchar o huir. Miquel Corella luchará y no creo que tolere deserciones. ¿Dónde me estoy metiendo?».

109

Joan decidió instalar su librería cerca del Campo de' Fiori, tal como Miquel Corella le aconsejaba. En Roma no existía aún un gremio de libreros establecido formalmente, pero estos se reunían en una cofradía religiosa que tenía su sede en la iglesia de Santa Barbara alla Regola. Joan no se extrañó, era igual en Barcelona. Cuando supo que una de las casas desocupadas de Vannozza dei Cattanei se encontraba en una esquina del Largo dei Librai, que conducía a dicha iglesia, y con la vía principal que llevaba al Campo de' Fiori, situado a pocos pasos de distancia, pensó que era el lugar ideal. El Largo dei Librai era una placeta alargada que se estrechaba hasta finalizar en la iglesia de Santa Barbara, que la cerraba a modo de callejón sin salida y que estaba edificada sobre el antiguo teatro de Pompeyo. El nombre le venía de ser el único paso a la iglesia de los libreros y de albergar otras dos librerías. La de Joan sería la tercera. Eso no le preocupaba, pues era costumbre que los comerciantes se agruparan por tipo de actividad en determinadas calles, con lo que el cliente necesitado de un producto sabía a qué zona dirigirse para disfrutar de variedad de oferta.

Una vez vista la finca, comprobó que podía alojar cómodamente la librería, un taller de encuadernación y con ciertas reformas también una imprenta. Le fue fácil cerrar el trato con Vannozza, que aceptó encantada la carta de crédito extendida por Innico d'Avalos.

Joan decidió presentarse a sus competidores más cercanos antes de abrir la librería. Acudiría a la iglesia de los libreros y confiaba en que tarde o temprano le admitieran en la cofradía.

En general fue recibido con fría educación y notó que en algún caso el recelo iba más allá del fastidio de tener a un nuevo competidor con el que compartir negocio. Uno de los libreros se lo preguntó directamente:

—¿Sois *catalano*?

—Sí, lo soy —tuvo que admitir—. Y me especializaré en libros españoles.

Aquello pareció tranquilizar algo al hombre, que comentó:

—Haréis buen negocio, hay muchos paisanos vuestros en Roma.

Joan entendió que al decir «muchos» el hombre quería decir «demasiados». Era evidente que por muy bien que hablara el italiano y por mucho que intentara entrar en la cofradía de libreros, para ellos siempre sería uno de los *catalani* y que ser clasificado como tal en la Roma de los Borgia encubría una amenaza. Pero recordó a Miquel Corella y se dijo que la amenaza también funcionaba en sentido contrario.

Como buen dibujante, se afanaba después del desayuno en la mesa principal del salón de la posada de El Toro, iluminado por el sol de la mañana, en diseñar los planos de la librería. La tienda ocuparía la planta baja junto al taller de encuadernación y reservaba el patio, una vez techado, para una futura imprenta. El sótano era para el almacén; el primer piso para el comedor, cocina y habitaciones; y en el último, donde había más luz, instalaría un *scriptorium* al estilo del que tenían los Corró en Barcelona. Joan compartía su proyecto con Miquel y con Vannozza, que mostraban tanto entusiasmo como el futuro librero.

—Cuando tengáis la librería lista, daremos una fiesta de apertura e invitaré a unos cuantos amigos a los que les gustan los libros —le prometió Vannozza.

Joan no desistía en su intento de ablandar el corazón de Anna y conservaba la esperanza de que ella y el bebé que iba a nacer llegaran a habitar el primer piso de su casa. En sus cartas le describía Roma como una ciudad bellísima y llena de maravillas, y le explicaba sus progresos con la librería. También le decía que la amaba más que nunca y que trataría a su hijo como si fuera propio. Anna no respondía, pero Joan, entre el dolor y la esperanza, le enviaba una carta casi a diario. A principios de octubre terminaba el duelo riguroso que Anna se había impuesto y confiaba en recibir entonces sus noticias.

En su lugar llegaron, en una carta remitida por Antonello, las tan esperadas noticias de Fabrizio Colombo, el librero genovés. El hombre había movido sus contactos en la Banca de San Giorgio para confirmar que toda la documentación de las transacciones en Bastia, incluido el negocio de esclavos, se encontraba en el edificio sede de la banca en el puerto de Génova. Fabrizio fue más allá y consiguió que se revisaran los libros de los años 1484 y 1485 y en los registros de esclavos no aparecían catalanes. El genovés inquirió incluso por la posibilidad de que parte de la documentación estuviera en Bastia y recibió una rotunda negativa. La Banca de San Giorgio se enorgullecía de su buena administración y todos los registros estaban en Génova. No se conformó con ello el persistente librero, sino que indagó con amigos en Bastia para localizar a alguien que hubiera trabajado en el mercado de esclavos en aquellas fechas. No quedaba nadie de la época, unos murieron y otros regresaron a Génova.

Aquello hundió a Joan. Estaba seguro de que Vilamarí le dijo la verdad, pero no había ni rastro de sus seres queridos. No solo había perdido a Anna, sino que la esperanza de encontrar a su familia, que siempre le dio fuerzas en las peores desgracias, se desvanecía. Estaba desolado.

No podía olvidar a Anna; tampoco a su madre y hermana. Sin embargo, mientras ella no le quería ver, Eulalia y María, si aún vivían, le esperaban.

«Tengo que tratar de encontrarlas aun sin esperanzas. Debo hacer todo lo posible», anotó. «Pero solo hay dinero para la librería.» Y angustiado escribió: «Tendré que escoger entre la librería o ellas».

Sea como fuere, no sabía dónde ni cómo buscarlas. Su única posibilidad era viajar a Génova y comprobar si quedaba algún cabo suelto en la minuciosa investigación del librero. No parecía probable. Decidió concentrarse en la librería y posponer su viaje para cuando tuviera el dinero.

Unos días después, Miquel Corella le presentó a dos florentinos; los primos Giorgio di Stefano y Niccolò dei Machiavelli. Giorgio tenía cuarenta y cinco años y Niccolò, veintiséis, tres más que Joan. Giorgio era librero e impresor y Niccolò trabajó en la administración de Florencia.

—Son exiliados huidos del régimen de Savonarola —explicó Miquel.

—He oído que es un fanático religioso que tiene aterrorizada a la república —dijo Joan.

—Cierto —repuso Niccolò—. Girolamo Savonarola es un fraile dominico; un gran orador que atemoriza al pueblo con amenazas de catástrofes y penas infernales.

—Una de sus profecías fue que los franceses derrotarían a Florencia y que su rey era un enviado del cielo para poner orden en el clero corrupto —continuó Giorgio—. Y clama que nuestro papa Alejandro VI es «el más vergonzoso de toda la historia, el que tiene el mayor número de pecados, la reencarnación del mismísimo diablo».

—Dijo lo mismo de los papas anteriores —intervino Miquel en defensa de su señor—. Y esa es una de las razones por las que acogemos a estos caballeros y otros como ellos que se oponen a ese energúmeno.

—Cuando Florencia cayó, una revuelta encabezada por Savonarola expulsó a los Medici —dijo Niccolò—. Entonces, con sus fanáticos penitentes, «los llorones», tomó el control de Florencia.

—¿Llorones? —preguntó Joan.

—Les llamamos así porque se torturan con cilicios, se flagelan, van por la calle lloriqueando por los pecados de la humanidad y muestran una frugalidad absoluta en comidas y bebidas.

—Han convertido a la hermosa Florencia en un verdadero infierno en la tierra —añadió Giorgio—. La policía llorona prohíbe las fiestas de carnaval y persigue con saña todo tipo de juegos, tanto de naipes como de dados, incluso el ajedrez. También son ilegales las bebidas alcohólicas, los cosméticos, los espejos, los perfumes, las peinetas y cualquier ropa femenina o masculina atractiva. Se registran las casas, todos esos objetos son requisados y Savonarola ordena quemarlos, entre rezos y cánticos, en la plaza de la Signoría, en el centro de la ciudad, en lo que él llama la «hoguera de las vanidades».

—Si solo quema objetos... —dijo Joan pensando en la Inquisición en España.

—No, no solo quema objetos —le interrumpió Niccolò—. La persecución y caza de homosexuales es brutal; Savonarola está obsesionado con ellos, los ve por todos lados. Son juzgados, ahorcados y sus cuerpos van a la hoguera. Y ese es también el destino de quien se atreve a oponerse al fraile.

Joan meneó, consternado, la cabeza.

—Pero no creáis que la persecución del sexo se limita a los homosexuales —continuó Giorgio—. Cualquier libro sobre temas sexuales, incluso obras de arte, pinturas o esculturas con desnudos, o con gente poco tapada, son declarados pecaminosos y van a la hoguera. El régimen de Savonarola fomenta el espionaje de los ciudadanos y la delación, no te puedes fiar del vecino.

—¡Es aún peor que la Inquisición! —exclamó Joan, impresionado—. ¿Y qué ocurre con los libreros?

—Nada, si se limitan a vender libros en blanco o de temas religiosos aprobados por Savonarola —dijo Niccolò.

—¿Y si no?

—Somos perseguidos, encarcelados e incluso ejecutados —repuso Giorgio—. Los libros de los clásicos griegos y romanos se consideran paganos y van a la hoguera. El mismo destino siguen las obras de ilustres escritores tales como Petrarca, Boccaccio y Dante.

—¿Qué? —exclamó Joan entre indignado e incrédulo—. Puedo entender que semejante fanático prohíba a Boccaccio. Pero ¿a Dante?

—Sí, también a Dante Alighieri —le confirmó el florentino—. Los libreros están obligados a entregar esos libros y se pide a los ciudadanos que voluntariamente acudan con los que tengan en sus casas a la plaza de la Signoría. Allí deben arrojarlos a la «hoguera de las vanidades». La gente obedece por temor a las denuncias de sus vecinos.

—¿Y nadie hace nada?

—Los franciscanos quisieron encarársele predicando amor y tolerancia, pero fueron acallados —explicó Niccolò—. Nosotros nos unimos a un grupo llamado los «indignados», que se opuso con energía a los desmanes de esos enloquecidos. ¿Os podéis imaginar Florencia, cuna del Renacimiento, bajo semejante yugo?

Joan negó con la cabeza.

—Nuestra revuelta trajo combates sangrientos en las calles —continuó Giorgio—. Pero fuimos derrotados por los llorones y muchos de los nuestros murieron o fueron ejecutados. Otros tuvimos que exiliarnos y bastantes vinimos a Roma.

El testimonio de los florentinos impresionó profundamente a Joan. Le recordaba la secreta lucha de los Corró por la libertad en la lectura y su trágico fin. Al cerrar sus ojos acostado en el lecho por la noche veía sus rostros, las llamas de la hoguera y olía la carne quemada. Comprendió que él también era un «indignado».

Tuvo una conversación con Miquel en la que el valenciano le dijo que ambos exiliados no contaban con medios de vida en Roma y un trabajo digno como el de la librería aliviaría su situación. Unos días después se reunieron de nuevo los cuatro.

—Giorgio, me siento uno de los vuestros —le dijo Joan al mayor—. Sería un honor para mí que aceptarais colaborar en mi librería. Vuestra experiencia ha de ayudarnos mucho.

—Acepto encantado —repuso el florentino después de una breve pausa.

—Y también os invito a vos, Niccolò. Don Miquel me ha hablado de vuestra educación y habilidades y estoy seguro de que aun sin experiencia como librero me seréis de gran ayuda.

—Os lo agradezco mucho —dijo el más joven con una reverencia.

Miquel Corella sonreía satisfecho viendo cómo Joan congeniaba con los florentinos. Eran personajes importantes de la resistencia contra Savonarola y apoyarles formaba parte de la política de Alejandro VI.

—Presentadme a otros «indignados» que conozcáis aquí en Roma y que trabajaran en librerías, talleres de encuadernación o imprentas en Florencia —continuó Joan—. Daré trabajo a cuantos pueda. —Y mirando a Miquel Corella añadió—: Tan pronto tengamos la librería en marcha y su taller de encuadernación, quiero instalar la imprenta.

—¿No estarás corriendo demasiado? —interrogó Miquel sabiendo que ese era un plan a largo plazo.

—No hay tiempo que perder —dijo mientras miraba a los tres—. Quiero imprimir diez libros por cada uno que queme Savonarola. ¿Puedo contar con vuestra ayuda, caballeros?

La respuesta fue entusiasta.

Aquella noche escribió: «Esa será mi venganza contra la Inquisición y los inquisidores».

110

Joan no se arrepintió de contratar a los florentinos. Giorgio era un buen conocedor del negocio y dominaba latín y griego. En cuanto a Niccolò, fue educado para embajador de la república de Florencia y tenía una sólida formación en gramática, retórica y latín. Pero no había transcurrido un año desde su ingreso en la administración del gobierno cuando estalló la revolución de Savonarola, a la que se opuso, viéndose obligado a huir con la derrota de los indignados a manos de los llorones.

Giorgio y Niccolò se sumaron de forma entusiasta a la empresa de Joan. Juntos luchaban contra el fanatismo de Savonarola y sus llorones, que llenaban de tinieblas la antaño brillante Florencia. La cultura era la luz; el fanatismo, la oscuridad.

Para Joan la librería no era solo la realización de su sueño de adolescente. Era su venganza contra todos los que perseguían el saber y los libros, ya fuera la Inquisición en España o los llorones de Savonarola en Florencia. Era también su homenaje al matrimonio Corró, con quienes se sentía deudor.

Escribió: «En nombre de la libertad y de la luz del saber, en contra de todas las inquisiciones, haremos que los libros sobrevivan. Por cada libro que queme Savonarola, imprimiremos diez».

Aquel se convirtió en el lema de aquel grupo que se afanaba en montar una espléndida librería.

Su sueño estaba a punto de cumplirse, pero Joan se encontraba muy lejos de la felicidad esperada. Había perdido a su amor. Y su madre y hermana seguían siendo esclavas en lugar desconocido y cada vez que veía la azcona que guardaba tras la puerta de su habitación en la posada, recordaba la promesa hecha a su padre. Tenía el dinero para emprender su búsqueda, pero no era suyo, era un préstamo para la librería. Apenas dormía, aquel dilema le torturaba. No podría gozar de su libertad mientras ellas, si vivían, fueran esclavas.

«O mi familia o la librería», escribió. Pensaba que en un año quizá tuviera beneficios para emprender su búsqueda sin traicionar la confianza de sus amigos. Pero cada vez que veía dinero en sus manos, se reprochaba no salir de inmediato hacia Génova.

Al final decidió compartir su angustia con Miquel Corella.

—Sal ya hacia Génova —le dijo Miquel—. En noviembre la navegación es peligrosa. Además, la situación política es ahora favorable, quién sabe qué ocurrirá en unos meses y si a esta guerra le seguirá otra. Si pierdes esta oportunidad, quizá tengas que esperar años antes de emprender el viaje. Ve aunque no las encuentres, de lo contrario tu conciencia no te dejará vivir. La familia es lo primero, debes ser fiel a los tuyos.

—Lo deseo con toda mi alma, pero el dinero solo me alcanza para la librería —repuso Joan—. Estoy tentado de cogerlo y arruinar nuestro proyecto a pesar de que es muy improbable que las encuentre.

—No te preocupes por el dinero —repuso el valenciano—. Yo te lo presto.

A Joan se le llenaron los ojos de lágrimas; no sabía cómo agradecerle su gesto a Miquel. Le abrazó. Le había librado de un terrible dilema. Envió una carta a Gabriel diciéndole que, a pesar de las escasas esperanzas de encontrarlas, trataría de hallar el paradero de su madre y hermana en Génova. Jamás se perdonaría si no lo intentaba. Y que partía en pocos días, pues las condiciones favorables de aquel momento para el viaje quizá tardaran años en repetirse.

Niccolò se ofreció para acompañarle y Joan aceptó encantado; la cercanía de edad e intereses les había hecho buenos amigos. El florentino poseía un agudo sentido de la observación, era un buen negociante y le hacía reír con sus sagaces comentarios. Llevaba el pelo corto, la cara siempre bien afeitada y sus rasgos finos mantenían una sonrisa irónica y una mirada perspicaz. Tenía formación militar además de diplomática, manejaba bien la espada y Joan pensó que podía serle de gran utilidad en aquel viaje incierto en el que transportaría una buena suma de dinero.

Dejó los trabajos de reformas en el edificio de la esquina del Largo dei Librai a cargo de Giorgio, que rendiría cuentas a Miquel Corella. Había decisiones que ninguno de los dos iba a tomar, y Joan era consciente de ello; su viaje retrasaría la librería, pero no le importaba.

Desde la proa de su nave, Joan y Niccolò vieron aparecer Génova, la capital de la famosa república marítima del mismo nombre, cuyo puerto se decía era el mejor de Italia. Estaba dentro de una bahía, en forma de un gran semicírculo, que una pequeña península casi cerraba por el sur. Sobre la península se alzaba una poderosa torre que protegía la entrada mientras que del otro extremo se levantaba otra torre aún más alta y fuerte que cumplía las funciones de defensa y de faro.

Tenía cuatro grandes muelles tras los cuales se apiñaba una próspera ciudad que, protegida por sólidas murallas, se encaramaba por los montes. Joan no había visto nunca un puerto tan grande ni tan bien resguardado.

Un marino le señaló con el dedo un gran edificio situado al pie del muelle; era la sede de la Banca de San Giorgio. El joven se santiguó y rezó para que se hiciera el milagro de que él encontrara alguna pista donde el librero no las halló.

Tan pronto la nave atracó, Joan y Niccolò saltaron a tierra y se incorporaron a la muchedumbre de mercaderes, esclavos y estibadores transportando mercancías. La ciudad olía a mar y a fritura de pescado. Siguiendo las indicaciones de uno de los marinos, dejaron el palacio de San Giorgio a su derecha para tomar la concurrida vía de San Lorenzo, llena de multicortes puestos de artesanos. Después de cruzar frente a la hermosa catedral de piedra blanca, llegaron a la zona de la Porta Soprana, una monumental entrada a la ciudad que se abría entre dos altas y estilizadas torres enclavadas en las murallas de Génova. Allí no fue difícil encontrar la librería de Fabrizio Colombo, al que Joan llevaba una nota de Antonello presentándole.

El librero tenía unos sesenta años, su pelo era canoso, se ayudaba con unas gafas, y su librería parecía mucho más antigua que la de Antonello, con toda probabilidad heredada. Joan le agradeció de todo corazón el interés puesto en la búsqueda y le dijo que él no podría acallar su conciencia si no indagaba personalmente.

El librero se mostró cordial y comprensivo, y los acompañó al día siguiente a la Banca de San Giorgio. Allí preguntó por el oficial que guardaba los archivos de los impuestos cobrados en Bastia. Después de una larga espera, Joan tuvo que invertir unos ducados para convencer al hombre de que abriera de nuevo los legajos de hacía once años. Una vez contento con el dinero, el oficial se mostró amable y cooperador. Sobre una gran mesa colocaron los libros de contabilidad y distintos pliegos de pergaminos. A Joan le llamó la atención comprobar que los documentos de la banca estaban escritos en un perfecto toscano, el llamado florentino antico, la lengua de Dante, a pesar de que en Génova se hablaba el ligur, una forma de italiano distinta a la romana, napolitana o florentina.

En los registros del negocio de esclavos encontraron que en la primera parte del siglo predominaban, además de musulmanes, los esclavos orientales, incluidos cristianos griegos ortodoxos, y en años recientes, esclavos de color del norte de África y turcos. También los había sardos y corsos procedentes de las insurrecciones en ambas islas; así pagaban con su libertad los gastos de los ejércitos que los sometían. En los registros no se mencionaba la religión de sardos y corsos, pero eran católicos y tanto las autoridades civiles como las religiosas se desentendían de ese hecho innegable.

Encontraron también esclavos procedentes de los territorios de la Corona de Aragón, prisioneros de guerra que no pudieron pagar su rescate, aunque no en años recientes. Pero ni rastro de la familia de Joan.

—No hay catalanes en los registros del año 1484 ni en el 1485 —confirmó al final del día Fabrizio—. Es inútil continuar.

Joan estaba descorazonado. Se confirmaba el desastre. ¡Había esperado tantos años el momento en el que pudiera emprender la búsqueda de su familia! ¡Y ahora chocaba contra un muro infranqueable!

Joan apenas pudo pegar ojo en toda la noche dándole vueltas a su fracaso. No podía creer que el almirante Vilamarí le engañara al decirle dónde vendió a los cautivos de Llafranc. Era imposible que se equivocara. ¿Se realizaron transacciones en Bastia que la contabilidad de la banca no reflejara? Quizá debiera ir a Córcega y buscar a alguien que recordara una venta de esclavos de hacía once años. Pero el meticuloso Fabrizio hizo ya la gestión sin éxito.

Daba vueltas una y otra vez a esas preguntas, rezando a intervalos. En otros le vencía un sueño ligero del que se despertaba con un sobresalto. ¿Dónde estarían? ¿Cómo hallar quien les pudiera dar razón de su paradero? El amanecer le encontró agotado pero con una determinación. No abandonaría la búsqueda. No esperó once años para renunciar con tanta facilidad.

III

Joan y Niccolò se encontraban ya en la entrada de la Banca de San Giorgio cuando esta abrió sus puertas a la mañana siguiente. Abordaron directamente al oficial del día anterior y por un ducado más consiguieron la autorización para reanudar la búsqueda.

—Lo revisasteis todo ayer —les dijo embolsándose la moneda—. No hay más libros ni legajos.

—Tiene que haber algo que se nos escapara —repuso Joan—. Decidme: ¿hubo transacciones que no se anotaran en los registros?

El hombre le miró como si aquello fuera un insulto.

—¡Absolutamente no! —repuso indignado—. ¿Con quién creéis que tratáis? ¡Esta es la Banca de San Giorgio!

Y volvieron a buscar en libros y legajos. Pero al recapitular al cabo de unas horas Joan comprendió que estaban repitiendo la misma rutina sin obtener nada nuevo. No había registros de esclavos catalanes ni en el año del asalto ni en el siguiente, ni en los inmediatamente anteriores o posteriores. Apoyó los codos en la mesa ocultando su cara en las palmas de las manos, desesperado. Estaba agotado y se sumió en un extraño sueño. «¡Sardos!», le dijo una voz. Y se despertó sobresaltado.

—¡Sardos! —exclamó—. ¡Esclavos de Cerdeña!

Niccolò le miraba sorprendido.

—¡Cómo no se me había ocurrido! —continuó Joan golpeándose la frente—. ¡Por muy cínico que sea el almirante Vilamarí, jamás permitiría registros que dijeran que esclavizaba a sus propios paisanos! Estarán como rebeldes sardos o quizá incluso corsos.

Efectivamente, encontraron una larga lista de esclavos sardos en aquellos años. Joan se dijo que si todos procedían de las razias de Vilamarí, este habría asaltado un buen número de poblaciones. No se registraban apellidos, pero entre las mujeres de finales de 1484 encontraron varias María y Eula, seguramente Eulalia, pero también un par de Elisa, que bien pudieran ser Elisenda, y una Marta. ¡Quizá fueran ellas! Los registros indicaban que tres María, dos Eula, Elisa, Clara y Marta, esclavas sardas y por lo tanto blancas, con edades que coincidían con las que buscaban, fueron vendidas a un tal Simone, un tratante de la ciudad de Génova a finales de 1484. A Joan se le hizo un nudo de emoción en la garganta.

—¡Creo que en ese lote estaban ellas, Niccolò! —exclamó con un hilo de voz.

Supo que el tal Simone tenía su establecimiento pegado a la Porta dei Vacca. Y que aprovechaba las torres que flanqueaban la puerta, y que se usaban como cárcel de la ciudad, para encerrar a los esclavos que presentaban un mayor riesgo de fuga a cambio de unas monedas para los guardias. Antes de visitarle Joan fue a ver a su amigo Fabrizio para darle la noticia.

—Me alegro mucho. No se me había ocurrido tal posibilidad —dijo el genovés—. Lo único malo es Simone.

—¿Qué ocurre con él?

—Soy contrario a la esclavitud, pero sé distinguir entre los traficantes de esclavos. Los hay mejores y peores.

—¿Y bien?

—Simone es el esclavista con la peor reputación de toda Liguria —afirmó—. Lamento decir que trata a las personas peor que a los animales. Es desagradable y agresivo. Andaos con cuidado, se trata de una mala persona y no me extrañaría que se negara a informaros.

—Aún me queda dinero —murmuró Joan, pero su mano acudió instintivamente al puño de su espada, no a su bolsa.

La Porta dei Vacca estaba situada en el otro extremo de la ciudad, en la parte noroeste, y era tan impresionante como la Porta Soprana. Dos altísimas torres almenadas construidas en piedra se alzaban a los extremos de un imponente arco gótico de gran altura que daba entrada a la ciudad a través de las murallas. No hizo falta preguntar por Simone, ya que en la calle del Campo, la que conducía a la Porta dei Vacca, había un cartel que anunciaba su negocio y a la entrada de este, a cada lado, cuatro hombres de piel oscura, de pie y encadenados con argollas en los tobillos a la pared. Un hombre fornido de alrededor de cincuenta años, entrado en carnes y calvo, se encontraba sentado en una banqueta al lado de la puerta y golpeó, sin levantarse, con una vara a uno de los esclavos que se había puesto en cuclillas.

—¡Levántate, pedazo de carbón! —le espetó—. Que vean estos señores que los esclavos de Simone son fuertes.

Y al ver que Joan y Niccolò miraban hacia el interior de la tienda, les dijo:

—Tengo los mejores esclavos de Liguria. ¿Lo buscáis macho o hembra?

—Busco una mujer —repuso Joan—. Y la quiero blanca.

—Y también la queréis joven y hermosa, ¿verdad? —inquirió el hombre riéndose mientras hacía un gesto lascivo. Después le guiñó un ojo.

—Efectivamente —contestó Joan—. ¿Sois vos Simone?

—Sí lo soy —repuso el hombre—. Y os digo que tendréis que conformaros con otra cosa porque ahora no tengo mujeres blancas.

—Pues alguna que hayáis vendido y cuyo dueño esté dispuesto a desprenderse de ella —insistió Joan.

—Ese no es mi negocio —le cortó Simone en tono desagradable—. Y si no vais a comprar, no me hagáis perder tiempo. Preguntad por ahí, y si tenéis prisa, hay putas baratas en el puerto. —Y escupió a los pies de Joan.

Joan sabía identificar a un matón de inmediato y sin lugar a dudas aquel tipo lo era. Simone le recordaba a Felip y sintió deseos de responderle con dureza. Pero hizo un esfuerzo de contención, no podía enemistarse con aquel hombre. Sacó un ducado de oro de su bolsillo y lo hizo brillar delante de sus ojos.

—Si encuentro a la esclava que busco, esto será vuestro. Quiero una esclava blanca y que no sea ni turca ni mora.

—Ahora sí que habláis mi lengua —dijo el hombre con una sonrisa, y miró codicioso a la moneda—. Os entiendo perfectamente. Queréis a una mujer blanca, cristiana y que tenga buen aspecto.

Joan afirmó con la cabeza mientras continuaba mostrando la moneda.

—Últimamente no han llegado esclavas cristianas —informó Simone—. Nuestros proveedores habituales de ese ganado están muy ocupados con la guerra. Tendrá que ser material de hace unos años. Además, ¿para qué la queréis cristiana? No será para rezar juntos a la Virgen María, ¿verdad? —Y lanzó una carcajada.

Joan percibió que tras su ruda jovialidad el hombre le miraba suspicaz; estaba calculando. Decidió que si quería obtener la respuesta correcta no le quedaba más remedio que descubrir sus cartas, aquel tipo se olía que buscaba algo muy concreto y había visto el brillo del oro. La información le saldría cara, pero no le importaba si era correcta.

—Busco a un grupo de cautivos que comprasteis en Bastia hace once años —dijo al fin—. La mayoría eran mujeres y os las vendieron como sardas, pero eran catalanas.

—¡Ah! ¡Catalanas! —exclamó el tipo, y frunció el ceño. Parecía pensar.

Joan tenía el alma en vilo. Aquel hombre le era muy desagradable, pero constituía su última esperanza; contuvo el aliento rezando para que se acordara. Al rato Simone gritó hacia el interior de la tienda:

—¡Andrea! ¡Ven aquí! —Su cara mostraba ahora una sonrisa astuta.

Al segundo grito oyeron que alguien respondía desde dentro. Al poco apareció un tipo que no llegaba a la treintena también de enorme corpachón. Llevaba daga y espada al cinto. Joan se preguntó si sería el hijo de Simone.

—¿Te acuerdas de un lote de catalanas que compramos en Bastia hace once años? —preguntó sonriente—. ¿No fueron esas con las que te estrenaste?

El otro afirmó con aire satisfecho y el corazón de Joan le dio un vuelco. ¡Al fin una pista cierta! Pero tuvo que contener su rabia al comprender de lo que hablaban.

—No fui el único, los demás lo pasasteis igual de bien —dijo el más joven.

Simone suspiró con una sonrisa feliz.

—¡Qué tiempos aquellos! —dijo—. Había mujeres hermosas de verdad.

—¿Dónde las vendisteis? —quiso saber Joan, mientras trataba de disimular su furia.

El esclavista le miró como si se hubiera olvidado de su presencia.

—Sois catalán, ¿verdad? —le preguntó a bocajarro.

—Sí.

—Y no buscáis a una esclava catalana cualquiera, ¿verdad?

Joan afirmó con la cabeza.

—Bueno, pues si queréis saber qué hicimos con ellas, me daréis diez ducados de oro ahora —dijo Simone en tono perentorio—. Y no me importa si después no las encontráis. Me quedaré el dinero aunque estén muertas.

Aquel precio, solo por información, era exorbitante. El tipo le retaba con la mirada y Joan sabía que, a pesar del asco y del coraje que le producía, estaba en sus manos. Comprendió que debía regatear, de lo contrario, aquel hombre pediría más dinero, y lo hizo.

—O diez ducados o nada —le cortó Simone—. Si no os gusta, ya os podéis ir por donde habéis venido. —Y escupió de nuevo con gesto de desprecio a los pies de Joan.

Este hizo un nuevo intento de regateo antes de ceder.

—Os los daré una vez me deis la información —dijo al fin mostrándole el dinero.

—Lo quiero antes.

Negociaron hasta acordar que Joan le daría cinco ducados antes de que hablara y cinco después.

—Las vendimos a lo largo de la costa este de Liguria —dijo al fin—. Lejos, en la zona de Cinque Terre y La Spezia. Al obispo de Génova no le gusta ver esclavos cristianos viejos en la ciudad y las llevamos allí directamente desde Bastia. La zona había sufrido una peste hacía poco, necesitaban gente y les dimos un buen precio.

—¿En qué pueblos?

—En muchos —repuso desafiante—. ¿Cómo queréis que me acuerde? Yo no tengo meatinteros como la Banca de San Giorgio y no guardo registros.

Joan le puso los otros cinco ducados en la mano:

—Más os vale que hayáis dicho la verdad.

—Y si no la dije, ¿qué? —se le encaró Simone—. Aquí tengo a cuatro hombres armados y los guardias de la torre de Vacca son amigos. ¿Qué haríais, *catalano* de mierda?

—Contened la lengua —saltó Niccolò poniendo su mano en la empuñadura de la espada—. Y no oséis insultar a mi patrón.

Simone le estuvo observando curioso durante la conversación y al hablar se percató de su acento toscano.

—Callad vos, florentino lameculo de *catalani* —le espetó a gritos—. Y largaos los dos de una vez.

Otros tres hombres armados salieron del interior del establecimiento para unirse a Andrea. Los miraban amenazantes. «Cinco matones de la peor especie», pensó Joan, y tomando a Niccolò del brazo tiró de él.

—Vámonos —le dijo—. Ya tengo lo que vine a buscar.

Cuando se iban, el traficante de esclavos hizo sonar las monedas de oro, se reía.

112

Joan contrató una barca de pesca que los llevaría bordeando la costa hasta La Spezia, deteniéndose en cada núcleo habitado a partir de Levanto, el pueblo anterior a las Cinque Terre. Mantenía su buen ojo para las embarcaciones y escogió una con un casco ligero, cuatro puestos de remo y una buena vela. La tripulaban un patrón veterano y su hijo, un niño de unos diez años, tostado por el sol, que le recordaba a Joan su propia infancia.

Cenaron alegres y esperanzados y Joan, agotado por las noches insomnes y el día intenso, se desplomó en la cama y durmió de un tirón hasta que Niccolò le despertó poco antes del amanecer.

Embarcaron con las primeras luces del alba y ya se encontraban navegando hacia el suroeste cuando un sol dorado y rojizo empezó a elevarse sobre el mar. Joan congenió de inmediato con Bernardo, el patrón del pesquero, y también con su hijo Gianni, al que no pudo evitar contarle que él a su edad también ayudaba a su padre, que era pescador, y que su barca era un poco mayor pero muy parecida. Miraba con añoranza a Bernardo y recordaba a su padre. Rezó una oración por su alma y otra para que Gianni nunca perdiera al suyo como le ocurrió a él.

—El mar de Liguria se cierra en un arco en cuyo extremo norte se encuentra la ciudad de Génova —les explicaba Bernardo—. La zona de Cinque Terre está al este del golfo de Génova y recibe ese nombre porque son cinco pueblos independientes a la orilla del Mediterráneo a los que prácticamente solo se puede acceder por mar. El interior es muy montañoso y abrupto, y los senderos que comunican un pueblo con otro discurren sobre riscos y rompientes tan empinados que hay que ser una cabra para poder andarlos.

La costa ligur resultó muy accidentada y fuera de alguna pequeña extensión de largas playas, el resto parecía el resultado de montañas precipitándose al mar, con grandes peñas y algunas calas a las que se asomaban pequeñas poblaciones. A Joan le recordaba la costa que conoció de niño.

Poco antes del atardecer llegaron a Levanto, un pueblo amurallado con una alta torre de iglesia, situado al final de un valle, arbolado de pinos y olivos, que se abría sobre una ancha playa. Vararon la barca y, guiados por Bernardo, inquirieron en la población por esclavas cristianas que respondieran por María, Eula, Marta, Elisa, Eulalia o Elisenda. Les dijeron que en el pueblo solo había un par de esclavos sarracenos y que desconocían si los había en la siguiente población. Hicieron noche en su playa y al amanecer reemprendieron el viaje. Al rato se encontraron con un escarpado promontorio que se adentraba en el mar.

—Detrás de ese monte está el primer pueblo de Cinque Terre, Monterosso —le dijo Bernardo.

El paisaje era mucho más abrupto y las olas chocaban contra unos rompientes altísimos, y una vez doblaron el cabo, aparecieron frente a ellos dos calas arenosas, en la segunda se encontraba Monterosso, encaramado a una colina fortificada. Vararon en la playa para preguntar.

—Aquí no tenemos esclavos —dijo un viejo marino conocido de Bernardo—. Pero sí que hubo una mujer blanca.

—¿Hubo? —interrogó Joan—. ¿Qué ocurrió con ella?

—Murió.

—¿Cómo se llamaba?

—No recuerdo, de eso hace años.

—¿Cuántos?

—Nueve o diez.

—¿Cuántos años tenía?

—No lo sé —repuso el hombre incómodo por la intensidad con que Joan le interrogaba—. ¿Por qué no le preguntáis a Giuseppe? Él era el amo.

—¿Dónde lo puedo encontrar?

—En la barca cuando regrese de faenar, o en su casa al lado de la iglesia de San Juan Bautista.

Bernardo dijo conocer al pescador y, mientras esperaban, interrogaron a las vecinas, que confirmaron que Giuseppe tuvo una esclava llamada Eula que a su llegada tendría poco más de treinta años, que era una mujer triste y enfermiza, que nunca llegó a comunicarse bien en ligur y que murió apenas dos años después de su llegada. Joan estaba desolado. Todo coincidía con su madre. El resto del día, sin ni siquiera comer, anduvo desde la colina fortificada a la playa y a lo largo de esta a la espera del hombre. Rezaba para que no fuera ella, pero sentía que sí lo era.

—La compré porque la peste mató a mi mujer y a mi hija, estaba solo y no había mujer para mí en el pueblo —les explicó Giuseppe mientras tomaban un vaso de vino al que les invitó en su casa. Era un hombre atezado, delgado y de mejillas hundidas—. Lo que sufrió antes la tenía muy afectada y me la vendieron barata. Era una mujer hermosa, pero hice mal negocio. Creí que como era pescadora y sabía reparar redes sería de ayuda, que me haría compañía, y que al ser cristiana quizá pudiéramos llegar a algo más. Pero no pudo superar la pérdida de su familia. Dos niños y dos niñas, una aún de pecho. Ni la de su marido. Ni lo que le hicieron los tratantes de esclavos. La tenía llorando todo el tiempo y yo no sabía darle consuelo. —El hombre suspiró emocionado—. Se encerraba en sí misma, apenas hablaba, ni siquiera quería aprender nuestra lengua.

Joan le escuchaba lleno de angustia. ¡Era su madre!

—Sí, la llamábamos Eula, quizá fuera Eulalia, era catalana, no sé de qué pueblo, tenía un hermoso pelo castaño y ojos oscuros. La compré a finales de 1484 —dijo el hombre respondiendo a las preguntas de Joan.

—¡Era mi madre! —exclamó él sin poder contener un sollozo.

Ambos tenían los ojos húmedos y el hombre le sostuvo la mirada. El muchacho no sabía si odiarle, si tomar venganza en él por lo ocurrido a su madre o agradecerle que la cuidara. No podía saber qué pasó en realidad.

—Lo siento —dijo Giuseppe—. Siento lo que le ocurrió a tu madre. Era la imagen de la amargura, enfermaba continuamente. Yo no sabía qué hacer. Creo que se dejó morir. Nunca más compraré una esclava.

Joan creyó al hombre, parecía sincero, no podía odiarle. Le dijo dónde estaba su madre enterrada y Joan se pasó el resto del día arrodillado frente a un montón de piedras de un camposanto en una ladera empinada. Era un mirador sobre un mar azul con rocas y pinos, semejante al de su aldea. Arriba volaban las gaviotas.

La recordaba entre rezos y llanto. Tenía grabadas en su retina las imágenes de la última comida que hicieron todos juntos. Ramón bendijo la mesa y mientras cenaban contó una de aquellas historias suyas que mantenían a los chicos embobados. Joan ya la había oído y se distrajo observando el cariño con que Eulalia se aseguraba de que todos comieran. El padre representaba el mundo exterior, la aventura, lo nuevo y lo emocionante, y ella la protección, la seguridad y el amor para los suyos. Era maravillosa y aquella noche se preguntó si Elisenda, la niña que algún día iba a ser su esposa, llegaría a convertirse en una mujer tan admirable.

Pero no fue hasta perderla cuando supo el enorme valor de lo que les daba generosa, ella era el hogar. Recordaba su sonrisa tierna y el cariño con que amamantaba a Isabel y cómo le hacía sentir que a él le quería igual, a pesar de su cuidado con el bebé. Después le venían las imágenes brutales de su captura y cómo el Tuerto la golpeaba y cómo después él le hundió su daga en el corazón al miserable. ¿Qué le hicieron en aquella maldita galera? La historia que contó Giuseppe le produjo un desconsuelo indescriptible. ¡Qué final tan triste para alguien tan maravilloso! Ella no lo merecía. Ojalá hubiera aguantado, ojalá se hubieran visto por última vez, ojalá él hubiera podido acudir antes.

Ordenó las piedras y recorrió los campos en busca de flores. Pasaron la noche en la barca y al día siguiente Joan pagó una misa funeral en la iglesia de San Juan Bautista, y sufragó diez más para los siguientes aniversarios de la muerte de Eulalia. Sentía un abatimiento profundo y, atormentado, pensaba en cómo se lo diría a Gabriel.

113

Joan pasó dos días más en Monterosso, subiendo y bajando por caminos abruptos, viendo el mar, recordando y rezando en el pequeño cementerio, mientras Bernardo y su hijo Gianni pescaban y Niccolò charlaba con los vecinos y se entretenía como buenamente podía. Al final se dijo que su dolor no cambiaría el pasado y se aferró a la esperanza de encontrar a su hermana viva. Debía continuar la búsqueda.

Partieron al amanecer del quinto día y después de recorrer una costa escarpadísima, se encontraron con un imponente bastión, encaramado a un roquero sobre el mar y coronado por una alta torre cilíndrica. Era Vernazza. En Monterosso les dijeron que no había esclavos en Vernazza, pero Joan estaba decidido a obtener toda la información posible. Quizá los hubo en el pasado. Removería hasta debajo de las piedras si era preciso.

Frente a ellos se abría una pequeña cala con una playa de arena y a continuación, sobre unas rocas se elevaba la iglesia. Aquel era un excelente fondeadero natural en el que desembocaba un riachuelo. Las casas se apiñaban entre la iglesia y la fortaleza, encaramándose su mayoría por la colina de esta. Los montes se elevaban rápidamente y lo hacían en multitud de terrazas construidas con paredes de roca seca donde crecían vides, olivos y algún almendro. El riachuelo bajaba encajado entre montañas, solo permitía unos pocos huertos y el resto se tuvo que construir en las laderas de los montes a costa de increíble esfuerzo, ingenio y equilibrio. El lugar era de una belleza impresionante, pero Joan apenas la percibía. Tan pronto la barca arribó a la playa, saltó al agua ante la expectación de los que estaban en la orilla, asombrados ante tanta prisa.

—¿Hay aquí alguna esclava blanca? —le preguntó a un par ancianos, con el aliento agitado.

Los viejos se miraron uno a otro antes de contestar y después pasó un tiempo infinito hasta que uno de ellos negó con la cabeza.

—¿Una esclava? —dijo el otro—. No. No tenemos esclavos aquí.

Era la respuesta esperada, pero Joan quiso saber más:

—¿Y hace unos años? ¿Hubo entonces alguna esclava? Busco a una joven llamada María, ahora tendrá veinticinco años. Pero cuando la esclavizaron tenía catorce. Y también a otra llamada Elisenda, tiene veintitrés.

Los hombres, de caras curtidas por el sol y cruzadas de arrugas, le miraban inexpresivos. Al rato uno de ellos movió la cabeza en negación.

—No.

Entonces el que no había hablado miró a su colega y le dijo:

—Oye, ¿y esa mujer que vive con la viuda Elisabetta?

—¿Qué?

—Que es extranjera.

—Sí, pero no es esclava y estará por cumplir los cuarenta y cinco.

—Pero lo era cuando llegó aquí.

—¿Cómo se llama? —quiso saber Joan.

—No recuerdo, un nombre raro —murmuró el que habló primero encogiéndose de hombros.

—Eulalia —dijo una muchacha que cosía unas redes a cierta distancia y escuchaba la conversación.

—¿¡Eulalia!? —exclamó Joan, sorprendido. Sintió que su corazón brincaba esperanzado. Quizá su madre aún estuviera viva.

La muchacha afirmó con la cabeza.

—¡Yo busco a una Eulalia! —afirmó Joan con el alma en vilo—. ¿Dónde vive?

La chica le indicó cómo llegar a la casa y Joan, conteniendo la emoción, seguido de Niccolò, de Bernardo, de su hijo, de los viejos, de la muchacha y de los que salían de sus hogares alertados por el barullo, se dirigió a la vivienda. Antes de llegar, una mujer, avisada por unos niños que se adelantaron, salió al portal secándose las manos con un delantal. Los miraba con grandes ojos y Joan pensó que tendría la misma edad que su madre, pero no era ella.

—¿Qué queréis? —le interrogó.

—Quiero ver a Eulalia.

—¿Por qué?

—Soy su hijo. —No tenía ninguna seguridad, pero decidió fingirla.

La mujer se le quedó mirando con la boca abierta, después elevó las manos al cielo y las bajó con una palmada.

—¡El hijo de Eulalia! —gritó—. ¡Gracias, Dios mío!

Y como si hubiera dado una señal, un murmullo se elevó del grupo de curiosos y todos empezaron a parlotear a la vez. La mujer abrazó a Joan, asombrado ante tanta efusividad.

—¿Dónde está? —preguntó.

—Arriba, en el monte, vendimiando. ¡Id a buscarla, no perdáis tiempo! Los niños os mostrarán el camino.

Y se puso a llorar con una sonrisa.

No solo los acompañaron los niños, sino que también Elisabetta los siguió junto a multitud de vecinos que iban saliendo de sus casas conforme corría la noticia. Todos iniciaron el ascenso por aquellas increíbles pendientes llenas de escaleras de piedra que comunicaban una terraza de vides tras otra. La mayor parte del camino había que subirlo en hilera a causa de la estrechez del sendero, pero nadie desistía, y el joven temió que alguno se despeñara.

Joan tenía el corazón en un puño y le faltaba el aire, más a causa de la emoción, de su esperanza, que por lo empinado de la cuesta. Era ella, se decía, tenía que ser ella. Y regresaron aquellas imágenes trágicas de su madre resistiéndose al Tuerto para no abandonar al bebé, a pesar de los golpes, y cómo ella luchaba desesperada mientras la arrastraban tirándole de la soga que la estrangulaba. ¡Había sufrido su ausencia tantos años! Y después recordó su calor cuando sentía frío y su comida cuando tenía hambre.

Trepaban entre vides de hojas verdes que cambiaban a colores pardos y amarillos de otoño y cuyos racimos de uva dorada habían sido ya vendimiados. Al fondo se veía el estrechísimo valle recorrido por el riachuelo, las casas apiñadas contra el castillo encaramado sobre el espolón de roca que se internaba en el mar, y unas aguas de un azul intenso. Joan jadeaba por el esfuerzo al tiempo que anticipaba nervioso el encuentro. ¿Sería ella?

Momentos antes de oír su nombre, Eulalia detuvo su trabajo en las vides para mirar, una vez más, melancólica, aquel mar inmenso de un azul profundo que la separaba de sus seres queridos. Intuía la muerte de su marido. En los primeros años de esclavitud soñaba que Ramón venía a rescatarla, fuerte, valiente y gentil tal como le recordaba. Sabía cuánto la amaba y que solo la muerte le impediría encontrarla. Cerraba los ojos y le veía sonriente con sus grandes ojos color miel y su barba y pelo castaños. Pero pasaron los días y los años y aquel mar azul no trajo vela alguna de esperanza. Rezaba por él, por su salud si estaba vivo y por su alma de lo contrario. Y también por sus hijos. ¡Cuánto ansiaba verlos!

Vernazza era un lugar muy hermoso y Elisabetta, una amiga entrañable y protectora, y aun así ella no quería morir allí sin abrazar otra vez a los suyos. Su amiga hablaba de prestarle el poco dinero que tenía, pero ella estaba llena de temores. Nunca fue más allá de las pocas millas que separaban Llafranc de Palafrugell y, después del cruel viaje que la trajo a

Vernazza, nunca salió de allí. Cada amanecer se decía que quizá mañana pudiera reunir el valor para pedirle dinero a su amiga y embarcarse hacia Génova y después España. Un suspiro se escapó de su pecho.

—¡Eulalia! —gritaban los chiquillos que encabezaban el grupo.

Joan, resoplando por lo empinado de la subida, vio a una mujer, dos terrazas más arriba, que depositó un cesto de uva negra en el suelo para acercarse al borde del muro acompañada de un par de muchachos que parecían ayudarle. El joven reconoció de inmediato sus amadas facciones de ojos oscuros y labios finos, a pesar de las arrugas y el pelo canoso. ¡Era ella! Se quedó inmóvil, sin palabras, notaba su corazón latiendo acelerado y un nudo en la garganta. Sentía un gozo indescriptible al tiempo que se preguntaba si sus sentidos le engañaban.

—¡Eulalia! —gritó jadeante la mujer que seguía a Joan.

—¿Qué ocurre, Elisabetta? —preguntó sorprendida por la comitiva que iba subiendo la cuesta.

Después se quedó mirando fijamente a Joan, que se encontraba unos escalones más abajo.

—¡Es tu hijo! —chilló Elisabetta medio asfixiada desde atrás.

Ella siguió mirándole por unos instantes mientras le cambiaba la expresión del rostro.

—¡Joan! —exclamó al fin abriendo los brazos—. ¿Eres tú?

—Sí, madre —dijo él, y subió los escalones que faltaban corriendo para abrazarla.

Aquel abrazo valía una vida de once años de separación y orfandad, y Joan volvió a notar el calor y la ternura de aquella mujer, menuda en comparación con sus recuerdos, y se sintió protegido y amado como cuando era pequeño. La coraza con la que durante tantos años protegió su corazón de niño contra las agresiones se fundía y estalló en llanto como un chiquillo herido en brazos de su madre. Ella también lloraba al tiempo que trataba de consolarle.

—Todo está bien —le decía Eulalia acariciándole la mejilla—. Ya estamos juntos.

—Te quiero, mamá —sollozaba el niño pequeño sin poder contener el llanto.

—Y yo a ti, Joan. Muchísimo.

—¡Se abrazan! —gritaron los chiquillos a los que estaban abajo parados en las escaleras del sendero sin poder subir.

Un clamor se levantó de la multitud, que a pesar de no verlos los imaginaba.

Eulalia sintió la felicidad más intensa con aquel abrazo y mientras aquel hombre fornido, vestido como un caballero, sollozaba en sus brazos como un niño, miraba el cielo azul con sus ojos inundados en lágrimas dándole gracias a Dios.

Después vinieron sus preguntas atropelladas y el terrible dolor al confirmar la sospecha de la muerte de su esposo. La noticia de que Gabriel tenía un buen oficio en Barcelona y que estaba a punto de formar una familia la llenó de gozo y lloró al conocer la muerte de Isabel, su bebé. Eulalia no dejaba de interrogar a su hijo, quería saber todo lo ocurrido en aquellos años y un torbellino de sentimientos colmaba su pecho. La esperanza regresaba.

—Eulalia ganó la libertad gracias a su carácter y su buen trabajo —explicaba Elisabetta en la cena con la que celebraron el encuentro—. Ya éramos amigas antes de que yo enviudara y ahora somos como hermanas. La compramos porque la peste mató a muchos de aquí, ella sabía reparar redes y se parecía a nosotros. Pero hace tiempo que es libre y es una más del pueblo.

—No sabía qué fue de vosotros, hijo —se disculpaba Eulalia—. Y cuando me dieron la libertad no tenía dinero ni sabía cómo regresar. Temía que vuestro padre estuviera muerto, pensaba que vuestra hermana estaría en algún lugar aquí en Italia y que vosotros seríais ya mayores. Aquí me quieren y me atemorizaba salir de este lugar.

Le explicó que al recuperar su libertad, pocos años antes, empezó a ahorrar de su pobre sueldo, moneda tras moneda, para poder cruzar algún día aquel mar en su busca. Sin embargo, una enfermedad y después otra, su ignorancia, el miedo al terrible mundo exterior y su inseguridad la tenían prisionera en aquel lugar. Le faltaban el dinero, los ánimos y las guerras continuas de Génova con Aragón hacían la comunicación prácticamente imposible. El escribano del pueblo le hizo cartas en tres ocasiones, dirigidas al regidor de Palafrugell, pero esperó en vano. Nunca obtuvo respuesta. Tampoco supo de María, a pesar de interrogar siempre a los escasos forasteros que llegaban al pueblo. Ninguno supo darle noticias. Quizá estuviera en algún lugar muy distante. O muerta.

—Sufrió vuestra misma tragedia, aunque doble al ser madre —continuó Elisabetta—. Además, los criminales que nos la vendieron se lo hicieron pasar muy mal. Pensaba mucho en vosotros y en vuestro padre, rezaba y lloraba. No os olvidó ni un instante, pero no sabía qué hacer para encontraros.

—Vendréis conmigo, ¿verdad, madre? —le preguntó Joan dudándolo.

—Claro que sí —repuso ella—. Quiero acompañarte en la búsqueda de María.

Después miró a su amiga y le dijo:

—Lo siento, Elisabetta, pero necesito ver a mis hijos.

Elisabetta afirmó con la cabeza sonriendo y llorando a la vez.

Al día siguiente, al embarcar, todo el pueblo se reunió para despedir a Eulalia y Joan abrazó a Elisabetta.

—Gracias por querer tanto a mi madre, por cuidarla —le dijo. Y sacándose del dedo el anillo comprado para Anna, se lo dio tras besarle la mano—. Es para vos, para que lo llevéis en recuerdo de Eulalia.

Escribió en su libro: «Elisabetta es quien de verdad merece el anillo».

114

—Conocí a una Eula en aquella galera —le explicó Eulalia a su hijo—. Tenía mi misma edad, pero fue capturada en la zona de Tarragona. Debía de ser la pobre mujer con la que me confundiste.

—Doy gracias al cielo, madre —le dijo Joan abrazándola—. Estaba convencido de que erais vos.

Eulalia les dijo que no creía que hallaran cautivos en el siguiente pueblo, que lo habría sabido en aquel tiempo, pero Joan decidió detenerse y sacar toda la información posible. Nunca la hubiera encontrado a ella de haber aceptado una primera negativa.

Continuaron navegando siguiendo la escarpada costa hacia el sudoeste y llegaron a Corniglia, cuyas casas no estaban a la orilla del mar, sino en un elevado risco cercano a este. Después vino Manarola, un grupo de construcciones encaramadas en otros peñascos que caían sobre el mar y una diminuta ensenada. A continuación estaba Riomaggiore, otro prodigio de viviendas en equilibrio sobre roqueros bajo los que batían las olas y entre los cuales se abría una pequeña playa de pronunciada pendiente donde varaban las barcas de pesca. En todas aquellas poblaciones se detuvieron el tiempo suficiente para indagar sin obtener más información que la existencia de un esclavo muerto veinte años antes.

—¡Dios mío, que encontremos a María! —rezaba Eulalia desesperanzada. Llevaba once años preguntando y siempre obtenía una negativa.

Reanudaron su viaje por una costa tan abrupta como la anterior hasta llegar a un estrecho que separaba el continente de una isla. Allí estaba Portovenere, un pueblo semejante a los anteriores, solo que en ruinas, pues el año anterior las galeras napolitanas lo cañonearon al intentar detener el avance francés. Supieron que durante aquella batalla murió una de las cautivas de Llafranc; era la hermana de Daniel, el pescador de la *Gaviota* con el que junto a Tomás encontraron a Ramón moribundo. Aunque por fortuna no era María, la noticia les afectó mucho y Joan quiso pasar la noche allí y rezar por ella.

Reanudaron el viaje pronto en la mañana siguiente y al rato se abrió ante ellos una amplia bahía.

—Este es el golfo de La Spezia —anunció Bernardo, el patrón—. Y al frente está la ciudad. Es la zona más habitada de la región.

Eulalia se puso a rezar. Si María no estaba allí, no sabrían dónde buscarla. Durante el viaje, Joan y su madre no habían dejado de hablar. Sobre Gabriel y lo ocurrido aquel largo tiempo de separación. Ella no podía apartar sus ojos de Joan. Vestía como un caballero y tenía modales y autoridad de tal, le costaba creer que aquel fuera su hijo, un niño que andaba descalzo y que solo aspiraba a ser pescador como su padre. Pero estaba inquieta por su hija y, nerviosa, se retorcía las manos.

—No os preocupéis, madre —la confortaba Joan—. La encontraremos.

La ciudad de La Spezia estaba protegida por murallas y por el castillo de San Giorgio, encaramado en una colina ubicada entre dos amplios valles cultivados. Dejaron la barca atracada en la arena al cuidado de su tripulación y preguntaron a un grupo de mujeres que reparaban unas redes extendidas en la playa. Dijeron no saber nada de María.

Joan miró a su madre y vio el desconsuelo reflejado en el rostro; de repente sus facciones mostraban un gran cansancio.

—No está aquí —murmuró.

—La encontraremos —insistió Joan con determinación. Pero también él se sentía desesperanzado.

La cogió del brazo para que se apoyara en él y junto a Niccolò se encaminaron hasta la puerta de la ciudad. Preguntaron a los guardas de la entrada del recinto amurallado y después a varios de los artesanos que tenían tienda en la calle y nadie les supo dar razón. Eulalia parecía haber envejecido de repente.

La ausencia de noticias presagiaba lo peor; La Spezia era el límite del territorio indicado por Simone y la gente a la que preguntaron debiera saber de ella si María habitara en el lugar. Quizá su primer comprador la revendiera y se encontrara ahora en un lugar muy distante. O quizá el esclavista no recordaba dónde la vendió y mintió para quedarse con el dinero. Habían llegado al fin de su búsqueda y no quedaba nada más que pudieran hacer fuera de quedarse allí y preguntar una y otra vez. Joan presentía un triste final y el semblante trágico de su madre le decía que ella temía lo mismo.

—En los valles cercanos hay granjas —le explicó Joan para animarla—. Tomaremos posada en la ciudad y no nos iremos hasta recorrer la región entera.

—En un pueblo se conoce a la gente que vive en sus alrededores —replicó Eulalia con un hilo de voz—. Si estuviera en la comarca, lo sabríamos ya.

—Los mesones son un buen lugar para recoger información —dijo Niccolò para animar.

—Es cierto —añadió Joan, preocupado por el aspecto abatido de su madre—. Vayamos al mesón y descansemos un rato.

La posada tenía aspecto viejo, en su interior había cuatro mesas y se acomodaron en una de ellas a la espera de ser atendidos.

—¿Qué deseáis? —les preguntó una mujer flaca de unos veinticinco años que apareció al oír el ruido—. Es muy pronto para la comida.

—Queremos saber si conocéis... —empezó a decir Joan.

—¡María! —le cortó Eulalia.

La mujer la miró extrañada y vaciló.

—¿Me conocéis?

—¿No nos reconoces? —preguntó Eulalia.

La expresión de la criada fue del asombro a la incredulidad, de esta a la alegría y a un pasmo que pareció inmovilizarla. Sus brazos cayeron a lo largo de su cuerpo y musitó:

—¡Madre!

Eulalia se levantó de un salto para abrazarla, evitando así que se desplomara.

—Y tú eres Joan, ¿verdad? —quiso saber aún débil. Le miraba con los ojos desorbitados.

El joven no podía asimilar aquel repentino golpe de fortuna y observaba a su hermana tratando de convencerse de que efectivamente era ella. Joan fue reconociendo sus rasgos lentamente, aunque aquella mujer mustia tenía poco que ver con la niña lozana y sonriente que recordaba. Al final se dijo que sí; que era María. Estaba extrañado; no comprendía cómo nadie les dio razón de ella estando tan cerca.

—Sí, lo soy —dijo al fin antes de unirse al abrazo.

Después ella miró a Niccolò interrogante y frunció el ceño.

—No, no es Gabriel —se anticipó Joan—. Nuestro hermano

vive en Barcelona y está muy bien. —Acercó otro taburete a la mesa y viéndola tan frágil, le dijo—: Siéntate.

—No puedo —repuso ella.

—¿Por qué?

—Porque soy la esclava y no puedo sentarme delante de los clientes.

—¡Esclava después de once años! —exclamó Joan, obligándola a que se sentara—. ¡Qué iniquidad!

En aquel momento apareció en la puerta de lo que debía ser la cocina un hombre grueso que gritó:

—¡Julia! ¿Qué haces ahí sentada? —Y se acercó amenazante levantándole la mano—. ¡Vaga, inútil!

El joven se sorprendió de nuevo al oír el nombre con el que aquel individuo llamaba a su hermana. María se encogió en el taburete a la espera de recibir el golpe y Joan vio el rostro de su madre descompuesto por el miedo al mirar al hombre y a su hija. El posadero no descargó su mano, la dejó en el aire mientras sus ojos se abrían asombrados al notar el filo de una daga en la nuez de su garganta.

—¿Qué hacéis, caballero? —le dijo a Joan, respetuoso—. Esa es mi esclava y no está haciendo su trabajo.

—¿¡Tu esclava, hijo de puta!? —tronó Joan mientras le hacía andar hacia atrás pinchándole con su arma—. ¿Tienes una esclava cristiana vieja durante once años sin darle la libertad? ¿Y te llamas cristiano? ¡No me importa si tienes compradas a las autoridades de aquí, te denunciaré al obispo de Génova y te haré ahorcar!

Joan llevaba consigo un salvoconducto del Vaticano que Miquel Corella le consiguió y no hablaba en vano. La tenencia de esclavos cristianos estaba prohibida y la Iglesia solo la consentía, por tiempo limitado, en casos de rescates de guerra, como pago de deudas por insolvencia, o cuando un esclavo infiel hubiera recibido el bautismo recientemente. Se trataba de no perjudicar económicamente al propietario, que tenía la obligación de cristianizarlo. Después el amo debía establecer las condiciones para que el siervo ganara su libertad.

—Pero... —musitó el hombre.

—¡Esta mujer es mi hermana y te voy a arrancar los cojones antes de llevármela! —le cortó Joan gritándole presa de furor.

En aquel momento el posadero, con los hombros apoyados en la pared, los brazos abiertos y las palmas de las manos contra el muro, sin poder retroceder más y sintiendo la daga clavándosele en el cuello, se meó de miedo.

Aquello enfureció aún más a Joan, que guardó el puñal para emprenderla a golpes con el hombre, que sollozaba de miedo y vergüenza.

—¡Déjalo ya! —Era María, que intentaba separarlo de su víctima.

—Pero ¿no te das cuenta de lo que te ha hecho?

—Es igual, déjalo. Tiene una familia a la que alimentar.

Joan hizo el gesto de volverse de nuevo contra el hombre, que se cubría la cara con los brazos, pero Niccolò le detuvo.

—Dejadlo, Joan —le dijo—. Si lo matáis, os vais a perjudicar. Es mejor que la justicia lo ahorque. —Y dirigiéndose al posadero, le interrogó—: ¿O quizá queráis llegar antes a un acuerdo de amigos?

—¡Sí, por el amor de Dios! —exclamó el hombre—. Julia es ya libre. ¡Libre!

Aquella tarde Eulalia conoció a sus nietos y Joan a sus sobrinos. Tenían ocho y diez años y el posadero los esclavizó argumentando que sus padres, al ser desconocidos, podían ser paganos. No pudo evitar que fueran bautizados, pero continuó insistiendo en que eran de su propiedad.

Joan le pidió a Niccolò que los dejara a los tres solos y junto a su madre y hermana, entre lágrimas, sonrisas y amor, reconstruyeron lo ocurrido desde el asesinato del padre y su captura por los hombres de Vilamarí.

—Nosotras nos entregamos a los soldados y a los marinos de la galera —les contó la madre, en un relato crudo, refiriéndose a ella y a su amiga Marta, la madre de Elisenda y esposa de Tomás en Llafranc—. Les complacimos en todos sus deseos a cambio de que no ultrajaran a las niñas. Teníamos poco más de treinta años y estábamos de buen ver, así que todos aceptaron. Se conformaron con tocarlas un poco y cumplieron el trato. Pero, por más que me esforcé, no pude convencer a los tratantes de esclavos que nos compraron en Bastia —continuó con los ojos llenos de lágrimas—. Lo siento, María, no lo conseguí.

Joan recordó las facciones del esclavista Simone y de Andrea y apretó los puños con rabia. Él sabía dónde estaban aquellos miserables.

—A Elisenda también la violaron, pero, al estar poco desarrollada, pronto la dejaron en paz —dijo María—. Eso la salvó. Cuando la vendieron aquí en La Spezia, aún tenía buen aspecto y ahora es una mujer hermosa. Se ha casado con el hombre que la compró al enviudar este. Es mucho mayor que ella. Tienen una granja en el valle de Chiappa, cerca de aquí, ella es libre y vive con sus hijos. Su madre también recuperó la libertad, pero murió hace unos años.

—¡Oh! —exclamó Eulalia—. Pobre Marta.

—¿Y tú? —inquirió Joan.

—A mí las cosas me han ido de una forma muy distinta —repuso María agachando la cabeza—. Conmigo se ensañaron. Yo estaba ya embarazada cuando me separaron de mamá para venderme a esta posada. Al cumplir el tiempo, di a luz a mi hijo mayor, mis amos se portaron bien y me cuidaron.

—¡Naturalmente! —exclamó Joan—. No querían perder dinero contigo y trataban de ganar más haciendo esclavo a tu hijo.

—Cuando supliqué a mi amo que fijara un precio para redimirme, pidió sesenta ducados —continuó María sin reparar en la observación de su hermano.

—¡Sesenta ducados! —exclamó Joan indignado—. ¡Qué barbaridad! Ese tipo es un miserable. Es demasiado caro, no quería liberarte.

—No fue él, sino su padre. Pero cuando este murió él mantuvo el precio. Traté muchas veces de ahorrar, pero cuando reunía algún dinero, siempre enfermaba uno de los niños y lo gastaba en médicos. El amo pagaba mi médico, pero no el de ellos.

Eulalia abrazó a su hija acunándola para darle consuelo. Joan calló, pues sabía que la única forma en que una esclava podía ahorrar para su rescate era la prostitución. Los esclavos varones encontraban con relativa facilidad trabajos extras de fuerza física descargando en muelles o en los campos. Pero esos trabajos estaban fuera del alcance de las mujeres, que en su mayoría realizaban labores domésticas. Así que su única opción era prostituirse y cuando trabajaban en una posada, el propio posadero era el proxeneta y se embolsaba una buena parte del dinero. Estaba seguro de que ese era el caso de su hermana. Ni siquiera necesitó preguntarle por qué la llamaban Julia. Sabía que a las prostitutas sus alcahuetes las bautizaban con nombres de «guerra» que consideraban más provocativos. Ahora comprendía por qué, a pesar de que su madre preguntaba a los pescadores por ella, jamás le dieron noticias. Aparte de la distancia y de la incomunicación en que se encontraba Vernazza, a su hermana no la llamaban María, sino Julia, y era una prostituta, una innombrable.

—Eso terminó ya —le dijo Joan—. Ven conmigo y tus hijos serán mis hijos.

Las dos mujeres le miraron llenas de esperanza.

115

Joan quiso ver a Elisenda y al día siguiente se encaminó junto a su madre, su hermana y Niccolò hacia la granja en que vivía con su marido. Después de pasar gran parte de la noche hablando con ellas aquella mañana andaba silencioso, sumido en sus pensamientos, por el camino bordeado de olivos y que ascendía ligeramente por el valle.

Sentía que su novia de infancia y la madre de esta abandonaron a María a su suerte cuando ellas alcanzaron la libertad. Joan pensó que quizá fue porque María se prostituía en la posada, aunque eso no las justificaba. Aun así, prometió a Tomás, su padrino, que rescataría a su hija. Claro que el buen hombre no debió de creerse la palabra de un mocoso de doce años, aunque eso no le eximía a él de cumplirla. Debía asegurarse de que Elisenda se encontrara bien y darle la oportunidad de regresar a Llafranc si ella así lo quería.

Desde que conoció a Anna y se enamoró de ella se había sentido culpable. Tenía la impresión de haber roto un voto sagrado con Elisenda y nunca se pudo librar del todo de aquel sentimiento de traición que persistía a pesar de las muchas justificaciones que encontraba. Saber que estaba casada y tenía hijos le produjo un gran alivio y deseaba verla no solo por curiosidad, sino para quedar eximido definitivamente de su promesa y sentir su conciencia tranquila.

La de Elisenda era una casa de dos pisos, tenía un aspecto cuidado y estaba flanqueada por unas higueras con los últimos higos mostrándose entre sus hojas verdes y un emparrado de colores ya amarillentos que aún conservaba algunas uvas doradas. Los perros ladraron y de la casa salieron unos chiquillos rubios de unos cinco y tres años que después de mirarlos volvieron a entrar dando voces. A continuación apareció una criada que se puso a llamar a su señora, al tiempo que contenía a los perros. Olía a puchero. Y al pisar el sendero que conducía a la casa, ella apareció en la puerta.

Joan contuvo el aliento. De inmediato reconoció en aquella mujer de vestido rojo las facciones de la Elisenda que él recordaba, su pelo rubio, sus ojos azules, pero mientras la niña le superaba a él en altura y esbeltez, la mujer era más baja y sus formas, redondeadas.

Los miró entre sorprendida e interrogante y de inmediato reconoció a María.

—¡Hola, María! —saludó cariñosa—. ¿Cómo estás?

Pero su mirada regresaba a sus acompañantes; buscaba respuesta a aquellas facciones que se le antojaban familiares sin poderlas identificar plenamente.

—¿No los conoces? —preguntó María.

—¡Son Eulalia, Joan y Gabriel! —gritó al fin Elisenda estallando en exclamaciones de felicidad.

De nuevo aclararon que Niccolò no era Gabriel, lo que no disminuyó su entusiasmo, y los hizo pasar a la casa invitándoles a vino, almendras, higos y pan dulce. En unos minutos se pusieron al corriente de los sucesos de los últimos años y Elisenda mostró su alegría al saber que su amiga y sus hijos eran libres y que todos iban a Roma con Joan. De cuando en cuando la mirada de Elisenda se enredaba con la de él, se observaban. Joan tuvo que darle la noticia de la muerte de su padre y, aunque quiso suavizarlo y evitó decirle que se suicidó desesperado por su pérdida, la expresión risueña de Elisenda se truncó en lágrimas. Joan rebuscó en su bolsa para sacar dos hermosos pedazos de coral rojo. Los recordaba bien, eran los mejores entre los que encontró cavando en la casa de Tomás. Se los dio a Elisenda, que le miró extrañada.

—Eran de tu padre —le dijo—. Y ahora son tuyos. No sabes cuánto te llegó a querer.

Ella los tomó y las lágrimas regresaron mientras los besaba. Después se levantó para abrazar a Joan y lo mantuvo un buen rato contra su pecho.

—¿Eres feliz aquí? —quiso saber él cuando se serenó—. ¿Quieres regresar con tus hijos a Llafranc?

Ella le miró extrañada antes de responder.

—¿Y qué íbamos a hacer allí? Mi vida está en esta granja, con mi marido.

Joan inquirió por el esposo, quería tener la seguridad de que su novia de la infancia recibía un buen trato. Pero las respuestas ambiguas de la mujer le preocuparon y conforme hablaban sintió que su sospecha se confirmaba. Notó la rabia crecer en su pecho; había prometido a Tomás cuidar de su hija y el desgraciado de su marido la maltrataba. Como el posadero a su hermana. Aquella sería su única oportunidad para enseñarle a aquel hombre a respetar a su esposa.

—¿Y dónde está ahora? —preguntó intentando disimular sus intenciones con una sonrisa.

—¿Por qué quieres saberlo? —inquirió Elisenda, extrañada por la expresión grave de Joan.

—Estamos en su casa, bebemos su vino y comemos su pan. No podemos irnos sin saludarle.

Ella dijo que se encontraba trabajando en el campo y accedió a acompañarlos para que lo conocieran. En el trayecto Joan iba pensando en cómo escarmentar a aquel individuo para que aprendiera la lección. Al fin llegaron a unos viñedos donde un grupo de personas trabajaban en la vendimia, recogiendo uva negra, la última de la temporada, y Elisenda llamó a su esposo.

Cuando el hombre se acercó, Joan vio a casi un anciano que andaba algo encorvado, con unos ojos azules claros que destacaban en su tez curtida por el sol y marcada por unas arrugas. El hombre se mostró afable, los saludó cordial y los invitó a sentarse en unos muretes de piedra que hacían de lindero ofreciéndoles unas uvas. Durante la conversación Elisenda le increpó varias veces, sin importarle la presencia de los visitantes, sobre los trabajos pendientes en la casa, la forma en que iba vestido y le reprochó que aquel día se entretuviera demasiado en la cama. El marido escuchaba paciente y de cuando en cuando miraba avergonzado a sus invitados. Al despedirse, Joan le dio un gran abrazo.

—Ánimo —le susurró para que solo él lo oyera—. Es una mujer con carácter, pero tiene buen fondo y merece la pena. Os deseo lo mejor en la vida.

Al regresar, Joan y Elisenda andaban juntos con los demás siguiéndolos. Sus manos llegaron a tocarse, era intencionado, y él sintió la tentación de cogerla como cuando eran niños. Pero se contuvo.

—Veo que te ha caído muy bien mi marido —dijo ella.

—Parece un buen hombre —repuso él—. Te felicito por la elección.

Ella hizo un gesto dubitativo que quería rebajar el elogio. Joan pensó que Elisenda tenía mucho carácter, tal vez demasiado y se preguntaba cómo hubiera sido su matrimonio. Quizá, al final, tuviera algo que agradecerle a Vilamarí.

Al llegar a la casa, Elisenda insistió en que se quedaran a comer. Aprovechando un momento en que los adultos se entretenían con los niños y las criadas preparaban la comida en la cocina, cogió a Joan de la mano y tirando de él lo llevó a un pajar cercano a la casa.

—Te he esperado media vida —dijo ella—. Pero has llegado tarde.

—Lo siento. Ha sido el destino.

—¡Me quedé con tantos besos que eran para ti! —continuó Elisenda. Tenía lágrimas en sus ojos—. Aún los guardo, los tuyos no se los di a nadie.

Él la abrazó, ella buscó sus labios y se unieron en un cálido beso. Después llegaron las caricias y Joan se decía que no debía corresponderle, que su amor era para Anna. Pero la pasión le inflamaba y quiso olvidar con Elisenda el dolor del rechazo de su amada. Al despojarse ella del vestido, él contempló impresionado un hermoso cuerpo, redondeado, rotundo, de mujer de veintitrés años, sin poder relacionarlo con el de la niña que recordaba. Por la desenvoltura que ella mostraba supuso que no era la primera vez que se ofrecía a un hombre que no era su marido. Pero se dijo que aquel no era asunto de su incumbencia.

Se amaron con un deseo frenético y al terminar quedaron unidos unos instantes. Él, aturdido aún por la pasión, le dijo:

—Me tengo que ir, me están esperando.

—Más te he esperado yo —repuso Elisenda.

Y, sin importarle los visitantes o las criadas, le mantuvo un buen rato entre sus brazos. Joan gozó intensamente del abrazo.

116

En Génova les aguardaba una sorpresa. Cuando Joan fue a informar a Fabrizio sobre el feliz resultado de su viaje, este le dijo que le gustaría conocer a su familia y que él y su esposa los invitaban a almorzar a todos, incluido Niccolò. Tenía buenas noticias y se las daría entonces. Joan aceptó encantado preguntándose qué noticias serían aquellas. El librero era el colmo de la amabilidad y la atención.

Eulalia, María y los niños entraron primero en la librería y Joan no había aún cruzado el umbral cuando oyó los gritos de júbilo de las mujeres. Era Gabriel. ¡Gabriel en persona los esperaba y ellas le reconocieron al instante! Lo que siguió fueron abrazos, besos, exclamaciones y llantos de alegría. Fabrizio organizó el encuentro de forma que Gabriel tampoco sabía que iba a encontrarse con su madre y hermana.

Hacía solo dos días que había llegado a la ciudad. Tan pronto recibió la carta de su hermano, fue al puerto y tuvo la fortuna de dar con una galera que zarpaba para Génova y con el permiso de Eloi, y tomando todos sus ahorros, embarcó para ayudarle en su búsqueda. Solo contaba con el nombre del librero. Se encontró con que Joan había llegado diez días antes y estaba ya de ruta hacia La Spezia. Fabrizio le aconsejó que esperase en Génova.

Los hermanos se abrazaron también con lágrimas de alegría. No hacía aún año y medio desde que se despidieron en Barcelona y Juan veía a Gabriel, a sus veintiún años, algo más alto y corpulento.

—¿Cómo se te ha ocurrido venir? —le reprochó Joan con cariño al tiempo que comprendía que continuaba sintiéndose protector de su hermano pequeño y que a pesar de llevarse solo dos años siempre le había considerado un niño—. Es un viaje largo y azaroso. Además te va a costar mucho dinero y estás a punto de casarte.

—La familia es lo primero. ¿No es así? —repuso Gabriel con una sonrisa dulce—. ¿No recuerdas que acordamos que las rescataríamos juntos? ¿Por qué no me esperaste?

—Perdóname —se disculpó Joan mientras se decía que su hermano ya era todo un hombre y que tomaba sus propias decisiones—. Se presentó la oportunidad de repente, no la quise perder y pensaba que no las encontraría. Jamás creí que todo saliera tan bien. Ni que tú pudieras venir.

—Razón de más para estar los dos juntos si la búsqueda hubiera ido mal. ¿No crees?

Joan afirmó con la cabeza mirándole a los ojos. Su hermano poseía una profundidad en las emociones que él se creía incapaz de alcanzar.

Gabriel aceptó sus excusas con un beso en la mejilla y se concentró en gozar de su familia. Joan se dijo que continuaba siendo tan entrañable como cuando tenía diez años y que envidiaba ese corazón suyo abierto a los sentimientos.

Tanto Eulalia como su hija y sus nietos disfrutaron con asombro de la ciudad, acompañados en todo momento por Gabriel. Nunca habían visto una población tan grande. La esposa de Fabrizio les hizo de guía y las aconsejó sobre las ropas de moda, pues Joan les pidió que adquirieran dos mudas nuevas. Entretanto Joan y Niccolò discutían sobre literatura con el librero, revisando títulos, cantidades y precios de los libros de la imprenta del genovés. Querían regresar con un cargamento para su librería. Las opciones de adquisición se ampliaban para Joan; tenía Génova, Nápoles y Roma en

Italia, y a través de Bartomeu: Barcelona, Valencia, Zaragoza, Sevilla y Salamanca en España.

En uno de los paseos con la familia al completo, Joan los llevó a admirar el exterior de la Porta dei Vacca y allí le pidió a su hermana que entrara en la calle del Campo y que observara al hombre en la banqueta. Desde donde se encontraba podía ver a Simone sentado en la puerta de su establecimiento, mientras mantenía a sus esclavos de pie. Cuando regresó, María tenía la cara demudada.

—¿Es él? —le preguntó Joan.

—Sí —respondió temblorosa.

Llegó el momento de la despedida. La galera con la que Gabriel llegó partía hacia Barcelona un día antes que la de Roma; era la última de la temporada y el joven se iría en ella. Quiso quedarse para aprovechar aquel último día, pero Eulalia le obligó a marchar, el regreso en pequeñas naves de cabotaje en otoño era demasiado largo y aventurado. Les ofreció a su madre y hermana que fueran con él, pero ellas decidieron acompañar a Joan; era el hijo mayor y Eulalia pensaba que así lo hubiera querido su esposo. No obstante, prometieron reunirse algún día todos en Barcelona. La despedida fue triste, sin embargo, los días de felicidad compartidos en Génova serían inolvidables.

—Tenemos pendiente encontrar ese tesoro sarraceno —le dijo Gabriel a Joan, después de abrazarse, al tiempo que le guiñaba un ojo.

—Es verdad —repuso Joan con una sonrisa al recordar lo que repetían en sus sueños infantiles—. Queda pendiente.

Poco antes de que la galera a Roma partiera, cuando Joan tenía ya a su familia instalada en la nave, le dijo al capitán que debía hacer una gestión urgente y que le esperara si se retrasaba.

—La marea no espera —repuso el hombre—. Hay que salir con ella a favor.

—La marea no espera, pero vos tenéis remos y podéis salir sin ella —le dijo mostrándole unos ducados de oro—. Os pagaré bien si me retraso.

Joan entró en el interior de la tienda de Simone sin saludarle y comprobó que no había nadie. Se dijo que el resto de los matones estarían en el patio o en las mazmorras con los cautivos.

—¡Eh, *catalano*! —dijo el hombre levantándose de su banco y cruzando el umbral para encararse con Joan con los mismos malos modos que la vez anterior—. ¿Qué queréis ahora? ¡Os dije que no os devolvería el dinero!

A su espalda apareció Niccolò, le empujó hacia Joan y este le descargó un puñetazo con todas sus fuerzas en la cara. El hombre cayó hacia atrás dando traspiés y cuando Niccolò le volvió a empujar, Joan le sujetó mientras el florentino le asestaba un golpe entre el cráneo y la nuca con una porra. El esclavista soltó un gemido, se le doblaron las rodillas y en unos instantes se encontraba en el suelo con sus dos agresores introduciéndole unos trapos en la boca para que no gritara. Rápidamente, Joan le puso unos grilletes. Sabía bien cómo hacerlo, los había sufrido demasiadas veces en la galera.

En aquel momento entró desde el patio Andrea, que, al comprender lo que ocurría, lanzó un grito al tiempo que buscaba su espada. Llegó tarde porque Niccolò le clavó la suya en el hombro. En unos instantes estaba también en el suelo con unas argollas que le ataban las manos y unos trapos taponándole la boca.

—¿Quieres vivir? —le preguntó Joan. Su daga presionaba la garganta de Simone, que iba recuperando la conciencia.

El negrero, con los ojos desorbitados, afirmó vigorosamente con la cabeza. Joan se dijo que aquel hombre, como tantos matones, al final resultaba ser un cobarde. Simone le produjo tal cólera el día que lo conoció que no pudo librarse de ella en todo el viaje y aquel era el momento de satisfacer su ira. Había pensado matarlo, pero al fin decidió no hacerlo si colaboraba, y así se lo dijo. El otro afirmó de nuevo con la cabeza.

—Ahora te quitaré los trapos de la boca para que puedas hablar. —Y lo hizo a la vez que le pinchaba el cuello con la daga—. Si gritas, te degüello.

—¡Por Dios y la Virgen! —le dijo el hombre en un susurro—. Mi hijo está herido y se desangra. Haré lo que digáis, pero hay que llamar a un médico. ¡Os devolveré los diez ducados!

—Es mucho dinero, pero no lo quiero —repuso Joan—. Dijiste la verdad y te lo has ganado. También dijiste la verdad en cuanto a las violaciones y vas a pagar por ellas. Si quieres que tu hijo viva, obedece en todo y cuanto antes termine, antes le podrás curar.

En poco tiempo los otros tres matones del establecimiento estaban encerrados en las jaulas para esclavos del sótano y Joan le tapaba de nuevo la boca a Simone para descargar sobre él, con puños y pies, toda la furia que le quedaba hasta perder el aliento. El esclavista soltaba gemidos ahogados, pero aquello no era nada en comparación con las torturas y mutilaciones que Joan imaginó al comprender el verdadero alcance del daño que aquel individuo les hizo a su madre y hermana. Además, Simone era para Joan el ejemplo del matón cruel e insensible y al golpearle imaginaba en él al odiado Felip, que se escapó del castigo a sus crímenes refugiándose en la Inquisición. Seguramente no le vería más, no le podría dar su merecido, pero ahora el negrero pagaba también por él.

Cuando agotó su rabia, Simone continuaba aún consciente a pesar de sus gestos de dolor.

—Ahora me toca a mí —dijo Niccolò arremangándose ante la sorpresa de Joan.

El hombre empezó a gimotear, estaba aterrorizado.

—¡Ah! —exclamó Niccolò con una sonrisa—. ¿Quieres decirme algo? Te quitaré un momento los trapos de la boca para que hables, pero si se te ocurre gritar, te rebano el pescuezo.

—Tened piedad —dijo entrecortado cuando fue capaz de hablar—. Ya basta, no puedo más.

—Entonces tendrás que devolver los diez ducados de oro —le dijo Niccolò.

—No los quiero —insistió Joan—. Dije que se los podía quedar.

—Mirad, Joan —repuso Niccolò—. Vos sois un español orgulloso y yo, un florentino práctico y con sentido de la justicia. No voy a dejar que se quede el dinero.

—Es suyo.

—Pues si es suyo, yo se lo robo. Ese miserable vive de robar vidas ajenas y quien roba a un ladrón tiene cien años de perdón.

Y obligando al hombre a levantarse a patadas, le hizo mostrarle dónde guardaba su bolsa.

—Vaya, hay bastante más de diez ducados —comentó Niccolò sonriendo—. Me quedo el resto por las molestias.

Joan hizo reunir a todos los cautivos en el patio. Había más de tres docenas y la mayoría eran gentes de color entre las que se encontraban varias mujeres. En sus caras se leía la sorpresa y la incertidumbre.

—El que quiera escapar, que salga corriendo cuando yo le diga —les dijo Joan repitiéndolo en las principales lenguas que conocía.

Por si no le entendían, representó el mensaje con gestos. Le hubiera gustado poderlos llevar consigo en la galera, pero aquellos seres eran esclavos legales y se le hubiera acusado de robo de propiedad ajena. Por desgracia, no se podía transportar a las personas con la misma facilidad que los ducados que Niccolò le había arrebatado al esclavista.

Dudaba que la mayoría pudieran fugarse con éxito y lograr la libertad, pero al menos quien quisiera podría intentarlo. Antes de salir les quitaron los grilletes en el patio y les gritó:

—Todos fuera. —Y les hizo gestos vigorosos con los brazos.

Los que parecían europeos, quizá genoveses, esclavizados por deudas o delitos leves, fueron los primeros en salir corriendo y los demás los siguieron llenando de repente la calle del Campo. La gente se apartaba asustada y los guardias de la Porta dei Vacca, reconociendo a los esclavos, salieron en su persecución. Detrás iban Joan y Niccolò andando tranquilamente hacia el puerto.

—¡Ah! —le dijo Joan a Niccolò mientras se quitaba los guantes manchados de sangre—. ¡Qué satisfacción da el trabajo bien hecho!

117

La navegación de vuelta no fue placentera y la galera tuvo que buscar refugio en la isla de Elba al encontrarse con una fuerte tormenta de otoño. Niccolò no estaba acostumbrado al mar y sufrió los vaivenes con mareos y vómitos constantes. No así los hijos de María, los pequeños Martí y Andreu, que pasado el primer mareo parecían viejos lobos de mar. Joan les contaba que a su edad ya iba a pescar en la barca del abuelo, que se llamaba *Gaviota* y que quería decir libertad. Los chicos escuchaban extasiados sus historias y se maravillaban al oír hablar sobre las ballenas, las islas Medas y el coral rojo.

Unos días antes eran solo los hijos de una esclava, una furcia de taberna, sin padre, ni familia, ni raíces, criadillos sometidos a los caprichos de sus amos y al maltrato de otros chicos. Ahora, además de su madre, tenían de repente una abuela que los mimaba y un tío con aspecto de caballero, fuerte y con espada al cinto, que los protegía y les hablaba de familia y tradiciones. Los chiquillos eran felices y ni la abuela ni la madre bastaban para frenar sus correrías por algo tan fascinante, y a la vez terrible, como era una galera. Joan se decía a veces que el mayor era hijo de un violador de niñas, seguramente del esclavista Simone o del hijo de este. Y en cuanto al pequeño, jamás le preguntaría a su hermana de quién era. Quizá ni ella lo supiera y no le importaba, porque los niños eran ahora parte de su familia.

Después de tantos años de inseguridad, rezando por ellas, sin saber si estaban vivas o muertas, con la esperanza y a la vez incertidumbre de encontrarlas, ahora se deleitaba al verlas cuidando con tanta solicitud de los niños. Se emocionaba con la expresión de felicidad de su madre al hablar a los pequeños y le recordaba su amoroso cuidado cuando también él era niño.

Las mujeres no se cansaban de darle las gracias y el joven se sentía abrumado.

—Le prometí a papá que velaría por vosotras —decía.

—¡Eras tan pequeño! —respondía la madre.

Joan se consideraba muy afortunado por el desenlace del viaje. Su deseo y su deber de rescatar a su familia habían pesado como una losa sobre su cabeza durante muchos años. De niño creía que de mayor sería capaz de todo y que las rescataría heroicamente. Luego, al crecer, viendo las dificultades que comportaba, se sintió muchas veces descorazonado y pensaba que nunca lo lograría. Pero aquel sueño infantil se hizo realidad.

Escribió en su libro: «Cumplí tu encargo, papá». Y al hacerlo notó las lágrimas en sus ojos al tiempo que sentía que se liberaba de aquella carga que por tantos años pesó en su conciencia. Al trazar aquella frase sobre el papel, Joan quería convencerse de que a través de la magia de las letras sus palabras llegarían al más allá. Ramón sabría al fin que su familia estaba a salvo y descansaría en paz.

Solo quedaba una cuenta pendiente que Joan jamás podría saldar: el castigo a Vilamarí por el asesinato de su padre y el mal infligido a su familia. La muerte del Tuerto no cancelaba aquella deuda de sangre. Porque comprendía que el desgraciado al que durante tanto tiempo odió no era más que un pobre diablo, como él también lo fue al cometer el mismo crimen en Sicilia.

Vilamarí era el origen de todo, el responsable. Sin embargo, Joan no fue capaz de vengarse, no pudo matarle cuando tuvo ocasión de hacerlo impunemente. Muy al contrario, le ayudó, salvándole la vida, y pensaba que haría lo mismo de repetirse la situación. Quizá nunca hubiera odiado tanto a nadie como al almirante, pero sentía algo más hacia él que no se atrevía a definir.

Por mucho tiempo creyó que había fallado a su padre al no matar a Vilamarí, pero ahora pensaba que hizo lo correcto. De haber consumado su venganza, todo sería distinto, continuaría atado a la galera, o quizá le hubieran ejecutado.

Escribió en su libro, dirigiéndose de nuevo a su padre: «El amor triunfó sobre la venganza». Porque ahora comprendía que, inconscientemente, al perdonarle la vida al almirante y protegerle en la batalla, cerró un pacto con él. «Gracias a salvarle la vida a Vilamarí, él me dio la libertad y las pude rescatar a ellas», añadió.

A pesar de lo agitado del mar, Joan escribía en la proa de la nave, a cubierto de los frecuentes embates de las olas espumosas de un Mediterráneo otoñal. Se acercaba el atardecer y de pronto, en un día cubierto de nubes plomizas y amenazantes, se abrió un claro en el horizonte y los rayos del sol, brevemente, lo iluminaron todo. Joan llenó sus pulmones, gozando del olor a mar, y se dijo que era una señal. Su padre había recibido sus palabras, aprobaba su conducta y se sentía feliz.

Incluso jugando con sus sobrinos o conversando con su madre, su hermana y Niccolò, cuando el malestar de sus mareos le permitía al florentino hablar, Joan no lograba quitarse a Vilamarí de la mente. El almirante era un depredador, igual que el esclavista Simone. Pero Joan sabía que jamás podría sentir lo mismo por uno que por el otro.

A Joan le era indiferente que Simone o su hijo murieran de sus heridas, aunque él se contuvo para no matarlos. Eran alimañas.

¿Qué los diferenciaba de Vilamarí? Quizá el hecho de que forzaran a niñas, que disfrutaran haciendo sufrir a sus víctimas, que se mancharan las manos de sangre.

El almirante no hacía personalmente nada de eso, pero enviaba a sus hombres a robar y matar si era preciso, a esclavizar a inocentes y permitía la violación siempre que se cumplieran sus reglas y su orden. Su injusta justicia. ¿No era eso peor que lo que hacía Simone?

Vilamarí permanecía en la carroza de su galera con músicos amenizándole, un escribano leyéndole bellos poemas y un perfumista aliviándole del tufo que provenía de la chusma amarrada con cadenas a sus bancos, mientras sus hombres mataban, secuestraban y ultrajaban a inocentes. Era mucho más elegante que Simone, pero peor, porque obligaba a otros a ejecutar sus crímenes.

Joan pensaba que quizá el hecho de que fuera noble, vistiera ropas caras, hablara sobre libros de forma refinada y tuviera mucho poder le hacía ver al almirante con distintos ojos.

Un seductor criminal de guantes blancos.

Y aun así, se decía que no era eso, que había algo más. Quizá fuera que, aunque Joan lo rechazó al principio, le sedujo con su discurso de leones, gacelas y ovejas, en aquella noche tranquila de luna llena y nubes caprichosas cruzando el golfo de Tarento.

Vilamarí era un león y no gozaba matando, lo hacía por su supervivencia y la de los suyos. Por la victoria. Creía que cumplía con su deber, lamentaba los crímenes, pero dormía tranquilo. Eran muertos en combate y la victoria compensaba. Bajas necesarias.

Vilamarí era un pirata, sin embargo, era fiel a sus hombres y a su rey. Recordaba la admiración con la que Genís, cuando aún era el piloto de la *Santa Eulalia*, hablaba de él. De sus hazañas contra los turcos y de que nunca abandonaba a los suyos. El almirante sobrevivía tal como él entendía la supervivencia. Al frente de una flota y sirviendo al rey.

¿Y qué papel jugaba el rey? Cuando Vilamarí recibía las pagas del monarca o ganaba sus soldadas luchando por Nápoles o por el Vaticano, no asaltaba aldeas. Tampoco cuando apelando a la ley de guerra capturaba naves enemigas, y en ese caso repartía el botín escrupulosamente con su soberano.

El rey Fernando II de Aragón conocía muy bien a Vilamarí. Sabía que era un león y cuando había poco dinero se lo escamoteaba para dárselo a otros. Igual que Abdalá contaba que actuaban los emperadores romanos. Hacían pasar hambre a los leones del circo para que devoraran a los cristianos porque hartos no mataban. El rey sabía que Vilamarí iba a sobrevivir y estaría preparado para la próxima batalla, era su naturaleza. Y al soberano no le importaba lo que hiciera el almirante con tal de que nadie reclamara. Y si alguien importante se quejaba, entonces castigaba a la fiera.

El rey parecía estar detrás de todos los males. Permitió la esclavitud de los remensas, a pesar de que estos le ayudaron contra los nobles. Toleró su sufrimiento hasta que, obligado por el costo de la guerra, tuvo que suprimir algunas de las injusticias que él permitió aun conociéndolas de primera mano. La expresión de Joan de Canyamars cuando le decía que iba a cobrar al rey la deuda de sesenta sueldos regresó nítida a su memoria.

Impuso la Inquisición en sus reinos como forma de romper fueros y derechos en nombre de Dios, a la vez que engrosaba sus arcas. Joan recordaba la estampa patética de mosén Corró y su esposa desfilando hacia la muerte vestidos con sambenito y capirote amarillos y rojos, con una soga al cuello y una vela apagada en su mano. Las lágrimas acudían a sus ojos.

Y jugaba con sus generales como simples peones de ajedrez. Recordó al Tuerto disparando su arcabuz, con aquel ruido infernal y se encogió de terror como cuando era niño y vio caer a su padre.

Era el rey.

¿Sería el monarca realmente el enviado de Dios para conquistar Granada y Jerusalén para la cristiandad? Eso creían muchos. Quizá lo creyera el propio rey y pensara que como emisario del Señor sus altos fines justificaban los medios. Ya le perdonarían sus confesores en nombre de Dios.

Anotó en su libro una frase que recordaba haber escrito ya antes: «Poder es la capacidad de dañar a los demás», y después: «¿Justifica un alto designio el uso de medios miserables? Dios no puede estar con aquellos que causan sufrimiento al inocente».

Joan quiso compartir sus pensamientos con Niccolò. Este le escuchó con atención afirmando con la cabeza y añadiendo algún comentario a pesar del mal cuerpo que tenía a causa del continuo cabeceo de la nave. Cuando Joan le hubo expuesto sus razones, el florentino le dijo:

—El rey Fernando II de Aragón, rey también de Castilla junto a su esposa Isabel, actúa como lo que es: un gran príncipe del Renacimiento. No tengáis duda de que si vive lo suficiente, se cubrirá de laureles logrando grandes victorias.

Y salió a la carrera para asomarse a la borda y vomitar.

Unos días después Joan escribió: «Ni siquiera los leones son del todo libres».

118

La adaptación de las mujeres a Roma no fue fácil al principio, la gran ciudad, su bullicio y el griterío de sus gentes en las calles y en el mercado las intimidaba. A María en especial le costaba hacerse a la idea de que era libre y que la gente ya no la miraba con desprecio ni la consideraba un ser bajo y miserable. Con frecuencia las pesadillas en las que aún tenía un amo que abusaba de ella la despertaban en la noche. Pero Eulalia estaba allí para consolarla.

Les costaba entenderse con su italiano ligur y se refugiaban en la casa, donde se hicieron cargo de los asuntos domésticos, asentando su dominio en el primer piso. A Joan le preocupaba ese retraimiento y después de acompañarlas un par de veces al mercado, encontró la solución. En la posada de El Toro había una criada romana simpática y pizpireta, y le pidió a Vannozza que se la cediera unos meses para ayudar a la adaptación de su familia. Fue un acierto, la muchacha no callaba y obligaba a Eulalia y María a hablar continuamente en italiano romano. Al poco ya se entendían en el mercado y con las vecinas en un lenguaje cada vez más romano y menos ligur.

Niccolò insistió en que Joan recuperara los diez ducados de entre los casi treinta que le quitó a Simone y en que María y su madre se quedaran con el resto.

—No quiero ese dinero —le dijo Joan.

—Ni yo tampoco —repuso el florentino—. Yo ya cobro por mi trabajo lo que vos me pagáis. Diez ducados son vuestros y el resto proviene del sufrimiento de personas como vuestra madre y hermana. Es justo que sea para ellas, para lo que les plazca.

María y Eulalia recibieron la totalidad, nunca habían visto tanto dinero junto y al saber de quién procedía, decidieron aceptarlo. Ellas consideraban que la ropa adquirida en Génova era más que suficiente, pero Joan quiso comprarles vestimentas más lujosas. Recordaba el consejo de Miquel Corella cuando él llegó por primera vez a Roma.

A raíz del éxito obtenido con la criada de Vannozza, Joan contrató a un maestro para que tanto ellas como los chicos mejoraran su lenguaje, aprendieran a leer, escribir, sumar y restar. Aquello y tener su propio dinero aumentó la seguridad de las antiguas esclavas, que en su nueva vida empezaban a andar ya con la cabeza alta y con una sonrisa cada vez más frecuente en sus labios.

Joan contemplaba con satisfacción los progresos de su familia en su nueva vida y cómo se aproximaba el momento de abrir las puertas de la librería. Pero no era feliz. Le faltaba Anna. A principios de octubre había terminado el luto riguroso que la viuda se impuso, durante el cual solo salía de casa para ir a misa y a la librería. Su luto, aparte de vestimentas y mantilla negra, incluía no hablar con gente fuera de la familia ni contestar misivas, pero Joan no cesaba de enviarle cartas diciéndole que la continuaba amando, en las que relataba su viaje a Génova y los avances en la librería. También le contaba sus andanzas en Roma y describía a los personajes que iba conociendo. Sabía que ella amaba los libros y quería tentarla con su nueva vida. Esperaba su respuesta a partir de octubre, sin embargo, no la hubo. Joan desesperaba recordando que Anna le dijo que ya no le amaba y las terribles palabras con las que le despidió: «No os quiero ver más».

Al principio le escribía una carta casi diaria, después dos veces por semana y finalmente una. El desánimo hacía mella en él y la desesperanza llenaba su corazón.

Los que le querían, viendo su amargura, trataban de aconsejarle. Su madre y su hermana le decían que buscara a una bella romana y Miquel Corella le propuso algunas que serían además buenas alianzas, por influencias o por dinero. Niccolò, a su vez, tenía una lista de damas florentinas exiliadas que estarían encantadas de unir su destino al de un joven apuesto, con futuro prometedor y autoproclamado paladín de los libros.

Le decían que se olvidara de aquella napolitana de origen catalán que se creía noble por ser viuda de un caballero y que gastaba unos humos inaceptables. Pero la idea de renunciar a su amada desesperaba a Joan y su madre, al advertir su melancolía, le decía moviendo triste la cabeza:

—La tenacidad es una virtud de nuestra familia, pero lo tuyo con esa mujer es tozudez, terquedad. Sal a la calle y mira a tu alrededor; está llena de mujeres hermosas.

—Desperdiciar la juventud de esa forma es un pecado que ni el Papa puede perdonar —afirmaba Miquel Corella.

El valenciano le arrastraba literalmente fuera de la librería y junto a Niccolò iban a lugares donde las bellas taberneras se mostraban generosas no solo con el vino. Joan trataba de participar en el jolgorio, pero su mirada triste fija en el fondo de su vaso lo decía todo.

Recuerda, Joan, voluntad de vencer, acción de conjunto y sorpresa —le decía Abdalá en su carta—. *La fórmula sirve para bastante más que para darle una paliza a un matón. Desde que te conozco has amado a Anna, nada te ha desviado de tu pasión. Convierte ese ardor en fe, rechaza el desánimo. Esa será tu voluntad de vencer. Planifica tu acción de conjunto. Debes saber todo lo posible sobre sus sentimientos; usa a tus amigos, a todo aquel que pueda saber de ella. Haz que no solo te infor-*

men, sino que sean tus embajadores. Y cuando estés seguro de saber lo que ella siente en lo más profundo de su corazón, escríbeme. Buscaremos la sorpresa. Mientras, reza al Señor y haz penitencia para fortalecer tu fe y tu voluntad.

Joan sentía un profundo respeto por Abdalá, pero se dijo que quizá aquello fuera una primera muestra de senilidad. ¿Qué sabría él de mujeres cuando apenas intercambiaba alguna palabra con las criadas y desde que perdió su libertad, haría ya más de veinte años, no tenía amores? ¿Y cómo iba a saber Joan, por mucho que preguntara sobre Anna, lo que ella escondía en lo más profundo del corazón? Le contestó agradeciéndole sus consejos, que seguiría como de costumbre. Pero la correspondencia en época invernal tardaba más de un mes en llegar a Barcelona y otro en regresar. Si conseguía saber lo que realmente sentía Anna, una vez escribiera a Abdalá y llegara su respuesta, casi sería ya primavera. No podría soportar la espera.

Aun lleno de dudas se afanó en poner en práctica los consejos del maestro. En el mismo correo de respuesta iba una súplica para Bartomeu con el fin de que escribiera a Pere Roig, el padre de Anna y antiguo camarada suyo en la guerra civil, para que este le hablara de los sentimientos de su hija. En otra misiva le rogaba lo mismo a Antonello. Era la única persona fuera de su familia con la que Anna hablaba durante el luto.

La respuesta del librero desde Nápoles llegó en solo dos semanas:

Angélica está muy triste, mi querido Orlando. Siente en ella toda la culpa de la muerte de su marido. Dice que si Ricardo no te hubiera visto en su casa, de no tener el corazón roto, jamás habría luchado hasta morir. Piensa que tú mataste a su esposo porque creías tener derechos sobre ella.

Es la viuda de un pequeño noble, pero su palacio son solo ruinas. Tu proclama de vuestro amor en la carabela y después su compra frente a los nobles angevinos destruyeron su reputación de esposa honesta. La familia de Ricardo Lucca dejó de hablarle y la herencia que le correspondería a su esposo nunca llegará al hijo que espera. El trabajo del padre como joyero permite que la familia sobreviva, pero con humildad. No puede costear una dote para su hija y el futuro de esta es parir a su hijo y mantenerlo en soledad y pobreza, con la única ayuda de sus padres. Lee y relee tus cartas imaginando y ansiando vuestra vida en Roma, pero ha decidido que no la merece. Quedó muy afectada después de vuestro último encuentro y prolongó su luto riguroso tres meses más. Pienso que aún os ama, aunque cree que vuestro amor es culpable y pecaminoso. Está maldito por Dios. Se culpa por su infidelidad y pasa los días rezando, suplicando perdón, mientras siente cómo crece su hijo en sus entrañas. La hermosa mujer que conociste tiene sus ojos enrojecidos por el llanto y los hoyuelos de su sonrisa se han borrado de su rostro.

Joan suspiró. La tristeza de su amada le angustiaba y no sabía cómo aliviarla cuando ni siquiera le quería ver. Y de repente se sintió furioso. Anna estaba dispuesta a sufrir una vida miserable y hacerle miserable a él cuando podían ser felices juntos. Era cierto que ambos eran culpables, y él más que ella, pero su reacción era exagerada. Su terquedad los conducía a la ruina.

Orlando, si de verdad amas a tu Angélica, déjalo todo y ven a buscarla a Nápoles —continuaba Antonello en su carta—. *No será fácil, pero quizá seas afortunado y encuentres el sortilegio que logre romper ese hechizo, esa maldición que la condena. Quizá entonces sus ojos brillen y la sonrisa ilumine de nuevo su faz.*

Joan se apresuró a preparar su partida. Sabía que le sería muy difícil convencer a Anna, que se exponía a otra desilusión y que este sería el segundo gran retraso para su librería. Escribió en su libro: «No me importa, he de intentarlo».

119

A mediados de diciembre, Joan lo tenía todo dispuesto para su viaje a Nápoles, con la intención de permanecer en la capital del reino el tiempo que fuera preciso. Pero quiso retrasar su salida para pasar las navidades en familia.

Cuando Miquel Corella le preguntaba cuál era su estrategia para conquistar una fortaleza tan inasequible como Anna, Joan respondía que su voluntad y su fe le guiarían.

—Necesitarás algo más que eso —repuso el valenciano.

—No importa cuán angustiada esté —le advertía Niccolò—. Quizá lo que busque sea sufrir, creyendo que así expiará sus pecados. Si es así, volverá a rechazaros.

Joan era consciente de que carecía de planes. Pero no se podía resistir a la llamada de Antonello ni soportaba más la lejanía. Ya pensaría algo. Confiaba en un giro de fortuna una vez estuviera en Nápoles, cerca de ella.

Sin embargo, unos días antes de Navidad Joan recibió un regalo inesperado desde Barcelona. Era un paquete remitido por Bartomeu que contenía, junto a una pequeña bolsita de cuero bien atada, una carta del mercader y otra de Abdalá. El joven se extrañó; apenas hacía un mes que había escrito a Barcelona y a Nápoles. Pero mientras que Antonello tuvo tiempo de sobra para responderle, su carta a Bartomeu aún estaría de camino a España. El paquete que sostenía en sus manos salió de Barcelona incluso antes de que él enviara su última carta siguiendo los consejos de Abdalá.

Para sorpresa de Joan, después de informarle de las últimas ediciones impresas en España y de otros temas personales y de negocio, Bartomeu le comunicaba que escribió a su antiguo compañero de armas y amigo Pere Roig. ¡Precisamente lo que Joan le pedía en la carta que Bartomeu aún no habría recibido! También le decía que para evitar el largo tránsito de ida y vuelta de la correspondencia a España, solicitó al joyero que informara directamente a Antonello.

Joan se maravillaba. ¿Le había adivinado Bartomeu el pensamiento?

El escrito de su maestro le aclaró el misterio. Poco después de que Abdalá recibiera la primera carta en la que Joan le hablaba del rechazo de Anna y los trágicos motivos de este, el musulmán le pidió a su amo y amigo Bartomeu que escribiera al padre de la joven. En una increíble demostración de anticipación y acción de conjunto, el viejo maestro movilizó a Bartomeu, Pere Roig y Antonello a favor de su causa. Pero no fue hasta el final de la carta del viejo cuando, para mayor sorpresa de Joan, supo que este sumó a la acción otro aliado, totalmente inesperado.

Joan leyó la carta de Abdalá con fruición y conforme avanzaba línea a línea, se preguntaba cómo pudo dudar de él. Por mucho tiempo que pasara, el viejo siempre sería el maestro y él, el aprendiz. Después la releyó una y otra vez tratando de captar su contenido por completo.

Una vez sepas todo lo posible sobre Anna, reza, cierra los ojos, imagínatela y trata de penetrar en su interior —le aconsejaba Abdalá—. *Siente que eres un solo cuerpo y una sola alma con tu amada. Una, mil veces hasta que creas saber lo que encierra su corazón. Pon en ello toda tu fe y toda tu voluntad.*

Anna ama los libros y libros es lo que tú sabes hacer mejor. Recuerda cuando yo traduje el «Orlando enamorado» para ella y tú, con tus manos, llenaste las hojas de letras armoniosas y después las encuadernaste junto a una hermosa cubierta. Una de las páginas era tu carta de amor. Y esa carta llegó a su corazón. Ese es el camino.

Hazle un libro maravilloso que hable de vuestro amor, de pecado, de arrepentimiento, de expiación. De esa culpa y ese dolor que encontrarás en lo más profundo de su corazón. Y de perdón y de más amor. Y de un futuro hermoso. Un libro que contenga una penitencia que funda su culpa y que así libere su corazón de las cadenas que le impiden amarte.

Recuerda lo que te conté sobre los libros, su origen sagrado, su magia, su poder. Los libros tienen cuerpo y alma, como nosotros. Hazle a tu amada un libro con un hermoso cuerpo que acaricie el suyo y que se deje acariciar. Ponle un alma que llegue a la suya, que se funda con ella, que la sosiegue y que le dé paz. Un libro que la descargue de sus miedos, penas y culpas para que se vuelva a sentir como la niña que conociste, que tenía el corazón nuevo para amar y que decidió dártelo a ti.

Y por último, encontrarás junto a mi carta una bolsita de cuero. No la abras. Desconozco qué hay en ella, pero sí sé que su aroma desprende amor y fe. Guárdala contigo, te ayudará. Te la envía tu amiga del Raval. Esa a la que llaman bruja.

Joan no daba crédito a lo que acababa de leer. Estaba boquiabierto. Desde que abandonó Barcelona había escrito tres cartas a la bruja; sabía que, aunque la mujer lo negara, leía y escribía perfectamente, no en vano fue la especiera más respetada de la ciudad antes de la peste, y ese oficio requería leer fórmulas y escribirlas. Pero ella jamás contestó. Esa falta de respuesta le producía a Joan un sentimiento mezcla de pérdida de un amigo y de preocupación.

Y ahora resultaba que Abdalá, que apenas salía a la calle, la había visitado. Trataba de imaginarse a su viejo maestro en aquella extraña casa, hablando con la mujer. ¡Qué personajes tan dispares! Después se dijo que quizá no lo fueran tanto.

En todo caso, continuaba viva y Abdalá fue a ella buscando sumar la fuerza de aquel extraño aliado a su empresa. La de recuperar el amor de Anna.

Joan se emocionó al tiempo que notaba una renovada fuerza interior. Abdalá se lo daba todo. Sentía la fe y la firme voluntad de recuperar el amor de Anna. También el cariño y la energía que le llegaba de los buenos deseos y oraciones de sus amigos.

120

Joan llegó a Nápoles a principios de enero de 1496, cuando le faltaban pocos días para cumplir veinticuatro años.

—Tu dama está a punto de terminar su segundo luto —le informó Antonello al verle—. Pero tengo malas noticias. A raíz de la carta de Bartomeu mantengo una buena relación con mosén Roig, su padre, y dice que ella continuará vistiendo luto, que no tiene intención de responder a tus cartas y que bajo ningún concepto quiere verte.

Joan movió la cabeza con disgusto.

—Contadme todo lo que sepáis de ella.

El librero le explicó que la situación no había cambiado, que en sus visitas a la librería Anna insistía en mantenerse alejada de él. Tampoco el padre tuvo mayor éxito. El joyero, que años antes prohibió a Joan, a través de Bartomeu, ver a su hija, en este momento deseaba al joven como marido para ella. Solo que ahora era la hija quien se negaba. Las noticias ni sorprendieron ni desanimaron a Joan. No esperaba otra cosa.

Aceptó esta vez la habitación que Antonello le ofrecía en el primer piso de su casa. Precisaba intimidad y paz para seguir las instrucciones de su maestro. No iba a ser fácil, era como un exorcismo, un acto entre religioso y mágico, y Joan temía no estar preparado.

Puso en su habitación un pequeño altar presidido por una imagen de san Jerónimo, patrón de los libreros, de san Sebastián, patrón de la ermita de Llafranc, y de la Virgen María. Y allí colocó la bolsita con el amuleto que le había enviado Abdalá. Aquella tarde fue a misa en la catedral, se confesó y pasó la primera noche en ayunas, rezando de rodillas tal como hacían los aspirantes a caballero velando armas. Quería purificarse en cuerpo y alma antes de empezar su trabajo. Entre rezo y rezo pensaba en su amada e imaginaba que eran un solo cuerpo y un solo espíritu y trataba de sentir en su corazón lo que sentía el de ella.

Aquellas emociones formarían parte del alma de su libro y esperó a experimentarlas con toda intensidad antes de ponerlas por escrito. Sus primeras anotaciones fueron en trozos de papel desechados de la librería. Estaba acostumbrado a escribir en su libro de aprendiz o para cartas, pero nunca antes se enfrentó a semejante tarea. Quería fundir su espíritu con el de su amada y dibujaba en el papel sus sentimientos en forma de letras, palabras y frases.

En una actividad febril, privándose del sueño y de la comida, escribía, rezaba, a veces caía adormilado sobre la mesa y volvía a escribir. Creaba el alma de su libro. El día y la noche se confundían en su mente y solo la luz de la ventana y las campanas de las iglesias marcaban las pautas de un tiempo que su atormentada actividad borraba de su memoria al cabo de pocos instantes. Solo las necesidades de su cuerpo, cada vez menores, le obligaban a salir de la habitación y lo hacía sin hablar con nadie, rezando, sin atender a Antonello o su esposa, que le suplicaban que comiera. Al principio solo tomaba agua, pero al notar, pasados unos días, que cerrando los ojos su interior solo le ofrecía imágenes frenéticas, oscuras y tétricas que le incapacitaban para expresarse con claridad, empezó a aceptar la comida.

Recordó que Abdalá decía que el alma de los libros necesitaba sustentarse sobre un buen cuerpo. Y que las personas precisaban también de su cuerpo para mantener viva la mente.

Una semana después del inicio de su encierro, Joan puso sus papeles en orden y después de asearse, compartió mesa con Antonello y su familia. A continuación conversó con el napolitano, que asistía entre escéptico y expectante a su ordalía.

—¿Realmente crees que podrás recuperar a Anna solo con un libro?

—Sí.

—¿Así, tan fácil?

—No, no es tan fácil —repuso Joan—. Será el resultado de la voluntad, la fe y la fuerza; tanto mías como las que me transmitís mis amigos. El libro, si consigo hacerlo, tendrá su parte física y otra invisible que contendrá esa voluntad, esa fe, esa fuerza y mucho más. Será un ser vivo con cuerpo y alma.

Los días siguientes Joan alternó los rezos en la catedral y en su altar privado con la selección de materiales para fabricar su libro. Los quería de calidad pero no excesiva. Deseaba que fueran muy parecidos a la traducción del *Orlando enamorado* donde él escondió su carta de amor. Cuando estuvo satisfecho los puso ordenados en su habitación, junto a las imágenes, en la zona donde estas tenían su altar. Así la fuerza de su oración impregnaría también el papel, el cuero, el hilo, la cola y la tinta.

Después inició la corrección de su escrito. Ahora, sin prescindir de sus oraciones y de su acercamiento espiritual a Anna, cuidaba su sueño y su alimentación. Hubiera querido versificar el escrito, pero se sentía incapaz y se conformó con conseguir una prosa fluida que mantuviera la fuerza violenta, la pasión de los arrebatados escritos de la primera semana, dulcificándola. Al cabo de otra semana se sintió satisfecho con el texto.

Entonces bajó al taller y allí fabricó las tapas del libro, lo más semejantes a las de aquel *Orlando enamorado*. Eran de buen cuero y en ellas estampó a golpe seco su título: *El libro del Amor* y más abajo en un tipo menor: *De Orlando a Angélica,* de forma que la segunda frase se pudiera leer bien como parte del título o como dedicatoria. Hizo tres estampaciones y con la mejor elaboró la cubierta. Después cortó el papel al tamaño adecuado y lo pautó con sutileza para que las guías de las letras se pudieran borrar sin dejar rastro.

Antonello tenía un par de mesas de escritura como las de los Corró y Joan pasó otra semana trabajando en una de ellas. Copió su texto corregido, lentamente, poniendo en cada línea su amor e intención. Se detenía con frecuencia y a veces descartaba una página y la reescribía porque los trazos no alcanzaban la belleza requerida o porque encontraba una expresión mejor.

Aquellas letras eran hermosas, rebosaban vida y volvían a hablarle por gestos con independencia de su significado, tal como lo hacían de niño, o como las nubes flotando por encima del mar que su padre le mostraba en el cielo brillante de Llafranc. Allí estaba todo su amor, su fe, su intención.

Con cuidado cosió las páginas y las encuadernó asegurándolas en las tapas y el lomo para después encolarlo todo. Cuando estuvo seco, Joan lo tomó en sus manos. Su cuerpo tenía un peso agradable, la cubierta era firme y cálida, las páginas de papel suave, un poco aterciopelado y de un tacto tierno. Lo acarició oliéndolo. Al aroma suave del cuero, de la tinta, la cola y el papel se añadía un perfume extraño. Era atrayente, placentero; era la fragancia de la fe, la esperanza y el amor.

Pidió a Antonello que avisara a Anna y subió el libro hasta su altar, lo besó y arrodillándose rezó por última vez.

121

Era principios de febrero y Anna se cubría con una gruesa capa del viento helado mientras se dirigía a la librería de Antonello. Los más de siete meses de embarazo abultaban su vientre, obligándola a andar de forma extraña. Instintivamente protegía al ser que crecía en sus entrañas con una de sus manos mientras sujetaba bien sus ropas con la otra para que el viento no le arrancara el abrigo.

Y lamentaba el futuro incierto de su hijo. Era de Ricardo y si le asaltaba el pensamiento de que pudiera ser de Joan, lo rechazaba con energía y rezaba. Tenía que ser de Ricardo, no podía ser el fruto de aquella traición miserable que trajo como terrible consecuencia el asesinato de su esposo. La criatura de su vientre era legítima, tenía que serlo. Y en memoria de su marido lucharía con todas sus fuerzas para que saliera adelante en la vida, aunque no pudiera reivindicar la herencia de este. El palacio Lucca en Nápoles era ya solo ruinas, Vilamarí se quedó con todos sus bienes, y las propiedades de Ricardo por herencia estaban en Apulia y terminarían en manos de otros miembros de la familia. Los nobles angevinos de la carabela que recuperaron su libertad después de pagar sus rescates y obtener el perdón del rey Ferrandino vivían en la ciudad, pero dejaron de hablarle. El incidente de Joan retando a Torrent en nombre del amor hizo que la repudiaran y no reconocerían a su hijo. Su futuro sería aprender el oficio de joyero si era varón o ser la esposa de otro joyero si resultaba ser mujer.

La pasión que sentía por Joan se había transformado en un recuerdo doloroso. Aún le amaba, pero la idea de caer en sus brazos, de ser feliz con él le repugnaba. No merecían la felicidad.

Al recibir sus cartas, las leía y releía y se imaginaba en Roma, como su esposa, entre libros, tratando con aquellas gentes tan peculiares que Joan describía, y soñaba. ¡Qué feliz sería con Joan si todo hubiera sido distinto! Ahora aquella felicidad era imposible.

Anna suspiró aliviada al entrar en la librería y dejar fuera el viento frío y feroz. Aquel lugar era siempre un remanso de paz, un refugio cálido de conversación sosegada y de amistad. Aquel era un mundo distinto lleno de relatos e historias que ahuyentaban sus preocupaciones: incapaces de penetrar en aquel santuario, se quedaban esperándola en la puerta. El día anterior recibió recado de Antonello diciéndole que llegó un libro muy especial y que ella debía verlo. Anna no tenía más quehaceres que los domésticos o sacar brillo a la plata de su padre, por lo que aquello era todo un acontecimiento y llena de curiosidad, ansiaba tener el libro en sus manos.

—Bienvenida, *signora* Anna —le dijo Antonello evitando pronunciar el apellido Lucca.

—Gracias, don Antonello —repuso ella inclinando la cabeza como saludo—. Me tenéis llena de curiosidad. ¿Qué libro es ese?

—Es muy especial y solo verlo, pensé en vos —repuso el librero ayudándola a quitarse la capa.

—Espero que no sea costoso. Voy muy escasa de dinero.

—Si os gusta, llegaremos a un acuerdo —repuso el librero mostrándole el camino del despacho.

Anna se detuvo en seco. Aquel pequeño salón era el lugar de sus encuentros clandestinos con Joan y le traía recuerdos dulces y amargos. Pero el hombre abrió la puerta y la empujó suavemente a su interior. Allí continuaban los anaqueles de buena madera llenos de libros, tal como los recordaba, que cubrían todas las paredes con excepción del gran ventanal. Unos finos visillos filtraban la luz del día. En el centro de la estancia había una mesa sobre la cual Anna vio un único libro.

—Ese es —dijo Antonello señalando a la mesa—. Sentaos, tomad todo el tiempo que preciséis, leedlo con cuidado. Nadie os molestará.

Y cerrando la puerta la dejó a solas. Anna contempló unos instantes los lomos de los libros en los anaqueles para fijar su atención acto seguido en el que estaba sobre la mesa. *El libro del Amor*, leyó. Y después, en un tipo menor, *De Orlando a Angélica*.

Las letras estaban impresas en tipos romanos, en tinta roja, sobre una cubierta de un buen cuero castaño claro. En la parte superior e inferior tenía unas hermosas cenefas doradas de hojas de vid con sus frutos que se repetían en la cubierta trasera. En el lomo el cuero mostraba cuatro protuberancias que protegían el cosido interior de las páginas. No era muy grande, medía poco más de un palmo de alto y más de medio de ancho. Mostraba una cuidada elaboración y su tacto era suave y agradable.

Aquel libro le era familiar y pronto lo identificó con la traducción del *Orlando enamorado* con la que aprendió italiano culto cuando ya llevaba un tiempo en Nápoles. Y que contenía la carta de amor de Joan. Aquel libro era más fino, sin duda tenía menos páginas, pero su aspecto exterior era parecido.

Lo tomó en sus manos, sintiendo su cuerpo, sopesándolo. Acarició la textura de sus tapas y saboreó el aroma del cuero, de la tinta, del papel y del suave perfume que emanaba. Un suspiro se escapó de su pecho.

Puso el libro sobre la mesa y se acomodó en la silla, emocionada, expectante. Sabía que Matteo Boiardo escribió dos libros más de

Orlando enamorado, pero el que sostenía en aquel momento no parecía ser uno de ellos. Solo al abrir el libro vio que era manuscrito y que el aspecto de las letras se asemejaba en todo a la traducción que le llegó de Barcelona. Sus ojos siguieron los airosos trazos de las iniciales y las curvas elegantes de la caligrafía estilo italiano mientras palpaba aquel papel suavemente oloroso con textura aterciopelada.

En la primera página se repetía el título de la portada sin que mencionara el autor. En la siguiente había una introducción escrita en hermosas letras. Leyó:

Este es el libro del amor de Orlando a Angélica.

En la triste noche de desventura en la que Orlando creyó perdido el amor de Angélica, le escribió este libro, cuya tinta era sangre de su corazón y sus palabras fruto de su alma atormentada. En él expresaba a su dama su afecto, su ternura y pasión y le relataba su historia, la de sus amores y la de su tormento. El libro le explicaba a Angélica que sin ella el caballero moriría, pues solo por ella vivía. Que ella era dueña y señora de Orlando, que sin condiciones le entregaba su amor rogándole que aceptara aquel libro. En él y en la clemencia de la dama confiaba el caballero su destino.

Anna se estremeció. Eran palabras bellas, llenas de sentimiento, que le llegaban muy hondo, pero su familiaridad la inquietaba y presentía que ocultaban algo que no terminaba de comprender. Notó un escalofrío y buscó su capa tras la silla solo para recordar que la dejó en la entrada. No quiso salir a buscarla, tenía que continuar la lectura.

Angélica leyó el libro y el amor que de él emanaba curó sus heridas, y junto al amor llegó el perdón y la redención de Orlando.

La joven se removió incómoda en su silla e impaciente, terminado el prólogo, pasó página para continuar.

Orlando era aún niño cuando una trágica mañana vio a unas gentes malvadas asesinar de forma cruel a su padre y cómo le arrebataban con toda brutalidad a su madre y hermana llevándoselas muy lejos. Huérfano, fue arrancado de su aldea y arrojado a la gran ciudad, un lugar oscuro, desconocido, hostil y lleno de malos augurios que solo le infundía temor y recelo. Pero entre aquellas tinieblas, Orlando se encontró con una niña tan hermosa que no podía creer que fuera real.

Tenía unos bellos ojos verdes, la tez clara, el cabello azabache y vestía con elegancia. Se llamaba Angélica y su porte era el de una princesa. Orlando, al contrario, tenía la piel tostada por el sol, se cubría con ropas zafias y parecía un mendigo.

Pero en lugar de despreciarle, ella correspondió a su mirada y le sonrió mostrando unos hermosos dientes blancos y graciosos hoyuelos en sus mejillas. Aquella sonrisa hizo luminosa la ciudad oscura ahuyentando miedos y malos presagios. Orlando se estremeció y en aquel mismo instante, sin que lo pudiera evitar, el amor le hirió como si de un rayo se tratara. Aquel gran amor permanecería para siempre en el muchacho y le acompañaría más allá de la vida y de la muerte.

Anna se esforzó en apartar sus ojos de aquella página; las letras la atraían como un imán. Por unos instantes su mirada anduvo perdida en los libros de los anaqueles. Sentía miedo. La lectura de aquellas líneas le hizo comprender que ella era Angélica, Joan era Orlando y que se trataba del relato de su encuentro. Reconoció la letra, era la misma que la del primer libro, la de Joan, y supo que eran sus palabras; él era el autor. Sintió su cuerpo temblar notando un nudo en el estómago mientras las lágrimas afloraban a sus ojos. La suya era una historia hermosa, pero con un trágico final. ¿Qué pretendía recordándoselo? ¿Para qué castigarse con lo que pudo ser y nunca sería? Una pena terrible la embargaba y supuso que Joan debía de estar cerca. No quería continuar leyendo, no quería encontrarse con él, no quería mirarle a los ojos. Tambaleante, se levantó y avanzó hasta la puerta para escapar de allí. Salió de la librería sin despedirse, olvidando incluso su capa y corrió por la calle vacía, azotada por el viento y una lluvia que caía mezclada con granizo mientras se sujetaba el vientre con las dos manos. Los sollozos la sacudían. Huir, quería huir.

Joan estuvo observando todo el tiempo a Anna. Veía su amado rostro y trataba de interpretar sus sentimientos a través de sus gestos y de sus expresiones. Antonello le había descubierto el secreto de su sala de lectura. Entre las hileras de libros se disimulaban resquicios en la pared por los que se podía observar desde la estancia contigua. Supo entonces que sus amores con Anna en aquella habitación no fueron tan secretos como creía, pero no era el momento de reprochárselo al librero.

Contempló esperanzado el placer que Anna demostraba. Gustaba del cuerpo del libro, aspiraba su aroma, lo acariciaba. Pero se alarmó al ver su expresión de desconsuelo tras la lectura de las primeras líneas. Su alarma se convirtió en terror al ver que se levantaba y huía.

Salió corriendo para retenerla, pero Antonello le detuvo antes de que ella le viera.

—Déjala —le dijo—. No lo empeores más.

Joan forcejeó unos instantes viendo cómo Anna se alejaba entre la lluvia y el granizo.

—¿Qué puede ser peor? —preguntó desconsolado.

Pero después sintió una rabia desesperada. ¿Qué más podía hacer para recuperarla? ¡Maldita Anna! ¿No comprendía la vida miserable que le esperaba a ella y a su hijo? ¡Él le podía dar tanto! ¡Hubieran sido tan felices juntos! ¿Cómo podía estar tan obcecada, cómo podía ser tan terca?

Descorazonado, se dijo que toda su penitencia, todo su trabajo, todos sus rezos, todo su amor, toda la magia de los libros no sirvieron para nada.

122

Anna corrió bajo la lluvia, sin importarle que la calara, hasta que la librería estuvo lo suficientemente lejana. Jadeante, soltando vapor por la boca, con la toca empapada y el agua resbalándole por la cara, continuó andando después por las calles enfangadas. Aquel relato, aquel libro, la intención detrás de todo ello la golpearon con violencia. Sus lágrimas se mezclaban con la lluvia. Le había costado mucho esfuerzo llegar a un equilibrio, a un pacto con su conciencia, mediante el cual la expiación venía a compensar su culpa y con ello evitaba el sufrimiento. Y la mayor parte de esa penitencia era permanecer alejada de Joan y de la vida que este ahora le podía ofrecer. Sin embargo, todo su pretendido equilibrio acababa de saltar hecho añicos al contacto agradable, suave y traidor de aquel libro y de sus dulces palabras. Y ahora quería huir, aunque algo tiraba de ella, algo poderoso la empujaba a continuar la lectura.

Anduvo errante bajo la lluvia helada, tiritando de frío, pero conforme se sosegaba sus pasos la llevaban de vuelta a la librería.

Antonello estaba en la puerta y al verla regresar llamó a María, su mujer, y le dijo a Joan que se ocultara.

—Pasad, ¡por Dios bendito! Vais a pillar una pulmonía —exclamó al verla empapada y temblando de frío.

—Quiero leer ese libro. —Había un toque de locura en su mirada de ojos enrojecidos.

—Primero vendréis conmigo a cambiaros esas ropas —le dijo María en tono maternal—. De lo contrario, enfermaréis.

—No importa, quiero leer ese libro —insistió.

—De ninguna manera. El agua estropea los libros —repuso Antonello firme—. Si queréis leerlo, debéis subir al primer piso con María y cambiaros.

Sumisa, se dejó llevar por la librera hasta el primer piso, donde una vez seca, la hizo acomodarse junto al fuego y tomar un caldo caliente. Poco a poco su cuerpo recobró el calor y su espíritu la calma.

Con ropas secas y otra taza de caldo, Anna retornó a la falsa intimidad de la salita de lectura. Antes de dejarla sola, Antonello le ofreció un candil, pues la luz del ventanal disminuía con la tormenta. Anna lo aceptó, aunque sus ojos le permitían leer aquella cuidada caligrafía con la suave luz natural. Respiró hondo, tomó un sorbo del caldo y, sintiéndose mucho mejor, reunió el valor para continuar la lectura.

De nuevo palpó la cubierta y acarició las letras mayúsculas estampadas en ella.

—*El libro del Amor* —leyó en voz alta. Ahora comprendía todo el significado de aquel título—. *De Orlando a Angélica*.

Inició la lectura desde el principio, se detuvo en el lugar donde rompió en llanto y suspiró tomando fuerzas para continuar.

«¿Qué pudo encontrar aquella princesa en el mendigo que la hiciera corresponder a su amor?», proseguía el relato, que narraba de forma minuciosa sus encuentros en la fuente, sus notas, sus caricias furtivas, aquella inocente felicidad de verse cada día y estar uno junto al otro aunque fueran solo unos instantes.

Anna sintió que las lágrimas regresaban a sus ojos, pero ahora eran tiernas, nostálgicas. ¡Qué tiempo tan hermoso!, se decía más serena.

El relato la atrapaba sin que ella pudiera resistirse. Proseguía con el ataque de Agricano, «el malvado pretendiente de Angélica», que fue vencido después por Orlando y que ella supo de inmediato que representaba a Felip. Continuaba con la lucha de Orlando por protegerla y la trágica huida de la familia de Angélica, acosada por poderosos e injustos enemigos.

... a Orlando se le desgarró el corazón cuando su amada se fue, no sabía dónde buscarla y creyó que nunca más la vería...

Después relataba los infructuosos intentos de Orlando por averiguar el paradero de su dama y al fin la alegría de localizarla a través del libro de amor y caballerías de *Orlando enamorado.*

A continuación detallaba el suplicio de Orlando, que aún era un muchacho sin recursos. Ansiaba acudir junto a su amada, pero no podía emprender el viaje sin antes conocer el paradero de su familia, a la que había jurado rescatar. Le seguía la desgracia que le privó de libertad y la angustia de llegar tarde y de encontrarla casada.

Mas el poder del amor era superior a ambos. Era imparable como la fuerza de los torrentes convertidos en ríos, o la del mar enfurecido. Ellos no pudieron hacer nada, se amaban.

Al llegar a ese punto, Anna cerró los ojos y apoyando los codos en la mesa, escondió la cara en las palmas de sus manos. Así fue como ocurrió, pensaba, aunque estuviera escrito en prosa poética algo exagerada que imitaba el estilo del primer libro; Anna lo sentía auténtico, real. Ellos no podían hacer nada, se repitió. Pero sacudiendo la cabeza se dijo que aquello no era excusa y reemprendió la lectura con gesto enérgico.

Mientras, Joan, que la observaba conteniendo la respiración y en silencio forzado, se sobresaltaba a cada movimiento de ella. La veía distinta, pero bella como siempre. La amaba. La amaba con desesperación.

El libro hablaba después del caballero Ranaldo, el marido protector de Angélica. «... que era valiente, altivo y feroz, y que la cruel fortuna enfrentó a Orlando.»

El relato insistía en que fue la fortuna la culpable y que nada tuvo que ver Angélica ni su amor. Contaba de forma trágica que Ranaldo era un caballero valiente que, en lugar de esconderse, como hicieron la mayoría de los nobles en la carabela, luchó. Y que si en lugar de luchar hubiera entregado el arma, al igual que los demás, cuando todo estaba perdido, aún viviría. Fue su propio valor él que le condenó.

Joan tenía el alma en vilo, conocía de memoria cada letra, palabra y página de aquel libro y Anna entraba en la parte más delicada, los párrafos cruciales de la historia. Era muy consciente de que escondidas entre verdades y adornadas con florituras líricas se ocultaban mentiras. Pero no dejaba de ser una versión dulce de lo ocurrido en la muerte de Ricardo, que su viuda solo podía suponer, ya que no presenció el combate. Ella solo sabía lo que él le dijo con sus arrebatadas e imprudentes palabras. Ahora trataba de corregir su error. La cruda verdad era demasiado terrible incluso para él mismo y no le importaba mentir con tal de aliviar la pena de su amada.

Ella frunció el ceño y las lágrimas resbalaron por sus mejillas. Pensaba en Ricardo, que en efecto era viril y valiente, pero se decía que si él no hubiese visto a Joan en su casa, también hubiera rendido su espada. Y aún viviría. Conforme avanzaba, parecía que el libro era capaz de leer sus pensamientos y argumentar para convencerla.

... Ranaldo era un hombre cabal y luchó hasta el fin por alguna de esas incomprensibles razones por las que algunos hombres y mujeres mueren pudiéndolo evitar. Por honor, por amor a los suyos, por patria o dignidad.

Anna sacudió la cabeza negando. Quizá fuera cierto aquello, aunque su instinto le dijera lo contrario, quizá todo fue un desdichado infortunio, pero no les eximía de culpa ni a ella y ni a Joan. De nuevo el libro trajo respuesta a sus pensamientos.

Orlando y Angélica se amaban y ese fue su gran pecado, un pecado inevitable que muchos llaman virtud.

La joven detuvo su lectura y evaluó las páginas que le quedaban por leer, pocas, pensó.

Aun así su pecado requería penitencia para que ese enorme y maravilloso amor que ambos sentían no se perdiera injustamente.

Nada se pudo hacer por Ranaldo, una vez muerto, más que rezar por su alma, darle un entierro digno y que su viuda le honrara con su dolor y luto. Y ella lo hizo con creces.

Miró las vigas del techo pensativa. Aquel era un relato conocido, íntimo, pero contado de forma muy distinta de como ella lo vivió. Y se decía que quizá sí, quizá el libro tuviera razón. Y al pasar página y continuar leyendo, se sobresaltó.

«El libro del Amor» os somete a vos, Angélica, y a Orlando a una penitencia que os redimirá de vuestro pecado.

Anna sintió que el libro le hablaba a ella directamente, casi oía las palabras.

Nada más podéis hacer por Ranaldo, pero sí por su hijo. Angélica, permitid que Orlando redima sus culpas, el mal que hizo, haciendo bien. Que ame al hijo de Ranaldo como si fuera propio y que ponga todo su esfuerzo en hacer que este llegue a ser un valiente caballero como su padre o una dama honrada como su madre. Y vos, Angélica, redimiréis vuestro pecado amando a Orlando y ambos al hijo de Ranaldo.

La joven suspiró. Le quedaban pocas líneas y las leyó ansiosa:

Angélica, debéis superar el dolor, pues el amor será la penitencia de vuestras culpas. Os espera un futuro maravilloso junto a Orlando; aquel que soñasteis en los tiempos en los que os encontrabais en la fuente.

Desperdiciar ese futuro sería el mayor de los pecados. Un pecado para el que nunca encontraríais perdón ni penitencia.

Anna cerró el libro y también sus ojos. Sabía que tras sus páginas se encontraba Joan, era su caligrafía, sus palabras, quizá incluso lo hubiera confeccionado él. Le sentía muy cerca. Acarició el libro. Era como un hermoso animal con vida propia. Aquella historia, aquellos argumentos, su alma, parecían provenir de alguien sabio. Había tocado su corazón, abriendo una ventana de esperanza en su morada oscura.

Dejó el libro sobre la mesa de la salita. Agradeció a Antonello y a María su cuidado y su atención, y cubriéndose con su capa salió a la calle embarrada. La lluvia había cesado.

123

Joan fue a visitar al padre de Anna al día siguiente para pedirle que le permitiera cortejarla. El hombre le hizo pasar a la casa y le invitó a un vaso de vino. Anna correspondió a su saludo como si se tratara de un desconocido y se recogió en una habitación contigua para que los hombres hablaran a solas. Como Joan esperaba, mosén Roig dio su aprobación, pero dijo que requería el consentimiento de su hija y que no lo anticipaba fácil. Le haría saber el resultado. Joan pasó aquella noche entre el insomnio y los rezos, pero en la mañana siguiente un mozalbete apareció con una nota diciendo que Anna quería más tiempo. Joan fue a ver al joyero con un regalo para su hija; era *El libro del Amor.* Sabía que ella no podría resistir el leerlo de nuevo. Aquella sería una espera llena de tensión pero también esperanza, sabía que su libro trabajaba en su favor.

Pero los días pasaron sin que Joan tuviera noticias y volvió a frecuentar los alrededores de la joyería para verla. Saludaba a los padres, mantenía una corta conversación con ellos y si coincidía con Anna, ella le devolvía el saludo seria y distante. Joan estaba angustiado, la observaba desde la lejanía atendiendo el mostrador y la veía muy hermosa a pesar de su embarazo, aunque indiferente a su presencia. Él se repetía que el hijo de su vientre no podía ser de Ricardo, que tenía que ser suyo. Esperaba que sus miradas se encontraran, que ella le hiciera un gesto, que le dedicara una sonrisa como cuando eran adolescentes, pero nada de aquello ocurría.

Procuraba distraerse conversando con Antonello, escribiendo cartas a Roma y a Barcelona y visitando la *Santa Eulalia*, que permanecía casi siempre anclada junto al resto de la flota, ya que era tiempo de tormentas. Saludaba a sus antiguos camaradas y mantenía largas charlas con su amigo Genís, que se alegró muchísimo al conocer el rescate de María y Eulalia.

—Díselo al almirante —le recomendó—. Él también se alegrará.

—No quiero hablar con Vilamarí —repuso Joan—. Hazlo tú si así lo deseas.

Joan se decía angustiado que ella no le quería ver, que había fracasado. Antonello habló con el joyero, pero el hombre no sabía a qué atenerse con respecto a Anna. Ella le dijo que ya cumplió una vez como hija aceptando a su pretendiente y que no lo haría una segunda.

Joan recordaba lo que Abdalá le decía en una de sus cartas:

Nuestras mayores virtudes llevadas al extremo son también nuestros mayores defectos. Tú, hijo, eres determinado y persistente. Gracias a esas virtudes creciste en la vida situándote donde estás. Pero te pueden hacer obstinado y obsesivo. Y Anna es tu obsesión. Ella comparte contigo esas mismas virtudes y defectos. Que no te destruya, hijo. También hay que saber cuándo renunciar, cuándo someterse al destino, conformarse con él y ser feliz.

Joan pensaba que su maestro tenía razón. Que quizá había llegado el momento de desistir, de continuar con su vida lejos de Anna. Aunque jamás sería feliz sin ella. Y de nuevo sintió un coraje profundo.

Escribió en su libro: «Vuestra terquedad destrozará un futuro maravilloso. ¡Maldita seáis, Anna! Pronto no me veréis más».

Sin embargo, una mañana, cuando él la contemplaba a distancia, ella le mantuvo la mirada un tiempo, estaba seria. Pero de pronto sus ojos verdes tomaron un brillo especial y los hoyuelos se formaron en sus mejillas a la vez que una sonrisa asomaba en sus labios. Después desvió la mirada.

Joan quedó con el corazón acelerado y de inmediato abandonó su idea de regresar a Roma, aunque el día siguiente ella evitó mirarle. Él comprendió que en su corazón se libraba una lucha. Era *El libro del Amor* contra su culpa. La redención contra el pecado. No había aún ganador. Y supo que debía ser paciente.

Se repitieron las sonrisas y los intervalos en que Joan era ignorado. Con todo, llegó el momento en que él no pudo esperar más, ardía en impaciencia, la veía a distancia y deseaba abrazar su cuerpo, hablar con ella, acariciarla. Una tarde en que ella estaba en el mostrador, él se acercó y plantándose delante esperó a que le mirara. Cuando lo hizo, Joan no dijo nada, pero Anna leyó la pregunta en sus ojos. Transcurrieron unos instantes eternos en los que él quiso penetrar en el interior de sus pupilas para conocer la respuesta, temía que de nuevo se negara, que destruyera definitivamente su amor.

—Sí —dijo ella al final de aquel tiempo infinito.

Él se quedó inmóvil unos instantes aún incrédulo mientras veía cómo se iba dibujando la sonrisa en el rostro de ella. Después brincó por encima del mostrador para abrazarla. Un jarrón y varios cubiertos de plata cayeron al suelo, Anna le miró alarmada, pero su sonrisa regresó de inmediato mientras su mano buscaba la nuca de él para acariciarla suavemente al tiempo que se dejaba envolver por sus brazos. Joan notaba el avanzado embarazo de ella separándolos, pero no le importaba, era inmensamente feliz. Soltó un suspiro al notar la cálida mejilla de ella contra la suya, aspiró su suave perfume a espliego y se mantuvo en silencio gozando del instante, imaginando un futuro maravilloso.

Todos celebraron la decisión de Anna y los siguientes días los jóvenes los emplearon en pasear y hablar. Tenían mucho que decirse y Joan supo pronto que aún quedaban puntos de fricción.

—Me esperan en Roma para abrir la librería y vos esperáis a mi hijo —le dijo en una de sus primeras conversaciones—. No tenemos todo el tiempo que quisiera...

—¡No es vuestro hijo! —repuso ella tajante—. Es de Ricardo, y no insistáis en ello.

Joan comprendió que su deseo le acababa de traicionar haciéndole cometer un grave error. El bebé era el argumento usado astutamente en su libro como penitencia al mal infligido a Ricardo. Era la clave de su futura relación. Sabía que ella estaba obligada a creer que era hijo de su marido, pues lo contrario le causaba una culpabilidad insoportable, pero Joan estaba convencido de que era suyo. ¿Cómo iba a saber ella de quién era si la diferencia de tiempo en el que pudo ser engendrado eran pocas semanas, quizá solo días? Además, Ricardo Lucca tuvo más de un año para dejarla embarazada y no lo hizo, y tampoco tuvo hijos con su anterior esposa. No, Joan estaba seguro de que el padre era él.

—Quise decir que será como mi hijo —rectificó—. Que lo cuidaré y lo educaré como mío. Con él pagaremos nuestra deuda y redimiremos nuestras culpas con cariño y amor.

—Gracias —dijo ella con una sonrisa.

Joan aguardaba cada día impaciente el momento de encontrarse con Anna. Los largos paseos, lentos por el avanzado embarazo de ella, y sus intensas conversaciones marcaban una fase muy distinta en su relación y Joan gozaba al comprobar lo bien que se entendían. Anna tenía una esmerada educación, sabía latín, algo de oratoria y tocaba el laúd. Y además de amar la lectura, era una espléndida conversadora. A él le divertía su afición por la polémica; era un ameno contrincante y a Joan solo le inquietaba que ella pretendiera siempre ganar todos los debates. Anna torcía a veces los argumentos y adoptaba posturas irreductibles. Era algo terca, tal como decía Abdalá, pero incluso eso, aun preocupándole a veces, la hacía adorable a sus ojos. Al principio él temía que el trato diario desluciera sus ilusiones, pero no fue así, al menos para él. No hablaban de matrimonio, aunque al cabo de diez días Joan decidió proponérselo. No las tenía todas consigo, sentía un temor profundo a una reacción inesperada de ella. Aun así, nervioso y tragando saliva, después de repetirle cuánto la amaba, le propuso que se casaran.

Ella se detuvo y le miró seria para después continuar el paseo sin responder. Joan se alarmó. ¿Hizo o dijo algo aquellos días que la decepcionara?

—¿Qué decís? —inquirió él al rato.

Ella continuó silenciosa unos momentos y él la siguió ansioso.

—Os he amado mucho, Joan —dijo ella al fin.

—¿Y ya no?

—También os odié. Sufrí lo indecible desde la última noche que pasamos juntos. Y gran parte fue por vuestra culpa.

—Yo también he sufrido.

—Gracias por el libro. Es el regalo más hermoso que yo pudiera recibir. Lo he leído mil veces, me ha hecho recordar, me ha hecho llorar, me ha dado paz...

Él se la quedó mirando. Y ella le devolvió la mirada y, levantando su mano derecha lentamente, le acarició la mejilla.

—Es mi amigo, me gusta acariciarlo, acunarlo, me tranquiliza, parece estar vivo. —Los ojos de ella se llenaron de lágrimas—. Y sé que lo hicisteis con vuestras propias manos, que sus letras son vuestras, que sentíais intensamente las palabras al escribirlo y que en él está vuestro amor. Lo noto al tocarlo.

Anna hizo una pausa para apretarse contra él y Joan la abrazó feliz.

—Solo por ese libro ya querría ser vuestra esposa —continuó ella—. Pero es que además os amo. Mucho.

—Yo os he amado, siempre —dijo él—. Hasta en los peores momentos. Y os amaré más allá de la muerte —dijo Joan, y tomó la mano que le acariciaba para besarla.

—Cumpliré la penitencia de vuestro *Libro del Amor* —prosiguió Anna—. La respuesta es sí, Orlando. Quiero vivir el resto de mi vida con vos y con vuestros libros.

Las lágrimas resbalaban por las mejillas de Joan mientras la estrechaba.

En pocos días lo dispuso todo para viajar a Roma con la intención de estar de vuelta en Nápoles antes de que el niño naciera. Anna quería tenerlo siendo aún la viuda de Ricardo. A continuación celebrarían la boda.

124

El 25 de febrero Joan regresó a Roma sin apenas equipaje acompañando a uno de los correos a caballo que enviaba el rey Ferrandino al Papa. Los ejércitos esperaban la llegada de la primavera para reanudar la guerra y solo había que preocuparse por los caminos intransitables y los bandidos. Los mensajeros sabían cómo evitarlos y utilizar su sistema de postas resultó caro pero eficaz. A su llegada a Roma comprobó que Giorgio y Niccolò habían avanzado todo lo posible en cuanto a las instalaciones y compras de materiales y Joan se unió a ellos lleno de entusiasmo.

La librería abrió sus puertas a finales de marzo de 1496. Pero Joan quiso esperar hasta el 23 de junio, la víspera de la festividad de su santo patrón y día más largo del año, para dar la fiesta de inauguración a la que Vannozza prometió invitar a la Roma más distinguida. Deseaba tener a Anna consigo.

Miquel Corella quería que aquella fuera la mejor librería de Roma y que se hiciera una inauguración tan espléndida como ninguna otra antes en la ciudad; él le prestó el dinero y la dama puso sus relaciones. Joan pensaba que era excesivo, pero comprendió que Miquel no buscaba solo la promoción de su negocio: quería convertir aquella fiesta en un acto político, una demostración más de la fuerza de su clan. Joan insistió a Vannozza para que invitara también a romanos de familia, no deseaba que su librería fuera solo de *catalani*.

Miquel, que le oyó, le dijo:

—Es lícito que tengas ambiciones, aunque no te equivoques creyendo que podrás atraer a todo el mundo. En esta ciudad todos saben a quién deben ser fieles.

—No entiendo qué queréis decir —repuso Joan.

—Bien sabes que Roma está llena de familias y clanes que luchan por el poder. Algunas son enemigas declaradas de nuestro Papa. Debes tener muy claro de qué lado estás.

—Sé bien a quién debo ser fiel —dijo el joven.

—¿A quién? —le interrogó, severo, el valenciano.

—A Alejandro VI y a su clan.

—Pues ten en cuenta que los demás también saben a quién le deben fidelidad y a quién se la debes tú.

Joan guardó silencio molesto por una advertencia que consideraba innecesaria. Miquel percibió su incomodidad y sonrió dándole una palmada en el hombro.

—Amigo mío —le dijo—, hagas lo que hagas, aquí en Roma todos te verán siempre como uno de los *catalani*.

Joan tuvo que rendirse a la evidencia. Su librería tuvo éxito desde el mismo instante en que abrió sus puertas porque Miquel Corella y Vannozza movieron sus contactos hasta convertirla en lugar de reunión de los partidarios del papa Alejandro VI. No solo acudían naturales de los reinos de Isabel y Fernando, sino también portugueses, napolitanos y la amplia colonia de exiliados florentinos, aliados con el pontífice contra Savonarola. Dejarse ver en la librería y comprar libros era un gesto de amistad hacia el poder que controlaba Roma. Muchos romanos empezaron también a frecuentarla.

Cuando a principios de abril Joan partió hacia Nápoles para asistir al nacimiento de su hijo y casarse con Anna, tenía la tranquilidad de saber que el éxito de la librería continuaría en su ausencia. Al frente de la tienda se encontraba Niccolò, que demostraba gran habilidad con los clientes; y dirigiendo el taller de encuadernación, Giorgio. Las excelentes ventas dieron confianza al joven librero, que contrató a tres florentinos más, dos de ellos para instalar la imprenta y varios aprendices romanos. Firmó otro contrato de alquiler por una casa colindante para instalar en su planta baja un gran salón, bastante mayor que el de Antonello, continuación de la librería, que decoraría con estantes de libros y ventanas luminosas para que los clientes tuvieran lugar donde hablar a la vez que revisaban libros. El resto del espacio lo ocuparía la imprenta y en la primera planta vivirían su madre, su hermana y sus sobrinos. Reservaba para la familia, que formaría con Anna y el bebé, la planta primera del otro edificio. «El casado casa quiere», le dijo su madre, y Joan se apresuró a anotarlo en su libro. Podía saber de literatura, cañones y naves, pero en aquel tipo de asuntos era un principiante.

Cuando Joan regresó a Nápoles, supo que Anna había tenido un niño varón. Continuaba convencido de que era su hijo, a pesar de adelantarse casi un mes a lo previsto, pero cuando Anna lo puso en sus brazos, vio que era un hermoso y rollizo bebé de varias semanas sin aspecto de prematuro. Joan lo levantó con sumo cuidado, sus miradas se encontraron y descubrió en la del niño los ojos acusadores de Ricardo en el momento de su muerte. El bebé se puso a llorar desconsolado y él, estremecido, lo tuvo que devolver a su madre, las manos le temblaban y temía que se le cayera.

—¿Estáis bien? —preguntó Anna, preocupada.

—Sí. Es solo el cansancio del viaje —repuso abrumado.

¡Eran los ojos de Ricardo! ¡Su mirada al morir! Joan se dijo que era su imaginación, que no podía ser y salió a dar un paseo. Pensaba que su culpabilidad le hacía ver lo que no era. A su regreso quiso observar al niño. La misma mirada se clavó en sus pupilas como un puñal. Y Joan supo que aquel era el hijo del hombre al que mató y que todos los días que le quedaran de vida aquellos ojos le recordarían su miserable crimen.

«Es él», escribió consternado en su libro. «Es él, que ha vuelto en su hijo.»

125

A mediados de abril tuvo lugar la boda en San Lorenzo Maggiore, una esbelta iglesia franciscana bajo cuyos arcos góticos él recibió el ansiado sí de su amada. Joan tenía ya veinticuatro años y ella aún veintitrés. Cuando el sacerdote los declaró marido y mujer, el joven se sintió lleno de gozo y aliviado. La mano de Anna lucía el nuevo anillo que Joan le había comprado. Representaba el fin de la angustia. Era el símbolo de la penitencia, del perdón, de la redención y la felicidad que prometía *El libro del Amor*. ¡Había luchado tanto por ella! Cuando después de besarse, se miraron sonrientes a los ojos, él no podía creer su fortuna. Ahora estarían todo el tiempo juntos.

Fue una ceremonia discreta, con la asistencia de los padres de Anna y un par de amigos por parte de la novia. Genís Solsona, el capitán de la *Santa Eulalia*, fue el padrino de boda del novio. Joan sospechaba que a él y a su amistad le debía gran parte del afortunado rescate de Anna y de su feliz licencia de la galera.

No sabía cuándo volvería a verle, pues la flota de Vilamarí regresaba a España. El rey Fernando, para debilitar a los franceses impidiéndoles que enviaran refuerzos a Italia, abrió un nuevo frente atacando Francia desde Cataluña. El contraataque fue durísimo, los ejércitos españoles retrocedían y los corsarios franceses devastaban la costa. Las órdenes para Vilamarí eran capturarlos o hundirlos. Joan se dijo que el rey acertaba de nuevo. Nada mejor que un pirata para acabar con otro.

También los acompañaban Antonello de Errico con su esposa María y el matrimonio invitó a todos a un banquete nupcial en el comedor de su casa en el primer piso de la librería.

—¡Por la felicidad de Orlando y su amada Angélica, libreros! —brindó Antonello, festivo como siempre.

Joan lamentó no tener allí a su madre, a su hermana, a Gabriel, Bartomeu y Abdalá. Las distancias hacían su presencia imposible. A ellas las vería pronto y a ellos no sabía siquiera si los volvería a ver. Pero fue recibiendo sus cartas de felicitaciones y buenos deseos. Gabriel le anunciaba su propia boda con Ágata, la hija menor de Eloi, y explicaba entusiasmado que entre cañón y cañón fundió con éxito una gran campana, a pesar de la aleación tan quebradiza que se precisaba para obtener la resonancia adecuada. Tenía un sonido maravilloso y todos, dentro y fuera del gremio, se admiraban. Era un hombre feliz y le enviaba una campanilla de plata fundida por él y grabada con sus nombres.

En su carta, Bartomeu le daba la enhorabuena diciéndole que solo alguien tan obstinado como él podía conseguir al fin a Anna. Le decía que felicitaba, en otra carta, a su amigo Pere Roig porque no podía encontrar un mejor yerno. Y le anunciaba ilusionado que su nueva esposa esperaba un hijo. La noticia le produjo a Joan una gran alegría. Después de un primer matrimonio estéril y de enviudar a causa de la peste, el mercader se casó con otra rica heredera. Ahora debía cuidar también de un boyante negocio de paños, pero su corazón continuaba con los libros. Joan sabía que su amigo comerciaba de nuevo con libros prohibidos y que su viejo maestro musulmán era su cómplice en la transmisión de la cultura perseguida. Rezó por ellos, para que se mantuvieran a salvo de la Inquisición.

En cualquier caso, el regalo más emocionante fue la bendición que Abdalá le enviaba en distintos idiomas, escrita con la bellísima caligrafía de sus mejores tiempos.

En el pergamino se dibujaban los elegantes y largos trazos de la escritura andalusí, los apuntados de la gótica, los signos hebreos y la pulida letra italiana redondilla. Para alguien que supiera apreciar el arte caligráfico, aquella era la mejor de las joyas. Pero Joan sabía que aquellos trazos, aquellas letras, aquellas frases, eran algo más. Al dibujarlos, el granadino se convertía en sacerdote y aquellos signos eran oraciones al Señor, en distintas lenguas, caligrafías y religiones. El máximo exponente de lo mágico y lo sagrado de las letras. Leyendo, deleitándose en aquel arte, Joan notaba en su cuerpo y su espíritu la gracia de sus bendiciones.

Al pensar en Gabriel y en sus amigos, Joan escribió en su libro emocionado: «Gracias, Señor, por la gente maravillosa que pusisteis en mi camino. Ni mil tesoros sarracenos igualarían su valor».

A los pocos días bautizaron al niño. Le llamaron Ramón, igual que el padre de Joan. Fue una iniciativa de Anna que el joven agradeció desde lo más profundo de su corazón.

Anna se mostraba más entusiasta aún que Joan con la librería y estaba impaciente por partir. Tomó como propio el trabajo de inventariar y clasificar los libros que él pidió a Bartomeu. La entrada por mar a Roma continuaba bloqueada y Nápoles era una vía segura para las importaciones desde España. El joven librero se sorprendió al conocer que su esposa había encargado libros por su cuenta a un par de impresores locales y al propio Antonello.

—Va a ser mejor librera que tú —le decía el napolitano a Joan entre risas—. No sabrá encuadernar o imprimir, pero sabe de libros y tiene buen olfato para lo que quieren los lectores.

La siguiente sorpresa fue conocer que Anna, con el crédito de

Innico d'Avalos y la ayuda de Antonello, compró un par de carros, varios caballos y ya tenía decidido el convoy, fuertemente armado, al que se incorporarían y que saldría en tres días de Nápoles. Incluso apalabró los servicios de un par de arrieros y una criada napolitana dispuesta a vivir en Roma.

—Podríais haberme esperado para decidir todo esto —le dijo Joan, ceñudo.

—Regañadme si he hecho algo mal —le retó Anna sonriente.

Joan ya había revisado aquellas compras y, fuera de algún libro que ella seleccionó y que podía ser cuestionable, todas las decisiones eran correctas. Pero comprendió que era mejor abstenerse de criticar lo que no le convencía. Ella podía estar en lo cierto y no deseaba hacer el ridículo e incomodar a su bella esposa tan pronto en su matrimonio.

Anna interpretó el silencio de Joan y que este relajara sus cejas como el aprobado a su gestión y lo agradeció ampliando su sonrisa al igual que si recibiera un cumplido. Después le besó y al poco corrían hacia el dormitorio para amarse entre risas.

—Venga, reconocedlo —le decía ella graciosamente incisiva—. Decidme que lo he hecho muy bien.

Joan se resistía siguiendo el juego, pero al final tuvo que elogiar sus iniciativas. Ella le miró sin abandonar su sonrisa.

—¿Y qué esperabais si no?

Él sintió que la amaba como nunca y, aun preguntándose con recelo hasta dónde podría llegar ella, repuso:

—Esperaba lo mejor.

Emprendieron el viaje cuando se decía que Gonzalo Fernández de Córdoba marchaba ya con su ejército contra las posiciones francesas de Cosenza.

La primavera llenaba los campos de flores y Joan, con espada al cinto y sombrero de caballero, montaba un alazán manteniéndose siempre cercano a su esposa. En el carro donde viajaban Anna y la criada instalaron una pequeña hamaca que suavizaba las sacudidas del camino. Ramón se balanceaba cómodamente en ella, el movimiento le producía sueño y dormía la mayor parte del camino, con lo que lloraba por la noche. Joan aprendió a acunarlo y a sujetarle para propinarle aquellas palmaditas en la espalda que le hacían eructar después de la comida y quedarse dormido satisfecho, con una sonrisa. Cada día trataba de hacerlo un poco más suyo, cumpliría su promesa; cuidarle suavizaba el dolor con el que su conciencia aún le castigaba. Era un bebé hermoso. ¡Hubiera deseado tanto que Ramón fuera su hijo! Pero cada vez que lo miraba se convencía aún más de que aquellos ojos que a veces le escrutaban eran los de Ricardo.

En el carro de Anna iban los enseres domésticos, aunque casi toda la carga eran libros y el segundo carro se destinaba exclusivamente a estos. Ella pensó que en Roma sería fácil encontrar lo necesario para la casa, pero no aquellos libros, y por lo tanto eran prioritarios. Joan tuvo que darle la razón. Lo único que él compró para el viaje fueron balas, pólvora y un par de buenos arcabuces que siempre mantenía en el carro, listos para disparar.

Anna se sentía muy feliz e ilusionada camino a Roma. Veía a Joan en su alazán siempre cercano al carro, que le sonreía, alto y apuesto, con su fuerte nariz, algo aplastada, que lejos de afearle le hacía más viril, y esos ojos castaños que la acariciaban al mirarla. Sabía que los protegía a ella y a su hijo; junto a él nada malo les podía ocurrir.

Dejaba atrás Nápoles y aquellos días terribles de depresión, culpa y remordimientos; y ansiaba tomar posesión de aquel nido de cariño construido sobre la librería de Joan. Y muy cerca de ella, bajo el banco de su asiento, guardaba *El libro del Amor de Orlando a Angélica.* Nunca se separaría de él.

126

Joan cuidó todos los detalles para que la fiesta alcanzara el brillo que el clan requería. Hizo preparar una hoguera para que prendiera al ocaso y que quemaría durante la noche siguiendo la tradición de San Juan; habría cohetes, petardos y una traca, todo al estilo español. El Largo dei Librai se decoró con guirnaldas de todos los colores que lo cruzaban de lado a lado y farolillos que se encenderían al anochecer. Habría música y dispuestos en aparadores, vino, limonada, clarea, coca dulce y salada, y después aromáticos capones y patos asados, confites y otras golosinas. Unos criados servían las mesas repartidas por la plazuela.

Vannozza cumplió con creces su palabra, invitando incluso al propio Papa, que rehusó amablemente al tiempo que enviaba su bendición. Pero entre la multitud acudieron sus hijos y con ellos toda la atención de Roma. Vannozza hacía las veces de anfitriona, instruía a Anna sobre la sociedad romana y la acompañaba de grupo en grupo presentándola a todas las damas. Sin embargo, la librera era una alumna aventajada y conocía ya con anterioridad a un buen número de los asistentes.

Joan la veía desenvolverse con gracia y seguridad. Anna brillaba entre los invitados y él se decía que aquel era el lugar que por naturaleza le correspondía a su esposa. Ella decidió romper su luto vistiendo a la moda valenciana, como sabía que lo harían varias de las damas, aunque con un escote moderado. Estaba elegante, discreta y bellísima.

A su llegada a Roma, casi dos meses antes, Anna se incorporó a la librería ayudando a Niccolò. Una de sus primeras clientas fue Sancha de Aragón y Nápoles, princesa de Esquilache, casada con Jofré Borgia, el cuarto de los hijos de Vannozza y Alejandro VI. Aquel infeliz matrimonio, donde ella a sus diecisiete años mostraba una gran belleza sensual y miraba a los hombres con descaro y él era un inseguro muchachito de solo quince, era el resultado de la alianza política del Papa con Nápoles.

La princesa supo que Anna era viuda de un noble napolitano, sentía nostalgia de su tierra y le encantaba hablar con ella en su lengua sureña. A pesar de su aspecto exuberante, provocativo y sensual, Sancha amaba los libros y la poesía. Se hicieron grandes amigas.

Anna ordenó a los músicos que descansaran unos momentos para que Sancha de Aragón recitara sus poemas dando la bienvenida al verano en Roma. Todos la ovacionaron.

Anna se sentía señora de su casa, y disfrutaba siendo uno de los centros de atención. Había pasado de repudiada e ignorada por los pequeños nobles angevinos napolitanos, a ser una persona importante en la Ciudad Eterna y la amiga de una de las princesas de la dinastía gobernante en Nápoles. Se sentía más que reivindicada.

Sancha iba acompañada por sus amigas inseparables, Lucrecia Borgia, la tercera de los hijos de Vannozza, que mostraba a sus dieciséis años una belleza dulce y serena, y Julia Farnesio. A Julia la llamaban «Giulia la Bella», tenía fama de ser la mujer más hermosa de Roma y era, con veintidós años, la amante del Papa desde hacía un tiempo. Alejandro VI tenía sesenta y cinco, pero se rumoreaba que continuaba potente como el toro del escudo de los Borgia.

Julia, Lucrecia y Sancha eran conocidas en Roma como las «tres mujeres del Vaticano» y se convirtieron en el centro de la fiesta. Lucían espectaculares vestidos a la moda española, llegados de Valencia, de vivos colores y amplios escotes cargados de pedrería. Pidieron a los músicos que tocaron «la alta y la baja», baile cortesano de moda en España, y no les faltaron ni galanes con quienes bailar ni damas ni caballeros que se unieran a la danza.

Joan atendía a los señores, entre los que destacaban los cardenales afines al clan. Y entre ellos estaba César Borgia, el segundo de los hijos de Vannozza y el Papa, obispo de Pamplona y arzobispo de Valencia. César destacaba por su gallardía y al contrario del resto de los cardenales, que vestían togas blancas cubiertas por mantos púrpuras y un bonete del mismo color, él iba de negro, como un caballero a la moda española. Lucía un amplio sombrero emplumado, también en negro con un broche de oro, y su condición eclesiástica no le impedía mostrar espada y puñal en su cinto. Era bien parecido y estaba acostumbrado a las miradas más o menos tímidas de las damas, a las que él correspondía con una sonrisa.

Fue uno de los primeros en interesarse por los libros adquiriendo, entre otros, un ejemplar en latín del *César en las Galias*. Su gesto, para satisfacción de Joan, fue imitado por todos los invitados.

Miquel Corella apareció junto a su hermano Ricardo y muchos de los oficiales del ejército del Papa y sus esposas. Se les veía gallardos y altaneros, eran los dueños de Roma. Establecieron una guardia armada cortando las calles adyacentes y por seguridad solo se permitía el acceso a los invitados.

—La fiesta está bien, pero la próxima vez que abras una librería en Roma, tienes que ofrecer una corrida de toros a los romanos —le dijo Miquel a Joan—. Les encantan y eso es lo que esperan de nosotros, los *catalani*. Alejandro VI ha dado varias, la primera fue para celebrar la toma de Granada por Isabel y Fernando cuando aún era solo cardenal. España está de moda en Roma y no hay que bajar el nivel.

—Tendréis que comprarme muchos libros antes de que pueda costear semejante fiesta —repuso Joan con una carcajada.

En una mesa se sentaba su madre, con sus mejores galas, departiendo con las vecinas, sin quitar ojo de sus nietos, que jugaban con otros niños. A Joan le admiraba la rapidez con que a su edad aprendió a leer y a escribir para cartearse con Gabriel. En otra, su hermana María, con aspecto fresco y saludable, reía las gracias de un sargento aragonés que la cortejaba. Joan sonreía al verlas.

Ambas se mantenían atentas al trabajo de los criados para que no le faltara nada a los invitados y en un par de ocasiones Eulalia se acercó a Anna para sugerirle que, como señora de la casa, diera las instrucciones pertinentes. La joven librera se lo agradecía con una sonrisa; después de unos días de tanteo las tres mujeres congeniaron y gracias a la dedicación de Eulalia y de María, ella podía socializar sin preocuparse.

También estaba presente lo más granado de la colonia florentina opositora a Savonarola con Niccolò y Giorgio a la cabeza.

—¡Qué alivio ver una hoguera solo con leña y sin libros! —comentó Niccolò.

Joan, sonriendo, les repitió el lema de su librería:

—Caballeros, por cada libro que queme Savonarola, nosotros imprimiremos diez.

El joven veía cómo sus sueños tomaban cuerpo frente a sus ojos de forma tan esplendorosa como jamás pudo imaginar. Miraba a su alrededor y se sentía muy feliz, le costaba creer que aquello estuviera sucediendo.

Aunque no se engañaba, la fiesta era una demostración de fuerza de los *catalani*. Y todo aquello sería tan efímero como lo fuera el clan. Recordaba las palabras de Miquel Corella: «Tendrás que luchar».

En cualquier caso, aquel era un día muy hermoso y Joan estaba dispuesto a gozarlo intensamente.

127

Hubo un momento, antes del atardecer, en plena fiesta, en que Joan miró al cielo y se ausentó. Percibía el olor a leña quemada mezclado con la pólvora de los petardos y el aroma de los patos y capones asados. Oía la música, las conversaciones a gritos, las risas. Paladeaba la clarea de su copa, notaba el sabor del vino blanco, la canela, la pimienta y otras especias que la sazonaban. Veía los colores de las guirnaldas que decoraban la plaza, rojo, azul, amarillo... Los de las damas danzando, verde, carmesí, índigo. Contemplaba a sus invitados divirtiéndose, conversando, discutiendo. Pero él no estaba allí. Estaba en el cielo.

Buscó con la mirada a Anna hasta encontrar su vestido grana en un corro de damas. Continuaba espléndida. Dejó su copa y fue en su busca.

—¿Me permitís, señoras? —dijo con una inclinación de cabeza—. Os robaré a mi esposa solo unos minutos.

Tomó a Anna de la mano y las señoras le concedieron licencia acompañándola con risitas pícaras.

—¿No querréis que baile? —preguntó extrañada mientras se la llevaba.

Él sonrió negando con la cabeza y le dio un beso en la mano.

—¡Sorpresa! —dijo.

La condujo a la casa y al primer piso. Allí se encontraba el pequeño Ramón, despierto en su cuna, al cuidado de la criada napolitana. Estaba a punto de cumplir cuatro meses. Joan le hizo unas gracias y el bebé pataleó contento. Lo tomó en sus manos y lo puso sobre su brazo derecho, que formaba una cuna, al tiempo que sujetaba su piernecita para mayor seguridad. Su mano izquierda buscó la de Anna y los llevó escaleras arriba hasta la pequeña azotea del segundo piso.

El murmullo de la fiesta se oía distante y Roma ya olía a verano. Joan miró al cielo. Las nubes que años antes le mostró su padre lo poblaban. Brillantes, llenas de luz, cambiantes. Y en ellas se movían aquellos seres etéreos. Buscó las gaviotas, las había en Roma en abundancia, pero volaban distantes. En cambio, muchas golondrinas surcaban su pedazo de cielo, rápidas, decididas, cruzándose, persiguiéndose en ocasiones, piando sin cesar.

—Fíjate, Ramón —le dijo al niño con dulzura—. Ellas son libres como nosotros. No necesitan tocar el suelo ni siquiera para beber. Solo requieren de un nido colgado de un alero, al igual que tú y yo precisamos de la familia.

El niño no comprendía, pero gozaba del tono entre amoroso y divertido de Joan. Balbuceó sonriendo con su boca desdentada. Joan le miró a los ojos y vio en ellos los de Ricardo. También le sonreían.

—Mira, fíjate bien. —Y soltándole la mano a Anna, le señaló las nubes—. ¿No ves a los seres del cielo?

Ramón rio.

—¿No ves aquel león a punto de saltar? No importa si aún no los ves. Pronto los verás. Fíjate, ¿a que aquella nube parece un libro abriendo sus hojas?

Joan no pudo continuar. Anna se había situado frente a él y con sus manos le cogió la cabeza para que apartara sus ojos del cielo y la mirara a ella. Conocía bien la historia de Ramón y las nubes; tenía los ojos llenos de lágrimas. Ella le besó y los tres se unieron en un abrazo.

—Aún tenemos una deuda —murmuró Joan al oído de Anna—. Pero la pagaremos, día tras día y año tras año, con amor.

Ella se apretujó más aún contra su cuerpo y Joan sintió que se estremecía en un dulce sollozo.

Se dijo que en aquel día de solsticio, por primera vez desde el asalto a su aldea, no sentía ni odio ni miedo. Era como recuperar la paz de la infancia. Una dulce esperanza llenaba su corazón, se sentía capaz de todo.

Al amanecer, cuando terminó la fiesta, Joan escribió en su libro: «Ni odio, ni rencor, ni miedo. Casi ni remordimientos. Solo libertad, esperanza y amor».

Pero las nubecillas ya no estaban, el cielo se había cubierto de nubes densas y oscuras. Un trueno sonó en la lejanía. Un vendaval se desató, sombreros y capas volaron y los invitados rezagados, algunos trastabillados por el alcohol, huyeron hacia sus casas. El viento destrozó las guirnaldas multicolores, arrancó los farolillos y dispersó las cenizas de la hoguera avivando los rescoldos y arrastrándolos, rojos de fuego, por la plaza. Poco después los truenos rasgaron el aire, los relámpagos iluminaron aquel amanecer oscuro y un diluvio cayó sobre Roma.

Sin saber por qué, Joan, que lo contemplaba desde su ventana aún con la pluma en la mano, escribió la frase que tanto repetía el viejo Abdalá:

«Solo Dios es vencedor. Amparadnos, Señor».

Miró al interior de la habitación; sujeta tras de la puerta estaba la azcona de su padre y sobre la mesilla descansaba *El libro del Amor*.

Joan ajustó los postigos de la ventana para acudir a la cama donde Anna consolaba a Ramón, que se había despertado con los estampidos, y los tres se dieron calor. Las sábanas despedían un suave aroma a espliego y lactancia.

FIN

APÉNDICE HISTÓRICO

ORT DEL REI
ORT DE LA REINA
PLAÇA DELS BERGANTS
CARRER DEL PEU DE LA CREU
RAMBLA
CARME
ESPITAL
RAMBLA
CARRER DE LA PORTAFERRISSA
PLAÇA NOVA
PLAÇA TRINITAT
RAMBLA
CASA DEL INFANT D. ENRIC
1
2
4
5
7
8

Barcalona en 1492
Copia de S. Sanpere y Miquel.
1 Convento de Santa Anna
2 Librería Corró
3 Joyería Roig
4 Fragua de Eloi
5 Casa en Peu de la Creu
6 Plaza del Rey
7 Iglesia de Sant Just
8 Iglesia de la Trinitat
3
Portal Nou
Plaça del Born
Pla d'en Llull
Carrer Pescaderia

GALERÍA DE PERSONAJES HISTÓRICOS

Se ha llevado a cabo una rigurosa investigación para reconstruir los lugares y costumbres de la época, así como el pensamiento propio de esta. Tanto los sucesos históricos como los nombres y biografías de personajes de rango elevado tales como reyes, gobernadores, papas y generales que aparecen en el relato se ajustan a las crónicas del momento.

A continuación, el lector interesado encontrará algunos datos complementarios referentes a personajes relevantes en el relato. El orden de exposición en el glosario coincide con el de su aparición en la novela.

BARTOMEU SASTRE

Fue un mercader de la época del que se conservan algunos documentos. En uno de ellos se recoge la venta a mosén Pere Carbonell, un conocido y entusiasta bibliófilo, de un ejemplar manuscrito en latín por el precio de cinco libras y dos sueldos.

Ya en la época existían contratos escritos de representación en virtud de los cuales bachilleres o estudiantes vendían libros a cambio de una comisión. El latín era imprescindible para un comerciante de libros.

CRISTÒFOL DE GUALBES

Cristòfol de Gualbes, de familia noble, fue nombrado prior del convento de Santa Anna en 1462 y falleció en 1507. La dignidad de prior de Santa Anna conllevaba títulos y derechos feudales como los de señor de Miralles y Palafrugell. Habitaba en una casa fuera del convento.

Tal como se describe en la novela, los conflictos por razones económicas entre el prior y la comunidad constituida por el suprior Antoni Miralles y los frailes Jaume Sauró, Llorenç Camnadel, Miquel Gilabert, Francesc Amiguet, Nicolau Valls, Melchor Coma y Jaume Segur eran frecuentes.

El prior debía suministrar pan, vino, tocino, aceite, sal, leña y ajos a la comunidad de las rentas obtenidas con el patrimonio del monasterio, que manejaba a su antojo. Y alegando razones económicas escatimaba el abastecimiento a los frailes. Estos completaban su sustento con lo que producía el huerto y las limosnas. Las principales procedían de los aniversarios de difuntos, durante los cuales los frailes ayunaban y rezaban por el bien del alma de los fallecidos.

El conflicto entre el prior y la comunidad alcanzó tal magnitud que tuvieron que mediar el obispo e incluso los consejeros de la ciudad. El 12 de octubre de 1482 se firmó un documento de concordia entre el prior Gualbes y todos los frailes arriba mencionados. Pero el conflicto no cesó y unos años más tarde se firmó otro documento de acuerdo entre el prior y el suprior Antoni Miralles como representante de la comunidad.

Los principales edificios del convento, iglesia, sala capitular y claustro, se conservan en la actualidad, a excepción del llamado noviciado, que contenía las cocinas, la enfermería y el refectorio, tal como se relata en la novela. El refectorio era una gran sala situada en el primer piso en la que el 10 de mayo de 1493 se iniciaron las cortes catalanas presididas por el rey Fernando II el Católico y que se prolongaron varios meses.

En aquella época el nivel superior del claustro estaba en construcción y su acabado se demoró varios años por falta de fondos.

ANTONI RAMÓN CORRÓ Y JOANA (LOS LIBREROS CORRÓ)

Los libreros Antoni Ramón Corró y su esposa Joana vivieron y murieron tal como se describe en la novela.

El librero Corró tenía una importante actividad de importación de libros, como prueban sus compras a patrones de galeras y la venta registrada al bibliófilo Carbonell de un séneca impreso en Nápoles en 1475.

Antes del acto de fe en que se condenó a los Corró hubo varios en Barcelona en los que solo se impusieron penas de cárcel. El de los Corró fue el tercero que conllevaba penas de muerte en la hoguera. En aquel fatídico día del 9 de febrero de 1489 al matrimonio le acompañó un tercer penado: Miquel Socarrats, y cerca de una cuarentena de condenados que fueron quemados en efigie al encontrarse fugados.

La hija de los Corró, Eulalia, casada con otro librero, logró huir y la Inquisición la quemó representada en un monigote de cáñamo en 1490.

El hijo de los libreros, Joan Ramón Corró, al ser menor de 23 años, edad penal, fue condenado en marzo de 1489 solo a un año de prisión. Al recuperar la libertad continuó ejerciendo el oficio de librero y pocos años después tenía clientes tan importantes como el Concejo de Ciento y el Consulado del mar. Este hecho prueba que la ciudad y sus instituciones más representativas continuaban reprobando a la Inquisición. Llegó a tener dos casas en la calle Especiería, denominada actualmente Llibretería. Sus descendientes continuaron siendo libreros y editores.

Todo lo referente a la Inquisición en la novela también se ajusta con exactitud a lo relatado en las crónicas de la época. En 1480 se nombraron los primeros inquisidores en Medina del Campo y el acto de fe inaugural tuvo lugar en Sevilla en febrero de 1481 con la condena de seis personas a la hoguera. El rey Fernando instauró la llamada

Inquisición castellana en sus reinos (en las cortes de Tarazona) en 1484. Pero la resistencia en Aragón y Barcelona, que ya tenían una inquisición anterior mucho más benévola, fue notable. La ciudad de Teruel se sublevó y fue sometida, y en Zaragoza el inquisidor Pedro de Arbués fue asesinado en 1485. Pero su muerte produjo el efecto contrario al que pretendían los conjurados y precipitó la implantación del llamado Santo Oficio y la persecución de los conversos.

Barcelona resistió con todo tipo de recursos legales y no fue hasta julio de 1487 cuando el inquisidor Espina pudo entrar en la ciudad con plenos poderes gracias a una bula del Papa que así lo ordenaba.

PERE JOAN SALA

Fue uno de los líderes de los payeses de remensa en su lucha contra los abusos señoriales. En 1462 estalló la primera gran sublevación remensa coincidiendo con la guerra civil catalana y los campesinos lucharon a favor de Joan II, padre del rey Fernando, contra la oligarquía terrateniente. El líder remensa era Francesc de Verntallat y Pere Joan Sala, uno de sus lugartenientes que defendió al príncipe Fernando y a su madre Juana Enríquez durante el sitio de Girona en 1462, tal como se relata en la novela.

A pesar de ello, en 1481, coincidiendo con el inicio de la guerra de Granada, el rey Fernando restableció los derechos señoriales incluidos los «malos usos», que su tío Alfonso V había suspendido. Aquello trajo una segunda guerra remensa de 1484-1485 en la que el líder de los payeses sublevados, los más radicales, fue precisamente Pere Joan Sala. Mientras Verntallat, al mando de los campesinos moderados, controlaba los castillos de la montaña sin participar en el conflicto. Pere Joan Sala logró varias victorias, hasta que fue derrotado, capturado y ejecutado, tal como se relata en la novela.

Las revueltas no cesaron hasta la sentencia de Guadalupe en 1486, donde se abolieron los «malos usos» y otras vejaciones contra los campesinos, muchos de los cuales consiguieron la libertad.

JOAN DE CANYAMARS

El relato del atentado contra el rey Fernando, incluidas las palabras que el rey pronunció, son fieles a lo escrito en las crónicas.

Estas se recrean en los detalles del suplicio del remensa a pesar de que oficialmente fue juzgado demente.

En la plaza del Rey, en el mismo lugar del atentado, el verdugo le cortó la mano derecha, la que hirió al monarca, por la altura de la muñeca. La comitiva siguió por las calles Boría y Montcada mientras con unas tenazas de hierro al rojo vivo le arrancaban un pecho y después un ojo. Al llegar a la plaza del Born se le cortó la otra mano y allí murió. Sin embargo, el suplicio debía continuar. Le arrancaron el otro pecho, y el ojo restante, después la nariz y pieza a pieza le fueron desmembrando por entero recorriendo las calles y plazas de la ciudad. Al final tomaron la calle sant Pere y allí le extrajeron el corazón por la espalda. Salieron de la ciudad por el Portal Nou y en la misma zona donde los muchachos batallaban a pedradas, las gentes lapidaron lo que quedaba del cuerpo.

La «muerte cruelísima» terminó en el Canyet, donde se quemó el cuerpo del desdichado junto al carro.

ALMIRANTE BERNAT II DE VILAMARÍ

Fue sobrino del primer almirante Bernat I de Vilamarí, fallecido en 1463, y sucedió a su primo Joan de Vilamarí en el almirantazgo a la muerte de este. Obtuvo una amplia experiencia en el combate marítimo, en especial en oriente contra los turcos, bajo las órdenes de sus antecesores, y heredó de estos los títulos de señor de Palau Sabardera en el Ampurdán y Bosa en Cerdeña.

Se distinguió en numerosas empresas militares y fue decisivo en la victoria del rey en la guerra civil catalana al bloquear el puerto de Barcelona. Siempre con permiso del rey, combatió en distintas épocas a sueldo de Florencia, de Nápoles y del Papa. Luchó contra turcos, venecianos, genoveses y franceses, y contra corsarios y piratas. Sin embargo, hay pruebas evidentes de que, tal como hicieron sus antepasados, practicó el corso y la piratería cuando le fue preciso.

En 1489 el rey Fernando ordenó expresamente el cese del corso, actividad en la que los Vilamarí se habían distinguido. El almirante no debió ser demasiado obediente, pues el rey ordena en 1492 el desguace de su flota por asaltos a naves genovesas en tiempo de paz y por reclutar tripulaciones y galeotes a la fuerza. Sin embargo, el rey Fernando revocó la orden unos meses después cuando precisó de su flota para pacificar el Rosellón.

Se casó con Isabel de Cardona, hermana del que fue gobernador de Nápoles, y ya en el siglo XVI recibió el título de conde de Capacio. Al final de su vida le colmaron de títulos y honores, fue también gobernador de Nápoles y está enterrado en Montserrat en un espléndido mausoleo renacentista.

A mediados del siglo XV hubo una galera *Santa Eulalia* que consiguió librar la costa catalana de la flota del corsario provenzal Audinet que la devastaba, logrando apresar dos galeras piratas de menor tamaño. A finales del siglo XV se construyó otra *Santa Eulalia* fletada por la ciudad de Barcelona para proteger el tráfico marítimo y la costa.

Existieron distintos tipos de galera, pero la de Vilamarí, de la que no tenemos constancia de su nombre y que he llamado *Santa Eulalia*, debía de corresponder al modelo más común entre las ma-

LA SANTA EULALIA

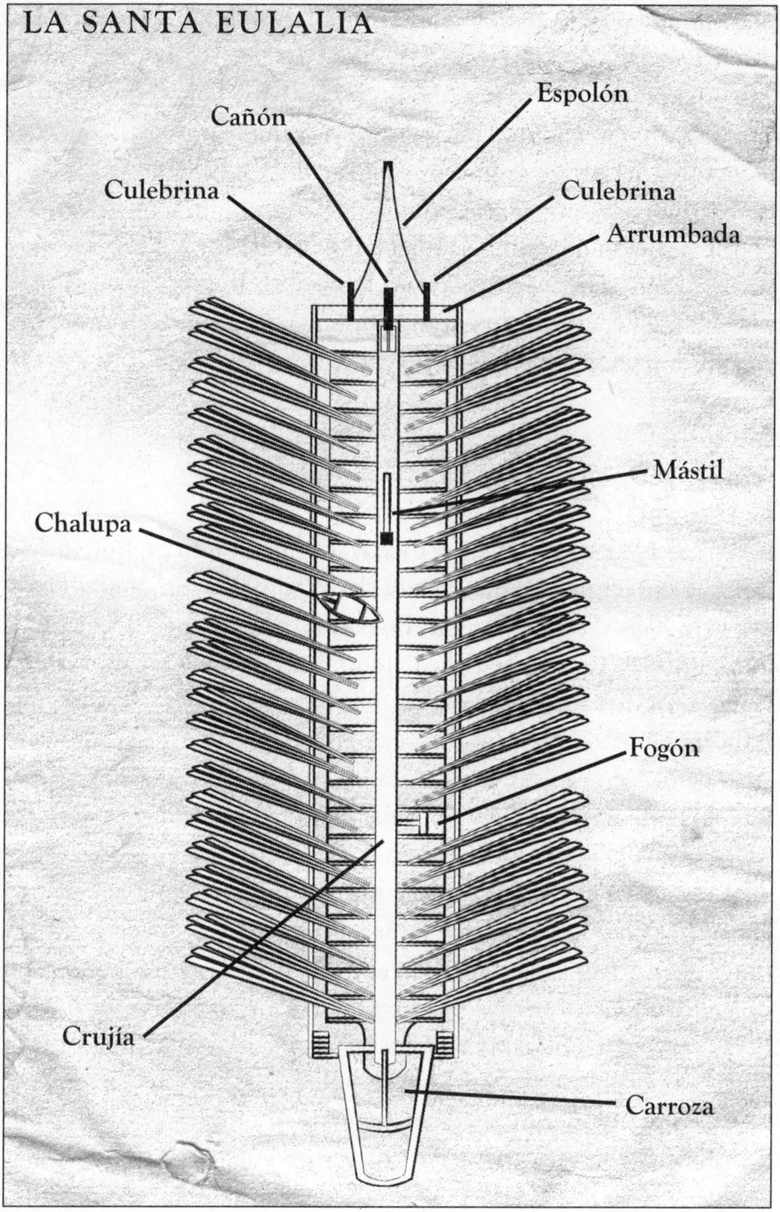

yores de su tiempo. Tenía un solo mástil con vela latina y los remos *alla sensile*, con 26 bancos de tres remeros por costado que manejaban cada uno su propio remo. Los remos medían unos once metros y la embarcación se elevaba solo metro y medio por encima del mar. Tenía unos cuarenta y cinco metros de largo y unos cinco y medio de ancho.

No fue hasta mediados del siglo XVI cuando las galeras incorporaron un solo remo por banco que manejaban tres o cuatro galeotes a la vez. Esa técnica se denominó «de galocha». Se perdía en superficie de palada, pero se ganaba en potencia y coordinación.

JUAN BORGIA

Bernat de Vilamarí transportó en su galera a Juan Borgia, de Roma a Barcelona, en 1493 para sus esponsales con María Enríquez de Luna, prima del rey Fernando y viuda de su hermano mayor. Gracias a dicho enlace heredó de su hermano el ducado de Gandía. Se conservan las cartas del papa Alejandro VI a su hijo aconsejándole cómo comportarse. Así, debía usar guantes en el viaje para que el sol no oscureciera la piel de sus manos e incluso le indicaba cómo debía vestir y qué joyas usar en cada ocasión. Le pedía que fuera comedido en sus gastos, buen cristiano, bien hablado, que no avalara a nadie y que no jugara a dados o cartas. También debía ser esposo ejemplar y consumar el matrimonio de inmediato.

Pero el muchacho, que entonces contaba con 19 años, hizo todo lo contrario a tenor de posteriores cartas furiosas del padre, e incluso de su hermano César Borgia. En ellas le reprochaban que no consumara su matrimonio, su despilfarro, que escandalizara bebiendo, frecuentando burdeles y organizando trifulcas. También que matara perros y gatos por las calles de Barcelona.

MIQUEL CORELLA

Era hijo ilegítimo del II conde de Cocentaina. Su hermano mayor, Joan Rois de Corella, heredó el condado y él y su hermano Rodrigo viajaron a Roma para servir al papa Alejandro VI.

Rodrigo fue muy respetado en la corte vaticana, en especial después de ser el único que no huyó, protegiendo al Papa de un león escapado del zoológico de Belvedere, con su cuerpo, espada en mano. Miquel no se encontraba en aquel momento en el lugar, pero no desmerecía a su hermano en valor. A la muerte de Joan Rois, Rodrigo, que era hijo legítimo, recibió el condado y regresó a España.

A su llegada a Italia, Miquel tenía ya fama de violento y destacó en el campo militar convirtiéndose en uno de los principales capitanes del ejército papal y compañero de César Borgia, por el que demostró una lealtad inquebrantable. Participaron juntos en los espectáculos de corridas de toros que el clan «catalani» organizaba para sus invitados y el pueblo de Roma. Hombre de cultura, pues los Corella contaron con destacados poetas entre sus miembros, pasó a la historia, sin embargo, como sicario y se le atribuyen diversos crímenes y ejecuciones. En Italia se le llamaba «Don Michelotto» y era muy temido. Sin embargo, el Papa le distinguía por el diminutivo cariñoso de Miquelet.

AGRADECIMIENTOS

Quiero agradecer a mis editoras, Belén López y Raquel Gisbert, sus lúcidos comentarios sobre la novela, su entusiasmo, su excelente trabajo y su apoyo. También al resto de la editorial, equipo de ventas y marketing.

Mi reconocimiento especial a mis amigos y familiares que revisaron el manuscrito: Paloma Mora, David Molist, José Manuel Moreno, Marisa Morán, Pepe Montserrate, Alejandro de Muns, Yolanda Sallent y Joan Costa. Sus consejos, crítica y ánimos hicieron mucho mejor esta novela.

No cansaré al lector con una extensa bibliografía, pero debo destacar, de entre todas las fuentes documentales usadas, el magnífico libro titulado *Santa Anna de Barcelona*, del historiador y párroco actual de dicho templo, mosén Joan Aran i Suriol. Su lectura no solo inspiró parte de esta novela, sino también mi anterior obra, *El anillo*.

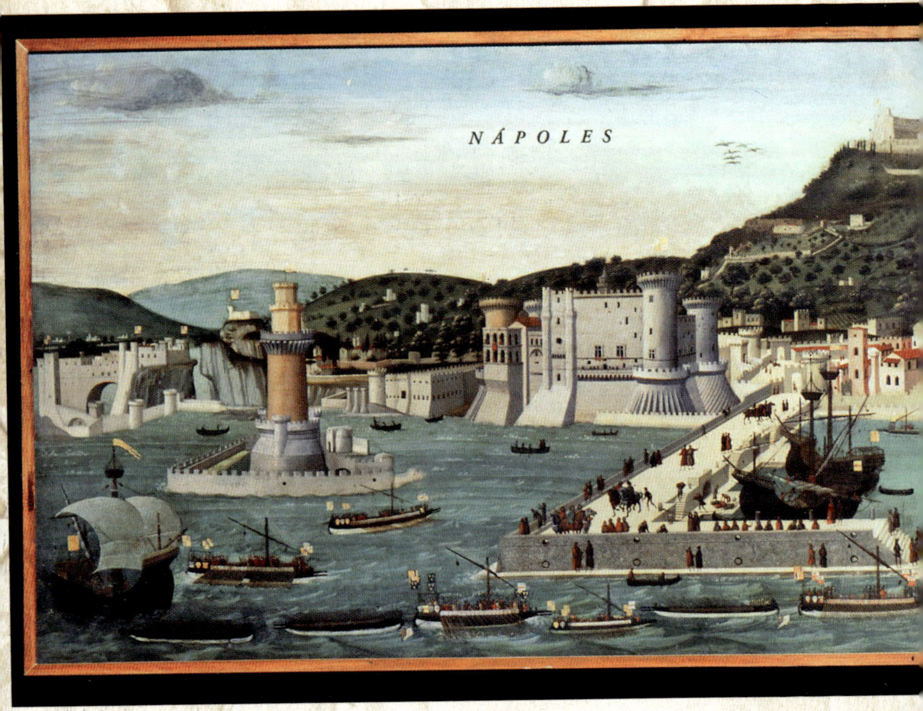
NÁPOLES